Ahora me rindo y eso es todo

Álvaro Enrigue

Ahora me rindo y eso es todo

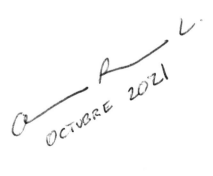

OCTUBRE 2021

EDITORIAL ANAGRAMA
BARCELONA

Ilustración: © lookatcia

Primera edición: octubre 2018

Diseño de la colección: Julio Vivas y Estudio A
© Álvaro Enrigue, 2018
© EDITORIAL ANAGRAMA, S. A., 2018
   Pedró de la Creu, 58
   08034 Barcelona

ISBN: 978-84-339-9862-0
Depósito Legal: B. 20540-2018

Printed in Spain

Liberdúplex, S. L. U., ctra. BV 2249, km 7,4 - Polígono Torrentfondo
08791 Sant Llorenç d'Hortons

A Valeria,
Maia, Dylan y Miquel

Esta gigantesca derrota de la libertad a manos de la geometría.

JOSÉ REVUELTAS

Libro I
Janos, 1836

Al principio las cosas aparecen. La escritura es un gesto desafiante al que ya nos acostumbramos: donde no había nada, alguien pone algo y los demás lo vemos. Por ejemplo la pradera: un territorio interminable de pastos altos. No hay árboles: los mata el viento, la molicie del verano, las nieves turbulentas del invierno. En el centro del llano, hay que poner a unos misioneros españoles y un templo, luego unos colonos, un pueblo de cuatro calles. Alguien pensó que ese pueblo era algo y le puso un nombre: Janos. Tal vez porque tenía dos caras. Una miraba al imperio español desde uno de sus bordes, el lugar donde empezaba a borrarse. La otra miraba al desierto y sus órganos: Apachería.

En algún momento el sitio resultó estratégico: tenía pozos artesianos. Mandaron unos soldados, construyeron un presidio para amedrentar a los habitantes originales del terreno y darles una sensación de seguridad productiva a los colonos que ya habían dejado de ser españoles y ahora eran criollos, negros, keraleses, lombardos, chinos, irlandeses. Llegaban pocas migrantes, así que se casaban con indias, sus hijos ya eran otra cosa: chihuahuenses, mexicanos, sabrá Dios. Luego otro sintió que debería medrar con el trabajo de los ganaderos, los comerciantes, el panadero y la maestra y puso una alcaldía que aunque estaba en el centro parecía que había quedado afuera solo porque Janos era tan chico que no tenía periferia. O sí tenía periferia,

13

pero ni contaba ni se recuerda: eran pueblos de indios, se les llamaba goteras, a veces rancherías. En la zona estaban habitadas por grupos pacíficos de janeros, conchos, ópatas esporádicos de la sierra. Se les llamaba indios de razón porque dejaron de ser nómadas y se integraron al ciclo productivo europeo. Más allá de las casas de los criollos y mestizos de los pueblos de Chihuahua, Sonora, Nuevo México, más allá todavía de las goteras que nutrían y se nutrían de esas villas, estaban los indios de guerra: sobre todo apaches, rarámuris y yaquis –enemigos acérrimos entre sí–, cuyos conflictos intestinos habían permitido el relativo desarrollo de las colonias. Habían sido ellos quienes habían expulsado de la zona a los comanches, brutales señores inmemoriales del desierto, ahora concentrados más allá del Paso del Norte.

Janos todavía existe, con su templo y su alcaldía, pero sin goteras. Esa guerra, la guerra contra todos los apaches, sí la ganamos, aunque preferimos no recordarla porque nos da vergüenza. Janos está hoy en Chihuahua, México.

Esta historia empieza en las praderas que agobian al pueblo. Un lugar al que llega tan poca gente que todavía hay bisontes americanos. Hay que poner las montañas azules en la distancia remota, los muros de piedras sin cemento separando ranchos de vacas que cada tantos años se mueren de sed porque hubo sequía. Hay que poner las serpientes de cascabel, las cabras cimarronas, los coyameles, las codornices, los escorpiones amarillos del tamaño de una mano de niño, los coyotes, todos cobijados por el chaparral de juníperos y acacias, las yucas despuntando de vez en cuando, desgreñadas. En ese valle tan recio, de pronto una vereda y la espalda de una mujer que corre, una mujer de hierro, vestida de punta en negro. Mira hacia atrás.

Sin dejar de correr, Camila se abre el peto del vestido negro, se saca los brazos de las mangas, se arranca el listón y deja que el traje de una pieza se le resbale mientras avanza a trancos de yegua. Se tropieza, pero no se cae, sigue corriendo. Se siente bajo el fondo el corpiño de algodón que por fortuna no almidonaba. Lo desata trajinándose la espalda sin bajar el paso. Se descorre los tirantes del fondo y se saca el corsé por la cabeza sin quedar desnuda, lo deja pendiente de un arbusto, se acomoda de nuevo los listones sobre los hombros. Sigue corriendo. Debajo solo tiene unas enaguas pardas, que se disuelven mejor en el color quemado de la vegetación, tan tiesa en el otoño. Corre. Pierde un tiempo valioso cuando se acuclilla para quitarse los botines, pero con las piernas liberadas y los pies descalzos puede ir más rápido. Las enaguas se le pegan a las nalgas: se hizo pipí de miedo. Corre otra vez, la quijada tensa, el cuello tenso, los hombros una tabla. Piensa que vestida solo en fondos se puede ocultar mejor entre las matas si se hace bolita y se queda quieta. Pero todavía puede correr un poco más, escapar, salvarse, como había hecho tantas veces.

El teniente coronel José María Zuloaga era un hombre del monte, así que le encantó recibir las órdenes que lo ponían a recorrer sin reparo ni límite de tiempo los peladeros que adoraba. Nada más recibir la carta que le llegaba desde la capital del estado se puso su chaqueta con flecos de huellero comanche, su cinturón con dos pistolas y cartucheras, su fedora de alas curvas y cerró su comandancia polvosa, solitaria y en realidad inútil para hacerse a recolectar irregulares con ganas de salir en una expedición serrana.

Ir en la persecución de un grupo de apaches era idéntico a salir de caza: una oportunidad para enloquecer por los llanos con los amigos, barnizada de alta responsabilidad civil en defensa de la joven patria. Ya estaba por montarse en su caballo, un alazán presumido y resistente como él, cuando volvió a la oficina, dobló la carta y se la metió en la bolsa del pecho de la camisa de franela gris para mostrársela a su mujer, como prueba de que se iba por órdenes superiores.

Se quitó la sonrisa de gloria que traía puesta y fue ensayando caras de congoja para quebrar las noticias: como todas las chihuahuenses, su esposa tenía un carácter de la chingada. En la única fotografía en que aparecen juntos, está claro que ambos eran guapos y fieros, él con el pelo incontrolable de los que la pasan bien en cualquier circunstancia, sentado unos centímetros detrás de ella, que aparece de pie: mantilla oscura, traje negro, severo, guantes impecables y una cara de impaciente que no podía con ella.

Los hombres que Zuloaga solía juntar en sus expediciones eran como él, no soldados de casaca y kepí como los que se habían ido a defender la alta California de una rumorada invasión del Zar de todas las Rusias, sino rancheros con pantalones gruesos de algodón, sombrero alado, botas terminadas en punta –esquineras, las llamaban: el filo una herramienta fundamental en el manejo del lazo–. Todos eran dueños de sus fusiles, sus balas y sus caballos. Se enlistaban a cambio de un salario nominal que sabían que nunca les iba a llegar. Sus expediciones para punir apaches solían ser largas, casi siempre estupendas. Seguir esas huellas era ingresar a territorios escarpados con poco peligro: salvo en los casos excepcionales en que los indios se descuidaban, las fuerzas irregulares nunca los podían encontrar. A veces tenían una escaramuza, baleaban a una mujer, un niño, rescataban a algún cautivo que los apaches dejaban atrás para distraerlos. Cuando regresaban a los pueblos los periódicos los llamaban, en lugar de «irregulares» o «rurales» –como se decía en el centro del país–, «nacionales», un epíteto que les llenaba la boca.

Zuloaga tuvo el mejor expediente de su generación combatiendo contra los apaches tal vez solo porque su interés de cazador lo distanciaba del tópico tan vulgar de la justicia: no entendía su oficio como el de un vengador de la entelequia rapaz que es el Estado, sino como un juego.

Salió de Buenaventura al despunte del día siguiente, sin rurales: en el pueblo ya todas las esposas estaban hartas de sus expediciones, tan onerosas para las familias locales porque implicaban que los hombres dejaran sus ranchos por periodos que se podían prolongar durante semanas, además de que había que mandarlos con insumos, siempre escasos en la región. Salió, entonces, acompañado solamente por su padre, militar retirado,

16

que se le unió más bien porque le daba tristeza verlo irse sin compañía rumbo a Casas Grandes. El viejo le dijo, para no herir su vanidad de huellero con un puesto más bien imaginario en el ejército de la flamante República Mexicana, que lo acompañaba por un par de días y así podía pasar a La Tinaja a ver a los parientes que se habían quedado ahí y que tenían el encanto de ya ser medio indios de tanto comerciar con los janeros.

El teniente coronel José María Zuloaga había leído en el despacho que le llegó de la ciudad de Chihuahua que el asalto había sucedido varios meses antes y entendía que la persecución era, en realidad, inútil: para cuando encontrara a los perpetradores del robo esas vacas ya iban a estar, literalmente, hechas mierda –cortadas, cocinadas, comidas y trituradas por los estómagos imposibles de satisfacer de los apaches–. ¿Pus que no hay presidio en Janos?, preguntó su padre mientras se ponía su chaqueta negra de dragón del ejército imperial. Aunque la prenda tenía faldón plisado, botonadura dorada y cordones en el peto, estaba ya tan descolorida que parecía nomás un abrigo de señorito venido a menos. Ha de estar vacío, como el de aquí, respondió su hijo. ¿Y los nacionales de allá? Zuloaga se alzó de hombros, considerando que el tema no daba para gastar saliva. Como el recorrido era de poco más de veinticinco millas, se detuvieron al mediodía en un médano sombreado del río Santa María a cazar torcazas y cocinarlas. A los caballos no les gustaba avanzar bajo el sol de esa hora aunque estuviera comenzando el invierno e hiciera frío.

Llegaron a Casas Grandes poco antes de que oscureciera, cargando los restos de tres berrendos jóvenes que se les cruzaron por la tarde. La idea era hacerlos barbacoa al día siguiente. Compramos mezcal y ofrecemos tacos, dijo el viejo mientras los ataban a los caballos,. Con eso ya enlistaste a diez tarados y yo me voy sin culpa a La Tinaja.

Vista así, desde el siglo XXI y corriendo ligera de ropa por el llano como una endemoniada, Camila, viuda de Ezguerra, es una mujer atlética y dueña de su cuerpo, aunque para los hombres de su tiempo era solo enjuta.

Había tenido una infancia más o menos triste, pero no solitaria, en el rancho de sus tíos, en el que su rol de prima huérfana y arrimada la había dejado un poco del lado de las goteras, separada con fineza de la familia y más cerca de la servidumbre. Dormía en la casa de los señores y comía en su mesa, pero jugaba con los niños jicarilla y concho de los peones y criadas, de ahí que supiera correr como un guepardo y tuviera un oído fino para las lenguas del chaparral. Siempre fue muscular e independiente, como si en realidad hubiera pasado toda su vida sabiendo que su hora clave se iba a jugar en una carrera desesperada por el llano.

Camila se había casado con Leopoldo Ezguerra cuando ya todos daban por sentado que se iba a quedar a vestir santos. Se habían casado en la parroquia de la Soledad de Janos –un nombre apenas adecuado para ese manchón de casas que era el pueblo en los años treinta del siglo XIX.

No era el más prometedor de los matrimonios: Ezguerra tenía para entonces sesenta y siete años y sus nupcias con Camila eran las terceras. Necesito que alguien me cuide, le había dicho él en las mesas de tablones que se ponían los domingos en el espacio que hubiera sido la plaza central del pueblo si el pueblo hubiera sido lo suficientemente grande para tener un centro diferenciado y que, por su falta, se ponían sobre la avenida en que estaba el templo y que se llamaba Primera aunque no hubiera una Segunda. La cruzaban tres calles que no terminaban en otras avenidas sino en el llano. Ezguerra necesitaba una mujer que llevara el rancho que ya no tenía fuerzas para administrar él mismo en lo que alguno de sus hijos se animaba a volver a Janos para heredarlo.

Nadie supo, hasta que tuvo treinta y cuatro años, que Camila no era flaca sino recia. Nadie nunca mostró curiosidad por su cuerpo ni en el mundo con notarios y doctores de su natal Casas Grandes, ni en el internado del Sagrado Corazón de Tepic en que se hizo mujer entre mujeres, ni en Guadalajara, donde llevó la contabilidad de un colegio de teresianas, ni en Janos, adonde llegó a trabajar de preceptora de una familia pudiente cuando todavía estaba en edad de merecer. Tampoco sucedió en la casona del rancho Ezguerra, donde nunca cogió con su marido aun si la batalla de ambos contra lo diario era tan conmovedora y desgastante como un matrimonio de verdad.

A don Leopoldo le había gustado desde que la notó atareada en su trabajo de institutriz, tratando de meter al orden a los niños insoportables del joven heredero de la botica del pueblo en los tablones de la Primera Avenida. La encontró interesante, pero para notarlo había que ser ya una tortuga: haberlo visto todo, portar caparacho, ir sin prisa, ver ya de lejos la raya que separa la curiosidad de la experiencia. Camila tenía veintiocho, tardísimo para un tiempo en que las mujeres codiciables se solían morir de parto y mal clima durante la adolescencia.

Era una mujer alta, los hombros se le habían hecho vastos nadando en los ojos de agua con los niños de los peones indios –un placer que se seguía dando cuando podía–, y tenía una espalda larga que se abría en unas caderas que desmentían los vigores un tanto viriles de sus piernas y brazos. Tenía las tetas chicas y despiertas, los ojos marrones, la boca pronunciada de los que tuvieron una abuela que se resbaló con un esclavo y vivió para contarlo porque la tómbola de la genética le trajo un niño que podía pasar por andaluz. El cálculo de don Leopoldo era que una mujer de brazos fuertes debía poder con su propio cuerpo en decadencia y el rancho que lo sostenía y le daba sentido.

Tenía razón, a Camila desde chica le habían gustado los sembrados y se le habían complicado los niños ricos, así que la boda le pareció un buen precio a pagar por librarse de los hijos inmamables del boticario. Siempre había hecho lo mismo: desde los años en el internado de las hermanas del Sagrado Corazón de Tepic prefirió repetir el modelo de vida que había llevado en la casa de sus tíos en Chihuahua. Iba a la pizca de las frutas y las legumbres en el huerto del convento con las criadas a la hora en que las otras internas aprendían a hacer brocados y dulces de jamoncillo. Nadie la reclamaba: su tío de Casas Grandes había hecho un depósito sólido cuando la ingresó, pero no volvió a pagar anualidades. Las hermanas pensaban que estaba bien que se ganara el sustento con las sirvientas aunque durmiera con las niñas.

Venía de una estirpe de criollos sin honra que seguían pasando por blancos aunque era claro que lo habían dejado de ser hacía quién sabe cuántas generaciones. Familias que si se habían asentado en los peladeros del norte era porque de verdad no tenían nada más que la sensación de ser dueños del derecho a una mejor vida por las razones equivocadas: no eran indios. El emborronamiento del desierto disolvía las categorías, más rígidas hacia el sur del país nuevo: todos, salvo los pobladores originales del llano, podían ser colonos. A Chihuahua, después de todo, nadie llegaba si no iba perseguido por las deudas o una sentencia.

Camila nunca se gustó ni tuvo nada. Contaba desde chica con la conciencia de que si quería ser competitiva en las lides del cortejo tendría que trabajarse una oportunidad que no le caería del cielo: ganársela como se había ganado el sustento en el internado, con las manos. Eran unas manos largas, óseas, más prietas que el resto de su cuerpo. Les untaba aceite de oliva con hierbas todas las mañanas y todas las noches: podían pelar un jitomate maduro sin cuchillo.

El viejo Ezguerra la adquirió como esposa uno de los últimos domingos en que pudo asistir a los tablones. Se imaginó esas manos untándole pomada en los abscesos que le salían en las piernas y la espalda tras los periodos prolongados de permanencia en cama y encontró la imagen entre edificante y sucia: los años del convento y el colegio teresiano le habían dejado a Camila un aire, también, de monja. Eran unas manos de esposa de Jesús.

Y usaron esas manos curtidas entre las huertas y los hábitos de las monjas jóvenes, que resolvían las demandas de sus cuerpos todavía hirviendo de hormonas auxiliándose unas a otras para evitar pecados mayores. Don Leopoldo nunca tuvo la fuerza que se necesitaba para montar, de entre todas las mujeres, a la vigorosa Camila, pero le pudo sacar algún lustre a esas palmas, que empuñaban cada tanto su sexo relegado desde hacía tantos años a cubrir puras funciones de tubería. Algo hubo, entonces, de placer en ese matrimonio, pero fue excepcional y no correspondido.

Dame la mano, le decía el viejo cuando lo atenazaba el miedo al tránsito definitivo al mundo de los espantos. Tócame la cara, le decía cuando se quería sentir vivo. Fue lo último que le dijo: Tócame la cara. Se lo dijo como con un silbido que ya venía del otro lado la mañana en que se despertó seguro de que su nombre ya no salía en la hoja del calendario del día siguiente. Cuando sintió el tacto fresco de la mujer en la mejilla, él mismo agarró esa mano como para no seguirse resbalando por el agujero que terminaba en la sonrisa de elote de la pelona. Camila no sintió el respingo de la muerte, pero sí le costó quitarse de encima los dedos que se engarrotaron entre los suyos con una fuerza que no tenían cuando estaban vivos.

José María Zuloaga y su padre encontraron Casas Grandes en paz absoluta a pesar de que un poco más al norte se había registrado un ataque apache hacía unos meses. El teniente coronel pensó que tal vez todo estuviera tan tranquilo simplemente porque la gente de Chihuahua prefiere no transpirar. Se lo dijo a su padre, que meneó la cabeza con impaciencia como había hecho siempre cuando le parecía que su hijo había dicho una burrada. Es porque lo que pase en Janos ya no le interesa a nadie, dijo: allá ellos si habían decidido quedarse en un valle al que ya se había tragado la Apachería.

Los recibió el juez de paz de la ciudad, que no les pidió copia de sus órdenes y los autorizó a cocinar dos de los tres berrendos en la plaza de armas. ¿Por qué solo dos?, preguntó don José María. Porque el tercero es para la autoridad, muchachos. El teniente coronel Zuloaga, que hasta ese momento había actuado con gentileza, se levantó de su silla y apoyó las dos manos en el escritorio de su interlocutor, que se echó para atrás en su silla. Su gesto apacible se había transformado en la cara de piedra de quien en realidad era: el comandante militar de una de las zonas más rasposas del país.

21

Mire, licenciado, le dijo, usted no lo sabe porque es un pendejo, pero la República está en guerra contra medio mundo y los apaches. Acercó su cara a la del juez de paz, que se había puesto verde y se seguía tirando hacia atrás. Estamos en toque de queda y ley marcial todo el tiempo y mientras los presidios sigan vacíos, yo represento al gobierno federal, ¿usted a quién? Era chiste, mi comandante, dijo el jefe político, haciendo la cara a un lado. Zuloaga le dio una cachetada para que la volviera y lo mirara directamente a los ojos. ¿Y cómo nos va a ayudar? No puedo dejar mi cargo para ir a perseguir salvajes, además de que soy abogado y de Guanajuato. Pero puede poner la cerveza para el convivio. Como diga, mi general. Lo soltó. Soy teniente coronel, le dijo.

Zuloaga ya no volvió a su silla y su padre se alzó de la suya. Ambos se tocaron la punta del sombrero a manera de despedida. Ya alcanzaban la puerta de salida de la alcaldía cuando el juez de paz dijo: Hay una familia que los está esperando. El teniente coronel se volvió a mirarlo. No son de dinero, pero tienen buena casa, seguro se pueden quedar ahí y estarían más cómodos que en la comandancia de policía. ¿Hay policía?, preguntó el mayor de los Zuloaga, sorprendido con los progresos que la independencia había traído a la región. Hay comandancia, respondió el jefe político, cuando me llegue el presupuesto, le ponemos policías.

La idea es escribir un libro sobre un país borrado. Un país que funcionó tan bien y mal como funcionan todos los países y que desapareció frente a nuestros ojos como desaparecieron los casetes o la crema de vaca en triángulo de cartón. Donde hoy están Sonora, Chihuahua, Arizona y Nuevo México había una Atlántida, un país de en medio. Los mexicanos y los gringos como dos niños sordomudos dándose la espalda y los apaches corriendo entre sus piernas sin saber exactamente adónde porque su tierra se iba llenando de desconocidos que salían a borbotones de todos lados.

La Apachería era un país con una economía, con una idea de Estado y un sistema de toma de decisiones para el beneficio común. Un país que daba la cara, una cara morena, rajada por el sol y los vientos, la cara más hermosa que produjo América, la cara de los que lo único que tienen es lo que nos falta a todos porque al final siempre concedemos para poder medrar: dignidad. Los apaches fueron, sobre todo, un pueblo digno, y la dignidad es la más esotérica de las virtudes humanas. La única que antepone la urgencia de vivir el presente como a uno se le dé la gana a esa otra urgencia, desaseada y babosa, que supone la dispersión de la información genética propia y la supervivencia de unos modos de hacer, una lengua, ciertos objetos que solo produce un grupo de personas. Cosas que en realidad da lo mismo que se extingan –se fueron los atlantes, los aztecas, los apaches, pero pudimos ser nosotros–, paquetes de genes y costumbres que a veces sentimos que son lo mejor que tenemos solo porque en el mero fondo es lo único que hay.

Cuando los chiricahuas –la más feroz de las naciones de los apaches– no tuvieron más remedio que integrarse a México o a los Estados Unidos, optaron por una tercera vía, absolutamente inesperada: la extinción. Primero muerto que hacer esto, fanfarroneamos todo el tiempo, pero luego vamos y lo hacemos. Los apaches dijeron que no estaban interesados en integrarse cuando los conquistadores entraron en contacto con ellos en 1610 y siguieron diciendo que no hasta que todo su mundo cupo en un solo vagón de tren: el que se llevó a los últimos veintisiete fuera de Arizona.

No sé si haya algo que aprender de una decisión como esa, extinguirse, pero me desconcierta tanto que quiero levantarle un libro.

Vivo de escribir novelas, artículos, guiones, para poder sostener a mi familia con los asuntos sobre los que leo. Y escribo porque es lo único que soy capaz de hacer consistentemente. No sé si lo he contado antes, pero tuve el privilegio de renunciar a un trabajo, por primera vez en mi vida, cuando ya tenía treinta y siete o treinta y ocho años. De todos los demás –y fueron muchos– me habían corrido. He tratado de hacer de todo para mantener a mi modesta nación de cinco miembros a flote, para que mi material genético, mi lengua, mi manera de hacer, resista un poco más.

Si fuera un chiricahua solo leería, nos moriríamos de lo que uno se muere si no participa en la feria de la productividad: malnutrición, sesenta cigarros al día, falta de dentista, enfermedades curables, deudas tributarias, pésima educación.

En la hora de su extinción, los apaches no escribían más que con las grafías con que se deletrea la muerte. Dejaban en los caminos mensajes escritos con un alfabeto de cadáveres para que a nadie se le olvidara de quién era esa tierra, o de quién había sido esa tierra que los mexicanos y los gringos se sentían con derecho a ocupar. El país no tenía nombre, no al principio.

Don Leopoldo tenía tres hijos. Era un hombre bueno, padre de tres hombres trabajadores. Ninguno de ellos estuvo presente cuando la muerte pasó por él a su cama de terrateniente de medio pelo en una región que en realidad no servía para nada, pero eso era normal por entonces. No había un servicio de correo formal en las praderas, faltaban décadas para que hubiera telégrafo, Chihuahua estaba en casa de la chingada y Janos ya ni hablar. La correspondencia dependía de un vecino de Álamo Gordo que cada tanto iba al pueblo, recogía las cartas que la gente le daba con dinero para las estampillas y las llevaba a Casas Grandes, donde ya había oficina postal.

Los dos hijos del primer matrimonio de Ezguerra se dedicaban a la política. Uno era regidor en la ciudad de Chihuahua y el otro diputado en la de México. Durante los seis años que acompañó a don Leopoldo, Camila les escribía a ambos largas cartas tal vez de loca, contándoles de la evolución de su salud. Ambos respondían, después de meses, con notas dictadas a secretarias con caligrafía profesional. Había un tercer hijo, del segundo matrimonio, que se había ido a los veinte años a estudiar Agronomía con los jesuitas del Colegio de Santa María en Baltimore. De él Camila no sabía más que lo dicho por su marido: que se llamaba Héctor, que se había quedado allá, que se había casado con una cuáquera que le había dado unos nietos rubios que solo hablaban inglés a los que nunca iba a conocer. Que por culpa de Héctor ahora Ezguerra iba a ser un apellido gringo. Hágame el favor, Camilita.

Lo primero que hizo Camila en cuanto enviudó fue despachar a un mensajero a la ciudad de Chihuahua para que le avisara a su hijastro más cercano que su padre había muerto.

El regidor no volvió a Janos, pero envió dos meses después, a vuelta de galope, una larga carta, escrita de puño y letra, en la que le agradecía a Camila la ayuda que le había dado a su padre en los últimos años y le pedía que por favor se quedara en el rancho, que siguiera llevándolo con la sabiduría con que sabía que lo había hecho hasta entonces, a la espera de que su medio hermano Héctor, el agrónomo, llegara con su familia desde Baltimore. Él llevaría la propiedad en el futuro y tomaría las decisiones que convinieran para la familia, en la que ella estaba definitivamente incluida.

Cavaron el hoyo de la barbacoa en el mero centro de Casas Grandes ya bien entrada la noche. Lo cavaron tan cerca del quiosco de la plaza que, cuando prendieran el fuego, se iba a ahumar. El juez de paz mostró cierta alarma cuando Zuloaga le señaló al mozo de la alcaldía el punto preciso en que quería que hiciera el agujero. Que el teniente coronel Zuloaga fuera un hombre centrado, amigo en general de los indios y con buenas intenciones, no le quitaba lo criollo: nunca se le hubiera ocurrido cavar el hoyo a él mismo ni pedirle al juez que lo hiciera. Para eso estaban ahí, precisamente, sus amigos los indios.

Cuando el jefe político estaba por opinar contra el sitio del agujero, el comandante levantó los labios como para besar al aire y sacudió la cabeza como en plan de negarle algo a un niño. El juez entendió que hasta que la autoridad militar abandonara la plaza, había nomás que aguantar vara. Lo que diga el señor, le dijo al mozo, que rechistó: Terminé de pintar el pinchi quiosco la semana pasada, prefecto. Coméntaselo al señor, respondió su jefe, poniendo ambas manos detrás de la espalda.

El mozo le pareció a Zuloaga levantisco y del tipo que piensa que barrer la comisaría lo hace comisario, pero sobre todo le pareció rarísimo: era muy flaco y tenía los brazos y las piernas demasiado largos, la cabeza chica, pero los ojos, la nariz y la boca grandes. Hablaba con una voz destemplada. Como el teniente coronel no había podido hacer hijos con su señora, no sabía que así son las personas cuando transitan de la infancia a la juventud. A pesar de la orden más o menos expresa de su jefe de atender a lo que dijera Zuloaga sin demora, el chico argumentó su caso. El teniente coronel lo miraba más bien con curiosidad, sentado al lado de su padre en la única banca de hierro de la plaza central del pueblo. Además de mandado, el sirviente era verboso: Zuloaga tuvo tiempo de masticar un filamento de paja completo mientras exponía por qué no había que cavar el horno tan cerca del quiosco. Hay que ponerlo ahí, terminó el mozo, señalando un espacio cualquiera hacia el final de la explanada. El comandante escupió los restos de la paja justo sobre los huaraches del muchacho y le preguntó a su padre si no le veía una cara de nacional de leva que no podía con ella. Tiene mucho que aprender, dijo el viejo, y nada educa como servir a la República.

Sin levantarse de la banca, Zuloaga tomó otra paja del suelo y se la metió a la boca. Preguntó: ¿Se está usted sublevando, soldado? Hizo los ojos chicos, como para enfocarlo mejor. Soy el mozo, no un soldado, respondió. El viejo alzó las cejas. Dijo: Yo creo que eso es suficiente para afusilar al recluta. O para mandarlo a limpiar con la lengua el presidio de Janos, respondió su hijo. O con los huevitos, mi comandante, si es que los tiene. Zuloaga se volvió al recluta. ¿Qué fue lo que no entendió de mis órdenes, soldado? El mozo hizo un saludo militar más bien aguado. Cuando acabe de hacer el agujero, le dijo el jefe, me lo rellena de leña, lo prende y lo vigila, para que haga brasa para mañana; todo tiene que estar listo para las cinco de la mañana, entonces se me reporta en la cámara fría de la casa en la que me estoy quedando para traerse los berrendos que ya están limpiándole. El mozo bajó la cabeza.

El juez de paz no protestó ni porque se le iba a ahumar el quiosco ni porque le hubieran arrebatado a su único airoso empleado. Esa misma noche, en un gesto de voluntad inestimable, proveyó al nuevo soldado con leña para la barbacoa y un fusil, para que no se fuera desarmado a la campaña de Zuloaga. Era un rifle de chispa, tan viejo que usaba perdigones, de los que el juez de paz donó también una cajita. No había, eso sí, cuerno de pólvora: la habían usado para los cohetes el día de la toma de posesión de la propia autoridad civil. La leña y el fusil no fueron el único gesto pródigo del juez de paz, que seguramente prefirió hacer un sacrificio económico que seguir los pasos de su exmozo. También apoquinó suficiente sotol para dormir a ocho pueblos, y suficiente café para despertarlos.

Aunque Zuloaga tenía claro que el primer cuerpo de su pelotón solo podía ser inspirado para meterse al infiernillo del desierto y la montaña en ánimo festivo, entendió pronto que no podía darle mucho tiempo a la pachanga, que tenía que apresurarse. La noche misma en que llegó a Casas Grandes los señores con quienes se hospedó le contaron que la administradora del rancho Ezguerra era su sobrina y que sus restos no habían aparecido por más que la gente de Janos los rebuscó en la zona.

El teniente coronel sabía, como todos en esa región, que los apaches no enterraban a sus enemigos, que los dejaban expuestos porque eran un mensaje. La levantaron, mi coronel, lo único que encontraron fue algo de su ropa, toda desperdigada por el llano, le había dicho el tío de Camila la noche anterior, frente a una taza de leche bronca tibia con canela y azúcar. No era buena para tener hijos ni es que fuera a servirle a la patria, pero es nuestra sobrina y, mal que bien, nuestra responsabilidad. Zuloaga, que llegó a esa conversación ya cansado por el viaje y el estira y afloja con el juez civil y su mozo, se rascó la frente como si todavía trajera puesto el sombrero. Sacó una bolsita de tabaco del parche de su chamarra con flecos de comanche y se enrolló un cigarro.

La noticia de la sobrina desaparecida le reventaba el cuajo al proyecto de expedición, más bien paseada, que había diseñado en su cabeza.

En el ir y venir de mensajeros entre la capital del estado, el

27

Distrito Federal y el municipio de Buenaventura, se habían perdido cuando menos cuatro meses y medio, sin que nadie hubiera mencionado nunca que en Janos faltaba una mujer. Calculó, mirando con sus ojos bovinos mucho más allá de la cabeza del tío de la desaparecida, que el hecho más bien raro de que los apaches se hubieran llevado unas vacas y no solo los caballos, le daba cierta ventaja: podía seguir su mierda hasta el fin del mundo si no había caído un aguacero recio. Se talló la cara antes de explicar que nadie le había avisado que había habido un levantón. Hizo el gesto vacío de quitarse el sombrero y dijo con contrición honesta: Mire, señor, le voy a decir la verdad, que ya sabe aunque no se la quiera decir a usted mismo; ahorita o su sobrina ya es nomás un puro montón de huesos, que es lo mejor que le pudo haber pasado, o se la llevaron al monte y la tienen de esclava. Ay Jesús, dijo la tía, me la van a violar. El teniente coronel encendió un cerillo tallándolo contra una baldosa del piso de barro cocido. Entrecerró los ojos al jalar el humo de su cigarro. Violar no, respondió, yo nunca he sabido que abusen de una muchacha, pero pus esclava sí ha de ser, cuando menos en lo que aprende a ser apache. ¿Cree que esté viva? El vaquero se alzó de hombros: Seguro se la encuentro, viva o muerta, eso se lo puedo prometer. La tía rompió a llorar. Con que le dé sepultura cristiana, dijo el hombre de la casa.

Cuando, terminada la plática, Zuloaga llegó a su habitación, su padre estaba leyendo un libro que había tomado de los anaqueles sobre la cama. Ya estaba en medias y sin su obtusa casaca de general de un imperio del otro mundo. Y esa cara, le preguntó a su hijo. Se llevaron una cautiva. Ya te cargó Gestas. Ei. Vas a tener que trabajar. Ni digas. Meterte a la sierra, huellear, tirar bala. Su hijo infló los cachetes y expulsó el aire ruidosamente. Lo peor va a ser convertir a los pelados que pesques mañana en soldados del rey. De la República, papá. Eso, vámonos a dormir.

En los tiempos sobre los que estoy tratando de escribir Chihuahua era poco más que una entelequia para la mayoría de los mexicanos, que en cualquier caso acababan de empezar a serlo. Debe haber sido complicado para las generaciones a las que cruzó el año 21 haber dejado de ser españoles de América, como se decían –nadie nunca se describió a sí mismo como novohispano–, y empezar a identificarse con el gentilicio de una ciudad remota solo porque en ella estaba asentado el gobierno de la República: mexicanos.

Chihuahua era el llano y las montañas, lo de antes, lo que le seguía, se había llamado durante siglos Nueva Vizcaya y le había pertenecido, cuando menos nominalmente, al rey de España. Había un contrato de algún tipo, algo que había firmado el Papa, había libros de misioneros que asentaban que ese lugar se llamaba así y era administrado directamente por el virrey. A diferencia de Nueva Galicia, Nueva Vizcaya formó parte desde siempre, y siempre fue leal al reino infinito de Nueva España, un territorio que nadie sabía dónde empezaba pero era más allá del lago de Nicaragua y la Costa Rica y que luego pasaba por la muy noble y muy leal Ciudad de México para terminar más allá de los cerros, más allá del territorio difuso de la Apachería, pasando el río Colorado.

Nadie llegó nunca hasta donde terminaba Nueva España, o si llegó no dijo nada o no volvió: se lo comieron los osos, lo flecharon los indios, se lo cargó el frío. La fiebre nominativa siguió, de todos modos: nombrar es tener, integrar, comerse lo nombrado. Lo que había arriba de Nueva Vizcaya se llamaba Nueva México, y lo que estaba todavía más al norte, Colorado, por el río de chocolate que lo regaba. El desierto que bajaba hasta el mar de Cortés por el oeste se llamaba Sonora y lo de arriba Arizona, porque tenía la tierra roja y pedregosa como los baldíos que rodean al pueblo de Ariza, en Andalucía, pero mucho más grandes. La extensión infinita de tierra que llegaba hasta el océano Pacífico tenía un nombre que le puso un soldado que estaba leyendo *Las Sergas de Esplandián*, de Garci Rodríguez de Montalvo. Le pareció que era una tierra de gigantes, así que se llamó California. Cuando se descubrió que lo de abajo no era una isla hubo dos Californias, la Baja y la Alta. Lo que llegaba hasta el Golfo se llamaba primero Nueva Filipinas, pero nadie le decía así. Le decían Tejas porque para llegar había que pasar por un cañón en el que los piedrones tenían forma de laja.

A principios del horroroso siglo XIX los criollos se dedicaron a matar peninsulares para que el país se llamara México y no Nueva España, y los españoles de América, mexicanos; veintiséis años más tarde, los gringos se pusieron a matar mexicanos para que el norte de Sonora, Nuevo México, Colorado y la Alta California se llamaran Estados Unidos. Lo que había al sur de la ciudad de Chihuahua se llamó Durango, Tejas adoptó la extravagancia de escribir su nombre con equis, como México, y se volvió casi su propio país, a la Alta Sonora le pusieron el nombre arcaico de Arizona. La Apachería seguía más o menos imperturbable en ese mazacote de territorios inmensos en los que pueblos de veinte personas se mataban entre sí para llamarse de otra manera: era tan rasposa que nadie estaba interesado en conservarla, así que se la dejaron a sus habitantes y la nombraron como ellos.

Lo que fue la Apachería sigue más o menos solo mientras escribo: es un territorio mostrenco y extremo en el que hasta los animales van de paso. Cañadas impenetrables, llanos calcinantes, ríos torturados, piedras por todos lados. Más que un lugar, es un olvido del mundo, un sitio en el que solo se les podía ocurrir prosperar a los más obstinados de los descendientes de los mongoles que salieron de caza persiguiendo yaks hasta que se les convirtieron en caribús y luego en venados de cola blanca y berrendos. Sus yurtos esteparios transportables convertidos en güiquiyaps desechables, no tiendas como los tipis que los indios de los grandes llanos cambiaban de lugar dependiendo de la temporada, sino construcciones de emergencia constante, casas para ser abandonadas. En español de México les decimos jacales.

Hay un desprecio serio de la historia en ese hacer casas para que se las coma el carajo, una voluntad de nata y bola, unas ganas definitivas de vivir así nada más, en plan de cantar y bailar en lo que los cerdos ahorran. En un mundo que mide la potencia de las culturas en columnas y ladrillos, una que alzaba casas para que se volvieran tierra bate todos los récords del desdén. Tal vez todos fuimos así alguna vez, nómadas y felices. Íbamos pasando y alguien nos encadenó a la historia, nos puso nombre, nos obligó a pagar renta y nos prohibió fumar adentro. Éramos solo la gente y un día otro nos convirtió en algo: un mexicano, un coreano, un zulú. Alguien a quien hay que categorizar rapidito para, de preferencia, exterminarlo, y si no se puede, imponerle una lengua, enseñarle gramática y ponerle zapatos para luego vendérselos cuando se acostumbre a no andar descalzo.

Los apaches, aunque el nombre sea magnífico y nos llene la boca, no se llamaban apaches a sí mismos. Al libro de la historia se entra bautizado de sangre y con un nombre asignado por los que nos odian o, cuando menos, los que quieren lo que tenemos, aunque sea poco. Los apaches no tenían nada y se llamaban a sí mismos *ndeé*, la gente, el pueblo, la banda. Tampoco es que sea lindo. El nombre implica que la verdadera gente eran ellos y todos los demás no tanto. Eso pensaban los indios zuñi –«zuñi» también quiere decir «la gente»–, que fueron los que les enseñaron a los españoles que los *ndeé* se llamaban *apachi:* «Los enemigos.»

Los apaches entraron a la historia bautizados como nuestros enemigos en zuñi a principios del siglo XVII, cuando los expedicionarios españoles subieron a los altos de Arizona y, ya de bajada, la bautizaron como la Apachería después de haber concluido lo obvio: que en la amalgama de bosques, pedreras y cañadas que encuadran el río Gila, el Bravo y el Yaqui no hay nada a que sacarle partido.

El territorio era tan cerrado y los *ndeé* tan insobornablemente ellos mismos que los españoles no dejaron ni misioneros. A los curas novohispanos, acostumbrados a bautizar masas de indios laboriosos en los atrios de templos levantados en el corazón de ciudades milenarias de piedra y cal, los apaches debieron parecerles puro ecosistema: los primos del oso, los comedores de espinas. Eso eran también y daba miedo. En el *Me-*

morial sobre la Nueva México de Fray Alonso de Benavides, de 1630, los apaches tienen un rol estelar: «Es gente muy briosa y muy belicosa y muy ardidosa en la guerra, y hasta en el modo de hablar hacen diferencia con las demás naciones, porque estas hablan quedito y a espacio y los apachis parece que descalabran con las palabras.» No es un mal párrafo, para que se abran delante de una nación las cortinas de la historia.

Para la gente de principios del siglo XIX, el siglo en el que se publicó el *Memorial* aunque fue escrito trescientos años antes, había tarahumaras y jicarillas, pimes, pápagos, conchos, comanches y ópatas. Todos los que no entraban en alguno de esos grupos, eran apaches, y si uno se los encontraba los tenía que matar antes de que ellos lo mataran a uno.

Los gringos todavía no terminaban de figurar por entonces, aunque todo el mundo hablara de ellos. Eran una abstracción pálida que venía de más allá del Mississippi y decían que se estaban acantonando en Tejas, que compraban tierra, que eran rubios pero no tenían maneras, que ya estaban poniendo negocios del otro lado del río Grande por Santa Fe, que traían esclavos negros y no estaban dispuestos a liberarlos cuando se instalaban en México aunque la constitución de 1821 decía con toda claridad que había que dejarlos ir.

El teniente coronel José María Zuloaga le pasó lista al pelotón a las tres de la madrugada de su segundo y último día en Casas Grandes. Estaba en el patio de la casa de los tíos de la levantada, que fue durante esa noche el airoso Cuartel General de las fuerzas irregulares del estado de Chihuahua. La lista se pasó rápido porque las fuerzas consistían, por el momento, en un oficial, un recluta y un general del imperio retirado que más bien solo apostillaba. Se pasó, de hecho, rapidísimo, porque nadie tuvo ni siquiera la cortesía de preguntarle su nombre al recluta, así que nomás fue cosa de pasarle inspección y mandarlo al campo. Si algo demoró la inspección fue porque el más viejo de los Zuloaga estudió su arma, preguntándose en voz alta si no había llegado a Nueva Vizcaya con los conquistadores del siglo XVII.

Esto no serviría ni aunque todavía anduviera por ahí el cuerno de pólvora, concluyó, pero lo pueden usar como poste de tienda durante la campaña. Usted está pensando en los dragones del imperio, comentó su hijo, los soldados de la República duermen en descampado.

Zuloaga le arrebató el mosquete a su padre y mandó al mozo a enterrar los berrendos en el hoyo de la barbacoa. Hágales guardia, dijo, yo lo relevo cuando raye el sol, para que se lance a confiscar las tortillas y las salsas al mercado. Al muchacho le brillaron los ojos: el verbo «confiscar» le aclaró que tal vez lo que le había sucedido era un ascenso. Antes de que se dispersara el pelotón, el teniente coronel le preguntó al recluta cómo se llegaba a las goteras del pueblo. Respondió que siguiera el empedrado de la calle y continuara por el camino que lleva a la sierra, pero que no iba a encontrar a nadie. Los indios de este presidio eran todos apaches, así que se fueron, le dijo con una vibración que delataba un odio de generaciones. ¿Y usted no es indio? Soy mexicano, le dijo, y el teniente coronel sonrió de manera tenue mientras confirmaba con un movimiento de la cabeza casi imperceptible. El mozo cerró: Se fueron cuando se acabaron las raciones, dicen que no les gusta trabajar. El militar le terció su mosquetón con una ternura nueva. Váyase a cumplir sus órdenes, le dijo. El otro le preguntó si en el sur estaban igual. ¿De qué? De que ya no hay apachis. No queda ni uno. Es una ranchería muy grande y muy bonita, dijo el joven; es una pena que esté vacía.

Fue hasta que el recluta fue devorado por la oscuridad del empedrado con uno de los dos berrendos despellejados y limpios a la espalda, que Zuloaga le hizo notar a su padre que lo habían leído mal. El viejo, ansioso por volver al calor de la casa, dijo: Si no es libro. Lo estuve viendo mientras usted estudiaba el mosquete, siguió, es tarahumara, por eso está tan grandote. El padre alzó las cejas, se desabotonó la casaca y se aflojó la camisa en plan de señalar que ya se estaba volviendo al interior. ¿Cómo sabes?, dijo. ¿No le vio las patas? No habla como indio. Ha de ser adoptado. El padre se alzó de hombros y se dio la media vuelta, rumbo a la puerta de la cocina. Su hijo le dijo que iba a salir a ver el pueblo antes de que despertara. Tiró hacia la montaña, atendiendo a las instrucciones del chamaco. No se encontró, como esperaba, con una vereda, sino con un camino grande de tierra apisonada. Dudó un momento, así que revisó las matas, tomó un puño de tierra y lo olió. Había sido un camino importante. Al poco se alzaba sobre una primera loma a la que seguía otra más alta y así hasta dar con el mato brutal de la sierra, que nomás se intuía porque algo había de luna. Siguió la ruta, maldiciendo después de un rato al tarahumara, para el que la distancia debió haber sido corta: un criollo tendría que haberlo hecho a caballo. Apretó el paso porque vio a su espalda que la raya verde del día ya se anunciaba en el horizonte.

Tuvo que remontar un par más de cerros —sin descenso, se iban acumulando uno encima del siguiente— para dar de pronto con el pueblo de indios abandonado. Llegó ya que había luz. No era, como en todos lados, un llano con jacales dispersos, sino un laberinto de lodo y piedra, protegido por una muralla. Sonrió. Ya había estado ahí: eran las ruinas de Paquimé, una capital de la gran Chichimeca abandonada desde antes de que llegaran los conquistadores. Se paseó sin buscar nada. Por más aclimatados que hubieran estado los apaches de Casas Grandes antes de la gran desbandada, nunca se hubieran asentado entre esos muros que para ellos habrían sido madre de claustrofobias y aparecidos.

Ya de regreso pensó que el chamaco no podía tener más de doce o trece años si pensaba que las ruinas de Paquimé era lo que habían dejado los apaches en su huida al monte: era un indio de casa criolla que nunca había vivido en una ranchería y no recordaba los jacales de los janeros idos.

Héctor Ezguerra regresó al rancho de su padre cuando ya hacía varios meses que don Leopoldo había sido enterrado. En Baltimore, los jesuitas que habían protegido a los héroes de la Independencia hacía menos de veinte años le habían enseñado que a Dios se le ora también reproduciendo riqueza, así que llegó a Janos en plan de aplicar con tenacidad de insecto sus conocimientos sobre la ciencia, según él exacta, de la Agronomía. Desde su primera mañana en Chihuahua se empeñó en emplear a los peones de su padre en faenas concentradas, como si lo que estuviera administrando fuera un dispensario y no un peladero.

Héctor llegó en un coche militar, cuando todavía no terminaba de caer el sol de un día de abril demoledoramente caliente. Iba sentado en el pescante, junto al oficial que llevó las riendas del carro hasta la puerta misma de la casa del rancho. A Camila le inquietó que, en esas condiciones, el nuevo dueño llevara el saco de lana puesto y abotonado. Era un hombre alto y un poco pasado de peso, que se vestía como catrín de ciudad y no como el vaquero que iba a ser de entonces en adelante: llevaba sombrero de fieltro, leontina, corbata de lazo. No usaba bigote –a Camila la pareció un pésimo agüero que se viera como niño: nunca había visto a un hombre sin pelo en la cara.

Ella sabía, gracias a un mensaje del hermano de Héctor que vivía en Chihuahua, que los Ezguerra Parlett habían hecho en barco el viaje de Baltimore a Corpus Christi, y ahí habían tomado una diligencia a Laredo. Que ahí habían cambiado a una que llegaba hasta la ciudad de Chihuahua vía Delicias, para alcanzar finalmente Janos y el rancho en un carro oficial del gobierno del estado. Tuvo la casa lista a tiempo para recibirlos.

El hombre dio pruebas de su hiperactividad de científico de los rumiantes desde el momento en que el carro cruzó el portal del patio de la casa. Saltó del pescante al canasto del techo y desató tres petacas más bien modestas que el más viejo y venerable de los jicarilla del rancho apenas tuvo tiempo de cachar, desconcertado como estaba frente al espectáculo de un criollo que hacía las cosas por sí mismo. Una vez que las tres maletas estuvieron abajo, el indio las tomó –cada una en una mano y la tercera bajo el sobaco– para meterlas a la habitación del señor. Déjalas en el suelo, Pedro, dijo Héctor con una firmeza amable que señalaba que ya había llegado quien mandaba. Al notar la

modestia del equipaje, Camila, que como correspondía lo esperaba en el portal acompañada por las criadas y los peones de casa,
sintió un alivio: venía solo, lo cual les daría un tiempo de adaptación a todos en el rancho.

Todavía sin saludar, Héctor se bajó por la escalerilla trasera
del carro, abrió la portezuela y desdobló los escalones. Le tendió la mano a una gringa roja y recia, que negó la ayuda con
una vigorosa sacudida de la cabeza y se hizo a tierra con un
niño rubio en brazos. Camila vio que detrás de ella salían otros
tres chamacos definitivamente gringos, más creciditos. El padre
tomó dos de las maletas y le hizo un gesto al mayor de sus hijos, que arrastró, más que cargó, la tercera. Cuando el jicarilla
Pedro se acercó a auxiliar al niño, Héctor negó con la cabeza.
Si van a ser rancheros, le dijo al indio, se tienen que ir haciendo hombres desde ya. Camila se alisó el vestido, lista para presentarse.

Héctor señaló con un gesto la puerta y la gringa y los niños
se metieron a paso marcial, como ganado, sin presentarse. El padre frenó en el umbral para bajar la maleta que llevaba en la
mano derecha, volverse y tocarse la punta del sombrero. Mucho
gusto, Camila, gracias por cuidarnos la tierra, dijo sin siquiera
tenderle la mano. Y volviéndose a la mayor de las criadas: ¿Cómo
anda la cocina, Eduviges?, los niños vienen muertos de hambre,
así que la señora Prudence va a ver qué hay de merienda ahorita
mismo. La cocinera se metió corriendo a la casa. Él la siguió, to-
cándose el sombrero otra vez en dirección a Camila. Ella cruzó
miradas con Pedro y siguió a los demás. Se fue a su habitación a
leer, a la espera de que le tocaran a la puerta para avisarle que la
merienda estaba servida. Tenía el corazón estrujado pero no roto:
los gringos, había escuchado, eran sobre todo gente eficiente que
no les daba vueltas a las cosas.

Nadie se acercó a su cuarto, así que cuando escuchó el ras-
par de platos y cubiertos cruzó el patio rumbo al comedor, que
encontró vacío. Fue a la cocina. Ahí encontró a la nueva familia comiendo no solo en la mesa de las criadas, sino con las
criadas. La escandalizó que en el centro del tablón hubiera una

olla con comida y un cucharón, pero sobre todo que entre los platos y la madera no hubiera mantel. ¿Se nos une?, le preguntó Héctor. Se sentó, confundida, junto a la cocinera. Si no se trae su plato y su tenedor no va a tener cómo comer, le dijo el nuevo jefe con una sonrisa condescendiente que mostraba que el gesto era educativo. Camila se levantó por su servicio y se volvió a sentar. Adelantó su plato y la nueva señora le señaló con la mirada que lo correcto ahora era que se sirviera ella misma. Lo hizo y notó con alivio que era cerdo en salsa verde con verdolagas: la gringa no había cocinado. Lo hice sin chile, le murmuró la cocinera, que hasta ese día había comido toda la vida auxiliada con una tortilla y encontraba impráctico pescar los trozos de cerdo con el tenedor.

Mistress Prudence –como les exigía a todos que la llamaran excepto a su marido, que la podía invocar solo por su nombre– era corpulenta, más potente que gorda. Tenía el pelo huero, los ojos zarcos y una sonrisa de perra que por suerte usaba poco. Había crecido en una lechería de Pensilvania atendiendo a las vacas de su padre cuáquero, así que tenía unas energías insoportables y unas manos rojas y callosas con las que tomó posesión de la casa como si hubiera sabido lo que era Chihuahua y para qué servía. Los niños no podían ser más gringos: cuatro rubitos inquietantemente silenciosos de siete, cinco, tres y un año, que tomaban leche como si fuera buena.

Nadie dijo ni una palabra durante la cena. Cuando Héctor terminó su plato, se levantó, llevó sus trastes al fregadero, los lavó y le dio las gracias a la cocinera. Eduviges no sabía si ponerse de pie o seguir batallando por enredar las verdolagas en el tenedor. El señor le preguntó por Pedro. Hay que ver los corrales, siguió. Pero si se está haciendo de noche, arriesgó Camila. Por eso hay que apurarse, respondió el hombre. Doña Eduviges murmuró por lo bajo, una vez que él salió de la cocina, segura de que la familia no hablaba español: Deje que ya se esté haciendo de noche, ¿y el postre?

Las mujeres de la casa esperaron a que Mistress Prudence y sus hijos dejaran la cocina para calentarse unas tortillas evaluando la situación. ¿Y esto qué es?, preguntó la viuda. Y no ha visto nada, le respondió la matrona de los fogones: en el cuarto de servicio hay una lloradera porque la señora no quiere criadas; mañana las van a devolver a los pueblos. Hubo cierto placer justiciero en la sonrisa con que Eduviges concluyó que, a partir del día siguiente, la seño iba a tener que tender su propia cama.

Valeria me toca la cara cuando me ve angustiado. Es frecuente: angustia ser padre de tres y en una familia partida y desplazada. Hago notas para un posible libro sobre la Guerra Apache en un momento de tránsitos en el que no termino de reconocerme. Estoy en el espejo de nuestro baño y en el olor ácido de mi almohada, en las voces de mis hijos menores que me alcanzan temprano detrás de la puerta cerrada: ese tono con el que hacen quién sabe qué planes cuando se despiertan y que es el mejor que tienen. Estoy en la marca que me ha dejado la ausencia de Miquel y en el incisivo central superior de Valeria, adorablemente chueco, cuando despliega la primera sonrisa del día. Pero no estoy del todo donde vivo y mi estatus burocrático me pesa. Nunca quise ser nada más que lo que soy: mexicano. Las cosas del mundo, el miedo a vivir como un apache, me han puesto, sin embargo, en un ánimo claudicatorio. Nueva York ha sido generosa con nosotros, pero estábamos solo de paso y ahora que mi hijo mayor se mudó a Guadalajara para estudiar cine, las razones para volver a la Ciudad de México se nos terminaron. Para poder seguir manteniendo a la familia, entonces, tengo que dar un paso: dejar de renovar visas, convertirme en residente de este otro país, ser el que soy en otro sitio de manera permanente, dejar de ser extranjero, asumir el rol de migrante y empezar a hacer las cosas que sea que hagan quienes se integran y aclimatan. Me cuesta imaginarme como los dominicanos del barrio, que aunque siguen hablando español entre sí, se ven como padres y abuelos de gringos, que no encuentran insoportable que, al final, los entierren en esos cementerios infinitos y desolados de Queens.

Y luego está lo de Miquel, que cuando hablamos por teléfono insiste en que quiere estudiar cine en Varsovia o Berlín cuando termine la licenciatura que estudia en Guadalajara. Me ha sugerido, de manera insistente, que deje de necear con que ganamos la guerra de Independencia y reclame la nacionalidad española que me corresponde por ser hijo de refugiada catalana de la Guerra Civil. Así que aquí estoy, trajinando actas y juntando documentos probatorios para volverme un poco gringo –aun si nos arrancaron medio país en una guerra siniestra y abusiva que perdimos– y definitivamente español –aun si esa la ganamos–. Qué problema de autoestima para España que incluso México te gane guerras.

Me digo que no importa, que nada cambia si uno tiene documentos que reflejen mejor el tipo de vida que lleva. Me lo dice también Valeria en la hora por la que vale la pena vivir los días, que es la hora en que ya estamos ahítos de saliva y conversamos en voz baja para no despertar a los niños. Me lo dice tocándome la cara. También me lo dice Miquel con su aquiescencia ciega cuando hablamos por teléfono y me quejo de que no tengo tiempo para leer por estar juntando papeles, tramando citas, imprimiendo cosas que demuestren que sería un residente razonable y un español digno. Responde con un silencio y cuando le pregunto si sigue ahí dice que me está escuchando.

Nuestros hijos, obviamente, no nos conocen nada. O dejan de conocernos ya que crecen un poco y se decepcionaron. No saben que la ira que creen que es nuestra parte distintiva y sirve solo para educarlos, podarlos, darles el privilegio de ser supervivientes y resistir como apaches si es necesario, es la ira con que, llegado el caso, mataríamos por ellos sin un temblor en el pulso. Me lo dice la abogada de migración gringa con la cara un poco ladeada y la sonrisa incómoda que pone cuando no entiende lo que estoy diciendo: no se explica que alguien se resista a ser residente de Estados Unidos.

Pero no lo creo y no me gusta hasta que pienso que tener dos nacionalidades y residencia en un tercer lugar es, en realidad, como dejar de ser todo: vivir como apache. Dos pasaportes y una tarjeta de residencia equivalen, con suerte, a la nacionalidad de la Atlántida, el país de en medio, el de los que se pegan a la tierra para ocultarse en los chaparrales y ven desde los peñascos para que no los vean. Mi estudio en Harlem, una cañada en la sierra de los Mogollones en Nuevo México, mi sillón de leer asentado en las pedreras infinitas de Chihuahua o los desfiladeros de las Bolas de la Peñascosa en Arizona. Lo que quiera que escriba como el testimonio de algo que se extingue.

La cosecha, al final, no fue mala. Zuloaga juntó nueve hombres en la barbacoa de Casas Grandes. Con eso y el mozo tenía suficiente para ahorrarse el fandango de un festín en el siguiente pueblo, en el que la pura imagen de los rancheros enriflados cabalgando hacia la montaña sería suficiente para seguir juntando incautos. Estaban, eso sí, verdes. Los colonos mayores de la ciudad ya se las sabían todas y habían mandado al sarao del teniente coronel solo a los hijos que les habían salido babosos. Todos ganaban con el negocio: Zuloaga tenía a quien mandar y los colonos quien les hiciera hombres a sus vástagos pendejos.

La barbacoa se había empezado a servir a la una. Pasadas las seis y un mar de cerveza bien aceitada con sotol, fue facilísimo convencer al grupo de que era mucho mejor proyecto ir a hurtadillas por sus caballos y agarrar para el monte a soltar tiros que volver a sus casas a que sus esposas los pusieran parejos por borrachos. Guardando el respetillo, dijo el teniente coronel en el corazón de su arenga, si sus señoras son chihuahuenses, los apaches se las pelan.

El teniente coronel, el juez de paz, el mozo y el general retirado sacaron a los bravos de la plaza como pudieron y se hicieron todos al camino antes de que les empezaran a pegar la cruda y sus remordimientos. Estaban unas dos leguas al norte de Casas Grandes, en la bifurcación a Tinajas, cuando la autoridad civil regresó al pueblo y el general retirado se desvió a visitar a la familia. La noche ya estaba bien cerrada y hacía frío. Todo se juega para ti en las siguientes diez horas, le dijo el general a su hijo. El teniente coronel nomás afirmó con la cabeza, consciente de que el equilibrio de la acción era frágil: el primer campamento tenía que instalarse lo suficientemente lejos para que el calor de la cama matrimonial ya no fuera una tentación, pero había que poner a los hombres a dormir la mona pronto para poder comenzar temprano al día siguiente. El punto clave, en el que insistió el viejo, estaba en que había que despertarlos cuando todavía estuvieran borrachos, para que el ánimo no decayera hasta que dejar la expedición ya fuera vergonzante, porque había que hacerlo a la luz y la vista de todos. Nueve nacionales no está nada mal, le dijo al teniente coronel a manera de despedida. Si llego con cuatro a Janos ya voy de gane, respondió. El viejo no lo desmintió. Vas a tener que parar por gente de relleno, le dijo. No ando sobrado de tiempo.

Zuloaga sabía que la mitad de su milicia se había refornido con más botellas de sotol antes de salir del pueblo. Le pareció buena idea que se mantuvieran borrachos. Los jaló todo lo que pudo para que llegaran a Cerros Prietos sin pedirles que dejaran de beber. Ya tendrían, cuando se hundieran en el genuino peladero, sus lecciones de disciplina.

Llevaba ventaja porque era diciembre: oscurecía temprano y amanecía tarde. En Cerros Prietos alineó a sus hombres en una caballeriza vacía. Antes de hacerlo, tuvo la cortesía de tocar la puerta de la casa del rancho para informar que las tropas irregulares del Estado de Chihuahua la iban a tomar prestada por unas horas, a sabiendas de que nadie le iba a contestar. Había notado, desde que cruzaron a paso redoblado Capulín y Corralitos, que más allá de Casas Grandes no solo las goteras sino también los caseríos estaban vacíos.

Después de acomodar vaqueros y caballos dentro del establo —el frío estaba apretando—, Zuloaga le ordenó al mozo que recalentara el resto de la barbacoa. Él mismo repartió las raciones impostando un buen humor que ya le estaba faltando. Las repartió para medir cómo andaban de voluntad: todavía tenía nueve. Mientras devoraban su rancho les recordó que estaban nomás tomando un respiro, que era una siesta larguita y ya. Nadie le hizo caso, pasando como estaban las botellas de sotol de mano en mano, así que se fue a comer él solo. No planeaba ni aprenderse sus nombres hasta que estuviera seguro de que se iban a quedar. El mozo tendió su colchoneta y su cobija junto a él y no le pidió que se regresara con los otros.

Héctor Ezguerra protegió a Camila con la seriedad del que honra un pacto, pero también con el desgano que producía la realidad ineludible de que la mujer no había procreado con su padre: en realidad no eran nada. Le mandó arreglar una buena habitación y le mantuvo el sustento, pero le quitó sin etapas intermedias todos los poderes de jefa del rancho que había llevado durante la larga decadencia de su marido con el rigor y el secreto hedonismo con que hacía todo. La mujer volvió a su condición de infancia: la mesa de los señores, las goteras. Despojada de deberes, en Janos y en 1837, Camila debió ser la mujer que más se aburría en todo el mundo.

S. M. Barret, superintendente de Educación del pueblo de Lawton, Oklahoma, y traductor ocasional inglés-español del décimo octavo cuerpo de caballería del Ejército de los Estados Unidos en la base militar de Fort Sill, estaba preparando un té en la estufa de su estudio cuando el indio Asa Daklugie, que estaba parado en la ventana, le dijo, con el tono irónico del que ya se exasperó: «Mira quién viene.» El gringo, que retacaba cuidadosamente una red con flores de manzanilla y hojas de menta secas, le respondió: «No puede ser.»

Barret era un hombre curioso, pero quienes lo conocieron no lo habrían definido por esa cualidad. Había aprendido pronto que la persistencia y el método eran estupendas salvaguardas para un hombre como él, flaco, chaparro y cacarizo, en un mundo de soldados, indios y arrimados como eran los pueblos que crecían en torno a las bases militares en el Oeste de los Estados Unidos todavía a principios del siglo XX. No dejó de hacer lo que estaba haciendo con esa dedicación que solo tienen los gringos con lentes. Se los acomodó sobre el puente de la nariz y no volvió a decir nada hasta que tuvo la red atacada y el agua hirviendo. La sirvió en la tetera, hundió la infusión, la tapó. Tampoco dijo nada mientras el té reposaba ni cuando finalmente lo sirvió en dos pocillos de peltre. Hasta entonces se acercó a la ventana y vio al jinete batallando la nieve que caía cerrada sobre el llano.

¿Tu tío?, le preguntó a Asa Daklugie. El indio cerró los ojos para confirmar que lo era y que la obstinación del jinete le parecía, al mismo tiempo, insoportable y digna de admiración. Barret le tendió uno de los pocillos a su interlocutor. Vaya manera de cuidarse una gripe, dijo más bien para sí, en su español de libro. El indio se alzó de hombros. Parece que no lo conocieras, añadió. No lo conozco. ¿Quién sí?, respondió el otro. En todo caso tú.

Asa Daklugie se volvió a alzar de hombros, le dio un trago ruidoso a su taza de té y se fue a sentar a una de las mecedoras de la sala, listo para una sesión de trabajo de la que hasta ese momento pensaba haberse librado. Barret se quedó un momento más con la frente pegada al vidrio, su pocillo entre las dos manos. Se acomodó los lentes de nuevo.

Había una ferocidad transparente en el jinete aun a pesar de que pasaba de los setenta años, una obstinación sin motivo en la forma en que partía con la cabeza el aire batido de nieve, su legendaria melena persiguiéndolo como un búho gigante, los hombros tirados al frente para asegurar la obediencia del potro de los llanos –bajo y musculoso– que montaba a pesar de que podría haber tenido un caballo regular. Reventaba la distancia a una velocidad absurda para un camino helado.

El jinete alcanzó pronto la desviación que lo llevaría a la casa de Barret. No frenó hasta que estuvo frente al portal mismo, como si no hubiera querido llegar, sino arrollarlo. Descabalgó de un salto. Barret se rascó la cara. ¿Dices que tenía fiebre?, le preguntó a Daklugie. A ver si no se nos muere por necio, respondió el indio.

El gringo dejó su pocillo en la mesa lateral de su mecedora y fue a abrir la puerta. El jinete, agachado, se sacudía la nieve embarrada en la ropa. Estaba dándose palmadas en los mocasines. Primero alzó la cara, luego se incorporó. Era tan bajo que la alzada casi no tuvo efecto. Tenía la boca dura, las comisuras hacia abajo. No era solo que ya había perdido todos los dientes: era un hombre que había matado y había visto matar hasta el hartazgo, un puño cerrado, el fantasma que quedaba de la guerra más larga e hija de puta de todos los tiempos, el último sobreviviente de un baño de sangre que había empezado en Tenochtitlán en 1521: el indio que, finalmente, perdió el último combate por América. El apache enfocó el ojo derecho en el gringo, el izquierdo hacía años que veía para donde se le daba la gana. Barret era treinta años más joven que él, medía casi medio metro más, no estaba enfermo. Aun así sintió el miedo cerval de siempre cuando el ojo bueno del apache miró en los fondos del suyo. Sonrió de manera forzada. El viejo se lamió las encías pelonas sin devolverle el gesto y sacudió la mano derecha para señalarle que iba a pasar, que se quitara. El gringo obedeció. Dijo: Gerónimo, a manera de saludo. Don Barret, respondió el indio en español mientras avanzaba rumbo a la estufa como si fuera suya. Ahí se quitó el abrigo y lo colgó en una silla que jaló de la mesa.

Desatarse los calentadores que le protegían la parte alta de los mocasines fue más complicado: eran dos tiras de lana roja. Barret le preguntó: ¿Son turbantes militares? Asa Daklugie agregó desde su mecedora, también en español: Eran el uniforme de scout de Chato, y este cabrón que no respeta ni a los muertos los usa para que no se le enfríen las pantorrillas. Gerónimo le dijo algo en apache a su ahijado, que soltó una carcajada. Y luego en dirección a Barret: Chato, indio y scout del ejército de los Estados Unidos durante la Guerra Apache. El superintendente nunca estaba seguro de qué era solo sarcasmo en las conversaciones del viejo, por lo que prefería pasar por cándido: ¿No sería mejor que te los pusieras en la cabeza?, me dice tu sobrino que estás enfermo. El indio se rascó una oreja. Es mi ahijado, dijo, y agregó: Si me los pusiera en la cabeza, no los salpicaría cuando meo. Daklugie se rió, el gringo no. Yo creo que no deberías estar aquí tú, le dijo, tienes fiebre. No se

44

atrevió a tocarle la frente a pesar de que hacía dos meses que se reunían una vez a la semana a esa hora en su casa para trabajar juntos en la autobiografía de celebridad universal y prisionero de guerra del apache, pero era obvio que el viejo estaba muy enfermo: tenía los ojos rodeados por un círculo rojo y la nariz irritada, estaba amarillo. Quedamos de vernos todos los martes, le dijo el indio. No podemos trabajar así, eres casi ochenta años de viejo, le respondió el gringo. Todos más culeros y más chingones que los tuyos, dijo Gerónimo. El español más bien universitario de Barret no llegaba tan lejos, por lo que se volvió hacia Daklugie, que tradujo: «*All interesting and beautiful.*» Barret sonrió, Gerónimo pensó que era un tarado. El profesor miró al ahijado, le dijo en inglés: Está temblando de fiebre. Es Gerónimo, respondió el otro. ¿Le ofrezco una cama? Luego en español: ¿Traigo el doctor? Daklugie entornó las cejas y, mirando a su tío, le dijo en apache: Que dice el gringo que si te sientes mal puedes descansar, que tu palabra quedaría limpia. Pero es martes. Te vas a poner peor, dice que si quieres te acuestes en su cama y llama al médico. Gerónimo se dobló de risa.

¿No vamos a trabajar?, le preguntó a Daklugie en apache. El profesor dice que no, que no quiere ser responsable de tu salud. El viejo se alzó de hombros y comenzó a enrollarse de nuevo en las piernas los turbantes de Chato. No parecía decepcionado. Asa le dijo al gringo: No va a aceptar la invitación, pero siquiera se va a ir a dormir a su barraca. Quédate aquí, insistió el gringo, llamo para el doctor. El indio, que ya iba de camino a la puerta, ni lo volteó a ver. Le mostró la palma extendida como despedida. Asa Daklugie se quitó la frazada de las piernas, se levantó y se la puso en los hombros al viejo, que la aceptó con una inclinación de cabeza sin rechistar. Era el hijo mayor del jefe Juh, el único ser humano que podía tener gestos de cercanía con Gerónimo sin ser rechazado. Se arropó con ella.

Barret caminó a la ventana y desde ahí lo vio atándose la franela más recio. Se montó al caballo de un salto, como si siguiera teniendo treinta años, y se hizo al camino con la misma violencia con que había llegado. Si se nos muere me van a meter a la cárcel, dijo cuando ya era otra vez una mancha entre la nieve. Asa Daklugie se levantó de su mecedora y se golpeó los muslos con las palmas de las manos. Abrió su morral para sacar su cuaderno de notas. Se dirigió al gringo, que todavía miraba por la ventana. Dijo mientras pasaba las hojas del cuaderno: Más bien te van a dar una medalla, nadie nunca pudo.

Le costó trabajo despertar a los vaqueros de Casas Grandes dos horas más tarde, a pesar de la ayuda del mozo, que había prendido las ascuas y puesto a hervir agua para el café incluso antes de que el comandante se desprendiera de su cobija. Zuloaga notó que, durante el momento tan delicado en que ocho bravos medio dormidos se alineaban fuera del establo en sus caballos recién ensillados, el mozo terció su cuaco ocupando el flanco sureño del camino para disuadir a alguno al que se le hubiera ocurrido aprovechar la confusión para regresarse. Zuloaga ni le sonrió ni le agradeció nada: no era de los que dejan ver que tiene preocupaciones. Le dijo nada más: Se nos escapó uno.

Ya bien hechos a la brecha, el teniente coronel se dejó alcanzar por el recluta y le dijo: Bien hecho, lo de cruzar el caballo para evitar la estampida, se ve que conoce a los muchachos de su pueblo. El mozo pensó que era una oportunidad para la conversación y se soltó con un si usté supiera que no tuvo más respuesta que un dedo en el sombrero del comandante y la estela de polvo de su caballo mientras adelantaba de vuelta al frente de la tropa.

Camila habría participado en la fiesta del sufrimiento autoinfligido en nombre del ahorro cuáquero si la hubieran invitado, pero instalar la utopía de la leche en el rancho Ezguerra demandaba su expulsión. Despertando se refugiaba en la cocina, para siquiera desayunar en compañía de las criadas que quedaban. Mistress Prudence, para entonces, ya estaba en los corrales. Desde ahí la miraba volver cuajada de mierda, darse un baño frío a jicarazos y meterse al cuarto de los niños, de donde los sacaba para retacarlos de leche y avena en la cocina. ¿Eso desayunan?, preguntó

Camila la primera vez que los vio comerse el potaje que su madre les preparaba sin ayuda de Eduviges. Diario, le respondió la cocinera. Pobrecitos, con razón no dicen nada nunca. Luego la mujer montaba a los niños, con un almuerzo de pan, queso y más leche, en un vagón que andaba arrastrando durante toda la faena que se había impuesto para el día: limpiar el tomatal, sembrar calabazas en un baldío, pintar tramos de la casa que el sol iba a descascarar tal vez antes de que llegara el invierno.

El niño grande, vestido como granjerito, iba todo el día detrás de ella y el carrito, auxiliándola con una seriedad resignada. Era el encargado de darles de comer a sus hermanitos. Los tres chiquitos como niños de hospicio: las bocas puercas, las uñas negras, subiendo y bajando del vagón para jugar entre ellos en un silencio inquietante.

Para Camila, verlos pasar rumbo al patio con su ajetreo de fantasmas era, por mucho, el momento de mayor agitación del día. Salía a caminar, escribía cartas interminables que no siempre enviaba, ayudaba en la cocina con la preparación de la cena y se sentaba a comerla antes de que la familia se volviera a juntar en el desayunador con la cara lavada y la lengua de piedra: prefería comer de pie y viendo por la ventana al silencio opresivo de la tribu y el nerviosismo de Eduviges y su ayudanta, que encontraban impositivos los cubiertos: seguían ganando un salario de mierda y ya no podían ni sentarse a comer como Dios manda. Cuando Héctor y Mistress Prudence se encerraban en su cuarto después de que ella acostara a los niños, Camila los escuchaba conversar, reírse. Se veía las manos, dejaba el libro que estuviera leyendo y se miraba en el espejo.

Los Ezguerra Parlett no iban a la misa en la Soledad –él era demasiado moderno para ser creyente y ella creía en cosas que se cumplían perfectamente trabajando la tierra y dando gracias antes de las comidas–, pero llegaban a las mesas de la Primera Avenida a tiempo para el chocolate y las compotas de los domingos en la tarde.

Camila los había llevado a Janos el primer domingo que pasaron en la región, para que disfrutaran de las pocas horas en que en una comunidad ahogada por la aspereza de su tierra despuntaba cierta expansión de ánimo. La experiencia no había sido buena. El hecho de que se hubieran quedado jugando con los niños afuera de la parroquia sin entrar a misa, el asco con que Mistress Prudence hundió la cucharilla en su compota antes de rechazarla, la sonrisa siniestra con la que recibió y dejó intocado el jarrito de chocolate disuelto en agua fresca, el gustazo de víbora de cascabel con que le arrebató a su hijo mayor el barquillo de cajeta que le había dado una señora, causaron una incomodidad en el resto de los janenses que no ablandó ni siquiera la sorpresa que les supuso descubrir que entre ellos hablaban inglés. Camila no entendía la preocupación de la cuáquera frente al consumo de azúcar, de modo que pensó que nunca más los iba a volver a traer, y no se relajó hasta que los vio subirse de nuevo en la calesa de don Leopoldo cuando empezaron a salir los sotoles en garrafas de barro.

No volvieron a Janos ni al siguiente domingo ni al otro, pero ganó el tiempo: no hay puritanismo que pueda soportar la soledad hercúlea de un rancho al final de Chihuahua. Volvieron a aparecer los domingos en las mesas de la Primera Avenida vestidos en negro y blanco, como si fueran curas y no rancheros. Él con camisa de peto, fedora de alas delgadas, corbatín de lazo, y ella con un traje con tantas enaguas, vuelos y terciopelos que parecía una berenjena echada a perder. Los varoncitos iban vestidos de cuáqueros minúsculos y el bebé en camisola blanca y al garete. Héctor era el único tarado que mostraba los cachetes y los dientes en una nación de bigotones, ella parecía rezandera de su propio funeral.

Llegaban a los tablones de la Primera Avenida en la calesa de don Leopoldo pasado el mediodía –Camila tomaba temprano el carretón de los peones y las cocineras para llegar a misa–, se sentaban en una esquina y se comían una sandía de su propio huerto sin compartir ni hablar con nadie. Héctor y Mistress Prudence tomaban café de su garrafa de minero; los niños, leche bronca también del rancho. Si Héctor tenía algo que discutir con alguien del pueblo, lo hacía al vuelo y dejando sentada a la familia en su rincón de los tablones. Cuando terminaba, se alzaba la punta del sombrero como cortesía única que señalaba que ya se iban. Mistress Prudence a veces sonreía en esa circunstancia, pero a la gente más bien le daba miedo. Cuando se iban, Camila solía decir, ya sintiendo en la nuca el cosquilleo del aguardiente servido en una jicarita de barro, que las tres cositas que le gustaban de su vida se fueron a la mierda cuando desenvalijaron su equipaje de santos.

En sus últimos días en Janos, Camila les escribió largas cartas a los tíos que se habían quedado en Casas Grandes, ofreciéndose como institutriz de unos nietos que ya debían proliferar por su casa dado que sus primos habrían crecido y se habrían casado; le escribió al medio hermano de Héctor suplicándole con muchísimo tacto un trabajo en una escuela de la ciudad de la que era regidor; escribió al internado del Sagrado Corazón para ver si necesitaban una asistenta en las aulas de Tepic.

Las respuestas nunca llegaron, o no tuvieron adónde llegar, porque cuando el vecino de Delicias que hacía giras larguísimas por el estado repartiendo correspondencia llegó al rancho Ezguerra al año de la mudanza de Héctor y Mistress Prudence, lo que se encontró fue una casa quemada, unos corrales despedazados, un criadero de coyotes y víboras de cascabel.

Hoy hace exactamente ciento treinta años que Gerónimo se rindió por primera vez, en el Cañón de los Embudos en la Sierra Madre occidental. Se rindió en el estado de Sonora, en México, ante George Crook, general del ejército de los Estados Unidos. Un secretario del general conservó las palabras del indio reconociendo oficialmente su derrota. Dijo: «Antes me movía como el viento, ahora me rindo y eso es todo.» Se entregó acompañado por treinta y seis guerreros descritos por el agregado de prensa del general Crook como «el grupo de seres humanos mejor constituidos que nunca vi».

Escribo esto ciento treinta años después de la rendición de Gerónimo. Estoy en el barrio de Moabit en Berlín. Hace frío, escribo con guantes de lana, las puntas de los dedos al aire, adoloridos. Marzo en las alturas de la Sierra Madre debió ser frío también, aunque no tanto. La terraza donde trabajo mira a un parque recién plantado en lo que era hasta hace muy poco el patio de carga en que se embalaban los fletes de lo que fuera que se produjera aquí: los árboles son jóvenes y el pasto no está tan firme. Hay macetones y cajetes a los que las plantas, que todavía no reverdecen, les quedan todavía chicas: no han adquirido ese aire salvaje de los demás jardines de la ciudad. Tal vez Moabit sea el último barrio sin hípsters de Berlín, casi un refugio. Vive todavía de talleres de automóviles, negocios familiares, consultorios médicos y una empacadora de contenedores de ferrocarril gigantesca llamada Bahala Westhaffen, que veo cuando levanto la vista. Es un complejo de grúas y maquinaria pesadísima que trabaja las veinticuatro horas del día: por las noches, iluminada por lámparas de estadio, la empacadora se figura como una distopía de ciencia ficción industrial. No hay tiendas de comida orgánica.

Estoy en Moabit por la razón menos épica del mundo, la menos aventurera y mejor protegida por el estado de las cosas contemporáneo: vine a pasar unos días con Valeria, que prepara una serie de conferencias para la Academia de Arte Contemporáneo de Berlín en una residencia de artistas llamada DZ/U. Tenemos una habitación/estudio más grande que nuestro departamento en Harlem. Los niños se quedaron allá con la abuela. La alcancé los últimos días de su estancia, en plan más bien vacacional, aprovechando una invitación a Frankfurt que acepté solo para estar con ella. Como conozco bien Berlín y ella está terminando sus conferencias y no tiene atención para nada más que hacerlo, leo y llevo mi diario de notas de lectura, pero mayormente doy largos paseos en bicicleta por la ciudad. En las tardes casi siempre me acomodo en un concierto o una obra de teatro, tomo cerveza con amigos –pronto Berlín va a tener más escritores y artistas latinoamericanos que Latinoamérica–, a veces ella me alcanza a cenar. En el parque de Moabit, tan nuevo y pelón, cinco niños de una escuela vecina juegan un partido de futbol durante su descanso.

Diez meses antes de la primera rendición de Gerónimo, en marzo de 1885, un incidente en realidad sin importancia había propiciado la fuga de los apaches de la reservación de San Carlos, en la que habían pasado dos años confinados en condiciones humillantes e insalubres, pero en paz.

Los apaches eran una nación de montaña y había montañas de Arizona y Nuevo México con minerales valiosos, así que el gobierno de Estados Unidos los había acomodado, a punta de bala, en San Carlos, un peladero repleto de malaria que se extendía alrededor del Cañón de Turkey Creek. El encargado de vigilar su bienestar y permanencia era un oficial incompetente, corrupto y notablemente pasado de peso llamado Britton Davis. Las cosas se le salieron de cuajo cuando trató de castigar a los indios tras una borrachera en la que habían participado los jefes que estaban ahí en ese momento: Naiche, Nana, Mangus, Chihuahua y Loco. Un par de buscadores del ejército gringo llamados Chato y Mickey Free –Chato era chiricahua, así que era un volteado– habían acusado a Gerónimo de haber propiciado la borrachera, y Gerónimo, que por una vez en la vida se había portado bien pero ya estaba desesperado por recuperar la libertad que su banda solo podía disfrutar en los altos de la Sierra Madre en México, habló con los jefes para convencerlos de que se fueran con él. Salvo Naiche, que era más joven que Gerónimo –tenía unos cincuenta años–, los demás jefes eran gente mayor. Le dijeron que no, un poco a sabiendas de que con ello lo estaban condenando si era cierto que Chato y Micky Free lo habían denunciado. Gerónimo era chamán de guerra, no jefe, no tenía una banda que respaldara su huida, si se escapaba solo con su familia no iba a poder sobrevivir en la Sierra Madre, donde la mayor parte de la comida se obtenía mediante asaltos a los ranchos de Sinaloa. Los jefes ya estarían, como tanta gente en su mundo, hartos de él.

Dos días después de la borrachera y uno tras el consejo en que se discutió y canceló la posibilidad de que los apaches escaparan de la reservación, Gerónimo notó en el horizonte que un grupo de soldados se acercaba –se acercaban por cualquier cosa–

y juntó a los jefes de nuevo para decirles que venían a detenerlos a todos porque él mismo había matado la noche anterior a Chato y Micky Free. Era mentira: Gerónimo no había matado a nadie y los buscadores estaban reposando sus propias crudas en las barracas del cuartel de San Carlos, pero los apaches le creyeron y volaron. La huida se hizo a pie porque se consideraba una acción de guerra y los cuerpos militares apaches demandaban una movilidad para la que incluso los caballos estaban poco dotados. Todos se fueron juntos a la legendaria velocidad a la que eran capaces de correr, con todo y viejos y niños.

El escape de marzo de 1885 es uno de los momentos cumbre de la historia militar de Gerónimo. Aunque los soldados que iban hacia Turkey Creek no iban en plan de guerra, cuando llegaron a San Carlos la reservación ya estaba vacía, así que Britton Davies reforzó su caballería con más hombres de los que disponía regularmente y se hizo al monte a perseguir a los indios en caliente.

Los jefes apaches, con Davis y sus hombres encima y a la vista, se separaron en pequeñas bandas. Chihuahua, el que tenía más jerarquía entre todos en ese momento, le encomendó a Gerónimo, tal vez a manera de castigo, que él se llevara a los niños e hiciera con ellos una maniobra de distracción. La orden demandaba, claramente, un sacrificio: Gerónimo tenía que ganar unas horas para que los demás chiricahuas se pudieran escapar. Si lo atrapaban lo regresarían a la reservación y el resto de la gente ya estaría a salvo, si conseguía escapar –Chihuahua no se lo hubiera encargado si no hubiera pensado que estaba dentro de sus posibilidades–, los alcanzaría luego en el santuario de la Sierra Madre.

En una operación sin precedentes por su virtuosismo, el chamán de guerra consiguió que fuera su rastro el que siguieran los soldados, y los tuvo dando vueltas de norte a sur y de este a oeste no durante las horas que hubieran bastado para que los demás se perdieran en los montes, sino durante veinticuatro días y 750 kilómetros –todo a pie, siempre acompañado solo por los niños de la banda.

Cuando estuvo seguro de que el resto de los chiricahuas ya estaría en México, tomó rumbo al sur por una ruta de roca sólida en la que no quedaría rastro de su paso. Los militares gringos, que estaban convencidos de estar persiguiendo a un comando letal de guerreros y no a tres o cuatro decenas de niños comandados por un abuelo, tuvieron que reconciliarse con la idea de que sus enemigos habían ganado otra vez.

Las habilidades militares de los apaches eran tan radicales que sus historias, sobrevivientes en los registros de sus perseguidores, en la prensa que reportaba aterrada sus actos y en las entrevistas que los niños de Gerónimo dieron a los antropólogos de los años treinta del siglo XX, siempre tienen algo de sobrenatural. Esa huida de Gerónimo muestra el énfasis que ponían en ciertos procedimientos de supervivencia. No es, por supuesto, que aguantaran lo que fuera, como cuenta la mitología que les hemos inventado, es que en ciertos contextos los apaches eran invencibles, y uno de ellos era la huida.

A principios del siglo XIX, cuando el equilibrio de fuerzas entre apaches y mexicanos se inclinaba hacia los primeros, no era raro que algún gran jefe juntara una caballería capaz de desafiar y derrotar a la mexicana en batalla abierta. Mangas Coloradas fue el último jefe capaz de movilizar a un genuino ejército apache. Las siguientes generaciones, la de Victorio, la de Cochís, la de Nana y Chihuahua, la última, que fue la de Juh, Gerónimo y Naiche, tuvieron que desarrollar habilidades de guerra distintas porque la población de los chiricahuas, eternamente en guerra, no podía competir con la de los mexicanos y estadounidenses, cuya capacidad para renovar cuerpos armados era infinita.

Los apaches fueron los guerrilleros perfectos después del asesinato de Mangas Coloradas: sus vidas estaban enfocadas, del desayuno a la cena, en desarrollar la habilidad para atacar en grupos pequeños y huir con destreza. Nunca caían sobre un grupo de enemigos que podría haberlos vencido en combate franco, nunca nadie los encontraba después del ataque. Es cierto que la velocidad a la que un apache podía cruzar una cordillera era asombrosa y que tenían una resistencia corriendo solo igualable a la de los rarámuris, pero su mayor habilidad no era esa, sino la de borrar sus propias huellas y mimetizarse en el entorno.

Los veinticuatro célebres días de huida de Gerónimo hablan de una capacidad sin precedentes ni consecuentes para desplazar a un grupo de personas por el desierto, pero sobre todo de una habilidad única para esconderlos, para sembrar pistas equívocas, para aplanarse contra el suelo a centímetros del sitio que hoyan los cascos de los caballos enemigos. Un apache –guerrero, adolescente, niño o abuela– era una máquina de guerra: no todos peleaban, pero todos sabían cómo comportarse para que los guerreros pudieran hacer su trabajo alrededor de ellos. Los niños apaches no lloraban, las abuelas apaches sabían quedarse perfectamente quietas durante horas, sentadas detrás de un órgano o confundidas con una piedra. Los chiricahuas eran como los futbolistas de nuestros días, que desarrollan habilidades inverosímiles porque absolutamente todas las acciones que ejecutan en un día desde que tienen siete u ocho años están enfocadas en su especialidad.

En el jardín joven y más bien horrible que veo desde la terraza en la que escribo hay unos niños así, con una habilidad extraordinaria para jugar futbol. Deben pasar la tarde en una clínica, igual que pasan su descanso jugando con un balón en el parque. No saqué mi cuaderno para anotar la lectura de anoche sino para escribir sobre esos dos niños extraordinarios algo que tal vez se convierta en un artículo, en una nota para algún otro libro futuro, un guión.

Hay dos grupos acompañados por una maestra y una asistente. Las niñas no juegan un juego específico, o juegan uno imposible de identificar: debe haber grandes escenarios en sus mentes, imposibles de divisar para quien no participa en lo que quiera que hagan. Se desplazan de un lugar a otro del parque como un grupo compacto, hablando entre sí. Van de los columpios a lo que será un vivero cuando mejore el clima, del vivero a las bodegas abandonadas de la antigua empacadora. Los niños juegan futbol en el prado. Solo uno no participa y está sentado en una banca de cemento con la maestra y la asistente. Habla con ellas, pero no de manera intensa como van hablando las niñas entre sí, sino muy suelta, más o menos atento al partido. Los otros cinco son de su edad, deben tener todos ocho o nueve años, son mayores que Maia, mi hija más chica, menores que Dylan, el hermano que le sigue. Son niños berlineses: un coctel genético admirable que viene de todos lados. Juegan en dos equipos. De un lado hay tres entre fornidos y con sobrepeso, más grandes de estatura, también, que sus contrincantes. Uno es un gigantón de anteojos y clara ascendencia oriental, el segundo es muy alemán. El tercero, que es el de menor estatura pero tiene un peso similar al de los otros y por tanto se ve menos atlético, tal vez sea de origen árabe, aunque, considerando la ciudad en la que estoy, es muy probable que venga de una familia turca. En el segundo equipo solo hay dos niños y más bien escuálidos. Uno es europeo del norte, seguramente alemán también: rubio rubio y largo largo. El otro podría ser hijo de palestinos, latinoamericanos o portugueses y es minúsculo: moreno, fino de extremidades, muy expresivo. Carga con tantos mestizajes que ya no se reconoce qué es.

Nada revela la brutalidad de la historia como esos niños jugando futbol en un jardín público de Moabit un miércoles al mediodía. El equipo de dos tiene lo que se necesita para sobrevivir en la cancha: la gracia, el ingenio, la ligereza y la capacidad de articulación de frases futbolísticas largas que viene del entrenamiento constante. Deben jugar en la misma clínica por la tarde.

Tanto el jugador alto como el finito saben perfectamente lo que están haciendo y lo hacen con naturalidad: se desplazan con el balón cosido a los zapatos tenis, saben jugar de espaldas y aguantar quietos hasta el momento en que hay condiciones para picar y correr, volverse letales. Aunque son físicamente más frágiles, tienen sentido del equilibrio, saben extender los brazos cuando miran hacia el suelo y pegarlos al cuerpo cuando tienen que alzar la cabeza, pasan entre los grandes acarreando el balón sin caerse, combinan, meten goles. Los grandes, que están más empeñados que ellos en el partido, cuando mucho les estorban, sueltan balonazos con más optimismo que puntería. Los más chicos recuperan el balón, vuelven a acarrearlo a la portería contraria con intercambios de lirismo notable, lo clavan otra vez en el arco imaginario: dos pilas de mochilas y suéteres. Después de cuatro o cinco goles de la pareja mejor entregada, los fortachones tienen un momento de lucidez. Corren en un grupo cerrado protegiendo el balón con su peso en una jugada que parece más de rugby que de futbol, pero funciona. Cuando alcanzan la altura del campo en que el gol ya es una inminencia, el niño que platica con la maestra y la asistente corre a la portería. Ataja el disparo con concentración melancólica, como un mártir viendo, por fin, a su dios. Resultó que sí estaba jugando, que era el portero, pero el virtuosismo de su equipo era tal que no lo necesitaban.

Durante los años largos y despiadados de su extinción, los chiricahuas vivían del saqueo, prisioneros de una fiebre destructiva que devastó todo el norte de Chihuahua y Sonora y el sur de Arizona y Nuevo México. En ese periodo bañado de sangre y agujereado de plomo, robaban, además de ganado e insumos que no podían producir en su condición de nómadas serranos, tantos niños como podían. Siempre que los ejércitos de México o Estados Unidos se enfrentaban a ellos con fortuna, rescataban a un grupo nutrido de mujeres y menores de edad que luego repatriaban. A las mujeres los apaches las secuestraban, claramente, como rehenes: las intercambiaban, cuando podían, por las suyas propias antes de que fueran enviadas a los conventos del interior de México para ser entrenadas como criadas y vendidas como esclavas de facto.

Los niños recibían otro tratamiento. Apenas los capturaban, solían desnudarlos, atarlos a una estaca cubiertos de grasa de burro y dejarlos al sol, para que se volvieran morenos. Los dejaban largo tiempo sin comer, como si los estuvieran limpiando por dentro —el proceso de adaptación no era grato—.

Cuando ya estaban prietos y al borde de la muerte por inanición, se los asignaban a alguna abuela, que los acostumbraba lentamente a su nueva dieta y les enseñaba a comunicarse en apache. Les endurecían el carácter sometiéndolos a pruebas brutales y al escarnio de los demás niños si no podían imponerse. Cuando consideraban que ya estaban más o menos adaptados, los entregaban a una familia en la que los trataban exactamente igual que al resto de los hijos naturales de los padres.

Es cierto que el crecimiento de un niño apache era infinitamente más duro que el de un criollo o un gringo porque el entrenamiento militar de los guerreros comenzaba desde los seis o siete años, pero también es cierto que todos los mexicanos y estadounidenses que convivieron un periodo con los chiricahuas coinciden en apuntar, en todos los testimonios que dejaron, que lo más notable que tenían los apaches como cultura era la cantidad de tiempo y atención que les prodigaban a sus hijos. El jefe Nana, aterrador fuera de la comunidad chiricahua, era recordado por los niños apaches que años después entrevistó Eve Ball como un viejo dulcísimo y un payaso memorable, que se demoraba contándoles historias mientras sus padres estaban ocupados.

Una infancia apache tiene que haber sido, con todo, estupenda: los niños cautivos solían esconderse en la montaña cuando llegaban los soldados mexicanos o gringos, para evitar que los rescataran. En las ocasiones en que los descubrían y devolvían a sus padres, era común que huyeran de nuevo al monte a reencontrarse con su nación electa.

Quién sabe cuántos de los treinta y seis guerreros perfectos que se rindieron con Gerónimo hayan sido apaches puros, si ser apache hubiera sido un asunto de exactitud genética y no de desarrollo muscular y capacidad de supervivencia. Algunas fuentes históricas mexicanas insisten en una leyenda: que el jefe Victorio, que asoló Chihuahua y Nuevo México en los años setenta y ochenta del siglo XIX, era un niño mexicano cautivo, secuestrado por la banda de Mangas Coloradas. Basta ver la única y célebre foto que existe de Victorio para notar que no podía ser más apache: tenía los pómulos largos y angulosos, la nariz de águila, el rictus de los labios inclinado hacia abajo, el mentón cuadrado, el cuello corto y el pecho de barril. La insistencia del rumor, sin embargo, sugiere que los casos de niños cautivos que llegaban a guerreros conocidos era común. En este contexto, haber nacido mexicano, gringo o chiricahua daba exactamente lo mismo. Ser apache no era un asunto de sangre, sino de lengua y resistencia, de vigor, de virtuosismo y genio en la hora del combate y el escape, de simplemente desconocer la idea de que era posible, o tal vez más exacto, creíble, rendirse.

La rendición de Gerónimo en el Cañón de los Embudos hace ciento treinta años fue solo simbólica. El grupo de guerreros que regresó a la reservación de San Carlos siguiéndolo se fugó de vuelta a la Sierra Madre en México varias veces. El general Crook sabía que mientras los chiricahuas pudieran volver a su santuario en Sonora lo harían, pero estaba urgido de un triunfo político que lo ayudara a mantener su endeble posición como comandante general de la guerra contra los apaches en el suroeste de los Estados Unidos. Por el lado de Gerónimo, la legendaria rendición del Cañón de los Embudos fue un recurso político y un acto solo personal. Se rindió porque los soldados gringos ya habían secuestrado a su familia y a la de muchos otros guerreros y porque estaba consciente de que aunque podían seguir asaltando pueblos y ranchos, el acecho del ejército mexicano, siempre más cruel, ya rascaba la punta de las montañas. Los gringos no eran un vasito de agua, pero vivir con ellos suponía solamente la miseria y el confinamiento de la reservación, no la muerte. Los mexicanos, que habían peleado una guerra más bestia y larga contra los apaches, estaban haciendo una campaña racional y sistemática de exterminio.

Los chiricahuas deben haber estado ya desesperados cuando Crook ofreció una rendición que no implicaba muertos. En el santuario de la Sierra Madre los apaches tenían la libertad de movimiento y decisión que fue siempre el combustible de su vitalidad como civilización, pero el acoso de los mexicanos les impedía cultivar en las tierras bajas y sus campamentos estaban muy altos para cosechar comida silvestre. La montaña les daba agua, sombra y pastos para el ganado que saqueaban de los ranchos de Sinaloa, pero no entregaba los suplementos que formaban la verdadera base de su cocina: no había maíz, no había flores de yuca ni frijoles de acacia, no había raíz de maguey ni calabazas. Y sabían que tarde o temprano el territorio de su santuario iba a ser reclamado por la República insaciable que quién sabe en qué momento decidió que tenía que gobernar cada milímetro cuadrado del territorio inmenso en que estaba asentada, como si hubiera necesitado los altos impenetrables de la Sierra Madre –no los necesitaba: siguen vacíos.

La rendición del Cañón de los Embudos fue, entonces, una medida de supervivencia típica de la mente estratégica de Gerónimo, otro gesto virtuoso: una concesión política momentánea que le permitía mantener reunida a la mayor parte de su gente. Se recuerda como un momento central en la historia de la Guerra Apache no porque haya sido definitivo, sino porque el fotógrafo Camillus Fly –Camilo Mosca, hágame el favor– retrató el instante preciso en que Gerónimo le dijo al militar gringo una frase tan rota y triste que no hay manera de perdonárnosla aunque los chiricahuas fueran un genuino terror: «Antes me movía como el viento, ahora me rindo y eso es todo.»

Gerónimo era un hombre elocuente; en sus muchas rendiciones, en ese libro fabuloso y terrible que son sus memorias dictadas a S. M. Barret, en sus conversaciones registradas en transcripciones con el presidente Theodore Roosevelt –que creo que simpatizaba genuinamente con él–, mostró una y otra vez que el vuelo lírico de sus discursos no era bajo. Era un hombre de armas y montaña, pero también un orador sofisticado. La frase de su rendición ante Crook comienza en un tono elegiaco sobre la forma de vida de su comunidad, tal como debieron comenzar las alocuciones que hacía frente a los guerreros cuando los preparaba para el combate o ante los niños cuando les contaba las historias de Coyote: el Ulises de los apaches. Es curioso, en cualquier caso, que sea siempre la primera parte de la frase de la rendición la que se cita: «Antes me movía como el viento», cuando lo que importa es la segunda, el momento en que la sentencia se desmorona, representando el final abrupto de una forma de vida. «Ahora me rindo y eso es todo.» Es una frase que se cae, como el sol rapidísimo de los trópicos, como un águila perforada por el plomo de un imbécil, como Cuauhtémoc, el primer gran militar americano que se rindió frente a un blanco: «Águila en caída», «Sol que cae», quería decir su nombre. Un final no demanda elaboración: «Ahora me rindo y eso es todo», las palabras de un hombre serio.

Un chamán, según Lévi-Strauss, es una persona que tiene una relación concreta con el lenguaje, porque cura utilizándolo como herramienta y medicina. Lo que para nosotros son palabras, para un chamán es un bisturí: algo que hiende y reorganiza lo que hay en el mundo, algo que corta y ata, un fenómeno con poder sobre los demás fenómenos, algo de verdad sagrado. Lévi-Strauss dijo en su *Antropología estructural* que para los científicos el problema con los chamanes es que sí curan.

La lengua de un hombre como Gerónimo no servía para describir la realidad, sino para transformarla. Decir: «Ahora me rindo y eso es todo» es reconocer que lo que sigue es una pared que ya no se puede saltar, que se acabaron las variaciones porque ya llegamos al carajo. «Nuestra herencia», dijo un cronista anónimo tras la caída de Tenochtitlán en 1521, «es una red de agujeros.» Hay una curva de trescientos cincuenta años entre ambas frases. A Gerónimo le tocó reconocer que la red de agujeros ya se había terminado también, que su gente estaba prendida por los puños de sus últimos hilos: pertenecía a un anacronismo, una nación que se descubre del lado equivocado de la red, una nación pendiente, colgada apenas del mundo.

Abrió los dedos porque no podía hacer nada más, pero no se rindió de verdad. No era cierto que se estuviera rindiendo, estaba haciendo algo más grave y hermoso. Declarando el fin de algo gigantesco que había empezado cuando el primer asiático vio América del Norte y le pareció que estaba bien: América no tiene ni siquiera su propio nombre. Su cortedad es un gesto de resistencia cuando ya no queda nada, cuando la tierra que uno pisa ya se llama de otro modo. Decir que «eso es todo» es decir: Mi silencio es tu maldición.

Quién sabe si alguno de los niños alemanes que vi jugando con tanto brillo y pulmón en el parque de Moabit va a terminar jugando en un equipo profesional, si será campeón del mundo. Los derrotados, a los que sometían de manera tan festiva e inspirada, van a tratar de joderlos para que no lleguen, y si llegan, ellos van a ser los directivos de su liga, sus abogados, sus banqueros, sus dentistas, sus presidentes. Les van a joder la vida y al final se van a quedar con su dinero, van a medrar con su fama, van a cortar la red y cuando caigan van a obligarlos a que les agradezcan algo. Eso va a ser todo. América, América, eso es todo.

Llegaron a Janos por la tarde. Zuloaga estaba seguro de que la sensación de ultraje que implicaba el secuestro de una mujer local le permitiría reclutar ahí suficientes hombres para llenar la docena que creía necesitar para hacerse a territorio apache, contando las posibles deserciones.

Se encontró con que Janos no tenía prefecto –no tenía casi nada–, pero había un delegado que cubría las funciones de alcalde y jefe del presidio. Lo recibió sentado en una sala de palo más bien triste con el cura del pueblo. Ambos confirmaron la historia que le habían contado en Casas Grandes, añadiendo una cuenta inquietante: ya hacía casi cinco meses que la señora Camila había desaparecido sin que se encontraran restos suyos. ¿Nada?, preguntó Zuloaga sorprendido. Nada más que ropita, confirmó el cura mirando al suelo, se la llevaron completa. Y siguió: ¿Qué necesita para rescatarla si sigue viva? Que alguien que la haya conocido bien, respondió el militar, me lleve al rancho a ver su habitación, que me cuenten todo lo que sepan de ella.

Entre ambos le dijeron todo lo que sabían, que era apenas un poco más de lo que le había dicho su familia. La verdad, concluyó el cura, es que nadie la conocía bien; todos hablamos con ella alguna vez y pensamos que era lista, pero nadie era su amigo. En Janos, eso sí, tenían una mejor impresión de la viuda que en Casas Grandes, tal vez solo porque el terreno era más áspero y ella, al parecer, lo había sido también. Era una mujer de voluntad, dijo el sacerdote. ¿Cómo así?, preguntó el militar alzando una ceja y cruzando una mirada con el político. Siempre andaba derechita, nunca se quejó de nada, se llevaba mejor con las indias que con nosotros –yo creo que porque la habían medio criado los jicarilla de Casas Grandes–. El cura se rascó la cabeza y, dirigiéndose al delegado, preguntó: ¿No era amiga de la Elvira? No sé, dijo el político. Zuloaga suspiró: ¿Quedan indios en las rancherías? Unos cuantos. ¿Apaches? Ni uno. ¿Usted me acompaña a ver su casa?, preguntó el teniente viendo directamente a los ojos del delegado. La quemaron, dijo él, lo quemaron todo; el rancho entero estuvo ardiendo todo el día y toda la noche. ¿No lo apagaron? Aquí el agua no ajusta pa eso. Pero hay arena. El rancho estaba en la pradera. ¿Estaba? Nadie ha venido a reclamarlo. Zuloaga sacó su bolsa de tabaco. Piénsenle, dijo, quién me puede llevar sino usted. Después del ataque se vació el pueblo, dijo el cura, nadie va a querer ir hasta allá. El militar, un poco exasperado, se miró la punta de las botas, sacó un papel y lo retacó de tabaco. El cura dijo: Estoy casi seguro de que la Elvira iba a veces a verla al rancho. Es una monja que se quedó aquí quién sabe por qué, hacía sus rondas de caridad. ¿Dónde vive? Aquí adelantito, en la casa verde, no hay pierde. También necesito un apache, dijo, ¿de plano no les queda ni uno? El delegado dijo: Quedan viejos y niños en las goteras, pero están revueltos, son más pima que janeros. El cura completó: Los más bravos se fueron al monte cuando dejaron de mandar raciones de la capital. El comandante se concentró en enrollar su cigarro, lamió el borde del papel. ¿Tienen huelleros?, preguntó, yo no conozco el terreno después de Ánima. Si los tuviéramos los hubiéramos perseguido. Zuloaga alzó tanto las cejas que se le movió el sombrero. Preguntó: ¿Nadie la fue a buscar? El delegado explicó, transpirando más de lo que sería natural en un día frío, que el rancho de Ezguerra estaba retirado, que se habían tardado varios días en darse cuenta de que los restos de la señora

62

Camila no estaban entre los que habían recibido sepultura. ¿Y el presidio?, ¿no había soldados en el presidio? Los llamaron a California, explicó el cura, que si para proteger la costa de una invasión rusa. El teniente afirmó con resignación, en San Buenaventura había pasado lo mismo. Pero a mí me dijeron que los apaches llevaban vacas, dijo, no pudieron ir muy rápido. Aquí hace tiempo que ya no hay nacionales, dijo el cura. Los jóvenes se van, no vuelven, completó el delegado, luego aparecen en Ciudad Chihuahua o hasta en Durango y Zacatecas, mandan llamar a sus mujeres, se quedan para siempre allá abajo. Zuloaga encendió su cigarro. Ta bien, dijo, siquiera ayúdenme con otra cosa: necesito cuatro o cinco hombres con arma y caballo. El cura se ofreció a llamar a misa para pedírselos a su congregación. Pero va a estar difícil, dijo el delegado. ¿Llamar a misa?, preguntó el militar. No, anotó el cura en un tono servicial, todavía tenemos campanas. Sea burro, dijo el delegado, va a estar difícil que alguien se apunte. Ah, eso sí, confirmó el cura.

Zuloaga se levantó de su silla. ¿Quedan presos que pueda llevarme prestados de leva? Hay dos yaquis desde hace quién sabe cuánto en el calabozo, creo que son hermanos, ya ni me acuerdo qué hicieron, informó el delegado. ¿Quién tiene la llave? Yo no. ¿Quién los cuida entonces? Ni idea, yo creo que la Elvira. ¿La monja? El cura confirmó: Ella les lleva comida, les vacía la bandeja de sus caquitas, en su calidad de religiosa. ¿De qué orden es? Los janenses se miraron a los ojos. No es una monja monja, explicó el delegado, es una cantante de zarzuelas que llegó de Guadalajara, montaba obras cuando todavía teníamos gente. El cura completó: Llegó con una valija de disfraces y un día nomás agarró el traje de monja y ahora cree que es monja. Zuloaga se apretó las sienes. ¿Es la misma que era amiga de la levantada? Ambos afirmaron con la cabeza. Le dicen Elvis, dijo el cura. ¿Y vive en una casa verde aquí nomás? Si no se ha ido. ¿Y es monja pero no es monja?, preguntó el teniente coronel viendo al techo. Así es, dijo el cura. Está muy raro eso, agregó Zuloaga. El delegado se apuró a responder: No tanto, así es cuando los pueblos se van vaciando; la gente se va y otros hacen su trabajo. El vaquero miró al sacerdote: ¿Y usted? ¿Yo qué? ¿Es cura cura? Movió un poco la cabeza, alzó los hombros. Para efectos prácticos, dijo, sí. Antes de salir preguntó si había llovido desde que levantaron a la mujer. Aquí no, dijo el delegado, es Janos. ¿Ni una gota desde que desapareció? Ni una.

Lo peor de todo es que estaba cantado, que todos sabían que iba a pasar y nadie hizo nada. La tarde en que Héctor Ezguerra regresó del campo repleto de una energía viril que ni le había visto nunca ni le cuadraba, Camila sintió entre el pubis y el ombligo el hueco que dejan las fechas en que algo se desvía sin remedio. El heredero estaba raro, y en un lugar en el que pasaban tan pocas cosas como las cercanías de Janos, eso habría sido suficiente para meter dos cosas en una bolsa y regresarse al pueblo caminando, esperar ahí una calesa que la llevara de vuelta a Casas Grandes, a Chihuahua, a la Ciudad de México si era posible. Pero no lo hizo.

Héctor no estaba exactamente raro, estaba expansivo, excitado, hablaba en inglés con su hijo mayor como en busca de una complicidad que nunca había reclamado, como si de pronto hubiera entendido que esa extensión lechosa de la cuáquera era un varón y hubiera que iniciarlo con urgencia en el mundo de reglas propias de los hombres que están solo con hombres. Dijo en algún momento, empujándose las puntas de filete en salsa con una tortilla y en español: Pedro y yo matamos un salvaje. Lo dijo con la fatuidad del que alardea. A Camila y la cocinera se les fue chueco el bocado. ¿Cómo que un salvaje?, preguntó la viuda. Un indio, dijo el dueño del rancho, no era de los nuestros. ¿Cómo sabes?, insistió la mujer. Le dimos sepultura junto al arroyo, ninguno de los peones lo conocía.

Camila se quedó con la cocinera mientras lavaba las ollas. Ninguna dijo nada. Cada tanto se pasaba las manos por el mandil como si las tuviera mojadas. ¿Tiene nervios?, le preguntó la criada en algún momento. ¿Dónde si no?, respondió. Ambas se fueron a dormir sin haber hablado de lo que había sucedido, pero cada una sabiendo que la otra sabía.

64

Por la mañana Camila se encontró con que fue la ayudante de la cocina quien preparó el café. Cuando preguntó por Eduviges, la asistente le dijo que la cocinera se había regresado al pueblo.

Camila pensó que debería hacer lo mismo, lo había pensado toda la noche, pero no lo hizo: con todo y todo tenía una casa, un sustento, pronto le iba a llegar una carta en la que alguien le ofreciera un trabajo e iba a ir a ese nuevo destino investida con sus poderes de viuda, infinitamente más respetables que los anteriores de quedada. Y estaba el lazo de la solidaridad, siempre importuno: si la gente del indio asesinado volvía, se iba a encontrar un rancho con poca peonada y un solo criollo en edad de administrar una pistola. Alguien se tenía que quedar en la casa si lo mataban, alguien que siquiera hablara español para que esos niños no se murieran de hambre, o de nomás comer avena. Como fuera, ella ya había trabajado las reses del rancho antes y podía hacerlo funcionar aunque eso implicara remolcar a Mistress Prudence y su huerta.

Lo que sí hizo fue indagar entre los peones. El encargado de los corrales le contó lo que le habían dicho Pedro y sus hijos. Que el salvaje iba solo, que no llevaba caballo y Héctor lo había descubierto cuando se trepaba al suyo, que ni siquiera lo había pensado, que sacó el revólver y le metió un tiro en la nuca. Camila preguntó si Pedro y sus hijos habían rebuscado el monte, si estaban seguros de que el salvaje iba solo. El peón estaba tranquilo: Pedro había coyoteado el lindero del rancho y más allá, no había encontrado más huellas que las del muerto. Ni una hojita doblada, su merced, ni una ramita rota, dijo el peón. A él Camila sí se atrevió a hacerle la pregunta que le escocía el vientre desde la tarde anterior: ¿Y el indio era de los de ahí arribita?, dejó caer sin animarse a decir la palabra «apache». El peón nomás se la quedó mirando, se jaló una oreja y se dio la media vuelta argumentando que tenía trabajo. ¿Y lo enterraron bien? ¿Lejitos?, preguntó la mujer, ya sin aliento, caminando detrás de él. Dicen que sí, respondió, Pedro sabe lo que hace.

Camila regresó al despacho que había sido de su marido y luego suyo y en el que el nuevo dueño llevaba unas cuentas complicadísimas con afán de ratón. Abrió el armario de los rifles y las pistolas y notó que Héctor había cargado con todo para su día de trabajo en el rancho, que la peonada ya estaba armada, que tenía que tener los huevos en el cuello o no saber nada de historia de Chihuahua si se había animado a ponerles en la mano rifles a sus vaqueros.

Camila siguió revisando nerviosamente la armería a diario durante diez días hasta que la encontró llena otra vez. Héctor tiene a Pedro, pensó, sabe lo que están haciendo. Se dijo que podía aguantar un poco más, a que el correo le trajera una respuesta.

Kaw-tenné era un apache mexicano del siglo XIX cuya banda estaba formada solamente por niños y adolescentes. Pertenecía al grupo de los guerreros que nunca salieron de la Sierra Madre y que vieron pasar a chiricahuas, mexicanos y gringos con la paciencia del que descubre que los hijos del vecino se han metido en su jardín a buscar la pelota que se les voló. La banda de Kaw-tenné fue vista por última vez entre los cañones del río Bisvape en 1883. En esa fecha estaba compuesta por treinta y ocho guerreros, todos varones, todos adolescentes y niños, cada uno en su caballo o su mula. Iban arreando un ganado marcado que se habrían robado de un rancho de Sonora cuando se metieron a un pinar del que ya nadie los volvió a ver salir, o del que fueron saliendo de uno por uno y con los pies por delante, arrastrados por los caballos orgullosos de los nacionales que los habrán ido cazando al paso de los años. Según el último testigo de su presencia como banda, una banda que recuerda inquietantemente a la cruzada de los niños, al flautista de Hamelín y a tantas otras historias que tampoco fueron leyendas, todos iban armados con rifles Winchester y Springfield de modelo reciente y lanzas cuyas puntas eran navajas de bayoneta arrebatadas al ejército mexicano.

Treinta y ocho lanzas con una punta de bayoneta implican la muerte de treinta y ocho soldados profesionales a manos de una banda de niños. Hay algo de justiciero pero también de aterrador en ese dato; algo de resistencia admirable, pero también de perversión: un soldado es enviado por agua, o va con otro par de colegas con un mensaje para un jefe de presidio en las alforjas. Algo se mueve en el horizonte: treinta y ocho niños a caballo se les vienen encima, dando alaridos de guerra. Según el último testigo que los vio, los niños llevaban también terciados arcos y carcajes, revólveres al cinto.

La banda de Kaw-tenné, un buque fantasma entre la niebla, la inocencia que aniquilamos y nos despierta de un grito en la noche. Eso es todo, América.

Zuloaga no regresó inmediatamente al ayuntamiento vacío en el que había concentrado a sus hombres. Siguió el rastro de pisadas con huarache en la única calle del pueblo y llegó pronto a las goteras, mucho más grandes y extendidas que en todos los demás pueblos del norte de Chihuahua, aunque en un estado de abandono similar al de toda la región: Janos había sido, durante más de un siglo, la capital apache del estado. Los restos de las casitas de lodo de los janeros estaban dispersos en un terreno amplio, y un poco más árido, partido por un arroyo seco que en verano debía tener un caudal decente.

Cruzó la ranchería completa y desolada con cierto ánimo, siguiendo el hilo de un ruido de voces dispersas. Detrás de la loma, un viejo sentado bajo un álamo contemplaba algo indescifrable en el aire. Alrededor suyo corrían unos niños que se notaba que se portaban del carajo. Se metió las manos en los bolsillos y se acomodó en la cara algo que parecía una sonrisa para andar la última parte del camino.

Ya frente al viejo se tocó las alas de la fedora, él respondió bajando la cabeza a manera de saludo. Se sentó junto a él. Como el indio siguió concentrado en la nada, sacó su bolsa de tabaco y le ofreció. El viejo sonrió, no le quedaba ningún diente. Hizo, con unas manos tan retacadas de artritis que parecían dos crustáceos, el gesto de que le forjara un cigarro. El vaquero lo hizo, lo encendió raspando un cerillo en la piedra en que estaba sentado y se lo puso en la boca. El viejo lo inhaló con fruición sin tomarlo nunca. Cuando lo terminó, arrojó la colilla sin que mediaran sus dedos y la apagó con el talón de uno de sus guaraches. ¿Usted es janero?, le preguntó el criollo. El viejo sacudió la cabeza. Pima, ya no hay janeros, dijo, los apachis dicen que trabajar la tierra no es de hombres. Zuloaga alzó las cejas. Eso dicen todos, anotó. Se sintió en confianza: Pero usted y yo sabemos que no es cierto. El indio le pidió otro cigarro. Se lo forjó y encendió sin decir nada. Cuando se lo iba a meter en la boca, el viejo negó y alzó una de sus manos cerradas, señalándole que se lo acomodara entre los dedos engarrotados. Cuando lo tuvo bien prensado inhaló con un placer de cachorro. Luego sacudió la mano en que lo tenía atorado. El militar entendió que lo estaba invitando a fumar también, que no le iba a decir nada si no se encendía un cigarro para sí mismo. Se forjó uno, lo prendió. Me dijo el cura que se fueron a la sierra, dijo. El indio sacudió la cabeza: A las sierras, pero no la de aquí, unos se fueron a las Chiricahua aquí cercas, otros más arriba, a los Mogollones. ¿En la Nuevo México? Ahí ya están los ojocalientes, los gileños, los pinaleros del norte, los janeros de acá, los coyoteros de atrás de la sierra. ¿Y eso? El viejo se alzó de hombros. ¿Y sabe dónde se están juntando exactamente? Son apachis, no se juntan. ¿Entonces? Cuando se despidieron decían que los capitanes andaban hablando para chentarse a Sonora, que ya estaba bueno de hablar castilla, que la república era puro pito para ellos. Entonces sí se juntan. Se juntan pero para lo que les conviene, luego cada uno agarra para su lado. Le preguntó por los niños. Pimas y un chingo de ópatas de Sonora, respondió, andan cruzando la sierra porque no quieren estar de aquel lado cuando bajen los apachis. ¿Y a poco aquí hay trabajo? Todavía quedan mexicanos, tienen sus ranchos, necesitan vaqueros y criadas, los mexicanos odian al indio, pero no pueden vivir sin él, y el indio igual. Los niños perseguían una bola de trapo con unas varas. ¿Queda alguien que me lleve al norte?, preguntó. El viejo le dio una larga calada a su cigarro. Sacudió la cabeza entrecerrando los ojos. Aquí no queda más que el miedo, los apachis se la train jurada a Sonora, no a Chihuahua, pero ya vio lo que le hicieron a la familia del hijo de Ezguerra. ¿Quién se llevó a la señora Camila? Dicen que un capitán gileño muy crecido, que ya es el mero comandante de todos los bravos. ¿Se la llevó o la mató? No se sabe de cierto; en el pueblo tienen tanto miedo que no subieron a buscarla. ¿Y los suyos subieron? Dicen que si sube por el camino de Ojocaliente todavía se hallan sus trapos. Cuénteme del gileño. El viejo miró hacia la montaña. Es indio bravo, dijo, yo lo vi aquí en el presidio solo una o dos veces, cuando había raciones; bajaba por su harina y su carne salada, pero nació en la montaña y ahí se quedó con su gente, no es de razón, no habla castilla, quiere chentarse a Sonora. ¿Él está juntado a los apaches? Le digo que los apachis no se juntan, cada familia es un pueblo y ya, pero dicen que ese grandote nació pa jefe de jefes. ¿Cómo así? El viejo se alzó de hombros, le pidió que lo ayudara a levantarse: las mujeres iban a regresar pronto y lo iban a regañar si encontraban a los niños jugando pelota. ¿Cómo se llama? Antes le decían Fuerte, porque está muy grande, pero ahora le dicen Mangas Coloradas, sepa Dios por qué.

En el camino de regreso rumbo al ayuntamiento, Zuloaga tocó a la puerta de la señora Elvira, que le abrió encantada de poder platicar con alguien que no fuera un prisionero yaqui.

La mañana en que los apaches atacaron el rancho Ezguerra, Camila había salido a caminar a lo que en Janos llamaban el monte aunque era un llano. Nunca vio, entonces, lo que los apaches le habían hecho a la gente que, si no fue su familia, cuando menos la había ignorado con decencia durante varios meses. No vio el fuego. No vio ni a los vaqueros con tiros en la cabeza ni a Héctor degollado a puñal. No vio a los peones colgando de los árboles ni a Mistress Prudence con la cabeza molida por una piedra que le dejaron caer una y otra vez hasta que se murió. Tampoco a los niños –conchos, ópatas, criollos y gringos, daba lo mismo– lanceados. No vio al bebé con la cabeza reventada contra la pared. Escuchó, eso sí, los tiros y los alaridos, vio el humo. Corrió hacia delante pensando en el horizonte de los cerros y ya que estaba lejos entendió que la había cagado, que debió haber avanzado hacia el sur, hacia Janos aunque no llegara: los indios no iban a ir para allá. Volteó y vio el polvo, sintió el tremor de la tierra. Lo que se le venía encima ya no era la carga de una banda de apaches, sino unos guerreros haciendo funciones de ganaderos histéricos arreando a todo trapo los animales que consideraron que se podían llevar antes de que la gente del pueblo reaccionara al ataque –la pobre pensaba que lo harían. Sin dejar de correr y mirando alternativamente al frente y a su espalda –como Jano–, calculó la trayectoria de la marabunta que avanzaba tras ella y se desvió hacia el descampado, con la ilusión de que no vieran sus pisadas, envueltos como venían por la nube de polvo que levantaban las vacas y los caballos. Se arrancó, sin detenerse, el vestido negro, se sacó el corsé sin bajarse el fondo. Perdió un tiempo precioso desatándose los botines y escondiéndolos debajo de una mata tupida. Ya no miró hacia atrás cuando se alzó de nuevo para correr con toda su alma, pero pudo escuchar, con claridad, que un grupo de caballos se separaba del cuerpo de vacas en carrera para acercarse a ella. Cuando la tierra alzada por el impacto de las patas de los animales empezó a escocerle en los ojos, se tiró al suelo, recogida en bola, con la esperanza de que lo que la matara fueran los pisotones.

Entonces sintió cómo la tiraban de las trenzas y la alzaban en vilo, el cuello rajándosele por dentro, las piernas pataleando, sus fondos pardos una flor en el ventarrón. No la iban a matar las pezuñas de los caballos. Pensó: Soy de Chihuahua y aguanto. Clavó las uñas de sus dos manos en el antebrazo que la alzaba –el jaloneo en el cuero cabelludo: un hierro caliente cortándole la espina, un clavo en las nalgas. El hombre que la había levantado del suelo sin detener ni bajarse del caballo sintió el castigo de las uñas de Camila y tiró más fuerte. Ella, al verse en el aire, lo mordió. Él la alzó como una bandera por arriba de sí mismo. Durante un instante tal vez prodigioso la mujer raspó una altura desde la que vio la cabeza del caballo que la arrastraba, los hombros interminables del jinete, otros apaches detrás de él, cagándose de risa, el cielo color sulfato de cobre al que se iba a ir en el instante en que el hijo de puta que la había alzado tan sin esfuerzo la arrojara a las piedras. Enterró las uñas y los dientes con más fervor para siquiera dejar marcado al cabrón que había llevado desde siempre su nombre en su lista de muertos. Sintió su sangre, caliente y ferrosa, en la boca. Sintió que la soltaba. Camila cerró los ojos y estiró los brazos como para tener una muerte de santa entre las patas de los animales. No pasó: donde cayó fue en la grupa del caballo. La lastimaron los barrotes de madera de la silla de montar, que los apaches usaban sin asiento ni manta porque sus pantalones eran de cuero. Cerró los brazos instintivamente, apretando el torso del jinete que la había pescado. Le clavó las uñas, pensó que si él se la llevaba, ella se quedaba con sus pezones. Él, sin desatender las riendas, le clavó un codo en las costillas. Ella se dobló y por hacerlo recibió en la nariz un segundo codazo que se sintió como un desmayo. Soltó la espalda de su captor y se agarró de los barrotes de la silla, sintiendo una palpitación de fuego en el tabique mientras veía su fondo empapándose de sangre. Trató de tapar el flujo con una mano mientras prensaba el asiento con la otra. Iban tan rápido, estaba tan mareada. Entonces notó que otro jinete se acercaba y tomaba las riendas del caballo en que iba montada. Su raptor se dio la media vuelta: era tan grande que por un momento pareció absorber toda la luz del desierto. El gigante le metió las dos manos en el escote y tiró hacia ambos lados sus bordes. Su fondo se desgarró por el medio. Se lo sacó de un tirón y lo dejó caer al suelo, hizo lo mismo con las enaguas, le jaló los calzones hasta que se rasgaron y los tiró al suelo. La dejó en cueros.

Los historiadores mexicanos, cuando describen a los enemigos de los apaches, tienden a definirlos como «blancos», sean mexicanos o estadounidenses. Piensan que todos los mexicanos y todos los gringos son blancos, una tesis complicada de demostrar si me asomo a la ventana de mi estudio en Harlem, donde la

71

mayoría de los vecinos son o estadounidenses o mexicanos y nadie es blanco. Los historiadores estadounidenses son una pizca más excluyentes, si se pudiera. Nunca se refieren a los mexicanos como «blancos», solo se describen a sí mismos como tales: para ellos los apaches luchaban contra los mexicanos y los blancos, como si las categorías «estadounidense» y «blanco» fueran intercambiables, como si no hubiera habido pelotones de militares negros —*buffalo soldiers*, se llamaban— peleando la Guerra Apache.

No sé bien qué implica esa urgencia de las naciones modernas por definirse como pobres de pigmento frente a otra —otras— que les parecen más antiguas, menos recién llegadas: para los historiadores mexicanos, todos eran blancos menos los indios, que eran los que llevaban más tiempo en la zona; para los historiadores estadounidenses, los mexicanos, que llevaban ahí más que ellos, son también no-blancos, como los apaches. Y luego están los negros, a los que ni siquiera mencionan, y los chinos y filipinos que migraron a lo que hoy es el suroeste de Estados Unidos durante el siglo XIX. Dividir ese mundo que germinaba en indios y blancos o en indios, blancos y mexicanos —tres categorías incomparables entre sí dado que una es la nominación inexacta de la población de todo un continente, la otra un color y la tercera un gentilicio— es, por decirlo con cautela y elegancia, una pendejada.

La disputa es interesante, en todo caso, porque está claro que, en la segunda mitad del siglo XIX, ni todos los mexicanos del norte ni todos los miembros del ejército de los Estados Unidos eran blancos. Es cierto que una parte de los colonos de Chihuahua y Sonora y los primeros pobladores estadounidenses de Arizona y Nuevo México eran descendientes de inmigrantes europeos y que los oficiales del ejército tenían la misma ascendencia, pero la soldadesca que peleaba la guerra a nivel cancha en México estaba integrada por indios de todas las regiones del país, por descendientes de esclavos africanos liberados en 1821, por los hijos de los chinos que llegaron a trabajar en los caminos y se fueron quedando: no eran blancos.

Y del otro lado es lo mismo: después de la Guerra de Secesión, en el ejército gringo peleaban negros, y esos negros eran destacados con frecuencia a Nuevo México y Arizona y no eran pocos –sobran fotografías para demostrarlo–, junto a ellos batallaban indios americanos que sentían por los apaches un odio más profundo del que los estadounidenses les pudieron profesar jamás.

La guerra por la Apachería nunca fue entre blancos e indios: fue entre dos repúblicas mixtas y una nación arcaica que compartía una sola tradición y una sola lengua. Los indios no llamaban blancos a los mexicanos. Los llamaban *nakaiye:* «que van y vienen». A los gringos los llamaban *indaá,* «ojos blancos», nunca «pieles blancas».

Los apaches nunca pensaron que pelearan contra unos blancos, son los historiadores blancos –mexicanos y gringos– los que piensan que los apaches pelearon contra ellos.

Zuloaga se despertó antes de que se fueran a dormir los coyotes. Había elegido la habitación que debió ser la oficina del alcalde, porque tenía un sillón. Cuando se levantó, el recluta ya no estaba acostado en el piso, como lo había encontrado cuando regresó más bien achispado de la casa de la Elvira. No había desertado: su manta y su mosquete estaban recogidos en un rincón. Antes de salir al patio en el que notó que el tarahumara ya tenía el asador encendido y preparaba café, se asomó a la sala de cabildos, en la que los demás vaqueros habían retirado las sillas y desplegado sus mantas. Contó seis bultos. Haber perdido solo dos no estaba tan mal.

Ya en el exterior notó con satisfacción que hacía frío de verdad. Iban a poder cabalgar todo el día. Estaba, además, nublado. El mozo declaró, en tono de disculpa, que durante la noche otros nacionales se le habían escapado. Con ese mosquete estoy jodido, dijo a manera de explicación. Zuloaga se sirvió café en un pocillo de peltre. No le respondió que dos le parecía poco para un pelotón de gente que se había sumado completamente borracha, pero calculó que la lealtad del indio estaba segura.

Tomó el pocillo entre las dos manos para calentárselas: no se ponía los guantes hasta no haberse fumado el primer cigarro para no tenérselos que quitar. Usted va a ser mi caporal, le dijo, y finalmente le preguntó su nombre. Mauricio, dijo el indio. Mauricio qué. Mauricio Corredor. El militar sonrió: Tarahumara. Nosotros decimos rarámuri. ¿Cuántos años tiene? Me recogieron hace diez. ¿Tendrá unos catorce? O trece, no sé. Se ve mayor. No me ha ido tan bien como a usted. Tomaron el resto del café en un silencio distinto al de los dos días anteriores, cómplice. Al final el teniente coronel se levantó y dejó instrucciones: cuando se despertaran los hombres había que recalentarles el café y lo que hubiera de comer, había que tratarlos bien. Luego Corredor tenía que agarrar a los dos que viera más feos e irse con ellos a casa del delegado, a exigirle que los acompañara a pedir provisiones. Que lleven las armas a la vista, le dijo, no vamos a robar, pero casi, porque con lo que juntemos aquí tenemos que llegar a Santa Rita. El tarahumara entornó los ojos. Está muy retirado, necesitaríamos mulas para llevar provisiones. Consígalas, le dijo su jefe, yo voy a ir y venir rapidito al rancho Ezguerra. Va a nevar, le dijo el joven, y se dio la media vuelta. Y también nacionalícese unas botas, agregó el teniente antes de quedarse solo; no se puede formar parte de una fuerza irregular con huaraches. El indio alzó la mano derecha para confirmar que lo había escuchado.

Elvira era una cincuentona de buen humor, que le había abierto la puerta vestida con un recato que no empataba del todo con su personalidad. Llevaba un vestido negro muy largo, con puños, peto y una cofia que guardaba mal un corte de pelo a bacinica. Parecía Juana de Arco pero con sobrepeso. Al poco de invitarlo a pasar, la monja falsa le ofreció un ponche más bien diabólico que sirvió de un frasco sellado lleno de fruta, cocida en quién sabe qué alcohol al que la canela apenas le cortaba la mordida. Tuvieron una conversación casi normal en la que ella se había comprometido, con gusto, a acompañarlo a visitar el rancho y llevarlo a conocer a los prisioneros yaquis. Al final, ya flojita por los ponches, cantó algún aria de su repertorio con la tristeza discreta de los que han recibido ovaciones de verdad y ya no le cantan ni a Dios, que todo lo escucha. Ya en la puerta de nuevo y después de darle las buenas noches a Zuloaga, le dijo que con gusto lo llevaba con los yaquis, pero que hablara con ellos antes de darle la orden de soltarlos. Son dos perros del mal, anotó.

No estaba preparado, entonces, para la visión que se encontró antes del amanecer: una monja de hábito, velo y rosario, cubierta con una capa de espadachín de comedia española y fajada con una cartuchera de la que pendía un pistolón de factura estadounidense en la cadera izquierda. Es que soy zurdita, mi general, dijo cuando vio que a Zuloaga se le caía la mandíbula. El militar nada más afirmó con la cabeza, pensando: «Pinche Chihuahua», mientras se volvía a calar el sombrero murmurando que ella le podía decir José María. Perfecto, respondió; a mi dígame Hermana porque Elvira siempre me pareció un nombre horrible.

No hablaron mucho durante el camino, que hicieron más lento de lo que el militar hubiera querido porque el nublado cegaba las claridades de por sí modestas de la noche del desierto. Hacía un frío para osos. Como llegaron antes del despunte de la luz, Zuloaga se tomó su tiempo revisando los muros calcinados de la casa principal. Se quitó el guante derecho para tocarlos. Las trabes del tejado se habían vencido cuando ardieron completos los techos, pero las paredes no estaban calcinadas. No había sido un fuego abrasador, sino un incendio que si destruyó la casa fue porque nadie había ido a controlarlo.

No le costó trabajo encontrar el horno de adobe de la cocina, ni ir tramando desde ahí la conformación del edificio, que al posar desnudo revelaba su historia. Al principio había sido una casa de una sola nave larga —orientada de este a oeste para mantenerla en penumbra— a la que se le habían ido agregando cuartos en forma de herradura en torno a un patio interior. Los macetones tenían naranjos, acotó la Hermana cuando se asomaron desde lo que habían sido las ventanas de la cocina. Zuloaga salió a tocar una de las ramas. Estaban solo ahumados, si alguien los regaba, retoñarían en la primavera. La habitación más grande, contigua a la cocina en la nave principal, debió ser la oficina del señor. Mientras revisaban los espacios ennegrecidos y despoblados de muebles, la Elvira iba contando lo que sabía de la historia de la familia. Se persignaba cada que cruzaban un nuevo umbral o mencionaban a uno de los muertos del ataque. Aquí dormían Héctor y la gringa, dijo trazándose una cruz sobre la cara; tenían costumbres. Cómo que costumbres, preguntó el vaquero. Dormían en la misma habitación, como pobres. A Zuloaga le pareció escandaloso, pero no respingó: también para eso se había fundado la República. El cuarto de junto, ya en una de las alas de la herradura, era igual de espacioso. Sus ventanas solo daban al patio y eran mucho más estrechas, tenía un espacio aparte para el aguamanil. Había sido el de las esposas sucesivas de Ezguerra, incluyendo a la Camila durante lo poquito que estuvo casada con él, dijo la Hermana. Cuando llegó la gringa, aquí pusieron a los niños. Zuloaga revisó el umbral de la puerta que comunicaba ese cuarto con el de Ezguerra, era contemporánea de la construcción original, pero la habían modificado recientemente. La hoja de arriba se abría, explicó la Elvira, como si en la noche metieran a los chamacos a un corral. ¿Y eso?, preguntó Zuloaga. Dormían solos, sin nana. El vaquero alzó las cejas. Con razón no los querían en el pueblo, dijo, no le daban trabajo a nadie. La monja apretó los labios. Para lo que les pagan a los indios, dijo. Eso sí. Había en un rincón, como retorcida por una pesadilla, una de las cunas de latón: por la marca que dejaron, se notaba que las otras dos habían quedado útiles después del incendio y alguien que no se había preocupado por ir a buscar a Camila al monte sí había ido a robárselas. Los siguientes dos cuartos eran de servicio: habían servido como bodega, una de grano, otra de muebles y herramientas. Todo calcinado, los insumos de metal idos a otros ranchos.

Del otro lado de la herradura encontraron la sala para recibir invitados; las varillas de las cortinas habían quedado en su sitio: eran de hierro, para sostener géneros tan gruesos que contuvieran el sol del verano. Después de esa habitación, más grande, estaba el baño, con su aguamanil y su tina rotos. Alguien se había robado la estufa para calentar el agua. La puerta a la letrina, dispuesta en un patiecito exterior adornado con nopales, se había quemado, igual que la caseta que protegía el cagadero. Quedaban solo los nopales chamuscados y un agujero en el piso que ya no apestaba. En la primavera revive, anotó la Hermana. Luego seguía una serie de habitaciones minúsculas en las que habían sobrevivido algunos anaqueles muy burdos de hierro y varios catres hechos chicharrón. Los cuartos de las criadas y el peón Pedro y sus hijos, que eran como de la familia y se fueron con ella, dijo Elvira persignándose. El militar se metió al cuarto de Pedro: apenas tenía espacio para un petate porque a poco menos de un metro de altura había habido ahí unos sostenes que cargaban tablones que debieron servir de bodega: el peón se tenía que meter a dormir a su cuarto a gatas. No tan de la familia, dijo Zuloaga. Los separaba de la última habitación de la casa un segundo baño, minúsculo y claustrofóbico aun si había perdido el techo, apenas un cuadro para echarse un balde de agua encima. No había tenido estufa. Las letrinas de los sirvientes estaban tan lejos de la casa que sobrevivieron al fuego intactas.

La luz botó en el horizonte cuando llegaron a la última habitación de la herradura. El cielo anaranjado completo se les metió por un ventanal despojado de vidrios, marcos y cortinas. Era un cuarto grande, aunque no tanto como los de los Ezguerra y sus hijos. Tenía piso de loza pintada. Zuloaga notó que la habitación había sido ampliada recientemente, derribando un muro. La mandaron para acá, dijo. Ei, respondió la monja, tallándose las manos para calentárselas. No eran gente mala, siguió el militar: la pusieron lejitos, pero hicieron obra para que estuviera cómoda; no tenían planeado echarla. Tampoco la trataban de maravilla, le dijo la Hermana. En el piso había un rectángulo en el que el azulejo estaba todavía lustroso. Alguien vino a robase la cama, dijo el teniente. Luego caminó hacia el ventanal, a cuyo pie encontró un trozo de mimbre tejido. De su mecedora, dijo Elvira genuinamente compungida. Zuloaga se sentó en el marco de la ventana. La pared que le quedaba enfrente era la única que había ardido de verdad en toda la construcción. Las otras dos tenían solo manchas que mostraban que la señora había tenido un ropero más bien modesto. Removiendo los restos con la punta de las botas encontró junto al detritus más obvio del guardarropa las chapas de una cajonera. Le pareció notable que hubiera estado en el lugar que debió ocupar el tocador. También encontró los restos de un marco dorado. ¿El espejo estaba colgado en la pared?, le preguntó a la Elvira. Siempre estuvo nomás recargado sobre una cajonera. El vaquero levantó el trocito de marco que había encontrado, lo olió. ¿Era guapa? La falsa monja se alzó de hombros. El teniente coronel pensó que Camila debió haber sido una mujer sin vanidad, pero con autoestima. Volvió a sentarse en el marco de la ventana. Era lectora la señora, dijo Zuloaga, señalando la pared quemada: Mire qué tamaño de librero. Le digo que había sido maestra, yo la venía a ver porque era la única persona con idea del arte en la ciudad. Janos no es una ciudad, le dijo el teniente. Lo parecía hasta hace poquito, respondió la mujer. Y la apreciaban, agregó el vaquero: le pusieron su ventana gigante para que pudiera leer tranquila. Más bien pa que no fregara, dijo la Elvira, pero es cierto que Héctor le mandaba traer los libros que quisiera de la capital: los leía luego luego y me los prestaba. El teniente se caló los guantes. Vámonos por los yaquis, dijo. ¿Tan pronto? Tengo que agarrar ya pal norte, insistió el hombre, esta mujer puede estar viva. ¿Cómo sabe? Tenía mundo adentro, esas no se doblan.

Las nevadas, cuando empiezan, más que caer aparecen. Los primeros copos se materializaron frente a ellos mientras montaban. Aunque los animales tenían una jornada larga por delante, se regresaron a galope. Zuloaga calculaba que con el frío podía demandarles más sin que se deshidrataran.

John G. Bourke, del tercero de caballería destacado en Fort Craig, Nuevo México, no era un hijo de puta. Nacido en Filadelfia, descendiente de migrantes irlandeses, se escapó de casa a los dieciséis años para enlistarse en el ejército del Norte durante la Guerra de Secesión estadounidense porque detestaba la esclavitud. Terminada la guerra civil, pidió ser destacado en el suroeste de los Estados Unidos: la antigüedad y las culturas originarias le interesaban seriamente. Llegó a capitán bajo el mando del general George Crook en la década de los setenta del siglo XIX. Cubría para el tercero de caballería, entre otras cosas, la función de agregado de prensa. Escribía muy bien.

Bourke estuvo presente en la campaña de la Sierra Madre al final de la cual Gerónimo entregó su falsa rendición en el Cañón de los Embudos. Era, además de un militar competente y un diarista compulsivo, un etnólogo aficionado, a ratos brillante. Escribió un volumen falto de humor, pero no de genio, sobre la caca y el pipí llamado *Ritos escatológicos de todas las naciones*.

En estos días, traduzco algunos capítulos de sus notas sobre la campaña de 1883 bajo el mando de George Crook, publicadas por la Universidad de Nebraska en un volumen llamado *An Apache Campaign in the Sierra Madre*.

Dice de los chiricahuas, por ejemplo: «Probablemente un artista podría objetar que muchos de ellos eran de talla reducida, sin embargo los buscadores resistirían cualquier requerimiento crítico para la anatomía desde cualquier otro punto de vista. Eran de pecho amplio y fornido, con los hombros perfectamente rectos y las extremidades bien proporcionadas, poderosas y musculares, sin dejar de ser ligeras. Tenían las manos y los pies pequeños, delgados y nervudos; la cabeza bien formada y el semblante iluminado con una expresión agradable y amistosa, que habría sido más constante sin el aspecto salvaje de las mechas desgreñadas y gitanas que no se les meten en la cara gracias a una banda gruesa y lisa de tela roja con que se las aprietan. Sus ojos son brillantes, claros y directos, expresan en general bienestar y buen humor.»

La admiración de Bourke por los apaches era sólida como un monolito, pero su manera de describir a los mexicanos en su diario –habla de mi gente como de una nación de brutos miserables– es particularmente virulenta e irritante.

No voy a extender la vida de sus prejuicios vertiéndolos en estas notas, pero me pregunto si no será simplemente inevitable que, por más que trabajemos nuestra sensibilidad, vemos siempre a algunos otros para abajo. No sé si yo, como él, soy cruel en mis descripciones de los estadounidenses, si al calor del lirismo no se me resbalan algunas infamias. Si nos sucede a todos. Para afirmar algo, supongo, hay que negar otra cosa. Bourke no era un mal bicho, a lo mejor solo tenía que justificar ante sí que estaba participando de una operación militar ilegal en México, a lo mejor lo torturaba pensar que había sido destacado a pelear en unas tierras ocupadas a cuya invasión se había opuesto el presidente Lincoln cuando todavía era representante del séptimo distrito de Illinois en el Congreso. Era el presidente por el que había peleado. A lo mejor describir a los mexicanos como animales lo ayudaba a lidiar con ese malestar, que debió estar presente en una buena parte de esa generación.

O le seducían los apaches pero todo lo demás no, igual que, supongo, el hecho de que haya peleado para terminar con la esclavitud no implicaba que se fuera a sentar a comer el almuerzo con los *buffalo soldiers*. Su descripción de los buscadores del teniente Gatewood tiene una nota inquietante. Es, en general, muy generosa para los estándares de su tiempo. «Los mocasines», dice, «son el artículo más importante de la vestimenta de un apache. En una batalla o en una marcha muy larga suelen descartar todo, pero conservan el calzado en cualquier circunstancia... Además de los mocasines, los exploradores llevan alrededor de la cadera un cinturón de cuero con cuarenta rondas de cartuchos metálicos. A veces el cinturón también se utiliza para mantener fajada la camisola azul reglamentaria que los buscadores utilizan cuando quieren que un pueblo o un puesto militar se quede admirado por su elegancia. Los demás arreos de estos salvajes son un rifle de percusión Springfield de modelo militar, una cantimplora llena de agua, un cuchillo de carnicero, un punzón en un estuche de cuero, unas pincitas y una chapa. La chapa dice qué lugar ocupan en la tribu y realmente no es más que una repetición de la pequeña placa que se utilizó durante la Guerra Civil para identificar la división y el cuerpo al que pertenecía un soldado si se le encontraba muerto.» Y entonces anota, sin notar en lo más mínimo que comenta una aberración: «Cada indio varón de la Reservación de San Carlos está chapado y numerado, y se conserva una lista en que se corresponden su matrícula y su descripción física.»

No todos los indios varones de San Carlos eran buscadores. La mayoría no estaba afiliada al ejército estadounidense. No tenían por qué llevar la placa, salvo si se les impuso como una forma de humillación, como un ejemplo de quién manda y quién obedece, como una estrella de David en la chaqueta de un judío alemán a fines de los años treinta.

El calabozo era un agujero sin ventanas en una pared al fondo del presidio. Más de la mitad de la celda estaba bajo tierra, para que los presos no se murieran de calor en el verano. La reja que lo clausuraba y que era su único punto de ventilación era una media luna a ras de suelo, por la que había que entrar y salir arrastrándose. Más que un calabozo, parecía una alcantarilla. Cuando Zuloaga se asomó someramente a sus entrañas no pudo pensar más que en el frío que debía hacer ahí adentro en una mañana helada como esa.

Elvira volvió a insistir en que Zuloaga entrevistara a los yaquis antes de llevárselos de leva. Son gemelos, le dijo, cada uno más malo que el otro. El militar sacudió la cabeza. Con estos ya junto ocho otra vez, le explicó, y siguió haciéndole sus cuentas: al niño tarahumara le enseño a disparar y ya son nueve, conmigo, diez; ya casi un cuerpo expedicionario nacional de irregulares. Además necesito a alguien que conozca las serranías de allá arriba: yo nunca he llegado hasta el Gila. La mujer no puso mucha atención a sus proyecciones de persona que pasa demasiado tiempo sola porque estaba afanada desenredando el mato de cadenas que hacía imposible abrir la reja sin un juego con tres o cuatro llaves. Se sacudía los copos que le caían sobre el velo como si fueran mosquitos. Cuando acabó con las cadenas las puso en el suelo y abrió el cerrojo principal. El teniente se quitó el guante de la mano derecha. La mujer jaló la reja, él se llevó la mano a la pistola. Uno de los indios se acercó cargando una tinaja de mierda y la alzó hasta el borde de la media luna. El militar apretó la cacha de su arma. Gracias, Elvis, dijo el yaqui, y se regresó a la sombra. La mujer dejó la reja abierta en lo que hacía a un lado la tinaja. Sin soltar su pistola, el vaquero le preguntó: ¿No se le escapan? Todavía hay gente a la que se respeta, dijo Elvira sacudiéndose las manos —como si con eso se le espantara la infestación de mierda y meados que supondría tocar ese contenedor—. Luego regresó a la celda y asomó la cabeza por el agujero. No les traje sus desayunitos, dijo, pero aquí el amigo José María quiere unas palabritas con ustedes. Los dos yaquis se acercaron achicando los ojos por el golpe de la luz. Eran idénticos, salvo por las cicatrices que les cruzaban la cara. Se acodaron sobre la loza del patio como dos adolescentes en el pretil de una ventana. ¿Para qué somos buenos?, preguntó uno de ellos. El otro extendió una mano, en la que cayeron un par de copos de nieve gordos y esponjosos. Mira qué chula nevada, le dijo a su hermano. Hacía rato que no caía, ¿no?, le respondió el otro. Y dirigiéndose a la falsa monja: ¿Cuánto hará que llevamos aquí?, doña Elvis, ¿cinco años? Sepa Dios, le dijo la mujer, ya estaban cuando yo llegué. Pus croque no había nevado desde entonces. Su hermano miró al cielo, como calculando. Sacó su propia mano para que le cayeran otros copos. No, dijo, antes tal vez, pero desde que nos atiende la hermanita nada, pero a lo mejor sí y no nos enteramos. Zuloaga interrumpió para decirles que se los iba a llevar de leva. Ta bien, dijo uno de los hermanos, pero, si me apura, croque se necesita la orden de un letrado para eso, ¿no? Ambos miraron a Elvira. Ni idea, dijo. Zuloaga completó que mientras no regresara el comandante del presidio, él era la autoridad militar en la región. No había sacado la pistola, pero seguía con la mano derecha apoyada en la cacha. Los hermanos se vieron a los ojos. El que tendía a tomar la iniciativa dijo: Ta bien, de todos modos, si hubiera una orden escrita del letrado, ni la habíamos de poder leer. Y dirigiéndose a su gemelo: ¿Me haces pie de ladrón? El otro se agachó y juntó las manos a la altura de los muslos para que su hermano se apoyara en ellas.

Le costó trabajo salir al exterior: era un hombre corpulento, tirando a gordo. Ya fuera se estiró de una manera soñadora, como si nomás estuviera saliendo de la cama: Qué chulada, dijo, obtener la libertad en un día nevadito. Se dio la vuelta para jalar a su hermano, que estaba igual de gordo. Los tiene bien cebados, le dijo Zuloaga a la Hermana. Una se aburre, le respondió. El yaqui que se incorporaba ofreció una explicación no pedida: Es que ai dentro no se pueden hacer ejercicios, sobre todo cuando las lluvias: el agua nos llega hasta acá –se señaló la mitad del pecho– y se queda por días. Zuloaga pensó en los seis señoritos que estarían jugando cartas en la alcaldía y que se suponía que eran sus nacionales. Estos son hombres se dijo.

El militar desprendió finalmente la mano de su revólver cuando vio que los yaquis se ponían a hacer la calistenia que habrían aprendido viendo a los guardias del presidio ejercitarse en las mañanas. Zuloaga lo sabía porque él mismo había entrenado a hombres en el presidio de Delicias hasta que lo transfirieron a Buenaventura para que se encargara de las gavillas irregulares, cada vez más comunes. Ya vámonos, les dijo, traemos prisa. Los hermanos lo ignoraron, abriendo y cerrando las piernas a la vez que subían y bajaban los brazos. Caray, qué bonito no putearse los nudillos con el techo, dijo uno de ellos. Zuloaga los dejó hacer un momento más, pero volvió a interrumpir cuando empezaron con las sentadillas. Hay prisa, les insistió. Lo ignoraron, empezaron a hacer lagartijas. ¿Ya notó qué rico huele el suelo?, dijo uno de los hermanos. El otro respondió: Es que se orea cuando lo mean. Carajo, dijo Zuloaga, unos apaches levantaron una cautiva y hay que encontrarla. Sin dejar de subir y bajar apoyados en las palmas de las manos y las puntas de los pies, los yaquis voltearon a verlo con sincronización perfecta. ¿Cómo dijo?, preguntó uno. Hay que ir por una cautiva. ¿Apachis?, dijo el otro. Apaches, confirmó Zuloaga. Ambos se levantaron como resortes. Hubiera dicho desde el principio, dijo uno de los hermanos, pa perseguir apachis siempre somos buenos. Miró a su hermano. Él completó, haciendo los ojos chicos: Son el enemigo ancestral. Si Zuloaga no hubiera estado tan de malas, tal vez habría entendido el chiste, que tenía partida de risa a la monja. Y usted qué, preguntó el militar viéndola. Ay, don Chema, le respondió la monja: Usted no agarra una ironía ni si se la dan untadita de miel. Me llamo José María, no Chema. No se enoje. Ambos yaquis estaban ya perfectamente incorporados, en firmes, las barrigas botadas de unas camisolas de manta ruda que les habrían dejado de quedar a partir de que la Elvira se encargó de alimentarlos. Uno de ellos dijo, dirigiéndose a la hermana, con una sorna que dolía: Cómo cree que nosotros nos reiríamos aquí de mi general don Chemita.

Zuloaga hizo sus cuentas: si le metía un balazo en la cabeza iba a tener que matar también a su hermano porque hasta la fecha no sabía de ningún yaqui que no hubiera sido vengado. Seguiría estancado en seis hombres y un niño tarahumara. Vámonos, les dijo.

Dejó de nevar. Mientras cruzaban el patio del presidio uno de los yaquis anotó: Tomó la decisión correcta, mi general. El militar se dio la media vuelta. Soy teniente coronel, le respondió; y entiendo sus ganas de joder, pero necesito todos los hombres que pueda tener porque vamos a cruzar el Valle de la Luna; ora bien, si no me van a respetar les dejo un agujero en la boca pa que se rían pa siempre, así que díganme de una vez si se van a comportar como adultos o aquí quedamos tan amigos, nomás que yo vivo y ustedes muertos. A los yaquis les gustó que hablara pausado, que si estaba enojado porque se habían pitorreado de él no se le notara, que estaba clarito que si hacían un chiste más les reventaba la cabeza de un balazo. Si necesitan chingar a alguien, siguió el teniente coronel, chinguen a los criollos de la gavilla. Ni a mí ni a mi caporal, que es tarahumara. Rarámuri, lo corrigió la señora. Eso. Los hermanos se vieron entre sí. Ay güilotas, dijo uno, otro enemigo ancestral. Zuloaga sacó la pistola tan rápido que se calentó el aire a su alrededor. Se la metió en la boca al que había hablado. ¿Tengo su palabra?, le preguntó. El yaqui mordió el cañón con una fuerza inesperada. Afirmó moviendo la cabeza de arriba abajo.

La monja se llevó la mano izquierda a su propia cartuchera, porque vio lo que venía: el gemelo dio un jalón con el cuello y en un instante tenía la pistola en la mano y le daba vueltas circulando el ojo del gatillo en su dedo índice. Palabra, dijo, indeciso sobre si detener la circulación del arma por el lado del cañón o el de la cacha hasta que escuchó que Elvira abría el martillo de su propia pistola. Se volteó a mirarla y notó que lo tenía centrado. Era una Colt monumental que, a esa distancia, lo hubiera decapitado. La cautiva es mi amiga, le dijo al yaqui con una gravedad inesperada. El indio le tendió su pistola a Zuloaga por el lado de la cacha. Nomás prométanos que si nos deja de querer, nos va a dar un tiro en lugar de devolvernos a ese puto agujero, mi teniente coronel. El militar agarró la pistola, la enguantó con calma. ¿Cómo los voy a devolver si me los voy a llevar armados?, le dijo. Los yaquis sonrieron. Esto va a estar buenísimo, acotó la falsa monja mientras se clavaba su propia pistola en la cartuchera. Hasta entonces Zuloaga se dio cuenta de algo que los otros tres ya sabían: su hombre número once era una cantante de zarzuelas. Se rascó la nuca.

Siguieron hasta la puerta del presidio. Aquí la madre y yo vamos a incautar unos caballos para ustedes, dijo, con suerte les consigo rifles, adelántense a la alcaldía. Incáutenos mulas si puede, son mejores para agarrar apachis, le respondió uno de los yaquis, nuestros rifles los tenemos enterrados. Zuloaga miró a la falsa monja, que puso cara de que podía confiar en ellos. Vayan en chinga loca que hay que agarrar camino, les dijo.

De vuelta en Nueva York, atendí a la cita en el consulado de España en la que se jugaba el reclamo de mi ciudadanía de ese país. El cónsul, un joven muy educado, de unos veinticinco años, que me trató particularmente bien porque había leído al-

85

gún libro que escribí, me anunció después de integrar un paquete con mis papeles que, salvo una revisión que quedaba pendiente, sería ciudadano de España y Europa en unos días. Solo hay que firmar unos documentos, me dijo, y los fue extendiendo de uno por uno frente a mí. Me explicaba qué contenía cada uno y yo los leía someramente antes de firmar. Él revisaba el glifo que remite a mi nombre y luego les imprimía un sello y firmaba él mismo. Los apilaba con devoción, como si la fortuna de mi petición dependiera de la geometría limpia del volumen de oficios y no de su contenido –probablemente así fuera.

Al final me tendió el más breve de todos los documentos. Percibí cierta emoción en su mano, que temblaba un poco. En el papel se leía en un castellano de oficio alambicado que le juraba lealtad a su majestad el rey de España. Retiré el plumín que tenía en la mano, sin taparlo. Lo miré a los ojos y le pregunté, con todo el tacto de que soy capaz, si no estaba ya, al pedir la ciudadanía, concediendo que me plegaba a las leyes de España. Me dijo que sí, pero que también era indispensable jurar lealtad al rey. Alzó las cejas con cierta incomodidad al decirlo. Me pareció entonces que su emoción cuando me puso el papel frente a los ojos tenía que ver con una sensación de ridículo y no con el orgullo, así que afirmé con la cabeza con mucho más aquiescencia que sarcasmo. Cerré los ojos y pensé en los beneficios que tendrían mis hijos si solo firmaba. Pensé en Miquel y su obsesión con estudiar cine en Europa, pero también recordé un episodio de su infancia. Un viaje en que me acompañó a Madrid durante la promoción de un libro a los seis o siete años.

Íbamos bajando por la calle Lope de Vega mi editor de entonces, él y yo, después de comer. Hablábamos de política, así que Xavi, que había publicado mi libro, dijo algo sobre el rey. Miquel, que tonteaba delante de nosotros, se paró en seco y se volvió a mirarlo. Cómo que el rey, preguntó, y Xavi le respondió que el rey de España. ¿Tienen rey?, preguntó mi hijo, a lo que el editor respondió con una parrafada sobre la Monarquía Constitucional un poco nerviosa y definitivamente incomprensible para un niño. Él lo miró a los ojos e insistió: Pero tienen rey o no. Cuando Xavi le dijo que sí casi se mea de risa.

Unas horas después, tras alguna mesa redonda seguramente sin concurrencia, regresamos Miquel y yo en taxi al modestísimo hotel madrileño que la editorial había podido pagarnos. No era tarde, pero ya estaba cansado, por lo que se quedó dormido al poco de que arrancara el coche. Abrió los ojos cuando pasábamos frente al Palacio Real, iluminado a todo trapo. Me preguntó qué era aquello y se lo dije. Antes de volverse a dormir anotó con una sabiduría que habría sido imposible en sus vigilias de niño: Está muy bien que haya rey si eres el rey.

Tapé mi plumín y me lo metí en la bolsa interior del saco, pensando que en la parte de afuera de mi hijo había una ambición, pero que en la de adentro había un republicano, que si quería estudiar en Europa podíamos ahorrar, que si traicionaba ese instinto iba a terminar jodiéndole otros. Me deshice en disculpas frente al cónsul antes de salir casi corriendo de su oficina y del edificio que la albergaba y de la cuadra en que está asentado. Ya en el metro, me senté en una de las bancas de madera de la sala de espera y le escribí a Miquel un largo mensaje de texto que decía que en 1815 a don José María Morelos le habían metido carbón ardiente por el culo para que jurara lealtad al rey, que al terminar con los alaridos dijo que no, así que le hicieron una incisión en los huevos, le sacaron lo que haya adentro y le pusieron dos piedras de sal y se los cerraron de nuevo. Como permaneció impávido, lo mandaron fusilar, pero al día siguiente. En la madrugada de su sacrificio, pidió, sin quejarse del escozor salvaje que habrá sentido en los testículos, un puro para fumárselo después del desayuno y antes de que lo ejecutaran de rodillas y por la espalda. Él mismo se ató la venda de los ojos. Esa resistencia de apache, le escribí a Miquel, no puede pasar en vano entre nosotros.

No sé si hice lo correcto, sin duda no hice lo práctico. Miquel tardó en responderme más de un día. En su mensaje decía: No te preocupes, conseguimos una beca.

Camila tuvo claro que avanzaban en línea más o menos recta hacia el norte porque registró el arco del sol partiendo implacablemente de derecha a izquierda el cielo larguísimo del desierto. Para la hora calcinante del mediodía la nariz ya le había dejado de sangrar. El episodio parecía haber sido más aparatoso que grave, pero estaba deshidratada. Las costras que le cubrían los pechos y el estómago le producían una comezón que no se atrevía a atender para no romper la concentración del jinete, que no le había vuelto a dedicar más que algún gruñido. Tenía los hombros, los brazos y los muslos ampollados por el sol y las nalgas y las corvas peladas por las trabes del asiento. El borrén trasero de la silla, que los apaches usaban vertical y no curvo para poder dormir sin dejar de cabalgar, le había ido tallando la espalda hasta dejarle escoriaciones. Le dolían las costillas: poco después de su captura, había decidido soltarse de la silla y dejarse caer al suelo, con la esperanza de morirse por el impacto o pisoteada por las reses. Su captor había rayado el caballo por primera vez desde que salieron del valle de Janos para regresar por ella. Le dio una patada en el lomo que la dejó sin aire ni luces antes de cargarla, treparla de nuevo y seguir adelante.

No pararon en todo el día a pesar de que los caballos y las reses habían empezado a jadear desde media tarde. Le dolía todo, pero estaba recompuesta, en la medida de lo posible en su situación. Quieta y atenta a cualquier posibilidad de escapar del suplicio por cualquier vía, sintió el viento frío de la tarde como un bálsamo. Cuando todavía había luz, había reconocido al paso los picos de El Medio y había visto adelgazar los chaparrales. Para Camila, como para casi cualquier persona que no fuera apache, lo que seguía de la sierra de las Ánimas ya era el Valle de la Luna: nadie se metía ahí sin la compañía de un cuerpo militar bien pertrechado y una mula de aguas. No recordaba a nadie que se hubiera adentrado tanto en el descampado porque había llegado a Janos cuando la Guerra Apache ya había recrudecido. Nadie iba a ir por ella. La resignación le permitió dormir a ratos, tal vez desmayarse.

Las reses que llevaban los apaches no eran muchas: eran animales de llano, pero no de desierto: ni ellas ni los caballos iban a resistir la marcha a esa velocidad y con ese calor si no paraban en un ojo de agua, y, hasta donde ella sabía, después de Ánimas ya no había otro. En algún momento abrió los ojos y notó que derivaban de manera diagonal hacia el oriente, rumbo a las montañas. El paisaje era tan recio que le pareció como venido del sueño de una mujer de piedra. Iban más rápido de lo que ella había calculado. Pronto detuvieron la marcha en un paso estrecho en el que las reses se apelotonaron. Aquí empieza, pensó, el territorio apache. También pensó que una mujer desnuda, con la nariz reventada, un ojo cerrado y cubierta de ampollas, llagas y costras tenía una sola manera de joder a sus enemigos: seguir viva.

Como atendiendo a una coreografía que ya tenían bien puesta, los jinetes empezaron a rodear a las reses, apretándolas unas contra otras para que cruzaran el estrecho. Hasta entonces Camila pudo mirarles las caras. Sintió que podía hacerlo porque era evidente que no tenían ningún interés en ella por el momento: atendían sucesivamente al ganado y los altos de la cañada con miradas nerviosas, las culatas de los rifles descansadas en los muslos y los dedos en los gatillos. Abrían las aletas de las narices y apuntaban las orejas a los cerros. Los más jóvenes, que iban armados con arcos y flechas y los habían tensado para vigilar la maniobra, controlaban solo con las piernas a los caballos que hacían cabriolas resoplando fuerte. Su captor era el único que no había desenfundado el rifle. Se movía más rápido que los demás, repartiéndoles instrucciones en su lengua tajante y destemplada.

Cuando las reses se animaron por fin a cruzar la garganta de piedra, los indios cerraron el círculo en torno al apelotonadero. Viraron los caballos para que avanzaran cejados, arreando a las reses con las colas —los ojos de las caras y los fusiles atentos al camino que dejaban para internarse en lo que desde afuera parecía un estrecho—. Pensó, ya alucinada por la insolación, el dolor y la falta de agua, que si los apaches hubieran hecho una paz duradera con los mexicanos, ganarían todas las charreadas: esos eran caballos calados.

Aprovechó la pausa para sentarse a mujeriegas, con las piernas para un lado. No era que le interesara posar de dama tal como estaba, inflamada y vestida de su sangre, era que ya no podía con el dolor en las ingles. Bajó la mirada, para evitar hacer contacto visual con cualquiera de los indios que miraban en dirección a ella aun a pesar de que era claro que sus ojos estaban puestos en los altos de la cañada. Al mirar el piso notó que su sombra habría entrado dos o tres veces en la de su captor.

Camila y el gigante fueron los últimos en cruzar a trote el estrecho. Lo que había del otro lado no era un cañón bordeado por desfiladeros como parecía desde afuera, sino un valle cuyos muros habían sido esculpidos por los elementos. El ganado y los demás apaches descendían delante de ellos a un paso ya amable. El mundo de los criollos se había quedado de verdad atrás al cruzar ese umbral.

Volvió a montar de frente cuando caballos y reses retomaron el galope. Sintió los barrotes de la silla como navajas, pero cuando menos el último sol ya no le machacaba la espalda, protegidos como iban ahora por los muros que guardaban el valle. En algún momento el gigante sacó su camisa de la alforja, que llevaba trabada entre la guardalapa y el faldón de manta de su silla. Se la puso. Los demás indios se cubrieron los torsos, empezaron a hablar entre sí en algo que parecía una lengua distinta a la que habían usado hasta entonces, tajante y dura, para comunicarse con frases más sueltas, casi dulces, mucho más parecidas a los de los janeros de casa. Parecía que todo les daba risa. Nadie ni siquiera volteaba a verla: ni los bravos ni el gigante actuaban como si él llevara en la grupa a una mexicana molida a palos.

Para la mayoría de las generaciones humanas, un caballo era un venado sin cuernos, un antílope gigante, bravo y delicioso, una mina de carne y tripas. De los milenios que llevamos viviendo con caballos –un *Homo sapiens sapiens* y un *Equus ferus caballus* se deben haber visto la cara por primera vez en el norte de Europa hace unos sesenta mil años–, los hemos montado por poco menos de seis mil. La extinción de los equinos en América del Norte pasa por el hecho de que nuestros ascendientes dieron el brinco continental hace doce mil años, seis mil antes de que a nadie se le ocurriera treparse a un potro: al parecer se acabaron porque nos los comimos –era plena glaciación, hacía frío, necesitaban proteína.

Ya cultivábamos granos y hacíamos pan, ya teníamos hordas de vacas y cabras y, cuando refrescaba, nos poníamos suéteres de lana. Ya hacíamos objetos de bronce y casas de dos pisos. Ya teníamos jefes, sacerdotes y oficios diferenciados, ya había traductores y comercio, cuando a alguien se le ocurrió, en las estepas de Ucrania, que, además de comernos a los caballos, podíamos meterles un freno en la boca y montarlos.

Escribo en un lugar cercano a esas estepas, cuando menos en relación con la distancia a casa en Harlem: el café del Museo Arqueológico de Zagreb, en Croacia, adonde vengo a leer todas las mañanas. Por las tardes tengo participaciones, a veces como oyente, a veces como ponente, en un festival modesto y adorable de escritores centroeuropeos que este año tiene una vena mexicana. Desde que llegué no he podido leer ni un solo anuncio, el nombre de una calle, las paradas del autobús. El croata es impenetrable aunque, como el español, sea una lengua indoeuropea.

El Museo Arqueológico está a una distancia perfecta de mi hotel –una caminata demandante pero amable, que se hace por un boulevard de aires vieneses más bien fallidos, pero gracias a ello rotundamente hermoso en su decadencia. El primer día visité el museo y descubrí el estupendo café en su patio central, más frecuentado por intelectuales locales que leen el periódico junto a perros tan astrosos como ellos que por turistas. Compré el libro sobre los caballos que estoy leyendo en la tienda del museo para tener por qué sentarme en este patio magnífico el primer día y he regresado a seguir leyéndolo todas las mañanas. Mi estancia en Zagreb ha sido lenta, melancólica. Me invitaron al festival, sospecho, porque hace años escribí un cuento que sucedía en la región de Dalmacia, en la costa Adriática del país. Acepté venir para conocer el paisaje con que trabajé solo como una abstracción venida de los libros. Me pregunto, si publico esto que voy escribiendo en el café, si eventualmente terminaré yendo a un festival en Ucrania solo porque ahora escribo del paisaje del que salieron cabalgando los primeros jinetes del mundo. Antes de esa hora fatídica en que alguien se trepara en un caballo y cambiara el mundo moviéndose a su velocidad, las cosas estaban muy bien, cuando menos en lo que los arqueólogos llaman «la Vieja Europa». No estoy exagerando: pensar en la Arcadia es siempre una tentación, porque sí hay un lugar y un tiempo en que la soñolienta supervivencia literaria de un mito se cruza con hechos razonablemente demostrados en el campo duro de la arqueología.

Durante poco más de mil quinientos años, entre el 5300 y el 3700 a. C., Europa central, oriental y el Asia Menor parecen haber quedado en un suspenso afortunado que se quebró en el parto brutal del mundo en el que seguimos viviendo. Ese espacio y ese tiempo, que fue el sitio en el que unas pocas cosas insuperables se inventaron con la paciencia y plenitud del que se sienta a mirar diario el comportamiento de los pájaros para saber cómo será el clima durante el siguiente año, comprendía la rivera inmensa del Danubio, los Balcanes –incluyendo su extensión en la península griega– y los Cárpatos, las llanuras al norte del Mar Negro y el Caspio –que se extienden hasta los montes Urales–, las montañas del Cáucaso por el sur, Anatolia, el norte de Siria, Irán.

En las partes altas del norte de la región y en la parte accesible para los seres humanos de las estepas, vivían los cazadores-recolectores, a los que los arqueólogos de habla inglesa llaman, deliciosamente, forrajeros, porque no eran del todo distintos de unos alces que fueran por la montaña buscando forraje.

Los forrajeros vivían en sociedades intercambiables, sin jerarquías ni nociones administrativas: repartían lo que se encontraban porque no había modo de que ahorraran, no tenían jefes, enterraban a sus muertos donde se les quedaban; los sobrevivieron instrumentos de caza, no armas.

En los valles del sur, más cálidos y quebrados por ríos, vivían los primeros agricultores, organizados en edificios de propiedad común en los que no había ni vallas ni fosos; tenían cementerios, pero sus muertos eran todos más o menos iguales: algunos tenían más joyas, trajes alucinantes hechos de pequeñas lajas cortadas de colmillos de jabalí, algún objeto de bronce, pero nada más: los arqueólogos los han encontrado sepultados en paz, sin bastones de mando, mazos ni lanzas, sin víctimas propiciatorias, sin grano para resistir el viaje: se iban del mundo como habían llegado, acaso elegantes, pero sin provisiones; todos iban al mismo lugar una vez muertos.

Los agricultores y los forrajeros convivían en paz donde se cruzaban sus territorios: simplemente no hay entierros de víctimas de asesinato. Se casaban poco entre sí —los cráneos que dejaron los forrajeros son chatos y mofletudos, sus esqueletos entecos y recios, los de los agricultores son finos y largos, sus calaveras enjutas—, pero comerciaban materiales y conocimiento: los forrajeros aprendieron a hacer pan y domesticar a los animales que antecedieron a las vacas modernas; se convirtieron, hasta cierto punto, en ganaderos. No organizaron propiamente cementerios, pero empezaron a enterrar a su gente en promontorios. Los agricultores, por su lado, se beneficiaban de las especies silvestres que solo conseguían sus vecinos, entre las que había caballos, que por escasos en las fosas parecen haber sido más difíciles de cazar y daban más carne que ninguna otra especie.

En ese periodo se domesticaron los primeros potros, que pertenecían a un grupo más chaparro y menos dócil que el del *equus ferus* que conocemos. Se construyeron los primeros establos, pero las manadas cautivas no tenían un destino distinto al de las vacas prehistóricas, las cabras o los borregos de pelo corto y buena carne que proliferaron entonces. Los caballos, aun si eran solo comida por entonces, valían mucho: en las villas de agricultores se reconoce un templo porque en sus fondos hay enterradas cabezas de potro, ofrecidas a unos dioses de los que no sabemos nada.

Ese mundo, ese espacio que duró un milenio y medio y que los clásicos sospecharon bajo el nombre de Arcadia, fue una isla de introspección feliz que se rompió, más o menos, por el año 3600 a. C. No es que los forrajeros se hayan rebelado: para entonces ya tenían una relación de codependencia casi completa con las villas de agricultores. Fue una tercera fuerza, que venía de lo hondo de las estepas al norte del Volga, la que acabó con todo. Ya era un mundo grande: en los valles de las riveras del Danubio y las llanuras al norte del mar Caspio y el Negro había pueblos cuyo edificio común había ido acumulando capas hasta formar una colmena de patios, habitaciones y espacios de culto de más de doce metros de altura: edificaciones de cuatro o cinco pisos que no se volvieron a ver hasta miles de años después, en las ciudades romanas.

En menos de un siglo, absolutamente todas las ciudades de la Vieja Europa fueron quemadas y abandonadas. Otras nuevas se fundaron, pero eran sustancialmente distintas: estaban fortificadas con vallas, torres y pozos; en sus cementerios ya hay esqueletos de personas que no tenían nada más que la cabeza perforada y personas enterradas a todo lujo, con mazos de piedra pulida en las manos.

Las cabezas de caballo siguieron siendo ofrecidas como sacrificio en los templos, pero en los entierros de personas con atributos de jefes políticos y militares también empezaron a aparecer cámaras adyacentes con mujeres sacrificadas, niños sacrificados, espadas y jabalinas –diferentes de las lanzas por su peso, longitud, y el grosor de su caño: servían para cargar contra el vecino, no para lanzárselas a animales en fuga.

Esta repentina desaparición de la paz neolítica ha sido explicada, en general y tal vez con razón, como producto de un cambio climático: las mediciones de polen sepultado en las profundidades del hielo groenlandés y las marcas en los anillos de los troncos fosilizados de Europa coinciden en mostrar que hacia el año 3700 a. C. la temperatura descendió de manera lo suficientemente dramática para modificar los patrones migratorios de los animales de caza. Los venados y los alces dejaron de pasar cerca de los campamentos de los forrajeros que los cazaban, se extinguieron las vacas ferales, se fueron los bisontes y se acabaron los antepasados montañeses de los burros, aparecieron las ovejas, magras de carne y dueñas de una lana larga y enroscada. Los peces, que eran la base proteica de la dieta viejoeuropea, migraron a zonas de aguas más templadas. El trigo, el maíz y la avena dejaron de crecer; resistió solo el centeno. Los animales domésticos sobrevivieron apenas, gracias al pacto que habían establecido con sus dueños. La única especie de establo que siguió expandiéndose fue, precisamente, la de los caballos. De todo el ganado mayor del periodo, eran los únicos animales con la habilidad de romper el hielo con las pezuñas y podían viajar a pastizales más remotos cuando el frío impedía que crecieran los de las zonas en que solían alimentarse. Un caballo doméstico es un animal migratorio controlable.

El arqueólogo estadounidense David W. Anthony se preguntó, antes de escribir *The Horse, the Wheel, and Language*, cómo era que los pastores de la transición entre el neolítico y la edad del bronce podían cuidar de sus manadas de caballos en un contexto como este y concluyó, con un corte fino de la navaja de Ockham, que la explicación más económica tenía que ser también demostrable: montando en otros caballos. Se dedicó, entonces, a estudiar la tecnología del freno, que sería la que propició esa revolución. Cualquiera se sube a un caballo y viaja en él a trompicones, pero solo lo controla el que lo sabe frenar.

Trabajando con los descendientes modernos de los equinos de las estepas, el profesor Anthony notó que entre las muchas manías de los potros cuando son domésticos está la de morder el freno si nadie los está viendo y que ese gesto, que debe causarles algún tipo de placer en las encías, les deja una marca en el esmalte de las últimas muelas de la parte inferior de la mandíbula.

No creo que nadie nunca haya coleccionado tantos dientes —nuevos, viejos, petrificados, americanos, europeos, asiáticos—

95

como este arqueólogo. Terminó demostrando, de manera que parece irrefutable, que un grupo de forrajeros de Ucrania y Kazajistán dejaron de ser los vecinos tontos de los granjeros para convertirse en sus nuevos amos una vez que notaron que un caballo con freno no es una fuente de proteína, sino la más letal y revolucionaria de todas las armas. Fueron ellos, los hombres y mujeres del horizonte estepario de las cercanías del año 3600, la tercera fuerza que arrasó con la Vieja Europa y su convivencia feliz de forrajeros y pastores. Fueron ellos también los que inventaron la noción según la cual la jefatura política se basa en un equilibrio entre la administración de la violencia y la concesión de beneficios. La impusieron mediante una segunda tecnología también invencible: la lengua indoeuropea, cuya gramática y vocabulario están en la raíz de todos los idiomas de herencia eslava, báltica, germánica, céltica, itálica, helénica, indoirania o anatólica, es decir, casi todas las lenguas que una persona nacida del lado del mundo en que yo nací va a escuchar o ver escritas en su vida. Hay un vocabulario que comparten casi todas las lenguas que son hijas de los primeros jinetes. Son las palabras fundamentales, las que para bien o mal nos han definido. Palabras que significan cosas que teníamos durante la edad del bronce y todavía tenemos: guerra, espada, padre, madre, hermano, diente, sol, noche, polvo, puerco, ciervo, buey, yugo, burgo, canto, miel.

La valla y el fuerte, el asalto sorpresivo y el pillaje, el garrote y la lanza, la migración forzada, el asesinato político, las relaciones de patronazgo a cambio de seguridad física y alimentaria, la dispersión genética mediante la violación sistemática de las mujeres del enemigo, hablar latín, griego, hindi o español –lenguas fáciles de traducir unas a otras porque comparten la misma morfología esencial y un porcentaje del vocabulario–, no fueron inventos revolucionarios, sino acciones desdobladas –consecuencias naturales– del gesto madre que supone conjugar un verbo y tirar de las riendas para que frene un caballo.

Mientras escribo esta nota, descreyendo un poco de la teoría tan redonda del doctor Anthony, pedí un té porque un tercer café me habría dado taquicardia. Me lo trajeron con un jarrito que decía: «Mele»: miel.

La nieve de la mañana ya se había ido y el sol tan irremediable del llano había alzado cualquier resto de humedad, de modo que fue fácil para Zuloaga notar que los apaches habían dejado tras de sí un batidero de huellas completamente fuera de carácter. Ya les vale madres, dijo Corredor, como si hubiera sabido de lo que estaba hablando. En todo el grupo, solo el teniente coronel, la Hermana y tal vez los yaquis recordaban el mundo próspero y juguetón que antecedió a los alzamientos posteriores al momento en que el gobierno de la República dejó de repartir raciones en los presidios. El militar no respondió, pero estaba pensando lo mismo: esos rastros tan claros le parecían una provocación, un capitán señalando que lo que estaban haciendo ya no eran ataques sueltos, sino una guerra que iban ganando.

Las marcas de los zapatos de Camila habían sido borradas por las pisadas de los caballos y el ganado, que se habían hecho al norte a galope y con descuido, de modo que aparecieron hasta que los nacionales alcanzaron el punto en que la mujer viró hacia el monte. A los lados de las marcas de sus suelas estaban las de tres caballos desherrados, que se habían desviado para ir por ella mientras otros cuatro apaches seguían empujando a las reses por el camino principal. Zuloaga y los yaquis bajaron la velocidad y siguieron las pisadas sin desmontar.

Alcanzaron pronto un punto del llano en que los rastros de Camila desaparecían. Zuloaga frenó su caballo y le tendió las riendas a Corredor. Se bajó a revisar con cuidado el terreno. Solo los yaquis, que entendían con claridad lo que estaba sucediendo, desmontaron con él. Será que aquí la levantaron, dijo uno de ellos con poca confianza: no había señas de que uno de los animales hubiera caracoleado en lo más mínimo. Zuloaga negó con la cabeza después de soplar la arena que se había acumulado en las marcas de los tacones de la mujer. Fíjate cómo se clavó en el suelo antes de desaparecer; se los quitó para poder correr más rápido. Los yaquis se vieron entre sí y se separaron para rodear la zona. Uno de ellos vislumbró el brillo del charol entre las matas. Trompo a la uña del teniente, dijo. La pobrecita los escondió, dijo el otro, creía que tenía esperanzas.

Habían pasado muchas semanas desde la persecución como para que las huellas descalzas sobrevivieran aún si no había caído ni gota de agua desde entonces, pero pronto encontraron también el corpiño. Zuloaga lo enredó alrededor de los zapatos antes de regresar con el resto de la tropa. Guardó el bulto en su alforja. ¿Qué va a hacer con eso?, le pregunto Elvira. Devolvérselo, dijo. ¿Cree que está viva? Es una loca, seguro que sí. No habían avanzado mucho más cuando los yaquis volvieron a detener sus animales. Zuloaga se adelantó: ¿Ahí fue? El resto de la tropa se quedó atrás: no pensaban, como los otros tres, que huellear fuera lo más divertido que les podía pasar en el mundo. La querían para mujer, dijo uno de ellos; no hay resto de batalla porque la querían completa. El otro chasqueó la lengua. Cuando el teniente coronel desmontó con uno de ellos para confirmar que la persecución terminaba sin sangre, cuatro de los criollos de Casas Grandes se dieron la media vuelta y se regresaron a galope. Zuloaga les dedicó una mirada más bien impaciente: no lo ponía de malas que lo abandonaran, sino que no lo dejaran concentrarse. El yaqui que se había quedado montado llevó la mano al rifle y el teniente coronel lo contuvo a distancia con un gesto. Si se van a quebrar no los queremos, le dijo, sin dejar de buscar algo en la tierra. La tropa se revolvió en su lugar, incómoda. Corredor y Elvira cruzaron sus caballos en el camino, por lo que fuera.

El vaquero se acercó al lugar preciso en el que uno de los gemelos decía que la mujer había sido levantada. Tocó la arena con el guante: no distinguía nada más que las marcas de los caballos. Ni le busque, mi teniente, le gritó el que se había quedado montado. El otro le confirmó casi al oído: La levantaron y ya. El militar revisó otra vez el terreno. No puede ser, dijo, señalando las pisadas de los caballos; no frenaron. La agarraron al vuelo, le dijo el yaqui, de aire, fíjese ahí delantito. Zuloaga avanzó y se agachó en el punto que le señalaba el indio. No había nada más que pisadas de caballos. ¿Qué estamos viendo?, preguntó el teniente coronel. Estos son los cuartos traseros del caballo más rápido que traían, le dijo, el del capitán. Lo colijo, contestó el militar, pero y eso qué. Las pisadas están sumiditas, aquí ya habían subido a la señora. Falta prueba, dijo Zuloaga, sabiendo que ya había perdido la discusión. Camínele tantito, le dijo el indio: se va a hallar el resto de la ropa de la doña. Adío, dijo el teniente con media sonrisa, y avanzó. Los apachis encueran a sus cautivos despuesito de levantarlos. Zuloaga no tardó mucho en encontrar el camisón desgarrado. Regresó con él en la mano. La encueraron para que llegara prieta a la ranchería, dijo el yaqui que seguía montado, le digo que la querían pa mujer.

Montaron de nuevo y regresaron a donde estaba la partida. Si alguien se quiere regresar es ahorita, dijo el teniente, vamos a pasar la noche en Los Pinos; algo de civilización queda para arriba, pero a partir del mediodía de mañana ya todo va a ser puro mal país. Jaló las riendas y aflojó los pies en los estribos del animal, que se había puesto nervioso al oler la adrenalina de los otros jinetes. Una vez que pasemos de ahí, regresar sin compañía es muerte segura. Otro de los criollos de Casas Grandes se alzó el sombrero y dijo: Si se me permite, y agitó la rienda de su caballo. Elvira, que interrumpía el camino, no solo no movió su animal: sacó su revólver. El militar le gritó: Hermana. Ella quitó el seguro y jaló el martillo, apuntó. Ta bien que se vaya, le dijo la mujer al ranchero, ignorando las órdenes de su superior, pero déjenos su rifle, que aquí el muchacho Corredor anda con un mosquete de chispa y no es justo. El hombre bajó la mano hacia el estuche atado a la silla y cuando destrabó el broche escuchó cómo los yaquis amartillaban sus rifles. Suavito, le dijo la falsa monja. Alzando una mano, el criollo jaló el arma con dos dedos de la otra por la culata, como si fuera un objeto infeccioso. Avanzó lentamente y le tendió un Springfield casi nuevo a Corredor. Zuloaga se quitó el sombrero y se limpió el sudor. Déjele el parque también, ordenó. El ranchero sacó dos cartones de balas de la alforja y se los dio al rarámuri. Y las botitas, dijo la madre, porque el muchacho anda en huaraches y va a hacer más frío en la montaña. Para eso tengo que desmontar, dijo el vaquero. Ella respondió: No le hace.

Con los nervios, al criollo le tomó una eternidad quitarse el calzado: la fama de la puntería de doña Elvis llegaba hasta Casas Grandes, así que le sudaban las manos. Cuando finalmente pudo desembarazarse de las botas, el ranchero se las tendió tímidamente a la Hermana, que le dijo mientras enfundaba: Déselas al muchacho y que Dios lo bendiga.

Cuando el criollo –o el asaltadito, como lo definieron los yaquis más tarde– ya era puro polvo en la distancia, el militar acomodó las manos en el pomo de su silla y miró largamente a los dos nacionales que le quedaban. Uno era un muchacho rubio, grande, rojo y lampiño, casi no tenía cejas y estaba pasado de peso. Traía una gabardina de franela amarilla que denotaba que era gente de dinero. El otro era mayor, casi de su edad, más moreno, nudoso, de barba cerrada; tenía unos ojos muy negros tremendamente simpáticos; Zuloaga había notado, cuando lo había visto sin sombrero, que tenía el pelo rizado: tal vez fuera nieto de libertos. ¿Y ustedes?, les preguntó. Yo no tengo a qué regresar, respondió. ¿Y tú?, le preguntó al joven. Aquí quieto, respondió.

Zuloaga recorrió a su milicia con los ojos de vaca que ponía cuando algo lo estaba irritando. Parecía que iban a montar un número de trapecistas en lugar de ir al desierto más bronco del mundo a arrebatarles una cautiva a unos guerreros a los que nunca nadie les ganaba. Pus entonces ya dígannos sus nombres, dijo. Yo soy el Márquez, dijo el de barba crecida. Miró al joven. A mí me dicen Gringo. Ya empezamos mal, acotó uno de los yaquis. Es hijo de don Renato de Casas Grandes, dijo Corredor, como si decir eso le explicara algo a alguien. El rarámuri traía en las piernas su nuevo rifle, con un orgullo que delataba por fin que tal vez fuera, efectivamente, demasiado joven: nunca había usado uno para matar a nadie. Al ver que todos miraban al chico tratando de interpretar lo que había dicho y que él no pensaba ofrecer ninguna explicación, Elvira añadió: Los hijos de don Renato son gente buena. Y a qué se dedican, siguió el militar. Al rancho, dijo el Gringo. Yo soy maestro de baile, dijo el Márquez. Elvira completó: de Janos, pero estaba dando sus lecciones en Casas Grandes. Él cerró su carta de presentación con lo que le parecían los datos que mejor lo describían: Hablo un poco de apachi y puedo enseñarles el paso del perro. ¿Eso dónde queda?, preguntó Zuloaga. Corredor abrió mucho los ojos: ¿No conoce el paso del perro? ¿Dónde está? En ningún lado, dijo el Gringo, es un paso de baile. La monja completó: La sensación del momento. El teniente coronel enfiló su caballo hacia el norte. Ya nos llevó la chingada, pensó.

Aunque la helada había amainado con el viaje del sol, el aire estaba suficientemente frío para jalar a los caballos. Llegaron a Los Pinos recién caída la noche. El pueblo también estaba desierto. Durmieron en un galpón abandonado y siguieron al amanecer hacia el norte. A la altura de Moscos, las pisadas todavía nítidas de las vacas y los caballos de los apaches derivaban hacia el occidente, partiendo el chaparral. Hasta entonces habían marchado a tanta velocidad como les permitía acarrear quince o veinte cabezas de ganado –los gemelos juraban que eran diecisiete–. No habían parado ni a comer. Hicieron, dijo uno de ellos, todo este trecho en un solo día; iban dos veces más rápido que nosotros, cuando menitos.

Pronto se encontraron con lo que parecía la entrada a un cañón por el que los apaches habían tenido que colar las vacas una por una. Todavía era de día, pero Zuloaga no se animó a entrar. Ahí nos cuecen a balazos, dijo. Mandó poner el campamento en un alto a distancia prudente de las peñas y le dijo a uno de los gemelos que entrara con su hermano al desfiladero en cuanto oscureciera, para ver en qué medida era transitable. Él mismo subiría al cerro, que se encrespaba rápido.

Hicieron un fuego tímido aunque todavía había luz. Desde que había empezado la rebelión de los apaches solo se podían encender fuegos en el campo de día porque cualquier hoguera que de noche no fueran solo ascuas era un llamado al ataque. Antes de que los nacionales que tenían órdenes para esa noche se

101

hicieran al monte, todos se sentaron en torno suyo de un humor espléndido: Elvira y el Márquez interpretaron un dueto mientras Corredor cocinaba una parte de las provisiones que retacaban las dos mulas de carga del convoy. Viéndolos a una distancia que impedía cualquier contagio, Zuloaga pensó que podía ser la panda de nacionales más ridícula de toda la historia del estado de Chihuahua, pero tenían una notable capacidad para disfrutar lo que fuera que se encontraran. A lo mejor eso le permitiría librarla con pocas bajas.

Cuando Corredor le llevó una cazuelita con una sopa de calabaza y un atado de tortillas que había sacado de las mulas de carga, pareció, otra vez, que le había leído la mente. Le dijo: Están contentos porque es la primera noche que van a pasar en el descampado, a eso vinieron. El teniente le ordenó que se apurara a comer y agarrara su rifle porque iba a oscurecer pronto y le quería enseñar a disparar. La Hermana, que los vio alejarse, le dijo al Márquez, para joderlo un poco con su oficio de maestro de baile: Qué bonitos son los hombres cuando hacen cosas de hombres. El bailarín nomás le dijo: Ay, Elvis, y la tomó por la cintura para ejecutar una polka silbadita, que prendió al Gringo y los yaquis. Todos recibieron sus lecciones, aunque el Márquez les dijo a los yaquis que estaban torpes, que cuando se les pasara un poquito más la cárcel, les enseñaba el perro.

En eso estuvieron hasta que volvieron Zuloaga y Corredor. El rarámuri venía con una sonrisa de oreja a oreja. ¿Salió bueno pal cuete?, preguntó el Gringo todavía sudado por los bailes. Suerte de principiante, respondió el militar.

Antes de extender su silla y su cobija para tener dónde dormir cuando regresara, el teniente coronel le pidió a Elvira, que también estaba extendiendo su petate, un momento de atención. ¿En qué le puedo servir? Se alejaron unos pasos del campamento a petición del jefe. Zuloaga se quitó el sombrero para decirle: Yo creo que aquí es donde usté se regresa a Janos; que la acompañe mañana temprano el Gringo, que de por sí se ve un poco fofo y ahora quiere ser bailarín. ¿Y eso?, preguntó la madre. Usté me dirá, que bailó con él. No, por qué había de regresarme. Si entramos al cañón podrían empezar las balas, le respondió; si nos vamos por arriba, ahora sí ya es el piedrero; si seguimos por el llano nos metemos en el Valle de la Luna. La mujer lo miró con desconfianza, acomodándose el pelo bajo la cofia que utilizaba para dormir. ¿Y? A partir de aquí se pelea piedra por piedra, insistió el teniente; no quiero que me la maten o que me la roben para hacerle un niño apache. Ta usté un poco pendejo, dijo antes de volverse a su petate, retirado apenas modestamente del sitio en que los varones habían tendido los suyos en torno al fuego que ya había amainado. Piénselo hoy en la noche, Elvis, le gritó. El Márquez lideró un zumbido burlón de la tropa. Ella se regresó hasta donde estaba el jefe y le dijo al oído: Hasta ahorita he sido mejor plomo y no ha visto un huevo: va a ver cuando haya necesidad de tronar bala. Zuloaga se alzó de hombros, dejó que se retirara para llamar a Corredor para que lo acompañara al cerro: la noche venía presagiada de claridad y había que medir el terreno. Ya en la distancia vieron cómo los gemelos se levantaban del campamento como fantasmas y caminaban rumbo al paso de la cañada.

Intercambiamos el departamento que rentamos en Harlem por uno en la Ciudad de México durante seis semanas entre julio y agosto. El español de los niños es pésimo, y aunque no me parece que se juegue nada entre perder o conservar una lengua materna —Valeria dice del inglés que es nuestra lengua filial—, sí creo que en el futuro se pueden beneficiar de ser bilingües. Y últimamente extraño esa casa que es el país de uno, a mis padres que están envejeciendo, la comida, el silencio tan inquietante de la Ciudad de México por las tardes: 22 millones de personas que ingresan a un espacio de ausencia sagrada durante el crepúsculo —hay algo esotérico en que una ciudad tan grande, tan poblada, tan insoportablemente dinámica sea, también, tan callada, sobre todo a esa hora.

Es como si mi incapacidad para jurarle lealtad al rey de España hubiera estimulado el órgano que busca la querencia, como si el hecho de que ya no quedan razones para seguir posponiendo establecernos como residentes en los Estados Unidos tirara un gancho a casa. No siento su jalón casi nunca. Algún domingo, siempre durante el Día del Padre, esos días de marzo en que nosotros seguimos chacualeando entre la nieve y cagados de frío mientras los amigos de México mandan fotos de una terraza en la que están tomando cerveza en mangas de camisa –cabrones.

La separación con respecto a Miquel también ha cobrado un impuesto de ansiedad del que mi cuerpo acusó recibo: durante el primer año en Nueva York el pelo y la barba se me volvieron blancos, bajé brutalmente de peso y no he podido subirlo de nuevo, su falta me dibujó dos rayas entre las cejas y me dejó como un arquero: solo en el área chica de la que salgo poco. Antes era más comunicativo, a ratos locuaz, a la gente le gustaba pasar el rato conmigo. Ahora produzco, sobre todo, silencios.

Pero el jalón de la tierra está y vamos a obedecerlo. El departamento por el que intercambiamos el nuestro está bien, ya nos quedamos algún fin de año ahí. Tiene un estudio en el que puedo seguir haciendo notas para el libro de los apaches. Ir a Guadalajara, pasar unos días con Miquel desde ahí es más fácil.

Las reses empezaron a flaquear cuando ya era casi de noche. Camila habría perdido la conciencia si el dolor en las ingles talladas por la madera de la silla no la estuviera anclando al mundo. El miedo, además, la mantenía alerta de una manera remota y estúpida, como aislada en la burbuja de su suplicio. Aun así, fue capaz de escuchar, desde mucho antes de que lo alcanzaran, el ruido inexacto de la vida en un ojo de agua: el croar de un sapo la sacó del estupor de muerte en el que llevaba ya quién sabe cuántas horas.

Era un manantial oculto, que había formado una pequeña poza alrededor de la cual no había árboles. Es de temporal, pensó, porque si no ya le habrían crecido álamos. Pensar es, a veces, una manera de recordar que también pueden operar lógicas distintas a la del dolor.

Alcanzaron el ojo de agua a la velocidad desesperante de un paseo. Camila no estaba segura de poderse mover si se bajaba del caballo, así que esperó a que el de su captor ya estuviera bebiendo para dejarse caer al suelo y arrastrarse por el agua. Cayó como un costal, sin ponerle atención a la risa de los apaches. Pudo acuclillarse, pero la fuerza que le quedaba en las rodillas no le alcanzó para ponerse de pie: las piernas no le respondían, completamente dormidas como le habían quedado por la longitud de la cabalgata y las escoriaciones de la silla. Se tiró de panza y avanzó arrastrándose rumbo al agua, tirando de su cuerpo con los antebrazos, las piedras del suelo raspándole el estómago, los muslos, las rodillas, el empeine de los pies: las partes del cuerpo que tenía más o menos indemnes, sin contar las ampollas que le dejó el sol. Ya percibía el fresco con la punta de la nariz cuando sintió un peso que la inmovilizó en la espalda. Primero pensó que eran los mocasines de uno de sus captores lo que la estaba conteniendo. Se sacudió un poco, escuchó más carcajadas mientras el dolor en la zona lumbar se le intensificaba. No podía avanzar. Cerró los ojos y bajó la cabeza, escuchando cómo los caballos se saciaban del agua que no estaría a más de una mano de distancia de su boca. Trató de acercarse una vez más y el dolor se multiplicó en su espalda, en la que lo que fuera que tuviera parecía empeñado en macerarle las llagas que le había dejado el día. Se la tocó. Le habían puesto una roca en los riñones, una roca de un tamaño que nunca se hubiera imaginado que su cuerpo podría soportar. Descansó la cara en la arena, que cuando menos estaba fría.

Bebieron los caballos y detrás de ellos las vacas. Cuando terminaron, los hombres se tomaron su tiempo para hacer una cama flotante de pasto sobre la superficie del agua para filtrarla y bebieron a tragos cortos y separados entre sí. Luego se refrescaron las frentes y las nucas. Tuvieron lo que a Camila le pareció una conversación eterna. En algún momento, su raptor se levantó y le quitó la piedra de encima empujándola con la planta del pie. El raspón le valió madres. Se arrastró con lo último que le quedaba hasta hundir la cara en el agua. Nada les

105

daba tanta risa a los apaches, al parecer, como el dolor ajeno: se carcajearon de ella hasta que se cansaron, de una manera distinta a como lo habrían hecho unos captores mexicanos: sin tocarla, sin señalarla, como si estuviera ausente.

Se regresaron a sus caballos y su ganado y la dejaron ahí, así que se revolcó como pudo entre los pedruscos del suelo para meterse por partes en el agua y lavarse las costras y aliviarse las llagas. Más que una fosa, el ojo era un charco, pero con eso bastaba. La experiencia no era placentera, pero cuando menos no dolía. A mañana, pensó, llego viva. No fue hasta que salió del agua y se pudo levantar que le pesó estar encuerada. Hasta entonces las costras y el polvo la hacían un adefesio. Ahora era un cuerpo jodido por todos lados y con la cara rota e inflamada, pero un cuerpo otra vez. Caminó como la primera habitante del mundo hacia el muro del desfiladero en que se arremolinaban las vacas y ahí se acomodó en cuclillas, las nalgas protegidas por la pared, cubriéndose como podía las tetas y el sexo. Los indios, de todos modos, no le ponían ni la menor atención.

Ya estaba bien entrada la noche cuando, para su sorpresa, los apaches volvieron a ensillar los caballos. Nadie se acercó a ayudarla, ni la forzó a montar. Caminó como pudo hasta el caballo en el que ya la esperaba el gigante y se subió sola, tomándose primero de la silla y luego de los antebrazos de él como si ninguno de los dos estuviera ahí. Volver a poner las corvas en la silla fue una tortura todavía superior a todo lo que ya había padecido.

Hablé con la abogada, era una llamada de rutina: revisar la lista de papeles que me faltan, dudas sobre las infinitas actas y declaraciones que tengo que escribir para terminar el envío al servicio de migración. Antes de colgar, le dije que había que terminar todo pronto, porque no me quería llevar pendientes a México durante las semanas que estaríamos fuera. No pueden irse, me respondió después de un silencio largo; no puedes salir de los Estados Unidos hasta que te llegue la *greencard*, probablemente a fin de año. Pero ya subarrendé el departamento y tengo los boletos, le dije, como si alegándole a mi abogada estuviera discutiendo con el gobierno, como si ella hubiera podido hacer algo para protegernos. Además era parcialmente mentira: nunca he comprado un boleto de avión más de dos o tres días antes de usarlo, nací sin el órgano con el que todos los demás planean. Tienes que posponer, me dijo, y agregó que lo sentía, que se imaginó que yo habría sabido que no se puede volver a territorio estadounidense con un estatus migratorio indefinido: nuestra visa había sido cancelada en el momento en que ingresamos los primeros papeles para pedir la residencia.

Me resigné con presteza cristiana. Incluso le di las gracias por el tiempo invertido en recibir malas noticias, como si no lo estuviera pagando.

Valeria, que piensa que la realidad es más flexible de lo que parece y casi siempre consigue, por lo mismo, salirse con la suya, tardó en rendirse, en reconocer que, por el momento, eso era todo. Consultó páginas web, llamó a amigos que conocen la ley migratoria estadounidense, habló con la abogada como si no nos cobrara por minuto, proponiendo planes más bien descabellados. La dejé hacer sin resistencia. Tarda en ceder al imperio de lo real y es en ese espacio, el que le toma procesar que no hay salida, donde suele encontrarla, pero este caso es una pared.

Hoy en la noche, después de cenar –niños dormidos, segunda botella de vino mientras recogíamos la cocina– hizo la pregunta que estuve esperando un par de días que hiciera: ¿Y qué vamos a hacer con el intercambio de departamentos? Supongo que cancelarlo, le dije. Respondió con una de esas respuestas suyas que me vuelven loco, para bien y mal. Mejor rentamos una camioneta, me dijo, y nos llevas a la Apachería.

A la mañana siguiente, los yaquis y el militar concluyeron que había que seguir por el llano: la montaña era intransitable y la cañada una boca de lobo.

Se estaban tomando un pocillo del café cargadísimo de Corredor, que otra vez fue el primero en levantarse a pesar de que había estado explorando el monte con el jefe hasta más allá de la medianoche. Uno de los gemelos dijo: Se llevaron a la señora al río Gila; podemos seguir por los bajos y si nos encontramos algo feo nos corremos al Valle de la Luna sin tocar las montañas Chiricahua. ¿Las Chiricahua están cerca?, preguntó el militar. Últimamente todo el mundo le decía que si chiricahui esto, que si chiricahua lo otro. No están lejos, dijo uno de los yaquis, ya del lado de Sonora. Estaría dilatado ir por allá, dijo el militar cerrando un poco los ojos como si estuviera calculando distancias, porque además vamos a tener que encontrar el rastro de las vacas a la salida del cañón, que quién sabe dónde sea. Ha de ser un camino más recto, dijo el otro yaqui, pero por dentro nos embosca el que quiera. Entonces subimos por el valle, si hay bala, corremos a las Chiricahua, ¿eso es lo que me está recomendando?, preguntó el jefe. Yo no conozco por acá arriba, anotó a manera de explicación. A las Chiricahua mismas tampoco podemos meternos, dijo uno de los yaquis, los apachis ya se enseñorearon ahí. Eso mero, dijo su hermano.

Zuloaga sacudió al Gringo y al Márquez con la punta de la esquinera: eran los únicos que seguían no solo dormidos sino roncando. Elvira ya estaba para entonces sentada en su caballo, en expresión clara de que planeaba seguir sin que le importara la opinión del teniente coronel.

Siguieron a paso de ranchero hacia lo que ella pensaba que era el norte: al caer la noche había perdido los referentes. En algún momento se detuvieron a descansar los caballos y el ganado. Estaban en lo que debía ser una vega cuando corría agua por la cañada porque había un grupo de álamos secos, a la espera de la corriente que llegaría con los aguaceros del siguiente verano. Su captor la desmontó en calidad de bulto —le dolía todo tanto que no podía moverse sin hacerse más daño— y la puso en el suelo junto al caballo. Luego llamó a uno de los guerreros jóvenes, el más joven de todos, y le dio una serie de órdenes —el muchacho no pasaría, según los cálculos de Camila, de los catorce años.

El niño desensilló al caballo y le quitó la manta, acariciándolo y hablándole al oído. Para entonces Camila ya había logrado sentarse en el suelo y estaba pensando en cómo hacerle entender al muchacho que tenía hambre. El niño le sacó las cinchas a la guarnición de la silla y se le acercó a la mujer. Le dijo algo que no era amable, luego la tomó por el pelo y la arrastró hasta el más cercano de los álamos. Ahí, la puso de rodillas y le alzó la cabeza por el pelo –ella pensó que se debería defender, que debería morder y patear, pero su cuerpo se había resignado ya a la servidumbre del dolor y no le respondía–. Cuando tuvo su cabeza bien alzada, el niño le rodeó el cuello con la cincha y se la apretó hasta casi asfixiarla. Camila alcanzó a meter los dedos entre la correa y su piel y él se los sacó con violencia y le dio una cachetada, pero no apretó más. Ató el otro lado de la cincha a una rama gruesa de uno de los árboles. Luego le amarró las manos a los pies con la otra correa. Las ató tan duro que su cuerpo arrodillado se arqueó por la tensión de ambas cuerdas. Había una inhumanidad aterradora en el niño que la trabajaba como si fuera una ternera, un objeto al que había que preparar para algo. La dejó así, arqueada y balanceada sobre las rodillas, con la cincha gorda apretándole el cuello. Camila no tardó en entender que si trataba de cambiar de posición o de descansar el cuerpo en un lugar distinto a las rodillas, que ya le empezaban a doler, perdería el balance completo y moriría ahorcada.

Lo que no entendió durante esa noche infinita era que lo que estaba padeciendo era un gesto de cortesía apache. Lo que el capitán le había dicho al niño cuando le ordenó que se encargara de ella era que la atara de un modo en que, si quería, pudiera matarse. Los hombres hablaron un tiempo más y se durmieron. Ella no pudo.

Los nacionales progresaron hacia el norte durante dos días más sin incidentes, pero ni las jornadas ni sus noches fueron tan festivas como había sido la primera ya en el monte. Al caer el sol del tercer día de marcha, habían tenido que vaciar en los sombreros el último resto de agua del pellejo que cargaba una de las mulas para darles de beber a los caballos. No en balde la gente le llamaba al peladero central que cruzaban el Valle de la Luna. Mañana tampoco hay café, le dijo Zuloaga a Corredor. Tenía los labios partidos y se le habían sumido los ojos. El indio, en cambio, estaba intacto. Elvira iba bien, aunque tampoco decía mucho. La teoría del teniente era que su disfraz implicaba tantos trapos que no perdía humedad: era como viajar con una pera envuelta. El Márquez y el Gringo habían dejado de hablar, aunque no se veían arrepentidos de haberse sumado al paseo. Los yaquis, como el criollo, también habían sufrido una transformación, pero para bien: después de unos días fuera de la celda del presidio, habían recuperado su color de piel, vigorosamente cobrizo, y habían perdido las barrigas: cuando durante el día se quitaban la camisa, la falsa monja se persignaba tal vez pensando en las que hubiera podido armar en el calabozo del presidio de Janos si se le hubiera ocurrido meterse con la nariz tapada.

Se movían todo lo que podían mientras había luz, de modo que hacían solamente fuego de brasa. Por la noche le dejaban encima una cazuela de nopales con frijoles de acacia para que se cocieran lentamente en la baba —en esas circunstancias, desayunar carne seca era un martirio—. Por la tarde se comían machacado frío a tirones. Se lo pasaban con un agua de tuna tan ácida que hacía que les lloraran los ojos, pero tan densa que los mantenía hidratados durante la noche. Entremedio comían orejones y otras frutas secas y prensadas. Todo sin que se les ocurriera jamás que lo que los mantenía vivos era una dieta apache.

Iban derrotando el peladero como un buque fantasma cuando vieron una columna de polvo en la distancia. Ahí están sus pinchis apachis, dijo uno de los yaquis con una sonrisa de oreja a oreja. Y viendo de reojo al teniente coronel: A ver si ahora sí truenas, pistolita. Corredor hizo chicos los ojos. No son apaches, dijo, son unos rancheros. Zuloaga se viró a mirarlo: No puede ser que los vea desde acá, Mauricio. Son nomás tres, respondió el rarámuri, gringos, pero hacen polvo porque traen vacas. El jefe se rió. ¿Cómo sabes? Corredor no entendía qué era lo que le daba risa a su teniente. Traen sombreros tejanos, dijo. El teniente afinó la vista, no veía nada más que la columna de polvo en la distancia: ¿Dices que son tres?, preguntó. Con catorce reses.

Apenas comenzó a avanzar a trote hacia el remolino que dejaban los vaqueros, Corredor y los gemelos sacaron los rifles de los estuches y lo rebasaron dando unos alaridos que no podían provocar más que una balacera. No lo escucharon cuando les ordenó que se detuvieran y su caballo estaba tan deshidratado que no tuvo el espolón para alcanzar a las mulas de los indios, mejor acostumbradas a las faenas brutales del desierto.

Todo habría acabado muy mal antes de empezar de no ser porque la falsa monja dio un tiro al aire que retumbó con suficiente vigor para hacer que los tres indios rayaran sus caballos. Ora qué, preguntó uno de los yaquis cuando Zuloaga los alcanzó con su antipático trotecito de mandamás. Somos una unidad militar, no unos bandidos, dijo el jefe. Así cómo, se quejó el otro gemelo. El militar ni les respondió, esperando a que el resto del grupo los alcanzara. Vamos a avanzar de dos en fondo, todos detrás de mí, dijo. Elvis y el Gringo hasta el final, ustedes dos –dirigiéndose a los yaquis– nomás detrasito mío, con los rifles a la mano para intimidarlos y usarlos en chinga si falta.

Si los rancheros que llevaban el ganado habían estado indecisos sobre preocuparse o no por lo que a lo mejor ya notaban que era una columna de nacionales, el tiro al aire de la monja les confirmó que iban a tener una conversación con la autoridad. Se detuvieron donde estaban y dejaron que se dispersara el ganado.

Zuloaga, que prefería ahorrar las balas para cuando se cruzaran con los apaches, se relajó cuando vio que lo estaban esperando sentados en el suelo. Uno de los tres incluso desensilló y se tiró por completo en la tierra con la cara tapada por el sombrero, al parecer para tomar una siesta.

Cuando al día siguiente llegaron a un arroyo después de otra cabalgata calcinante y atroz, Camila ya había aprendido la lección y se ahorró el castigo de la piedra. Esperó a que bebieran los caballos, las reses y los hombres para avanzar a gatas a satisfacer su sed. Estaba igual o peor que el día anterior, pero siquiera había podido dormir durante el trayecto. Ya empezaba a pensar que su vida iba a ser siempre así y que era todo lo que iba a tener.

Ese día tampoco comieron, pero pasaban tanta sed que casi no sentía las tenazas del hambre, o las sentía como parte de una madriza general en que contaba como mal menor. La segunda noche no la ataron del cuello, aunque sí de pies y manos. La dejaron tirada sobre unas piedras. Cuando se despertó al día siguiente estaba cubierta por una cobija. El niño la desató, la ayudó a levantarse y le permitió que se quedara cubierta. Le puso mano de ladrón para que se subiera al suplicio de la silla de palo, pero ella lo ignoró y se trepó sola. El niño recogió el cobertor cuando se le resbaló de los hombros al treparse al caballo y lo trabó en la silla de su propio animal. El gigante ni siquiera la volteó a ver durante el proceso: arreó cuando sintió que los dedos de ella, tan ampollados, ya se habían prendido de las trabes de la silla.

En el doctorado tenía un profesor de pensamiento beligerante y dicción de ángel, ya mayor. Se llamaba Saúl. Un día, mientras conversábamos en su oficina, perdió la paciencia, como sucedía a menudo, con mi manera de leer: caótica y tal vez demasiado confiada en los poderes epistémicos de la hipérbole. Me regañó. Me dijo: Tenés que leer de principio a fin, ¿viste?, en orden. Entonces abrió el libro que tenía entre manos, que era *La historia universal de la infamia,* y puso el dedo en la última página. Dijo: Desde el principio. Luego recorrió las páginas al revés en abanico, como si fueran un mazo de cartas, y señaló el último párrafo de la primera página para concluir: Al fin. Yo todavía era joven, jodón, arrogante. Le dije, seguramente con una sonrisita inmamable, que el libro que me mostraba era un Borges, no la Torá, que el castellano se leía de izquierda a derecha. Saúl me respondió: Por eso, ¿o es que con tantas hipérboles ya no podés leer una metáfora? Ese día aprendí algo de lo que me he beneficiado sin pausa: el precio de no reconocer que una inteligencia es más fluida que la propia es la humillación.

Después de varias semanas de preparativos para el viaje a la Apachería –tan intensos y desquiciantes que apenas pude leer algo y no escribí nada– y una semana cruzando en diagonal los Estados Unidos, llegamos hoy a las cercanías de un territorio sagrado: el Cementerio Apache de Fort Sill, Oklahoma. Sentí la urgencia de romper la inercia del viaje y de ponerle dinamita al espíritu familiar de las vacaciones. Aquí se termina la historia de los chiricahuas y el final, como aprendí de Saúl, es la matriz que organiza todo lo demás, el lugar de arranque impredecible porque nuestra presencia en el mundo es unidireccional solo hasta cierto punto. Es verdad que no podemos recordar el futuro aunque ya está inscrito en la bóveda cerrada del tiempo, pero la memoria compensa esa deficiencia de diseño de nuestro cerebro funcionando de adelante para atrás, al revés, como funcionan los mitos. No sabemos de qué trata un relato hasta que lo terminamos, incluso si somos nosotros quienes lo estamos escribiendo; no tenemos ni idea de por qué hicimos un viaje hasta que estamos de vuelta en casa; una vida es una secuencia de acciones sin pies ni cabeza hasta que termina.

Hay un periplo que comienza con la expedición de Oñate por lo que hoy es California y el suroeste de los Estados Unidos y termina con el entierro paulatino de la última generación de chiricahuas en el Cementerio Apache del campo de concentración de Fort Sill, en el que los últimos guerreros de la más belicosa de las naciones originales de América fueron muriendo de viejos sin que el gobierno estadounidense los desclasificara como prisioneros de guerra y les permitiera volver a Arizona y Nuevo México.

La narrativa propia de los apaches, difícil de capturar aun si está transcrita en las recopilaciones de historias orales de entonces y ahora, es mucho más grande que ese ciclo. Tiene su propio recorrido, anterior y posterior al registro caprichoso de la historiografía. Empezó en las estepas de Mongolia, tuvo un apogeo glaciar en Canadá, donde una lengua de las nieves asiáticas se asentó como el idioma americano de los atapascanos, y sigue hasta hoy en día: hay descendientes de Gerónimo y de Nana, de Cochís y Juh, pero ya están inscritos en un relato distinto –forman parte de una mitología que se sigue alimentando de las figuras de los bisabuelos, pero ya es otra, integrada a la máquina de devastación de diferencias que son los Estados nacionales: la tecnología de enriquecimiento y discriminación más letal que ha diseñado la humanidad.

El ciclo de los apaches como interlocutores temibles de los gobiernos de México y Estados Unidos, como los Otros insondables, los cabrones de honra y mérito, es una historia con principio y fin. Empieza cuando Fray Alonso de Benavides registró en 1630 que hablaban una lengua «que descalabra con las palabras» y terminó con el quedo entierro de Gerónimo en el Cementerio Apache de Fort Sill, el 17 de febrero de 1909. Para entonces la Ford Motor Company ya había lanzado su Modelo T, con dirección hidráulica, y Francisco I. Madero ya andaba predicando que había que retirar a Porfirio Díaz del gobierno de la República Mexicana, que había que modernizarse, que el teléfono y las vacunas deberían ser accesibles para todos. Gerónimo es el último muerto de algo que ya hacía mucho que había dejado el mundo y está enterrado a unas millas de la cabaña que rentamos en Medicine Park, Oklahoma, en que pasaremos esta noche de nuestro viaje en coche hasta Arizona. Ahí vamos a encontrarnos con Miquel, a quien los niños veneran aunque nunca han vivido con él.

No hemos llegado al cementerio: la cabaña que rentamos está a unos veinte minutos de Fort Sill, en la orilla del río Medicine. Los niños, naturalmente; quisieron nadar y salieron muertos de hambre del agua. Cenamos, por recomendación de una familia local que también se bañaba en el lago, en un agujero prodigioso al lado de la carretera, todo sebo y Coca-Cola, llamado Joe's BBQ. Las mejores costillas asadas que hemos comido en un viaje que tiene entre sus tramas menores encontrar las mejores costillas asadas de Estados Unidos.

Los niños se merecían su rato en el agua y una cena cerda y magnífica. El de hoy fue un recorrido largo. Salimos temprano de Memphis, sacudidos emocionalmente. Habíamos pasado una noche en Nashville, la capital blanca y pujante del country and western, y otra en Memphis, la cuna mayoritariamente negra del rhythm and blues. La segunda está rota, trizada, como bombardeada por su propio país, que sigue decantándose por una identidad racial monolítica y ha convertido la inversión de recursos en las comunidades en una lenta, salvaje campaña de exterminio. Nashville y Memphis están en el mismo país y el mismo estado, separadas por poco más de trescientos kilómetros de superautopista, una distancia minúscula en una nación cuyas extensiones tienen el sabor de un continente. Si los estratos de desarrollo se distribuyeran de manera lineal, Nashville estaría en California o Nueva York y Memphis por Chiapas: es una catástrofe social.

Cruzar el Mississippi hoy temprano tuvo, entonces, doble tracción emocional. Por un lado estábamos atravesando la puerta al Oeste, ingresando al último espacio de libertad para los pobladores originales de América previo a su destrucción como una cultura con capacidad de reproducirse vertiginosamente. Por el otro, nos llevábamos en el bolsillo de las camisas el hallazgo de que el país que nos alberga y gusta porque no vivimos en sus partes crudas es también un país miserable y tercermundista.

No hay augurio que pueda, por supuesto, con la habilidad de nuestros hijos para hacer de todo una fiesta. Van atados en el asiento de atrás, a veces peleando, a veces metidos en silencios inescrutables mirando quién sabe qué por la ventana o tomando siestas de sultanes, pero casi siempre haciendo un desmadre que todo lo aclara. El puente de hierro que cruza el Mississippi y separa Tennessee de Arkansas fue para ellos una puerta cósmica: la entrada al país de Gerónimo y Toro Sentado, del General Custer, de Victorio y Caballo Loco.

Dylan, que ya tiene diez años y un gusto musical más o menos definido, demandó que pusiéramos «Graceland», de Paul Simon, para ver brillar la cuenca del Mississippi a la luz de los primeros rayos del sol. Hubo algo de la lección de Saúl en el acto de cruzar un caudal mítico escuchando esa canción, un río que a unas horas de haberlo cruzado ya me parece solo soñado. «Graceland» es una meditación sobre el divorcio, sobre el agujero que deja lo que tal vez se pudo haber evitado pero ya no tiene remedio y nunca termina; el hijo del divorcio del narrador de la canción como testimonio de algo muerto, el puente de hierro hacia el Oeste como la puerta a un mundo que, aunque sigue, contiene lo que ya no está. La vida como guerra y camposanto. El Oeste es el inconsciente de Estados Unidos, y tengo la intuición de que el Cementerio Apache de Fort Sill es su mero nudo.

Ni más ni menos que el virginiano Robert McKnight, dijo Zuloaga cuando llegaron al punto en que los vaqueros los esperaban. No se bajó del caballo. Mi teniente, dijo el estadounidense con su sonrisa de ángel exterminador. Se tocaba la barba roja de tres días con la mano izquierda y tenía la derecha colgando a una distancia mínima de la cacha del revólver. Unos pasos detrás de él estaba parado otro vaquero, con las dos manos descansando en las caderas, de las que pendían dos pistolas largas y finas cuya factura no pudo reconocer el mexicano. Ambos portaban esos sombreros de alas ridículamente largas y curvas que los migrantes gringos habían puesto de moda en Tejas. ¿Y qué es eso que tiene ahí atrás?, preguntó Zuloaga. Es un trampero francés que me encontré suelto en Colorado. ¿Mata? Cuando lo provocan. El teniente coronel se mantuvo impasible. Se le veía mejor la fedora de chinaco, le dijo a McKnight: con ese tejano parece un champiñón. El virginiano hizo un gesto de indiferencia: la autoridad era Zuloaga y había que aguantar.

Salvo por la novedad del sombrero de alas enormes, McKnight iba vestido como siempre: traje negro de tres piezas, misteriosamente limpio a pesar de los polvos del terreno, una camisa con lunares y gazné púrpura. No usaba guantes para que se notara que en la mano derecha solo tenía tres dedos: suficientes, en su caso, para bajar una mosca de un tiro. El francés detrás de él llevaba un pantalón de lana gruesa debajo de las chaparreras, camisa parda, abrigo de borrega. Al teniente coronel le gustaron sus guantes amarillos. Usar tejano viene con el trabajo, dijo McKnight, y se bajó un poco más el ala del sombrero, ahora los negocios se hacen en el río Bravo y hay que ir disfrazado de salvaje. ¿Y a poco le gusta? Yo prefería negociar con los caballeros de Arkansas en el Mississippi, pero ustedes son los que están dejando que Tejas se llene de patanes, no me eche la culpa. Ni diga, respondió Zuloaga, en un tono ya relajado. Soltó el freno de su caballo.

Los gemelos interpretaron el gesto como una autorización y saltaron de sus monturas con los brazos extendidos como si quisieran fundirse en un abrazo con todo el universo. Ambos gritaban al mismo tiempo: Don Róber, don Róber. Zuloaga se viró a verlos. ¿Y esto?, le preguntó al resto de la tropa mientras los indios se abalanzaban sobre el virginiano. La monja adelantó su caballo y le explicó al oído: Estuvieron juntos en el calabozo de Janos. El teniente coronel alzó las cejas y se caló el sombrero. Desmontó con calma, sin darle nunca la espalda a la presencia amenazante del trampero francés, que aunque no había tocado las cachas de sus pistolas, tampoco había alzado las manos de las caderas. Esperó con paciencia y media sonrisa a que terminaran los juramentos de amor de los gemelos y el virginiano, que se palmaban como si lo que quisieran fuera sacarse el polvo del camino. Cuando finalmente se separaron extendió la mano, sin quitarse los guantes ni descubrirse la cabeza. Espero que sus recuerdos de mí no sean los peores, le dijo al estadounidense. Él extendió la suya y apretó como si en lugar de sus tres dedos legendarios tuviera una garra de águila. Cómo no, dijo con un acento que no amainaba a pesar de que llevaba más de una década entre Chihuahua y Nuevo México; el presidio de San Buenaventura, dijo, es el único lugar en que me han hecho un juicio justo. Zuloaga entrecerró los ojos: el juicio sí había sido justo, pero McKnight lo había perdido y había pagado una multa por venderles whisky a los apaches en tiempo de paz —si hubiera sido tiempo de guerra, lo habrían fusilado.

117

La Elvira se bajó de su caballo. McKnight se quitó el sombrero. Hermana, dijo, y le besó la mano. ¿Sigue ocupándose de los presos? Cuando no ando de paseo, le respondió la mujer. El virginiano miró a Zuloaga: Elige bien a su tropa, le dijo. No se burle de la señora, dijo el teniente. El vaquero se tocó el bigote y, mirándola, dijo: Este no la ha visto tirar, ¿le damos una muestrita? La Hermana peló una sonrisa de pirata. Venga, dijo. El virginiano se sacó una moneda del bolsillo, la lanzó alto al aire. La mujer desenfundó, botó el seguro y jaló el martillo en un solo movimiento, disparó. El gringo miró a su pistolero, que seguía impávido detrás de él, y le hizo un gesto con la barbilla. El trampero se puso en el acto a buscar la moneda.

Zuloaga se rió. La verdad es que es buena partida, dijo, pero no conseguimos un apache que conozca el terreno y no damos con el agua. Los caballos, le respondió el virginiano, ya se les están desjarretando. Zuloaga afirmó con un gesto. Bajamos a buscarlos porque si andaban con ganado por aquí, tienen que saber dónde hallarla. McKnight se rascó una oreja. Y a cambio de qué yo le diría dónde apacentar sus animales. Su guardaespaldas seguía afanado buscando entre las briznas flácidas del desierto sin quitarse las manos de las caderas. ¿A cambio del fortalecimiento de la amistad mexicano-gringa?, preguntó Zuloaga con sorna. No tiene buen pronóstico, dijo el virginiano. ¿De plano?, dijo Zuloaga. El presidente Jackson está loco, si Texas se va de la República, seguro Washington se la come y se sigue con la Nueva México para llegar hasta California. Zuloaga alzó las cejas. Pus aquí los esperaremos, ¿no? Los esperarán ustedes, respondió el virginiano, si a mí me agarran me cuelgan. Usted sabrá qué les debe, dijo el teniente coronel antes de volver a lo que le interesaba. ¿Qué tal si usted me dice dónde hay agua y yo no le pido sus papeles?, insistió. El matón, detrás de su jefe, removía algo en el suelo con la punta de la bota. Lo recogió y sacudió en el aire. Tampoco sirve, dijo McKnight, ya soy mexicano. El francés lanzó la moneda en dirección a Zuloaga, que la atrapó mientras preguntaba: ¿Y eso? Me casé con una coyotera de razón en Santa Rita. El mexicano vio el peso.

Ta cabrón, dijo. Le faltaba un cuarto del tamaño exacto de un perdigón. Todavía viendo la moneda a contraluz, respondió: Ya perdió, si ya es mexicano me lo puedo llevar de leva. McKnight se rascó el cuello. Lo acompañaba con gusto, dijo, pero estoy de negocios, si me quiere llevar va a haber tiros. Zuloaga se tomó su tiempo en responder. Se agachó, arrancó una brizna de pasto reseca por el frío y se la metió en la boca. Viró hacia sus hombres y ordenó a Corredor y el Márquez que revisaran el ganado. McKnight se le acercó y lo tomó por el antebrazo. El mexicano se llevó la mano al revólver. Detrás de él, la monja y el Gringo cortaron cartucho. El guardaespaldas francés sacó las dos pistolas. El teniente coronel miró instintivamente a su alrededor, el vaquero que estaba tomando una siesta seguía donde lo había dejado la última vez que lo vio. Si él no se había alterado, todavía tenía espacio de maniobra. Se relajó y soltó su arma. El virginiano le hizo una señal al francés, que devolvió las suyas a las cartucheras. Zuloaga le ordenó a su gente que hicieran lo propio. Qué tal si me da paso franco, dijo McKnight: voy a cambiar las vacas por parque a Santa Fe, me urge. El mexicano agitó la cabeza. Yo creo que más bien vamos a verles la marca a esas vaquitas, dijo. Si me deja pasar, le respondió el virginiano, le presto un apache. Zuloaga alzó las cejas. Ese que está ahí tirado es mi cuñado Pisago, siguió. ¿Es de razón? Habla español. ¿Coyotero?, preguntó. Si anda buscando gileños, Pisago se los encuentra: se odian a muerte. ¿Cómo sabe que ando buscando gileños? No se le olvide que son de cerca de Santa Rita, todo el mundo sabe que hicieron una cautiva en Chihuahua. Zuloaga se le quedó mirando en silencio, como para que terminara de dar una explicación que no había ofrecido. Se va a poner duro, terminó McKnight. ¿Más?, preguntó el militar, y completó: Hace tres días que no vemos un alma, todos los ranchos están abandonados. Más, dijo el virginiano, en Santa Rita dicen que los gileños están juntando una caballería de doscientos o trescientos bravos, además de que se están haciendo fuertes en las montañas Chiricahua; los coyoteros tienen todavía más miedo que los mexica-

119

nos. El teniente coronel murmuró: Dale con las Chiricahua, y se volvió hacia sus hombres, que se movían entre las vacas sin perturbar la paz beatífica del apache que dormitaba entre ellas. Ya déjenlo, muchachos, les gritó a Corredor y el Márquez. El virginiano se encaminó a su caballo, que mordisqueaba el chaparral a unos metros. Sacó de las alforjas una cantimplora de cuero de búfalo adornada con motivos navajos. Se la lanzó a Zuloaga. Dense un traguito de agua, dijo, nosotros sabemos dónde hallarla. El teniente coronel cachó el trasto y se lo pasó a la monja diciendo que estaba muy agradecido. Ella no tuvo empacho en destapar la cantimplora y darse un trago tan largo que seguro le iba a dar retortijones. A menos que quieran un poco de mezcal, completó McKnight con media sonrisa directamente satánica. También se lo acepto, dijo el militar.

Cada día fue tan duro como los anteriores, pero ahora el niño la devolvía al registro de lo humano con sus atenciones, rasposas pero concretas. Había tenido tiempo para pensar y conocía bien a los jicarilla de Janos: supuso que haber sobrevivido a la noche en la horca le había concedido un lugar distinto entre el grupo. Para el cuarto día, al menos según sus cuentas, tan difusas, el hambre ya había cuajado como el mayor de los castigos.

Salieron por fin del cañón siguiendo el lecho de una derivación seca del arroyo y avanzaron enfilados hacia el norte, acompasados con el paso distraído de las reses. Camila pensaba que ni los caballos ni el ganado podían aguantar mucho más con la dieta mínima de pastos de pozo que los debía torturar como la enloquecía a ella la falta de comida. Los indios tampoco comían, pero iban como si nada.

Cuando, temprano en el día, vio que estaban saliendo del cañón, sintió que por fin se acercaban a algún sitio definido, en el que habría a qué llegar, de modo que su desazón fue infinita al ver que lo que seguía a la cañada era el desierto de verdad. Un valle que parecía el fondo de un lago en el que el suelo estaba tan duro y seco que los animales ni siquiera levantaban polvo al caminar.

Se acabaron las acacias y los yerbajos y palos que las vacas y caballos medio masticaban al paso, se acabaron los izotes y los juníperos, también las veredas y la sensación de progresar en una dirección. A media tarde una de las terneras se derrumbó haciendo ruidos de loca. Todos los apaches saltaron al suelo como si lo que hubiera sonado fuera un cornete de guerra. Camila se quedó en el caballo hasta que el gigante se dirigió a ella con una mirada de hierro y le ordenó a gritos y con gestos que se bajara y se les uniera. Era la primera vez que interactuaba con ella desde que le había pateado las costillas, todavía en Chihuahua. Obedeció porque el miedo a más dolor ya la tenía completamente sometida. Ya estaba tan acostumbrada a la humillación que apenas le incomodaba estar desnuda entre tantos hombres vestidos. Además no la veían, era como otra de las vacas. Caminó palpándose los callos que tenía en los ijares y apenas se tapó los pechos y el sexo con los brazos cuando el gigante la jaló de un brazo para que se adelantara con él más cerca de la ternera. Dos de los guerreros alzaron al animal por la cabeza y el mayor de todos se sacó el cuchillo de la faja. El gigante arrodilló a Camila de un empellón y el otro guerrero degolló a la ternera. La sangre le bañó la cara a Camila. El jefe le gritaba cosas, sus hombres también. Todo era rápido y aterrador. Uno de ellos, el mayor en edad, le abrió la boca para que le entrara el jugo del animal y otro le tiró del cuello para que se la pasara. Se le regresó y le cerraron la boca para que se tragara su propio vómito. Le pegaban en la cabeza para que obedeciera. Le abrieron la boca de nuevo, la hicieron beber, se la cerraron para que no vomitara. La soltaron y ella se hizo a un lado, arrastrándose. Los guerreros se fueron acuclillando para beberse el líquido caliente que parecía no dejar de manar nunca.

Cuando dejó de salir sangre, el viejo que había degollado al animal lo abrió en canal y le sacó las entrañas. Cortó en trozos los intestinos y los repartió entre los guerreros, que sorbieron sus contenidos con un deleite que a Camila le reactivó las arcadas. La forzaron a chuparse su propia dotación de mierda y luego le

121

concedieron el honor de ser la primera en comerse el requesón que había quedado sin digerir en la panza del animal. Lo vomitó todo y la forzaron a comerse su propio vómito de nuevo, dos veces. Cuando su estómago finalmente lo aceptó, ellos ya estaban masticándose las entrañas crudas. Le dejaron una parte del hígado y un riñón, que le parecieron menos repugnantes que todo lo anterior. Cuando su estómago empezó a rechazarlos, la obligaron de nuevo a contener y tragar hasta que le claudicó el cuerpo. Entonces la dejaron en paz, en el suelo. Desde ahí los vio filetear al animal como una suma de relámpagos, ya sin comerse las tiras de carne y grasa en que lo iban separando.

Sentada a la sombra del caballo del gigante pudo reconocer, a pesar del asco, que por primera vez en días no tenía ni hambre ni sed. Se pasó las manos por el cuerpo: la parte trasera de los muslos ya le había hecho callo, la nariz, si se le había roto, se había terminado arreglando sola; el sol ya no la llagaba. El vómito le había dejado la garganta pelada, pero no era nada comparado con lo que había padecido los días anteriores

Los apaches limpiaron al becerro hasta dejar los huesos brillantes. Luego tallaron por dentro su piel, la cortaron en dos pedazos. Hicieron un atado de carne con el más grande. Con el otro, una suerte de bolsón en el que se fueron meando ordenadamente. Les dieron a beber el pipí a los caballos, hablándoles al oído y acariciándoles el cuello como si se disculparan con ellos. Los animales, reticentes al principio, se lo bebieron.

Luego se volvieron al camino, pero no como si nada. El gigante ayudó a Camila a subir al caballo, puso sobre las trabes de la silla la piel del animal que habían usado como bolsón de meados para aliviarle el viaje.

El soldado que revisó mi identificación a la entrada de la base militar de Fort Sill era moreno y tenía un acento poco familiar, aunque todos los que no son de la Costa Este de Estados Unidos lo son para mí. Cuando estaba de vuelta en su caseta, cotejando los datos de mi licencia de conducir, me viré hacia el asiento de atrás y les dije a los niños, para interesarlos en la visita al cementerio, que ese acento tal vez fuera indígena, que a lo mejor era descendiente de apaches y se había quedado en Oklahoma en calidad de guardián de su descanso. Los dos pusieron una atención particular cuando volvió a devolverme mi identificación y explicarme cómo llegar a las tumbas, que no estaba fácil. Cuando se volvió para levantar la pluma de la garita y dejarnos pasar, la niña, yo creo que porque para ella identificar acentos es una herramienta de supervivencia fundamental en la pluralidad genética y lingüística de su escuela en Harlem, dijo: «*Nah, he is Mexican-American*, habla como tú, dady.»

El hermano mayor de ambos, ausente en el viaje como en casi todo lo que tiene que ver con nuestras vidas, es como ella, y en algún sitio se entienden por eso: él creció en College Park durante los años de mi doctorado, y aunque después hizo la secundaria y la preparatoria en México, tiene una relación más profunda con el inglés que con el español. Los niños saben que al final del viaje nos encontraremos con él. Lo idolatran. Es para ellos —y para mí, pero nunca lo digo— una leyenda. Creo que los chiquitos ven este viaje, sobre todo, como un largo, tal vez tedioso prólogo al momento de emoción máxima que supondrá ver a Miquel en unos días, cuando lleguemos a Arizona, pero también es cierto que conforme hemos ido avanzando han ido interesándose más y más por la historia de la Apachería y el destino de los últimos chiricahuas: su imaginación le podría prender fuego a un salero.

Entramos a la base militar francamente entusiasmados. Fort Sill es un complejo de entrenamiento y reserva bélica enorme, en el que las ruinas restauradas del fuerte original son una atracción turística aunque nadie la visite porque está en el culo del universo; el fuerte tiene, además, un museo de material de guerra y el único hospital de dimensiones respetables en el sur de Oklahoma, donde la mayoría de la gente es o soldado en funciones o veterano. Para llegar al cementerio hay que pasar por todos esos edificios y seguir. Pasar innumerables oficinas y barracas, los campos deportivos y los de entrenamiento y no cejar.

Las carreteras interiores de la base recuerdan con su nombre a los últimos jefes apaches. La ruta principal se llama, naturalmente, Gerónimo. Hay algo en eso: los chiricahuas murieron humillados como prisioneros de guerra en un campo de concentración dentro de la base militar, pero su escarnio honra a quienes viven donde vivieron; como si el ejército estadounidense los hubiera devorado para hacerse de sus poderes. Todas las naciones Estado lo hacen: ir a pescar al pasado para generar en sus soldados el ímpetu de los guerreros de antaño. En México tenemos batallones Cuauhtémoc y Cuitláhuac, pero esos guerreros se habrían definido, también, como mexicanos –habrían utilizado la misma palabra, aunque con una pronunciación distinta–. Y el color de piel y los rasgos faciales de los soldados que forman parte de esos regimientos son los mismos de los generales aztecas ya míticos; el territorio del país que los alberga es más o menos similar al que gobernaron esos ancestros, el nombre antiguo de los pueblos y ciudades en que vivieron a menudo ha permanecido y su dieta es similar: los soldados de Moctezuma comían tortillas y sopa de flor de calabaza, salsa de jitomate y chiles serranos; iban a pelear a Cuecnáhuac y los de hoy viven en el cuartel de Cuernavaca. Hay cierta continuidad, no solo simbólica, a pesar del cisma de la Conquista.

El caso de los apaches en Estados Unidos es distinto: una apropiación basada en la ignorancia voluntaria. Forman parte de la mitología nacional estadounidense sin que hayan sido, ni siquiera, estadounidenses. Nana, Gerónimo, Loco o Naiche, todos enterrados en el campo de prisioneros de Fort Sill, nacieron en Nuevo México, Chihuahua y Sonora antes de la guerra de 1847, y México les había concedido la ciudadanía a sus pobladores originales en 1821. Nacieron mexicanos y murieron antes del verano de 1924, en el que Estados Unidos por fin admitió que los indios eran ciudadanos. Todos hablaban español como segunda lengua y ninguno aprendió nunca inglés; todos tenían el color de piel que la mitad de los estadounidenses piensa que va a degradar su país si se sigue permitiendo la migración de gente de México y Centroamérica.

Se lo dije a los niños, que aunque están agringadísimos, son también intensamente guadalupanos: las carreteras interiores de Fort Sill honran la memoria de los más bravos de todos los mexicanos. No les dije –yo también soy guadalupano– que se pudieron morir de viejos, aunque prisioneros, porque si se hubieran rendido frente al ejército mexicano en lugar del estadounidense, los habrían fusilado sin hacerles juicio y muy probablemente después de ser torturados solo por el placer de infligir dolor en un cuerpo.

Después de pasar los edificios de uso militar –me pareció que la base está mucho más poblada que el pueblo de Lawton que la alberga– se sigue recto por la ruta de Gerónimo. Al final hay una reja ciclónica en la que se abre un portón con su garita. Frenamos aunque la caseta estaba vacía y la pluma alzada: había un letrero rojo muy grande que señalaba que estábamos entrando a la zona de pruebas de artillería, que estaba prohibido para los visitantes del Cementerio Apache abandonar el camino o tomar cualquier otro que estuviera cerrado en esa zona.

Entonces vino la parte larga del recorrido, que lo era, pero tal vez se sintió interminable por la emoción que implicaba estar ya tan cerca del nudo inicial de nuestro viaje, y porque cada tanto se escuchaba el tronido bestial de un cañonazo. Valeria volteaba a mirarme con una consternación cuando menos justificada en el rictus, pero entendía que yo había manejado quién sabe cuántos miles de kilómetros para llegar ahí, así que solo me apretaba la mano con cada rugido. Los niños, por supuesto, iban encantados con los bombazos: cada uno les arrancaba más carcajadas nerviosas que el anterior y en la risa se les perdía la angustia.

Seguimos el camino –puro bosque y ruido–, que derivó en una curva muy marcada cuando llegamos a lo que debería ser el lado opuesto de la base militar al de la garita de entrada: bordeaba un muro alto y grueso con alambre de púas en su parte superior. Todavía recorrimos un trecho largo –el rugido de la artillería por fortuna haciéndose distante–, antes de llegar a un estacionamiento vacío en cuyo arco de entrada había un letrero de madera, como de western, sostenido por un pilar de hierro. Se leía en él «Geronimo's Tomb».

Me estacioné al mismo tiempo nervioso y exultante por estar en un sitio sobre el que había leído tanto, pero no fue hasta que vi la letra burocrática de la placa de hierro con que el ejército estadounidense conmemora la ausencia de sus enemigos, que sentí el golpe de lo sagrado en la boca del estómago: «Apache Prisoner-Of-War Cemetery», dice en letra arial blanca sobre una plancha verde oliva con la sequedad y precisión de un documento gubernamental.

Hay más de trescientos muertos ahí. Hombres y mujeres que se rindieron en México y Arizona en 1886, fueron declarados prisioneros de guerra y nunca pudieron volver a su tierra porque el Congreso de los Estados Unidos no los descargó del estatus de combatientes enemigos hasta 1913. Solo quedaban para entonces 182 vivos, la mayoría de los cuales habían llegado al campo de concentración en la infancia; muchos nacieron reos.

Entramos al cementerio mismo, que está bordeado por otra reja ciclónica –la cuarta que pasábamos– también coronada con alambre de púas. Es como si el gobierno estadounidense todavía tuviera miedo de que los apaches se levantaran de sus tumbas y se escaparan, que armaran otro desmadre gigante.

Dicho todo eso, librada la rabia, si fuera posible, de que los cuerpos de unos prisioneros sigan prisioneros –en la mitología apache un alma no encuentra reposo hasta que el cuerpo que habitó vuelve a descansar al sitió en que nació–, el Cementerio de Fort Sill no me pareció un lugar que hubiera disgustado a sus habitantes en vida. No he encontrado documentación sobre cómo fue elegido, pero es muy probable que los chiricahuas, que construyeron el muro que todavía demarca la parte antigua de la base militar y cavaron los muchos estanques que todavía la mantienen con vida, hayan elegido ellos mismos, en sus negociaciones con los ingenieros militares con los que iban construyendo las mejoras a la base, el sitio en el que los cuerpos de los que se iban muriendo podían esperar el decreto de liberación del Congreso.

El Cementerio ocupa un recodo casi circular del arroyo Medicine, tupido por una cortina de árboles que ocultan las rejas y producen la sensación de estar en un lugar aislado. La rivera en la que están la mayor parte de las tumbas –marcadas por lápidas militares de piedra con un nombre y una fecha– desciende gentilmente hacia el caudal, cuyo sonido se entreteje con las voces de los pájaros –que son muchos en esas desolaciones–, y el paso constante entre las hojas. Cada tanto una ráfaga de metralla hace un contrapunto –nunca habrá paz en territorio apache– que se vuelve aún más dramático cuando aquello con lo que practican los militares en el campo de artillería es munición grande. El suelo se sacude con frecuencia por los impactos. Imposible no pensar en eso como una manera de seguir jodiendo a los chiricahuas después de muertos, de no dejarlos dormir en paz.

Yo me entretuve en la rivera haciendo una lista de muertos que nunca voy a copiar en ningún lado pero que tampoco voy a olvidar. Lo había hablado con los niños, que por supuesto quisieron que fuéramos, primero que nada, a la tumba de Gerónimo. En los panteones, les dije, no hay que ponerse a buscar tumbas, hay que vagar, dejar que los muertos vayan a encontrarlo a uno.

Valeria, para quien mi obsesión por los chiricahuas es una excentricidad entre curiosa y tolerable –como mi gusto por la ópera o el beisbol–, se fue a sentar al arroyo. Los niños a hacer lo que quiera que hagan cuando nadie los está viendo: no podíamos estar ni más solos de lo que estábamos ni en un lugar más seguro, así que ni ella ni yo nos preocupamos por ellos. Me dejaron solo con mis nombres raspados en la piedra.

Eran nombres con resueno que pertenecieron a guerreros cuyas vidas me han intrigado durante años, que me llenan el cuerpo con sus cuerpos pulverizados, nombres de gigantes: Naiche, el último jefe chiricahua, hijo de Cochís. Mangus, capitán gileño, hijo menor de Mangas Coloradas y hermanastro de la esposa de Cochís. Chapo y Tsisnah, hijos de Gerónimo que pelearon con él hasta que ya no se podía pelear más. Chato, jefe de scouts del sexto de caballería hecho prisionero por los oficiales a los que sirvió en el ejército estadounidense y que lo dejaron pudrirse en el campo de Fort Sill entre la gente a la que había traicionado; su nombre de guerra venía de que un caballo le pateó la nariz. Loco, jefe de paz casi siempre. Mi preferido entre todos: Nana, el último jefe mimbreño. Nana era al mismo tiempo el más simpático y querido de todos los guerreros que se juntaron en la banda final de los chiricahuas –era renco, tuerto y chaparro– y el que dejaba las caudas de muertos y cenizas más largas cuando emprendía un asalto porque fue, hasta que lo encerraron en Fort Sill pasados sus noventa años, el jinete más veloz y el capitán más fiero.

No sé cuánto tiempo estuve entre esas tumbas, pero en algún momento noté que los niños estaban en la parte superior de la rivera, sentados a la sombra de un árbol frente a un monumento mucho más grande que las lápidas que poblaban el campo y que, a la distancia, me pareció que sería algún tipo de conmemoración de los apaches de hoy a sus muertos viejos: tenía la forma de un trapecio.

Al acercarme y entender qué hacían sentí aquí adentro, como no había sentido desde que era niño y católico, el agujero de lo divino. Los niños estaban reclinados a cierta distancia de la tumba de Gerónimo, haciéndole una ofrenda de flores, hierbas y piedras. Había una brisa seca que olía dulce, había el sonido del arroyo, las ramas y los pájaros; los cañonazos. Había la luz colándose entre las hojas y el sabor del polvo –su polvo– en nuestras narices y bocas. Me senté con ellos. Pronto nos alcanzó Valeria, que por haber sido bailarina camina con una levedad inquietante, como si estuviera regresando, de humor estupendo, de entre los muertos. Se sentó, me tocó la cara: entendía.

Estuvimos así hasta que los niños alcanzaron un acuerdo silencioso sobre cómo debería ser la ofrenda y la levantaron y rehicieron al pie mismo de la tumba. Luego se sentaron con nosotros. Nadie dijo nada.

Con los años José María Zuloaga y Robert McKnight terminaron siendo muy amigos. El virginiano murió en 1846, siendo el segundo de a bordo del teniente coronel en la comandancia

128

federal de Corralitos, Chihuahua. Nunca supo que Santa Rita del Cobre y toda la Nueva México –adonde había huido porque ya no tenía lugar en la república puritana que habían alzado sus paisanos– iba a terminar siendo, como él ya calculaba, parte de los Estados Unidos. Sus hijos, mitad gringos y mitad apaches, fueron mexicanos. El menor estudió derecho en el Instituto de Ciencias y Humanidades de Chihuahua con el apoyo de Zuloaga, su padrino. Se llamaba Eduardo McKnight Cabezón y llegó a tesorero del estado y, más tarde, representante en la oficina del gobierno chihuahuense en el Distrito Federal. Lo llamaban «El Persa», porque era prieto y tenía los ojos claros. Fue muy amigo de Ignacio Manuel Altamirano, cuando todavía era más famoso como director de revistas liberales que como novelista –para ambos el castellano era la segunda lengua, aunque Altamirano fuera nahua y McKnight apache. Se dice que la figura del indio borrado en la novela *El Zarco* está basada en su apariencia.

Zuloaga no tuvo la misma suerte con Pisago Cabezón, el coyotero que le sirvió de guía entre el Valle de la Luna y el descenso de los Mogollones rumbo al río Gila. No hay, en los partes de Zuloaga, ni una sola nota que permita suponer que tuvo algún diferendo con él, aunque a menudo hace notar que el apache no hablaba con los nacionales ni compartía con ellos la comida a pesar de ser, como se decía sin empacho por entonces, indio de razón. Finalmente el cuñado de McKnight decidió romper sus lazos con la nacionalidad mexicana y terminó sumándose a los chiricahuas en armas cuando ya quedaban tan pocos apaches en Arizona que las rencillas entre gileños y coyoteros se volvieron irrelevantes. Murió peleando contra los ejércitos de México y Estados Unidos, después de asolar durante años el norte de Sonora y el sur de Arizona con un cuerpo de guerreros reducido pero feroz bajo el mando de los jefes Cuchillo Negro y Cigarrito, de los que había sido enemigo la mayor parte de su vida.

El día del encuentro de Pisago, Zuloaga y McKnight en el Valle de la Luna, ninguno de ellos habría podido imaginarse que eran los ladrillos del edificio, con crestones y columnas más visibles, que nosotros llamamos Historia. Que sus nombres aparecerían una y otra vez mencionados como personajes secundarios pero decisivos en los índices de la densa bibliografía que ha generado la decisión al mismo tiempo natural e incomprensible de los chiricahuas: extinguirse peleando.

Pisago se despertó de su siesta cuando ya todos estaban sentados bebiendo, se sentó en el suelo, la cara hinchada, la greña azabache charoleando al sol en lo que se acomodaba el tejano que McKnight lo ha de haber convencido de que utilizara. Ni él ni los jefes pertenecían a la clase de los que pueden emborracharse sin que alguien aproveche la circunstancia para matarlos, así que se moderaron. Después de compartir un trago del mezcal que cedió el virginiano, Zuloaga le informó a Pisago, desde el podio de su piel blanca, que los iba a acompañar de vuelta al norte, hasta el valle del Gila. Al apache no le gustó la idea, pero tampoco preguntó por qué tendría que hacerlo: las actividades de su cuñado eran siempre ilegítimas y a veces había que hacer sacrificios. Afirmó con resignación y se retiró a una distancia razonable del convoy, nada más a ver los cerros en la distancia, mientras el Márquez, los yaquis, el Gringo y la monja descubrían que el trampero francés era imbatible bailando el cuplé.

Fue McKnight, que además de español e inglés hablaba perfectamente apache, el que le explicó a Zuloaga que nadie sabía bien a bien de dónde había salido la banda de apaches a la que por entonces se empezó a llamar los chiricahua. Le contó que venían de un grupo de familias de la cuenca del Gila que se oponía a firmar paces con Chihuahua, que se habían subido al camino de la guerra en la Sierra Madre cuando se rompió su pacto con la corona española, que estaban sumándose bajo la idea de que en la Apachería hubiera solo apaches.

Todavía quedaban como tres horas de luz cuando Pisago Cabezón se acercó de vuelta al grupo para decirle a Zuloaga que si quería que sus caballos bebieran algo antes de acampar, tenían que empezar la marcha.

130

Ese día cabalgaron otra vez más allá del anochecer. Camila se quedó dormida a la espalda del gigante, que la despertó de un jalón cuando se detuvieron en la vega de un arroyo minúsculo, casi un fluir de lodo lo suficientemente constante para que los álamos y otras hierbas estuvieran verdes. Cuando bajó del caballo y se tiró a seguir durmiendo entre las piedras, escuchó que las reses estaban pastando, o lo que quiera que hagan los animales cuando se comen las ramas y espinas que crecen en los despeñaderos de almas de la Nueva México profunda. No estuvo mucho tiempo dormida. La despertó al poco un olor que le rebotaba por todas las glándulas: la carne de la ternera ahumándose en una fogata.

Era un olor que se le metía por todos lados, más potente que la rabia, que la envidia, que la memoria, que la desnudez. Se puso en cuatro patas y avanzó rumbo al círculo de hombres y el fuego, recargando los antebrazos en el suelo y con la cabeza muy baja, como una perra. Estaba consciente de que estaba desnuda y sucia, pero le daba lo mismo: obraba la voluntad del hambre y lo demás valía madres.

La percibieron de inmediato. Se rieron, dijeron cosas. El adolescente se levantó y el gigante le ordenó que volviera a su lugar con un gesto. Tomó un pedazo de carne cruda y se lo lanzó al suelo. Camila lo recogió de la tierra con la boca y se regresó a la oscuridad a limpiarlo y masticarlo. Estaba hecha bola, tirando del trozo con los dientes, cuando se le acercó el gigante. Dejó junto a ella la piel del becerro en la que había hecho la cabalgata de la tarde, la cobija y un puño de tiras de carne asada. Ella agradeció bajando más la cabeza.

Extendió la piel de la ternera sobre la tierra —no le importaba que oliera a meados— y se devoró la comida que le había dejado el gigante ya tapada con la cobija. Desde su punta del campamento miró a los apaches con cuidado, acaso por primera vez. Se le ocurrió contarlos, o se atrevió a pensar que eran gente con nombre y no una masa de dientes, pelo y uñas.

La banda era chica, cuando menos en comparación con las leyendas que se contaban en Chihuahua, tal vez para justificar que los apaches siempre ganaran. Siete hijos de la chingada contra una maestra de escuela.

Había dos viejos, uno de los cuales llevaba más adorno que todos los demás: un collar, una camisa con motivos bordados. Estaban igual de fuertes que los más jóvenes, pero se les colgaban los pellejos de las barrigas y tenían canas; se les notaba en la cara y las manos el paso de las décadas de desierto. Había tres jóvenes, despiadadamente bellos: cuerpos de tabla, el pelo más corto. Estaba su captor, de la misma edad, aunque tal vez un poco más maduro: llevaba el pelo tan largo como los viejos. Era incuestionablemente el capitán y lo era por la autoridad de su estatura, pero también por una actitud menos tensa, casi torpe: se podía dar el lujo de ser el mismo cabalgando concentrado en el entorno del camino que hablando con los demás. Estaba el niño, un chamaco apenas embarneciendo, el más feo de todos: bajo, de huesos grandes y ojos chicos, cabezón. Tenía el pelo cortísimo y cumplía, más bien, funciones de sirviente. Ninguno, ni siquiera los viejos, parecía ni mínimamente estragado por el asalto y el regreso que había sido hasta ese día demandante también para ellos aun si no se habían tenido que reponer de las golpizas y las noches sin sueño. Nadie volteaba a mirarla, pero había algo en la manera en que, cada tanto, el capitán se frotaba la cicatriz que el mordisco de Camila le había dejado en el antebrazo.

Pensó que si pudiera, si no fueran siete, si la dejaran darse un llegue de uno a uno, agarraría al gigante por las greñas para tumbarlo y le mordería el cuello para que le quedara un hoyo, le metería las uñas en los ojos y el puño en la boca, le arrancaría el pito de una mordida y le trituraría los testículos con una piedra, se comería el revoltijo de sangre y semen que saliera con el placer con que ellos se chupaban el requesón de los intestinos de la ternera.

Pensó también que tal vez estuvieran, ahora sí, cerca del final del viaje.

Contra cualquier intuición de Zuloaga, Pisago Cabezón agarró en línea recta hacia la montaña por el chaparral. Se fue sin esperar a nadie y sin decir ni una palabra. Podría haberse estado yendo, de hecho, a cualquier lado. Su caballo era un mosteño tordo que no podía tener mucho tiempo domesticado: se le notaba en la forma de sacudir el lomo que, apenas pudiera, se largaba de nuevo. Era un animal de piernas cortas y ancas amplias, tenía la crin tan larga como la greña de su amo y una cola tan tupida y hecha bolas que parecía un aguacero. Los nacionales lo siguieron en un silencio entre sometido y angustiado porque jalaba a su caballo, fresco y aclimatado, a una velocidad que podía ser peligrosa para los otros, deshidratados y de rancho.

El teniente coronel notó pronto que los gemelos se habían acomodado al final de convoy, no le quedaba claro si por desconfianza o en anuncio claro de que habían entrado en rebeldía. Bajó el paso, para dejarse alcanzar por ellos: si los perdía, la expedición, de por sí renga, tenía que declararse coja. En plan de entretenerlos para que dejaran de pensar que seguir a un coyotero era una claudicación, les dijo que al final nunca le habían contado por qué estaban detenidos en Janos, que iba a necesitar ese dato para llenar su parte al regreso a Buenaventura. A lo mejor su crimen ya había proscrito y seguían prisioneros solo porque no había habido quien diera la orden de liberarlos después del traslado de los soldados del regimiento al frente de Tejas.

Los dos hermanos se miraron a la cara. Uno le rascó la oreja a su mula, el otro chasqueó los labios, estiró la boca hacia un lado y meneó la cabeza. Yo creo, dijo, que nuestro pequeño crimen, como usted tiene la sensibilidad de llamarlo, ameritaba, la verdad, que nos colgaran; y que nos dejaron vivos nomás porque necesitaban quien les limpiara la mierda de las caballerizas. Y las letrinas, completó el otro. Zuloaga aclaró media sonrisa. Pus qué hicieron, les preguntó. No sé si era tan grave, dijo el hermano que no había dicho nada. Fue un poquito recio, pero era un acto de justicia. Cuál fue, insistió el militar. Mejor no lo ponga en su parte, le dijo uno de los hermanos. Voy a decir que los liberé por servicios extraordinarios a la República, explicó Zuloaga, pero quiero saber si me van a hacer corte marcial o no. Los gemelos volvieron a cruzar miradas. El más silencioso dijo: Yo creo que se lo debemos, ¿o no, hermanito? El otro respondió: Nomás piensa qué rico se siente este solecito en la espalda y el frío que estaríamos pasando en el hoyo de Janos. Sin contar, anotó su hermano, que si se hubieran venido con todo y la madre Elvira ya nos hubiéramos pelado de hambre, sed y olor a caquita. Los dos miraron a Zuloaga. Nomás recuerde su promesa, dijo uno de ellos. ¿Cuál? Que si nos han de encerrar de nuevo, nos dé antes un tiro.

Resultó que los hermanos estaban yendo de Topochique a Batopilillas, en la sierra. Eran originarios de Sonora y habían cruzado la frontera con Chihuahua sin saber que en esa región del estado el gobierno criollo había establecido una política de tolerancia cero contra los yaquis relapsos. Los hermanos estaban cazando, así que iban a pie, con fusiles, sin camisa, la greña recogida con una banda. Los acompañaba un primo suyo de Bavispe. Mientras cruzaban un maizal sembrado en el fondo de un cañón, alguien abrió fuego. No tenían manera de repelerlo, en un fondo y a descubierto como estaban, por lo que se dispersaron. Los gemelos se encontraron a la noche siguiente en una desviación del camino a Frijolar. El episodio les pareció divertido hasta que estuvo claro que su primo no iba a llegar. A la mañana siguiente regresaron al lugar de la balacera y siguieron su rastro: no costó trabajo porque había salido herido de la refriega.

Pronto encontraron el lugar en que lo habían levantado y la marca clara de que habían atado su cadáver a un caballo para arrastrarlo de vuelta al camino, todavía vivo. Lo habían revolcado por un buen trecho y luego lo habían dejado morir atado a un árbol, donde ya se lo estaban comiendo los zopilotes. Se había muerto de asfixia, despacito, porque le habían cortado los huevos y se los habían hundido en la garganta. Antes le habían quemado las manos, que tenía totalmente chamuscadas, para que los que lo vieran supieran que en la demarcación no había ladrones. Le habían deformado la cara hasta la monstruosidad a madrazos. Cuando lo desataron vieron que se habían ensañado con su espalda a fuetazos.

Revisando la zona en la que había sucedido el holocausto de su pariente, les quedó claro que los que le habían hecho eso eran una partida de rancheros criollos: llevaban buenas botas, no huaraches ni teguas; los gemelos contaron las pisadas de siete caballos, todos buenos a juzgar por las huellas nítidas de las herraduras.

Esperaron ocultos en el pedregal hasta que cayó el sol para rescatar el cuerpo de su primo. Lo cubrieron con una cobija y se volvieron al monte a enterrarlo: sin caballos, no tenían manera de volver a Bavispe sin que se les pudriera en los hombros. Nunca se ha sabido que un yaqui o un apache muerto no haya costado otro del bando contrario. La mala suerte le cayó encima, al día siguiente, a un ranchero criollo de Chilavo que iba con su hijo rumbo a El Vallecito. Al niño los hermanos lo bajaron, según palabras que Zuloaga vació en su diario, «como una palomita», al parecer, con un tiro certero en la frente. Al ranchero le mataron el caballo, lo ataron y lo dejaron intacto para que viera cómo encueraban al niño, lo colgaban de cabeza de un árbol y le sacaban los ojos a cuchillo para que en el otro mundo no se supiera que era inocente. Las reglas de urbanidad yaqui recomendaban no torturar muchachos, pero no ponían impedimento para castigar fantasmas infantiles. Luego le cortaron el pene, blanco y minúsculo, y lo echaron al camino para que se lo llevara un animal y tampoco se hiciera hombre del otro lado. Le rasuraron el cráneo a cuchillo para que fuera un descastado y nadie le hablara mientras cruzaba los valles de la muerte.

El padre no ha de haber entendido tanta saña con el cuerpo de un infante muerto. Se ha de haber dado consuelo pensando que nada de eso le dolía al chamaco, sin considerar que el fantasma de uno no es de donde nace sino de donde se muere. Su terror se debe haber incrementado notablemente cuando los gemelos se voltearon a mirarlo.

La venganza era un procedimiento técnico, casi burocrático, ni triste, ni feliz, ni divertido. Al criollo le arrancaron la ropa, le desataron los pies y le ataron las manos a la espalda. Les sorprendió que no opusiera resistencia. El pobre, dijo uno de ellos, ha de haber pensado que lo íbamos a ahorcar. Le pegaron con una piedra en la cabeza, gentilmente, para que se cayera sin desmayarse. Ya que estaba tirado de panza en el suelo, uno de ellos se le sentó en la espalda y el otro sacó su cuchillo de campo, le alzó las piernas, se acomodó sus pies entre el sobaco y el antebrazo y le cortó las plantas. Salieron dos lonjas finas de carne que arrojó también al camino, esta vez para que alguien las encontrara. El criollo no gritó tanto aunque se sacudía mucho, acotó uno de los gemelos. Le ataron al cuello la cuerda con que habían tenido amarrados sus tobillos y lo obligaron a levantarse. Lo tuvieron caminando todo el día por terrenos atroces, sin dejar el perímetro del río Bavispe. Cuando acamparon por la noche el hombre tenía dos mazacotes repugnantes al final de las piernas y un manchón morado hasta las espinillas, pero estaba relativamente fuerte. Nomás lloraba quedito, dijo uno de los gemelos. Le quemaron las peladuras de los pies con una antorcha para que les durara. No le dieron de cenar, pero sí un poco de agua. Al día siguiente repitieron el procedimiento: cortar una lonja de carne quemada, andar sin rumbo entre las piedras y los espinos, cauterizar la herida.

Cuántos días habremos estado así, preguntó al aire uno de los yaquis, ya emocionado con su relato. El condenado nomás no se quebraba, respondió el otro, pero igual a nosotros no nos estaba esperando nadie, así que ahí lo traíamos nomás, mientras cazábamos güilotas por pura supervivencia. En las mañanas nos pedía llore y llore que no le quitáramos las costras, que no nos había hecho nada, que nomás lo matáramos; nosotros le secábamos el sudor de la frente y a pelarle de a poquito, porque duró tanto el canijo que se nos iba a quedar sin patitas. Un día nos hartamos de andarlo jalando por todos lados y usamos la misericordia. Le rompimos todos los huesitos de las piernas con un piedrón y lo colgamos por los tobillos de una rama. Ya ni agüita le dábamos y se hizo largo largo, paro aun así aguantó otro día.

Zuloaga, que escuchaba la historia esforzándose por mantenerse frío, sintió náuseas. O sea que si nos encontramos a un yaqui muerto a mí me van a hacer eso, preguntó. Uno de los hermanos sacudió la cabeza. Se lo haríamos al gringo, dijo, daría menos batalla. Al final descolgamos el cuerpo y lo dejamos amarradito del mismo árbol en que habían dejado al primo, nos esforzamos por que quedara idéntico, para que los rancheros entendieran. ¿Y luego se quejan de que en Sonora estén pagando cien pesos de oro por cabellera de un indio rejego?, preguntó Zuloaga. Así mismo puede ser, dijo uno de los hermanos, pero lo de las cabelleras es una salvajada.

Nos quedamos, a petición de Maia y Dylan, un día más en Medicine Park. Les gusta el río. Tiene un paseo estupendo a la vera y una represa que lo convierte en un estanque en movimiento en el que se puede nadar. Su caudal es respetable, de modo que el agua está bien fría. Hace mucho calor, es difícil sacarlos de ahí. Casi no hay gente, junto a nuestra cabaña hay otras cuatro, deshabitadas. La casa misma les encanta: está toda rodeada por un porche muy amplio con mesas y sillones en los que se pude jugar, comer, leer. Le dicen «La Cubierta». Duermen en un tapanco de madera que les dije que era como la torre de vigilancia de un fuerte de *bluecoats* en territorio lakota, pero, por lo que les escuchamos decir, para ellos es la cabina de un galeón. Tienen la imaginación ya toda revuelta: hemos ido escuchando el audiolibro de *La isla del tesoro* en el camino y ahora viven como en un episodio de Peter Pan: indios y piratas.

Mientras jugábamos cartas en el porche después del almuerzo —el sol tan inclemente nos obliga a guardarlos en las horas en que cae como águila—, Dylan me preguntó si los apaches tenían algo que ver con los aztecas. Le dije que no, que hablaban idiomas de raíz distinta, que el nahua viene de una de las ramas más antiguas del árbol de las lenguas americanas y que los atapascanos fueron de los últimos en llegar, que su migración de Asia es tan reciente que todavía sale en los cuentos que los viejos dicen frente al fuego; como los descendientes de europeos en América, no la han olvidado. Entonces, me preguntó, por qué le hicieron una pirámide a Gerónimo. Cómo que una pirámide, le devolví. En su tumba, me dijo. No es una pirámide, le respondí, es un túmulo. Maia estaba comiéndose una paleta de un rojo que no puede haber salido más que de un laboratorio. Se la sacó de la boca con el glamour de una estrella de cine de los años cuarenta para decir: Es una pirámide egipcia. Lo sabe todo. Regresé a las fotografías que había tomado con mi teléfono en el cementerio. La cabaña definitivamente no parece un barco, digan lo que digan los niños, pero el monumento fúnebre de Gerónimo sí es una pirámide. No entiendo cómo es que no me di cuenta de entrada. Es una tumba particular: la única que no tiene la lápida convencional de un cementerio militar. Las demás son como fichas blancas de dominó en las que, conforme los guerreros y sus mujeres e hijos iban muriendo, una mano anónima escribía una filiación, siempre en el mismo orden: el nombre de guerra del muerto –que se utilizaba para apelar a ellos en vida–, su nombre apache –que una vez que eran iniciados como guerreros se volvía tabú utilizar–, el clan al que había pertenecido dentro de los chiricahuas y sus fechas de nacimiento –casi siempre aproximadas– y muerte. La tumba de Nana, por ejemplo, está señalada, igual que todas las demás, por una lápida de mármol rectangular, que dice:

CHIEF NANA
(KAS-TZIDEN)
Warm Springs Apache
1800-1896

La de Gerónimo, en cambio, es un túmulo de más de un metro de altura, vagamente mesoamericano. El monumento no puede ser muy viejo: sus cuatro costados están hechos con cemento, en los que hundieron hileras de piedras de río a manera de adorno, lo que genera la sensación de estar viendo un edificio escalonado. En la plataforma superior, donde estaría el templo de una pirámide mexicana o centroamericana, hay un águila también de cemento, de inspiración claramente azteca. Los turistas gringos, confundidos por la imaginería patriótica que desborda la base militar, la han de ver como un águila calva, su símbolo nacional, como si el chamán de guerra hubiera sido un héroe del ejército estadounidense y no su prisionero. La escultura parece haber sido hollada, aunque no puedo confirmarlo: fue decapitada por alguien que habrá supuesto que podía adquirir alguno de los poderes del capitán chiricahua si se robaba la testa del rapaz. En su lugar pusieron una cabeza de metal atornillada al cuerpo de cemento.

También la tumba está inscrita de manera diferente a las demás: tiene, en el lado frontal de la pirámide, una plancha que solo dice:

GERONIMO

sin su nombre apache, sin acento en la primera «o», sin fechas, ni la banda a la que pertenecía: era gileño; bedonkoje, habría dicho él mismo. Es como si su filiación como enemigo estuviera borrada, como si fuera mejor situarlo fuera de la historia y la danza de las lenguas y las naciones.

El cementerio de prisioneros de guerra de Fort Sill es un expediente con un pliego convenientemente tachado. No agregar datos, simplificar la ortografía, omitir su nombre apache, es decir: «Gerónimo. Estadounidense», mentir por omisión, no tener vergüenza. Haberle escamoteado una ficha es esterilizarlo, convertirlo en una figura con la que se puede comerciar, borrar a sus ascendientes y descendientes, fingir que nunca fue temido, que su calidad de prisionero de guerra no implicaba una transformación de facto en esclavo; ignorar que aunque cuando llegó a Oklahoma ya era un anciano solo lo dejaron salir dos veces de la base militar, escoltado día y noche y para exhibirlo, primero como un trofeo encabezando el desfile de la toma de posesión de Theodor Roosevelt en 1901 –la figurita en la trompa de un Rolls Royce–, y después como un animal en cautiverio en la Exposición Universal de San Luis de 1904.

139

Es muy probable, además, que no solo la ficha de Gerónimo y el águila que corona su sepultura hayan sido violadas. Existe el rumor, fundamentado en documentos no del todo terminantes, de que la fosa misma fue profanada. Harlyn Geronimo, su bisnieto, cuenta en *In Geronimo's Footsteps* que, cuando en 1918 el capitán Prescott Sheldon Bush –padre y abuelo de presidentes de los Estados Unidos– estuvo destacado en Fort Sill durante la Primera Guerra Mundial, saqueó la tumba del guerrero para que su cráneo sirviera de parafernalia en las ceremonias de iniciación de la Skull and Bones Secret Society, de la que era miembro en la Universidad de Yale.

No hay pruebas contundentes del hecho, y acusar de profanador de tumbas a un padre y abuelo de presidentes es grave, aun si incluso la página de Wikipedia de don Prescott denota como el hecho más singular de su vida, además de su semilla presidencial, el posible asalto a la tumba del chamán apache. Según cuenta Harlyn Geronimo, cuando los miembros del Consejo de la Reservación de San Carlos, en Arizona, pidieron que los restos del guerrero fueran devueltos por las autoridades de Fort Sill para que pudieran ser enterrados cerca de su lugar de nacimiento, no recibieron respuesta de las autoridades militares. El presidente del Consejo obtuvo, sin embargo, algo mejor, o cuando menos más jugoso: una carta en la que los miembros de la Skull and Bones Secret Society le anunciaban que estaban dispuestos a devolver la calavera de Gerónimo que conservaban en una caja de cristal en el más sagrado de los santuarios de la fraternidad. La carta venía con una fotografía del cráneo.

Cuando el presidente del Consejo Tribal de la reservación fue a New Haven a recibir los restos, le entregaron la caja de cristal, pero en su interior estaba la calavera de un niño. La rechazó. El grupo de abogados presente en la charada, entre quienes estaba Jonathan Bush, hermano y tío de presidentes, trató de hacerlo firmar un documento en el que reconocía que la sociedad secreta no tenía la calavera de Gerónimo. Cuando se negó, le requisaron la fotografía que le habían enviado por correo.

Harlyn Geronimo cuenta también que aunque la historia de

la fotografía realmente no prueba nada, hay en los archivos de la Sterling Memorial Library de la Universidad de Yale una carta de 1918 en la que un miembro de la Skull and Bones Secret Society le cuenta a otro que Prescott Bush profanó la tumba de Gerónimo y depositó su cráneo y dos fémures en su santuario. La fraternidad de Yale ha respondido al bisnieto de Gerónimo, y a los muchos periodistas que han seguido la historia, que el rumor sobre la profanación de la tumba es solo eso –los Bush simplemente han ignorado el reclamo–, y hasta ahora ningún intento por emprender una acción legal ha progresado. No está fácil litigar contra una asociación en cuyas filas hay senadores en funciones, un ex secretario de Estado, magistrados, dos presidentes vivos y uno muerto: W. H. Taft, cuya tumba seguramente no ha sido profanada por algún joven apache para que sus amiguitos de la escuela puedan jugar a que son miembros de la Logia de los Búfalos Mojados.

La despertó el ruido de las reses raspándose unas contra otras. No sintió otros movimientos entre los acampados, así que se volvió a dormir haciendo un ovillo con la piel del becerro y la cobija.

Había algo diferente más allá de la sensación de pertenencia a sí misma que le producía haber comido y dormido de verdad, estar cubierta. Tardó en notar que lo que faltaba era el ruido de los caballos y el campamento: la habían dejado sola. Sacó la cabeza de su lío y confirmó que no estaban los guerreros. Pensó que con suerte había quedado algo de carne pegada en alguna de las piedras en que hicieron el fuego la noche anterior. Se levantó pensando en atacar las ascuas y un atado rodó al suelo. Se inclinó para recogerlo y lo deshizo. Era ropa: unos pantalones cortos y una camisola de manta. Ropa de hombre, obviamente, muy grande para ella. Se los iba a poner cuando escuchó una voz destemplada. Se cubrió con una de las prendas, como si no hubiera sido durante días la persona más encuerada de todo el mundo. Vio venir al niño, tratando de apuntalar en su dedo índice un aura de autoridad que definitivamente no tenía. Le sonrió y dio la espalda, para ponerse la camisola en paz. Ya se la soltaba sobre los hombros cuando sintió que el niño se la jaloneaba. El chamaco le quitó los calzones de las manos, señalándole algo más allá del ganado, dando gritos. Se quedó quieta, sin decidirse a darle el bofetón que se merecía. Él la agarró por el antebrazo y la jaló con vigor, pero sin violencia. La llevó rumbo a un recodo del arroyo en el que se acumulaba una poza de agua. Se la señaló y ella entendió que se debía lavar antes de vestirse. Estaba tan dejada de sí que ni siquiera había registrado que todavía tenía encima la sangre del becerro de hacía días, las costras de su propio vómito, la grasa del manjar de la noche anterior. Cuando se estaba sacando la camisola el niño se retiró al monte, concediéndole una intimidad que para ella rayaba en la comedia. Se metió al agua. No le llegaba más allá de las rodillas, pero era suficiente para lavarse sentada.

Estando ahí le pasó algo que no le había pasado desde Chihuahua: le dieron ganas de cagar. Se acomodó entre las acacias y sintió una liberación que era casi la normalidad. Cubrió los restos con la punta del pie y regresó al estanque, se tiró panza arriba solo a sentir el agua en las orejas. Se hubiera podido quedar ahí todo el día, pero la idea de vestirse la sacó del agua. Se puso los calzones y la camisola. Se sentó a esperar a que pasara lo siguiente.

Para la hora en que se cae el sol, Pisago Cabezón ya había salvado a los nacionales. Sin ni voltear a verlos nunca, los había sacado del Valle de la Luna por el oeste y los había llevado a un ojo de agua protegido con ramas para que no relumbrara a la distancia. Los jalaba desde tan adelante que tenían que huellearlo.

Tal vez decir que Cabezón los había salvado sea imponerle a una interioridad impenetrable un manto de motivos. McKnight le había pedido que los acercara al territorio de los gilas y él sabía que el negocio del ganado que su cuñado estaba por hacer en Santa Fe dependía de que se llevara a los nacionales le-

142

jos, hacia el norte. No era, tampoco, que los despreciara particularmente, en todo caso actuaba como si pensara que no iban a sobrevivir una vez que los gileños los avistaran. Es, dijo Elvira en un rapto de hondura teórica, como si anduviera encaminando a un convoy de fantasmas que todavía no se enteraban de que lo eran. Como todas las tardes, los nacionales encendieron un fuego para cocinar cuando todavía quedaba luz. Cabezón ni participó en la cena del grupo ni puso su manta cerca de ellos. Sacó algo de sus alforjas y se lo comió frío. Lo único parecido a cierta interacción que sucedió entre él y los mexicanos fue que permitió que su caballo bebiera junto a los otros, más altos y menos sólidos, infinitamente más nerviosos y gastados. Cuando cayó la noche y el campamento nacional se preparaba para pasarla en paz –los últimos días habían sido demandantes a morir para los cuerpos de hombres y caballos– el apache se alejó todavía un poco más para cantarle a su dios.

Para sorpresa de todos los nacionales, el maestro Márquez se sentó en su propia manta y lo supo acompañar a distancia en varios de los cantos. Doña Elvira le dedicó una mirada al jefe. Le dije que hablaba apache, murmuró. Cabezón siguió cantando de manera imperturbable a pesar de que tenía que haber registrado que tenía acompañamiento. Los gemelos enfurecieron. Siempre supe que además de maricón era un pinche traidor, dijo uno de ellos. La falsa monja sacó el revólver y se lo metió en la boca en un instante. Le dijo que si no sabía de lo que estaba hablando, mejor no dijera nada. El yaqui trató de decir algo que no se entendió, una frase en realidad bastante larga para ser dicha por alguien que tenía el cañón de un Colt acariciándole la campanilla. Su hermano dijo que estaba diciendo que, la verdad, sí era cierto, que no sabía nada y la Elvis tenía razón.

Durante su cautiverio en Fort Sill, los chiricahuas tuvieron un equipo de beisbol, en el que los más jóvenes –que habían sido hechos prisioneros cuando niños o habían nacido en cautiverio– jugaban, bajo la mirada seguramente aburrida de los jefes, contra las novenas militares destacadas en el fuerte. Quedan fotos de los chicos abrazados entre sí, con las gorras puestas, bajo el sol inclemente de Oklahoma. Su jersey llevaba inscrito el nombre del equipo en la tipografía cursiva típica del rey de los deportes. El equipo se llamaba, previsiblemente, Los Apaches.

Pasó lo mejor que pensó que le podía pasar: los guerreros les habían dejado a Camila y al niño parte de un pellejo de la ternera todavía con restos de carne, que asaron sobre las ascuas en tres palos. No solo no intentaron hablarse mientras cocinaban la carne ni cuando se la comieron. Ni siquiera se vieron. Bajaron juntos al agua a limpiarse la cara y las manos, pero luego cada uno siguió con lo suyo. Él se fue a atender el ganado, a recoger frijoles de acacia y corazones de izote. Ella a esperar a la sombra de los álamos a que pasara algo.

Por la tarde asaron lo que el niño había pizcado y se lo comieron. No pasó nada más. De vuelta en su sitio bajo la sombra de los álamos, Camila empezó a pensar que lo que necesitaba era conseguir un caballo para regresarse a Chihuahua. También que si le pudiera robar las teguas al chamaco podría seguir, ya calzada, el arroyo hacia el sur y a lo mejor la llevaría hacia algún lado. O un poco más hacia el norte: no podían estar tan lejos de la mina de Santa Rita, donde sabía que había un destacamento de soldados mexicanos. En algún momento caminó un poco aunque fuera descalza: quería subir una colina para ver si veía los humos de un campamento, si encontraba un escondite, lo que fuera. Se fue como quien va solo de paseo.

Cuando sintió que había salido del arco de vigilancia del niño, se recargó en uno de los álamos a disfrutar ese aire que no tenía que compartir con nadie. Escuchó un zumbido y sintió un jalón. Se sacudió, pensando que la atacaba un insecto, y notó que estaba pegada al árbol, una flecha atravesándole el faldón de la camisola a milímetros del estómago. La arrancó, caminó de vuelta y se la devolvió al chamaco, que se la guardó en el carcaj con cara de piedra. Antes de hacerlo se tocó la cabeza

144

con la punta. Camila no supo si era un gesto de simpatía o una amenaza, pero encontró reconfortante que, con todo, era algo dedicado a ella.

Ni al otro día ni al siguiente pasó nada tampoco, salvo que los frijoles y las flores se iban haciendo menos: el niño no se alejaba del campamento, seguramente porque tenía órdenes de vigilarla. A ella se le ocurrió que, si no podía montar una res de vuelta a casa, cuando menos podía reventarle la cabeza a una de las terneras cuando el chamaco estuviera distraído y luego decir que había habido un derrumbe, proponer que la cocinaran. Incluso escogió el animal y la piedra, pero no tuvo el estómago para ejecutarlo.

Al cuarto o quinto día el niño regresó sin frijoles ni flores de izote, pero con el bolsón de piel de ternera lleno de ranas vivas. Les hacía una incisión entre las ancas con el puñal y les arrancaba la piel como si estuviera pelando una tuna. Las cubría con una bola de lodo cuando todavía pataleaban y las arrojaba al fuego. Camila pensó que tenía que haber maneras menos crueles de cocinarlas hasta que le tendió la primera. Se comió las ancas y tiró el resto, para escándalo de su vigilante, que lo recogió y se comió hasta los huesos. Ella entendió que no iba a haber más de comer, así que de la siguiente solo dejó los ojos, que estaban duros como canicas. Tampoco pudo masticar el cráneo, pero no tuvo empacho en chuparse el contenido.

No se arrepintió: durante los dos días siguientes no tuvieron nada que comer. Al tercero, mientras ella se levantaba una costra de la rodilla para que se le volviera a coagular, notó que el niño, ocupado torturando una tarántula con cantidades ínfimas de agua hirviendo, sintió algo en el aire. Se levantó a otear con la nariz, como un oso. Le puso atención. Después de interpretar el entorno mayormente con la nariz, el chamaco le señaló con un gesto imperioso que no se moviera. Ella obedeció, emocionada por la expectativa de que por fin pasara algo. Entonces el niño le cayó encima y la ató de pies a manos, de un solo golpe, como si estuvieran en una charreada y ella fuera el becerro de la terna de ruedo. Luego ató el codo de la reata a un álamo. Cuando el niño se fue, ella entendió que le había dejado suficiente cuerda para que pudiera alcanzar el agua si se arrastraba. Se movió como un gusano hacia la sombra del árbol, rogando que no hubiera un avispero en sus altos. El niño volvió relativamente rápido. Ella estaba entumida, pero hubiera podido resistir mucho más sin considerarse del todo desdichada. Su umbral de malestar había cambiado: estaba vestida, no tenía ampollas, no había habido ni bofetadas ni patadas. El niño traía una sonrisa de elote en la cara y en los hombros dos liebres muertas. Las limpió antes de desatarla y la forzó, prisionera como estaba, a comerse sus entrañas crudas. Le gustaron. Luego prendió un fuego y las asó a la pastora.

Esa noche ambos se tumbaron panza arriba, a mirar juntos el cielo. Ella le dedicó una mirada tal vez por primera vez larga. Era de verdad muy bajito, tenía la cabeza enorme y cuadrada, cara de muy malos amigos, la piel más lisa de todo el mundo. Era feo como pegarle a Dios y no parecía que fuera a mejorar cuando creciera, pero había algo entre simpático y triste en la manera en que actuaba como si fuera grande. Cuando él le devolvió la mirada ella se tocó el pecho y dijo: «Camila.» Luego le tocó el pecho a él. «Goyahkla», le respondió, y representó un largo bostezo. Ella entendió que le decía que tenía sueño, o que le señalaba que se podía dormir sin miedo.

Cruzamos Texas por el cuadrito del norte, su parte más delgada, de modo que no tuviéramos que detenernos ni a cargar gasolina. Texas es al mismo tiempo el más mexicano y el más escandalosa y hasta bochornosamente antimexicano de los estados del país. Mientras los casi dieciséis millones de personas no-hispánicas que viven ahí no vayan a terapia a resolver ese caso flagrante de odio al padre, no vamos a gastar ni un dólar en su suelo.

El olor del café levantamuertos de Corredor le abrió los ojos al teniente coronel Zuloaga. Se quedó acostado un momento; nunca lo hacía, educado como había sido en los batallones regulares de Chihuahua al final de la guerra de Independencia.

Se talló los ojos y se puso las manos bajo la nuca, disfrutando del olor que le llegaba del hogar reencendido por el rarámuri. Las estrellas le parecían la desgarradura de un cielorraso negro por el que se chorreaba una luz imposible de contener. Cuando finalmente se acercó a las ascuas, descubrió que uno de los yaquis ya estaba sentado de piernas cruzadas frente al hogar y con un pocillo de peltre en la mano. No sabía a qué hora se levantaban los gemelos –a veces sospechaba que en realidad nunca dormían–, pero uno de los entendidos esenciales de la expedición señalaba que nadie se acercaba al hogar hasta después de que Corredor y Zuloaga se hubieran tomado el primer café del día hablando de lo que fuera que hablaran y el teniente hubiera fumado. Antes de eso ambos eran intratables.

Y ahora qué pasó, le preguntó el militar al gemelo despierto, mostrando claramente su irritación en el tono de voz. El yaqui abrió los dedos índice y cordial de su mano derecha y se señaló los ojos con ellos. El jefe bufó, se reacomodó la manta sobre los hombros, se sentó junto al fuego y esperó en silencio a que Corredor le tendiera un pocillo lleno hasta el borde. Sopló sobre su superficie y hasta entonces dijo: No recuerdo haber ordenado turnos de guardia. Pero son indispensables, le respondió el indio. El jefe alzó una ceja. Masculló: ¿Por qué? El indio entornó los ojos como si todo lo que se le ocurría fuera obvio. Señaló hacia el sitio, un poco distante del campamento, en que Pisago Cabezón ya estaba de pie, recogiendo sus cosas y atándolas a su caballo.

Zuloaga se sintió el tabaco en el bolsillo de la chamarra comanche. ¿Crees que hay que vigilarlo solo por esa pendejada del enemigo ancestral?, le preguntó al yaqui. Siguió: Es un indio como cualquier otro: un día pelea con unos, otro contra otros, igual que le hacen todos ustedes. El gemelo alzó las cejas ¿Y ustedes no?, preguntó, agregando: Miré su chamarrita comanche: ayer eran los mejores amigos de la Ciudad de México y hoy son la pestilencia de la República. El teniente se talló los ojos con una sola mano y le dijo: Deja que me terminé mi café y me fume un cigarro y entonces hablamos. El indio afirmó con la cabeza, entrecerrando los ojos y frunciendo la boca: entendía que el órgano de la paciencia del militar se despertaba más tarde que su cuerpo, pero no estaba de acuerdo con el trato que acababa de recibir. No se movió del lugar en el que estaba para confirmárselo. Zuloaga se conocía bien, tal vez por eso haya llegado a viejo en un mundo en que no a todos les salía ese plan. Iba a terminar insultando innecesariamente al yaqui si no se hacía su propio espacio, así que se levantó y se fue a sentar lejos, dándole la espalda al fuego. Se forjó un cigarro, lo encendió. Llevaba dos o tres caladas cuando escuchó que el yaqui se levantaba para acercársele. Le dio una calada más a su cigarro. Si hubiera pensado que Dios existía, le habría pedido ánimos. Se dio la media vuelta sin levantarse y le señaló un lugar imaginario frente al suyo con la punta del cigarro. Siéntate y dime qué quieres, le dijo. El yaqui negó con la cabeza, señaló algún punto más adelante, lejos del campamento. El teniente se alzó, caminó con él hacia los matorrales, asegurándose de que se estuvieran alejando de Pisago, como si él les pusiera la menor atención. El sol estaba por comenzar a abrir el cielo, empujando detrás de la sierra que despeinaba el horizonte al noroeste de donde estaban. Todavía no despuntaba, pero ya se había comido el roto de las estrellas y había manchado de verde el cielo.

El indio se le acercó al jefe. Son las montañas Chiricahui, le dijo con una reverencia que al teniente le pareció fuera de lugar. ¿Y? Este cabroncito nos trajo al matadero. Nos trajo por donde hay agua, que es lo que le pedimos, dijo el teniente coronel. ¿Cómo está tan seguro? No hay ningún misterio en la ruta: nos sacó del camino para que su cuñado pudiera agarrar e irse a venderle a los gringos de Santa Fe las vacas que se robó en Sonora, pero cumplió su palabra: nos llevó al agua. Aquí ya estamos en purito territorio apache, dijo el indio, y si seguimos más al norte nomás se va a poner peor. Pisago es coyotero, dijo Zuloaga, tiene hijos mexicanos, peculio en Santa Rita, no va a arriesgarse a que lo maten los gileños del monte o a que yo le dé un tiro en la refriega por traidor. El yaqui entornó los ojos.

Y luego está lo del maestro de baile, dijo. Qué. ¿No vio que la otra noche se puso a cantar con Cabezón cuando empezó a rezar? El Márquez canta todas las noches, se las sabe todas, hasta las de apaches. Si se arman los chingadazos se nos van a voltear; dos son muchos para una tropa tan chica. Pisago no es parte de la tropa, dijo Zuloaga, no es ni huellero, nomás nos está llevando por donde hay agua; se odia más con los gileños de lo que nosotros nos vamos a odiar nunca con ellos. Usted es mexicano, pero nosotros somos yaqui, mi teniente; y el niño ese que le prepara el café es rarámuri; Pisago nos odia al niño y a nosotros más que a los mismísimos gileños: desde los abuelos nos llevamos a puros madrazos. El jefe se alzó el sombrero y se pasó la mano por la cara. Entiendo lo que me estás diciendo, dijo, te doy mi palabra de que no voy a tomar ninguna decisión que los ponga a ustedes o a Corredor en riesgo.

El indio peló una sonrisa llena de dientes y miró al jefe con complicidad. O hay de otra, dijo. Cuál. Hacer la hombrada. ¿Qué es eso? Pus ya sabe. No sé. Para qué subir hasta Santa Rita si aquí en los Chiricahui ya podemos ponernos a matar apachis. De los gileños de la Nueva México, siguió, no se va a poder vengar, son un chingo, y la cautiva que anda buscando o está muerta o ya va a ser pura apachi y no va a haber manera de regresarla: ¿quién va a querer volver a hacer la meme con un criollito si ya probó el monte? ¿Quién va a querer regresarse a la cocina y las enaguas y la cofia y la misa y a perseguir chamacos todo el día y todas esas chingaderas que le hacen ustedes a sus mujeres si puede andar echando desmadre todo el día? Mejor quebramos a Pisago, nos metemos aquí al cerro, vengamos a los rancheros que usted quería vengar y cada quien para su casa, todos completitos. Zuloaga se rió. No entiendes nada, le dijo al yaqui, yo soy la ley, la República Mexicana es este cuerpo tan madreado que tienes enfrente: unos indios se robaron unas vacas y a una señora y yo soy el que hace que las cosas regresen a donde estaban; mi deber es ir y castigar al culpable si se puede, y si no, que sepa que eso no se puede hacer sin consecuencias, que si vuelve a bajar a Janos lo vamos a meter preso.

149

El indio se alzó de hombros. Son ustedes los que no entienden, dijo, si hay una guerra van a perderla porque son menos y no saben pelear; hay que vengarse aquí, donde nomás hay un campamento y podemos caer de sorpresita porque no se la esperan; allá en su escondrijo del río Gila no vamos a dejar ni dientes. El indio sacudió la cabeza sin perder la sonrisa del todo: Si les pega aquí, les pegó allá, ¿me entiende?; si les mata a uno, les está dañando al mero capitán, que es el responsable de la banda; ya con eso les mandó decir lo que quería y lo van a entender; lo otro es nomás raro, así que nos van a matar, por pendejos: irse a tirar bala al Gila con esto que trai es una burrada, mire si no, dijo, y señaló hacia la tropa, que seguía dormida aun cuando la luz ya era franca. El militar se alzó de hombros. La raya del sol ya había dibujado un halo detrás de los Chiricahua. Voy a hablar con Cabezón, le dijo al yaqui, y se acercó al fuego para servirse un segundo pocillo de café y llevarle otro al apache.

El artista Elbridge Ayer Burbank, que pintó varios retratos de Gerónimo durante su cautiverio en Fort Sill, contó en su biografía que el rasgo distintivo de la personalidad del chamán de guerra era la vanidad.

Un día de 1905, conversando en el estudio en que solía pintarlo, Gerónimo le presumió a Burbank que Yusn le había revelado que no iba a morir en combate, de modo que tenía la certeza de que se iba a morir de viejo: nadie podía matarlo. El artista, que al parecer tenía con Gerónimo, como toda la gente que trabó amistad con él, una relación fundamentada en la risa y la carrilla, le respondió que no le creía, que seguramente había sobrevivido porque no se acercaba lo suficiente al terreno de combate durante las balaceras.

El indio se alzó de cejas y se quitó la camisa, que nunca antes quiso alzarse para posar como guerrero en pie de guerra. Tenía en el pecho más de cincuenta agujeros de bala cicatrizados, algunos tan grandes que se podía acomodar piedritas en ellos.

Avanzó hasta el sitio en que el Pisago Cabezón ya estaba listo para partir. Buenos días, le dijo, y le tendió la taza. El apache apenas le concedió una mirada y siguió cinchando al animal. Era la primera vez que Zuloaga rompía el protocolo para hablarle directamente. Mal que bien, el veneno del yaqui se le había quedado revoloteando en la sangre. Se plantó frente a él, así nada más, en silencio, como si fuera un sahuaro. Cuando el indio terminó de aparejar su caballo se acercó y aceptó el café. Gracias, dijo, inclinando apenas la cabeza. Zuloaga se rascó la barba ya crecida por la acumulación de días en campaña. ¿Se nos adelanta?, le preguntó. No me van a poder huellear, dijo Pisago, pero dígale a sus yaquis que si me encuentro algo les dejo una rama doblada con una piedra, ellos van a entender. Zuloaga bufó. También soy huellero, dijo, que sea mexicano no manda que me trate como pendejo. El indio alzó la cara y lo miró a los ojos por primera vez desde que McKnight los había presentado. Los tenía minúsculos y se le veían más chicos todavía debajo de las alas enormes del sombrero tejano al que el teniente todavía no se acostumbraba. Incluso abrió una sonrisa. Mi mujer también es mexicana, respondió; no se confunda, ¿tiene tabaco? Zuloaga se sacó de la bolsa el saquito de cuero en que lo guardaba con el papel de liar. El indio le tendió su taza de café para poderse enrollar un cigarro y se lo colgó de los labios mientras extendía la mano para que el teniente coronel le diera los dos pocillos e hiciera lo mismo. El mexicano encendió el suyo y le tendió la flama al apache, que hasta que hubo arrojado la primera voluta de humo le devolvió su taza. Se sentaron muslo con muslo en una piedra y fumaron en silencio.

Cabezón abrió la boca cuando ya les quedaban solamente dos o tres caladas. Ya le han de haber ido con el chisme de que hay un campamento de gileños en las Chiricahua, le dijo; no se van a meter con ustedes si no saben que están yendo a la Nueva México, dijo, y andando por aquí no se lo pueden sospechar; cuando los vean pasar van a mandar a alguien a venadearlos, van a creer que me están persiguiendo y los van a dejar ir, a menos que uno de sus hombres tenga cuentas pendientes con ellos. ¿Usted no viene con nosotros?, preguntó nerviosamente el teniente. Yo no debería andar por aquí; explicó: los gileños nos la tienen jurada a los coyoteros y no puedo dejar que me reconozcan. Se entiende, dijo Zuloaga. El apache siguió, sin haber entendido, o tal vez ignorando la desagradable desconfianza del militar: Si no cometen ninguna pendejada, van a estar a salvo, dígale a su monja que de aquí en adelante nada de tiros al aire. Miró hacia la montaña y siguió: Si ningún mexicano le ha hecho nada a ningún apache de las Chiricahua, no van a tener motivos de venganza, así que los van a dejar pasar. ¿Y cómo se puede saber eso?, preguntó Zuloaga. No se puede saber, los de aquí son los más locos de todos. Siguió, sin pausa, con ganas obvias de ponerse en movimiento lo antes posible: Ustedes van a seguir solos hasta la sierra del Piloncillo; si siguen el camino van a encontrar agua al final de la jornada; van a llegar al pozo con los últimos rayos del sol de hoy; está a la salida de un caserío abandonado que se llamaba Portal; sus yaquis lo van a recordar, los suyos lo usaban cuando venían en banda desde Sonora, en los tiempos de antes de Cuchillo Negro. ¿Ya no estamos en Sonora? Aquí ya no hay Sonora ni Chihuahua, es la mera Apachería.

Cabezón señaló con un gesto hacia las Chiricahua, sin mencionarlas. Tenemos que librarla hoy, dijo, luego es más fácil; hoy y mañana. Se caló el sombrero. Eso tiene que pesar como una sandía, se dijo Zuloaga mientras miraba sus alas inmensas, pero no se animó a preguntarle. No intenten esconderse, completó el indio; no hay modo. Que los vean nomás pasando, no se detengan más que para mear. Cuando alcancen el ojo de agua denle de beber a los caballos primero, si tienen que rellenar las cantimploras, que se baje nomás uno; no se bañen, sigan hasta que se haga bien de noche. No hagan fuego ni brasa ni nada cuando paren a dormir hoy: que cuando los puedan ver, los vean moviéndose. Le dio una última calada al cigarro y se lo apagó en el tacón de la bota. Luego hizo un agujero en el suelo con la punta y deshizo ahí la colilla y la volvió a cubrir de tierra: como todos los de su nación, no dejaba rastros. Devolvió el pocillo, hizo una mínima inclinación de cabeza y caminó sin voltear hacia su caballo. Lo montó a la manera apache, que mataba de envidia a Zuloaga: de un solo salto, abrazando al animal por el cuello.

El teniente coronel se acercó al animal y le acarició la crin, mucho más corta y rasposa que la de sus caballos españoles. Miró a Cabezón a los ojos y preguntó: ¿Cuento con usted? Hasta los Mogollones a la altura de Santa Rita, respondió, yo no me puedo meter al territorio de Mangas Coloradas. ¿Mangas Coloradas? Es el gileño al que usté anda buscando. Zuloaga retiró la mano de la crin del caballo. Lo encontramos en las estibaciones de las Piloncillo en dos días, le dijo. El indio se tocó el sombrero.

Zuloaga se fumó otro cigarro antes de volver al campamento, sentado en la piedra en que había estado con el apache. Se alzó, se estiró. Al emprender el camino de vuelta notó que, por primera vez en lo que llevaba la expedición, el Márquez y el Gringo se habían despertado por sí mismos, como hacían todos los demás adultos del mundo. Estaban tomando café con el resto de los nacionales −Corredor atareado, seguramente de malas porque se le habían levantado todos al mismo tiempo.

El segundo gemelo ya estaba sentado junto a su hermano al lado del fuego, estaban todos graves. Zuloaga había quedado satisfecho tras su conversación con el guía apache, por lo que encontró antipática la sobriedad de la reunión. Jugó la carta del humor. ¿Y a todo esto, ustedes cómo se llaman?, les preguntó a los gemelos: nunca se presentaron. Se miraron uno al otro: no encontraban graciosa la idea de cambiar de tema. ¿Cómo me iba a presentar si lo primero que hizo lueguito de liberarme fue meterme el cañón del revólver en el hocico? Pero ahorita ya somos amigos, dijo el jefe. De los apachis, respondió el otro gemelo. ¿Cómo así?, preguntó el militar. Los amigos fuman juntos, dijo un gemelo, y el otro completó: Y hasta ahorita nadie nos ha ofrecido tabaco cuando parlamentamos. El criollo se sacó la bolsita de cuero del parche de la chaqueta y se la lanzó. Por favor, dijo. El yaqui la agarró en el aire, la abrió y sacó el cuadernillo de papeles para forjarse un cigarro. Yo soy Guadalupe y él es Victoria, dijo, señalando con una sacudida de cabeza hacia su hermano. ¿Cómo?, preguntó Zuloaga. El indio lo miró de reojo, concentrado como estaba en forjarse un cigarro. ¿Cómo que cómo?, dijo. Guadalupe y Victoria, ¿qué tiene de raro? Al jefe le extrañó que nadie se hubiera reído: el chiste era bueno. ¿Como el presidente don Guadalupe Victoria? El mismo, dijo el otro gemelo, el que le concedió la ciudadanía a todos los indios. El teniente se rascó la nuca. ¿Entonces ustedes sí quieren ser mexicanos? A veces, le respondió el que posiblemente fuera Guadalupe. No les creo, dijo el militar; es como si Corredor y yo nos llamáramos Vicente y Guerrero. Bonitos nombres, dijo Victoria. Y es al general Vicente Guerrero a quien le debemos la independencia, completó su hermano. Guadalupe frunció el seño. Zuloaga y Corredor, dijo, una pendejada pudiéndose haber llamado Vicente y Guerrero. El rarámuri, que estaba de pie detrás del jefe, dijo: Pido ser Guerrero.

El teniente coronel vio en torno suyo y notó que los demás nacionales lo veían con impaciencia: no encontraban tan interesante el problema de los nombres. Carraspeó y dijo: Le vamos a dar un tiempo de ventaja a Cabezón, para que la gente de los Chiricahua crea que lo vamos persiguiendo. Miró a los ojos a los yaquis antes de seguir: Vamos a seguir por el lado de los montes hasta un pueblo que se llama Portal, ahí hay un ojo de agua. Victoria lo interrumpió: No podemos parar en Portal de día, dijo, ese ojo de agua es de ellos; sería provocarlos. Nomás le vamos a dar de beber a los animales, sin desmontar, para que vean que los estamos respetando. Los gemelos se vieron entre sí, uno, quien sabe cuál, le dijo al otro: Ya lo aleccionaron. ¿Y si nos traen ganas?, preguntó el que acababa de hacer una aquiescencia sobre la opinión de su hermano. El militar lo miró a los ojos. Dale con eso, dijo, ¿ustedes les deben algo? Ambos sacudieron la cabeza acompasadamente. Con estos no hay pendientes, dijeron al mismo tiempo, con una convicción que le dio cierta paz al teniente coronel. La idea es que piensen que vamos detrás de Pisago, insistió Zuloaga. Él va a ir a paso redoblado y por el monte, si ellos piensan que tendríamos oportunidad de agarrarlo, cruzamos sin bronca. ¿Quiénes son ellos?, dijo el Gringo. El Márquez le dio un coscorrón. El maestro estaba serio por primera vez desde que había comenzado la expedición. Hay nombres, dijo, que no se nombran. El pobre Gringo, que de por sí nunca decía nada y en todo empeñaba una voluntad enternecedora, se quedó, además de silencioso como siempre, compungido.

Al poco de hacerse al camino Zuloaga notó que Cabezón había derivado hacia el este, para seguir el cauce pedregoso de un río seco que lo sacaba del valle y hacía imposible trazar su paso si uno no sabía adónde iba: supuso que al poco se habría trepado al mato de colinas que se alzaba a cierta distancia y habría desaparecido, como desaparecían siempre los apaches: en el aire, enfrente de uno, así nada más. El teniente coronel detuvo su caballo un momento. ¿Lo seguimos por mor del teatro?, preguntó a los yaquis, ¿o nos vamos por el valle? Guadalupe dijo: Se fue por los Pilones, es un camino lento y acalorado, yo creo que tenía miedo. ¿Lo seguimos?, insistió el militar. El Márquez respondió desde atrás con otra pregunta. ¿Confiamos en él? Los yaquis y Zuloaga respondieron los tres al mismo tiempo, ellos diciendo que no y él que sí. ¿Entonces?, preguntó la monja. Zuloaga viró en diagonal hacia el cauce del río. Todos sintieron un alivio de estarse alejando, aunque fuera poco al principio, de la ominosidad de las montañas.

En la noche helada del 13 de febrero de 1909, Gerónimo se cayó del caballo a la orilla de Turky Creek dentro de la base militar de Fort Sill, en Oklahoma. Ya estaba cerca del campo de prisioneros de guerra, pero no lo suficiente para que algún otro apache yendo de vuelta a sus barracas se encontrara su cuerpo tendido en el suelo. Además ya era tarde. Tenía más de ochenta años. He leído casi todas las páginas que se han escrito sobre él y no hay ninguna que registre otra ocasión en que hubiera perdido el control de su potro: era Gerónimo; si algo, el jinete más recio. Tal vez sea por eso que se ha extendido la idea de que es-

155

taba borracho –no consta–, aunque se sabe con certeza que volvía a casa después de un juego de póquer.

También se sabe que para entonces ya había perdido casi por completo la vista –en sus últimas fotografías tiene las bolas de los ojos transparentes– y no escuchaba casi nada –hablaba a gritos–. Desde hacía tiempo mezclaba en su habla cotidiana el apache y el español –solo su última mujer, Azul, y su sobrino, Asa Daklugie, podían entenderle– y le juraba a quien se le acercara que se había vuelto cristiano: el síntoma más claro, en mi opinión, de que tenía la mente oprimida por una feroz demencia senil. Es cierto que en 1903 había sido bautizado por el ministro de la Iglesia reformada neerlandesa que atendía las necesidades de los soldados destacados en Fort Sill, pero había sido expulsado del culto al poco, por jugador y desordenado.

La tarde en que se cayó de su potro estaba nevando. Aun con todos esos agravantes, a mí también me parece improbable que Gerónimo perdiera el control de su cabalgadura si no hubiera ido, además, completamente borracho.

Cuando su caballo llegó solo a las barracas del campo de prisioneros, su mujer, Azul, dio la voz de alarma y un grupo de jóvenes, que ya no pudieron ser guerreros porque habían crecido en las prisiones del ejército estadounidense en Florida y Oklahoma, salió a buscarlo. Lo encontraron inconsciente en una zanja, empanizado por la nieve. Lo cubrieron con una cobija y lo llevaron de vuelta a su barraca.

Asa Daklugie, que además de español y apache hablaba perfectamente inglés, llamó al médico que Gerónimo jamás aceptó ver mientras tuvo control sobre su cuerpo: era chamán de guerra, se curaba él solo. El doctor le diagnosticó una neumonía de mamut que ya no podía más que administrarse hasta que Yusn se lo llevara al cielo al que se van los hijos de la chingada que transformaron su rabia en una performance de autodefensa insoportable. Pasaba horas inconsciente, así que lo pudieron llevar al hospital de la base militar sin que rechistara.

Estuvo delirando tres días, en los que fue recorriendo a paso de tortuga el túnel de luz que al parecer el sistema nervioso produce en los cerebros que se extinguen. Se arrepintió de muchas cosas que vio en el túnel y que lo devolvían a los años de carnicería y combate. Aun así, sus últimas palabras, dichas a Asa Daklugie justo antes de caer en el coma que se le convirtió en la muerte, fueron: «Nunca debí rendirme. Me debí haber quedado en México y peleado hasta el final.»

Ya era media tarde cuando Guadalupe le hizo notar a Zuloaga que Pisago había hecho un desvío más. Se fue más padentro en los Pilones, le dijo. El militar dudó por primera vez del coyotero: ¿Será que agarró para Santa Rita sin nosotros? Victoria chasqueó la boca y señaló hacia lo que a la distancia parecía solo un recodo en los montes Chiricahua. El militar notó que tenía los labios blancos cuando dijo: Es que viene el Paso de Guadalupe, no se atrevió a cruzarlo, así que se subió a la montaña.

Zuloaga, igual que todos, había escuchado hablar de ese estrecho. Era un cañón que dividía en dos la masa montañosa de las Chiricahua y los Pilones, formando un pasaje que permitía salir de Sonora a galope. El viaje del valle de San Bernardino a las praderas altas de Nuevo México, que usualmente tomaba todo un día, se podía hacer por ahí en menos de media jornada, si uno se animaba. Cualquier norteño con formación militar sabía que por ahí no había que meterse sin una compañía lo suficientemente grande para intimidar a quien quisiera poner un cerco desde lo alto: el paso era propiedad de los apaches y los forajidos que negociaban con ellos, y meterse entre sus paredes era letal; nadie se los había podido arrebatar nunca.

El jefe detuvo su caballo. Pero nosotros nos vamos a seguir, ¿no?, le dijo a los gemelos, nomás cruzamos el paso. No está tan fácil, respondió Victoria, y se bajó de su mula de un salto, seguido por el jefe. Los demás se fueron acercando. Venga pacá, Elvis, dijo Victoria, para que le diga aquí al teniente coronel si tengo o no razón. La falsa monja se bajó de su caballo y el Gringo y el Márquez la siguieron; entre todos formaron un círculo para atender a lo que el yaqui tuviera que decir. Corredor, que oteaba la distancia con ojo clínico, se quedó montado. Miren, dijo Victoria, recogiendo una varita del suelo y acuclillándose, con lo que los demás juntaron cabezas. Dibujó en el suelo dos triángulos que convergían en su vórtice más agudo. Estas son las Chiricahua, dijo, y esta la parte gruesa de los Pilones. Alzó la vista y señaló hacia las montañas que cobijaban el camino relativamente seguro por el que iban. Las dos sierras, siguió, forman un embudo. Luego dibujó una raya que cruzaba ambos triángulos por el centro, conectándolos por las puntas coincidentes. Este es el Paso de Guadalupe, siguió; las Chiricahua son de Cuchillo Negro y los Pilones de Mangas. Si alguien nos quiere chentar, sale de cualquiera de esos dos cañones en caballería y no lo vamos a saber hasta que ya esté encima. Si están de acuerdo, salen de los dos lados y no tenemos para dónde correr. Guadalupe completó: Y el embudo sale nomás de repente. Todos alzaron la cara como esperando a que el teniente tuviera una solución mágica. Vámonos por donde se fue Cabezón, dijo el Gringo, animándose por puro miedo a hacer, por fin, una propuesta. El problemita es que somos muy lentos, dijo Victoria. Si nos vamos por la montaña, cuando lleguemos al agua ya se nos peló la mitad de los potros, Pisago lo puede hacer porque su animal es de monte. La monja puso la mano en la empuñadora de la pistola. Somos hombres o payasos, preguntó. Zuloaga miró a los demás. Ya oyeron a la jefa, dijo, vamos a cruzarlo en carrera a puros huevos.

Siguieron al paso que iban hasta que estuvieron lo suficientemente cerca del embudo como para que Corredor pudiera ver si había alguien oteándolos desde arriba. Cómo vamos, le preguntaba el jefe cada tanto. Solos, contestaba. Cuando ya tenían enfrente la formación geológica que habían explicado los yaquis, Zuloaga detuvo su caballo y le dijo a Corredor: Póngame la vista de águila que Dios le dio en esas laderas y dígame si ve algo. El rarámuri se tomó su tiempo. No hay nada, volvió a decir.

Los gemelos sacaron sus rifles y los pusieron en alto, como los llevarían los gileños si les fueran a caer encima, seguidos por el Gringo. Zuloaga se sacó el revólver y acortó la rienda del caballo para manejarlo con una sola mano. Elvira tomó las suyas con la derecha para arrear y sacó la Colt, pero la dejó por lo bajo: los matones de verdad no andan de presumidos. Confiaba tanto en su control sobre el fierro que amartilló. Zuloaga, que escuchó el clic, pensó: Pinche cabrona. Corredor sacó su rifle y también lo alzó a la manera apache, aunque ciertamente no lo habría podido usar llevándolo así: no tenía experiencia. ¿Prevenidos?, preguntó Zuloaga. El Márquez seguía montado como señorito de paseo. Cuando Zuloaga le insinuó, con una alzada de cejas, que tal vez estaba siendo irresponsable, el profesor de baile alzó la vista hacia el cielo azul profundo de la tarde desértica y dijo: No es un mal sitio para ver pasar el último minuto del mundo. La monja se viró hacia el jefe para explicarle la frase: Si va desarmado lo matan de un tiro en la cabeza, como a los niños; a los demás nomás nos agujerearían las piernas para podernos llevar al campamento y torturarnos por puro echar relajo. Tampoco soy idiota, dijo Zuloaga, que se viró hacia el rarámuri. Ni modo, Corredor, le dijo, usté va a tener el honor de abrir brecha con los ojos bien pelones; porfa le informa a San Pedro que ahí vamos los demás. El resto lo dejó pasar. Para sorpresa de todos, fue el Gringo el primero en agitar las riendas para enfrentar a galope lo que fuera que viniera. Volaron hacia el paso en escuadra.

La confluencia de los dos matos montañosos tenía, vista desde afuera, el dramatismo de las pedreras, pero una vez en la boca del Paso de Guadalupe el paisaje se volvía intensamente verde, casi tropical: debía haber fuentes de agua subterránea. El paso mismo era un valle volcánico con algo de uterino: a los lados del corte del camino crecían las dos gargantas de piedra que partían los Chiricahua y los Pilones. Órale cabrones, que están en la mera pucha de Sonora, gritó Elvira.

El paso era más amplio de lo que Zuloaga se hubiera imaginado. A pesar de su nervio, o tal vez por él, pudo sentir el genio retórico del paisaje. Las laderas de piedra negra prisioneras de las raíces de los cedros que crecían en ellas. El cielo abierto como una cúpula. Los pastos altos quemados por las primeras heladas del invierno. Un gavilán cruzó el paso en dirección contraria a su avance. Buen agüero, gritó el Márquez, que veía los cerros con curiosidad de espeleólogo nomás apretándose el sombrero en la cabeza mientras los demás sudaban los gatillos de sus armas y arreaban a los caballos a espuela. Pésimo, dijeron los yaquis al mismo tiempo. Guadalupe completó: Otra vez no va a haber bala. Cuando ya fue visible la boca norteña del valle, Zuloaga sintió que la habían librado. Si nos iban a emboscar, pensó, era aquí. No dijo nada, ni bajó la velocidad de su caballo tal vez por respeto al lapso sagrado por el que parecían estar cruzando sus nacionales, colgados del cielo por la manija de sus armas en alto. Le señaló a Corredor los muros que marcaban la salida del valle. El rarámuri dijo que no con un movimiento de cabeza.

Camila se despertó temprano, loca de ganas de que el niño fuera por más conejos. Fue a donde estaba y tomó la reata del suelo. Le dijo: «Camila», y señaló un árbol. «Álamo», dijo. Él se rió y se fue a desenterrar un pan de maíz de donde lo tuviera escondido. Le tendió un poco. Mientras comían él dijo: «Camila.» Ella no pudo recordar su nombre. El chico se rió: «Goyahkla», dijo, y volvió a hacer como que bostezaba. La mujer repitió el sonido hasta que el chico lo encontró aceptable. «Goyahkla», volvió a decir él. Ella fingió un bostezo: «Bostezo», le dijo. Él repitió el sonido. «Bostezo, Goyahkla», dijo, y se señaló a sí mismo.

Los apaches, dijo Dylan, sí sabían vivir. Lo comentó dentro de la tina de aguas termales que hay en el patio de nuestra habitación de hotel y en la que pasamos la tarde tomando baños adjetivados por Valeria como curativos. Es una optimista.

Nos estamos quedando en un sitio modesto. Todo lo es en Truth or Consequences, un pueblo con un nombre magnífico, de origen bochornoso. Se llamó Warm Springs hasta que en los años cincuenta del siglo XX un alcalde lo inscribió en un concurso patrocinado por una emisora de radio. Lo ganaba la comunidad que se cambiara primero el nombre al del programa estrella de la emisora, a cambio de una visita del locutor. La gente votó a favor de dejar atrás el descriptivo e histórico Warm Springs –una traducción inane del estupendo nombre original del lugar: «Ojocaliente»– a favor del regio Truth or Consequences. Los habitantes de la villa tomaron una decisión inteligente por los motivos incorrectos. Hay que decir en su mérito que casi siempre es al revés: solemos tomar decisiones idiotas en nombre de la corrección.

El hotel es una antigua casona de rancho construida en torno a un patio muy grande. Las habitaciones son los viejos salones y recámaras del casco. Cada uno tiene en su parte trasera una terraza empalizada, amueblada y adornada con vegetación desértica, cuya corona es una tina privada de aguas termales: una pileta para ganado cubierta por azulejos tan intensamente mexicanos que no podían haber sido dispuestos más que en Nuevo México. Debería ser un hotel carísimo, pero como nadie viene a Truth or Consequences, la cuota es baja.

No sé si se puede decir de los apaches, como dijo Dylan mientras se hundía en las aguas ardientes de nuestra terma privada, que sabían vivir la vida. Para ellos era un pasaje por la dureza, un arco de dificultad entre eternidades más cómodas, un periodo reseco como el entorno lleno de picos y espinas que rodea al pueblo –un hermoso baldío.

No hay nada alrededor de Truth or Consequences y tampoco lo hubo en el pasado, de modo que es imposible no preguntarse por qué el ejército estadounidense estaba obsesionado con que los mimbreños no establecieran su reservación en este lugar que nadie más quería. El sitio tiene algo de trágico, que tal vez venga de ahí: Victorio, el jefe de jefes de los mimbreños –incluso Nana bajaba a capitán cuando peleaba a su lado–, empeñó su vida para poder quedarse aquí.

Las razones de Victorio están claras: las aguas termales eran tan sagradas que el otro gran ojo caliente de Nuevo México, ubicado a unos cuarenta kilómetros al norte de Taos, era compartido en paz por los navajos y los chiricahuas, enemigos de verdad mortales entre sí para absolutamente todo lo demás. Y

161

está la cercanía de la cuenca del río Bravo, que en El Paso vira al norte y se desprende de la frontera para hundirse en el desierto. Pasa a solo unos kilómetros al este de Truth or Consequences. Durante el siglo XIX, lo que hoy es el embalse de Elephant Butt era un valle fértil gracias a las crecidas del río. Era un valle modesto que daba para alimentar apenas a unas cuantas familias, pero los mimbreños tampoco fueron nunca muchos. La zona, con todo y embalse, es agreste de verdad, desesperantemente árida. Ciega de día y helada de noche. Los manantiales son sulfurosos: nada se puede regar con sus aguas. La pregunta persiste: ¿por qué los gringos no dejaron que Victorio y sus mimbreños se quedaran en Ojocaliente aunque fuera solo para ahorrarse muertos?

Washington D. C. siempre tuvo en la reubicación la primera piedra de sus políticas de exterminio de las naciones originales del norte del continente, así que el Buró de Asuntos Indígenas de la capital nunca permitió que los mimbreños vivieran en su tierra y los obligó a peregrinar por reservaciones ocupadas por otros grupos apaches, generalmente enemistados con ellos —si todos los clanes que al final se integraron en los chiricahuas se distinguían por reacios y desobedientes, los leales de Victorio y Nana siempre tuvieron fama de ser los más insubordinados, belicosos, impacientes y cabrones de todos.

El teniente coronel Zuloaga despertó todavía de noche, cuando el último filo de la Vía Láctea se estaba clavando en el horizonte sin que botara todavía la primera luz. Se incorporó un poco y se recargó en su silla. Pensó en la raya de las nalgas de su esposa cuando se agachaba a recoger algo y las enaguas se le corrían para abajo. Ya duró mucho la expedición, se dijo, mientras se tallaba la cara con una mano —la otra tocando la cacha del revólver que se le había corrido del pecho al regazo al sentarse.

Después de la intensidad del cruce del Paso de Guadalupe la tarde anterior, la cabalgata se le había hecho fofa, aburrida, pobre de sentido. Se habían seguido bordeando las Chiricahua envalentonados por la falta de acción y había resultado que aunque con esa decisión le habían ganado cuando menos una legua a Cabezón, la oscuridad los había alcanzado sin que llegaran a Portal. Cuando ya no había manera de sacarle más jugo a la luz había dado la orden de detenerse y vaciar las cantimploras en los sombreros para darles de beber a los caballos. Lo siento por el café de mañana, le dijo a Corredor. No se aflija, le respondió, de todos modos no íbamos a poder hacer lumbre: ahora sí nos vienen siguiendo desde el monte. No compartió las noticias con la tropa, pero los obligó a seguir avanzando hasta que la noche se cerró sobre ellos por completo. Cuando estaba desensillando se le acercó Guadalupe para preguntarle por qué habían seguido hasta tan tarde. Es peligroso para las patas de los animales si no conocen el terreno, le dijo, no me creo que usted no lo sepa. Quería ver si llegábamos a Portal, dijo. ¿No será que el niño sintió que nos venían siguiendo?, le respondió el yaqui. Cómo cree.

Estuvo un rato escuchando la noche más allá de los ronquidos de los nacionales. No oyó nada, por lo que se levantó, se clavó la pistola en la funda del cinturón y enrolló su cobija. No fue hasta que la hubo atado a la silla de su caballo que se dio cuenta de que las mulas de los gemelos estaban ausentes. Me relleva la chingada, se dijo, y se apuró a despertar a su tropa. Si de todos modos había que salir de noche para desorientar a la gente de los Chiricahua que los había seguido al final del día anterior, la desaparición de Guadalupe y Victoria podía implicar que en cuanto rayara el día, empezaran también a rayar los balazos y se jodiera su expedición.

A Corredor le desconcertaron las sacudidas del jefe: siempre era él quien se levantaba primero. ¿Qué pasa?, preguntó, trasluciendo que le gustaba despertarse solo. Se fueron los yaquis, le dijo. El niño se estiró. Estarán explorando, respondió; en un ratito vuelven. Ayúdame a despertar a los otros y vámonos, le ordenó el teniente. Y a manera de disculpa, extendida más bien para sí mismo: La cagué, estuvieron encerrados cinco años en un calabozo de mierda, pensar que podía meterlos a territorio apache sin que se dieran un llegue era como pensar que un marinero iba a llegar a pedir un café con leche en el burdel del puerto. Corredor ya se había sentado en su cobija. Amos pues, dijo. Mientras todos ensillaban —pelos pegados, legañas, babas endurecidas en los bigotes–, Zuloaga seguía sumando y restando. Sin sus matones estrella la expedición ya no podía proponerse más que como parlamentadora: ¿qué sensación de amenaza podía despertar en un jefe apache con una monja, un maestro de baile, un niño y un güero? Pensó que tal vez siempre había estado condenado a nomás establecer conversaciones con los gileños y trató de animar a la tropa, más bien en espíritu de animarse a sí mismo: Les prometo que en Portal hacemos un café a cubierto, dijo, ya está cerca. ¿Cómo sabe?, le preguntó Corredor, que no podía ocultar que hacerse al camino sin haberse tomado un café lo empezaba a poner de un humor de perros. Le calculo, dijo, suscitando alzadas de cejas entre su gente. Elvira confirmó que no estaban lejos. Tal vez cuatro horitas, dijo distraídamente porque estaba cerrando el broche de su Colt para ya treparse al caballo, tres si los animales no tuvieran sed. ¿Y usted cómo sabe?, le preguntó el teniente, que ya llevaba tiempo montado y tamborileaba impacientemente con los dedos en el pomo de la silla. En Portal les encantaba la zarzuela, respondió, pero cuando los apaches pusieron cuartel, la gente se tuvo que ir. Lo que no sé, siguió, es dónde quedaba el ojo de agua. El Márquez dijo que el ojo de agua no estaba a más de diez minutos del pueblo. Estaba esperando a que su montura sacara el aire para apretar el cincho. ¿Usted también ha estado ahí?, preguntó el jefe con descrédito abultado —al parecer todos sabían todo de la Apachería menos él–. Esta era tierra de grandes bailarines, respondió el maestro, mirando a Corredor, que asintió ya montado junto al jefe. Era un caserío chico, pero bien cultural; la gente se aburría mucho por aquí, así que se ilustraba. ¿Entonces todos han hecho este camino antes? Yo no, dijo el Gringo. Zuloaga prefirió cambiar de tema. Algo me habían dicho los yaquis de que Cuchillo Negro se hizo fuerte aquí. Corredor, que parecía estar concentrando la rabia que le dejaba el mono de cafeína en la figura de autoridad, le respondió: Tienen nombres, ¿sabe? ¿Quiénes? Los dos ciudadanos mexicanos a los que usted llama «los yaquis», son personas, como usted. La madre intervino para calmar los ánimos: Son ciudadanos mexicanos, dijo, pero tienen sus derechos mermados; son un poquito asesinos. Pero eso es por mexicanos y no por indios, respondió Corredor. Ay, suspiró el Márquez, cómo me gustaría poderlo desmentir. ¿Qué saben de Cuchillo Negro?, volvió a preguntar Zuloaga. Coyotero relapso, dijo el Márquez, mientras atoraba la bota en el estribo. Montó y siguió: Es pariente de Mangas, pero tiene su propia banda, de pura gente finita, haga de cuenta Guadalupe y Victoria. Miró a Corredor: Todos ciudadanos mexicanos, con sus nombrecitos. La madre intervino: Creció en las goteras de Chihuahua, es bautizado, pero dicen que odia tanto a los mexicanos que ya ni habla español, piensa que los asimilados son traidores, por eso Pisago se fue por otro lado. El teniente infló los cachetes y sacó el aire. ¿Y su banda?, preguntó. Todos relapsos, dijo Elvira, de todos los clanes, los peores. El jefe bufó. El Márquez atizaba con un dedo las legañas de uno de sus ojos cuando dijo: ¿Ustedes no han escuchado que Cochís se fue con Cuchillo Negro y andan juntos? La monja se persignó: Ese nombre no se dice, dijo. ¿Cochís?, preguntó Zuloaga. Le digo que no se dice, insistió Elvira, el meritito diablo. Corredor dijo, ya sentado en su mula: Pero no se desanime, mi teniente, la verdad es que va ganando. ¿Yo?, preguntó Zuloaga, ya desesperado por partir —el Gringo seguía amarrando su cobija—. No Cuchillo Negro, dijo el niño. ¿Cómo así? Respondió: ¿A poco ha visto a un sonorense desde que salimos de Janos? El Márquez entendió que Corredor no iba a dejar de joder hasta que se tomara un café y que el jefe iba a estallar. Torció el cuerpo con su vanidosa flexibilidad de bailarín para rebuscar en las alforjas. Extrajo dos tunas. Cómase su desayuno, le dijo al niño, para ver si así se le bajaba el mono.

El teniente coronel Zuloaga era un hombre razonable. Su padre había sido un niño del imperio y un soldado del rey. Cuando estuvo claro que la decencia y la imaginación estaban del lado de los insurgentes en la revolución de Independencia, había cambiado de lado de manera tan caballerosa como había podido y fue leal a la nueva República como solo lo era la gente de Chihuahua: el músculo de esa cosa demasiado grande y confusa que se quería llamar México. Los Zuloaga era gente que sabía dudar y reconvenir. El teniente coronel y su padre habían llorado de alegría cuando el correo trajo a Buenaventura la noticia de que se había firmado la claudicación del rey de España en una ceremonia sin lustre y de diez minutos en un caserío sin importancia de Veracruz. No les gustaba lo que el gobierno central hacía con los territorios del norte, pero cuando el padre se retiró del ejército que ahora se llamaba nacional, el hijo ya se había enlistado y no había participado de las rebatingas, los golpes y los desbandes. Cuando empezaron las guerras indias fue feroz con los grupos que no querían ser parte de la nueva República, pero porque creía en ella. Fue generoso con los capitanes de las naciones que quisieron asimilarse: no creía que los padres de la patria fueran pendejos, por algo los habrían hecho mexicanos. Sabía corregirse, pero desde que había ingresado a la Apachería estaba en una situación nueva: nunca había estado equivocado en absolutamente todo, y peor: hacía mucho que no era el miembro más ignorante de una tropa y le costaba entender que su gente todavía le hiciera caso cuando era obvio que el único que no tenía claro todo el tiempo lo que estaba sucediendo era él.

También se había equivocado con respecto a Guadalupe y Victoria y lo supo cuando se rompió la noche y hubo luz y hasta salió el sol sin que se escuchara rebotar en la montaña el crujido seco de los balazos. No se fueron a matar apaches, le dijo casi en secreto a Elvira. Por supuesto que no, le respondió: Sintieron algo y fueron a buscarlo; Corredor tiene razón en que el único que piensa por aquí que todos son peores de lo que son es usted. No es cierto. Claro que sí. Piensa que el Márquez es un maricón y yo no sé con quién se acueste, pero es el que mejor entiende lo que pasa en el desierto. A mí no me importa con quién se acuesten mis hombres si se portan como hombres. ¿Y yo como qué me porto? A usted la respeto mucho. Si me quiere respetar, tráteme de igual. La madre siguió: Y luego está Corredor: tiene los sentidos más afinados que he visto en mi vida y usted lo tiene haciendo café, lo trata como si fuera un niño. Es que es un niño. Mire quién viene, dijo la madre señalando hacia el chaparral, donde despuntaban los gemelos. Dos ciudadanos mexicanos de abolengo, anotó el teniente coronel. Guadalupe y Victoria se le sumaron al jefe y la monja como si todo el mundo hubiera sabido dónde andaban. Qué bueno que madrugaron, fue lo más que dijo uno de ellos para señalar que habían andado en caminos separados. Para servirles, respondió Zuloaga, ¿qué encontraron? Que no somos los únicos que van siguiendo a Pisago. La gente de Cuchillo, en el monte, dijo el militar posando de sabedor; los tenemos espejeados. Eso no lo sabíamos, dijo Guadalupe. Victoria completó: Nos van siguiendo otros además de esos. ¿Cómo así? Tres, con caballos de rancho, buenos. El militar señaló hacia las Chiricahua: Pus también nos están siguiendo de allá. Notó la mirada dura de Elvira y completó: Me lo dijo el soldado Corredor. Los gemelos se vieron entre sí. Le dijo soldado a un niño, anotó Victoria. Guadalupe se alzó de hombros. Da lo mismo lo que pase allá arriba, dijo; si el Cuchillo nos iba a atacar hubiera sido en el Paso de Guadalupe, si ya concedió, darse con él sería desperdiciar parque. Han de ser nomás vigías asegurándose de que vayamos detrás de Pisago, anotó su hermano. Zuloaga apuntó con la mirada en la dirección por la que decían los gemelos que los venían siguiendo otros. ¿Son vaqueros? Así mero. ¿Cuántos dicen que son? Tres. ¿Mexicanos? Seguro. ¿Bandidos? Se alzaron de hombros al mismo tiempo. El jefe trae caballo de señorito, ¿no?, le preguntó Guadalupe a su hermano. Esos son los peores, dijo Zuloaga, ¿me debo preocupar? Nos los chentamos con una mano en los destos, dijo Victoria. Con perdón de mi Elvis, anotó Guadalupe. Ella se agarró la entrepierna.

El jefe Victorio toleró las mudanzas a que lo obligaban los burócratas de Washington porque, a la primera distracción de los militares que administraban las reservaciones, solía regresarse a las zonas impenetrables de las Montañas del Diablo –hoy Black Range–. Ahí esperaba a que se calmaran las cosas para luego regresar a los baldíos de Ojocaliente, tender los jacales y hacer campamento hasta que el ejército viniera de vuelta. Solía tardar. Había un entendido tanto en Estados Unidos como en México: era mejor meterse poco con él.

Cuenta el historiador David Roberts en *Once They Moved Like the Wind* que en el verano de 1879 destinaron a Victorio con toda su gente –unas treinta y cinco familias– a la reservación de los apaches mezcaleros en Fort Stanton. Le advirtieron, apenas llegando, que tanto Ojocaliente como los pasos a las Montañas del Diablo habían sido ocupados por el ejército, que ya no tenía adónde regresar.

Los mimbreños se instalaron donde les dijeron –tenían buenas relaciones con los mezcaleros–, y trataron de hacer vida en su nuevo entorno. La tierra no daba absolutamente nada y no había caza, de modo que, al poco de haber llegado, Victorio mismo fue al almacén de la reservación, despachado directamente por su administrador, un hombre particularmente corrupto pero que hablaba bien el apache.

En la oficina, el jefe debe haber explicado que su gente necesitaba comida porque ahí no había más que arenales y pedreras. El administrador ni siquiera ha de haber alzado la vista de los documentos que revisaba en su escritorio. Roberts cuenta que le pidió su cartilla de racionamiento y que Victorio respondió que no tenía una, que él y su gente acababan de llegar y era la primera vez que bajaba al almacén. No puedo darle raciones sin cartilla, debe haber respondido el gringo, que seguiría con los ojos pegados a sus documentos. Robertson es historiador, de modo que tiene que apegarse a la evidencia documental. Yo soy escritor, puedo rasurar los datos con la navaja de Ockham. Sé, por experiencia, que los actos de corrupción comienzan con una negativa irracional, que el burócrata que espera una ganancia ilegal pide de entrada algo que el otro no puede conceder para que la discusión derive de inmediato hacia la posibilidad de otro arreglo. Consta que el mezcalero le preguntó que dónde recogía la cartilla y el oficial le explicó que no se recogía, que se pedía a Washington y que tardaba un mes en llegar. Pero no tenemos qué comer, debe haber dicho el jefe. El otro habrá respondido: Una lástima, porque yo no tengo cartillas.

Victorio, que solo pasaba por las reservaciones de otros grupos apaches y por tanto no conocía los usos y costumbres de los blancos, no ha de haber entendido que lo que el administrador estaba haciendo era negociar algún trato en el que ganara algo. Entonces qué hago, debe haber insistido. El militar se habrá alzado de hombros. A la luz de lo que sucedió después, es posible imaginar que le habrá dicho algo que lo sacara de quicio, por ejemplo que los mimbreños eran famosos por su resistencia, que resistieran. Victorio todavía debe haber respondido algo, porque se sabe que el gringo levantó la mirada de sus papeles para descubrir, ya demasiado tarde, que había cometido un error: Victorio tenía los ojos inyectados y ya estaba sobre él. Se sabe que lo jaló por la barba y le dijo algo antes de salir de la oficina dando un portazo.

El administrador conocía la fama del jefe mimbreño, así que atrancó su despacho por dentro y se quedó a pasar ahí la noche, sin regresar a las barracas. Victorio, por su lado, caminó a los jacales y avisó a sus guerreros que él se iba esa misma noche, que si lo querían seguir, lo decidieran en un consejo, que avisaran a los jefes de los mezcaleros.

Cuando el administrador volvió a abrir la puerta de su oficina a la mañana siguiente, encontró que su reservación estaba vacía, y él en guerra y atorado: Victorio, sus bravos y los mezcalero se habían robado los caballos de su regimiento.

Tal como habían predicho Elvira y el Márquez, Portal estaba a poco menos de cuatro horas del sitio en que habían pasado la noche. Llegaron antes de que apretara el calor y se cascaran los caballos. Era un pueblo minúsculo, pero bien asentado en el mundo, con templo y alcaldía. Todavía más chico que Janos y dado al traste por el abandono, pero barnizado por la gracia de la edad: se notaba que lo habían fundado los conquistadores poco después de la expedición de Coronado en el tamaño de los ventanales de las casas, que habían sido construidas por gente que tenía una idea más bien andaluza sobre cómo combatir el calor. Nadie se había dado el trabajo, todavía, de derribar las puertas de las casas para robarse lo que hubiera en ellas, aunque el templo sí había sido desacrado. Debió tener oro, dijo la madre, lo primero que se va. Zuloaga sintió, al ver las miradas que cruzaban los gemelos, que esas casas no iban a quedar intactas por mucho tiempo; acaso hasta que se terminara la expedición de los nacionales. Al poco Guadalupe se volteó para decirle: Aquí no va a haber nadie que nos ofrezca un cafecito; vamos a tener que hacer campamento para que el soldadito Corredor ya se ponga de buenas. El jefe sintió vergüenza.

Cruzaron el pueblo de este a oeste, al paso de quien hubiera llegado a algo que no fuera su fantasma. La hermana y el Márquez acomodaban en el terreno las imágenes que había conservado de los años anteriores a la última vuelta de la Guerra Apache. Allá ponían el tablado, dijo ella, cuando pasaron la plaza. El maestro señaló una casa. Los bailes de las Mancera, dijo. Buenísimos, confirmó la hermana. ¿Y usted no venía a este pueblo al parecer tan cultural?, le preguntó Zuloaga al gringo. No, dijo, yo soy de rancho, no de ciudad. Esto no es una ciudad, le respondió, aunque había encontrado intimidante que tanto la calle principal como las que la cruzaban estuvieran empedradas, un lujo que, según él, se terminaba en su Buenaventura. Había dinero, dijo. No se imagina cuánto, agregó el Márquez. Siguió: Yo hice mi carrera de profesor en un pueblo de la sierra aquí en Sonora antes de que empezaran los mamporros; a nadie, ni a los apaches, le faltaba nada; no entiendo qué fue lo que pasó. ¿Ahí aprendió a cantar en apache?, le preguntó el jefe. Esa es una historia más larga, dijo, alzando los ojos y abriendo una sonrisa larga y encantadora.

Ya que alcanzaban el fin de la calle y el pueblo, Guadalupe y Victoria voltearon a ver simultáneamente a Zuloaga. El teniente afirmó de manera casi imperceptible. Los tres habían notado que faltaba una piedra en el pavimento y que, a diferencia de los otros huecos en la calle, este era reciente. La encontraron más adelante, donde Pisago la había dejado, cuando ya el empedrado era otra vez un camino de tierra, no muy lejos de las últimas casas. Estaba apenas oculta debajo de unos matojos secos que inmediatamente reconocieron como una trapacería apache para guardar el ojo de agua. Corredor se tuvo que apurar a arrimar los arriates difuntos, porque los caballos, que ya habían sentido el manantial, se habrían espinado con tal de alcanzarlo. Detrás de los matojos brotó un sendero muy andado por el que los animales casi se desbocaron.

A Zuloaga le extrañó no ver en la distancia el copete de los álamos, que ya debería ser visible si el agua estaba tan cerca como para que los caballos la sintieran, pero ya que llegaron notó que todos los árboles alrededor de la poza habían sido cortados, las matas quemadas y las bancas que los portaleños alguna vez habían puesto para disfrutar el fresco volteadas. Pinche guerra de mierda, dijo el Márquez desde atrás del contingente: ¿A quién le sirve? Es culpa de ustedes, dijo, Guadalupe. ¿Nosotros?, dijo Elvira. Los apaches siempre tuvieron su desiertito y siempre escondieron sus agüitas; pero antes era nomás su pedacito y todos los demás los traíamos a raya; pero se chingaron a los comanches, a nosotros nos echaron a la sierra y mandaron a los pueblo y los navajos pal norte; y ahora la Apachería se lo está comiendo todo porque ustedes saben sacar producto de la tierra pero no saben defenderla. Zuloaga volteó a ver a Corredor: Los apachitos, le dijo, también son ciudadanitos, y ya se están comiendo Sonora. La monja lo recriminó: No le eche carrilla, le dijo, ¿no ve que es un niño? ¿Tons?, respondió el teniente. Elvira notó que aunque le había aguantado el tiro y había revirado con un chiste bueno, se había puesto rojo después de decirlo. Algo iba aprendiendo.

El teniente dio la orden de dejar beber a los caballos sin desmontar. Seguro nos están vigilando, dijo. Siquiera deje rellenar los pellejos y las cantimploras, suplicó el Márquez, no sea así. Y un bañito, agregó Victoria, seguro solo por joder. Recargar agua sí, pero baño ni madres, dijo, y hubo silbidos. Siquiera mojar las patitas, insistió el Márquez. Zuloaga volvió a decir que no, pero se le antojó un cigarro mientras desataba su cantimplora ya desmontado. Esto y un café, dijo, ¿se prende un fuego rapidito, soldado Corredor?

No desensillaron a los animales, pero los dejaron vagar siguiendo el pasto nuevo de la orilla de la poza para que descansaran: no iban a volver a parar hasta la noche, quién sabe en qué condiciones. Se tiraron al lado de las ramas que encendió Corredor para poner a hervir la olla. Victoria alzó la vista al cielo cuando el rarámuri puso el agua. Le dijo a Zuloaga: Mejor voy a ver si los rancheritos de la mañana todavía vienen detrás de nosotros. ¿Tan cerca estaban?, preguntó la hermana llevándose la mano a la Colt, nomás para sentirla. No se veían de peligro, le respondió el gemelo. Vaya, le dijo Zuloaga, como si su gente hiciera lo que él ordenaba y no lo que se le daba la gana.

Ya estaban todos tomando café cuando regresó Victoria. Dijo: No están tan lejos. Zuloaga, que se estaba forjando su cigarro, se volteó a mirarlo: ¿Seguro que vienen en paz?, preguntó. Eso lo tendría que decir el niño, yo nomás veo los bultos. ¿Se anima, Corredor?, dijo el jefe. El niño vio su pocillo recién servido y se puso rojo de coraje. Le preguntó a Victoria desde dónde los había visto. Le señaló un sendero: Ahí nomás hay una lomita, dijo. Se llevó su taza. Ojalá sí sean de paz, anotó el Márquez, viendo al niño caminando lentísimo porque le iba dando traguitos a su café.

Zuloaga ya se estaba forjando un segundo cigarro cuando volvieron las noticias. Dos rancheros mexicanos, dijo Corredor, y algo que podría ser un gringo o un francés. ¿Armados?, le preguntó el jefe. Escopetas y revólveres, pero envainados. ¿Qué tan cerca? Nos podemos hacer otro cafecito. Venga, dijo el jefe, pero los esperamos ya a caballo cuando estén cerca. La tropa se tiró al suelo de nuevo, en señal de aprobación del plan.

Tardaron en llegar un poco más de lo que Corredor había previsto, lo cual le dio paz al teniente: andarían nomás de paso. De todos mondos mandó a su gente a adoptar una formación defensiva para esperarlos. Se acomodaron haciendo una media luna a ambos lados del camino, para cortarles el paso si querían adelantarse sin parlamentar o perseguirlos si se regresaban cuando los vieran. La cortesía del desierto demandaba que esperaran con las pistolas al cinto y las escopetas enfundadas en los cuartos traseros de los animales, pero todos estaban con una mano en la rienda y la otra descansando en el muslo, cerca de la cacha.

Los recién llegados iban perfectamente en paz. Sus caballos estaban nerviosos: también traían sed. Buenas, dijo su adalid, quitándose un sombrero rarísimo –con alas simétricas y planas y la copa casi cónica, como si fuera un cordobés coronado por una campana–. Estaba adornado por una cinta de plata. Era un sombrero obviamente fino. Su portador era blanco de una manera distinta a como son blancos los gringos o los criollos mexicanos: un blanco capilar, rubio y rizado. Llevaba una camisa clara y holgada debajo de un chaleco negro cruzado por un zarape del mismo color, como todo lo demás que llevaba puesto. No se veía, sin embargo, como un bandido, sino como un caballero, un caballero tal vez de otros desiertos. Que las tenga usted, respondió Zuloaga. Los dos rancheros que iban detrás de él se tocaron las fedoras. Igualmente, dijeron con acento sonorense clavado. Siguieron hacia el ojo de agua.

El hombre vestido de negro desmontó y detrás de él sus acompañantes. Le acarició la crin de su animal antes de tenderles las riendas a los sonorenses; como había sucedido antes con los de los nacionales, los caballos se desbocaron en el último trecho, tirando ellos de sus jinetes. El líder miró a los nacionales lentamente, se dirigió a Zuloaga, el único que era al mismo tiempo hombre y blanco: tenía que ser el jefe. Será que todos estamos siguiendo a la misma persona, preguntó con un acento rarísimo y los ojos entrecerrados porque el sol ya estaba alto y era de plomo aunque el aire frío hiciera el día placentero. Nadie respondió en primera instancia porque todos estaban particularmente sorprendidos con su atuendo. En lugar de pantalones vaqueros y chaparreras, llevaba lo que a los nacionales les

173

parecía una falda de lana, fijada a la cintura con una faja de cuero muy gruesa ribeteada con monedas y cadenitas de plata. Debajo unas botas muy altas con un tacón improbable en el calzado de un hombre: cortado en diagonal y más elevado de lo normal. ¿Cómo así?, preguntó Zuloaga. Un salvaje, respondió el otro, ladrón de ganado.

El teniente se bajó de su caballo con la pachorra de siempre y se quitó el guante derecho para extenderle la mano. A pesar de ser claramente blanco, el recién llegado tenía la piel curtida, casi correosa, los ojos claros, el pelo rayado de canas, una barba de tres o cuatro días que Zuloaga calculó que sería lo que llevaba en el camino. Yo soy el detective Läufer, dijo con una voz muy queda mientras estrechaba la mano del teniente. ¿Cómo? Melitón Läufer, detective. ¿Qué es eso? Encuentro cosas robadas. ¿Y por qué habla tan raro? Soy argentino; mi apellido igual es impronunciable porque soy judío, así que no se apene, mi padre era rabino. De todas esas palabras la única que entendió el teniente coronel era «judío». No se lo diga a mis muchachos, le dijo al oído, y lo tomó por el hombro para presentarlo.

Este es el detective Läufer, dijo Zuloaga cuando llegaron a saludar a su gente, que ya estaba desmontado también. Es argentino. ¿Qué es eso?, preguntó el profesor Márquez. La madre se llevó la mano a la cacha de la Colt. No la sacó, pero el teniente coronel pudo ver cómo acariciaba con el índice la zona de la funda en la que estaba el gatillo. Le hizo una alzada de cejas para demandarle cortesía, pero ella no lo vio: estaba escrudiñando los ojos clarísimos del detective. Yo me acuerdo de usted, dijo, era empresario de teatro antes de ser eso que dice que es ahora. El argentino se llevó la mano al revólver propio, pero lo hizo tan lento que dio tiempo a que Corredor abrazara a Elvira en ánimo de contenerla y de que Zuloaga pusiera el cañón de su pistola en la cabeza del detective. Ni lo piense, le dijo. Läufer alzó la mano derecha, como entregándose, y Zuloaga enfundó otra vez, la madre seguía contenida por el abrazo de Corredor. Era mi hermano, dijo, lo asesinaron en un burdel en el Paso del Norte. Los rancheros que lo acompañaban estaban de

174

lo más tranquilos junto a sus caballos, conversando junto al ojo de agua: ni se enteraron del episodio. Son gente de bien, pensó el teniente coronel, pobres. Le ordenó con una mirada al Márquez y el Gringo que se fueran a hablar con ellos, por si urgía contenerlos. ¿Y por qué nos venía siguiendo?, preguntó Victoria. A Zuloaga le pareció levantisco que hiciera las preguntas que debería hacer él, pero parte de su admirable entereza venía de que estaba magníficamente dotado para la resignación, así que nada más alzó las cejas en dirección al detective. Ya le dije aquí al teniente que vengo persiguiendo al mismo salvaje que ustedes. Cabezón es coyotero, dijo Zuloaga, los coyoteros son apaches de razón y de paz. Igual se robó unas vacas y su dueño me pagó por recuperarlas. A Corredor también le ofendió que se refiriera a Pisago Cabezón como a un salvaje, pero ya se había tomado su café, así que no dijo nada, se limitó a limpiarse una manchita de comida incrustada en sus pantalones con la uña del dedo índice, desatendiendo su abrazo a Elvira, que parecía haber recuperado su ritmo de respiración normal. Los gemelos se voltearon a ver entre sí: al final, todo cazador de apaches era su amigo aunque insultara a Cabezón.

Zuloaga se rascó el bigote. Cabezón no se robó las vacas, dijo, fue un hampón de Virginia que es su socio porque son parientes. El argentino dijo: Robert McKnight, lo sé. Y usted va en dirección opuesta a las vacas, que están siendo arreadas rumbo a Santa Fe. También lo sé, respondió, para algo soy detective. ¿Entonces? El gobierno de Sonora paga cien pesos por cabellera apache y este va solo, me da tiempo de despacharlo y alcanzar a McKnight antes de que venda las vacas. Zuloaga bufó. ¿Y usted cree que puede ganarle a tiros a un bravo como Pisago Cabezón? ¿A un pistolero profesional como McKnight? ¿Con esas manitas de porcelana?, preguntó. El detective se las vio: Si me dejan abrir la boca, los convenzo de algo. Le digo que Cabezón es cuñado del gringo, está asimilado, no lo puede descabellar. Asistió en un robo y trae el pelo largo, lo demás lo tiene que decidir la autoridad, respondió el argentino. Pisago era el huellero, el ladrón es el gringo, dijo Corredor, francamente emputado pero sin levantar la cara del pantalón y la uña. Tanto peca el que mata la vaca, respondió el otro, como el que le levanta la pata. Elvira, que no había dejado de escudriñar sus ojos, inclinó la cabeza, como concediendo. Puede ser, dijo, y preguntó: ¿Quién mató al comendador? El argentino respondió automáticamente: Fuenteovejuna, señor. La Hermana le disparó tan rápido que para cuando Corredor se volvió a verla, ya había enfundado de nuevo. El argentino cayó, sin revuelos ni dramas, cuan largo era: pareció, más bien, que se había desmayado.

Cuando entendió que había sucedido lo inevitable, Zuloaga le gritó al Gringo y el Márquez que sometieran a los dos rancheros, sobre los que ya se abalanzaban los gemelos. No iban a darles problemas, así que se volvió hacia el cadáver del detective. Un hilo de sangre le manaba del mero centro de la frente. La Hermana le dijo: Sí era el empresario de teatro. Zuloaga se alzó de hombros. Está bien, dijo, ni le voy a preguntar qué le debía, pero ese tiro va a poner nerviosos a los indios del cerro, nos tenemos que ir ya. Lo siento, dijo la Hermana; hay que dejarlo para que vean que no es de los suyos, pero sobre todo para que le den el cadáver a los perros y no tenga reposo. ¿Pus que le debía, oiga? Cosas de mujeres.

La banda de Goyahkla tardó tanto en volver que para cuando lo hicieron Camila ya sabía que el arroyo en el que estaban era el del Oso y podía decirlo en apache. La sangre y el requesón de un cervato que el niño había podido cazar le habían vuelto a parecer repugnantes, pero entendía que su supervivencia dependía por razones impenetrables de que se lo comiera y lo hacía, sin vomitar. Casi disfrutaba de la calidad modestamente alucinatoria que suponía hundir la mano en la barriga tajada, prensar un bodoque de leche fermentada y ácidos estomacales, metérselo en la boca. A las entrañas crudas había terminado hasta por agarrarles el gusto, y había aprendido a cazar liebres. Se habían comido, en esos días, unas diez: dependía de su habilidad que cenaran eso y no ranas o serpientes, que le gustaban más al niño.

También sabía, para entonces, que el capitán del grupo tenía un nombre que no se podía decir y otro de guerra, Kadazis Tlishishen, que quería decir Camisa Roja, que el abuelo de Goyahkla había sido un gran jefe y que por eso Kadazis Tlishishen lo había adoptado cuando quedó huérfano. Sabía que en el futuro, cuando Goyahkla ya tuviera su nombre de guerra y dejara de ser un novicio y el jefe muriera, él mismo sería el jefe de todos los bedonkoje, que era el nombre del país, o de la gente, o de la banda o algo a lo que pertenecían Kadazis Tlishishen y Goyahkla sin dejar de ser apaches.

Los demás indios volvieron fundamentalmente de buen humor. Camila ya había perdido la cuenta de los días que llevaba sola con el niño y enfrentaba su nuevo estado con la resignación espartana que había aprendido siendo mujer de viejo: ayudaba con el ganado, les tendía trampas a las liebres, había entrado en un ciclo en el que ver la evolución de su propia sombra era una actividad no solo entretenida sino enriquecedora. Ya se sabía las estrellas de memoria y podía predecir entre qué piedras iba a salir el sol.

Saludó al jefe en un apache aceptable cuando Goyahkla le sostuvo las riendas a su caballo para que se bajara. Algo de las sonoridades de la lengua de los niños jicarilla de las goteras de Casas Grandes se le había quedado en la lengua.

Los guerreros habían vuelto con lo que, por las expresiones del niño, parecía una fortuna: cacerolas, varias cajas de munición, seis o siete caballos muertos de sed que no tuvieron empacho en mezclarse con las vacas a terminarse el agua del arroyo y rumiar espinas. La noche en que volvieron mataron un becerro e hicieron un festín: también traían dos botellas de mezcal.

Hubo, como de costumbre, cierta tensión cuando atraparon y degollaron a la ternera. Hubo un silencio respetuoso cuando ella misma se acercó a beber la sangre del animal, cuando se adelantó a meterse un puño de requesón en la boca y fingió que le gustaba y cuando se comió con genuino placer el corazón del becerro.

177

Siguió la comida, que Camila hizo con discreción y en retiro. Después vino la molicie del mezcal, que atendió a una distancia más que prudente. Se durmió oculta entre dos piedras al arrullo de unas carcajadas y unos gritos que entre tantas soledades le parecían una discusión de profesores en el Ateneo de Tepic.

Entre agosto de 1879 y octubre de 1880, Victorio libró la que tal vez haya sido la más exitosa de las campañas apaches posteriores a la ocupación estadounidense de Nuevo México y Arizona. Cuando escapó contaba con cuarenta y siete guerreros mimbreños y mezcaleros registrados en la reservación de Fort Stanton y en su momento de auge llegó a dirigir una caballería con más de cien, llegados de toda la región. Entre ellos estaban Nana y Loco, los legendarios Cayetano y Sánchez, Cochís y todos sus chiricahuas, Gerónimo, que por entonces había huido de la reservación de San Carlos, y el jefe Juh, líder de los chiricahuas libres en la parte sonorense de la Sierra Madre –Asa Daklugie, que recibió el dictado de las memorias de Gerónimo y estuvo con él hasta el último segundo de su vida, era hijo de Juh e Ishton, la hermana de Gerónimo.

Durante la campaña de Victorio, que duró trece meses, el jefe fue perseguido por tres regimientos de caballería estadounidense, más un número no calculado de efectivos del ejército mexicano destacados en Sonora y Chihuahua. Ganó todos sus combates y mató a más de mil soldados de entre ambos lados de la frontera –diez por guerrero.

Para septiembre de 1880, después de un año trenzándose continuamente por todos lados y contra medio mundo, Victorio reconoció que su gente estaba extenuada y que las fuentes de munición del lado estadounidense de la frontera ya estaban agotadas, por lo que aceptó la invitación del jefe Juh a la Sierra Madre para tomar un descanso y replantearse una campaña que, aunque exitosa, no parecía estar conduciendo a una posible recuperación de los terrenos de Ojocaliente.

En las alturas de las montañas azules –como llamaban los apaches a la Sierra Madre– había poca comida, pero la gente tendría libertad de movimiento y podría recuperarse del desgaste y la tensión constantes. Además de sus guerreros, el jefe mimbre movía por la Apachería a un grupo de unos trescientos niños y viejos que no participaban de los combates.

Los rancheros que venían con el detective Läufer obedecían a otras leyes porque eran de Sonora y no de Chihuahua, pero se adaptaron magníficamente al pelotón de los nacionales: habían salido a cazar apaches y les daba lo mismo si lo hacían bajo el mando de un teniente de rurales que acompañando a un detective argentino. Hicieron el resto del camino hacia el norte con la gente de Zuloaga –no se querían regresar a casa todavía– y no mostraron el menor signo de codicia ante la cabellera de Pisago Cabezón cuando todos se encontraron con él dos días después en un recodo del río San Simón. Para entonces ya sabían bailar el perro.

Dejar la vera de las Chiricahua fue un alivio para todos. Navegaron la sierra del Piloncillo, que tenía más de sucesión de lomas que de terreno cerrado, con pastizales largos y arroyos delgados pero no de aluvión. Corrió durante esa jornada el airecito épico que tanto entusiasmaba a Zuloaga.

Los dos rancheros sonorenses les habían agregado a sus nacionales estampa, aunque solo fuera porque eran otros dos. Venían de Bavispe, en el corazón de la Sierra Madre, por lo que eran duros a pesar de su buen carácter. Eran parientes –uno de ellos estaba casado con la hermana del otro– y compadres –el otro le había bautizado un hijo al uno–. Ninguno de los dos era originario de la montaña: eran criollos de pueblo desértico y habían llegado a la sierra siguiendo el rumor del oro. El más moreno se llamaba Vilchis. Tenía lentes y barba, chaleco con leontina, conversación encantadora y maneras de caballero. El otro se llamaba Eneas y había nacido en Hermosillo, hijo de padres italianos que habían llegado hasta México fracasando de manera espectacular en una sucesión de negocios que deberían haber funcionado. Ninguno de los dos encontró en la sierra lo que había ido a buscar, pero en Bavispe hallaron trabajo porque por entonces todavía quedaba. El Vilchis, casado con la hermana de Eneas, había tenido suerte y había comprado a precio de regalo una ladera con una inclinación modesta que le había permitido desarrollar una ganadería. Aunque era bueno como el pan, tenía claro que la vida no era fácil en las vecindades de territorio apache. Eneas solo iba por el mundo y lo hacía de maravilla. Cuando la monja asesinó al detective Läufer, el Márquez y el Gringo encañonaron a Vilchis y Eneas. El segundo le pidió al Gringo que por favor lo desarmara para poder ir a revisar el cadáver del argentino, porque tenía algo que le pertenecía. Ahora que venga el jefe, le dijo. Zuloaga concedió cuando finalmente llegó hasta ellos. Desármelos a ambos, le dijo al Gringo.

El vaquero se acercó al cuerpo muerto del detective a paso de hombre distraído. Se apretó los lentes sobre el puente de la nariz antes de agacharse sobre el muerto. Le removió el zarape y le hurgó bajo el cincho hasta que encontró una bolsita de tela llena de billetes del Banco de Sonora, que contó oficiosamente. Casi completo, le gritó a su compadre. Eneas explicó que ellos habían sido los productores de la expedición. Los financieros, le corrigió la madre. Era gente de teatro, respondió Eneas. ¿No les dije?, afirmó Elvira.

Ya estaban los dos sonorenses juntos y alzados de manos otra vez cuando el teniente coronel preguntó: ¿Alguien quiere el zarape? El Vilchis lo corrigió: Se llama poncho, dijo. Fue Corredor el que se animó a quedarse con la prenda, que gracias al balazo quirúrgico de la madre había quedado intacta. Pero lo que me gusta, agregó el rarámuri, es el cinturón. Lléguele, dijo su superior.

El grupo completo vio con algo entre la paciencia y la ternura cómo Corredor se afanaba en desentrañar el misterio de las hebillas del cinto austral. Cuando logró desatarlo se levantó a ponérselo con una concentración que les recordó a todos que todavía era chico. Luego se cruzó el poncho aunque ya hiciera un solazo y no se necesitara. Se ve elegante, ¿no?, dijo. Ya se alejaba del cadáver cuando Zuloaga anotó: ¿Y no se va a quedar también con el otro cincho? El rarámuri se viró a mirarlo, sorprendido. ¿Puedo?, dijo. El muerto es de la Hermana, respondió Zuloaga, pero no creo que quiera esas pistolitas si tiene esa Colt para matar elefantes. Un bravo no puede andar por la Apachería sin revólver, dijo ella. Los yaquis bajaron sus rifles y se los acomodaron entre las piernas para poder dar el sentido aplauso que ameritaba la ocasión, los sonorenses se sumaron a la ovación porque de todos modos ya tenían las manos en alto. Zuloaga pensó que si la gente de Cuchillo Negro los había estado siguiendo con algún nerviosismo, en ese momento se habrían dado cuenta de que sus nacionales no representaban la menor amenaza para nadie más que sí mismos.

Se pusieron en camino. El Vilchis y Eneas hicieron migas rápido con el Gringo. Además resultó que conocían a una familia de Tesorababi con la que el Márquez había estado relacionado en una vida anterior, cuando años antes se había disuelto una banda de la que era percusionista y cantante. Zuloaga no tuvo ni que amenazarlos con la posibilidad de la leva porque encontraron mucho más interesante irse a meter al mero corazón del Gila y darse un llegue con el mismísimo Mangas Coloradas que cazar a un coyotero y luego ir a negociar la devolución de un ganado con un gringo. El teniente coronel tampoco les aclaró, eso sí, que su única ganancia al final de la expedición iba a ser que el tiempo que durara sería un tiempo robado a la aburrición: para entonces el gobierno de Chihuahua todavía no pagaba por cabellera y la marcha estaba bajo la tutela de ese estado. Creo que ellos están aquí por el negocio, le dijo en algún momento la madre. También a hacer las cosas por amor se aprende, respondió el militar.

La muerte del detective, de la que Pisago Cabezón se enteró a la tarde siguiente cuando se encontraron de nuevo, tuvo un beneficio adicional. El coyotero simplemente no confiaba en los mexicanos, mucho menos en los yaquis, pero a partir del reencuentro en el río San Simón, en el que el Márquez le contó en la lengua de sus ancestros cómo la madre había matado al hombre que quería matarlo, se ajustó un poco mejor a la vida del pelotón.

Seguía comiendo y durmiendo solo, pero le enseñó a Zuloaga a medir los caminos contando cerros y a calcular trayectorias de acuerdo con los pozos cuya posición se memorizaba según la numeración de las montañas. El militar entendió que la ruta que habían tomado para subir a Santa Rita era un camino preestablecido aunque no estuviera apisonado. El desierto son puros meandros, le dijo el coyotero, tiene que aprender a verlos. Los caballos, los sombreros, las armas y el sol en caída. Ya en las colinas rodadas del interior de la sierra del Piloncillo, Zuloaga vio con satisfacción a su gente en movimiento. Pisago al frente con su potro bajo y correoso, sentado con la espalda más recta del mundo en la silla apache de su cabalgadura. El pelo brillante, la mirada atenta, los mocasines y la chaqueta de gamuza solventes en el paisaje. Su infinita dignidad compensaba las estampas más inexactas en ese contexto de Elvira y el Márquez, que avanzaban en silencio unos metros detrás de él. Ella rotunda, la Colt en la cadera en contraste con el velo; él demasiado espigado, la rienda floja sobre el pomo de la silla y las dos manos apoyadas en él. Detrás de ellos iban los sonorenses y el Gringo: cochambre, barbas y botas. Inmediatamente después Guadalupe y Victoria, nerviosos y atentos, los pelos ya veteados de canas en contraste con el acero intacto de sus pechos descamisados. Montaban a piernas, el freno descansando en el pomo y las manos en las caderas, la vista hacia todos lados. Detrás de ellos Corredor, que parecía haber embarnecido durante el viaje, se percibía más firme dentro del disfraz de gaucho, que era como Elvira decía que se llamaba eso de lo que iba vestido. Viendo lo lejos que llegaban sus sombras gracias al sol anaranjado del fin de la tarde Zuloaga se sintió, por fin, libre y vaquero.

Espoleó a su caballo para alcanzar a Cabezón. Tras una tarde ascendiendo las laderas moderadas pero consistentes de los Peloncillos, los arenales y las pedreras habían cedido a un terreno más fértil. No la pradera, pero pastos y pinos, la tierra había dejado de ser roja y ahora era negra. Hacía frío. Yo no sabía que el norte de la Apachería era tan bonito, le dijo al indio, que había bajado la velocidad para dejarse alcanzar. Esto es casi tan chulo como las cañadas bajas de la sierra Madre, agregó. Puf, respondió Pisago, espérese a que lleguemos a los Mogollones.

Hicieron la noche ya en los altos, encantados de tener un campamento entre los pinos y con un fuego de verdad.

Al despuntar del día Goyahkla despertó a Camila sin gentilezas. Ambos bajaron al campamento y él le señaló cuál era su caballo. Ella lo montó protegiéndole el lomo solo con la piel que seguía usando como colchoneta y la manta con que se defendía del frío en las noches.

Avanzaron hacia el norte, por el cauce del arroyo del Oso, sin urgencia, más bien pastoreando a los animales y, seguramente, la cruda de guerreros que atravesaría a sus captores. Tenía que ser una cruda terrible: estaban directamente dóciles.

Siguieron así nada más, sin preguntas ni respuestas, casi todo el día. Entonces alcanzaron el valle del río Gila, en el que Camila finalmente entendió que los Bedonkoje no eran los maestros de las piedras y los arenales, sino la gente del paraíso. Goyahkla se adelantó a galope.

Victorio se tomó su tiempo para alcanzar la Sierra Madre, asaltando ranchos y pueblos de Chihuahua antes de llegar a las alturas. Por entonces el gobernador del estado era Luis Terrazas, el padre de todos los cerdos, el genio de la corrupción absoluta, el fundador de la estirpe de sátrapas que ha tenido a México por el cogote desde sus tiempos, la persona a la que se le ocurrió que ser empresario, político y banquero eran vocaciones complementarias. Durante la época de Victorio, Luis Terrazas estaba amasando ya el territorio que iba a componer la Hacienda de la Encinilla, que para cuando estalló la Revolución Mexicana —don Luis seguía vivo— tenía ya un área de dos millones de hectáreas.

Si el gobernador Terrazas sabía hacer algo, era juntar voluntades en torno al aura del dinero: trató la campaña contra Victorio como una *joint venture* y ofreció un sistema de recompensas irresistible para los combatientes: cincuenta pesos de oro por cada cabellera de guerrero —una fortuna incluso hoy en

183

día– y dos mil para quien pudiera matar a Victorio, una cantidad de dinero superior a la pensión completa de un ministro retirado durante veinte años. Reclutó a una tropa de doscientos sesenta soldados de élite, todos frescos, al mando de la cual puso, patriarca al fin, a su primo Joaquín Terrazas. La mancha nepótica es la mancha nepótica, pero también hay que decir que el capitán Joaquín Terrazas era un virtuoso de la estrategia en el combate a campo abierto –perdió algunas batallas, pero ninguna guerra– y el más implacable perseguidor de apaches que produjo la República en la guerra de casi sesenta años que peleó contra los chiricahuas.

El capitán Joaquín Terrazas aceptó el encargo de su primo, siempre y cuando estuviera dispuesto, además, a concederles un buen salario a los treinta buscadores rarámuris que eran el secreto de su éxito en el campo. La oferta económica era, en este caso, un gesto de galanura: cualquier miembro de esa nación habría participado por puro placer en una expedición dedicada a matar apaches. Además fue él mismo a Casas Grandes para convencer a Mauricio Corredor –también rarámuri, pero asimilado y por entonces un ranchero pudiente de unos cincuenta años– de que lo acompañara como consejero y talismán. Corredor había servido al lado del teniente coronel José María Zuloaga –el modelo y tótem de Joaquín Terrazas– y se decía de él que, además de tener ojo de águila con el rifle, conocía mejor que nadie las estrategias apaches y podía preverlas. Era, tal vez, el último militar mexicano vivo que había visto al gigante Mangas Coloradas –un jefe de aura infinita, tal vez la única mayor que la del propio Victorio.

Victorio no supo, hasta que lo tuvo enfrente, que quien lo estaba persiguiendo en México era Joaquín Terrazas, así que en los primeros días del octubre de 1880, aciago para toda la nación apache, tomó ya en las cercanías de la sierra una mala decisión, producto tal vez de la confianza que le debe haber dado el hecho de que había derrotado a absolutamente todos los cuerpos militares y civiles que lo intentaron enfrentar durante más de un año.

Los viejos y los niños no podían avanzar mucho más sin tomar un descanso, y Victorio sabía que el ascenso a la sierra iba a ser difícil, por lo que acampó en el valle de Tres Castillos, seguro de que nadie iba a buscar a una caballería de apaches en pie de guerra en el sitio en que eran más vulnerables: el llano. Mientras su gente recuperaba fuerza, envió a dos de sus hombres —los mimbreños Blanco y Cayetano— a conseguir munición para hacer con seguridad la última etapa del viaje al santuario de las montañas azules.

Blanco y Cayetano no solo tardaron en cumplir con su encargo, su fe en la invencibilidad de Victorio era tanta que al parecer fueron descuidados en su salida del valle de Tres Castillos: dejaron un rastro que los rarámuris de Terrazas levantaron y pudieron seguir.

La mañana del quince de octubre de 1880 los buscadores del ejército mexicano dieron con el campamento de Tres Castillos, y el capitán, confiado en el número de sus hombres y en el hecho de que por estar en descampado los mimbreños no tenían adónde correr, dividió a su gente en dos cuerpos y mandó a una mitad a envolver la retaguardia del enemigo y a la otra a descargarse frontalmente y a toda velocidad.

Ninguna agrupación de guerreros de finales del siglo XIX habría podido aguantar un ataque como ese en esas circunstancias: sin munición, sin cobertura, sin refugio. Los hombres de Victorio, de manera francamente inexplicable, resistieron sin rendirse, peleando a cuchillo y con los dientes durante la primera jornada de la batalla. «Durante la noche», dijo Terrazas en su parte de guerra con un vuelo lírico inesperadamente vanidoso para un hombre cuyo máximo orgullo era ser eficiente, «los apaches ejecutaron sin pausa la danza de su propia muerte.»

El combate volvió a comenzar con la luz. Los mimbreños ya no resistieron mucho, o tal vez decidieron no resistir cuando sucedió lo que ya estaba cantado y tal vez había tardado demasiado. Después de observar la maniobra por un tiempo, Mauricio Corredor, que aunque era militar y rarámuri salía de civil criollo a las expediciones —pantalones de algodón grueso, camisa a cuadros, gabardina de lona, botas esquineras y fedora—, encontró un ángulo en el cual situarse para seguir con calma la trayectoria de Victorio hasta que en un respiro pudo centrarlo. Le clavó una bala en el cuello que lo mató casi instantáneamente.

El parte de Terrazas dice que a las diez de la mañana del 16 de octubre de 1880 levantó la campaña con una cuenta de sesenta y ocho guerreros, cinco mujeres y tres niños apaches muertos. Hizo ciento veinte prisioneros entre los mimbres no combatientes, cuyo destino no aclara. Él había perdido solo a tres soldados y regresaba a la ciudad de Chihuahua con diez heridos.

Una semana después, en ceremonia solemne en la capital del estado, el gobernador Terrazas le entregó al rarámuri asimilado Mauricio Corredor sus dos mil pesos de oro y un rifle niquelado que nunca usó en campaña porque no volvió a salir al combate. Sabía que los apaches en rebeldía nunca se iban a recuperar de la muerte de Victorio, aunque Gerónimo y Juh todavía estaban vivos y libres. Para reponer a los sesenta y ocho guerreros muertos los apaches necesitarían veinte años de paz y bonanzas que ni México ni Estados Unidos les iban a conceder.

Zuloaga entendió la reverencia con que Pisago hablaba de los Mogollones desde un día antes de que se internaran en sus cañadas. Tenían la majestad humillante de las sierras de verdad: camino de ellas no se puede pensar en nada más que en lo de la chingada que está su amenaza. ¿Ya estamos en Nuevo México?, preguntó Eneas distraídamente en algún momento. Desde ayer, le respondió el teniente. Por la tarde, ya que el ascenso era una inminencia, Pisago anunció que los cañones de la sierra eran imposibles, que se iban a ir a la apache, por la mera espina. Va a hacer frío, dijo, pero hay sendero. Según calculó, llegarían a las nieves para el día siguiente.

El camino era tan empinado y estrecho que no dejaba margen de maniobra: era una sucesión de muros de piedra y despeñaderos, la orgía ígnea de la América en su esplendor. El ascenso fue lento, tembloroso para los vaqueros de llano, que por primera vez envidiaban a los yaquis y a Corredor por ir a mula. Ya bien adentro en la montaña, cuando no había modo de moverse más que para adelante, el rarámuri redujo el paso un momento para decirle al jefe al oído que en las cumbres había vigías. Guerreros de veritas, le dijo. ¿Los de antes no eran? Guerreros como Guadalupe y Victoria, dijo, cabrones, con rifles americanos. El teniente coronel respiró hondo, espoleó un poco a su caballo para adelantarse, cuidadosamente, hasta el frente del tren, que abría Pisago.

Apenas sintió la nariz del caballo del jefe en la rodilla, el coyotero se viró para hablarle en ese tono bajo que los indios de todo el continente utilizan cuando quieren que los escuche una sola persona: Ya le dijo Corredor. ¿Qué? Centinelas. ¿Son de los suyos? Ojalá, estos son de Mangas; vienen a darse de madrazos si se necesita. Qué se hace. Rezarle si tiene Dios. El militar no los había podido discernir, pero si Corredor y Cabezón los habían notado y les quedaba tan claro que venían listos para tronar los rifles quería decir que, más que combatientes, eran un mensaje: la idea era intimidarlos. ¿Cuáles son nuestras posibilidades? Sus pinchis yaquis de mierda se llevan a dos cada uno, Corredor y Elvis a otros dos por cabeza, ella a lo mejor tres o cuatro —trae seis tiros en esa Colt y es un gavilán–, usted y yo uno cada uno y los demás son carne de cañón, pero no le van a durar de todos modos, salvo el profe, que parlamenta como los ángeles; si llegamos al cuerpo a cuerpo perdemos ventaja con Elvis, pero yo no me madrearía con los yaquis, y el Gringo está grandote, hay que asegurarse nomás de que no lo maten en la primera refriega, échelo patrás. ¿Entonces? Yo digo que vamos bien, que nomás nos están dando la bienvenida. El jefe oteó el paisaje: no veía nada, pero había llegado hasta donde había llegado haciéndole caso a Pisago y mal que bien ya estaba en territorio de Mangas, sentía que si seguían un poco más ya iba a poder oler a la cautiva. Gritó a voz en cuello: Tenemos compañía, muchachos, manos a las armas sin romper la formación, y escuchó detrás de sí el ruido que hacen los fierros cuando se despiertan. También organizó a la tropa: Guadalupe y Victoria detrasito de Pisago, luego los sonorenses y el profe. El

Gringo entre Elvira y Corredor y él mismo al final, todos cola con nariz.

Acabaron con el primer tramo del ascenso en un puerto de altura boscoso que a todos les pareció una imposibilidad considerando que estaban en Nuevo México: los pinares interrumpidos por médanos verde esmeralda, parches de niebla saliendo del bosque. Había nuevas, inesperadas amenazas: para empezar, el frío de verdad, que empezó a entumirles los dedos. No enfundaron armas a pesar de que hacía ya un rato que Corredor había dicho que estaban solos de nuevo y el campo abierto cancelaba la posibilidad de un enfrentamiento. Pisago dijo que si seguían un poco más, alcanzaban todavía con algo de luz un puesto de peleteros franceses donde podrían prender un fuego bueno y dormir atrancados. Aquí hay lobos, agregó, ya nos han de haber sentido. ¿Y la gente de Mangas?, preguntó el Vilchis. Pisago se alzó de hombros: Los bedonkoje no pelean de noche. ¿Qué es bendocoque?, preguntó Eneas. Lo mismo que gileño, le respondió Elvira. Allá abajo en el llano, por Janos, dijo Zuloaga, me dijeron que ya no se llamaban ni gileños ni janeros ni mimbres ni nada, que ahora todos eran chiricahuas. Pisago se lo pensó. Lo de chiricahuas es por los guerreros jóvenes que se fueron con Cuchillo Negro, su juramento no es de lealtad a la banda sino de odio a los mexicanos, pero siguen siendo bedonkoje casi todos, y les dicen chiricahuas también, porque tienen su campamento ahí. Se rascó la sien y concluyó: Es igual pero no es lo mismo. Eneas meneó la cabeza, desaprobando, como si su opinión le hubiera importado a alguien. Zuloaga lo reprendió con la mirada mientras el Márquez se empeñaba en la cortesía exquisita de pedirle en apache a Pisago una explicación. Después de escuchar atentamente la respuesta, se volvió hacia el teniente coronel, ignorando ostensiblemente al sonorense. Tiene razón, dijo, es igual pero no es lo mismo. Vamos al puesto de los peleteros, dijo Zuloaga en cuanto notó, con nervio, que los parches de niebla se iban amasando en la altura de los pinos. Al final tuvieron que apretar el paso: el velo de humedad se iba convirtiendo en una cortina detrás de la que

Corredor ya escuchaba a los lobos. Lo dijo. No están cantando, anotó Pisago, es peor.

No fue de fiesta el ánimo cuando llegaron al puesto de peleteros. El sitio estaba completamente abandonado y tenía un agujero en el techo, olía a cubil: no lo habían ocupado más que animales en quién sabe cuánto tiempo. Pero tenía chimenea y nada los iba a morder si pasaban la noche dentro. Además había una caballeriza, o los restos de una caballeriza, lo suficientemente sólida para poder cerrar la puerta. Después de revisarla, Zuloaga pensó que alguien iba a tener que dormir con los animales. Se lo dijo a Corredor, que lo acompañaba. Yo no duermo solo aquí, le respondió: esto no es un puesto de peleteros, es una ratonera. El jefe afirmó, le dijo que fuera a poner el fuego en la chimenea. Salió a gritar que había resguardo para los caballos, que se podían quedar.

El ánimo mejoró cuando el olor del café de Corredor se mezcló con el tufo a humedad y mierda de ratón que habían encontrado en la cabaña. El humo de la chimenea y su crujido había ahuyentado, además, a las moscas. El teniente coronel juntó a la gente en la puerta de la cabaña. Vamos a hacer guardias, dijo. El Gringo, Vilchis y Eneas duermen con los caballos y se quedan ahí adentro toda la noche. Duermen de uno en uno en turnos de la duración que ustedes quieran. Corredor y yo nos quedamos despiertos de aquí a la medianoche en la cabaña y despertamos a Pisago y el Márquez para que hagan el segundo. El tercero se lo echan los gemelos. ¿Y Elvis qué?, dijo el Márquez. ¿No ve que soy una dama?, le respondió ella. Ahí lo tiene, completó el teniente. Y ojo a los de las caballerizas, dijo mirando a los sonorenses y el Gringo: es lo que van a rondar los lobos, siempre ha de haber dos hombres armados y despiertos detrás de la puerta, atrancada por dentro. Se dispersaron.

En Truth or Consequences cenamos una noche en el único restorán más o menos cosmopolita de la zona. Comer platillos de fusión oriental, sentados en una mesa que respondía a una idea

189

del diseño más que a la pura necesidad, fue un alivio y un descanso. Nos lo tomamos como una fiesta.

Ya achispados por el vino, conversamos con el mesero, a quien me animé a preguntarle si quedarían descendientes de Victorio o Nana en el pueblo. Era un chico alto, rubio, fuerte, con pecho de barril que anunciaba una herencia apache que no sospeché al principio. No quedan mimbreños en Nuevo México, me respondió, pero sí chiricahuas: yo soy descendiente de la hermana de Gerónimo. Los niños se quedaron boquiabiertos. Lo trataron a partir de entonces con respeto y reverencia, como se merecía: era realeza.

Pisago despertó al jefe hacia el final de la noche, todavía faltaba para que rayara la luz. Se retiró la niebla, le dijo, y el camino aquí está fácil, los caballos lo van a apercibir con las puras estrellas; vámonos para que podamos pasar las nieves antes de tener que acampar de nuevo. El jefe se talló los ojos y puso atención al ruido que le erizaba la espalda tal vez desde el sueño. Oiga a los lobos, le dijo, no están lejos. Traemos rifles, dijo el indio. El jefe sacudió a Corredor, que roncaba junto a él. Póngase un café, le dijo.

Ya afuera, fumando, Zuloaga pudo articular mejor lo que quería decirle al apache: Si los animales se nos vienen encima y tenemos que tronar los fierros, los centinelas de Mangas se van a poner más nerviosos de lo que ya están. Pisago se alzó de hombros. Ellos tienen el mismo problema, dijo, y si hay que darnos un llegue, nos lo damos: no son muchos y con suerte hasta le matan a uno o dos de los tarados de la caballeriza. Zuloaga le dijo que ya se fuera a montar aparejos, que nomás terminando de fumar daba la orden de partir.

El apache se adelantó para ir oteando posibles obstáculos en el camino. Zuloaga, Corredor, la madre y los gemelos discutieron, caballos ensillados en la oscuridad, cuál era la formación más segura, considerando que por lo bajo los seguirían los lobos y por lo alto los guerreros de Mangas. El jefe se rascó una oreja, se olió la cerilla y se limpió el dedo en el pantalón, que ya

190

estaba tieso de mugre. No sea cerdo, dijo Elvira. Júzgueme por mis logros, no por mi higiene en campaña, le respondió el jefe, antes de preguntarle: ¿Y cómo es usted huelleando? Fatal, respondió: estoy ciega, gorda y me vale madres el mundo natural. ¿Y usté, Corredor?, ¿podría seguir el rastro de Pisago? Nunca lo he hecho. Guadalupe iba a decir algo y lo cortó: Ustedes ni lo piensen. ¿Por qué?, preguntó Victoria. Si ha habido riesgo de tiros es ahorita, y con todo lo que llevamos en el camino sería un despropósito que no alcanzáramos a la cautiva. Ya, dijo Guadalupe. Hizo los ojos chiquitos: Y usted piensa que estamos locos de ganas de matar a alguien porque somos yaquis. Miró a su hermano, que se puso las manos sobre las caderas y le dijo: A lo mejor tenga razón aquí el teniente coronel, y eso que no ha pensado en la cosquilla de todo el tiempo que llevamos sin acometer el acto. ¿El coger?, preguntó su gemelo. Ese mismo; ¿usted cree que deberíamos violar aquí a todos los colegas —menos la monjita, que es mujer de Dios— antes de matarlos, o que deberíamos meterles la mazacuata ya que los hayamos matado? Depende de lo que le diga su instinto animal, respondió Guadalupe. Zuloaga entornó los ojos. Dijo: Ya entendí, ustedes huellean.

La luz rosada del alba les rebotó en la nieve recién caída. Los desfiladeros, las piedras titánicas, los pinos perchados en los declives, el ruido de los arroyos al fondo de las cañadas, un mundo que parecía que acababa de salir y nadie lo había gastado todavía.

Aunque no tenía los riesgos del paso por el que se habían subido a la sierra, el camino era estrecho, por lo que seguían avanzando en fila, cada uno dentro de su cobija y los sombreros clavados hasta las cejas. Los yaquis adelantados, luego los sonorenses, el Márquez, Elvira y Corredor. Zuloaga cerraba el convoy, como siempre. Era un año seco, de modo que la capa de nieve era fina: no les daba trabajo a los animales, pero afilaba el aire. Y el sol venía franco: se iba a deshacer pronto. Zuloaga vio para adelante y lo alto, que era lo que seguía, salvo la de allá arriba, pensó.

Rebasaron el pico de la montaña ya por la tarde. A esa altura la nieve se alzaba hasta las rodillas de los caballos: les fue bien. Comieron la colación sin desmontar, cada quien a su aire, masticando los trozos de carne ahumada y terminada de cocer en limón, sal y chile que Corredor había repartido poco después de la salida –el Gringo se acabó su dotación antes de las diez de la mañana, por lo que tuvo hambre todo el día–. Zuloaga estaba pensando en encontrar algún pretexto para detener el convoy para fumarse el cigarro que ya había forjado cuando percibió un alboroto al frente del tren. Todos se habían detenido donde estaban y Victoria cabalgaba de vuelta en dirección a ellos. El teniente se llevó la mano derecha al revólver instintivamente. Qué pasa, le preguntó cuando lo alcanzó. Necesitamos parlamentar, vámonos un poco retiradito, le respondió. ¿Hay peligro?, preguntó el jefe. No ahoritita. Zuloaga le dio la media vuelta a su caballo y se alejaron unos pasos, se detuvieron. Aprovechó para desmontar y encender su cigarro cuando sintió que ya estaban a una distancia a la que ya no los escucharía el resto de la gente. Volvió a preguntar: Qué pasa. Se fue el apache. Cómo que se fue. Así, pum, desapareció. No puede haber desaparecido, menos si el suelo está nevado. El indio entornó los ojos. Como si no los conociera, dijo. ¿Así nada más? De repente se acaban las huellas. Vamos, dijo el jefe sin poder ocultar la fruición que le causaba lo que estaba por venir. Gritó antes de adelantarse jalando su caballo –Victoria también se había bajado del suyo–: Nadie se mueva de donde está, ni un paso. Cuando alcanzaron la altura del tren a la que estaba Corredor, el jefe le tendió a él las riendas de su potro.

Siguieron caminando por fuera de la vereda. Qué pasa, les preguntó Elvira. Nada, dijo el jefe, pero no se muevan de donde están. El Márquez torció la boca y esperó a que se separaran para decir gesticulando dramáticamente con los labios, pero sin emitir ni un solo sonido: Pisago Cabezón, luego abrió los dedos de la mano repentinamente, como si estuviera haciendo un acto de magia. Hizo un sonido: ¡Flup! La monja hizo un gesto de angustia. Lo miró inquisitivamente y se pasó el índice por el cuello. El profesor sacudió la cabeza y abrió y cerró los dedos, a la manera de una despedida. La madre afirmó. Ya había durado mucho, dijo.

Algo le preocupaba a Zuloaga que su guía se hubiera esfumado, pero su excitación ante la posibilidad de estudiar en directo el más famoso de los trucos apaches era muy superior a la angustia que la situación pudiera producirle. Una vez que rebasaron a los sonorenses, que se habían puesto más bien a platicar, el yaqui y el vaquero se salieron completamente del camino para no echar a perder las pisadas en la nieve.

El potro de Pisago había ido avanzando con sus pezuñas más chicas y desherradas —eso Zuloaga lo había constatado desde antes—, por un lado del camino. Al centro estaban las pisadas, más marcadas, de las mulas de los gemelos, que habían progresado hasta ese punto siguiendo las del apache. En un momento determinado, sin que nada marcara cómo había sucedido, se terminaban las huellas del potro, así nada más. Zuloaga desmontó y se quitó los guantes para tocar las últimas marcas del animal de Cabezón. Fresquecitas, dijo. Miró para atrás y para adelante, olió la nieve. Pinches apaches, dijo, están cabrones. Se puso de pie junto a los yaquis. Qué hacemos con esto, le preguntó Guadalupe. Aprender cómo hacerlo, dijo Zuloaga. De acuerdo, respondió el yaqui después de pensarlo un momento —por primera vez había perdido una discusión—. Pero la pregunta es cómo vamos a llegar hasta la cautiva. El jefe dijo: Vamos a seguir para adelante, por el único camino que hay y que sabemos que conduce al campamento de invierno del jefe Mangas. Señaló la rama doblada de un pino, terminó: Y siguiendo las instrucciones que nos dejó nuestro guía antes de desaparecer. Victoria agregó: Yo ya la había visto, pero estaba tan enojado que mejor no la vi.

Revisaron el camino hacia delante y hacia atrás, varias veces. No había nada notable, salvo que en un vado a la izquierda había un charco en el que flotaban islas de nieve puerca. Se pudo haber salido por aquí, dijo Victoria. ¿Y cómo explica las pisadas de más adelante?, preguntó Zuloaga. A lo mejor trae unos zapatitos especiales, con pie de caballito, dijo Victoria. Al lado del charco había unos matojos que, al ser sacudidos, fueron a dar al suelo. Luego seguía un tramo de bosque cerrado, la nieve estaba marcada por las pisadas frescas del potro del coyotero. Ahí lo tiene, dijo Victoria. Siguiendo ese filo de la montaña se ha de llegar a Santa Rita; el muy cábula se fue a su casa. ¿Lo seguimos?, preguntó Guadalupe. El jefe negó con la cabeza: Nos llevó hasta donde podía; hemos de estar ya muy cerca. Victoria anotó: Pero eso no resuelve cómo regresó el caballo hasta acá. Será lo de los zapatitos, dijo el jefe, satisfecho con haber resuelto siquiera una mitad del enigma.

Siguieron sin dar explicaciones. La tarde les cayó encima cuando ya habían dejado atrás los matos de pinos y los pasajes neblinosos de las alturas. La oscuridad los detuvo ya cercados por la vegetación que anunciaba las arideces de las tierras bajas de Nuevo México, aunque todavía estaban alto en el camino. Hicieron la noche en las ruinas de una misión adosada a un edificio de varias habitaciones –todas destruidas– que tenía una inscripción en el muro: Colegio Casitas. Los lobos se habían quedado atrás, quién sabe si lo suficiente. Los centinelas de Mangas seguían cerca, sin meterse con ellos pero tal vez más visibles. Incluso Zuloaga había notado alguno y se había quitado el sombrero a manera de saludo cuando los percibió en los pedregales muy a la distancia: su expedición no se daba por amenazada, sino por custodiada. De todos modos hicieron turnos de vigilancia.

Fue hasta que ya estaban cenando en torno a las ascuas que Corredor preguntó, con cierto tacto, si no sería que se los iba a llevar la trampa ahora que ya no tenían guía. Zuloaga dijo que no, que Pisago no había desaparecido; se había ido, dejando instrucciones bien claras, que ya debían estar a dos o tres noches del campamento de Mangas, que el apache se había ido con su familia, como hacía la gente normal. Corredor había notado la desaparición de las pisadas del potro del apache. Yo creo que lo levantaron con todo y caballo, dijo. Y siguió cavilando: Se hubiera

194

despedido si no; la pregunta es cómo le hicieron para que pareciera que su potro se había esfumado en el aire. El Márquez, que removía las ascuas con un palito, dijo, sin dejar de atender a su tarea, que era uno de los trucos que los apaches aprendían de chamacos. Es fácil si uno sabe hacerlo, anotó. Dejan al caballo quieto y se montan de espaldas en los cuartos traseros. Se agarran con las teguas y se cuelgan por las ancas, luego van poniendo pata por pata del animal en los huecos que habían dejado sus pisadas anteriores, todos los potros apaches están entrenados para hacerlo. Zuloaga y los yaquis se miraron entre sí. Fue el jefe quien recurrió, esta vez, a la sabiduría antigua de los americanos: Siento que entiendo, dijo, pero no entiendo.

Al amanecer los gemelos trajeron noticias carnosas: al poco el camino se precipitaba violentamente hacia un cañón por el que corría un arroyo que alcanzaron a escuchar. Aunque no habían podido ver el fondo de la caída, parecía que el camino apache sí seguía hasta abajo –Pisago les había señalado bien la ruta–. Lo inquietante, en todo caso, era la forma de la cañada final: del lado del que estaban había el declive y la brecha, del otro un muro de piedra imposible de subir con los animales. Es otro embudo, dijo Victoria. Su hermano completó: Si los centinelas del Mangas nos quieren dar leña, va a ser ahí, así que váyale pensando cómo bajamos sin que nos acochinen. ¿Y si nos regresamos al camino que siguió Pisago?, preguntó Zuloaga. Ambos hermanos lo vieron con un gesto que demandaba que se les diera mérito. ¿Somos hombres o payasos?, preguntaron al mismo tiempo. Hombres, dijo Elvira.

Cuando Goyahkla se desprendió del grupo a todo galope, Camila notó que el resto de los guerreros jalaban el freno de sus caballos para que la querencia no los desbocara. Ya estaban llegando a lo que los animales consideraban su casa. No era fácil mantener el equilibrio entre la urgencia de las cabalgaduras y las ganas de las reses de estacionarse a comer en esos pastos. Se habrían quedado ahí para siempre si no las hubieran mantenido apretadas y avanzando –comían al vuelo las espigas más altas, nerviosas tal vez por la adrenalina de los caballos o porque, siendo, como la misma Camila, animales de desierto, no sabían que se podía llegar a lugares como ese sin pasar por el volado de la muerte y la salvación.

Todavía anduvieron un rato como sin sentido por el valle del Gila, haciendo una marcha ya tan larga que a Camila le parecía que había durado toda la vida o, más precisamente, que su vida había sido toda un tránsito hacia esta otra, tan repleta de susto y novedad que emborronaba todo lo demás y lo hacía parecer un propedéutico. Goyahkla regresó al poco a paso ligero y acompañado por una vieja vestida con falda de algodón y un chaleco adornado con patrones geométricos. La mujer tenía el pelo rayado de canas y los ojos sepultados por las arrugas. Podía tener entre sesenta y diez mil años.

El contingente se detuvo cuando estuvo frente a ella, Kadazis Tlishishen y los dos viejos se bajaron de sus caballos para saludarla, los mayores sin dejar de chancear entre ellos y el jefe un tanto temeroso, embargado por algo que lo hacía parecer más joven de lo que era. La vieja pasó junto a ellos sin dedicarles ni un saludo —mucho menos bajarse del caballo— y revisó el botín desde su montura con una mirada entre arrogante e interplanetaria. Hablaba sola, como si hubiera ido regañando a un amigo imaginario. Ya que tuvo una cuenta más o menos clara de los haberes atados en los caballos espejeó frívolamente a las vacas, las contó. Regresó a donde la esperaban de pie los guerreros y hasta entonces se bajó de su caballo, con una parsimonia que hizo pensar a Camila que estaba más cerca de los diez mil que de los sesenta. Ya en tierra se le notó que no levantaba el metro veinte: era minúscula. Sin acercarse del todo a Kadazis Tlishishen, le tendió una sonrisa desdentada, a la que él respondió relajando la espina y bajando la cabeza. Sich'iné, le murmuró Goyahkla a Camila en el oído. ¿La mamá?, le preguntó ella a su vez. La mamá de la mamá, respondió el adolescente, que tal vez para entonces ya contara como hablante de castellano. La vieja se le acercó al jefe: le llegaba, cuando mucho, al abdomen. Le dijo algo que hizo reír a los viejos, él se agachó, ella le pellizcó las mejillas, se puso rojo.

Camila no tuvo tiempo para pensar en lo que le parecía el primer gesto de humanidad que veía en su captor porque tanto él como la vieja se volvieron a verla. Ella le apretó la mano a él antes de avanzar decididamente en su dirección. Goyahkla dio un paso atrás. Respeto, le dijo antes de retirarse por completo hacia donde estaban los demás guerreros, es diyín de guerra, harto respeto. La vieja se plantó frente a Camila, que se bajó del caballo tan reverentemente como pudo. La chamana la revisó de arriba abajo como una diosa encelada. La tomó por el hombro izquierdo y le dio la media vuelta, le apretó las caderas con las dos manos, la volvió a virar hacia sí y le abrió la boca, le pasó el dedo por las muelas, le jaló el pellejo de los pómulos, se asomó a lo que hay debajo de los ojos, le volvió a dar la media vuelta y le dio un empellón. Camila entendió que tenía que caminar en la dirección en que la empujaba.

Avanzaron juntas, la vieja hablando sin parar, hasta un vado. Ahí la vieja se puso unos pasos adelante, alentando a Camila a que se moviera más rápido. Se detuvieron detrás de unas matas en las que la vieja le hizo entender que se tenía que encuerar. Aunque se desvistió sin pudor –lo había perdido todo en los primeros días de su cautiverio–, la chamana tuvo la delicadeza de darle la espalda, adelantando su descenso.

Camila dejó la camisa y los calzones de hombre pendiendo de una rama y la siguió hasta alcanzarla, se puso a su lado, como si no fuera en pelotas. La apache, que había seguido hablando aun cuando la mexicana se quedó atrás, dedicó una mirada de aprobación a sus piernas duras y sus hombros de mujer de trabajo. Cruzaron de la mano un arroyo bajo de fondo empedrado, luego seguía un cañaveral que la vieja iba abriendo con sus manos de hierro para que las hojas no lastimaran a la joven –aunque ella ya hubiera hecho pellejo para aguantar una lluvia de fuego–. Antes de que Camila se hundiera en las aguas por fin amplias del enorme río Gila, la vieja se animó a apretarle las nalgas y las tetas, le acarició con satisfacción las sinuosidades casi masculinas del abdomen, le agarró la mata del sexo y le tocó la vagina con la palma de la mano completa, en un gesto

197

que medía y sopesaba, le volvió a agarrar las caderas, le sonrió. Las tengo grandes aunque sea flaca, le dijo Camila, a lo que la vieja contestó con otro galimatías en su lengua.

Cuando la criolla salió del agua la chamana estaba sacando de su morral una camisola de gamuza con flecos y una falda estampada con un patrón que figuraba plumas. Le tendió las prendas a Camila, que se vistió con ellas. La diyín le señaló los pies descalzos, la regañó. Luego se paró de puntas y le apachurró los hombros. La criolla entendió que se tenía que poner de rodillas –ni así la vieja resultaba más alta que ella–. Sacó de su morral un saquito y le vació su contenido en la cabeza, se lo distribuyó con un peine de hueso. Camila notó, porque se le derramaba por la cara, que lo que le revolvía en el pelo era polen. Al final la vieja le hizo dos trenzas, se desató una tira roja de tela de la cintura y se la puso como una banda sobre la frente, atándosela por la nuca. La vieja le pidió que se levantara, le señaló que había que regresar.

El jefe Nana sobrevivió a la derrota de Tres Castillos a pesar de que era cojo y gordo y tenía más de setenta años. Fue él quien juntó a los sobrevivientes de la masacre que se pudieron dispersar antes de ser detenidos por Joaquín Terrazas. Los llevó por el monte a Nuevo México. Eran cuarenta y siete entre guerreros soldaderas, viejos y niños. Envió a Sánchez, un mimbreño secuestrado de niño por el ejército mexicano que se había reintegrado a su gente después de hacer vida de vaquero por casi treinta años, a contar prisioneros en el mercado de la ciudad de Chihuahua, donde los derrotados eran vendidos como esclavos. Sumó a once más –ciento treinta y uno en total– que los incluidos en el parte de guerra. Los primos Terrazas tenían, cómo chingados no, su negocito: para eso tenían una empresa que se llamaba Gobierno de Chihuahua.

Los gemelos regresaron con las noticias de que el campamento del Colegio Casitas había quedado ya a tiro de piedra del final del sendero apache de los Mogollones. El teniente coronel, que estaba por tomarse su primer café, escuchó las noticias con la cabeza baja, forjándose un cigarro, y encontró de algún modo delicioso que a los hermanos les hubiera parecido ridículo el plan de retroceder para evitarse un enfrentamiento desventajoso. Pisago había sido insistente en el hecho de que podían aguantar un tiro contra la gente de Mangas sin importar las posiciones, y la fe de los Guadalupe y Victoria reforzaba la idea. Ta bueno, les dijo mientras encendía un cerillo raspándolo contra la baqueta de su bota. Miró con algo que a Corredor le pareció ternura hacia los bultos de sus nacionales dormidos y añadió: Nomás vamos a tomarnos este cafecito en silencio antes de despertarlos; si la bajada está tan recia como dicen, es mejor esperar a que haya luz.

Se pusieron en camino con la primera raya del día y alcanzaron el precipicio antes de que calentara el sol. Estaban, todavía, protegidos por el follaje de los árboles de la montaña, ya polvosos porque lo que seguía era el peladero. Tal como habían medido los gemelos por la noche, el camino seguía hasta abajo, pero el descenso era tan violento que, cuando empezó, la monja dijo que sentía como si su caballo fuera de puntitas. Siguieron. Mejor desenfunden, dijo el jefe con una voz de mando que se esforzó por que no saliera atenazada por los nervios: ya sabía que una vez que pasaran esa primera bajada, seguía el acceso al cañón. Con todo respeto, gritó el Vilchis de vuelta, creo que se necesitan las dos manos para controlar al animal en esta pinchi resbaladilla. Zuloaga respondió con autoridad que si no desenfundaba le iba a meter un tiro en la cabeza. El sonorense entendió en ese momento, en el que ya era tarde para echarse para atrás, que se había terminado el paseo. El hecho de que Corredor no viera centinelas por ningún lado le agregaba una capa al pastel de angustia del jefe: quería decir que los estaban esperando adelante.

Pronto notaron lo que el jefe y los indios ya sabían y decidieron enfrentar sin consultarles: que el trecho final del descenso terminaba en una barranca en la que el sendero era apenas un trazo y que al otro lado de los fondos del cañón había un muro en el que si alguien se apostaba, los tenía de pecho. Nadie dijo nada, pero Zuloaga los fue viendo palidecer conforme entendían que estaban entrando en una trampa. Pensó que estaban tan lívidos que parecía que ya se los habían matado. Iban avanzando despacio, en fila india, como goteados del monte, como nueve dianas. El jefe notó que antes del despeñadero había un recodo. ¿Cómo vamos de apaches en las alturas?, le preguntó a Corredor con un murmullo. Cuando menos seis allá enfrente, respondió. ¿Con camisa? Sin camisa. ¿Paliacate de guerra? Bien puesto en sus cabecitas. Alzó el revólver para que el cañón apuntara vagamente hacia la montaña. Gritó: Bajen a trote haciendo alarde de los fierros y conforme vayan llegando al recodo aguantan y desmontan, se ponen a cubierto detrás de los cuacos. El Vilchis volvió a protestar: Se van a desbocar los animales, dijo. Zuloaga le quitó el seguro a su pistola –estaban ya lo suficientemente abajo para que el crujido del metal hiciera un eco– y dijo: Le estoy apuntando a la cabeza, Vilchis. Todos, incluido el sonorense, aceleraron. Cada piedra que se iba soltando del camino un soponcio.

De entre todos fueron los yaquis, como siempre, los únicos que entendieron exactamente lo que el militar estaba ordenando. Alcanzaron el recodo en un instante, ocuparon sus flancos más abiertos, saltaron al suelo –rifles en mano– y se protegieron detrás de las ancas de los animales. ¡Cubiertos!, gritó uno de ellos. Desgránensen, completó el otro.

El jefe le gritó a la monja: Usté al centro, doña Elvira, y ella se adelantó con bravura. El caballo casi se le desjareta. El teniente volvió a hacer sus cuentas cuando la vio ya recorriendo con la Colt en la mano el filo del barranco. Aunque seguían en una posición frágil, cada caballo era el gasto de una bala para los posibles tiradores de arriba y la oportunidad de ver salir una cabeza del monte. En situación de refriega y a la distancia de dos tiros de la muerte –uno al caballo, otro a su jinete–, ella se llevaba cuando menos a dos guerreros, igual que los yaquis. Con eso ya tenían para los seis que había contado Corredor. Los demás se podían encargar de las sorpresas.

El resto de los nacionales se fue acomodando detrás de ellos, poniéndose a cubierto conforme iban entrando al recodo.

Cuando el teniente acomodó su caballo detrás de todos los demás –ahora se necesitaban más balas apaches para alcanzarlos–, desmontó de un salto y se puso en cuclillas apuntando hacia los altos, los demás lo rodearon, rifles arriba, para ofrecer una segunda oleada de fuego si se necesitaba. Esperaron. Al no sentir movimiento en la cañada –¿Cómo vamos, Corredor? Están quietos–, el jefe dio instrucciones.

Les dijo que se iban a distribuir en tres grupos. El primero iba a estar integrado por el Gringo, el Vilchis, Eneas y el Márquez. Iban a bajar a pie, en fila cerrada, caminando a cubierto por el lomo de sus caballos y con las armas apuntando al enemigo. El caballo les da un tiro de ventaja, así que no separen nunca la vista del puesto apache. Sean firmes, les dijo, sean rápidos, eficientes como soldados: esto es una cosa de números: cuántos tiros vale cada cabeza, a cuántos les matamos antes de que nos maten a uno, sin importar cuál. Miró al Márquez. Usted es el oficial al mando, le dijo. ¿Ve esas piedras? Sí, señor. Me los acomoda ahí y me pega un grito cuando ya estén todos a cubierto; usted es responsable de las vidas de todos y si le matan a uno me responde cuando menos con un enemigo muerto por cabeza nuestra. Señaló a la monja y los yaquis con un gesto: los van a estar cubriendo estos demonios, así que sin miedo. ¿Está claro? Como el agua, señor.

Miró a Corredor. Luego seguimos usted y yo. Nos vamos hasta los álamos gordos del río, dijo señalando a un grupo de árboles bien nutrido a la vera del arroyo, en los que un tirador en la parte alta del cañón no encontraría ángulo para alcanzarlos sin mostrar todo el cuerpo. Miró al Márquez: Ustedes nos van a estar cubriendo todo el tiempo desde abajo. Ya que Corredor y yo estemos a salvo voy a dar la orden de que bajen ustedes tres, dijo, señalando a la monja y los yaquis. Si yo falto, el oficial al mando va a ser usted, Elvis, así que Guadalupe y Victoria se me mueren protegiéndola. Manque no fuera la jefa, dijo alguno de los gemelos sin voltear a mirarlos, auscultando el monte con los ojos apretados para poder soltar el plomo en cuanto surgiera la primera cabeza. Los gemelos y Elvis se van a

201

la alameda también y, ya que estén seguros, ustedes –miró al Márquez– nos alcanzan ahí.

¿Listos?, preguntó el jefe mirando al maestro de baile a los ojos. Hoy es un gran día para morir, le respondió. Todo es siempre una cuestión de perspectivas. El grupo de los sonorenses sintió que tragó tierra como loco durante un instante, corriendo junto a unos caballos que casi se les desbocaban por un sendero en el que no cabían ambos. A Zuloaga, que se había acomodado rifle en mano junto a la madre, le pareció que la bajada del primer grupo había sido lenta, densa y desesperante. Cuando tocaron fondo, al Márquez le pareció que era tan largo el trecho a recorrer descubiertos que hizo una maniobra que dejó con los ojos pelones a sus compañeros de arriba. Se montó a la manera apache en su cuaco y lo cabalgó colgado de su costillar para que lo protegiera en caso de fuego –resultó que también sabía hacer eso–. Le sacó el cuerpo a su gente y se adelantó a las peñas, donde desmontó de otro salto para acomodarse con una destreza espectacular con el rifle apuntando a lo alto. Bien, gritó el jefe, y dirigiéndose a los sonorenses, que se habían quedado un poco desconcertados: Sigan guardados detrás de los animales, rifles en alto, van seguros. Llegaron.

El militar se viró hacia Corredor. ¿Estamos?, le preguntó. El niño le sonrió: ¿Y si hacemos la hombrada?, le dijo. Cuál. Bajamos montados, fusca en mano. ¿Está loco?, le preguntó. El rarámuri contestó: La gente de Mangas no pensó que llegaríamos hasta acá y tienen miedo; se fueron, o no van a disparar. Victoria anotó sin distraerse del filo de la montaña, que veía sin ni pestañear: Chingada madre, esas palabras son las de un yaqui honorario. Eso, anotó su gemelo. No se raje, mi teniente. Zuloaga clavó su rifle en el estuche a las ancas de su caballo y se sacó la pistola del cinto. Lamió el cañón antes de montar y ya arriba se apretó el sombrero con el dedo gordo con el que ya había desamartillado el revólver. Espoleó al animal para descender a pecho descubierto. El niño sintió que no se podía dejar opacar, así que bajó montando a pierna con las riendas en la boca, apuntando al monte los dos revólveres que le había bajado al detective argentino.

Al ver a Corredor maniobrando como un bandido, Elvira se ajustó el velo, sin dejar de escrutar el filo superior del barranco. Ta loco, dijo. No se escuchó porque los yaquis estaban haciendo una alharaca que debe haberles despertado un erizo en la espina a los apaches que los vigilaban desde arriba. Los sonorenses, que los cubrían desde abajo, no se sumaron al ruido. Estaban tal vez demasiado impactados para cerrar la boca. Solo Eneas pudo decir algo, ya que el rarámuri había alcanzado el fondo del barranco: Ole. La madre los vio cruzar el arroyo y meterse entre los álamos. Anotó, dirigiéndose a los gemelos: Va a tener que ser a caballo, muchachos, ya ni modo que hagamos el ridículo.

Cuando Zuloaga y Corredor se sintieron en posición segura estaban tensos y afilados, pero el miedo ya los había desalojado: la adrenalina desprendida en el proceso de bajar esa pendiente a carrera –una irresponsabilidad que solo se le podía ocurrir a alguien que estaba arriba– les había dejado el vientecito de la inmortalidad en el hueco del cuerpo en el que paga renta el terror. Estaban acuclillados detrás de los árboles más gordos, los cañones de los fierros apuntando a lo alto, cuando el jefe dio la orden de que bajaran los últimos.

El descenso de Elvira y los gemelos fue un escándalo de intrepidez, pero ya nadie lo celebró, en parte porque estaban siendo serios con la cobertura –los tres en descenso formaban la artillería del grupo y había que protegerlos a toda costa–, pero sobre todo porque ya Corredor se había llevado el día.

La alameda daba para protegerlos, pero tampoco era uno de los bosques de los Mogollones. El teniente coronel se dio cuenta demasiado tarde de que no había considerado la seguridad de los caballos en su plan y se puso a repasar el terreno a la búsqueda de un sitio más seguro para todos, en el que pudieran aguantar juntos hasta que se desataran los cuetes o se hartaran los guerreros de Mangas y pudieran seguir. Quédense allá en lo que hallo qué hacer con los cuacos, le gritó al Márquez. El profesor respondió saliendo de las peñas montado y a paso de burro. ¿Está loco?, le preguntó el teniente. El Márquez respondió, quitándose el sombrero: De ningún modo, jefe, ya se fueron: desde allá sí los veíamos. La madre se clavó la Colt en el cinto y le tendió la mano a Zuloaga como si fueran dos amigotes encontrándose en la cantina. Maniobrón, le dijo. Si conozco a Mangas, con esto ya estamos seguros hasta el valle del Gila. El jefe la miró a los ojos. ¿Conoce a Mangas?, le preguntó. Es muy guapo, dijo la madre arreglándose el velo.

Zuloaga tenía suficiente experiencia batallando apaches para estar de acuerdo con la idea de que con la maniobra de salida de los Mogollones se habría ganado el respeto de cualquier jefe y el derecho a parlamentar con él. Podían seguir tranquilos por la cañada hacia el norte. No debían estar muy lejos del campamento.

Tomó, de todas maneras, precauciones: retuvo atrás a los gemelos y mandó a Eneas y el Vilchis de adelantados. El arroyo se hundió pronto en la tierra y su cañón se volvió mucho menos dramático.

Nana conocía como nadie las montañas de Chihuahua y Nuevo México. Era el más experimentado de los jefes y el mejor jinete entre todos ellos. Se mantenía lúcido y ágil a pesar de su edad —vivió casi cien años—. Había peleado como capitán con Mangas Coloradas y como jefe con Cochís, había sido el consejero áureo de Victorio durante su última campaña militar. Lo había visto todo y no se arrechaba.

Uno de los supervivientes de la masacre contó muchos años más tarde que cuando Cayetano y Blanco, los mimbreños que Victorio había mandado por munición, volvieron a Tres Castillos, encontraron el rastro que Nana les había dejado para que lo siguieran. El jefe los estaba esperando a la orilla de un arroyo, su gente moralmente partida y él de pie. Cayetano y Blanco desplegaron frente a él las cajas de munición que se habían robado y el primero dijo: «Demasiado tarde, jefe.» Nana le respondió: «Nunca es demasiado tarde mientras quede un apache vivo.»

E hizo una alocución confirmada por más de un informante: «Victorio», dijo, «se murió como le habría gustado, peleando con su gente. Murió como vivió: libre e inconquistable.» En camino a la reservación mezcalero, donde sabían que podían rendirse sin miedo a que el ejército estadounidense los entregara a las autoridades civiles de Nuevo México, los expedicionarios de Nana pasaron, al derrotar las Montañas del Diablo, a un lado del manantial de Ojocaliente. Los guerreros adelantados como buscadores notaron que el pelotón de soldados estadounidenses destacado para proteger el sitio lo había abandonado. Nana debe haber sopesado su situación cuidadosamente y decidió darle un descanso a su gente. Permitirles bañarse en las aguas santas de las pozas termales. Uno de los niños que vivió para contar esa marcha, llamado Kaywalkla, le dijo a la antropóloga Eve Ball muchos años más tarde: «Qué maravilla era hundirse en esas aguas. En el desierto nos limpiábamos tallándonos con arena y de un repente ya estábamos en esas fuentes limpias y benéficas.»

Ayer vi a mis propios hijos bañarse en esas mismas aguas: una atracción turística más en un *road trip* por el suroeste de los Estados Unidos, una pausa que no nos hemos ganado pero nos pudimos comprar. Los vi dentro de la pileta termal, rojos de calor y sales minerales, y no pude dejar de pensar en Kaywalkla, el niño apache que se lavó en estas mismas aguas la extenuación, el hambre, el horror, la orfandad que lo deben haber estado atenazando durante la huida al norte con Nana. Ser criollo en América es, no importa cuán inocentes seamos, haber nacido un cerdo.

Naturalmente, el Vilchis y Eneas pasaron, sin notarlo, el ojo de agua en que Camila y Goyahkla se habían instalado a esperar mientras Mangas y sus guerreros iban a intercambiar parte del ganado que se llevaron del rancho Ezguerra. Los yaquis, que iban al frente del pelotón grueso, frenaron sus caballos de inmediato al sentir una desproporción en la distribución de las plantas a la vera del camino. Aquí hay un charco, dijo Victoria,

205

y se bajó de su mula a buscar entre las matas. No tardó mucho en alzar la cara del suelo para decirle al jefe: Venga nomás a ver qué fiesta de rastros nos dejaron.

Zuloaga le ordenó a la madre que fuera por el Vilchis y Eneas, desmontó y les pidió a los demás que buscaran una sombra para los animales mientras le entregaba las riendas del suyo a Corredor. Puso los brazos en jarra y miró el perímetro completo del recodo, esta vez con atención de huellero. De aquí somos, les dijo a los yaquis, señalando lo que parecía un apelotonadero de ramas y hierba seca cercano al muro del cañón. Es un ojo de agua, dijo. Guadalupe agregó: Del que estuvieron bebiendo un chingo de vacas por un montón de días. Se metieron al terreno con entusiasmo de niños.

Las reses habían estado en el vado durante suficiente tiempo para hacer un batidillo. No había habido aguas, así que la mayor parte de las cacas estaban intactas y el terreno vigorosamente apisonado. Estuvieron aquí por lo menos una semana, dijo uno de los gemelos, que, después de revisar con cuidado el suelo tocando las pisadas, anotó: Hay un animal menos, una ternera, se la comieron en el camino. Su hermano concluyó: No iban preocupados.

Guadalupe dio con una desigualdad en el piso, junto a la que se acuclilló para retirar capas de tierra. Pronto dio con el primer hueso: una tibia de cervato. Su hermano se la arrebató y se puso a excavar con ella. Afloró una cantidad considerable de restos, mayormente de animales pequeños. Es poca comida para una semana, dijo el jefe, algo no ata. Sí ata, dijo Guadalupe, si un solo guerrero se quedó a cuidar a las vacas. ¿O la cautiva?, preguntó el jefe. No la dejarían sola, respondió Victoria, se hubiera regresado, y se agachó a ver de cerca los restos que su hermano iba desenterrando.

Zuloaga los miró intrigado. Cada vez que sacaban un hueso, lo ponían en un grupo separado por el animal del que habían salido. Al cabo de un rato supieron que además del cervato se habían comido algunas torcazas, pero de lo que más quedaban restos era de liebre. Guadalupe se concentró en extraer solo huesos de ese animal, que Victoria iba desplegando unos junto a los otros: siete costillares, seis cabezas, once o doce fémures. Cuando hubo suficientes huesos largos desenterrados el teniente coronel entendió por fin qué estaba haciendo y pidió permiso para tomar dos y compararlos.

Tres de cada cinco huesos habían sido puestos a tostar en las ascuas y habían sido perforados con los dientes para sacarles el tuétano. Los otros dos habían sido pelados de carne y desechados. Sonrió y alzó la cara para encontrarse con la sonrisa pelona de los hermanos, más abierta y expresiva que nunca. Victoria alzó también un tipo de fémur en cada mano y dijo: Este se lo comió un apache joven que venía como aprendiz de los guerreros que asaltaron el rancho de Janos, dijo. Luego alzó el otro. Este, dijo, se lo comió su cautiva.

Los tres se alzaron tan contentos como si ya la hubieran rescatado. Zuloaga regresó al camino para tomar las riendas de su caballo, que Corredor le había aguantado. Los había estado viendo con curiosidad. ¿Por qué tan contentos?, preguntó. Porque la señora Camila está viva, dijo el jefe. Tomó la rienda del animal y se acercó con él al ojo de agua, lo desensilló. Limpió con la punta de la bota las hierbas con que los apaches habían dejado cubierto el ojo de agua. Le acarició la crin al animal mientras se agachaba a beber. Volteó a mirar a los demás y dijo: Pásenle a lo barrido. Y dirigiéndose a Corredor: Apenas terminen de beber los cuacos usted se pone a hervir agua, que se me hace que este arroyito ya no sale hasta que lleguemos al valle de Mangas.

El Márquez y el Gringo fueron los primeros en meterse al agua una vez que los caballos estuvieron desensillados y a la sombra. Zuloaga los vio con una sonrisa enternecida que estaba completamente fuera de lugar antes de retirarse a una sombra del muro de piedra a forjarse un cigarro que nadie iba a interrumpir, porque los yaquis ya estaban quitándose las botas también. Se sentó en una piedra y demoró tanto como pudo el placer de fumar en paz, sin sentirse acosado por la responsabilidad de estar al cargo de un grupo de gente que, al final, le parecía que había mostrado ser competente y que, sobre todo, había sido capaz de intimidar a un grupo de guerreros de verdad. Algo le brilló en una piedra y se acercó a verla. Descorrió unas matas y vio que Camila había dejado una flecha de huesos que apuntaba hacia el norte. Se rascó la barba ya crecidísima y volvió a sonreír, esta vez con la generosidad con que solo lo pueden hacer los que no están siendo vistos. Se volteó hacia sus nacionales y viéndolos chapotear a su gusto pensó que también debería tomar un baño, tal vez lavar su ropa: era lo suficientemente temprano para tenderla y que se secara. Pensó que a su gente le haría bien descansar.

Se hizo otro cigarro, se lo fumó todavía en su piedra, y regresó al ojo de agua, al que ya se habían metido también los sonorenses y Corredor. Elvira estaba tirada en el suelo, recargada en la silla de su caballo, las piernas expuestas porque se había alzado el hábito para asoleárselas. Hoy reposamos, gritó el teniente coronel a voz en cuello, como si alguien hubiera estado esperando sus órdenes para holgar o incluso lo estuviera escuchando. Se sentó en un tronco y se sacó las botas. El olor de sus pies le recordó que no se las había quitado desde Portal.

Los guerreros tampoco voltearon a ver a Camila cuando volvió ya vestida de apache y, según ella, guapa. Goyahkla hizo un gesto directamente burlón, como si un amigo suyo hubiera aparecido un día vestido de señora. Cuando todos montaron de vuelta, Camila trató de subirse a su caballo a la apache. No le salió: se pasó de largo y cayó del otro lado del animal. Se sacudió la tierra sin que nadie se hubiera reído de ella y lo volvió a hacer, con éxito. Cuando todos empezaron a avanzar de nuevo, esperó a Goyahkla y se fue junto a él, pastoreando el ganado para entretener los nervios.

En algún momento los guerreros mayores, Kadazis Tlishishen y la vieja se separaron del grupo. Goyahkla se le acercó a Camila y le dijo que ella también se tenía que adelantar, que su caballo tenía que ir justo atrás del jefe.

Adelantó y alcanzó al grupo. La diyín de guerra redujo el

paso de su caballo hasta quedar junto a ella. Cruzaban un valle parchado de cultivos repentinos, protegido por una muralla de árboles de un tamaño que Camila, acostumbrada a los chaparrales raquíticos de Janos y Casas Grandes, no pensaba que pudieran existir más que en Guadalajara.

Una mujer acuclillada en uno de los sembrados se levantó a verlos en la distancia. La abuela se le repegó a Camila, como para protegerla de esa mirada. Le arrebató las riendas del caballo para que no se separaran. La mujer del plantío alzó un grito agudo, sinuoso y predatorio. Otras cabezas y otros cuerpos se alzaron, se unieron al grito. Aquí empieza lo que sigue, pensó Camila, y alzó la cabeza muy alta, por si eso que seguía era la muerte.

El contingente bajó todavía más la velocidad del avance. El jefe alzó la mano derecha, Goyahkla lo alcanzo desde atrás a galope y puso en ella su lanza. Entonces Camila escuchó el aullido de guerra de Kadazis Tlishishen. Detenía a las vacas, doblaba a los árboles, rompía las piedras en la montaña. Pensó: Dame vida, Dios mío, aunque sea solo para que me meta el calabrote una vez; ya luego que obre Tu voluntad.

Me imagino que lo que al niño apache Kaywalkla le pareció un remanso para darse un baño y recuperar fuerzas debe haber sido, para el jefe Nana, una operación metafísica. Si alguna vez hubo en el desierto un hombre desesperado, fue él tras la batalla de Tres Castillos. Debe haber cantado toda la noche, quién sabe cuántas noches.

Tenía dieciséis guerreros y treinta y dos no combatientes, todos agotados, hambrientos y con la mente despedazada por las imágenes de sus muertos, pero sobre todo por la figuración de sus vivos. Los cuarenta y ocho chiricahuas a los que salvó Nana no empataban unos con otros. Eran gilas, mimbreños, coyoteros. Niños que vieron a sus padres atravesados por bayonetas y cuyas madres iban a limpiar la mierda en las letrinas de los ricos de Chihuahua por el resto de sus vidas; padres que vieron a sus hijos reventados a balazos; madres cuyas hijas iban a ser violadas hasta la demolición en los burdeles de la línea de presidios de la frontera. Iban a crecer hasta olvidarse de que eran chiricahuas.

Y si, como Sánchez, todos esos chiricahuas que iban a madurar siendo prisioneros de los mexicanos atesoraban el secreto de su pertenencia hasta que pudieran escaparse de nuevo, ya no iban a tener adónde porque la Apachería ahora sí se estaba extinguiendo. El pedacito de la Tierra inmensa que Yusn les había legado a sus creaturas y en el que habían resistido durante trescientos años los embates de los navajos, los pueblo y los comanches, del imperio, de la República, se estaba haciendo ojo de hormiga bajo la presión inaguantable de los ejércitos de México y Estados Unidos. Los estaban apeñuscando, los estaban aplastando, los estaban quebrando por todos lados.

Yusn era un dios generoso, debe haber atendido a la súplica de Nana, le debe haber dicho algo y le habrá ofrecido, también, alguna garantía, porque el hijo de la chingada vivió treinta años más. Se fue hasta Oklahoma a morir –vimos su tumba hace unos días.

Después de las noches de cantos e invocaciones en Ojocaliente –hoy Truth and Consequences–, el jefe cambió de planes. Se atrincheró con sus cuarenta y ocho chiricahuas en las Montañas del Diablo y mandó a Cayetano al norte para llevarse a los no combatientes a la reservación y reclamar refuerzos, si es que otros bravos habían sobrevivido a la batalla de Tres Castillos y habían vuelto por su lado. Luego lanzó un ataque de venganza tan vigoroso, magistral y salvaje que hay rancherías de Chihuahua y Sonora en las que cuando algo se va a poner muy feo, todavía se dice que va a estar como la noche de Nana.

Apenas saliendo de las Montañas del Diablo, ya cerca de la frontera con México, al jefe le cayó del cielo en ramalazo un regalo que no pudo ser más que de Yusn. Mandó robar una carreta bien guarnecida por mexicanos que ya le parecía una bendición cuando creyó que estaba llena de armas y resultó que en la batea del carro, debajo de unas lonas bien apretadas, había lingotes de plata. Kaywakla, a quien Nana había permitido que se quedara en la expedición como novicio, contó más tarde que el jefe, que nunca jamás perdía el sentido del humor, le preguntó a su consejo si deberían cambiar toda esa plata por balas o por mezcal, para olvidar la batalla de Tres Castillos.

Nana le dio a cada guerrero tres lingotes para que los intercambiara por munición como pudiera y marcó un punto de encuentro en un santuario de la Sierra Madre, adonde se adelantó él solo con su novicio y el resto de la plata. Ahí enterró el sobrante, sin que nadie lo haya vuelto a encontrar. No todos volvieron al sitio de encuentro y no se sabe con claridad qué haya sucedido en la Sierra Madre –Kaywakla solo dijo que vivieron un tiempo como habían vivido los apaches en los viejos tiempos–, pero en junio de 1881 Nana bajó de la montaña con quince guerreros en plan de no dejar títere con cabeza.

Durante dos meses, siempre perseguido, pero nunca acosado por los ejércitos de México y Estados Unidos, Nana recorrió cinco mil kilómetros ejecutando ataques a una velocidad inverosímil. A veces reventaba dos pueblos distantes entre sí en un solo día. A veces incendiaba en días consecutivos ranchos tan remotos que sus perseguidores suponían que los alzados formaban más de una banda. Cuando por milagro la caballería de alguno de los dos países se lo encontraba, el jefe Nana, que recordaba los tiempos de gloria de las descargas a potro de Mangas Coloradas, no rehuía la batalla frontal. Las ganó todas con solo sus quince guerreros y el novicio.

Julio César fue considerado el general más eficaz de la historia durante casi dos mil años porque podía desplazar sus legiones a una velocidad de cincuenta millas por día. No fue hasta el siglo XIX que Napoleón pudo igualar ese paso, que hasta entonces se consideraba mítico. Nana progresaba, con todo y combates, a setenta millas diarias. Tuvieron que inventarse las unidades motorizadas para poder rebasar su récord.

Cuando, para fines de agosto, al último grupo de mimbres en rebeldía se le acabó la munición, Nana regresó a descansar de lo más contento a la Sierra Madre. Ahí se juntó para siempre con Gerónimo, de quien se volvió entrañable: ambos volvieron juntos a San Carlos tras rendirse en el Cañón de los Embudos. No hay registro de las bajas mexicanas durante los dos meses enloquecidos del asalto de Nana, pero el cuarto y quinto de caballería estadounidense anotaron, entre los dos, treinta y nueve muertos, más un número no calculado pero muy alto de civiles asesinados a ambos lados de la frontera. Nana no perdió, en los dos meses que duró su venganza, ni un guerrero.

Fue por eso, pensó Zuloaga más tarde, porque se habían ido por el lado de la sombra del cañón, moviéndose por ahí como pendejos, que perdieron perspectiva. Corredor no pudo ver, arrimado al muro de piedra como iba con todos, que los venadeaban desde lo alto. Los yaquis tampoco la vieron venir: se habían quedado atrás, chanceando con el jefe y la monja, y les habían dejado el frente del convoy a los sonorenses, que no tenían experiencia. Era obvio, pensó Zuloaga, que les iba a pasar lo que les había pasado. ¿Cómo no se había dado cuenta? ¿En qué momento pensó que era mejor cazador que los gileños de Mangas Coloradas?

En una vuelta del camino se encontraron, así nada más, como se encuentra uno una piedra gruesa o un álamo panzón, a una banda de apaches pertrechados en una ladera cerrada y pedregosa, saludándolos con los ojitos letales de los Winchester nuevecitos con que los gringos los estaban proveyendo. Ya nos llevó la mazacuata, dijeron al mismo tiempo Guadalupe y Victoria cuando los gileños se alzaron todos de golpe, ya que los nacionales habían bordeado una rodilla del cañón y estaban de pecho, papando moscas con las pistolas al cinto y los fusiles en las cartucheras de las alforjas.

Zuloaga alzó las manos, la derecha una pizca más baja que la izquierda para cuando tuvieran que recurrir al revólver. Todos quietos, le dijo a su gente, y me alzan las manos suavecito. Una voz rara, desagradable, le gritó en español desde el muro de la cañada: Suba más el mano del pistola, ándele. Obedeció mientras calculaba las imposibles ventajas de su posición moviendo solo los ojos: se habían alejado lo suficiente del recodo como para no poderse dar la media vuelta y volver a cubierto sin causar bajas; al frente no había un solo escondrijo, solo el cauce seco del río bajo un sol de justicia que no daba oportunidad de contar con un error de los tiradores. Pensó: Desde hace días que los cabrones sabían que era aquí donde nos iban a agarrar. Contó a los apaches. Dieciocho a la vista, todos apuntando. La relación daba dos por uno y le quedaba demasiado justa para apostar por el polvorín: Corredor y él podrían bajar a dos cada uno, la madre a tres si mucho. Le quedaban once. Calculó también dos por yaqui. Todavía quedaban siete apaches y cuatro nacionales tal vez inútiles, con dos apuntándole a cada uno. No tenía manera de ganar. Todos quietos, volvió a decir.

Alzó la vista, no la cara, y vio que un gavilán estaba suspendido en el aire, que una brisa agitaba las ramas de un huizache tan lentamente que podía ver cómo se sacudían las hojas antes de mover la rama. Una se desprendió. Le pareció que caía tan despacio que se sentía capaz de bajarse del caballo, caminar hacia la mata y alcanzarla antes de que tocara el suelo. Miró hacia los gemelos: pudo ver cómo afloraba el sudor por los poros de sus nucas, una perla que de pronto crecía tanto que reflejaba el sol y resbalaba. Siguió la línea de sus hombros: eran el factor sorpresa, todo se jugaba en ellos. Vio las líneas de sus músculos tensos como tablas bajo la piel renegrida tras los días de cabalgata al sol. Pensó que el hecho de que fueran sin camisa había sido una provocación desde el principio, que no lo debió haber permitido, que había sido otro error. Vio el viaje completo hacia atrás, vio que los yaquis debieron haber ido siempre media jornada al frente, pero estaban locos, los vio en la cárcel, vio que era imposible que hubieran seguido cuerdos después de tanto encierro en ese agujero infernal en el que los habían tenido en el presidio, cociéndose en su propia mierda. Vio que Corredor y la monja, sus mejores tiradores, debieron ir desplegados en ala detrás de la vanguardia, siempre, que los debió haber mandado por las partes altas más altas del cañón, que tenía a dos superdotados y los había desperdiciado porque simplemente no confiaba del todo en ellos, o en nadie más que en sí mismo, o porque se creía muy listo y las cosas le mostraban que no lo era. Vio que había sido un frívolo, un tonto, un incompetente. Vio que Guadalupe y Victoria movían las puntas de los dedos como si fueran las patas de una araña y vio que los apaches podían verlo también. Pudo escuchar el tronido exacto de sus falanges como si fueran gotas cayendo en un tambo de agua. Ni lo intenten, gritó, y pudo ver su voz agitándose en el aire, deformando el aire, marcando el aire antes de colarse en sus oídos y seguir rebotando por las paredes del cañón. Vio cómo se viraban, tan lento, a verlo solo con el rabillo del ojo para decirle con la mirada que sí podían, que los soltara, que los dejara armar la de Dios es Cristo. Los vio suplicarle que diera la orden, que a eso habían venido, pero también vio al pelotón difuso de los sonorenses, el Márquez y el Gringo entremedio de todo ese batidillo y le dio pena que se los mataran como se los iban a matar si un solo tiro salía de un solo rifle. No, dijo, ni lo piensen, y se volvió a la montaña porque los ecos de su voz se estaban enredando con esa emisión aguda, desagradable, sangrona, tensa como su chingada madre, que decía algo. Viró las orejas como si fueran unas manos, como si las orejas tuvieran codos. Puso atención. La voz traía una pregunta y la pregunta era: ¿Chihuahua o Sonora? Calculó. Dijo a voz en trueno: Chihuahua y Sonora. La voz le había salido tan estentórea, tan profunda, que la vio rebotar por las paredes como una pelota, sintió que seguía por un cañón que no se terminaba nunca y que llegaba hasta los pinos y las nieves de más al norte. ¿Quién Chihuahua?, respondió la voz que le llegaba desde lo alto. Alzó la mano y murmuró: Muchachos. Vio cómo las puntas de los dedos de su gente rompían muy lentamente el aire. Primero Corredor y la monja, luego el Gringo y él mismo. ¿Quién Sonora?, preguntó la voz, pero ya no dio tiempo de que nadie levantara un dedo. Vio las cabezas de Vilchis y Eneas dando un chicotazo, escuchó el crujido modestísimo que hacían sus cráneos al reventar, el sonido graso de sus cerebros absorbiendo el plomo, los vio ponerse al servicio de la gravedad. Gritó que no pero ya era tarde. También gritó a tierra, gritó cúbranse con los caballos, pero ya no se escuchó porque ya todos los Winchesters de los apaches estaban haciendo humo y ya habían tronado y si no se hubiera puesto tan nervioso habría visto los perdigones haciendo a un lado el aire.

Me relleva la chingada, se dijo, llevándose la mano al revólver. Y vio a los yaquis saltar fuera de sus mulas y vio que sus dedos alcanzaban el broche de sus estuches y vio que lo abrían y vio lo imposible porque antes de caer al suelo y ponerse detrás de sus caballos hicieron una maroma en el aire, una bola de músculo, nervio y genio, una bola de luz y rabia, y los vio acostados en una cama de aire jalando los fusiles y los vio apuntar y disparar como flotando uno, dos, tres tiros tal vez cada uno y los vio cagándose de risa porque ya se estaban yendo ahora sí a la chingada pero se estaban llevando con ellos a unos apaches cada uno: el enemigo ancestral. Contó las bajas del otro lado, impactado como estaba: uno, dos, tres, cuatro, cinco. Me lleva la verga, se dijo, Pisago tenía razón: aguantábamos el tiro si no me hubiera acobardado.

Desenfundó el revólver, saltó al suelo disparando y se puso a cubierto con el cuerpo de su caballo. Escuchó caer los cuerpos y concentró el fuego que pudo verter en cubrir al Márquez, que a pesar de su esfuerzo cayó herido. Vio a la monja correr a socorrerlo y volvió a recorrer el campo con la mirada. Los gemelos, más que azotar, se integraron en el suelo, como si la tierra hubiera estado contenta de cacharlos.

La voz insoportable dijo: Ya pueden salir, no tenemos problema con Chihuahua.

Zuloaga cerró los ojos. Le picaban. Había sudado tanto que la cinta del sombrero no había contenido sus jugos. Se puso a calcular de nuevo: sin los yaquis la expedición estaba perdida. Gritó para ganar tiempo: Salimos si bajan los rifles. Se limpió la frente con la manga de la chaqueta y se rascó la oreja con la boca del cañón de su pistola, lo lamió. Jamás podría hacer la de los yaquis, pero ya estaba plantado detrás del potro y ya tenía el revólver en la mano. Se podía llevar a dos o tres, Corredor a otros tantos, doña Elvira, aunque estuviera distraída con el cuerpo herido del Márquez, podía reaccionar. Contra pronóstico, la voz gritó: Ta bueno, sin rifles.

Cerró los ojos y escuchó con claridad que, efectivamente, estaban bajando las armas en el monte. Escuchó que Corredor, también cubierto por su caballo, lo llamaba y se viró a verlo. Estaba, como él, pegado a su animal, dándoles la espalda a los tiradores, tenía los dos revólveres del argentino en las manos. Le hizo una alzada de cejas y el rarámuri le gritó que habían sido veinte apaches, que los gemelos mataron a cinco, pero que de todos modos los que habían bajado sus rifles eran solo doce. Zuloaga no entendió del todo y el niño se dio cuenta. Quedan tres apuntando, dijo. El teniente coronel respiró y gritó: Bajen los otros tres o abrimos fuego, y escuchó que con el eco de su voz se revolvía la del Márquez, todavía más aguardientosa y grave de lo normal. Estaba traduciendo al apache. Hubo un silencio y luego la voz de la montaña respondió de nuevo: Ta bueno. Escuchó otro murmullo, miró a Corredor y el rarámuri bajó la cabeza para confirmarle que ya podía salir. Se clavó el revólver en el cinto y salió.

Se sacó el paliacate de la bolsa de atrás del pantalón, se limpió la cara, devolvió el trapo a su lugar y se clavó las manos en el cinturón, para demostrar que también iba desarmado pero que podía desenfundar en un instante. Miró hacia los altos. Los guerreros que había visto con toda claridad cuando se descubrió emboscado habían desaparecido, mimetizados con el monte. Caminó hasta los cuerpos de los Guadalupe y Victoria para confirmar que estuvieran muertos y murmuró: Miren nomás cómo me los dejaron. Tenían la cara y el pecho destrozados por el fuego. La mayoría de las balas se habían centrado en ellos. El silencio era tan hondo que todos escucharon. Se volvió hacia la monja y el Márquez. Cómo va el profesor, preguntó. Ahorita me pongo a hacer lagartijas y abdominales, le respondió él mismo. La madre no dijo nada, lo cual le pareció elocuente al jefe.

Entonces algo se sacudió en la montaña. Alzó la mirada. De entre las piedras venía bajando un niño.

Libro II
Álbum

8 de agosto

Los westerns son la leyenda que se cuentan los gringos para que
prive en sus vidas la razón burocrática sobre los excesos de la voluntad individual, el vehículo más eficaz que la cultura de la productividad ordenada ha encontrado para diseminar sus nociones
básicas en un país cuya otra mitología fundacional es la asociada
al respeto de la libertad individual. La mayoría de los westerns clásicos –los de los años cincuenta y sesenta– tratan más o menos de los mismo: la llega-
da de los principios fundamentales para socializar el progreso
económico a una comunidad de bárbaros. A veces, como en *El
Dorado*, el pueblo vaquero vive asolado por los bandidos y hay
un héroe que los elimina a balazos y luego renuncia a la violencia sentando reales en el monte. A veces, como en *Unforgiven*,
es el agente mismo de la ley y el orden el que actúa como un
déspota cuyo sacrificio es esencial para que la historia pueda ser
contada: para que la letra se disemine entre los bárbaros –la letra, en el pensamiento protestante, es el empedrado del camino
a la civilización.

Siempre hay, por supuesto, un resto de nostalgia por el
mundo ido: en *MacKenna's Gold* una asociación de forajidos
–apaches, mexicanos y un sheriff no malvado, pero de moral
claramente laxa (tanto que fue amante, oh horror, de una in-

219

dia)– hacen una última apuesta por enriquecerse sin seguir los preceptos puritanos del trabajo y el ahorro y son castigados por ello.

En una de las mejores películas del género que se hicieron jamás, *The Man Who Killed Liberty Valance*, de John Ford, un senador regresa al pueblo en el que inició su carrera política y cuenta la historia casi mítica sobre la forma en que, armado solo de sus libros de leyes –y la amistad y pistola humeante de John Wayne, hay que decirlo–, insertó a toda una región del suroeste norteamericano en los ciclos de la vida democrática y productiva.

Es sintomático de lo anterior, y lo apuntala, que en los spaghetti westerns, pensados, escritos, dirigidos y rodados por italianos –con unos cuantos actores de los Estados Unidos para que no todos los vaqueros hablaran un inglés infecto–, la fórmula no se cumple. En un western concebido por una mente no estadounidense pasa lo que en realidad pasa siempre: prima el caos, ganan los malos, las cosas se quedan como estaban o peor. Un spaghetti western es la imagen ante el espejo de una película del género original: todos sus valores están invertidos, de ahí que sean, también, piedra angular en la creación de la mitología de lo cool: lo que no participa, lo ajeno, lo que no reclama. Una película de vaqueros italiana es un canto al fracaso de cualquier esfuerzo civilizatorio, y Sergio Leone un existencialista. Los westerns originales funcionan al revés: dicen que el alma norteamericana no es trágica sino optimista y liberal, que el progreso no solo es posible; si uno se empeña –o cierra los ojos y lo piensa mucho mucho–, va a llegar.

En el fondo, lo que cuentan los westerns es un relato sobre la conquista del vacío. En las películas de vaqueros, lo que antes era una nada caótica –la naturaleza, el bandidaje, la violencia– se santifica mediante los rituales de la imposición de la palabra escrita, la ley, para que en el sitio en que estaba lo ajeno haya algo que se mueve hacia delante.

El dato que siempre falta, y es un dato que explica muchísimas cosas con respecto a la relación de Estados Unidos con América Latina, es que esa nada salvaje que los abogados con sombrero y botas le reclaman al caos sí era algo: México. Lo que los westerns cuentan es que la democracia y la industriosidad avasallaron el espacio de lo mexicano, que se había ganado mediante la firma de un tratado y no una guerra de Conquista. Primero no había nada, luego hubo un caos mixto –mexicanos, indios, blancos crapulosos–, al final hubo el orden democrático y productivo.

Los westerns son el último cuento de la antología de la Conquista de América. Garantizan que los gringos vienen de Europa y no de América.

PHOENIX JOHNSTON MCMILLAN, NIÑO PELIRROJO DE SAN ANTONIO, TEXAS

Amyntor Blair McMillan tomó el flamante tranvía de la calle Broadway, en San Antonio, Texas, con rumbo al Fuerte Sam Houston, por entonces considerablemente lejos de la ciudad. Era feriado, de modo que iba con su familia; su mujer, la texana Helen Howard, y el hijo de ambos, Phoenix Johnston. Los McMillan pensaban, como todo el mundo en ese tiempo, que el ánima verde y lenta del río que cruza la ciudad reblandecía el espíritu y castigaba el cuerpo, por lo que los domingos, saliendo del templo, daban largos paseos que los distanciaran de los lodazales de la ciudad. La cercanía del desierto le hace eso a la gente: las personas piensan que el martillo del sol en la cabeza y una flor de polvo en los pulmones son saludables.

Y no están del todo equivocados: aunque a fines del siglo XIX el cuerpo de agua que dividía en dos San Antonio ya estaba resguardado por un canal más o menos higiénico, las riveras a las afueras de la urbanización eran, cuando menos, ponzoñosas. Los McMillan, como todos los pobladores de San Antonio, vieron el río con desconfianza desde siempre, pero en el momento en que fueron padres, comenzaron a considerar indispensable fortalecerse a sí mismos y al niño que criaban pasando tanto tiempo como pudieran en los peladeros de más allá del límite de la ciudad.

Eran una familia joven que vivía en una casa vieja y heredada en el centro. Con esa posesión Amyntor Blair alcanzaba apenas la dignidad que ameritaba ser blanco y tener un título universitario en Texas, gracias al sueldo fijo del bufete de Derecho Penal en el que trabajaba como abogado asistente.

La mañana del domingo 9 de septiembre de 1886 se había anunciado ardiente aún desde antes de que fueran al templo, así que los McMillan tomaron el tranvía en la esquina de Broadway y Commerce vestidos tan ligero como era posible en el periodo: él con traje de algodón gris y pañuelo en lugar de corbata, con su sombrero mexicano de palmilla, claro y con alas reducidas. Como todos los abogados serios de ese periodo y ese lugar, Amyntor Blair no llevaba pistola: su arma era la ley. Ella iba de falda clara con enaguas de algodón y una sola crinolina; arriba blusa celeste sin corsé; sobre los hombros un chal blanco y una cofia de algodón en la cabeza. Ambos tenían botas, él de montar, ella con agujetas y al chamorro, porque por más que se las dieran de gente de ciudad, la Texas del siglo XIX todavía era demasiado recia para cualquier otro tipo de calzado. Al niño lo llevaban disfrazado de postre: un faldón de holanes blancos que le ha de haber producido unas picazones horrorosas. Llevaba un gorrito blanco que lo protegía del sol y mantenía en orden la ingobernable mata de pelo anaranjado que lo hacía el bebé más notable de su generación en San Antonio.

Por lo que se puede saber de Amyntor Blair McMillan –uno de sus nietos fue historiador de la ciudad– era un hombre suelto, sofisticado y con buen humor, que tendía a la condescendencia hacia lo que consideraba la volubilidad del carácter femenino. Aunque era texano hijo de texano, estaba orgulloso de ser descendiente de un caballero de Alabama que había dejado el Sur de los Estados Unidos para no volver cuando se enteró de que una de sus hermanas aceptaba las visitas de un oficial que había peleado del lado del Norte en la Guerra Civil. Los genes irlandeses eran particularmente persistentes en su fisonomía: era rojo de cara y pelo, aunque la dieta de carne más carne de los texanos lo había hecho alto como un inglés. Su mujer, Helena, debía tener sangre mexicana, o cuando menos mediterránea, aun si jamás lo habría reconocido: pasaba por blanca, expuesta al sol su piel se acanelaba en lugar de amoratarse como la de su marido; tenía un

223

pelo azabache que le brillaba como a caballo de desfile y ojos grandes color miel con los que argumentaba su origen caucásico. Se depilaba las cejas para que no se le juntaran sobre la nariz.

De haber seguido siendo soltero, Amyntor Blair habría dedicado el paseo dominical a visitar un rancho o a dar una caminata por algún sitio de geología excepcional —sobran en Texas—, pero entendía que su mujer se moría de ganas de ver de cerca a los prisioneros que tenían vuelta loca a la ciudad y quería sorprenderla concediéndole un pequeño triunfo social: gracias a un intercambio de telegramas con un capitán Lawton destacado hasta hacía poquísimo en México, había conseguido un salvoconducto que le permitiría a Helen ver de más cerca que nadie a los reos más famosos de Estados Unidos. Debido a un desacuerdo entre el presidente Cleveland y el comandante general del Departamento de Guerra en los territorios de Nuevo México y Arizona, los prisioneros estaban detenidos en el Fuerte Sam Houston de San Antonio en un limbo en el que, dependiendo de qué cara de la moneda cayera mirando al cielo, irían a dar al fuerte acondicionado como cárcel en Florida en el que ya los esperaban sus familias o a un patíbulo en Tucson, Arizona.

McMillan estaba nervioso y entusiasmado cuando abordaron el tranvía que los llevaría al Fuerte Sam Houston, aunque nunca habría reconocido que él también se moría de ganas de ver a los ojos a Gerónimo y su hijo Chapo, a Naiche, el hijo de Cochís y jefe de los chiricahuas en los Estados Unidos, a la guerrera Lozen, hermana del jefe mimbreño Victorio y, como él, una máquina de matar y sobrevivir a todo, al jefe Nana, probablemente a esas horas la persona que debiera más vidas en una zona del país en la que casi ningún varón tenía las manos limpias. Amyntor Blair ocupó el primer asiento del carro, consciente de que la suya era la familia más vistosa y prometedora entre las de todos los viajeros y de que, cuando llegara la hora de pararse frente a la reja desde la que la gente de San Antonio podía ver a los prisioneros, esta se abriría solo para que él, su mujer y su hijo pudieran estar cerca de ellos. A McMillan ni siquiera se le habría ocurrido que, para poder hablar con los apaches, tendría que haber sabido español.

8 de agosto, más tarde

Llegamos a las Bolas de Peñascosa al final del día. En inglés el nombre es menos lírico y tiene poca pátina, pero es evocativo y poderoso: *Cochise Stronghold.*

Llegamos tarde, aunque veníamos de un lugar de Nuevo México relativamente cercano, porque fuimos primero al aeropuerto de Tucson, recorriendo a todo trapo una autopista horrenda y sin chiste. Ahí recogimos a mi hijo mayor. Echamos sus cosas en la parte de atrás de la camioneta y salimos a la ciudad a comer, los niños extáticos con la compañía del hermano. Ir por él, tocarlo, escucharlo, olerlo, es al mismo tiempo la punta del viaje y el anuncio de que se nos termina. Vamos a pasar la última semana de las vacaciones de verano en las Peñascosas y luego devolvemos al mayor al aeropuerto y a su vida. Nosotros nos vamos a regresar a Nueva York ya de un tirón, sin paradas más que en moteles para dormir.

Compramos mucho porque el correo electrónico que nos devolvieron cuando rentamos la casa en que nos quedaríamos enfatizaba que estaba a veinticinco minutos en coche de Sunsites, el pueblo más cercano, en el que no hay más que una tienda de gasolinera, y a casi una hora del pueblo de Willcox.

La casa que alquilamos era la construcción principal de una granja. Es un edificio histórico, de piedra y troncos, en medio de la nada. Fue abandonada por sus inquilinos en la parte final de la Guerra Apache y se quedó sola hasta que las Peñascosas fueron incluidas en el Parque Nacional Coronado. Fue remozada para albergar a los *rangers* que cuidaban de él. Ahora se la rentan a turistas desesperados por un lugar de silencio: no hay wi-fi, no hay televisión, no hay teléfono y para alcanzar una señal de celular hay que caminar mucho.

Emprendimos la parte final del viaje a las Bolas de la Peñascosa con una hielera llena de carnes y pollos para asar, bolsas de papel repletas de verdura, fruta, cereales, galones de leche, productos de baño, vino, cervezas. El plan no es, por supuesto, reproducir la vida de los pioneros que alzaron casa en las soledades de las Peñascosas –un proyecto que no progresó–, sino cerrar con cierto lujo y compartir ese tiempo de paz, tal vez de reacomodo, con el hijo mayor al que nos interesa a todos reconocer, cada uno por sus motivos.

Ya nadie le llama las Peñascosas a la cadena de montañas que clausura por el oeste el valle de Sulphur Springs. Los cartógrafos del ejército estadounidense la rebautizaron como las Dragoon Mountains en el siglo XIX, y el nombre es tan sugerente que se quedó. Es una sierra remota y despoblada, discreta de tamaño –tiene unos cuarenta kilómetros de largo y su pico más alto tiene poco menos de 2.300 metros de altura– pero no de figura: sería otra hilera de cerros en el camino si en su centro no hubiera una montaña despedazada por un cataclismo que debe haber sido magnífico. La cicatriz que dejó la explosión del pico central del macizo consiste en una serie de domos y peñas gigantes y rojas, tan raras que cuando el conquistador Zúñiga las registró por primera vez en una lengua europea, no encontró un sustantivo mejor para describir la montaña que la palabra «bolas». Y eso es: unas bolas descomunales de piedra que no se entiende qué hacen ahí, una montaña pateada por un niño tan grande que hubiera podido jalar la luna. Parándose en su cima y viendo hacia el oeste, lo que se mira es un reguero de lajas gigantes que descienden formando un desfiladero como de otro planeta, hostil. El pasaje fue bautizado como el Cañón de las Tejas por ese reguero de piedras planas. Por ahí corría –corre aún, pero ya es subsidiario– el camino a El Paso del Norte. Los colonos españoles que se abrían camino hacia el territorio comanche de las Nuevas Filipinas terminaron llamándole Tejas porque llegaban por ahí. Si uno sigue las piedras en dirección opuesta, hacia el oeste, llega al pueblo de Tombstone. El asesino Wyatt Earp, obsesionado por vengar la muerte de sus hermanos, solía llevar a sus víctimas a las soledades del Cañón de Texas para torturarlas y matarlas a sangre fría. Por entonces la República de Tejas ya se había anexado a Estados Unidos y se escribía con x, como México.

Llegamos cuando el sol se había puesto detrás de la montaña. El detalle de sus pedregales y anfractuosidades un tanto perdido por la penumbra que se iba alzando desde la tierra a una velocidad consistente. Los ritmos de la Apachería se parecen más a los del sur del hemisferio que a los del resto del país que terminó tragándosela en su paso furioso rumbo a la costa del Pacífico. La noche no llega demorada y áurea, como en Nueva York o Chicago, sino de golpe y triste, como en la Ciudad de México.

Limpiamos el polvo de las habitaciones, revisamos la cocina y desempacamos la comida. Los niños eligieron sus camas y sus cajones, vaciaron su ropa, separada en limpia y sucia. Yo barrí el porche –lleno de bichos muertos y vivos, de cacas de ratón y murciélago–, y los nenes arrimaron el mobiliario y lo trapearon, una de sus actividades favoritas. Miquel, un poco asombrado con la mecánica militar del sistema de ocupación de espacios que hemos ido desarrollando los otros cuatro miembros de la familia durante el viaje, se sustrajo. Se destapó una cerveza, salió al campo. Cuando lo alcancé afuera con mi propia cerveza, estaba sentado en una silla que había sacado del porche, viendo el espectáculo descomunal de la Vía Láctea: la vagina de Dios. Me senté en el suelo para tirarme de espaldas a disfrutarla. Mejor levántate, me dijo: Te va a picar algo. Y fue al porche por una silla para mí.

Cuando los dos estuvimos sentados, le pregunté por su madre, me dijo que estaba bien, que no la había visto más que cuando lo visitó inmediatamente después de la mudanza a Guadalajara, pero que estaba contenta con su nuevo marido y los hijos de él, a los que trataba como si fueran suyos. ¿Y a ti?, le pregunté. Es como aquí, me dijo, tengo que hacerme un lugar, pero me tratan muy bien. Le puse la mano en el hombro y le di una palmada genuinamente afectuosa, masculina. Aquí siempre te extrañamos, le dije. Cuando te vas se queda un agujero que no podemos tapar, un baldío en medio de la sala. No me respondió. Me metí al poco a la cabaña a preparar una cena más bien ligera. Le mandé a Dylan, que se quejaba, adentro, de no haber visto nunca la Vía Láctea. Está ahí, nomás, afuera, le dije. Preguntó, haciéndose el chistoso: ¿Miquel o la Vía Láctea? Miquel, le dije, la Vía Láctea, la Apachería.

Durante la cena, que tomamos en el comedor de adentro, se apareció un ratón de campo. Orejón, mínimo, no del todo asustado por nuestra presencia, más bien curioso. Los niños le pusieron un nombre: El Vecino. Mientras recogíamos, mi hijo mayor preguntó: ¿Y por qué estamos aquí? Tal vez todos habíamos sido una pizca demasiado entusiastas mientras le hablábamos de los prodigios del suroeste de los Estados Unidos en el supermercado en Tucson. Para nosotros la Apachería y él mismo habían sido un destino durante dos semanas, para él eran unos días de aislamiento antes de que comenzaran las clases. Maia se apresuró a decirle que porque yo estoy escribiendo un libro sobre apaches, que vinimos a conocer los lugares por los que pasa el libro —como si fuera un coche o un tren—, pero que también estábamos ahí para jugar a los apaches. Corrió a su habitación para sacar del cajón en que había guardado sus pertenencias el arco y las flechas de plástico que le habíamos comprado en quién sabe qué parada. Mi hijo mayor soltó aire por la nariz, como hace siempre que está un poco incómodo. Yo creo que vienen porque les recuerda a México, dijo. Era México, dijo Dylan, orgulloso del conocimiento adquirido durante el viaje. Claro, le respondió Miquel con una condescendencia dulce, pero es igualito a Tepoztlán, un Tepoztlán desértico.

Nos acostamos temprano: les habíamos prometido a los niños hacer al día siguiente una ruta de pueblos fantasma que terminaba en Tombstone y pensábamos que por ser los finales de agosto todo estaría lleno de turistas, así que queríamos salir apenas despuntara el día para ganarles a las masas y sostener el mayor tiempo posible la ilusión de soledad que nos concedía esa casa tan en medio de la nada.

GROVER CLEVELAND, PRESIDENTE DE LOS ESTADOS UNIDOS, EN SU CASA DE NUEVA YORK

Grover Cleveland se metió el dedo meñique en la oreja izquierda y olió la cerilla que recogió con la uña, una pizca más larga que la de los demás dedos. No era el ejecutivo más brillante que hubieran tenido los Estados Unidos, pero su estatura moral era a prueba de balas: su éxito político había dependido siempre de un respeto de acero por los dictados de la ley y no de su clarividencia o habilidad administrativa. Era, sobre todo, un hombre decente y pulcro, que asociaba su imagen de perfecta limpieza con la pureza de su alma.

Se sacó el pañuelo del parche del jaqué –no se dejaba ver sin saco aunque estuviera en una reunión informal en el estudio de su casa privada en Nueva York– y se limpió la uña con él. Hasta entonces se dio cuenta de que su secretario de Guerra, que se había levantado poco antes del escritorio, seguía en su estudio, de pie junto a la puerta. ¿Qué hace ahí parado, Mr. Endicott?, dijo entre impaciente e incómodo por haber sido descubierto en falta. Disculpe, señor presidente, respondió el ministro, es que hay un asunto más. Cleveland dobló con prisa el pañuelo y lo guardó en uno de los bolsillos del pantalón, como para ocultar la evidencia. ¿Qué pasa?, preguntó. Es un asunto de último momento que mi secretario no incluyó en la agenda. El presidente alzó las cejas. Siéntese de nuevo, le dijo.

Para el día de la reunión con su ministro de Guerra, Cleveland llevaba ya una semana con una apretada agenda de campaña, subiendo y bajando por el estado en el que había sido alguacil, alcalde, procurador estatal y gobernador y del que podría depender su mayoría en el Senado tras las elecciones por venir. Había pasado el domingo en casa, con su mujer, no porque sintiera que necesitaba un descanso, sino por respeto a las creencias de sus electores. Aprovechó el día para acordar con su gabinete, que conforme se iban acercando las elecciones –con perspectivas cada vez más oscuras para los dos años que le quedaban como presidente– se encargaba sin su presencia de la mayor parte de los asuntos de gobierno en la capital.

No es necesario, dijo el ministro, es una cosa menor, pero de la que debería estar informado. Dígame. Llegó un despacho del Territorio de Arizona. El presidente abrió las manos, bufó, visiblemente irritado. El ministro siguió: Dice el general Miles que ya tiene en el puño al indio Gerónimo, que en cualquier momento se va a rendir. El presidente apretó los labios, sacó aire ruidosamente por la nariz: ¿Otra vez?, dijo, ¿cuántas veces nos ha llegado el mismo despacho de Arizona?, hay que detenerlo y hay que juzgarlo, no esperar a que se quiera rendir. El ministro miró al suelo, asumiendo el regaño. No está tan fácil, dijo; lo tienen cercado, pero en México; hay que sacarlo de ahí; Miles pregunta qué condiciones podemos ofrecerle. Cleveland ni lo pensó. Ningunas, dijo, es un criminal, hay que detenerlo y juzgarlo. Podemos mentirle –se atrevió a proponer el secretario–, ofrecerle algo y luego nomás entregárselo al alguacil de Tucson. El presidente lo miró con la frialdad que lo había hecho famoso como un procurador implacable. Llevamos cien años mintiéndoles y ni patrás ni padelante, hay que tratarlos como ciudadanos y ya. El ministro hizo una mueca que el presidente conocía bien, la hacía como para anunciar que venía una verdad incómoda. Es que no son ciudadanos. Si gano el Senado le juro que se lo propongo al Congreso, mientras nomás agárrenlo y júzguenlo.

El ministro se quedó donde estaba, sin decir ni una palabra. Qué, le preguntó su jefe. Si lo juzgan en Tucson, seguro lo cuelgan; él lo sabe, así que se nos va escapar de nuevo. ¿Lo te-

231

nemos o no lo tenemos? Estamos cerca de que se entregue. ¿No podemos nomás agarrarlo? Nunca hemos podido. Tenemos el ejército más grande del mundo. El ministro se alzó de hombros: No en los territorios del suroeste, menos en la Sierra Madre de México, son nomás unos muchachos, tienen que pactar. El presidente se llevó la mano derecha al morro. ¿Qué parte no entiende de sus órdenes, Mr. Endicott? El ministro suspiró: Agarrarlo serían buenas noticias para su campaña, habría que mentirle, prometerle algo y luego mandarlo a juicio y que la gente de Arizona se encargue. Mi administración no miente, y no se meta con la campaña: si gano, gano yo, y si pierdo, también. Lo van a colgar. ¿A cuánta gente ha matado? A mucha. Entonces que lo cuelguen. ¿Qué le digo a Miles? Que el general Crook, que lo antecedió en su puesto, pactó con Gerónimo y hoy está fundido en el culo de Montana persiguiendo borregos salvajes, que quiero a Gerónimo juzgado.

El ministro estaba impaciente también: le irritaba de una manera fisiológica que no se pudiera fumar en las habitaciones en que despachaba el presidente, en las que ya había pasado toda la tarde esperando su turno para el acuerdo. Si eso es lo que dice la ley de Arizona, es lo que tiene que pasar, dijo Cleveland para cerrar la conversación. El secretario afirmó con la cabeza, hizo un intento más. Con todo respeto, señor presidente, el indio se quiere entregar porque el ejército mexicano lo tiene cercado, piensa que nosotros lo vamos a tratar mejor; si sabe que se lo vamos a entregar a un alguacil de Arizona, va a correr. ¿Y no lo podemos perseguir? En México tenemos las manos atadas. Lo van a acabar agarrando ellos y todo el crédito va a ser para el presidente Díaz; todavía podemos traerlo de vuelta, pero hay que pactar, ofrecerle lo que no le pueden ofrecer los mexicanos: que siga vivo. El presidente negó con la cabeza. Le vamos a hacer un juicio justo, ¿no?, esa garantía es suficiente, los mexicanos no le van a ofrecer eso. El secretario se plantó: La verdad es que la gente de Arizona tampoco, ¿cómo nos va a ir ahí en las elecciones? El presidente respondió: Mal aunque colguemos a Gerónimo, pero si respetamos la ley nos va a ir bien aquí en la costa. La aparición en la charla del enemigo común –los votantes del suroeste, recalcitrantes y cabrones– los ablandó a ambos, tal vez les recordó por qué trabajaban juntos. El presidente hizo un gesto de resignación, dándole a entender a Endicott que a él tampoco le gustaba la decisión que estaba tomando, que en un sitio estaban de acuerdo: juzgar a un indio como ciudadano si no tenía las garantías de un ciudadano y en territorio hostil era una infamia. ¿Le digo a Miles que la rendición tiene que ser incondicional? Usted sabe que no me gusta matar indios y que respeto sus tratos, pero si ha hecho cosas que ameriten colgarlo, hay que colgarlo. ¿Seguro? Cleveland afirmó con la cabeza. Dijo el secretario: Quedaría en su conciencia, no en la mía. Cleveland cerró los ojos. La decisión es mía, dijo.

El ministro salió a paso rápido, saboreando ya el puro que se iba a fumar cuando se encontrara en el porche de la casa con los demás ministros antes de abordar el carro que los llevaría a la flamante Penn Station y de ahí de vuelta a Washington.

El presidente estaba atribulado cuando se sentó a cenar esa noche con su mujer –Frances Folsom Cleveland, discreta, ilustrada y brillante; se decía en su tiempo que había sido ella quien le había ganado la presidencia al desabrido de Cleveland. Frances Folsom le preguntó: ¿Qué te pasa? Tal vez, respondió, condené a muerte a un hombre acosado solo porque me enojó la impertinencia de Endicott. ¿Quién?, le preguntó ella, mientras le servía un plato con chuletas de cordero y ejotes. El secretario de Guerra. Ya sé que tu secretario de Guerra es Endicott; a quién van a matar, volvió a preguntar ella. A un bandolero, se llama Gerónimo. ¿El apache?, preguntó la señora abriendo mucho los ojos. ¿Sabes quién es? Es más famoso que tú. El presidente alzó la cara del plato para asegurarse de que su mujer no estaba bromeando. Ella le dijo: Mejor invítalo a Washington y me lo presentas, que nos hagan una foto a los tres juntos, con eso ganamos el Senado. Cleveland se quitó los lentes, se talló ambos ojos con el pulgar y el índice de la mano derecha. Jesús, dijo.

9 de agosto

Uno puede ir a Tombstone desde las Dragoon Mountains si toma la autopista federal 10 hacia el oeste, pero el camino antiguo, que conecta ambos puntos, está en perfecto estado a pesar de que no pasa por ningún sitio reconocible ni lo sigue nunca nadie. Es una terracería antigua que comienza a milla y media de Sunsites si se enfila hacia Douglas, en la frontera entre Arizona y Sonora. Toma unos cuarenta minutos, tal vez una hora y un poco más si uno se detiene en los pueblos fantasma –más fantasma que pueblos– que han sido dejados ahí para atraer a unos turistas más bien teóricos: en todo el camino los únicos coches que vimos eran las camionetas de la Border Patrol, levantando polvo en la cacería de inmigrantes indocumentados también más bien teóricos.

Se nos olvidó comprar jabones en el supermercado de Tucson, por lo que nos detuvimos en Peerce –un pueblo de diez o doce casas–, siguiendo las flechas que conducían a una granja que vendía pastillas artesanales hechas con leche de cabra. Nos metimos y encontramos a la dueña del negocio, que se acercó al coche para decirnos que estaba cerrado, que solo había ido a darles de comer a las cabras, que era domingo, que volviéramos al día siguiente. Le dije que estaba bien, pero que necesitábamos jabones y que ya estábamos ahí y ella ya estaba ahí, que podríamos comprarle unos. Insistió en que era domingo. Es que si vemos una farmacia vamos a terminar comprándolos ahí, le dije. Es domingo, insistió.

Eso fue lo único de lo que nos sucedió que tuvo el sabor excéntrico de ese espacio de conductas aleatorias que es la Apachería: un lugar raro, como todos los sitios habitados por solitarios dispersos.

Los pueblos fantasma de Arizona, a diferencia de los de Nuevo México, que vimos la semana pasada, son solo granjas despobladas en las que algún listo puso un letrero que las consigna como algo que no son. Y luego está Tombstone, tan asfixiantemente ridículo que no vale la pena registrar lo que vimos ahí, aunque creo que los niños lo disfrutaron. Es, básicamente, un pueblo acalorado en el que unos empresarios desorientados han montado un escenario que afirma que el sur de Arizona nunca fue nada más que unas villas alzadas por blancos para que otros blancos medraran en ellas.

Según esa narrativa, ese pueblo es el fondo de algo, su principio, una fundación y no el resultado de un proceso histórico tremendamente desaseado en el que los últimos en llegar se quedaron con todo después de trescientos años de intercambios comerciales, sexo intercultural y violencia.

Tombstone consiste en unas ruinas de diseño –se parece más a un set que a las villas del periodo que conservó el desierto en otras latitudes– impuestas sobre las ruinas reales de los indios mogollones, que poblaron el área hasta la llegada de los comanches en el siglo XV y de los grupos nómadas de atapascanos que venían del Canadá y echaron a los comanches hacia Texas sobre las ruinas del imperio español, que bautizó a los hablantes de atapascano como apachis y se puso de su lado en la guerra contra los comanches; las ruinas de la primera República Mexicana, que nunca fue capaz de reclamar para sí el territorio del norte de Sonora; de la nación chiricahua, que negoció por las armas y ganó un espacio de independencia en los años treinta y cuarenta del siglo XIX; de los soldados de la unión y los búfalo que lo ocuparon tras el retiro de los mexicanos –tal vez aliviados por no tener que batallar más con los apaches porque los gringos ahora se estaban encargando de mediar con los insobornables habitantes del terreno.

El mito del pueblo vaquero, del que Tombstone es la representación fundamental, escenifica la llegada de unos colonos a un mundo regido solo por leyes naturales y su éxito imponiendo una norma jurídica y costumbres productivas. Como si unos uruguayos arrasaran Wall Street y construyeran con las piedras y el acero de los rascacielos un pueblo sudamericano, con su alcaldía, su banco central, su malecón y su mercado de carne, y dijeran que eso que acababan de hacer era el origen de la Nueva York y que *Moby Dick* es un clásico uruguayo porque empieza ahí.

No hay en Tombstone nada más que unos güeros disfrazados de güeros en escenarios que huelen a brea y sudor. Lo más curioso de todo es que los poquísimos turistas que los visitan son todos estadounidenses contemporáneos, reales como debieron ser los que ocuparon originalmente ese pueblo: gente de otras sangres y otros puertos, todas mezcladas. Hay turistas blancos, por supuesto, pero muchos son estadounidenses de origen mexicano, negros, descendientes de europeos del sur, nativos americanos, asiáticos del norte y el sureste. Lo normal.

Los únicos lugares donde solo hay blancos son los escenarios y falsos sitios históricos. Es curioso que un país con un banco genético tan envidiablemente rico, tan transparentemente variado como todo en la América abundante, se esfuerce tanto por representarse tanto en los teatros populares como en los escenarios políticos, como si fuera parte de la aburrición escandinava: tres y todos iguales.

JAMES «EL GORDO» PARKER, GENERAL NOSTÁLGICO DE VUELTA EN EL FUERTE SAM HOUSTON

El 31 de marzo de 1917, el general de división James Parker llegó apenas pasado el mediodía al Fuerte Sam Houston, en las afueras de San Antonio, Texas. Para entonces ya nadie lo llamaba «Gordo», cargado de canas y medallas como estaba. Había hecho un largo viaje en tren desde su casa en Portsmouth, Rhode Island, donde vivía retirado. Regresaba al paisaje de su juventud urgido a reincorporarse al servicio activo porque el presidente Woodrow Wilson había ordenado invadir México en persecución del general revolucionario Francisco Villa, que había atacado sin ninguna razón clara el puesto militar fronterizo de Columbus, Nuevo México. Todo el mundo sabía que la expedición para encontrar y arrestar a Villa era solamente un pretexto para probar las capacidades del ejército recién motorizado y con aviación que se desplegaría por Europa cuando el congreso le declarara la guerra a Prusia.

Sentado en el asiento trasero del Ford verde oliva que lo llevó de la estación al cuartel, el general Parker notó que la gente de San Antonio andaba, como él, de chaqueta. Sonrió con un gesto que bandeaba entre la ternura y la melancolía. Llevaba su saco de general, azul profundo, galonado y tieso, porque entendía que debía cumplir con el ritual que demandaba llegar a su nueva posición de mando, aun si para un hombre recién llegado de la Costa Este la caída salvaje del sol texano, sumada a la humedad que se desprendía del río y sus pantanos, era toda la extensión del calor. La mezcla de la temperatura, la humedad y el uniforme le despertaron los fuegos de la memoria, cuya brasa se había vuelto a encender desde que recibió el telegrama en el que le anunciaban que tenía que volver al Fuerte Sam Houston. El calor, le dijo al chofer, que estaba nervioso de estar transportando a un general. ¿Perdón?, preguntó. El puto calor, insistió, sintiendo otra vez en la boca el sabor acrimoso que le solían dejar los recorridos arrasando la tierra en Cuba y las Filipinas durante las guerras en las que comandó el duodécimo batallón de infantería de Nueva York para borrar los rescoldos finales del imperio español, en cuyos últimos bordes había peleado toda la vida. Para nosotros todavía está fresco, le dijo el chofer, cuando vea cómo es julio y agosto va a entender por qué los cadetes le dicen a la base Sam Houston el infierno. El general se rió. Ya lo sé, dijo, estuve unas semanas aquí hace unos años, pero me parecía la civilización: venía de Fort Bowie, en Arizona. Uf, dijo el chofer, ese lo clausuraron por inhumano, *right?* El general cerró los ojos, se quitó la gorra, se rascó el pelo. Tenía sus ventajas, dijo, Apache Pass es el lugar más hermoso del mundo; y forjaba carácter; las misiones a las que nos mandaban eran tan duras que cuando volvíamos Fort Bowie se sentía fresco y gentil.

El Ford se detuvo en el primer patio interior del Fuerte Sam Houston, en el que ya lo estaba esperando, en firmes, el que sería su secretario. El chico le abrió la portezuela después de saludarlo marcialmente. El general respondió al saludo con poco énfasis y se bajó del carro, se volvió a poner la gorra de plato, se tiró levemente la chaqueta azul oscuro por la solapa y le dio un par de palmadas en el brazo al joven, un poco para señalarle que se podía relajar, y otro tanto para hacerlo a un lado y avanzar a su despacho, al que se metió con la seguridad de quien conoce perfectamente un espacio.

El secretario entró apresuradamente detrás de él y lo encontró ya rondando el que sería su escritorio, viejo, sólido y de madera, no de metal como eran ya todos del otro lado del país. General, dijo el joven. Parker se quitó la gorra y la colgó del

238

perchero. Huele igual, respondió. Su subordinado lo miró con cierta ansiedad, sin atreverse a preguntarle exactamente de qué estaba hablando. El general se quitó el saco. Tenía sesenta y tres años, de modo que lo hizo con cierta torpeza, sin que su secretario, que todavía no sabía cómo actuar en su presencia, se acomidiera a ayudarlo. Huele exactamente igual que todos los fuertes de Arizona y Nuevo México, insistió el viejo ya arremangándose la camisa. El joven afirmó, sin atreverse a sonreír. Me habían dicho que conoce el suroeste, dijo. Pulgada por pulgada, le respondió el general. El joven señaló con la nariz hacia el exterior. ¿Quiere que lleven sus baúles a la que va a ser su casa? El general se alzó de hombros, desinteresado. Voy a decírselo al chofer, dijo el chico. Cuánto se hace a México en el Ford, le preguntó antes de que saliera. No sé, nunca he ido. El viejo entornó los ojos. Antes de que se lleven mis cosas, ordenó, saque mi sombrero y tráigamelo; está en su caja, la va a ver por ahí.

Cuando el joven regresó al poco con una fedora mexicana color caqui —las alas tan anchas que casi parecía un sombrero vaquero—, el viejo estaba mirando por la ventana, que daba a un segundo patio en el que un oficial les gritaba cosas horripilantes con vigoroso acento sureño a los primeros voluntarios de la guerra por venir. Son un desastre, le dijo a su secretario, pero van a mejorar en cuanto el Senado apruebe la persecución del general Villa y esta pobre gente —hizo un gesto vago, que señalaba a todos los texanos en edad de pelear— se aliste creyendo que hay honor en invadir México otra vez para ir practicando la invasión de Europa. Se miró la barriga, más que abultada, que se le había desparramado al quedarse en camisa. Sonrió: Yo estaba mejor cuando era carne de campaña, dijo, y de todos modos me decían «el Gordo Parker». Le quitó el sombrero de las manos al secretario y le ordenó: Vamos al cuadrángulo. ¿No quiere conocer antes a sus oficiales?, lo están esperando. El viejo se ajustó el sombrero y lo vio fijamente por primera vez. Aunque la mirada era severa, sus ojos caídos hacia los lados conservaban el innegable aire ambiguo con que daba órdenes desde que era un joven oficial partiéndose la madre en los pe-

239

dregales de Chihuahua y Arizona durante la etapa final de las Guerras Indias. El chico se sintió impelido a dar una explicación: Pensé que a lo mejor prefería conocer a sus hombres antes de ver los corrales. El viejo se pasó el pulgar y el índice de la mano izquierda por el bigote, ya gris, y preguntó: ¿A usted lo enseñaron a obedecer o a preguntar? A obedecer, general. Entonces mueva el culo, dijo el viejo, porque no sé si me voy a acordar por dónde se va.

El general James Parker no había vuelto al Fuerte Sam Houston de San Antonio en poco más de treinta años, cuando pasó ahí veinte días destacado como teniente del cuarto de caballería, acompañando a su superior directo, el capitán Elpenor Ware Lawton. Habían llegado en el tren que llevaba a Gerónimo y los últimos guerreros chiricahuas en calidad de prisioneros de guerra rumbo al Fuerte Marion en Florida.

La puerta del cuadrángulo estaba más cerca de las instalaciones administrativas de lo que recordaba. Aquí los teníamos, le dijo a su secretario, mirando la extensión de corrales repletos de ganado y que, en su hora, había sido un amplio baldío con buenos pastos y sombras razonables que algún general anterior había dedicado a la cría de venados, codornices, faisanes y pavorreales. A quiénes, preguntó el joven. A los apaches, respondió sin dar más explicaciones.

Recorrieron las instalaciones, el joven señalándole orgullosamente el espacio transformado en una unidad de producción de la que salía toda la leche y carne que se consumía en el fuerte. En algún momento el general se acodó sobre las barras de metal de las rejas de uno de los corrales, no para tomar aliento, sino memoria. No se imagina lo que nos costó llegar aquí, le dijo a su secretario. Infló los carrillos y sacó el aire con un bufido, sonrió muy levemente, más bien con tristeza. Íbamos rumbo a Florida y recibimos órdenes del Departamento de Guerra de detenernos hasta que el presidente Cleveland decidiera sobre el destino de los guerreros, dijo. Querían que los regresáramos a Tucson a que los enjuiciaran. El secretario, que tendría veinticuatro o veinticinco años, no seguía del todo lo que el viejo le estaba contan-

240

do. El viejo chasqueó la boca: Habría sido menos cruel que nos hubieran ordenado formarlos en el patio de las barracas, ponerlos de rodillas y darles un tiro.

El joven miró intrigado a su comandante, que se apretó las sienes bajo la cinta del sombrero y dijo con los ojos entrecerrados: Eran el grupo de hombres de coraje más inocentes que he visto en una vida llena de muertos inocentes. Lo que es raro, siguió, porque también eran todos unos pinches asesinos. Le señaló las barracas. Ahí vivieron, dijo. Y ordenó: Venga.

Caminaron por el pasillo bordeado de corrales, el olor a estiércol subiendo mientras el sol de la tarde empezaba a calentar de verdad el llano. Se paró enfrente de uno de los cuartos que ahora servían de almacén y se quitó el sombrero. El secretario no tenía claro si para pasarse el antebrazo por la frente y secarse el sudor o en señal de respeto. Se lo caló de nuevo y dijo: Era imposible no ponerse de su lado, imposible. Se volvió a acariciar el bigote con el índice y el pulgar, los ojos vidriados por lo que había dejado de ser para llegar a general, por todos los muertos que le jaloneaban todo el tiempo los ruedos bajos de los pantalones. Los muertos apaches, pero también los cubanos y los filipinos. Ahí dormía Gerónimo, dijo.

10 de agosto

Contra la irritante ruina ideológica de Tombstone, las ruinas concretas y silentes de Fort Bowie, en las cañadas del Puerto del Dado, cuyo nombre en inglés tiene tales resonancias en la conformación de la Norteamérica en que vivimos que todo el mundo lo conoce: Apache Pass.

Uno no va a Apache Pass, peregrina al sitio. Es el corazón mismo de la Apachería y el centro en torno al cual giró el mundo extinto de la nación chiricahua. El embudo de todos los comercios, el sitio donde sucedieron las únicas batallas entre la caballería de los Estados Unidos y una caballería apache idéntica en poder y número, dirigida, desde la línea de combate, por Cochís, el más grande, el más valiente, el más intransigente, letal y esquivo de todos los jefes chiricahuas. Cochís fue el último jefe capaz de juntar un ejército para enfrentar a los invasores en igualdad de fuerzas, Gerónimo era su chamán de guerra.

Es ahí, en el Puerto del Dado —un nombre tal vez demasiado misterioso para competir con el poderosamente gráfico Apache Pass—, donde está asentado el manantial que fue el punto de desacuerdo que destruyó las relaciones más o menos armónicas entre apaches y angloamericanos después de la ocupación del norte de Sonora y la instauración del territorio de Arizona. No sé cuántos libros he leído sobre las guerras de México y los Es-

242

tados Unidos contra los chiricahuas, cuántos cientos de veces he leído sobre ese manantial, que era el único que les permitía abrevar al norte del desierto de Sonora a los correos y trenes de mulas que hacían la ruta de Santa Fe a California. Tal vez los chiricahuas todavía existirían de no ser por el manantial; fue su existencia lo que picó al ejército de Estados Unidos contra ellos y el valle que lo rodea el sitio en que se jugó la guerra entera para ambos bandos.

Apache Spring —así se llama el manantial en inglés— es el nudo en el que se ata y desata la extinción de una cultura. Verlo fue una sorpresa: es un chorrito de agua, la meada flaca de un niño de tierra, un hilo transparente que solo es posible discernir a distancia entre la inmensidad de las laderas y valles de la zona porque a su alrededor crecen las únicas matas realmente verdes de por ahí: unos creosotes que por bien alimentados parecen árboles. De pie sobre el manantial que cae en una modesta cuenca de piedra y corre unos metros antes de volverse a sumergir, el chorrito de agua se convierte en la saliva de un dios que deja que los mundos se terminen con un golpe de dados, un golpe en el Puerto del Dado.

Dice una página de internet bastante seria sobre hidrología en Arizona que el manantial de Apache Pass es tan modesto hoy en día porque las granjas y pueblos de los valles de San Simón y Sulfur Springs, que se conectan a través de ese paso, reducen los mantos freáticos de la región. Que antes fue un chorrazo de agua. El dato es creíble en la medida en que la orografía del Puerto del Dado está cruzada por una cauda considerable, que ahora solo se llena durante las tormentas del verano. Viendo el manantial en su sitio, la información que resultaba tan creíble en internet ya no lo es tanto: aun si Apache Pass ocupa un cuenco de tierra baja entre la sierra Chiricahua y las montañas de Dos Cabezas, es un manantial de altura, que está mucho más arriba que los otros dos valles a los que se desciende desde ahí. El agua que absorben las eminencias de las Chiricahua y Dos Cabezas se junta y aflora en Apache Spring mucho antes de llegar a los pozos productivos que esperan más abajo. Los expertos sabrán cómo se comporta la presión del agua en los mantos subterráneos del desierto montañoso, pero si uno pudiera quedarse con la teoría que mejor explique lo que quiere entender, yo elijo pensar que el oasis, tan modesto, fue siempre así: su tamañito una metáfora invertida sobre sus implicaciones históricas. La extinción de los chiricahuas como un cataclismo humano y un hecho que en realidad no cambió nada dependiendo del punto de vista desde el que se vea.

Los apaches, como todos los miembros de la familia de los atapascanos, nunca se asentaron en un sitio preciso. Como siguen haciendo los tananas de Alaska y los yukones del norte de Canadá, y como hicieron cuando pasaron por la costa oeste norteamericana, los atapascanos de la familia apache se establecieron en un terreno vasto, en el que se desplazaban por rutas fijas de un campamento estacional al siguiente, siguiendo los ritmos naturales de producción de la tierra y el paso de las presas de caza mayor. Nunca construyeron nada que pretendiera durar más que una estación. Aun así, si los chiricahuas hubieran tenido algo que hubiera podido ser definido como una metrópoli, el lugar en el que se juntaban más de ellos por más tiempo, ese habría sido su campamento de invierno en Apache Pass.

Las crónicas en lenguas europeas escritas entre el siglo XVII y los principios del XIX describen las laderas de esas montañas, en las que hoy solo quedan las ruinas de un fuerte, un cementerio y la verga subterránea de un dios impotente, como terrenos sembrados de jacales y pequeñas hogueras en las que los distintos clanes disfrutaban de un clima y una abundancia que luego tenían que irles a sacar con mucho trabajo a montañas repletas de bosques negros durante el verano o a valles más secos durante la primavera. La querencia que sentían por el sitio explica, en cierta medida, que Cochís haya podido juntar, para defenderlo, ejércitos de caballería que entraban en combate a campo abierto, algo rarísimo en la historia militar de su nación. Lo que las muchas bandas de apaches de Nuevo México y Arizona tenían en común era el abrevadero del Puerto del Dado; el jefe que gobernaba sobre él era, de alguna manera, un jefe natural para todos los demás, y si alguien llamaba a defenderlo, lo más probable es que hasta los guerreros de las bandas más remotas –a veces enemigas del convocante– se mostraran dispuestas a enlistarse bajo sus órdenes y poner armas, caballos y cuerpos para defender el sitio.

Apache Pass les costó mares de sangre a los apaches y los estadounidenses. Los españoles y los mexicanos, que conocían mucho mejor a su enemigo del noroeste de Nueva España y México, nunca trataron de clavar una lanza en el sitio. Tenían un acuerdo práctico según el cual en el Puerto del Dado intercambiaban pacíficamente bienes entre sí aunque a unos kilómetros estuvieran trenzándose a balazos. Los hispanohablantes llevaban harinas, municiones y licor para los apaches y los indios ponían leña, pieles, canastas y, por supuesto, un trago de agua.

Los gringos entendieron que para someter a los apaches del este de Arizona y el oeste de Nuevo México –para cuando ellos llegaron ya se reconocían a sí mismos como chiricahuas– tenían que adueñarse del puerto de montaña. Construyeron una estación de diligencias de piedra –una cosa rarísima: solían ser de madera– y un fuerte que la defendiera. No sé si la decisión fue una pura estrategia comercial para asegurar que el flujo de riqueza de California alcanzara la costa atlántica del país, si fue una inocentada de recién llegados, o un golpe de estrategia por el que estaban dispuestos a pagar lo que fuera.

Lo cierto es que al principio, cuando el territorio de Arizona quedó bajo la administración de Washington, los estadounidenses mantuvieron la tregua con los apaches de la zona, que estaban encantados con su llegada porque los ojos blancos habían echado a los mexicanos de su territorio y les daban a cambio del agua y la leña armas mucho más potentes y funcionales que las de los soldados del ejército del sur de la frontera.

Esos primeros años de convivencia con los gringos fueron los últimos de abundancia para los chiricahuas: tenían un refugio seguro protegido por los ojos blancos una vez que cruzaban la frontera y superioridad armamentística cuando atacaban los ranchos de México. Fue su periodo victorioso y estuvo todo regido por la severa intransigencia de Cochís como jefe de jefes y la sombra de su chamán de guerra como el genio estratégico, venerado y temido por todas las demás naciones apaches. Cuando era joven, Gerónimo escuchó de Yusn mismo que no iba a morir en combate, así que arriesgaba como loco y, detrás de él, quien se atreviera a seguirlo.

Aunque las ruinas de Fort Bowie en Apache Pass son un monumento histórico conservado por el gobierno de los Estados Unidos, están solas. Solo se puede llegar tomando un camino de terracería más bien preocupante, que conecta el pueblo de Bowie con la carretera que lleva al parque nacional de la sierra Chiricahua y de ahí a la frontera que separa Douglas de Agua Prieta. El camino no es fácil aunque es corto; en temporada de aguas es peligroso: quien lo navega alza laderas encrespadas que las lluvias de las cumbres convierten en caudales inesperados. En una de las simas del camino hay un baño público, una mesa de pícnic bajo un tejabán de lámina bien conservado y una flecha que apunta a un sendero y dice: Fort Bowie, 2,5 millas. El último trecho se tiene que hacer a pie por una vereda bien marcada pero difícil. Lo seguimos.

No avanzamos más de media milla sin que los niños reclamaran que desistiéramos: la temperatura era de casi 45 grados, las matas son espinosas y el suelo está cuajado de insectos que parecen recién graduados de la prehistoria. Los cauces por los que se desbocan los caudales cuando hay tormenta demandan subir y bajar por pedregales en los que todo está flojo y corta. Valeria, creo que aliviada, se regresó con Maia y Dylan a la sombra y los botellones de agua que siempre llevábamos en la cajuela de la camioneta.

Todos en la familia, menos Miquel, estábamos conscientes de que lo que pisábamos era un santuario, pero el silencio era tan sobrecogedor, la autoridad de las montañas que se cruzan en el Puerto tan potente, que me dijo: Nosotros seguimos, ¿no? Poco después de la primera milla de avance, el camino se abre en un valle inesperado. Ahí están los restos de la caseta en que descansaban los correos en camino a California –unos cimientos de piedra nada más–. Luego sigue un cementerio, el manantial, las ruinas del primer fuerte, de adobe, improvisado, y las del segundo, más sólido, de ladrillo. Para llegar ahí hay que bajar a un fondo –el Puerto del Dado mismo, que es el sitio en que las arrugas de la corteza terrestre que llamamos Dos Cabezas y Chiricahua se juntan realmente– y subir una colina desde la que las tropas estadounidenses podían vigilar las laderas de los cerros que se llenaban de apaches en invierno.

Antes de todos esos marcadores, después de cruzar el cauce del río seco en el cual mi mujer y los niños se regresaron a las mesas de sombra, hay un declive casi bucólico –nada es bucólico y todo es brutal en la Apachería, pero a veces el zacate que corta como navaja parece, a cierta distancia, gentil–. Ahí está marcado el sitio mismo en el que empezaron los diez años de guerra más cruenta y sangrienta entre el ejército de los Estados Unidos y la nación chiricahua, encabezada sólidamente en ese momento por el jefe Cochís. El hecho sucedió en febrero de 1861. Los estadounidenses le dicen «El affair Bascom». Los apaches de todas las denominaciones lo siguen recordando con el nombre, tan de western que es imposible no elegirlo, de «Tienda Rajada».

El 27 de enero de 1861 un grupo de apaches había atacado el rancho de un irlandés, nacionalizado mexicano y convertido por la fuerza en propietario estadounidense, llamado John Ward. Inmigrante voluntario a México e involuntario a los Estados Unidos, Ward perteneció a la generación que, como dice la sabiduría popular mexicana, se volvió gringa no por cruzar la frontera, sino porque la frontera la cruzó. Su rancho dejó de estar en Sonora y quedó en el Territorio de Arizona cuando en junio de 1856 el Congreso Mexicano ratificó la venta de La Mesilla, que desplazaba la frontera del río Gila a la línea que conecta hoy Aguaprieta y Nogales.

En su pasado sonorense, Ward se había casado con una viuda mexicana y había adoptado al hijo de su matrimonio anterior, llamado, a partir de la adopción, Félix Ward. El 27 de

247

enero de 1861, el niño, que con los años se convertiría en una de las figuras más siniestras de la historia del Oeste estadounidense bajo el seudónimo de Mickey Free, fue secuestrado por un grupo apache, junto con veinte cabezas de ganado, durante el ataque al rancho de su padre adoptivo.

Como La Mesilla ahora formaba parte de los Estados Unidos, fue a la caballería de este país, todavía sin experiencia, estrategias o vías de diálogo fijas en la lidia de la más rijosa de las naciones indígenas de América, a la que le tocó localizar al niño y tratar de rescatarlo. El encargado de la búsqueda fue un lugarteniente George N. Bascom, recién llegado a Arizona, que al parecer siguió un rastro equivocado y concluyó, con más ganas de cumplir sus órdenes rápido que de hacer bien su trabajo, que el niño y el ganado habían sido robados por el clan de apaches que ocupaba las montañas Chiricahua bajo el mando del jefe Cochís.

Después de hacer sus pesquisas, Bascom regresó al Fuerte Buchanan, en el que estaba destacado, y recibió una unidad de caballería bien nutrida e instrucciones de rescatar a Félix Ward a sangre y fuego si era necesario. Su columna, compuesta por un grupo de soldados montados en mulas y con tan poca experiencia en el campo como él mismo, integró también a un grupo de civiles liderados por John Ward y, más tarde, a los hombres de un sargento Robinson que se encontraron por el camino.

Todos llegaron a la estación de diligencias de Apache Pass en la tarde del 3 de febrero y descubrieron, con alivio, que los empleados de la estación tenían una relación fluida y de cooperación con Cochís y su gente, que el jefe no estaba en la zona por ser los días más fríos del año, pero que podían mandar por él al valle de San Bernardino, donde pasaba con su gente el fondo del invierno. Unas señoras mexicanas, que seguramente limpiarían y cocinarían para los empleados de la oficina de diligencias, fueron enviadas a hablar con el jefe, con la seguridad de que todo se resolvería rápido: Cochís nunca robaba ganado del lado estadounidense de la frontera –su guerra perpetua con los mexicanos era un frente suficientemente amplio como para abrirse otro con el ejército recién llegado a la zona–. Además, y eso lo sabía todo el mundo –menos los pobres rubitos de diecinueve años disfrazados de soldados–, Cochís no secuestraba niños, ni mexicanos, ni estadounidenses, ni nada: era un nativista feroz que nunca se habría hecho, como hacían otros jefes, de hijastros de sangres distintas para convertirlos en apaches y guerreros. Cochís era, para entonces, un hombre de unos cincuenta años cuyo prestigio ya había rebasado al de Cuchillo Negro, que lo antecedió en la zona de las Chiricahua, y ya rozaba el de su suegro, Mangas Coloradas: nunca había perdido una batalla, nunca había firmado un tratado y nunca había sido expulsado del territorio que defendía a puro honor guerrero. Tenía con la apache gileña Dos-Teh-Seh, hija mayor de Mangas Coloradas, dos chamacos robustos y enfocados que podían heredar su mando si él caía en combate. Todo era tan escaso de amenaza y obvio que las empleadas mexicanas, de camino al campamento de Cochís, llevaron a Bascom al sitio en que le convenía acampar.

Estuve parado hoy ahí, con mi hijo mayor. El Cañón de los Sifones es el espacio en que Apache Pass se abre hacia los valles de San Simón y San Bernardino: no hay, en ese formidable cerco de montañas, un sitio más visible desde cualquier otro punto de la sierra, ni uno menos resguardado. De pie en el punto exacto en el que Bascom puso su tienda y las de sus soldados, queda claro que lo que todos esperaban que sucediera al día siguiente era una conversación pacífica: el encuentro entre un guerrero experimentado, invicto e incorruptible y un taradito de gabán azul que a lo mejor solo había hecho el viaje hasta el Puerto del Cubo para conocerlo.

El jefe tardó dos días en aparecer, no por arrogancia, sino porque había enviado buscadores a averiguar quiénes se habían robado a Félix Ward y qué pedirían a cambio. Cuando tuvo la información en el puño –había sido una banda de coyoteros– subió a Apache Pass acompañado de Dos-Teh-Seh, su hermano, el apache Coyontura, muy temido en Arizona y Sonora y muy querido en Chihuahua, y otro par de guerreros. Por la corte que lo acompañaba se deduce que estaba haciendo un esfuerzo notable por resistir la tentación de reventar a los ojos blancos que hollaban su territorio. Iba más bien a presentarse con su gente ante el ejército que ocupaba el país desde que se habían ido los mexicanos. Debe haber ido con buenas noticias: si Cochís les decía a unos coyoteros que devolvieran a un niño, lo usual habría sido que hubieran preferido regresarlo que contar al jefe de los chiricahuas entre sus enemigos. Debe haber encontrado decepcionante que los gringos le hubieran mandado a un cadete y no a un general, pero aun así atendió a su petición con diligencia: aceptó tomarse un café y fumar –tampoco era extraordinario: ningún apache habría rehusado nunca una invitación como esa– en la tienda de Bascom.

Los gringos sirvieron el café, lo distribuyeron y, en lugar de sacar el tabaco, desenfundaron sus pistolas sin ni siquiera escuchar lo que Cochís tenía que decir. Les dijeron a los apaches que estaban prisioneros hasta que devolvieran al niño. No era esa, definitivamente, la primera ocasión en que el jefe y sus guerreros enfrentaban una situación como esa: Cochís había sido detenido unos años antes, en una circunstancia parecida, en Fronteras, Chihuahua. El jefe debe haber mantenido la cabeza fría –tampoco era una persona que se asustara si veía un revólver apuntándole: todos los revólveres del sureste de Estados Unidos y noreste de México, tarde o temprano, le apuntaban a Cochís–. Le explicó a Bascom, a través de quien haya sido su traductor –nunca se le escuchó decir a Cochís una sola palabra ni en español ni en inglés–, que él no tenía al niño Ward, pero que si le daba unos días, lo traería con las cabezas de ganado que quedaran sin haber sido sacrificadas y una disculpa de los coyoteros. El lugarteniente le dijo que no, que mandara a otro y que, mientras, se quedaba prisionero.

Cochís debe haber hecho el cálculo infinitesimal que le permitió morirse viejo y de cáncer de estómago después de una vida entera en combate. Entendió que con el tarado de Bascom no se podía hablar, así que sacó su cuchillo, rajó la lona de la tienda y salió corriendo hacia sus cerros. Solo le entró un disparo en el cuerpo durante la carrera a pesar de que la tienda estaba, para ese entonces, ya rodeada por todos los hombres de Bascom y Robinson, con las armas fuera de los estuches y amartilladas.

Un testigo presencial declaró, frente al juzgado militar que revisó los hechos, que durante el escape del jefe los soldados de Bascom le dispararon cuando menos cincuenta rondas de munición. Dicen que, cuando llegó, herido en una pierna, a una colina en la que ya no había modo de que lo atraparan, todavía llevaba en la mano la taza de café. La soldadesca, para entonces, ya se había cerrado sobre los demás miembros de su familia y era imposible que escaparan. Durante esa primera refriega, uno de los guerreros chiricahuas fue asesinado en la tienda del lugarteniente de un modo que, por donde se vea, no puede ser considerado más que a traición.

Ya dije antes que Cochís, probablemente aconsejado por Gerónimo –que por entonces todavía percibía a los estadounidenses como sus aliados contra los mexicanos–, hubiera preferido no abrirse un frente peleando contra ellos: bastante tenía con ser el apache más perseguido y odiado en México. Trató de hacer razonar a los ojos blancos desde las alturas, y Bascom, niño enchilado, le dijo lo que siempre dicen los gringos: que no negocian con los malos –como si estuviera garantizado que los buenos son ellos–. Cochís gritó, antes de perderse en las arrugas de piedra de las montañas Chiricahua, que se iban a arrepentir de lo que estaban haciendo.

Los hombres de la compañía de diligencias, que deben haber escuchado la balacera y se habrán asomado por las ventanas y sabían con qué jefe se estaba metiendo el idiota de Bascom, deben haber empezado a hacerse pipí de miedo desde ese instante. Los soldados, en su tienda a los cuatro vientos, han de haber estado superorgullosos de su logro profesional. Por la tarde de ese mismo día, Cochís volvió a las alturas superiores del Cañón de los Sifones y envió un guerrero con una bandera blanca. La tregua fue aceptada por los estadounidenses y todos hablaron, por última vez, a gritos: Bascom fuera de su tienda y

251

Cochís en los altos de la sierra. El jefe apache insistió en que no tenía al niño pero podía encontrarlo, el ojos blancos le respondió que no le devolvería a sus amigos y familiares hasta que el hijo del irlandés apareciera.

La gente encargada de las diligencias, al mismo tiempo estadounidenses y amigos de los apaches, salieron en ese momento a mediar en un conflicto que a ellos, como a todos menos a Bascom, les parecía absurdo. Eran cinco. Un grupo de apaches descendió a galope desde una de las colinas y trató de hacerse con ellos como rehenes. Inició otra balacera y todos corrieron para todos lados. Tres de los empleados de correos pudieron escapar, uno alcanzó el corral del puesto y fue asesinado ahí por los soldados estadounidenses, que pensaron que era un indio. Otro, de nombre Wallace, quedó en manos de Cochís. A partir de entonces nadie se volvió a acordar del hijo del irlandés, porque ambos bandos ya estaban en plan de ver quién la tenía más grande: tenían prisioneros.

El jefe chiricahua exhibió una vez más, antes del anochecer, a Wallace. Llevaba las manos atadas por la espalda, tiraban de él por una soga atada al cuello. Bascom insistió en que no iba a intercambiarlo por Coyontura, los dos guerreros que quedaban vivos y la mujer de Cochís. Esa noche, los estadounidenses levantaron el campamento y se apelotonaron en el puesto de correos, que tenía muros de piedra. En los reportes posteriores consignaron que desde entonces se empezó a escuchar, en la montaña, el rugido seco de la danza de la guerra.

Al día siguiente no pasó nada, ni al siguiente. Cochís estaba esperando una situación más cómoda para negociar y le llegó cuando sus scouts le advirtieron que un carro de carga ascendía hacia Apache Pass desde el valle de San Bernardino. El carro era de un comerciante mexicano, un señor Montoya, con quien los apaches solían intercambiar seguridad a cambio de porciones discretas de harina. Esta vez llevaba, además, varias mulas para vender a dondequiera que fuera. Iba, por tanto, bien protegido: lo escoltaban siete mexicanos y tres gringos. Once en total.

Cuando Montoya vio venir a los apaches frenó el convoy y se pasó a la batea de su carreta para sacar las raciones de los chiricahuas. No entendió, hasta que empezaron los tiros, que estaba siendo víctima de un ataque, del que no tuvo manera de defenderse. Los indios sometieron a todos, separaron a los tres estadounidenses y ataron a los mexicanos con cadenas a las ruedas volcadas del carro. Los golpearon, apedrearon y lancearon, le prendieron fuego al carro cuando todavía estaban vivos. Esta acción fue documentada por la prensa mexicana, que señaló a Gerónimo como un comandante con cuya figura ya estaban familiarizados; los estadounidenses también registraron la acción, pero sin identificar al líder del grupo: todavía no conocían su nombre. A los gringos los ataron y se los llevaron a la montaña. Esa noche Cochís obligó a Wallace a escribir un mensaje en el que detallaba que, además de a él, los chiricahuas ya tenían a otros tres prisioneros y que seguían dispuestos a intercambiarlos por la familia y amigos de Cochís. El mensaje fue desplegado en un álamo cercano al puesto de correo. Cuando se hicieron las investigaciones del hecho, Bascom declaró que lo había visto pero no lo había leído, que de haber sabido que había cuatro rehenes estadounidenses, habría negociado. Sus superiores no le creyeron, pero tampoco lo castigaron.

No era un hombre que hablara de sí, dijo. Tenía los ojos cerrados, así que no veía al güero, solo lo escuchaba rascando el terreno como podía. El crujido del palo cada que se clavaba en la tierra para aflojarla y sacarla con un plato de hierro, que era lo mejor que había encontrado para hacer eso que le parecía que debería ser más solemne. No tenía nada de común ni de corriente, siguió ella. Ahí donde ves, tú lo llegaste a conocer tan bien como se podía conocerlo. Tenía el corazón como de diamante: irrompible e impenetrable. No conocí a nadie a quien le alcanzara para comprarlo. Sabrá la chingada qué había ahí adentro. Tenía un nombre, aunque nadie lo usara, ni yo, más que cuando nos tomábamos nuestras copitas. Se llamaba Damián y era hijo de un músico de capilla de la ciudad de Puebla de los Ángeles, allá, en el centro del país, donde dicen quesque son más civilizados pero son nomás gente asfixiada por cosas que no entienden pero que les pesan en la espalda y se les atoran en el culo: las buenas maneras, la moda, el pinche gobierno que todo se lo come. Era mayor de lo que parecía: nació, como todos nosotros, todavía arrullado por las canciones de cuna un poco idiotas del imperio, cuando todavía creíamos que pertenecíamos a algo grande. ¿Te imaginas? Pensábamos que estas tierras tenían Dios y rey —unos pendejos.

Lo habían cargado hasta la sombra cuando todavía respiraba. Le dio agua y toda la paz que pudo hasta que los ojos se le quedaron trabados y se le torció la boca. Ya estuvo, le dijo al güero, que había estado en cuclillas junto a ella. Él la ayudó a extender su cuerpo en el suelo antes de que se pusiera tieso.

Siguió hablando de él, como si el güero hubiera necesitado saber quién había sido, tal vez haciendo una lista mental de todo lo que había sido porque nadie más se iba a acordar una vez que lo enterraran. Tuvo, dijo, el privilegio o la desgracia de no tener una madre, sino varias docenas. Su padre se apareció así nomás, un día, cargando un bebé en chambritas en el locutorio del Convento del Carmen, antes de la misa de seis, que era la primera que interpretaba al órgano todos los días. La madre superiora le admitió al niño porque su padre aceptó volver diario a recogerlo terminando su última misa, la última clase de solfeo, la última reunión de la paupérrima Sociedad Sinfónica de Puebla de los Ángeles.

Damián decía que la superiora hizo una sola pregunta antes de aceptarlo: ¿Nodriza? Y el músico respondió: ¿No ve que tiene unas horas? La monja se debe haber enternecido más por el hombre que por su creatura, debe haber extendido los brazos y recibido al chamaco. Damián insistía mucho en que dijo: Tenemos varias sirvientas con crías, se lo voy a entregar a una de ellas. Ese era el dato clave para él. También contaba que el maestro de capilla había ofrecido pagar pensión, y que la superiora le había dicho que no había necesidad por el momento, que cuando empezara a comer, porque sabía que el músico no tenía ni donde caerse muerto. Y así vivió, dijo ella —le acarició el pelo—, como si el dinero no existiera, como si no hubiera que tener casa, como un pinche apache pues, y se secó el sudor de la frente. Se puso de pie, insertó su índice y su cordial en el borde de la cofia que le protegía la frente y jaló hacia arriba, liberando su greña, gris y significativa.

Es cierto que su nacimiento estuvo rodeado de misterio, dijo, pero incluso las cosas explicables y buenas estaban rodeadas de misterio en los tiempos entecos del final del imperio. Le pasó la mano por la frente. Le cubrió la cara con la tela que se acababa de sacar del pelo. Le encantaba eso, que no se supiera de dónde venía. A veces decía que era vástago de una santita de trece años, estudiante de solfeo, que interpretaba no bien, pero mejor que nadie en Puebla, unas cantatas vienesas a las que el músico capillero era aficionado. Otros días decía que en realidad era sobrino de su padre, que el maestro de capilla había ido a recogerlo a un convento en Tlaxcala donde su hermana menor vivía enclaustrada desde que se trató de escapar a la Ciudad de México con un vendedor de géneros cubano. Y estaba la hija de dieciséis años de la dueña de la pensión en que dormían, que a mí me parece el tiro más seguro. Ella también fue a dar a un convento. Todas terminaban ahí, pero no sé si era culpa de Puebla o del imperio, porque no he vuelto al centro en años. Lo sé porque cada tanto Damián le mandaba dinero. Yo creo que él pensaba que ella era su madre, aunque le gustaban más las otras historias.

Miró al güero. Nos hacemos guajes, dijo, nos decimos cosas, fingimos que no sabemos, pero la verdad es que todas las historias empiezan donde terminan. Su padre se fue feliz a interpretar misas, dar sus lecciones de solfeo y componer sus cantatas que nadie nunca escuchó, después de dejar al bebé en el convento, pensando que sería amamantado por una mulata parecida a las mujeres que veía bailando en la calle durante los carnavales. Damiancito fue entregado, en realidad, a una de las indias recién llegadas de Sonora a la que le habían quitado a los hijos, o se los habrían matado, ve tú a saber. La Intendencia del Ejército y Provincia de Nueva Vizcaya las mandaba al convento con una dieta miserable y alguna amenaza de retribución fiscal, para que las madres les enseñaran todo lo que cabía entre hablar español y cocinar una gallina con mole; luego volvían por ellas y las vendían a las familias pudientes de la ciudad para recuperar las pérdidas de una guerra que se peleaba desde hacía años, yo creo, con el único objeto de seguir consiguiendo esclavas indias para venderlas en el centro del país y así seguir peleando como desde hacía años.

O no es que las cosas terminan donde empiezan, sino que todos van escribiendo a lo menso en el cuaderno de nuestro destino, como si no fuera a ser lo único que vamos a tener.

No había manera de que recordara a la nodriza apache que perdió temprano, pero su fantasma siempre tuvo para él un saborcito de leyenda: ya desde entonces se decía que los apaches eran los más cabrones de los indios alzados, que nunca iban a ser de razón, que para el desayuno se tomaban la sangre de los bebés de sus enemigos. Y ya ves cómo son las mujeres de encierro, todo se lo creen, todo lo repiten. Decían que de infante había bebido la leche bronca de una mujer apache y de ahí no lo bajaron, así que cuando empezó a crecer y se convirtió en un huracán con buenas intenciones, las novicias encargadas de cuidarlo le cantaban una coplas inventadas en su honor por una de las esclavas negras del convento: «¿Qué le dieron en la leche? Tierra, piedra y sangre apache. ¿Y con quién se metió el padre? Ay mamá, la Sierra Madre.» Alzó la cara y enfocó la vista en el güero, que la atendía tan bien como podía, enterrando el palo en el agujero y agachándose cada tanto a recoger la tierra suelta con el plato. Se volvió hacia el cuerpo de Damián, puso la mano en el sitio del velo bajo el que estarían sus ojos. Para todos nosotros la Sierra Madre es un apiñadero de montañas, pero para él resonaba como la madre real de todas las madres que hicieron de sus mamás.

El convento fue siempre pura luz para Damián, o así hablaba siempre de él, como lo fue la sierra cuando finalmente la conoció. No que su padre fuera un mal hombre, al contrario, pero lo recordaba siempre ocupado, atribulado por el mordisco de la miseria, pensando en otras cosas: configuraciones de notas, candidatos posibles para instrumentistas en la sucesión de cameratas horrendas que juntaba cuando podía, misas, bodas, bautizos, el rastro de humillaciones que siempre implicaba ser maestro privado. El organista y el niño caminaban todos los días de la pensión de la calle del Sardo en la que vivían al Convento del Carmen, donde se concentraba toda la felicidad del chamaco. Iban siempre de la mano. El padre con la capa y el bonete de académico del órgano y él con el camisón rojo de las criaturas del parvulario, que usaba no porque atendiera a uno, sino porque su padre pensaba que así se vestían los niños.

Cuando se emborrachaba un poquito y hablaba de esos años, el Damián siempre insistía en que recordaba la longitud de sus sombras en los muros interminables de las calles de Puebla cuando se cruzaban con el farol del sereno; el golpe de los tacones de los zapatos hebilludos de su padre propagándose en ecos por la desolación de los empedrados como cañones por los que todavía no empezaban a circular ni las esclavas ni las viudas, que durante trescientos años fueron el relojito de la que a mí me parece que fue la ciudad más española, más señorial, más católica y más culera del reino vasto y flácido de la Nueva España.

Miró al cielo. Creció mimado tal vez monstruosamente por las hermanas. Feliz, seguro de sí, y, la verdad, con una educación mucho mejor que la del instituto, porque además de enseñarlo a leer, escribir y medio hacer números, las madres, que no se daban abasto para entretenerlo, lo enseñaron a remendar, a cocinar, a curar males con hierbas del jardín. Se rió con una risa de loca, tan intensa que hizo que el güero se desconcentrara de su tarea. Un día una de las madres mayores descubrió que su tripita, un botón de rosa, se estaba convirtiendo en una nahuyaca, así que poco después de su cumpleaños número doce el maestro de capilla regresó por él tras la misa de seis en la catedral y se lo encontró en el locutorio muerto de hambre y aburrimiento tras once horas haciendo puchero con una boca en la que ya se asomaba un bigotillo penoso, sin que nunca la superiora le hubiera abierto la puerta que daba al refectorio.

Entrecerró los ojos y los dejó un rato así, luego se inclinó sobre el muerto. Le tomó una de las manos. Notó que los dedos se le habían puesto duros y se puso a sobárselos para aflojarlos y que quedaran lisitos, como si hubiera muerto en paz. Tal vez había muerto en paz. El güero sabía que lo que estaba pasando era importante, así que masculló un espéreme tantito, no siga, y se fue rápido al sitio donde habían atado los caballos para ver si en las alforjas había algo que sirviera mejor que esas herramientas con las que no iba a acabar nunca.

Esperó a que volviera. El güero no había encontrado nada que lo ayudara a cavar entre las posesiones de todos esos muertos a los que les tenía que dar sepultura, pero al paso se había topado con una laja plana que le iba a permitir rajar mejor la tierra que el palo con el que estaba trabajando. Ella no atendía a la parte solo técnica de sus problemas, pero sí a su presencia. El güero no le tuvo que pedir que continuara. Su padre dejó en el mundo, siguió como si nunca hubiera interrumpido, además de a un muchachote largo largo y muy malcriado por todo un convento, un cuerpo de buen tamaño de ofertorios, pastorelas y misas que nunca nadie interpretó sobre todo porque eran infames. Para fortuna de la gente que poco tiempo después se iba a identificar con el nombre tan raro de mexicanos, ninguna de esas piezas alcanzó, tampoco, la imprenta. Pero era un organista competente y un director de coro empeñoso. Además podía juntar a un grupo de instrumentistas audible aunque estuviera siempre demasiado chimuelo para llamarlo una orquesta, y tenía la generosidad de hacerlo no para interpretar sus composiciones, sino para maltratar briosamente partituras que le llegaban impresas de Europa −partituras que invariablemente se escuchaban mejor en su cabeza que cuando las copiaba y ponía en las manos más bien despiadadas de sus violinistas de quiosco y los trompetistas de la banda militar de la ciudad.

El güero dejó de cavar por un segundo. Se pasó la mano por la frente, ya parda de tanta tierra. ¿De cuándo estamos hablando?, preguntó. Ella se alzó de hombros. Ha de haber nacido por el año noventa y nueve, dijo ella, unos diez después que yo. Imagínate; yo me acuerdo del año ochocientos. Era aburridísimo, nadie habría podido sospechar que estábamos bailando sobre un agujero, que nos íbamos a hundir en una guerra de diez años, que íbamos a salir de ahí siendo otra cosa de la que éramos. Si alguien le hubiera dicho a un español en 1809 que para 1821 la Nueva España se iba a llamar México e iba a estar gobernada por puros mexicanos, se habría muerto de risa.

Según mis cálculos, lo echaron del convento por el año once, que fue aciago en el centro del país. Desde entonces el maestro organista lo anduvo arrastrando de un lugar a otro, a veces para que le ayudara a cargar y afinar instrumentos, a veces para que se echara un palomazo con una banda a la que le faltaba un músico. Puebla siempre estuvo del lado de España aunque la gente dijera otras cosas de dientes pa fuera, así que a pesar de la guerra se mantuvo más o menos igual a sí misma, estuviera en manos de los realistas o los insurgentes; y era una ciudad grande, una señora ciudad, se podía hacer vida normal nomás escuchando que tal pueblo ya había caído, que lo habían recuperado, que habían fusilado a tal o que tal otro ya se había levantado más arriba.

Lo que sí que por entonces no había mucho trabajo, ni para los músicos ni para nadie más, y decía que los instrumentistas de su padre se fueron quedando poco a poco embarrados en los campos de batalla, tocando los tambores casi siempre del lado católico y realista. Estuvieron así hasta que un día se apersonó en la pensión un empresario de Saltillo, en el reino primo, pero no tan hermano de la Nueva Vizcaya, en donde quién sabe por qué había una compañía de ópera desesperada por un director que tuviera idea de cómo maltratar a un coro. El maestro organista no lo dudó y empacó sus bártulos, a su hijo, que ya para entonces tendría unos quince añitos, y se hizo al norte, como siempre acaban haciendo todos los mexicanos con un dedo de cerebro en la frente.

CHARLES B. GATEWOOD,
CABALLERO RENGO EN LA APACHERÍA

El teniente Gatewood era un hombre alto y delgado, de cejas pobladas y bigote de banquero, que se peinaba cuidadosamente en dos alas simétricas. Los chiricahuas, que de verdad lo querían y respetaban, le habían concedido el honor rarísimo de darle un nombre apache no tan burlón: «Bay-chen-daysen»: Nariz Larga –a otro militar, que se creía muy guapo, le pusieron «Moco de Guajolote»–. Los ojos los tenía oscuros y sitiados por unas ojeras aceitosas color caoba que probablemente hayan sido un síntoma más de las reumas feroces que le cocieron el cuerpo desde los tiempos en que se graduó de la academia militar y que nunca lo dejaron ni caminar ni sentarse en paz en una silla: pasaba la mayor parte del tiempo o en el caballo o acostado porque todas las demás posiciones le resultaban insoportables. Usaba sombreros de alas muy anchas para protegerse del sol y se vestía de paisano para ejecutar misiones fuera del cuartel. Era un hombre lento, coherente y melancólico, que tendía a establecer excelentes relaciones con los indios y pésimas con sus comandantes en el ejército. Cumplía sus órdenes, pero siempre utilizando métodos cuando menos irritantes. Sus superiores solían odiarlo apenas un poco menos de lo que lo necesitaban.

A pesar de que había recibido órdenes clarísimas de respaldar su misión con una escuadra de veinticinco soldados del primer cuerpo de caballería, destacado en Fort Bowie, el teniente Gatewood salió con rumbo a Carretas, Chihuahua, acompañado solo por dos buscadores apaches y tres mulas de provisiones y equipo que jalaba él mismo. No confiaba en los arrieros estadounidenses, pésimos en la hora de surcar desfiladeros como los que siempre involucraban sus misiones, así que solía arrear él mismo la carga hasta que cruzaba la frontera con México, donde lo esperaba algún hombre de su confianza con el que quién sabe cómo se comunicaba a distancia.

El general Nelson Miles, encargado por el presidente Grover Cleveland para terminar de una buena vez y de preferencia a la mala con la Guerra Apache, había mandado traer a Gatewood, que estaba castigado en un puesto de vigilancia remoto en territorio navajo, porque era el único oficial en la región que se entendía bien con los chiricahuas –aun si se entendía tan demasiado bien con ellos que tenía fama, si no de traidor, cuando menos de sublevado–. El general Miles sabía que el teniente, aunque rejego y enfermizo, era el único miembro del ejército estadounidense en el que confiaba Gerónimo y entendía que su mejor apuesta para que lo promovieran fuera del purgatorio de las guerras indias y los peladeros del suroeste de Estados Unidos era detener al líder chiricahua. Había un riesgo en mandar traer a Gatewood: si en la hora de la detención del líder apache había que asesinarlo, el teniente se iba a interponer, pero era un riesgo barato. En el peor de los casos una bala perdida podía resolver el problema incrustándose casualmente en la nuca del virginiano, y nadie en el ejército lo iba a extrañar si ya no estaba Gerónimo ahí para que se le necesitara.

Gatewood salió de Fort Bowie idiosincráticamente tarde, como solía hacerlo siempre: pasadas las diez la noche. Había recibido esa mañana la orden de movilizarse hacia México porque se supo que los chiricahuas comandados por Gerónimo y Naiche habían enviado a dos mujeres al presidio del pueblo de Carretas, en Chihuahua, con el objeto de negociar una tregua con la autoridad civil de la localidad. Según el despacho interceptado a un corredor del ejército mexicano, los guerreros ya estaban agotados y sin recursos: para acabar con ellos solo había que cercarlos. El general Miles le pidió por despacho urgente al gobernador de Chihuahua permiso para ingresar una columna más en territorio mexicano. Era la columna de Gatewood, una columna de un solo hombre: la columna fantasma. Nunca los gobiernos de México y Estados Unidos se entienden tan bien, hasta nuestros días, como cuando están concentrados en joder a otros: el gobernador de Chihuahua extendió un permiso expedito.

Para el verano de 1866, Miles ya tenía tres cuerpos de caballería del cuarto batallón en México. Sin embargo sabía que la presencia de setenta y cinco soldados con aparejo y provisión en las cercanías de Carretas pondría a los apaches en movimiento, así que mandó llamar a Gatewood con la misión de atraerlos hacia el norte para luego hacer con ellos lo que fuera necesario para que dejaran de aparecer en los periódicos. La misión del teniente contradecía la estrategia general de Miles: el cuarto de caballería, bajo el mando del capitán Elpenor Ware Lawton, tenía órdenes directas y clarísimas del presidente Cleveland de encontrar a Gerónimo, detenerlo para que encarara un juicio en Tucson, Arizona, o asesinarlo a él y a los guerreros que lo siguieran al menor atisbo de resistencia. Se esperaba que opusiera resistencia, por lo que la misión era, en realidad, de asesinato. Si Miles mandó traer a Gatewood desde su castigo en el norte para que encontrara a Gerónimo era porque debía estar lo suficientemente desesperado para tener un plan alternativo. Tuvo la precaución de obligarlo a cargar con un heliógrafo para poder controlarlo a distancia. El general Miles ordenó que se reportara diario a las ocho de la mañana, a lo que Gatewood respondió, idiosincráticamente, como siempre, que no sabía usar la máquina y no podía llevar un ingeniero en una expedición que demandaba velocidad y exactitud como ninguna otra. El general respondió que el capitán Lawton, encargado de las operaciones del cuarto de caballería en México, sí tenía un oficial de comunicaciones, que se lo diera a él apenas lo encontrara.

Gatewood y sus buscadores apaches hicieron el viaje con la pachorra que caracterizaba sus misiones: no solo seguían los senderos indios, si veían algo y se les antojaba, lo cazaban;

263

cuando alcanzaban un manantial, daban de beber a los caballos y rellenaban sus cantimploras, pero si lo encontraban rebosado, se bañaban en él sin que les importara que por hacerlo perdieran medio día. Es bueno para las reumas, decía Gatewood, y se quedaba horas dándose baños. Cruzaron la frontera dos días después de lo esperado –un misterio, dado que Fort Bowie estaba a tiro de piedra de la línea– y encontraron ahí al arriero que los iba a acompañar. En esta ocasión los aguardaba con su hijo. Ambos se llamaban Doroteo. Las dos mujeres que Gerónimo mandó a Carretas habían notado que estaba lleno de soldados. Regresaron con las noticias y el chamán y su jefe, Naiche, decidieron que era mejor seguir pasando hambre en la sierra que arriesgar una traición. Cuando Gatewood llegó al presidio los apaches ya se habían hecho montaña arriba, sin dejar huellas, como siempre.

Lo que los buscadores del teniente sí encontraron fue el registro en el suelo de un cuerpo de veinticinco miembros de la caballería estadounidense, probablemente parte del cuarto de caballería destacado en México, que seguramente había respondido a las mismas noticias a las que respondieron ellos.

Es Parker, dijo uno de los buscadores, llamado Martino. Y siguió: Este es su caballo. Gatewood negó con la cabeza, sin haberse bajado del suyo: son pisadas muy diáfanas, dijo, poco profundas para un animal tan grande como el del gordo Parker. Es que están muertos de hambre y muy desgastados, respondió Martino, vea las pisadas de los demás animales. Completó: Esas briznas pegadas ahí no las dejó el lodo, son caca; a los caballos les dio diarrea porque quién sabe cuánto hace que no comían forraje y les dieron en el pueblo, seguro para que se fueran rapidito. Gatewood se alzó de hombros. Yo digo que no puede ser Parker, insistió, esas no son las pisadas de un caballo montado por un gordo.

Siguieron el rastro, poco esperanzados en que condujera a Gerónimo: las estrategias de evasión del chamán chiricahua eran demasiado eficaces como para que una escuadra de veinticinco gringos acalorados, y para colmo en México, pudiera localizarlo. Sin embargo pensaron que si encontraban al cuarto de caballería, tal vez se podrían enterar de algo nuevo, o más preciso, sobre la situación real de la campaña. La gente de Carretas, como todos los mexicanos, era evasiva cuando un soldado gringo pedía información, más si iba acompañado de esa cosa tan confusa que eran los buscadores apaches, al mismo tiempo indios y soldados del ejército norteamericano. A Gatewood no le preocupaba mucho: siempre podía mandar al arriero y su hijo por información o comida y tabaco, si era lo que le faltaba.

Encontraron la columna seis días más tarde –el 27 de junio, según el diario de Gatewood–, en las cercanías de Huachinera. El teniente y sus buscadores iban avanzando ligeros por el camino indio de las alturas del río Bavispe –los Doroteos estaban en el pueblo comprando comida– cuando notaron muy en la distancia la bola de polvo que iban alzando sus perseguidos. Así no van a encontrar a nadie nunca, le dijo Martino al teniente, que iba mordiendo una ramita de jojoba. Aceleraron el paso para alcanzarlos, los buscadores por delante para cortar el cerro en diagonal por pasos seguros y el oficial siguiéndolos de cerca.

Gatewood registró el momento justo en que el comandante de la escuadra que bordeaba el río Bavispe notaba que algo se le venía encima desde los altos de la ladera y frenaba en seco a la tropa. Lo vio ordenarles a sus hombres que se pusieran a cubierto, por lo que aceleró el paso hasta rebasar a sus buscadores, antes de que abrieran fuego. Los soldados ya estaban dispersándose en busca del cobijo de las piedras, Winchester en mano, cuando Gatewood gritó: primero de caballería en Fort Bowie, y vio, aliviado, que el comandante de la escuadra silbaba de manera potente pero escasamente marcial para que sus hombres dejaran las posiciones en que apenas se estaban acomodando. Fue hasta entonces, cuando los vio salir de entre las rocas, que Gatewood notó que iban en andrajos: los pantalones rotos, las camisetas sin mangas y en jirones, las botas rajadas. El único que llevaba la camisola reglamentaria era el comandante de la escuadra, pero le quedaba tan grande y estaba tan sucia que ya no se le notaban las insignias.

Había algo de hombres de ceniza en los soldados que le volteaban la rienda a sus caballos para regresarlos al camino, una lentitud de prisioneros en la resignación triste con que poco a poco iban encajando los rifles en las fundas de los aparejos y se iban montando de nuevo, como si lo tuvieran que hacer porque habían cometido pecados atroces en el pasado. No se acomodaron en una fila para esperar a los recién llegados, como habría hecho regularmente la caballería estadounidense. Se quedaron regados donde estaban, unos mirando hacia los jinetes que se les acercaban desde el monte y otros mirando hacia un adelante que tampoco parecía que los fuera a conducir a ningún lado. Los caballos estaban en los huesos, los hombres peor.

A Gatewood le avergonzó un poco ir tan compuesto, con el sombrero y la camisa limpios y el jaquet corto de jinete sureño abotonado, las botas mexicanas puercas pero completas, las espuelas brillantes. Se acercó al comandante con los buscadores a sus flancos, como correspondía. Martino dijo algo mientras estudiaba al oficial de la camisola puerca. Era un hombre barbudo. Estaba tan delgado que el capote de pelo que le cubría el rostro no ocultaba que tenía los carrillos completamente chupados. La piel de su frente, ya tan delgada bajo el sombrero texano todo agujereado, parecía más bien un cráneo barnizado.

Gatewood estaba tan impactado estudiando al esperpento al que se acercaban que tardó en ponerle atención a Martino, que insistía en decirle algo. Frenó para pedirle al apache que repitiera lo que había dicho: nunca hacía nada sin escuchar el consejo de sus buscadores. Tenías razón, le dijo el indio, las pisadas parecían del caballo del Gordo, nunca me había equivocado. No te equivocaste, le respondió Gatewood, que inmediatamente después hizo un saludo militar y dijo: Teniente Parker, a sus órdenes; teniente Gatewood, primero de caballería de Fort Bowie.

El espectro abrió un rictus chimuelo que eran los puros restos de un gesto de bienvenida. Qué haces en el infierno, Charles, dijo. Me mandó el general Miles, te he estado buscando.

Parker se secó el sudor de la nuca con la mano. Nosotros ya no sé ni a quién buscamos, si a los chiricahuas o al capitán Lawton, que nos mandó al monte. ¿Cuánto llevan perdidos? ¿Solo nosotros o contando el tiempo que estuvimos perdidos con Lawton? Da lo mismo, respondió Gatewood, y señaló hacia el camino por el que había descendido: Por ahí va a venir ahorita mi arriero con tortillas y frijoles, café; vamos a comer. ¿Traen tabaco?, preguntó Parker. Traemos tabaco. Volvió a sonreír.

Aunque el día de su encuentro en las cercanías de La Huachinera Gatewood y Parker tenían más o menos la misma edad —el primero treinta y tres años y el segundo treinta y dos—, Parker se veía mucho más viejo. También tenía mucho más don de mando: estaba acostumbrado a traficar con el poder sobre los soldados rasos porque lo habían enviado de la academia militar a las guerras indias y siempre había estado destacado en el campo. Gatewood, por su parte, había sido un extraordinario estudiante como oficial, pero sus problemas de salud, las licencias infinitas que se tomaba para regresar con su esposa a Virginia, su tendencia a aprender de los modos de vida de los indios en lugar de combatirlos sin hacer preguntas, le habían impedido formarse como un comandante de hombres. Se puso de inmediato bajo las órdenes de Parker, aunque ambos tuvieran el mismo rango —«No tengo columna, así que no tengo mando», fue lo que le dijo a su colega—, y le sugirió que, dado que ninguno de los dos tenía un rastro para seguir a Gerónimo, mejor buscaran de vuelta el batallón del capitán Lawton —el oficial con más rango destacado en México— y unieran fuerzas. Y cómo vamos a encontrarlo, le preguntó el Gordo Parker sonriendo irónicamente mientras rellenaba su pipa de tabaco —sus hombres ya encendían un fuego para calentar las tortillas y los frijoles que los Doroteos iban a traer de Las Huachineras—. Señaló hacia las montañas, que se perdían infinitas y masivas hacia todos lados. Gatewood se sacudió una mosca con la mano. Martino y su primo nos lo encuentran, no te preocupes.

En los seis días que se tardaron en hallar a Lawton, el señorito sureño tuvo tiempo de convencer a Parker de que encontrar a Gerónimo y asesinarlo era prácticamente imposible: en los cincuenta, tal vez sesenta años que llevaba peleando, ni el ejército imperial español, ni el ejército mexicano, ni el gringo habían podido hacerlo. Ellos no tenían por qué tener éxito. Era mejor convencerlo de regresar a Estados Unidos, deportarlo.

11 de agosto

En la madrugada del ocho de febrero de 1861, después de cinco días de enfrentamientos intermitentes, nevó en Apache Pass. Los apaches habían estado danzando y gritando toda la noche, pero no habían bajado al puerto mismo. Cuando el sargento Robinson llevó los caballos al manantial, protegidos por la mitad de sus hombres, la nieve no estaba hollada ni por cascos de potro desherrado ni por mocasines. No sabía, no podía haber sabido, que el desmadre gigantesco que los indios habían armado la noche anterior se debía a que el legendario Mangas Coloradas había llegado al refugio de las montañas Chiricahua para sumar su caballería de más de doscientos guerreros a los más o menos ciento veinte leales de Cochís.

Un militar más experimentado en batallar apaches habría intuido que si los indios no se habían dejado ver era porque no solían atacar posiciones resguardadas. Habría enviado a los caballos a beber de uno en uno y guarnecidos por pocos hombres para evitar exponerlos a los guerreros que estarían esperando su oportunidad en la montaña.

Cochís envió a un destacamento reducido de guerreros a atacar a Robinson para que su jefe mordiera el señuelo y dejara salir a todos los demás al descampado. No contó con que Bascom era un cobarde: cuando supo que la caballería apache descendía por la montaña, se encerró en la oficina de correos.

Los hombres de Robinson se replegaron y defendieron el puesto con gallardía desde afuera. Perdieron los caballos, pero tuvieron pocas bajas y finalmente consiguieron que su jefe les abriera el cuartel improvisado. Cochís y Mangas ya se habían jugado su carta más importante, dejando ver la plenitud de su fuerza, así que siguieron atacando en oleadas, que los estadounidenses resistieron bien. Para el final de la tarde Cochís calculó que sus familiares y amigos ya estaban muertos y ordenó una retirada de vuelta a las montañas y de ahí a Fronteras, en Sonora: tenían demasiados heridos para seguir batallando y los estadounidenses ni salían a campo abierto, ni permitían, gracias a un fuego constante perfectamente administrado, que los guerreros se acercaran a prenderle fuego a su refugio. Colgó a sus prisioneros gringos de un álamo que estaba a los pies de lo que hoy es el cerro llamado Cabeza de Cochís después de torturarlos hasta el desfiguramiento absoluto.

Cuando tras cuatro días de silencio los soldados de Bascom se animaron a volver a salir de su refugio para regresar a sus fuertes, se encontraron con los restos de los muertos; identificaron a Wallas por sus molares de oro, de los que había estado orgullosísimo en vida. El lugarteniente soltó a las mujeres y los novicios apaches que tenía prisioneros y mandó colgar a los guerreros del mismo álamo del que habían pendido los gringos atormentados. En su informe a sus superiores Bascom contó que los dos guerreros pidieron morir fusilados tras un trago de whisky. Ambos deseos les fueron negados.

El incidente de Tienda Rajada fue un ratón que se convirtió en un mastín, en un rinoceronte, en una ballena, en un portaaviones. Cochís se enteró por Dos-Teh-Seh de que Bascom les había negado la última voluntad a su hermano y Coyontura, y aunque había martirizado a sus propios prisioneros sin misericordia, entró en un furor vengativo, que demandó a su vez más actos de escarmiento del ejército estadounidense. Cada tanto cruzaba a los Estados Unidos desde su refugio cerca de Janos y arrasaba con todo lo que se encontraba, sin tomar prisioneros. Sus operaciones eran tan rápidas que los estadounidenses simplemente no podían reaccionar a ellas.

Diez meses después de los hechos de Tienda Rajada, el periódico *Missouri Republican* reportó que toda la Apachería estadounidense, antes rebosante de colonos blancos, era una zona de desolación. Por las mismas fechas el minero Sylvester Mowry le escribió una carta al secretario de Guerra en Washington pidiéndole que hiciera algo: todos los ranchos y granjas de la región estaban abandonados y Tucson y Tubac, las únicas localidades que seguían pobladas, eran verdaderos campos de refugiados.

En julio de 1862 el letal James H. Carleton, destacado al sur de Tucson, fue nombrado gobernador del territorio de Nuevo México. Su recorrido por los bosques de sahuaros del Desierto del Pinacate a la villa de Alburquerque, en la rivera del Bravo, adquirió la estatura de una leyenda: las trescientas millas de extensión de la Apachería estaban regadas de tumbas de piedras amontonadas, ranchos calcinados, muertos mecidos por el viento en los árboles y huesos de cadáveres devorados por coyotes.

Fue en Saltillo, que iba pasando la guerra intocada gracias a que estaba protegida por la sombra de unas montañas endemoniadas que se parecen más a los Cárpatos que a las sierras académicas del centro del país, donde Damiancito, hasta entonces bueno para absolutamente nada más que para ser mimado por las manos brillantes de mantequilla y sebo de almendra de las hermanas del Carmen y afinarle los instrumentos a su padre, tuvo que encontrarse una vida.

El músico de capilla, acostumbrado a trabajar con viejos meticulosos como él mismo o con viudas y vírgenes esotéricas que le dedicaban unas horas de la semana a despertar a Dios a gritos, no tenía paciencia para educar las manos torpes de un muchacho que cada día amanecía con un dedo más largo que otro: flor de su edad. Se exasperaba rápido y agarraba para el teatro principal si algo con música estaba en temporada, o para la capilla que le hubiera ofrecido trabajo esa semana, o para la Sociedad Sinfónica que él mismo había fundado a semejanza de la que dejó atrás en Puebla aun si apenas era una tertulia que nada más tomaba café en los portales de la plaza principal porque no había podido recolectar, todavía, un grupo de aficionados a la música que supiera tocar un instrumento y lo tuviera.

Ahí fue donde se desencaminó Damián, o a lo mejor donde agarró el camino que lo vino trayendo de la oreja hasta este lugar en el que lo estaba esperando una bala con su nombre. Agarraba para la cantina y ponía en práctica las tres tonterías que su padre le había enseñado con una banda de acordeón, guitarra y tololoche, fundada por un muchacho alemán apenas un poco mayor que él mismo, ya muy aclimatado a Coahuila. Solían interpretar una mezcla estrafalaria de romances locales con valses austriacos que aunque tenía cierta gracia y hasta un nombre –la gente llamaba polkas a las canciones porque les sonaban a canciones de gitanos y estaban seguros de que los gitanos eran polacos–, a nadie le parecía que fuera a tener ningún futuro.

Los dedos como de ciruela de Damián también exasperaban a sus compañeros, pero el líder de la banda, entrenado en una infancia prusiana antes de llegar a la Nueva Vizcaya, notó que para lo que el poblano servía de maravilla no era para el acordeón, que más bien dolía si lo apachurraba, sino para mantener el compás, y le adaptó un tambor que consiguió con descuento en la bodega del presidio. No era un buen tambor: tenía las clavijas vencidas, de modo que por más que lo apretaran para la primera canción, el cuero ya se había aflojado para la segunda. Había algo de salvaje en ese sonido rasposo y extendido que terminó cuadrando consigo mismo cuando el propio Damián le adaptó al pellejo un cencerro de vaca que agregaba brillo y entusiasmo.

Gracias al ritmo marcado por la obviedad supina del redoble y el campanazo, la turbamulta de rancheros, indios briagos pero de razón, chinos que habían encontrado en ellos a sus parientes remotos y migrantes que habían terminado en Saltillo porque en cualquier otro lugar los habrían colgado, entendía mejor cómo funcionaba la polka y la bailaba frenéticamente cuando la banda salía de la cantina y tocaba en uno de los burdeles de la ciudad. El salto a la plaza pública fue natural: en alguna ocasión el alcalde de Saltillo estuvo entre los asistentes a un número de la banda en el lupanar y, pasado de copas, los invitó a tomar un turno en los domingos culturales de la Plaza de Armas, entre la banda real, un coro de los niños brutalizados por la curia local y un declamador que hacía llorar a las multitudes aunque siempre recitara los mismos poemas.

No te imaginas, siguió, la banda fue un éxito desde su primera aparición, sobre todo porque ni los poemas, ni los latinajos de los niños brutalizados, ni las marchas de guerra eran bailables, y si hay algo de lo que están ayunos los coahuilenses es de felicidad, viviendo en el cagadero de cabras en el que viven. La banda comenzó pronto a tener cierto reconocimiento y hasta imitadores, así que sus miembros decidieron ponerle un nombre: Los Bávaros del Norte.

Entonces, por el año veintidós o veintitrés, cuando en el centro finalmente se enteraron de que Saltillo existía, llegó un regimiento de soldados fogueados en los combates de allá abajo para organizar unas elecciones en las que hubo un solo candidato a gobernador. Una vez que ganó, les avisó a todos, en el contexto de un baile amenizado, precisamente, por Los Bávaros del Norte, que hacía un año que había dejado de existir la Nueva Vizcaya y que pertenecían al departamento de Coahuila, en el Territorio Septentrional de la República Mexicana. Que ahora sí iban a saber lo que era formar parte de una República.

El régimen de miedo impuesto por el nuevo gobernador, que sospechaba de una región que, según él, había aportado pocos cuerpos a los ejércitos insurgentes, produjo que la mayor parte de los jóvenes casaderos de la ciudad –que eran quienes se habían entregado a la música de Los Bávaros– se fueran a la ciudad de Monterrey o al Paso del Norte, mejor conectadas a través de San Antonio y Santa Fe con el centro, pero también con la prometedora alianza de blancos millonarios que fundaron un país sin nombre en la costa norte del Atlántico y que ya se habían extendido hasta el río Misuri y andaban acercándose peligrosamente al Grande.

El güero alzó la cabeza de la tumba que estaba cavando. ¿Cómo que un país sin nombre?, dijo, se llama Estados Unidos. Eso es como llamarse Aquí A la Vuelta o Personas de Bien, respondió ella. Ya, dijo él, y regresó a la tierra.

Otro tanto de los varones de la ciudad se fue hacia el sur, siguió ya encaminada, como si no estuviera contando la vida de un muerto que tenía ahí enfrente, sino tomándose una copita

274

de anís en la sala de su casa. Ya podían ocupar los puestos en el gobierno que se les diera la gana porque los sobornos y los nombramientos ya no tenían que ir a España para producir un hueso del cual roer. Los esclavos que el gobernador llegó a liberar se fueron a lugares no mejores porque América nunca fue mejor en nada para los negros, pero sí donde no pudieran encontrarse nunca a nadie que hubiera sido su dueño. A los indios que eran esclavos nadie los liberó –todavía no pasa–, pero a ellos de todos modos nadie nunca los veía. Y los soldados no estaban: cuando no los mandaban a perder batallas contra los lipanes o los comanches, estaban sofocando los esfuerzos independentistas del Territorio de Nuevo León –en donde ganaron– o en Texas –donde tarde o temprano vamos a perder porque a esos salvajes no los somete nadie.

Fue tras una serie de bailes desolados, en los que las muchachas disfrazadas de cortinas se quedaron sentadas nomás viendo a los criollos viejos ponerse una borrachera patibularia –se habían quedado porque siempre habían estado ahí–, que el prusiano sugirió que Los Bávaros del Norte se convirtieran en una compañía itinerante que organizara pachangas en las que la polka con tambora se mostrara como lo que realmente era: una nueva música para un país nuevo, aunque en realidad fuera solamente un género musical incomprensible para un país que nadie podía entender. La banda adoptó entonces el nombre de Los Nuevos Mexicanos y agarró camino para los territorios del oeste.

ELPENOR WARE LAWTON, CAPITÁN CON HAMBRE EN LA SIERRA MADRE

El capitán Elpenor Ware Lawton estaba en una loma, tirando piedras al cauce del río Aros, cuando notó, lejos en la cumbre de una montaña, una serie de puntos en movimiento que podrían ser la columna de veinticinco soldados de caballería que se le había perdido hacía seis semanas. Los jinetes iban bajando por una ladera tan escarpada que pensó que además de haber estado extraviados, habían enloquecido. Jesús, dijo para sí, pensando que a lo mejor el teniente Parker, al mando de la columna perdida, había muerto, y sus hombres, menos experimentados, habían estado derrotando solos el monte. Parecían borregos. Se palpó la bolsa del pantalón para ver si de casualidad se había echado ahí el catalejo al dejar el campamento. No lo llevaba: había bajado tanto de peso desde que lo mandaron a México con órdenes de regresar con el indio Gerónimo prisionero o muerto que, cuando se metía cosas en los bolsillos, se le caían los pantalones.

Hay un registro de la apariencia del capitán Lawton que merece ser consignado para denotar el daño con que la expedición de la Sierra Madre marcó a los que formaron parte de ella. Lawton se hizo un retrato poco antes de partir a México en persecución de los últimos chiricahuas y apareció en una foto de grupo cuando su misión estaba por terminarse, ya de vuelta en los Estados Unidos. La primera es una foto de estudio, en la que aparece con el gabán militar abotonado. No era un hombre apuesto, pero parece haber sido carismático: tenía los ojos achinados del modo al que se le rasgan a la gente que sonríe con curiosidad, llevaba un bigote de morsa muy lacio y muy poblado, que se le desparramaba hacia ambos lados de la cara. Tenía el pelo claramente ingobernable lo suficientemente corto para que no se notara que el peine nomás no le entraba. En el retrato no está mirando a la cámara, sino hacia un punto más allá del fotógrafo. Tiene una mirada interesada, gentil. No era ni gordo ni flaco. Estaba pleno, fuerte.

La segunda fotografía fue tomada en las afueras de San Antonio, Texas, al pie del tren en el que el cuarto de caballería acompañó a los chiricahuas, finalmente derrotados, rumbo a su exilio en Florida. El bigote le había crecido tanto que parecía de gambusino. O a lo mejor tenía el mismo tamaño que al principio de la expedición, pero se veía desproporcionado porque su cara ya era puros pómulos y ojos hundidos. Lleva un uniforme limpio, pero le queda cómicamente grande. Su sombrero, en cambio, parece ser el mismo con el que ejecutó la misión que propulsó su carrera como la de un oficial tenaz y responsable, capaz de lo que fuera con tal de cumplir sus órdenes. Es un sombrero de fieltro, polvoso y tan puteado que parece que una cabra hubiera tratado de comérselo. Viendo esa foto queda la impresión de que en los cuatro meses que pasó en la Sierra Madre no comió ni durmió nunca. Así se debe haber visto, pero además vestido en puras garras, cuando avistó lo que podía ser la columna perdida de Parker. Se palpó el bolsillo en busca del catalejo y decidió volver a su tienda a buscarlo.

Regresó al campamento, que había mandado instalar dos días antes en un recodo entre las colinas, distante unos trescientos metros de la bajada al río. Se habían instalado ahí más para proteger a los hombres, insumos y caballos del sol salvaje de los días y los vientos helados que bajaban de la cordillera por las noches que de un improbable ataque apache. Mientras hurgaba en su bolsa de campaña pensó que la columna que había avistado no podía ser más que la de Parker: los soldados perchados en el monte definitivamente no llevaban el uniforme blanco que distinguía a los cuerpos del ejército mexicano en el desierto, y nadie más que el Gordo podría haber andado tan adentro en la Sierra Madre por esas fechas. Lo raro era, volvió a decirse, que Parker y sus hombres estuvieran derivando con tanto aplomo por alturas a las que la caballería del Norte solamente llegaba por error. Su mente hacía círculos cada vez más cortos y reiterativos conforme pasaban las semanas de internamiento en la sierra.

Salió de su tienda, catalejo en mano, y, haciendo los ojos chicos –la luz del sol ya era insoportable aunque apenas fueran pasadas las nueve de la mañana–, miró la desgracia de su campamento con los brazos en jarra. Las tiendas parchadas y dispuestas sin la menor voluntad de orden, como si hubieran rodado al valle desde los cerros; los pocos hombres que no habían salido a tratar de cazar algo o conseguir comida en algún pueblo improbable de mexicanos estaban cortándose las uñas, afeitándose a cuchillo o limpiando un fusil que suponían que no iban a utilizar tampoco ese día, ni esa semana, ni el mes siguiente porque para entonces ya todos estaban seguros de que nunca iban a dar con los chiricahuas.

Su jefe de scouts era el que estaba más dado al traste de todos: estaba sentado en una piedra, nomás viendo para adelante. Lawton sabía que, de toda su compañía, era él quien tenía una sensación de despropósito más abultada debido a que, desde la llegada del general Miles al mando de las operaciones del ejército en el suroeste de Estados Unidos, utilizar buscadores apaches en misiones oficiales estaba prohibido, así que sus scouts eran unos gringos como él, que podrían seguir a unos guerreros con caballos por las montañas de Arizona pero nunca jamás a una banda moviéndose a pie por la sierra descomunal de México. Era un hombre esotérico, como todos los de su oficio: los buscadores pasaban demasiado tiempo solos, demasiadas noches escuchando las historias rarísimas de los indios, para los que el desierto y la montaña no eran una cacerola sin asideros, sino un espacio que se interconectaba todo a través de vías que solo ellos reconocían.

Lawton se le acercó y le preguntó qué hacía. El buscador ni siquiera tuvo la cortesía de alzarse y hacer el saludo militar reglamentario en un caso como ese –hacía semanas que el cuarto de caballería ya funcionaba como una banda más de la sierra–. Respondió que estaba viendo hacia delante. Eso me queda clarísimo, dijo el capitán. Si uno fija los ojos bien lejos, dijo el jefe de scouts, siente el futuro: el momento en que podamos regresar a una cama de cuartel y una dieta normal y a tener asuetos para escribirle a la familia. Lawton sintió el mordisco del sarcasmo y recordó que otro de sus tenientes le había dicho, tal vez para convencerlo de que escribiera un telegrama declarando oficialmente fallida la misión, que entre la tropa decían que no podía durar mucho porque Gerónimo de todos modos se podía morir de viejo en cualquier momento. No me parece un buen chiste, le había dicho Lawton al soldado, a lo que el otro había respondido: Es que no es chiste.

¿Por qué no se los dejamos a los mexicanos, capitán?, le preguntó el jefe de scouts desde su piedra: Ellos conocen el terreno, y cuando llegan a los pueblos, sí les dan comida. Cuáles pueblos, le respondió Lawton: la guerra ha durado tanto que se vaciaron. El buscador sacudió la cabeza: La gente está en algún lado, si no ¿por qué cada que nos encontramos a una columna mexicana ellos van bien comidos y vestidos? El capitán miró al cielo: le daba lo mismo lo que dijera su gente; entendía que estaban en una situación límite, pero él tenía órdenes y no iba a rendirse. Y luego está la pendejada de arrestar a Gerónimo, siguió el jefe de scouts; no trabajamos para un alguacil, no arrestamos. Lawton se quitó el sombrero, se peinó la greña, que ya le agobiaba el coco mucho más allá de lo correcto para un militar, y dijo: Yo creo que vamos a estar aquí abajo hasta que el presidente Grover gane o pierda las elecciones. ¿Me está diciendo que usted también piensa que es imposible agarrar a Gerónimo? Lawton se caló de nuevo el sombrero: ¿Hace cuánto que no me encuentra un rastro? El buscador sonrió, volvió a enfocarse en el punto imaginario en que el capitán recibía la orden de regresar al Norte.

El capitán ya iba de vuelta al río, catalejo en mano, para confirmar que era la columna de Parker la que estaba bajando la sierra, cuando se dio la media vuelta y le dijo al jefe de scouts, tal vez nomás por joder: Vístase y acompáñeme. Ya estoy vestido, capitán. Está en ropa interior. Es lo que me queda. El capitán se miró a sí mismo. Él también estaba solo en camiseta porque su franela simplemente se había hecho jirones durante el cruce de la parte gruesa de la sierra, pero conservaba los pantalones –tenían rotos pero todavía eran los reglamentarios–. Señaló con el catalejo cerrado hacia un punto indefinido en las alturas, a las que ya nadie quería ver porque más que unas montañas eran para ellos un corral y una pesadilla. Por ahí vi venir a Parker, dijo, a lo mejor trae uniformes de repuesto. El jefe de scouts alzó las cejas. Ha de estar peor, dijo, pero se levantó con cierto ánimo, a sabiendas de que en la situación en que estaban, cualquier noticia, buena o mala, terminaría siendo buena porque siquiera sería una noticia. Y a lo mejor Parker no había llegado a donde estaban porque los buscara, sino porque había encontrado un rastro y necesitaba apoyo.

Ya al otro lado de la cañada, el capitán y el jefe de scouts confirmaron que el que descendía la sierra era Parker. Lo confirmaron apenas habían estirado el catalejo. Los hombres montaña arriba reconocieron el reflejo del sol en el brillo de la lente y respondieron identificándose mediante señales hechas con un espejo. El buscador extendió una sonrisa larga mientras su capitán apuntaba el telescopio. Dijo: Eso del espejito es de la caballería de Fort Bowie. Y aventuró: Gatewood se encontró a Parker y nos lo trajo. ¿Gatewood?, preguntó el capitán. Nadie más se habría venido por la parte alta de la sierra. El capitán negó con la cabeza: No puede ser, Gatewood está castigado. El jefe de scouts sonrió de nuevo: El general Miles ha de estar desesperado. Dejó que Lawton enfocara largamente en los hombres en descenso.

Cuando el capitán reconoció al frente de la columna la figura del hombre montando a la sureña y vestido como un señorito de las barrancas y los precipicios dijo: Pues sí, viene con

Gatewood. Contó el grupo. Eran veintiséis y dos arrieros, lo cual quería decir que Gatewood había venido solo: no tenía mando. Sonrió, cerró el catalejo y le ordenó al jefe de scouts: Llama a los oficiales, que junten a los hombres y levanten el campamento; lo quiero empacado para cuando Parker y Gatewood ya estén abajo. El jefe de scouts no le hizo caso inmediatamente, estaba mirando con atención el pedregal y los pinos que los rodeaban. Por ahí están, dijo, señalando su entorno inmediato. ¿Quiénes? Los buscadores apaches de Gatewood. Los buscadores apaches ya están prohibidos, dijo el capitán. Le digo que Miles debe estar desesperado, los buscadores de Gatewood ya están escuchando nuestra conversación. Y gritó: ¡Martino! De entre las matas se alzó una mano saludadora.

La última etapa de la Guerra Apache tuvo ese sabor, tal vez casero: fue tan larga y la pelearon tan poquitos que al final ya todos sabían todo de todos. En el encuentro en el río Aros Parker y Gatewood se decantaron firmemente por la postura de pactar con Gerónimo. Lawton insistió en sus instrucciones: Hay que detenerlo o matarlo, dijo después de escuchar el caso expuesto de manera más bien informal por Parker, que no regresaba del todo a la cordura a pesar de que ya estaba comiendo otra vez con cierta regularidad. Tenemos que detener o matar a Gerónimo, insistió el capitán, tal vez al jefe Naiche no, deportarlo con los demás, pero mis órdenes dicen con absoluta claridad que el presidente quiere a Gerónimo o arrestado o muerto y es lo que voy a hacer. Parker y Lawton estaban de pie, el Gordo —conservó su apodo a pesar de la crisis de desnutrición que lo agobiaba— firme con mirada de loco, el capitán acariciándose los bigotes y trazando círculos en la arena con la punta de una bota agujereada, la mirada de borrego perseverante clavada en el suelo. Gatewood estaba sentado en la sillita de tijera que llevaba siempre en las mulas de carga porque el dolor de las reumas era tanto que no le permitía estar de pie. Junto a él estaba el hijo de su arriero mexicano, listo para ayudarlo a pararse y sentarse.

¿Para qué nos hacemos tontos?, capitán, le dijo el Gordo a su superior, mientras los tres hablaban fumando, circundados por el ajetreo de las columnas reunidas del cuarto de caballería. El señorito enfermo llevaba el tabaco reglamentario en bolsas para la tropa y para negociar con los indios, pero también cargaba consigo siempre una caja de madera con puros forjados en Virginia para las ocasiones que demandaran una conversación de caballeros. Parker siguió: Aquí el teniente puede tener interés personal en salvar a Gerónimo porque son amigos, pero yo no: solo quiero que esto se acabe, y no se va a acabar si no les ofrecemos una paz a cualquier costo a los chiricahuas. Lawton respondió que a lo mejor ese había sido el caso hasta el día anterior, pero que ahora contaban con Gatewood y sus buscadores apaches, que cuando menos deberían intentarlo. Y anotó, mirando al virginiano: Porque está claro que usted está bajo mi mando, ¿correcto? Estoy bajo su mando sin ninguna duda, dijo Gatewood, y no soy ningún rebelde. Lawton lo señaló con un gesto, como para que Parker entendiera que incluso él le daba la razón. Cerró su argumento de manera conciliatoria: A lo mejor si los indios se nos escapan otra vez, podemos repensarlo. Gatewood alzó su cigarro –le temblaban un poco las manos por el dolor, que le parecía tolerable en la libertad de la montaña pero se le volvía monstruoso cuando ingresaba al territorio de las disciplinas militares–. Dijo, como si estuviera solo y meditando: Tiene razón, pero el problema no es mi amistad con Gerónimo, el problema es que tratar de matar a Gerónimo sería perder el tiempo porque Gerónimo no va a morir en combate: es una cuestión de economía. ¿Cómo que no va a morir en combate?, preguntó Lawton. No va a pasar, no me pregunte por qué, pero no va a morir en combate. El capitán lo miró entre intrigado e irónico. Parker, que lo conocía de más tiempo, explicó que el teniente había sido jefe de buscadores, que sabía cosas raras de indios. Como qué, preguntó el capitán. Gatewood sacudió su cigarro en el aire otra vez. Da lo mismo, dijo, lo importante es que no vamos a poder matar a Gerónimo. Lawton entornó los ojos. Si no me dice por qué no voy a seguir escuchándolo. El virginiano miró al cielo. Se lo dijo su dios, dijo, no importa si es una superstición o no, pero él cree que no va a morir en combate y eso es lo que va pasar. Así no se puede hablar, dijo el capitán, y se metió el cigarro en la boca. Jaló el humo, lo expulsó. Dijo: Soy el comandante general de esta expedición y puedo seguir las órdenes que recibí del presidente de los Estados Unidos, o puedo insubordinarme porque un teniente a mis órdenes, sin columna, pero con dos apaches y dos mexicanos bajo su mando, cree lo que le dicen los indios. Apuntó con su cigarro hacia sus oficiales. Pónganse en mi lugar y obedezcan, dijo, lo que me están ofreciendo no es un plan que pueda ni consultar con el general: ¿cómo le explico que usted cree que Gerónimo habla con un dios y que por eso tenemos que hacer esto o aquello? Es que tratar de matarlo no va a servir de nada, dijo Parker. Lawton sacudió la cabeza. Rompan filas y organicen a su gente, ordenó. Ninguno de los tenientes se movió. Insistió: Se acabó la conversación, es una orden. Y mirando a Gatewood: Aliste a sus buscadores. Parker se rascó la barba de gambusino. Alistar buscadores apaches, anotó, también es un acto de insubordinación: están prohibidos. Lawton lo miró a los ojos. Cállese, le dijo. El Gordo se alzó de hombros, hizo un saludo militar y se dio la media vuelta, para llamar a sus hombres a filas. Gatewood hizo un gesto que señalaba que entendía la circunstancia. Se apagó con cierto dolor el cigarro en el tacón de la bota y se metió la mitad que le quedaba en el parche del saco de catrín. ¿Y usted no trae un uniforme en sus aparejos?, le preguntó el capitán. Sí. Póngaselo. El teniente le pidió ayuda al Doroteo chico para levantarse de su silla y, apoyado en él, le preguntó a Lawton: ¿Cuando menos puedo ver al cirujano del batallón antes de que salgamos? Por supuesto, le dijo el jefe. El hijo del arriero le tendió su bastón y ambos se dirigieron a paso de pato hacia los restos del campamento. Por cierto, agregó cordialmente Gatewood, en una de las mulas viene un trebejo que me mandaron para usted, un heliógrafo. Lawton entornó los ojos. El teniente le sonrió. Es para traerlo corto, le dijo, pero piénselo así: puede pedir uniformes para los muchachos y alzarles la moral.

El capitán se quedó donde estaba. Vio que Gatewood saludaba al médico, que ya había terminado de alzar su tienda y acomodaba su magro instrumental en su caballo. Los vio intercambiar unas frases y vio que el doctor tomaba al teniente por el codo mientras ambos se dirigían a un sitio en el que todavía quedaban unos catres tendidos aunque ya no los cubriera una tienda. Lawton escupió en el suelo, talló el gargajo con el tacón de la bota. Regresó a ocuparse de sus cosas.

La formación ya estaba completa, Lawton y Parker montados en sus caballos al frente esperando a Gatewood con la cortesía propia del nuevo ímpetu que nutría al batallón, cuando el cirujano se acercó, todavía a pie, al capitán. El doctor era quien impartía las órdenes cuando Lawton estaba indispuesto. Lo conocía bien, de modo que sabía cuándo tenía que ser cuidadoso. Dijo: Me da pena, capitán, pero el teniente no puede continuar en campaña. A Lawton se le desencajó la cara. Está completamente incapacitado, siguió el doctor, absolutamente. Pero si llegó hasta acá, respondió el capitán, no puede estar tan mal si llegó hasta acá y se trajo a Parker. El doctor se alzó de hombros y dijo: Si él quiere, puede marchar con nosotros bajo su propio riesgo, pero yo le tengo que dar un alta indefinida. ¿Y si ordeno lo contrario?, preguntó Lawton aunque ya sabía cuál iba a ser la respuesta del médico. Le pueden hacer una corte marcial si lo retiene.

El capitán se quitó el sombrero y se rascó la greña violentamente. Le preguntó al médico: ¿Dónde está? Ya va camino a la montaña, me pidió la baja por escrito para entregarla en Fort Bowie. El capitán salió a galope a seguirlo. Parker, que tal vez estuviera recuperando la cordura, tuvo la delicadeza de esperar a que se hubiera ido para desmontar.

Lawton encontró a Gatewood avanzando a trote de paseo rumbo a la montaña, flanqueado por sus apaches y seguido por el arriero y su hijo, con las mulas cargadas con la comida y el tabaco de que la tropa de Lawton estaba urgida. Antes de acercarse al teniente cerró los ojos, apretó todos los músculos de la cara, respiró muy hondo y expulsó el aire varias veces para extraer del fondo de su voluntad un gesto de amistad y paciencia en lugar de sacar el revólver y darle un tiro, que era lo que en realidad quería. Lo alcanzó y le dijo: Usted gana, teniente, estoy abierto a todas las opciones cuando nos encontremos con Gerónimo. Es lo inteligente, le dijo Gatewood, buena suerte: no sé si el médico le dijo de mi baja. El capitán se contuvo con trabajo: Sí me dijo, pero me gustaría que usted nos acompañara; es más fácil que Gerónimo sobreviva a un encuentro con el batallón si usted va con nosotros. Gatewood le preguntó algo en apache a Martino, que respondió con muy pocas palabras. Dice que si queremos encontrar a Gerónimo, primero tenemos que encontrar a los mexicanos, que lo que les ha dicho la gente de la sierra es que ellos ya lo tienen centrado. ¿Qué gente?, dijo Lawton, mostrando apenas el filo de su rabia, el problema es precisamente que en la sierra no hay gente. Para ellos sí hay, dijo Gatewood, alzándose de hombros de manera conciliatoria.

12 de agosto

Nos planteamos que el día fuera flojo. La idea era ir a comer en uno de los asadores vaqueros de Safford. Lo que tenemos este verano es tiempo: días emotivos e intensos, pero también días sin esfuerzo. Salimos por el camino de Wilcox y, como por primera vez cruzábamos el pueblo sin un plan ambicioso, nos detuvimos en su barrio histórico: la calle que da a la estación del tren. Habíamos desayunado temprano en el jardín, una vez que sale bien el sol es imposible sentarse en la mesa exterior de la cabaña, en parte porque el sol le cocina a uno la cabeza, pero sobre todo porque los bichos diurnos son tantos y tan ponzoñosos que no se puede estar en paz: hay avispas del tamaño de una cucharilla de café; hay unas mantis religiosas tan grandes y gordas como ratones, viudas negras, escorpiones de viento –no pican, pero son aterradores–, hormigas tan grandes que se les ven los pelos del lomo; todos se posan sobre el mantel, pasean por la vajilla y la comida con la seguridad de las creaturas que saben que en el mano a mano igual salen ganando contra un ser humano.

Después de recoger la mesa y la cocina, los niños jugaron indios y vaqueros. A los nenes les encanta corretear con su hermano mayor, que no solo es paciente con ellos; está suficientemente cerca de la infancia, aunque haga vida de hombre, para embeberse en perseguirlos con sus pistolas de plástico y su sombrero vaquero mientras ellos van delante, sin camisa y con sus arcos y flechas de plástico, dando alaridos. Estaban tan entretenidos que incluso pudimos leer un rato. Cuando el calor se volvió insoportable incluso en el porche, retacamos la hielera y nos hicimos al camino.

En Willcox, vimos la estación del tren histórica –cualquier cosa– y unas tiendas de antigüedades que eran más bien de cosas usadas. Nos detuvimos en el Museo Chiricahua de la Sociedad Histórica del pueblo. Es una casita encantadora que no contiene ni un solo objeto memorable ni conviene visitar bajo ninguna circunstancia, salvo por una colección de fotos en las que aparece una bisnieta del jefe Cochís que, cuando menos según las tarjetas que explican las fotografías, fue la última persona que habló la variante chiricahua de la lengua apache en el pueblo. Le dio lecciones al actor Tommy Lee Jones para una película en la que hizo de blanco aindiado: *The Missing*.

Hay en la exhibición, por supuesto, más fotografías de Tommy Lee Jones en Willcox que de ella, y no hay fotografías de ella sin él. La última representante de una forma de ver al mundo solo resultó memorable en el condado que lleva el nombre de su bisabuelo porque le enseñó a pronunciar ciertas palabras a un actor. Claramente, la hemos cagado.

Dice cosas muy malas de nosotros que la lápida de un habla –una forma completa de ser humano– sea una película de Hollywood, pero también es cierto que gracias a que *The Missing* fue filmada y apareció en ella un actor relativamente conocido, cualquiera puede escuchar hablar, todavía, la variante idiomática del tronco atapascano que hablaron Gerónimo, Cochís o Mangas Coloradas. Terminamos con los hablantes del apache de las montañas Chiricahua, pero siquiera refrigeramos algo de lo que hablaban. No es tan raro. Los westerns son muchas cosas, entre ellas campos de lápidas sobre el manto del suroeste de Estados Unidos. La memoria embellecida de un momento de fundación intensamente desaseado: arriba el mármol y las rosas, bajo la línea de la tierra, una generación de genocidas y sus víctimas pudriéndose. Eso fue todo, América.

En la parte más honda del puerto de aire de Apache Pass hay un panteón en el que no se ha enterrado a nadie desde el siglo XIX. Es, tal como el mundo en que fue fincado, un espacio multirracial segregado. Hay dos grupos separados de gringos, me imagino que unos blancos y otros negros, aunque eso no tengo manera de saberlo. También hay una zona en la que están juntos todos los mexicanos. Son tantos como los estadounidenses, aunque las historias oficiales de la región los hayan borrado. En el rincón del fondo, están los apaches. Son solo tres —siempre fueron numéricamente menos— y los tres son niños. Uno de ellos es Mantito, uno de los hijos de Gerónimo, que se malogró a los dos años, en septiembre de 1885. Las tres tumbas, que por ser las del fondo tienen como marco la majestad de las Chiricahua —que al mismo tiempo las desolan y amplían—, son las únicas que tienen flores. De plástico, por supuesto, pero flores. No sé si los ramos están ahí porque esos tres muertos son muertos niños o porque sus huesos son los últimos restos de verdaderos chiricahuas que siguen ahí, fijos para siempre en su tierra. Alguien puso esas flores, alguien las desempolva cuando las tormentas las salpican de tierra y las cambia cuando el sol del desierto se come sus colores.

Mangas Coloradas no tuvo una tumba, pero sus restos serían localizables: su cuerpo decapitado fue enterrado en la fosa común de Fort McLane, donde murió asesinado a traición después de una noche en que lo torturaron, atado de pies y manos, quemándolo con hierros calientes cuando ya tenía más de setenta años. El genocida Joseph Rodam West, encargado del fuerte al que había invitado a Mangas en son de paz, le cortó la cabellera para conservarla como trofeo en su escritorio y le cercenó la cabeza para hervirla y conservar el cráneo, que era monumental. No sería difícil encontrar los demás restos del jefe. Mangus, su hijo, y Naiche, su nieto, están enterrados en el cementerio apache de la base militar de Lawton, Oklahoma; habría que cortarles una rebaba genética, contrastarla con las de los huesos de la fosa común del Fuerte McLean, donde habrán depositado los restos del cadáver decapitado de Mangas. Devolverlo al valle del Gila para que encuentre la paz que nunca tuvo en vida.

La tumba de Cochís no es profanable. Fue el único de los jefes chiricahuas que nunca ni perdió ni se rindió, que estableció sus propias condiciones para que hubiera paz y que murió como mueren los que no perdieron: entre los suyos y sin dejar ni una fotografía que podamos hollar con nuestros sistemas de reproducción mecánica.

Había algo en la resistencia imposible de Cochís que intimidaba incluso a los abusivos de siempre. Peleó hasta los sesenta y cinco años, edad a la que pasó a la historia tal vez como el jefe nativo americano más exitoso de todos los tiempos. En el otoño de 1872, consiguió un tratado de paz tan ventajoso para sí y su gente que tiene el sabor de la rendición para el ejército de los Estados Unidos. El general Oliver Otis Howard, representante plenipotenciario en Arizona del secretario del Interior del gobierno de Washington, le permitió a Cochís establecer una reservación donde él quería –las montañas Chiricahua, por supuesto–, administrada por Tom Jeffords, su amigo blanco, en la que no había ni podía haber ningún tipo de presencia del ejército de los Estados Unidos. Al ocupar un espacio fronterizo con México y no estar resguardada por ningún cuerpo militar, la reservación les permitía a los guerreros de Cochís mantener sus asaltos a los ranchos de Sonora, vender el ganado y los caballos robados en Chihuahua y regresar a Arizona, donde las tropas sonorenses se aventuraban en muy pocas ocasiones a pesar de que había un acuerdo que permitía las persecuciones en caliente entre ambos países.

Muchos jefes de muchas naciones indias firmaron tratados tan ventajosos como el que obtuvo Cochís, pero ninguno consiguió nunca que fuera respetado, que el ejército de los Estados Unidos rindiera sus derechos y privilegios sobre un territorio y los dejara en paz. El trato de Cochís fue honrado, a pesar de la presión de los jefes militares locales, la incipiente clase política de los pueblos gringos que empezaron a surgir en la Apachería y la prensa de Tucson, hasta el último día de la vida del jefe. La única interpretación posible para un hecho tan sin precedentes en el pasado ni repeticiones en el futuro pasa por reconocer que Cochís fue el indio americano que acumuló mayor capital de miedo entre sus contemporáneos. El gobierno de Washington estaba dispuesto a darle lo que pidiera con tal de que dejara de pelear. Hay que decir, también, que Cochís respetó a fondo su parte del trato –por única vez en su vida–: no volvió a salir de la reservación para ejecutar asaltos en territorio estadounidense.

Hay un aire de anormalidad en los hechos de los últimos años de Cochís: había peleado toda su vida, debe haber estado cansado, harto, seco de tanta violencia; sabía que su gente no podía resistir mucho en pie de guerra solo por razones numéricas y estaba consciente de que le quedaba poco tiempo en el mundo: tenía un cáncer de estómago lento y voraz que le hizo difícil durante años cabalgar el camino de la guerra.

El 7 de julio de 1874 Cochís y Tom Jeffords se vieron por última vez. Para entonces ya habían sido, por una década, los enemigos más feroces en el campo de batalla y los amigos más entrañables en la arena de la conversación. Durante los dos últimos años de vida del jefe habían sido, además, socios comerciales exitosos: lo que los bravos de Cochís no vendían en Chihuahua, se negociaba con los comerciantes de Nuevo México a través de la agencia de la reservación encabezada por Jeffords. Los unían entonces no solo el amor y el odio –cualquiera sabe que cuando se termina una relación se extrañan tanto las horas de luz como las de oscuridad–, sino también ese lazo irrompible, y de por vida de verdad, que son las complicidades en los grandes actos de corrupción.

Jeffords, que vivió hasta 1914, contó en una entrevista ese último encuentro con Cochís. El cuerpo legendario del jefe estaba ya para entonces tan decaído, en parte por la enfermedad que se lo terminaba y en parte por el mezcal que bebía sin parar para olvidarla, que ambos reconocieron que no podía durar mucho más. ¿Crees que nos volveremos a encontrar del otro lado?, le preguntó Cochís a Jeffords. El agente, que había visto e infligido todas las infamias del mundo como testigo y participante de la Guerra Apache, no podía haber creído en Dios, debe haber pensado en la muerte como un alivio solo en la medida en que fuera absoluta. Le respondió que realmente no lo sabía, que lo dudaba mucho. Cochís, cuyo rictus famosamente duro no se ablandaba jamás, sonrió ligeramente, tal vez porque ya podía contar las horas que le quedaban en el mundo con los dedos de las manos. Le dijo: Yo creo que sí, que nos vamos a encontrar, los buenos amigos siempre se vuelven a encontrar.

Cochís murió esa misma madrugada, la del 8 de junio de 1874. Tiene que ser una leyenda, pero se dice que los aullidos de su gente se escuchaban hasta Fort Bowie y que nunca fueron más aterradores.

Cochís era un motor bélico. El guerrero que desde la pubertad batalló al imperio más extendido de su hora y en la madurez a dos de las naciones más pobladas, ricas y poderosas de América, solo pudo sobrevivir dos años a la paz. Era un hombre de sangre y resistencia, un proyecto de destrucción, un arma, un puro vigor en movimiento, la gloria de lo que es improductivo y no se puede domar.

El jefe Victorio, que no era chiricahua sino mimbreño, pero igual de letal y vengativo que Cochís, murió por el tiro certero en el cuello del rarámuri Mauricio Corredor. Mangas Coloradas murió de rodillas, con reatas alrededor de las manos y las piernas. Gerónimo se murió de viejo, humillado como prisionero de guerra en un campo de concentración. Cochís no les dio a sus enemigos el privilegio de ver la hora de su extinción.

El 9 de junio de 1875, después de velarlo todo el día y toda la noche, los chiricahuas prepararon el cuerpo del jefe para su último viaje como si tampoco fuera a ser un viaje de paz. Le quitaron la camisa, le pusieron la banda de guerra en la cabeza, le pintaron la cara con polen y lo treparon transversalmente en su caballo con los pantalones de gamuza y los mocasines puestos. Le volvieron a amarrar debajo del ombligo la cartuchera repleta de balas y le encajaron ahí las pistolas mexicanas con mango de plata con las que podía seguir disparando colgando de la silla por un lado para que no lo alcanzara el fuego enemigo. Lo envolvieron en la espléndida cobija novoinglesa que el general Harold le había regalado dos años antes, cuando arreglaron la paz que terminó matando al guerrero. Se hicieron a los cerros y cañones de la sierra que les pertenecía. Su perro fue, como si siguiera vivo, detrás de él. Nunca ningún apache volvió a hablar de ese día. Su historia oral fue tan difícil de recuperar porque, hasta la generación ya una pizca americanizada de los chiricahuas que crecieron en Oklahoma, tenían tantos tabúes en torno a la muerte que ni siquiera se permitían decir el nombre de los que ya se habían ido. Tom Jeffords estuvo presente y, eventualmente, contó la historia. La banda completa y el agente ascendieron al que debe haber sido el lugar de poder del guerrero. En ese lugar, que nunca nadie reveló, el cuerpo de Cochís fue arrojado a un abismo con todo su ajuar; su caballo y su perro fueron sacrificados y arrojados al mismo sitio para que le facilitaran el camino al otro lado. Su cuerpo nunca ha sido encontrado.

Les conté esta historia a los niños por la tarde, mientras preparábamos una cena ligera, más bien vegetariana, en la mesa de afuera de la casa de las Peñascosas. Nos habíamos comido media vaca en la parrilla de Safford, que por no haber sido ocupado por mexicanos, como Bowie, parece un poco más desarrollado. En Arizona el dinero público está tan mal distribuido como el agua: les toca a unos pocos y si son blancos. Los dos niños y su hermano estuvieron de acuerdo en que mañana, nuestro penúltimo día en la Apachería, nos tenemos que levantar temprano para ir a honrar la memoria del más grande de todos los jefes apaches en ese cementerio gigantesco para un solo cuerpo que son las Chiricahua. Tenemos que ver esas montañas, tal vez hicimos todo este viaje para eso.

Miró al güero, que progresaba más rápido cavando la tumba con la laja, pero que también hacía más esfuerzos –se asemejaba a una aparición, con los churretes de sudor cuajados de tierra corriéndole por los cachetes, tan rosados todavía esa mañana–. Imagínate la alegría del Damiancito, siendo una bala como era, al verse libre de la tutela del maestro de capilla. Con Los Nuevos Mexicanos el cabrón tuvo un par de años que hubieran podido ser los más felices de su vida si no hubiera sido porque en realidad podía ser feliz en cualquier circunstancia: pertenecía al tipo de los que se divierten si uno los deja cinco minutos con una piedra.

Habrías debido ver lo contento que se ponía cuando me contaba de esa época. Al poco de que Los Nuevos Mexicanos se lanzaron al monte a buscar pueblos en los que se apreciara su arte, Damiancito descubrió que la rancheriza se alborotaba en grande si a medio concierto dejaba la tambora para lanzarse al centro del jolgorio a enseñarle a la gente cómo se bailaba esa música nueva y rabiosa que los señalaba como navegantes de un mundo rarísimo en el que todo era nuevo aunque en realidad no hubiera cambiado nada. Le encantaba el momento en que se metía palmeando al redondel de sillas en que no se terminaban de desinhibir los asistentes al baile del pueblo al que habían llegado, para elegir a una muchacha que se viera ganosa y ponerla a volar con el compás en todos los demás casos tan ñoño del vals vienés. Adoraba regresar al tambor cuando alguna gente ya se había animado a sacudirse el polvo, el momento de trance en que su cencerro empalmaba a plenitud con el acordeón y el tololoche y Los Nuevos Mexicanos alcanzaban un punto de integración que ponía a delirar a los que se habían animado a saltar a la pista y obligaba a los que no a hacerlo. Entonces subían, insistían, alcanzaban un paroxismo. Era ahí cuando gritaba, ya transportado a un mundo en que todo tiene la misma mediada y nos queda a todos: ¿Qué le dieron en la leche? La banda respondía: Tierra, piedra y sangre apache. Él volvía gritar: ¿Y con quién se metió el padre? Y de nuevo la banda respondía: Ay mamá, la Sierra Madre. Y le daba al cencerro como si se lo quisiera acabar.

Le encantaba ser el centro de atención, el frenesí, pasar por músico aunque en realidad fuera solo un maestro de ceremonias sublimado por el cencerro, pero lo que más le gustaba de todo, mucho más que todo lo demás, era la parte final de las cosas, la hora discreta en que empacaban sus instrumentos en un carro tirado por dos mulas y se hacían al camino a ver qué encontraban. Lo que de verdad lo podía volver loco de placer era eso: la hora de la partida en la que sacaban del baúl de equipajes las cartucheras y las pistolas y se las ataban a la cadera, el momento de ponerse el sombrero, recargar las balas en el revólver y clavar la escopeta en la funda de la silla del caballo –la carreta la maniobraba el prusiano acompañado por el intérprete del tololoche, que siempre llevaba el arma en las rodillas aunque nunca la tuvieron que utilizar–. Y lo que seguía: el silencio, las estrellas, el redondel de hombres junto al fuego en el frío nocturno. Tirarse de panza al cielo mientras en un borde del campamento otro de los músicos le sacaba a la guitarra una canción compuesta cuando todavía no existía México y esa luna inmensa del desierto era la luna modesta y acuosa de un imperio inútil en el que un ciento de madres veían por él y su padre siempre volvía, aunque fuera obstinado, silencioso y distraído.

Estando tan lejos de todo como estaban, encontraron siempre los caminos en paz, pero eran todos noticias, de las que Los Nuevos Mexicanos se iban enterando entre el descrédito y la risa porque ya sabes que el desierto y sus pueblos forman no solo un país distinto del que estaba siendo parido a palos más al sur, sino otro pinche mundo. A veces sentían que si se detenían un momento en el camino, las olas del caos los alcanzarían. Haz de cuenta que supieron en El Caballo que los españoles habían hecho un nuevo, desesperado intento de recuperar el país y en la Sierra Mojada que el general Santana los había acorralado en San Juan de Ulúa y los había degollado a todos y tirado al mar, que habían sido un agasajo para los tiburones, que se comieron a muchos todavía vivos. Que en Santa Bárbara supieron que venían los ingleses y en Huajatlán que se habían retachado, pero que de todos modos ya no había dinero en las arcas públicas y había habido otro golpe de Estado. Su historia favorita de esos meses de caos, la que contaba carcajeándose en todos los saraos, era que hubo dos presidentes distintos durante los bailes sucesivos que ofrecieron en Yoquivo y La Bufa, y que cuando llegaron a Samachic, nomás tras lomita, ya había habido otro, que estuvo en el poder hora y media —menos de lo que duró el baile.

El güero no se rió, por lo que se dirigió a él. A ti ya no te tocó todo eso, estarías chamaco, pero se lo habrás oído hablar a tus padres, ¿no?, le preguntó. Más o menos, respondió él, desde un agujero que ya le llegaba hasta las rodillas. ¿Conoces bien Chihuahua?, preguntó. El joven respondió resoplando que no tanto. Son pueblos contiguos, por eso era chistoso. Y siguió: En Delicias entendieron que si querían seguir hacia el oeste —iban como mandados por un gigante de piedra por una tierra cada vez más abierta al cielo—, tenían que dejar la carreta y seguir con sus instrumentos a lomo de mula porque ahí venía la sierra. Imagínate lo que eso significaba para Damián: la sierra, su chingada madre.

Se volvió hacia el cadáver y lo miró con ternura. Le trató de doblar los brazos para ponérselos en el pecho y darle un airecito de santidad que definitivamente no se merecía y entendió que le iba a tener que romper los codos si quería hacerlo, así que se los puso sobre el cinto. Luego lo pensó un poco y le atoró los dedos bajo el cuero, como si estuviera bailando una de sus polkas, o nomás platicando con los amigos en un paraje de la montaña.

13 de agosto

Mañana por la mañana salimos temprano para dejar a mi hijo mayor en el aeropuerto de Tucson y después de eso agarramos camino hacia el noreste.

Hoy llevé a los niños, como había prometido, a la sepultura de Cochís: las montañas Chiricahua –intrincadas, severas, inquietantes con sus monolitos francamente esotéricos, producto de la bestialidad del clima en las regiones altas de Arizona–. Los cañones repletos de torres de piedra parecen, a pesar de ser tan familiares debido al infinito de películas que se han filmado en ellos, los restos de edificaciones erigidas por ingenieros de una civilización anterior a los sumerios.

El viaje a las Chiricahua lo hicimos solo los niños, su hermano mayor y yo. Valeria decidió quedarse en la cabaña de las Peñascosas a poner en orden los apuntes para un libro en el que trabaja y en el que también sale la Apachería. Tuvimos un incidente que tal vez nos habríamos podido ahorrar si ella, definitivamente más responsable, hubiera estado incluida en la expedición.

Después de dar un largo paseo, a ratos en coche y a ratos a pie, por los cañones de las Chiricahua, subimos a ver las grutas de la parte más alta, que tiene un clima distinto, un aire diafanísimo. Al estacionarnos notamos que todos los demás turistas estaban dejando el área a pesar de que todavía faltaban unas buenas cuatro horas para que cerrara el parque. El filo de una tormenta mayúscula se estaba dibujando en el horizonte y el padre de una de las familias que iban de salida nos lo hizo notar.

Miquel y yo pensamos, con suficiencia típicamente mexicana, que los gringos se estaban yendo debido a su obsesión con la seguridad —el hombre que nos había recomendado dejar el parque llevaba, lo juro, un sombrero de explorador con una red antiabejas cubriéndole la cara—. Sabíamos a qué velocidad se mueven las tormentas en Arizona, pero calculamos que podíamos alcanzar cuando menos una de las grutas y regresar a paso veloz al coche. Alentaba nuestra decisión el hecho de que estábamos entrando a nuestra última tarde en la región, a la que quizá nunca volveríamos juntos.

Y alcanzamos sin problemas y bajo un sol de gloria la primera y más espectacular de las grutas: una suerte de cañería cavada de un lado al otro del pico de la montaña por el paso de las aguas durante milenios. Una tubería natural, tan grande como todo lo demás en ese territorio.

Estábamos dentro cuando el cielo se puso negro y hostil. Tratamos de volver al coche corriendo —no es fácil con Maia todavía chiquita y un terreno tan escarpado—, pero la violencia repentina del chubasco y sus relámpagos nos replegaron de nuevo al interior de la gruta.

Ya bajo techo y relativamente secos, incluso nos felicitamos: ver una tormenta desde el interior de una cueva en la punta de la montaña era un acto definitivamente apache, una manera espléndida de pasar nuestra última tarde entre Arizona y sus elementos.

No estábamos contando, en ese momento de felicidad, con el hecho de que apenas estábamos en la orilla del meteoro, aunque nos parecía, ya, la tormenta más salvaje que hubiéramos visto. De pronto el cielo se oscureció de verdad, como si la noche se hubiera salido de cuajo, y la entrada de la gruta quedó cubierta por una cortina de agua. Empezaron a caer relámpagos, uno tras otro. Iluminaban nuestro refugio entero, sacudían la tierra. Con esos estremecimientos lidiamos en un silencio difícil, yo diciéndome que esa gruta tiene miles de años de edad, que no se podía venir abajo. Entonces comenzó a cumplir su función de cañería. Todo un río se nos vino encima a borbotones.

Miquel y yo nos asimos, como pudimos, de los filos de piedra de las paredes, el agua corriendo a todo trapo hasta nuestras rodillas y Maia y Dylan apretados entre nuestros cuerpos y el muro. Si hubiera bajado por ahí una rama complicada o un animal ahogado, nos habría llevado consigo y habríamos terminado en cascada al abismo.

No sé cuánto duró la tormenta, pero se sintió larga como un invierno frío. La bajada de agua se detuvo tan intempestivamente como había comenzado y se aclaró un poco la catarata que cubría la entrada, los relámpagos se fueron haciendo esporádicos. Nos pusimos en cuclillas a esperar a que los truenos se hicieran distantes para correr de vuelta a la camioneta.

Esa espera tardó, de modo que me puse a Maia entre las piernas y la cubrí con el pecho para darle calor: tenía la boca azul. Noté que Dylan, en lugar de acuclillarse con nosotros, buscó el abrazo de su hermano mayor, que le murmuraba cosas al oído para calmarlo, incluso lo hacía reír. Es su gigante, su oso, su héroe.

Cuando llegamos, finalmente, a la camioneta, nos esperaba otra junto a ella, de los Park Rangers. Los estábamos buscando, me dijo sin reproche una guardabosques que se bajó de su carro apenas nos vio salir del pinar, empapados y temblando. Les tendió a los niños unas cobijas de astronauta y nos dio a cada uno un vaso de chocolate caliente que sirvió de un termo. A mí me dio instrucciones precisas. Me dijo: Encienda la camioneta y ponga la calefacción hasta que recupere el calor y se le seque la ropa de la parte superior del cuerpo; no puede manejar temblando porque los caminos están resbalosos y llenos de debrís; baje cuidadosamente, siempre pegado al lado de la montaña; el parque está cerrado desde hace dos horas y media, así que no se va a encontrar a nadie en el descenso. ¿Dos horas y media?, le pregunté. Confirmó. Miquel se volvió a mirarme. Pensé que habían sido como veinte minutos, me dijo. A mí me había parecido igual.

Arranqué el coche y Dylan le pidió a Miquel que se pasara atrás con ellos, le dijo que lo necesitaban urgentemente en ese asiento. El mayor me miró con un sentimiento entre la impaciencia y la disculpa: prefería viajar adelante, pero no iba a decepcionar a los niños. Se pasó para atrás. Su hermano se acurrucó bajo su axila y se quedó dormido.

Cómo me habría gustado estar ahí el día en que el Damiancito se encontró por fin con ella, con su oriente de toda la vida. La Sierra Madre, pinche nombrecito. Cerró los ojos como para imaginársela –si fuera posible que cupiera en la cabeza de uno–: ¿Has estado?, le preguntó, pero ni volteó a verlo porque se imaginó que también le iba a decir que no. Es impenetrable y entregada, intrincada y transparente, hostil y generosa, densa como su sierra madre.

La subieron, muertos de miedo, al grito guerrero de Tierra, piedra y sangre apache, que él dirigía incansablemente con su cencerro a riesgo de espantar a su caballo e ir a dar al fondo de cualquiera de los desfiladeros absurdos de tan altos y bellos que subían y bajaban como si estuvieran explorando Saturno y al final solo fuera a haber más Saturno.

Después de no sé cuántos días remontaron la línea que concede la llegada a Sonora y llegaron a Basaraca, un sitio que es al mismo tiempo un pasado y un futuro, un mundo colgado de otros lugares porque para empeñarse en habitar las partes altas de la Sierra Madre hay que tener ganas de vivir en el más pedregoso y remoto de todos los culos del mundo. Yo he estado ahí. Fui de joven, cuando trabajaba promoviendo unos jabones que hacía un señor de Hermosillo. No es fácil ni llegar, ni salir, ni quedarse. Es un pueblo de mierda, pero era lo más parecido a un pueblo que Los Nuevos Mexicanos habían encontrado en

301

varios días, así que les pareció que podían, cómo no, echarse un baile. No era buena idea. ¿Cómo te explico? Basaraca tiene un templo de misioneros tan pobre que nunca alcanzó el dinero para ponerle una torre, así que la campana está en el atrio de la iglesia, pendiendo de un madero, y se toca empujándola como un columpio. Siempre hace frío, también cuando le pega el sol, y puede nevar en mayo, así que la gente casi no sale de su casa y cuando lo hace va tan cubierta de trapos que ya parece que va amortajada y anda buscando su ataúd –le tocó las manos al muerto y agregó un Ay Damiancito, perdón, tú ni eso vas a tener.

Siguió de inmediato: Como sea, se quedaron una noche y al siguiente día pactaron un baile adentro del templo no porque después de recorrer la villa les hubiera parecido que ameritara una fiesta o que la gente tuviera con qué pagarla, sino porque se les terminaban las provisiones y cualquier bolsa de frijoles significaría una diferencia en su dieta de entonces a que terminaran el descenso de las montañas por el lado de Sonora.

Fue ahí donde todo cambió para Damiancito, que contaba que desde que entraron en la montaña supo que lo iba a llamar, que ya no iba a salir de ahí por un buen rato.

Los Nuevos Mexicanos afinaban sus instrumentos muertos de hambre y frío cuando entró al templo una señora vestida como para un día de campo en Inglaterra, acompañada de las nueve jóvenes más bellas que los músicos hubieran visto en semanas. ¿Y ahora?, preguntó el prusiano. La señora se levantó un velito, hizo una pequeña reverencia a manera de saludo y sacudió una mano para señalar que no se preocuparan por su presencia –como si fuera posible–. Les dijo a sus hijas que se pusieran a acomodar las sillas para cuando llegara la gente del pueblo. Luego les preguntó a los músicos si no tenían hambrita, a lo que respondieron que entre mucha y muchísima, sin saber del todo si el código que sería correcto aplicar en esa circunstancia era el de los señoritos de ciudad que en el fondo eran o el de los músicos del peladero que ya llevaban meses encarnando. Traje un peón con un anafre y una cocinera por si se ofrecía un tentempié, respondió la señora. Ahí están afuera si quieren.

El prusiano encontró tanta generosidad sospechosa, por lo que le preguntó a la señora qué hacía ahí y de dónde era. De aquí adelantito, le dijo, de nomás en bajando al río; mis niñas y yo vivimos en una hacienda y pus ahí nunca hay bailes, así que vinimos a ver cómo estaba este; pero pásenle a comer y luego vemos. Afuera del templo los esperaban unos tacos de carne asada tan tierna que hacía chirrar los dientes y el privilegio, alucinante en la sierra, de una taza de chocolate hecho con agua hirviendo. También traje aguardiente para alegrarle las danzas a esta pobre gente, les dijo la doña cuando volvieron al interior, saciados como boas.

El baile no fue un éxito porque no había manera de que lo fuera en ese pueblo aun si las gargantas de todos los asistentes, hombres y mujeres, habían estado bien aceitadas gracias al sotol que había proveído la doña y entre el público estaban sus nueve hijas. Pero tampoco salió mal, considerando que el entusiasmo y el ánimo bailador no era el fuerte de los basaracanos. Al final del espectáculo –porque baile baile no fue– la doña se le acercó a Damiancito y le pidió platicar un momento afuera del templo.

Cuando la banda se hizo al oeste al día siguiente para bajar al desierto y cruzarlo rumbo a Rancho Nuevo, Damiancito se dio un largo abrazo con el prusiano. Le dijo: «Para qué voy a seguir si ya encontré por fin mi Sierra Madre.» La señora le había ofrecido trabajo como maestro de música y una casa en la hacienda y ranchería de Tesorababi, veinte millas abajo del pueblo de Basaraca. Había aceptado porque, en medio de la conversación, la mujer le dijo que el chocolate les quedaba tan bien porque lo endulzaban con miel apachi. ¿Miel de apaches?, le preguntó el Damián. Apachis, les decimos nosotros, apuntó la señora. Y una cosa se le quedó grabada: la doña agregó que era miel de mosco.

303

EL DOROTEO CHICO
CUANDO YA SE HABÍA VUELTO INMORTAL
EN LAS CUEVAS DE TRES MONTAÑAS

Fue aquí mero, en Tres Montañas, donde conocí a Gerónimo, dijo el Doroteo chico. Estaba acostado sobre un petate frente al fuego y cubierto con una cobija. Echado, serio,
la cara fruncida de preocupación todo el tiempo –los ojos
achinados, el pelo tieso, la nariz chata–, parecía un puma. La
sierra al final del invierno le había cobrado un costo: respiraba
con trabajo, como una locomotora. No eran días fáciles: regresar a los pedregales, vivir otra vez a salto de mata y casi solo,
pasar los días pertrechado en las barrancas y las noches en cuevas era para él al mismo tiempo una claudicación y un ejercicio
de memoria. Esto de ir nomás detrás del enemigo que piensa
que va detrás de ti y está adelante, lo aprendimos de él, siguió.
¿De quién?, le preguntó uno de los hombres que lo acompañaban acostados alrededor del fuego. De Gerónimo, o no de
él, pues, pero de sus chiricahuas; Gerónimo era un fantasma,
cuando se subía a la sierra nadie lo volvía a ver; pero siempre
tenía uno o dos guerreros nomás tras lomita de nosotros. El
Doroteo chico sacó una mano de debajo de su manta, se talló
la cara y cerró su alocución sobre algo que nadie le había preguntado, no porque sus hombres no tuvieran curiosidad sobre
su vida, sino porque nadie se atrevía a hablarle si él no hablaba primero: Ahí están, me decía mi señor padre, y señalaba el
monte; los olía.

El Doroteo grande tenía tantos años muerto que el chico

ya no se acordaba de su cara en absoluto, aunque desde que había vuelto a la montaña pensaba en él todos los días. Recordaba lo que le había enseñado sobre la brega de los desfiladeros, pero sobre todo las borracheras, las madrizas, el día que, estando todavía chamaco, se tuvo que interponer con un machete en la mano entre su madre y él, que andaba loco de aguardiente y miseria como siempre que pasaba demasiado tiempo en el rancho. Recordaba la huida con ella y su hermana, el viaje al sur, a las montañas de Durango, donde empezaron de nuevo.

Yo creo que mi señor padre no quería que los gringos agarraran a Gerónimo porque sabía que se le iba a acabar el trabajo; por eso nomás me avisaba a mí cuando los avistaba. Me murmuraba en el oído: Aguas, Doroteo, que ahí andan, no se despegue del convoy.

Nadie lo hubiera llamado, ya para entonces, el Doroteo chico, como lo llamaban Gatewood y Parker en la campaña de la Sierra Madre. Nadie se habría atrevido a llamarlo ni siquiera por su nombre. Para entonces ya tenía treinta y nueve años y debía un número realmente incontable de muertos, aunque ni la edad ni su expediente de sangre se le notaban. Seguía siendo afable, juvenil, a ratos hasta jocoso, aunque cuando ardía nadie quería estar cerca de él. En la cúspide de su carrera, solía tomar decisiones atroces en una alzada de hombros: «Ni modo, amiguitos –les decía a los prisioneros–: aunque sean más de cien vamos a tener que afusilarlos.»

Hacia el final de su última huida a la sierra, durante el octubre inhóspito de 1916, ya no le quedaba mucho más que la fama. Acostado bajo su zarape en una cueva de Tres Montañas frente al fuego, tenía apenas cuatro hombres, dos sus primos, los otros dos relacionados por matrimonio con su familia. Había dispersado a los demás cuando se enteró de que, en una acción inexplicable por su desproporción, el presidente Wilson había destacado, para empezar, una fuerza de cinco mil miembros de la caballería estadounidense al mando de Black Jack Pershing para perseguirlo más allá de la frontera.

La vida le había pasado por encima con la ferocidad con que les pasa a todos, pero además con la violencia que obligó a toda una camada de mexicanos a estar siempre con las quijadas apretadas y la pistola cargada al cinto. Desde que empezó la Revolución en el año 10, el Doroteo chico no recordaba alguna noche en que hubiera podido dormir desarmado, una tarde en que se hubiera podido sentar a comer una carne asada con los amigos, tomarse unas cervezas e irse a casa dando tumbos discretos, para tirarse sin preocupaciones a dormir la mona hasta el día siguiente. No recordaba haberse enamorado de una mujer que no fuera capaz de asaltar un tren pistola en mano. Pertenecía al tipo de hombres y mujeres que, en la mayoría de las ocasiones en que se apartaron un momento para tirarse una meada, le avisaron a otro para que les cuidara la espalda. Gente de un fin del mundo y el principio de otro. En eso, y en vivir con un nombre que no era el suyo, también se parecía a Gerónimo.

Ya solo su mujer, que para esta campaña se había quedado en un rancho que les habían prestado en Parral, se atrevía a llamarlo Doroteo. Todos los demás le decían Mi General, siempre con una pompa de terror entre la lengua y el paladar. El día en que le avisó a la señora que esa noche se iba otra vez de campaña, estaban en el tren militar que les servía de casa móvil desde hacía varios años. Le dijo que le dejaba unos hombres para que la acompañaran al rancho y la ayudaran a cuidar a los niños en lo que no estaba, que nadie podía salir de ahí sin escolta. Ella trató de contradecirlo —era la única que podía—. A qué vas a pelear, Doroteo Arango, le dijo, si ya los constitucionalistas te derrotaron por todos lados y no tienes ni ejército ni armas. Él le respondió como si cualquier cosa, con una sonrisota en la boca: Voy nomás en comando con poquitas armas y hombres porque voy a invadir los Estados Unidos de América.

Luego se hizo a la noche con sus últimos dorados, que ya eran tan poquitos —ochenta y tantos— que parecían más bien una banda de guerreros apaches —de ellos había aprendido, después de todo, a desaparecer entre las piedras, a secar a una vaca completa para comérsela en el camino y a disparar desde el caballo en carrera–. Y cruzaron la frontera y asaltaron Columbus, Nuevo México, y el presidente Wilson mandó a Pershing a perseguirlo para que practicara para la ya inminente invasión a Europa y mandó al Fuerte Sam Houston, en San Antonio, al general Parker, para que preparara a las tropas que invadirían México. Al general Parker nunca se le habría podido ocurrir que había conocido al temible general revolucionario al que iban a perseguir sus hombres cuando era niño; que el Doroteo chico y Pancho Villa eran la misma persona.

Levantó la cabeza para pedirle a uno de sus primos una taza del café que se estaba tomando. No va a dormir, Mi General, le dijo. Ya sabes que de todos modos nunca duermo, respondió el Doroteo chico. Eso sí. Apoyó el codo en el petate y la cabeza en la mano. Yo creo que cuando lo encontramos aquí mismito Gerónimo ya sabía que los días de su relajo estaban contados: ni una vez avistó mi señor padre a sus bravos, y los apaches de don Carlitos dieron con ellos nomás porque los federales ya los tenían cercados. Uno de los dorados salió de lo que parecía ya el sueño para preguntar: Qué don Carlitos, qué apaches, qué federales, Mi General; con todo respeto, no entiendo nada.

Don Carlitos era un gringo, amigo de Gerónimo, dijo Doroteo; era soldado, pero se vestía de terno para salir de campaña, quién sabe por qué; bigotón, narigudo, siempre enfermito pero todo un caballero. De los hartos oficiales gringos que contrataron a mi señor padre mil veces para venir a cazar apaches a México, don Carlitos era el único que no se chupaba el dedo porque tenía dos buscadores que hubieran podido encontrar una catarina en la arboleda. Uno era apache apache, no me acuerdo de cómo se llamaba, pero siempre andaba calladito, lejos, como andaban siempre esos cabrones hasta que te la metían doblada. El otro hablaba más con nosotros porque de niño lo había adoptado una familia mexicana, y aunque un día decidió regresarse al monte, ya lo mexicano no se le quitó y le tenía ley a mi señor padre. Se llamaba Martín. Él fue el que le dijo a don Carlitos y los gringos que la única manera de agarrar a Gerónimo era rastrear a los federales porque si no se habían encontrado en días ni a unos ni a otros, era porque ambos habían de estar ya trenzados en otro lugar. Martín y don Carlitos convencieron al capitán de toda la tropa que se había juntado allá por la vuelta del río Aros y se vinieron pal norte, que es donde todos sabían –menos los pinches gringos, que siempre andan extraviados– que era la parte de la sierra que más le gustaba a Gerónimo para hacerse fuerte.

Pancho Villa y sus hombres habían invadido Nuevo México y asaltado la comandancia militar de la ciudad de Columbus porque el gobierno de Estados Unidos les había cortado el suministro de armas y había optado por apoyar al caudillo constitucionalista Venustiano Carranza para que fuera el presidente del nuevo México revolucionario. Nadie esperaba que se le ocurriría empeñarse en una hombrada que nunca nadie había emprendido ni se atrevería a intentar: invadir los Estados Unidos.

Asaltó el puesto militar de Camp Furlong, y les prendió fuego a los edificios que los civiles armados del pueblo trataron de defender después de que los mexicanos sometieron al batallón encargado de hacerlo. Se llevó todos sus caballos, armas y munición. El acto del Doroteo chico era directamente una locura, y eso que no había calculado que el año, en los Estados Unidos, era electoral: al presidente Wilson le cayó del cielo una campaña militar que le pareció fácil de ganar y que le aseguraría otros cuatro años de mando para meterse de cuerpo entero en la guerra por Europa.

Quién sabe qué habrá pensado Villa cuando le pareció que invadir los Estados Unidos era buena idea, pero seguro no pensó que los Estados Unidos iban a responder con una fuerza militar que eventualmente juntó hasta diez mil hombres en México y un despliegue de nueva tecnología con el que nadie, ni ellos mismos, sabía muy bien qué hacer. La Expedición Punitiva de Pershing tuvo algo de adolescencia imperial: vio al mismo tiempo las últimas cargas de la caballería estadounidense y fue la primera acción bélica en la que se utilizaron carros y aviones de gasolina.

Yo creía que Gerónimo ya estaba muerto, dijo el otro de sus hombres. El Doroteo chico se rió. Claro que ha de estar muerto, dijo, cuando yo lo conocí, hará más de treinta años, ha de haber tenido como sesenta aunque aparentaba mil. La guerra lo había hecho pomada; estaba flaco, tenso como una caña, nudoso. El general achicó los ojos, se los talló. Tenía ese pecho de barril que tienen los yaquis pero estaba todo enjutado. Lo más imponente eran sus piernas: prietas, recias, era como si caminara en dos troncos el hijo de la chingada. Y los ojos: te veía, aunque fuera sin intención de hacerte daño, y se te salía el pipí de miedo. Los tenía chicos, hundidos, rasgados; una pupila más grande que otra y las dos aureadas de natas amarillas. Estaba fundido por el sol, el cuero recio y renegrido. Tenía una nariz que parecía el pico de un zopilote y estaba siempre tan emputado que tenía la boca fruncida para abajo y los labios doblados padentro: no se le veían. Cuando lo conocí quién sabe hacía cuánto que no se había reído. Yo creo que ya sabía que era el último día en que iba a ser libre porque tardó en decidirse, pero al final le entregó el alma a los gringos. Y se lo chingaron con esa crueldad amable que solo tienen ellos, como si las chigaderas que hacen no fueran su culpa, como si la culpa fuera de los que se joden. Lo perdonaron, lo dejaron vivir, morirse de viejo, humillado y briago. No le dieron ni siquiera el privilegio de una muerte sencilla, justa, eterna, que es lo que los federales le habrían entregado, una muerte como su vida. Lo pasearon como trofeo, lo mostraban en las ferias como a un animal, lo humillaron cada puto segundo de su vida hasta que terminó humillándose a sí mismo.

El Doroteo chico había estado pensando en su padre casi todos los días desde que se había internado en la sierra hacía ya, según calculaban, unos ocho meses, pero la cara de Gerónimo, el rictus de la ira que todavía recordaba tras toda una vida viendo carnes trémulas de coraje, había vuelto con fuerza formidable a su cabeza porque le habían llegado noticias de que el quinto de caballería había conseguido matarle a Candelario Cervantes porque llevaban buscadores apaches y ellos habían dado con él.

El general estaba acampado desde hacía varios días entre los álamos cerca de la confluencia del San Bernardino y el Bavispe cuando lo alcanzó un mensajero que había cabalgado desde Las Varas para darle parte de la muerte de uno de los hombres que habían peleado más tiempo a su lado. ¿Cómo que Candelario Cervantes?, preguntó el general Villa, ¿le hicieron prisionero? Todos se dispersaron, incluyendo el único herido, pero a él lo reconocieron porque llevaba espada y la estrella de dorado en el sombrero. ¿Cómo se dejó encontrar si con los trucks esos que traen los gringos se escuchan a kilómetros? El mensajero explicó que el quinto no tenía coches porque andaba por la sierra, que una noche la gente de Candelario Cervantes les había robado a los gringos unos caballos porque se habían tenido que comer los suyos, pero no habían contado con que el capitán traía buscadores apaches. El Doroteo chico se quitó el sombrero, hizo un círculo con la punta de la bota en las lajas del suelo. A ver, amiguito, dijo, ¿me está diciendo que el quinto de caballería trae apaches?, preguntó. Nos agarraron en la madrugada, ya lejos, Candelario no se la esperaba. ¿Les quitaron los caballos? Se los matamos antes de dispersarnos. Está bien, dijo el general, vaya con mis hombres, que le den algo de comer. Se volvió a poner el sombrero. Antes de comerse el primer taco de tiras de carne seca con una salsa tan picante que dolía anunció que había que levantar el campamento, que se iban a subir a las cuevas un tiempo.

Salió de debajo de su zarape y se lo acomodó sobre los hombros mientras se sentaba con las piernas cruzadas. Miró a su primo a los ojos: Me vas a pasar un café o no, le preguntó. Su pariente mostró las palmas de las manos en son de paz y se afanó de una manera dramática en servirle. Cuando estábamos con don Carlitos anduvimos perdidos como dos semanas, dijo Villa mientras estiraba la mano para recibir la taza de peltre, hasta que unos arrieros que andaban desempacando mazorca en una mina le dijeron al indio Martín que habían visto a Gerónimo cerca de Fronteras, que estaba buscando un acuerdo con el prefecto de la ciudad porque su gente ya nomás no podía con el hambre. Le dio un trago largo a su café, achinando todavía más los ojos: era recalentado, estaba ácido. Siguió: Don Carlitos sintió que era esa o nunca y pidió permiso para que nos separáramos del convoy. Agarramos camino a marchas forzadas con él, sus buscadores, dos traductores para las pláticas oficiales y otro par de soldados, el regimiento nos siguió a su paso.

Íbamos tan rápido que vi, por primera vez en mi vida, a mi señor padre preocupado por las mulas, y eso que nos llevamos nomás dos, una cada uno –las demás las dejamos con el tren del cuerpo de caballería–. Salimos bien entrada la noche y para la mañana ya estábamos estacionados afuera de la cabecera de Fronteras, donde don Carlitos tuvo pláticas con el mero prefecto de toda la región, que estaba ahí porque le habían avisado que Gerónimo buscaba conversaciones. Antes de entrar al pueblo, don Carlitos le había dado orden al primo de Martín de que ni se acercara, que él se siguiera rumbo a la montaña para encontrar el rastro de Gerónimo, por si las moscas. Yo me enteré por Martín, a quien conocían en Fronteras por mexicano y no por apache, que los federales habían estado llegando al pueblo de a poquitos durante la noche y estaban escondidos por todos lados, que el prefecto había juntado todo el mezcal del pueblo para dárselo a los apaches durante las pláticas y nomás matarlos cuando ya estuvieran hasta las manitas. El prefecto le dijo a don Carlitos que lo iba a detener si intervenía y el gringo le dijo que no, que cómo creía, que si ellos iban a hacer el trabajo, pues ya. Se regresó con nosotros y nos dijo que descansáramos un rato, que apenas bajara el sol nos íbamos a regresar con el regimiento.

Y eso hicimos, salimos con calma hacia el sur, todavía con luz de día, para que el prefecto y los federales que había sembrado en el monte para atajarle la retirada a la gente de Gerónimo nos vieran retirarnos. Nos encontramos con el buscador de don Carlitos cuando la oscuridad era total: ya había encontrado un rastro y lo seguimos. Todos íbamos muertos de miedo, lento para mantenernos a cubierto y con una bolsa de harina blanca en la percha de una flor de maguey seca al frente del convoy, para que la gente de Gerónimo viera que veníamos en paz si nos encontraban antes de que los encontráramos, que era lo normal. Los buscadores iban al frente, don Carlitos y los traductores cerrados al centro, mi señor padre y yo nomás detrasito, apurando a las mulas. Lo que más recuerdo de ese viaje es el nervio cuando tuvimos que cruzar un cañón en el que alguien había dejado colgados unos calzones señalando quién sabe qué. Martín y su primo recularon. Don Carlitos dijo que iba a tomar el frente, para ser él quien tuviera la gloria de morir en el campo si los apaches estaban emboscados en las peñas. Los buscadores le dijeron que no, que querían ese honor para ellos. Al final avanzaron los tres juntos, don Carlitos empuñando bien alto la bandera blanca.

No pasó nada en el cañón, por suerte, pensamos que estaba vacío. Luego supimos que no, que los bravos nos iban siguiendo por arriba, que Gerónimo sí quería hablar con don Carlitos. Tardamos toda la jornada en llegar al recodo del río ese en el que estábamos nosotros el otro día, por eso lo reconocí. Ahí acampamos para que Martín y su primo subieran aquí, a las cuevas, a decirle a Gerónimo que veníamos a tener pláticas de paz, que no tuviera miedo, que el regimiento se iba a quedar atrás. Entonces, al día siguiente, cuando despuntó el sol, llegaron.

El general hizo una pausa para darle otro trago a su taza de café: si fue tan exitoso como militar era porque se había sabido rodear de estrategas geniales y porque tenía tanto carisma que lo seguían hasta las piedras, pero también porque estaba dotado de la intuición dramática que desmarca a las figuras memorables. Sus tres hombres ya estaban sentados alrededor del rescoldo, concentrados en él como tres gatos. Sacudió la cabeza, hizo con la boca un gesto entre la risa y el coraje.

Los hubieran visto, dijo tallándose el morro. Fueron saliendo del pedrero como si hubieran dormido bajo tierra, así, no llegaban, brotaban los hijos de la chingada. Eran duros, interminablemente cabrones. Todos, hasta las señoras, traían rifle y pistola. Le dio un trago a su café. Yo los veía de reojo porque mi señor padre me había enseñado a nunca verlos a la cara y se me afiguraban como si detrás trajeran un cementerio. La primera en botar fue Lozen, la hermana de Victorio, a ella ya la conocíamos. También reconocimos a Fun, que como muchos de ellos también se había criado como mexicano, y a Chapo, el hijo de Gerónimo. Don Carlitos se sabía los nombres de todos y los iba saludando, les preguntaba por su familia. Entonces Gerónimo salió de la nada con su pistola con cacha nacarada clavada bajo la barriga y el rifle apuntando al suelo. Le dijo al gringo, en español, que por qué no había subido a saludarlo cuando llegaron, que le ofendía un poco que pensara que con semejante compañía le hubieran hecho daño.

El teniente estaba verde de miedo: se conocía bien con Gerónimo, pero de cuando estaba en la reservación y en paz. Después de meses en pie de guerra y en la sierra el indio era otra cosa. Un resorte, la pura valentía. Llevaba las teguas de siempre hasta las rodillas, calzones cortos y camisa de manta. Traía la bandana roja de guerra en el cuello, como un gasné y un saco de lana gruesa con dos círculos parchados por debajo de los hombros. Por más que tratara de actuar afablemente, su rostro ya era puro coraje. Recargó el Winchester en un tronco y se sentó ahí. Le pidió a don Carlitos que se sentara con él y el otro lo obedeció –se lo dijo en apache, pero los gestos estaban claros para los demás–. El teniente tenía tanto miedo que hasta se le quitaron las reumas. Se sentó. Quedaron tan cerca que sus muslos se tocaban. Gerónimo preguntó entonces en español y en voz lo suficientemente alta para que lo escucháramos todos los presentes –las conversaciones de paz eran al mismo tiempo una discusión y un vodevil– si traían mezcal. El teniente negó. ¿Tabaco? Mi señor padre le entregó un saco al militar, sin ni ver la cara de Gerónimo: se sabía que cuando se encontraba a un mexicano, disparaba antes de preguntar.

El indio sopesó la bolsa con una sonrisa mientras don Carlitos le adelantaba unos papeles para que se enrollara uno. El indio agradeció con un gesto y se sacó una pipa de la bolsa interior de la chaqueta. Que estos se vayan, dijo el indio sin alzar la mirada, señalando hacia mi señor padre con la mano en que tenía el saco de tabaco. El teniente afirmó con la cabeza y le pidió que nos garantizara que podíamos regresar sin riesgo: El Doroteo es de ley, le dijo, y su hijo un niño. El indio alzó la cara y me vio con las dos piedras que tenía en los ojos. Tiene mi palabra, respondió. Mi padre no había bajado los suyos, porque nunca los subió: ningún mexicano, desarmado como tenía que trabajar un arriero cuando acompañaba a un convoy militar, se habría atrevido a mirarlo a la cara.

Yo le aguanté la mirada. No me estoy cubriendo de gloria: era un chamaco baboso y los ojos se me quedaron embarrados en su figura como cuando se te cruza un cadáver. Era Gerónimo, pues, el indio más famoso de todos los tiempos. El cabrón hizo un gesto con la pipa que implicaba que me acercara. Obedecí porque los niños obedecen, sin pensarlo, pero sentí que mi padre me retenía por el hombro. No avancé, pero le seguí aguantando la vista. Ven, me dijo con su voz cascada, tóxica; no te voy a hacer nada. Mi padre no me soltó hasta que don Carlitos insistió en que podía ir sin miedo, que él estaba ahí para protegerme –yo sí tenía miedo, y un chingo, pero el fondo del agujero siempre me ha parecido más dulce y pues me desbarranco.

Los demás guerreros se estaban sentando alrededor de ellos, así en círculo, como estamos nosotros. Habrán llegado unos doce o trece. Avancé como hacia el patíbulo y me planté enfrente de él, a dos palmos de distancia, en medio del círculo que ya cerraban también los gringos porque se estaban acercando a escuchar las pláticas. Me volvió a pedir con la mano que me acercara más. Ya enfrentito de él pude oler su aliento a buitre, el olor ácimo de su saco, el sudor de caballo que le impregnaba las piernas, el sol y el polvo, pero también el perfume de flores con que los apaches se lavaban el pelo hasta cuando andaban de campaña –todavía lo tenía bien negro–. En un instante, con la velocidad con que se hubiera arrojado una víbora de cascabel, me tomó por las costillas y me acercó a su pecho, que sentí cálido, casi tierno mientras, tomándome por el pelo me alzó la cara. Me metió un dedo en la boca para sentir los dientes, me miró dentro de las orejas. Entonces me soltó, y me dio unas palmadas genuinamente simpáticas en la barriga. Está bueno, le dijo a su gente, deberíamos llevárnoslo, y mirándome sin sonreír, pero ya relajado, me preguntó en tono de chanza: ¿Te vienes con nosotros? Mi señor padre me demandó con una mirada que ya me conocía bien que me regresara a su lado y eso hice.

Ya estábamos terminando de bajar la carga de las mulas para regresarnos a donde debía esperarnos el regimiento, cuando se apareció, por nuestro lado, el jefe Naiche, hijo de Cochís, a quien no conocí pero entonces se decía que había sido el indio más valiente que había vivido jamás. Era más joven. Tenía la piel más oscura, como si en lugar de cara tuviera un jarro. Gerónimo no era jefe, era capitán, su trabajo era que la banda aguantara, atacara, corriera; Naiche era distinto, era jefe –más como un político, pues–. Pasó enfrente de nosotros como si no estuviéramos y se acercó a darle la mano, a él sí con una sonrisa, a don Carlitos. Ya no supe qué pasó, porque nos fuimos y cuando alcanzamos al regimiento el capitán de ahí nomás nos pagó, nos dio las gracias y nos devolvió nuestras mulas: ya le habían mandado sus propios arrieros de Estados Unidos.

El general se volvió a acostar y se tapó con el zarape, dijo con los ojos ya entrecerrados: ¿A quién le toca la primera guardia? El primo que había repartido las tazas de café dijo que a él. ¿Y qué más pasó?, preguntó. ¿Cuándo? Cuando conoció a Gerónimo. El general se alzó de hombros: Antes de dejar el paraje donde dejamos a don Carlitos y Gerónimo reunidos paramos en el río: mi señor padre se había dado cuenta de que yo iba todo meado. Cómo no, dijo uno de los dorados. No era de miedo, anotó el general, era de coraje, porque hubiera preferido irme con ellos.

Más tarde

La tormenta de las Chiricahua de algún modo nos llenó la noche. Regresando nos dimos baños largos y ardientes aunque en la cabaña de las Peñascosas ya hacía calor. Durante la cena los niños se interrumpían mutuamente para contarle a Valeria del agua, de los relámpagos, de las cobijas de astronauta que seguramente atesorarán y del que les pareció el mejor chocolate caliente del mundo. Incluso Miquel se aniñaba mientras hacía apostillas, entusiasmado a ratos, pero en otros contenido, serio, una pizca frío, como se pone siempre en presencia de mi esposa. Me pregunto si piensa cómo serían las cosas si su madre estuviera aquí, ocupando ese lugar de figura atenta y preocupona, pero en el fondo orgullosa de la resistencia de sus hijos. Si recuerda mis años tan difíciles al lado de ella como un mundo completo que rompimos sin preguntarle. Pero creo que estuvo mayormente contento, excitado, como estábamos todos: le habíamos visto los dientes a la muerte, o así nos sentimos, y la habíamos librado. A lo mejor se vio como parte de la familia del modo en que nosotros lo consideramos y no como creo que él se percibe: un visitante.

Se nos hizo tarde en la mesa, en parte porque nos empeñamos en terminarnos el vino que habíamos comprado para toda la estancia en la cabaña.

Cuando recogimos la cocina estábamos todos agotados y soñolientos, por lo que decidimos irnos a dormir y despertarnos temprano para empacar y levantar el campo. Nos dimos las buenas noches contentos, completos, sin que ninguno de nosotros pensara mucho en que para las diez de la mañana vamos a estar, otra vez, quebrados: el hermano mayor a bordo de un avión de vuelta a México, sin planes concretos para un futuro encuentro.

También conozco Tesorababi y es chulo, pero yo creo que el Damiancito exageraba. Igual no sé, yo fui en otra época. He escuchado a más de uno decir que en esos meros tiempos estaba en apogeo, que nunca fue igual. Él decía que cuando llegó le pareció que era la estación en la que se bajaban los más buenos cuando se morían. Aunque igual un día apareció por Janos para fundar su academia de baile, así que no estaría tan bien, pero no sé. Nunca me contó por qué se había ido. Tesorababi creció alrededor del casco de la hacienda de la que era dueña la señora. La había comprado el abuelo de su marido, un sonorense de prosapia, que supo aprovecharla. Como está al mero fondo de las cañadas, es de un verde sobrenatural, y por lo mismo se llenó de gente. Aquí al Damiancito, dijo poniéndole una mano en el hombro al muerto, le asignaron para vivir un almacén de grano que le limpiaron para que, además de una cocina, una cama y una mesa, cupiera un piano que fue un desmadre meter por los entresijos de la sierra y que él en realidad no sabía tocar.

La vida en el pueblo ha de haber estado bien, porque el canijo se pasó ahí siete años. La matrona de la hacienda le resolvía absolutamente todo, y a cambio no tenía que hacer nada más que darles unas lecciones de piano más bien imaginarias a las hijas del patrón. Tardó en establecer contacto con los apaches de los que le había hablado la señora el día en que lo convenció de mudarse a la hacienda. Preguntó por ellos cuando acababa de llegar, y aunque nadie le ocultó nada, nadie fue tampoco específico ni le reveló gran cosa porque no se sabía exactamente dónde vivían: bajaban sin aviso previo, cargados de jarritos repletos de miel atados a una cuerda de las que hacen sus mujeres con fibra de maguey. No ponían, como todos los demás indios de la región, un puesto en la plaza para venderlos. Ni siquiera entraban al pueblo. Iban directamente a hablar con el mayor de la hacienda en las terrazas en que se criaba el ganado y él mandaba traer del casco de la hacienda una cantidad desproporcionada de maíz y destetaba unas terneras para que se las llevaran y las dejaran crecer en el monte.

Hoy bajaron sus apachis de nuevo, don Damián, le dijo un día el jefe de los caporales, y él le preguntó por qué no lo había mandado traer para que los conociera. Le respondió que eran desconfiados. Al Damiancito le encantaba recrear esa conversación, que actuaba en todos los saraos en que le presentaran a un desconocido. Se imitaba a sí mismo como un fuereño curioso, la mano en la barbilla, el cuerpo todo estirado y las cejas bien expresivas; para hacer del ranchero se hacía cortito y medroso. ¿Y cómo estuvo?, decía que le preguntó, y se contestaba, marcando mucho el acento de la montaña, que le salía muy bien: Les tuve que dar tres terneras. La señora me había dicho que les daban un poco de machaca, decía que dijo, y que el otro le respondió que la señora no se enteraba de nada. A él le extrañó, pero siguió haciendo la plática como si nada. El caporal le contó que no les intercambiaba ni armas ni caballos aunque cada temporada insistieran en que ya estaban bien de vacas, que necesitaban rifles y cuacos para poder cazar más lejos y bajar a Tesorababi también con pieles para el invierno. ¿Tan peligrosos son?, le preguntó aquí mis ojos, que entendió rapidito de qué estaba hablándole el vaquero. Son buenas gentes cuando quieren, respondió el caporal, pero cuando se ponen locos, llegan hasta la sierra de Durango haciendo matachina. ¿Y es cierto que la miel es de mosco? Los moscos no hacen miel, sabe distinta porque es de avispa. ¿De

319

avispa? Son tan cabrones que se la ordeñan a los bichos. La señora dice que es la mejor miel de Sonora. El caporal se la pensó un poco y dijo: Más fuerte nos extorsiona el ejército federal cuando pasa por aquí su gente, y no nos dejan ni la pinche miel.

Al güero esa historia tampoco le dio risa, así que ella hizo acto de contrición. Después de todo, había sido actriz de drama y cantante, la comedia nunca se le había dado. Seguro yo estoy contándola mal, dijo curándose en salud, y siguió, mirando a su muerto como si nada más estuviera dormido. Él sí tenía dotes de actor, la gente se desternillaba de risa cuando contaba eso que le conté. Lo que ya no contaba en las fiestas era que al final le preguntó al caporal que cómo los encontraba y él le contestó que no vivían en ningún lado, que tenían sus jacales y los iban moviendo según el clima y el paso de los animales, que solo los iba a encontrar si ellos querían, y no iban a querer. Le insistió en que le avisara cuando bajaran a la hacienda y el ranchero le respondió que qué quería que le dijera, que si él supiera cuándo iban a bajar, los esperaría a tiros con los demás vaqueros del rancho.

El güero la interrumpió y ella se volteó a mirarlo con los ojos sonámbulos, como si ya se hubiera dormido y anduviera nomás jodiendo a los despiertos. Doña, le dijo, y ella nomás se quedó callada. Doña, le volvió a decir, limpiándose los churretes de sudor y tierra de la frente. Estaba, claramente, en otro lado, su cuerpo vacío de presente. Doña, le dijo por tercera vez, y hasta entonces reaccionó. Qué pasó, mijo, le preguntó, como si fueran dos desconocidos que se hubieran encontrado en el paradero de la diligencia. ¿Será que con esto ya?, le preguntó señalándole el agujero que ya había cavado. Estaba sumido en la tierra hasta un poco por arriba de sus rodillas. Ella se levantó, inspeccionó el foso como si no supiera bien qué era. Un poquito más, le dijo, yo sé que es una chinga, pero dame un poquito más. El Damiancito se lo merece. Si quieres a los otros les ponemos nomás un resto de piedras encima para que no se los coman los coyotes, pero al Damiancito hay que darle una sepultura de verdad. El güero habría hecho lo que le dijera. Se puso a rascar la tierra. Ella se volvió a sentar junto a su muerto, cruzó las piernas como si fuera una niña. Siguió hablando, tal vez solo para sí misma aunque lo hiciera en voz alta. El caporal no fue el único que le habló de los apaches como una nación de fantasmas a los que era mejor no invocar, le dijo, y ya ves que era mejor no invocarlos. Un día le preguntó a un minero irlandés de paso por el pueblo por las teguas que llevaba puestas. El minero le dijo que las había intercambiado en una ranchería apache montaña arriba, del lado de Chihuahua. Damiancito le dijo que su nodriza había sido una mujer apache, que las monjas que lo habían criado lo habían convencido de que su voluntad venía de sus poderes. No tienen poderes, decía que le respondió el minero; nomás son más culeros. Le preguntó que cómo los encontraba y él le respondió que la cosa no funcionaba así, que si un día pasaba por donde andaban ellos y necesitaban algo que él tenía, se le iban a aparecen y le iban a proponer un intercambio; que era mejor que no le pasara, que si se negaba, se iban a llevar lo que querían y lo iban a matar, rapidito o muy lento, asegún anduvieran de buenas o de malas, que qué raro que él quisiera conocer a una gente que todos los demás, incluido él mismo, preferiría que no existiera. Le preguntó qué le habían intercambiado por sus botas y él ya no le contestó: nomás se fue caminando.

Decía que unos días después se lo volvió a encontrar, cuando ya se iba de Tesorababi, triste porque había bajado a conseguir mujer y no había tenido fortuna, que tenía una cruda endemoniada, pero aun así le dijo que había pensado en él y se le había ocurrido algo, que a lo mejor tenía que ir a Chihuahua, que allá tenían a los apaches amaestrados cerca de los presidios porque allá el gobierno todavía les daba comida gratis para que no asaltaran. ¿Y no asaltan?, decía que le preguntó. Sí asaltan. ¿Entonces por qué les dan comida? Para que asalten en Sonora y no en Chihuahua. ¿Y nomás llego y les hablo?, decía que preguntó. Si no lo matan, sí. ¿Por qué me matarían? Porque son apachis. Contaba que siguió un momento raro, que estuvieron un ratito nomás viéndose y que ahí él tuvo una iluminación, que le preguntó: ¿Les gusta la música? El irlandés afirmó con la cabeza, tristísimo como estaba. Le dijo que hacían sus fiestas y luego se fue, como si no hubieran hablado nunca.

EL GENERAL ESTRADA, HÉROE DE LA BATALLA DE EL CARRIZAL DE VUELTA, TAMBIÉN, EN EL FUERTE SAM HOUSTON

Don't you remeber me?, le preguntó el general Estrada al general Parker. Estrada acababa de ser ascendido a brigadier gracias a la defensa del Carrizal y había sido enviado a participar en las conversaciones de Paz entre México y Estados Unidos en el Fuerte Sam Houston. No serían todavía las siete de la mañana cuando ambos hombres se volvieron a encontrar, treinta años después de haberse visto por última vez.

El general Parker revisaba pendientes con su secretario caminando por los pasillos que conducían a la sala de reuniones en la que los cancilleres de ambos países estaban reunidos cuando alguien le tiró del brazo. Tardó un momento en situar la cara que le sonreía, a pesar de que sabía que un amigo de otra vida formaba parte de la delegación mexicana que atendía a la conferencia de Paz. Hizo los ojos chicos y dijo: *Of course I do.* Le entregó a su asistente el cuaderno de notas que llevaba en la mano y le ordenó que resolviera lo demás como Dios le diera a entender. Abrazó a Estrada. Le dijo en inglés que había visto su nombre en la lista de invitados y había querido acercarse a las habitaciones de los mexicanos para saludarlo, pero que el ministro no le dejaba tiempo para nada. Luego dio un paso atrás y le dijo en español: Veo que no soy el único que tiene progreso aquí, general. Estrada se rió: ambos eran tenientes cuando se habían despedido hacía seis lustros, justo después del confinamiento de Gerónimo y el resto de los chiricahuas. Así

323

mero, general Parker, respondió el mexicano. *But you have not put on as much weight as I have*. Es que enviudé, me casé con una mujer joven, me trae en chinga. Parker alzó una sonrisa amplia: hacía años que no escuchaba alguna de las variaciones del verbo chingar, que durante un tiempo usó con denuedo porque no hay ninguno que sirva tan bien para decir tantas cosas. *We both have to attend the oficial diner tonight*, dijo mirando el reloj. *Why don't we have a drink in my quarters after that? You must try the bourbon that a general can get around here.* Parker y Estrada se habían conocido en la mañana salvaje del 29 de agosto de 1886. Se conocieron en un llano en el corazón de la Sierra Madre, cerca de Nacozari, Sonora. Las conversaciones de paz, primero entre Gerónimo y Gatewood y después entre el jefe Naiche y el capitán Lawton, habían resultado en un acuerdo relativamente favorable para ambas partes: Lawton había aceptado no entregar ni a Gerónimo ni a ninguno de sus guerreros a la justicia de Arizona y Gerónimo se había comprometido a regresar con todos a los Estados Unidos bajo la custodia del capitán. Era un acuerdo temporal y en realidad mínimo: duraría lo que se tardaran en salir de México para que Naiche y Gerónimo pudieran hablar directamente con el general Nelson Miles. Todos sabían, estadounidenses y apaches, que esa última conversación conduciría a que aceptaran ser enviados a Fort Marion, en Florida, adonde el ejército estadounidense ya estaba escoltando a los chiricahuas que no habían huido a la Sierra Madre durante la última fuga de la reservación de San Carlos. Azul, la última mujer de Gerónimo, ya estaba en camino con una hija de brazos que habían tenido recientemente.

El teniente Estrada no había formado parte de esas primeras negociaciones entre apaches y estadounidenses. En ese momento él estaba acantonado con un cuerpo militar de doscientos hombres bien armados y uniformados en la ciudad de Fronteras, sirviendo como secretario y traductor del coronel Francisco Aguirre, prefecto del distrito de Arizpe y máxima autoridad militar y civil en la zona. Parker, en cambio, había visto el ir y venir de los chiricahuas para discutir por noches completas los términos del acuerdo, los había visto preparar la medicina que les permitiera descifrar el dibujo de su destino que Yusn desplegaba como un mapa de supervivencia en el desierto, había visto a Lawton sudando –habría adelgazado si le hubiera quedado alguna grasa que quemar– mientras hacía promesas que sabía que contravenían las órdenes directas del presidente de los Estados Unidos. Había fumado y fumado y fumado con los guerreros, había desayunado, comido y cenado con ellos. Como muchos militares estadounidenses que alguna vez tuvieron la curiosidad o la fortuna de estar obligados a tener la paciencia que demandaba explicarse las maneras de hacer de los chiricahuas, había terminado por simpatizar con ellos, por preferir que no los mataran.

Mientras el teniente Estrada contenía como podía las rabietas del prefecto Aguirre porque los gringos le habían comido el mandado y le habían sacado a Gerónimo del bolsillo –ser el asesino de Gerónimo hubiera implicado para él un ascenso y, sobre todo, la posibilidad de dejar el desierto–, el teniente Parker mataba el tiempo jugando con los niños chiricahuas para que los jefes repitieran una y otra y otra vez las mismas conversaciones, ganado en cada ronda apenas un milímetro. Se había familiarizado con las mujeres, se había aprendido los nombres de todos y había tirado barajas y jugado pelota a las carcajadas con los guerreros que se había pasado toda su vida adulta combatiendo. Tampoco es que fuera muy difícil aprenderse sus nombres: el formidable ejército apache que mantuvo en pie de guerra durante meses a Sonora, Chihuahua, Arizona y Nuevo México –un territorio en el que cabrían Francia, España y Alemania– estaba compuesto por veintisiete chiricahuas.

Para el teniente Parker, que no había presenciado los combates de igual a igual entre la caballería estadounidense y la del jefe Cochís en Arizona, que no había participado más que en escaramuzas y persecuciones entre las piedras, los chiricahuas eran una sombra con un Winchester y sin camisa que se esfumaba después de dejar un tiro, a menudo certero, en la cabeza de un soldado. Como a todos los demás miembros de la expedición del cuarto de caballería, le sorprendió que fueran tan poquitos, y que aunque la banda estaba tan maltratada como ellos por el esfuerzo físico que habían significado los meses jugando al gato y el ratón en la montaña, fueran un grupo de gente limpia y guapa, fuerte, ajuareada de manera luminosa. Tal vez lo que más le impresionaba era su capacidad para divertirse aun en la más atroz de las situaciones, porque aquella en la que estaban lo era: todos sabían que, al final, Naiche, respaldado por Gerónimo, iba a claudicar definitivamente tras una guerra que había durado tanto que ya nadie sabía por qué había comenzado.

Cuando los veía sentados en la cañada o a la sombra de los álamos, platicando entre sí, jugando con los niños, la mayoría vestidos de blanco y atildados con chalecos de gamuza o sacos de lana, los pies protegidos por mocasines a los que no se les notaba el remiendo, con las melenas negras, largas, recogidas por una banda de algodón roja, los apaches le parecían sobre todo explicables. No eran ni un misterio ni una fuerza ni algo sin redención. Eran una villa móvil, unas familias, un grupo de compadres que se mantenía cabal y digno a pesar de saber que estaba contra las cuerdas. Cuando en 1909 el general Parker se enteró de que el indio Gerónimo había muerto como prisionero de guerra en un campo de concentración cercano a un pueblo recién bautizado como Lawton en honor del capitán que se hizo oficialmente con la victoria sobre él, sintió sobre todo rabia.

He was never allowed to return to Arizona, le dijo al general Estrada cuando, terminada la cena oficial entre las delegaciones de México y Estados Unidos, ambos fueron a ponerse al día sobre sus vidas en la oficina del gringo. *And you and I* —continuó— *were there when General Miles promised him that his reclusion would be temporary.* El mexicano circuló lentamente su vaso con tres onzas de un bourbon tan denso que parecía chocolate. Veintitrés años como prisionero de guerra, dijo, haciendo un rictus de compasión.

El día en que se reencontraron y pudieron, ya tarde, tomarse unos vasos con más nostalgia que bourbon, ni Parker ni Estrada tenían el rango o la influencia suficientes para participar en las conversaciones de Paz que pretendían poner fin a la Expedición Punitiva de Pershing, o cuando menos mantenerla en un cauce que impidiera una escalada. Nadie quería una guerra, pero un alacrán, cuando está encabronado, se pica la cabeza. El presidente Wilson se había metido en México para ganar unas elecciones y no se podía salir hasta que agarrara a Francisco Villa o las ganara. Para entonces, sin embargo, ya estaba claro que Villa era como Gerónimo, que podía invadir Estados Unidos, prenderle fuego a Columbus, humillar al ejército más grande del mundo y salir indemne: no había manera de agarrarlo. Tal vez en otras circunstancias Wilson se habría jugado el trompo de un combate total al sur de la frontera, pero a punto de entrar a una guerra europea de dimensiones obscenas, abrirse un frente de verdad en México era una idiotez. Las pláticas de Paz habían concluido, entonces, con el acuerdo de que el general Pershing se quedara en el sur, pero con el privilegio único de perseguir en caliente a los grupos de villistas si pasaban cerca de su campamento, de modo que diez mil soldados serían acantonados en un llano, esperando a que llegara noviembre y pasaran las elecciones para poder retirarse en silencio.

Si alguien le hubiera preguntado a Parker si valía la pena invadir México para atrapar a un fugitivo en la Sierra Madre, habría dicho que era un despropósito, pero estuvo en las reuniones solo como la autoridad en la base militar que quedaba justo a la mitad del camino entre D.C. y D.F., cumplía deberes solo protocolarios. Y Estrada estaba ahí, en realidad en plan decorativo, solo porque les acababa de ganar una batalla notable a los gringos. Ambos servían como personal de apoyo, ni siquiera entraban a las reuniones.

Unos días antes, durante su primera participación como miembro del gabinete de Guerra del presidente Venustiano Carranza, el general Estrada, recién ascendido y condecorado de pies a cabeza, había aportado más atención que ideas a la discusión. Eran los fines de junio de 1916, llovía a cántaros en los patios del Palacio Nacional y el presidente, a quien el flamante brigadier no había visto nunca en su vida, estaba de humor negro. La Expedición Punitiva de Pershing, que nunca había contado con su beneplácito pero había sido tolerada porque la mayor parte del ejército federal estaba pacificando los territorios del Golfo, se había convertido ya en una pesadilla política. Cuando Carranza aceptó que Wilson mandara una fuerza para detener a Villa, le pareció estupendo que los gringos le hicieran el trabajo que él no tenía ni el dinero ni los hombres para cumplir. Nunca se le ocurrió que lo que Wilson quería era poner a practicar a diez mil muchachos su futura invasión de Europa. La prensa tenía al presidente de México por el cogote, maiceada por las facciones en pugna dentro del grupo de militares en el poder. No dejaba de preguntar: ¿Para eso ganaron los constitucionalistas la Revolución?

La presencia de Estrada en la reunión del Gabinete de Guerra era solo simbólica. Durante la batalla del Carrizal, a los *buffalo soldiers* del décimo de caballería se les había pasado la mano y habían abierto fuego contra las tropas del ejército federal que les cortaban el camino para la persecución de un grupo de hombres de Pancho Villa. El combate se volvió franco, con muchas pérdidas de vida para ambos bandos: murieron todos los oficiales en el campo —gringos y mexicanos— menos el coronel Estrada, por entonces ya al borde del retiro. Era un militar experimentado, así que tomó el mando tras la muerte de su superior y consiguió que sus hombres repelieran exitosamente a los estadounidenses. Les hizo suficientes prisioneros para intercambiarlos por los que ellos se habían llevado.

Estrada fue ascendido a general brigadier a una edad en la que ya más bien debería estar cuidando a sus nietos, convertido por los periódicos en un héroe de la resistencia contra los Estados Unidos. El presidente Carranza lo había invitado más bien como testigo a la reunión del Estado Mayor que siguió a la llamada entre él y el presidente Wilson para calmar las cosas y asegurar que ninguno de los dos países planeaba declarar una guerra. El flamante brigadier se limitó a escuchar con atención las conversaciones entre el presidente, el ministro de Guerra, sus generales de división y el canciller, leyendo la carpeta de documentos que se había encontrado en su lugar y con su nombre cuando se sentó nerviosamente a la mesa del Salón Juárez de Palacio. Al final de la reunión, ya que el presidente se había ido, se acercó discretamente al ministro de Guerra, que lo había condecorado hacía apenas dos días, para decirle que al revisar la lista de asistentes del lado estadounidense a la reunión del Fuerte Sam Houston había notado que uno de ellos era su buen amigo el general James Parker; que a lo mejor si él acompañaba a la misión diplomática mexicana en algo podría ayudar. Cuando el ministro de Guerra pidió autorización para añadirlo, el presidente Carranza dijo con una sonrisa que por supuesto, que al héroe del Carrizal había que presumirlo, que se lo llevara, que si podía metérselo a los gringos por el culo, mejor.

No fue esa la primera misión diplomática de Estrada. Treinta años antes, el 29 de agosto de 1886, siendo teniente, había acompañado al prefecto de Arizpe a reclamarles a los gringos que le devolvieran a Gerónimo.

El prefecto no hablaba inglés, por lo que la presencia de Estrada, que había estudiado durante unos años de su infancia en los Estados Unidos, era indispensable a su lado. Mitad militar y mitad político, Aguirre era un hombre rosado, gordo y chaparro. Sus mejillas picadas enaltecían una boca rojísima y repugnante de la que salía una voz tipluda, siempre burlona. Tenía unos ojos azules que sentía que le daban derecho a lo que fuera hundidos en la masa de manteca sin cejas que formaba la parte superior de su cara. Salió de Fronteras con doscientos soldados de infantería y su secretario porque sus informantes le habían avisado que el cuarto del capitán Lawton ya estaba por regresarse a los Estados Unidos con los cautivos.

Aunque Aguirre sabía que no iba a poder llevarse a Gerónimo a la fuerza porque los gringos estaban en México con autorización del gobernador de Sonora, le parecía indigno no intentar recuperarlo, o no tratar de quedarse siquiera con Naiche para fusilarlo, o no intimidar a los soldados gringos, que estaban tan jodidos en ese momento, y secuestrar a Gerónimo, fusilarlo rapidito para mandarlo en una caja al Distrito Federal.

Va a hacer tres décadas exactas de eso en unas semanas, dijo Estrada, y nada ha cambiado: ahí está tu gente, otra vez, jodiendo a la puerca en la Sierra Madre. *And the Mexican bandits are still attacking us,* dijo Parker. Todos sabemos que Villa no es un bandido, respondió el mexicano. *Neither was Geronimo.* A ninguno de los dos le gustaba el color de las cosas. A nadie le gusta, pero pasan, siguen pasando, idénticas.

Antes de salir por el camino de Nacozari, el prefecto Aguirre le había enviado un mensajero al capitán Henry W. Lawton para informarle que aunque la presencia del ejército estadounidense en Sonora era legal, no estaba dispuesto bajo ninguna circunstancia a permitir que se llevaran al fugitivo más buscado de México a los Estados Unidos. El mensaje consideraba que él había hecho todo el trabajo de inteligencia que había conducido a cercarlo y que el cuarto de caballería había llegado en el último momento a robarse a la presa, que ese no era un gesto ni de amigos, ni de buenos vecinos, ni de caballeros.

Tenía razón en ese punto, aunque su argumento no consideraba que el fugitivo se había entregado a los estadounidenses después de días de conversaciones, un procedimiento que a los mexicanos ni se les hubiera ocurrido, acostumbrados como estaban a utilizar una técnica salvaje: darles mezcal barato a los indios, masacrarlos durante la borrachera. En esas conversaciones, el cautivo había negociado, con persistencia de liquen, el derecho a tener una conversación con el general encargado de todos los cuerpos militares del suroeste de Estados Unidos una vez que estuvieran en territorio americano.

Además de los términos persuasivos y bien educados, el mensaje del prefecto de Arizpe tenía un tono intimidatorio: anunciaba que llevaba más hombres y estaban mejor armados, descansados y alimentados que los de Lawton, insinuaba que con esa fuerza podía cortar el paso hacia el norte si los prisioneros no eran devueltos a quienes los habían cercado.

Lawton recibió con preocupación el mensaje, que tampoco era del todo inesperado. Sabía que había estado jalando de más la reata siempre podrida de las relaciones entre ambos países en la frontera, pero había conseguido, gracias precisamente a que el prefecto de Arizpe había cercado al fugitivo, lo que ningún militar estadounidense había logrado hasta entonces: capturar de verdad a Gerónimo, regresar con él a su país no rumbo a una reservación de la que se escaparía de nuevo, sino en calidad de prisionero de guerra.

El capitán le mandó al prefecto Aguirre a su cirujano, que era el oficial en el que más confiaba y que, como todos los doctores gringos, hablaba perfectamente español. En su mensaje, le suplicaba que lo visitara en su campamento para que pudieran tener una conversación de amigos, en paz. Explicaba que bajo ninguna circunstancia podía entregar ni al fugitivo ni a sus acompañantes sin autorización de los presidentes de México y Estados Unidos, pero podía garantizar que nunca jamás ninguno de los chiricahuas volvería a pisar territorio mexicano porque serían confinados en un fuerte de la Florida remotísima, del que simplemente no podrían regresar.

Aguirre aceptó y hacia la una de la tarde del 29 de agosto el prefecto y el capitán se sentaron a tomar un café en pocillos de peltre a la sombra de un álamo.

Tanto Lawton como Aguirre eran militares profesionales, educados, entrenados. Ambos habían estudiado leyes, así que sabían lo que estaban haciendo. Ambos habían sobrevivido, para entonces, a las guerras internas que azotaron a México y los Estados Unidos en la segunda mitad del siglo XIX: además de ser militares competentes, podían practicar la esgrima política con gracia.

Aguirre entendió, rápidamente, que si quería hacerse del fugitivo iba a tener que ser a balazos y tenía claro que enzarzarse en una batalla con el cuarto de caballería sin autorización de sus superiores iba a arruinar su carrera. Sabía que, al final, el gobierno de la República le iba a ordenar que dejara ir a los gringos con su cautivo si garantizaban que no iba a volver, así que se tragó su coraje y pidió, solamente, tener una conversación

331

con él: escucharlo decir de viva voz que se plegaba a la voluntad del ejército estadounidense a pesar de que, por nacimiento y ciudadanía, era mexicano. Lawton entendía que el prefecto de Arizpe estaba, sobre todo, ofendido, por lo que aceptó esa condición y dispuso que ambos se encontraran en ese mismo llano a las seis de la madrugada del día siguiente. Aguirre y el fugitivo llevarían cada uno siete hombres, armados, y la paz sería garantizada por Lawton y sus oficiales. La infantería mexicana se retiró a un campamento establecido a diez millas de distancia y el prefecto volvió con sus siete hombres a las seis de la mañana en punto del día siguiente. Se sentó bajo el mismo álamo, donde Lawton lo estaba esperando.

Entonces apareció Gerónimo, que aunque llevaba su camisola de manta y su célebre saco con dos soles cosidos en las pecheras, se había puesto también la banda roja en la frente para señalar que sus actos, en ese momento, eran de guerra. Como siempre, salió de la nada, seguido por siete guerreros sin camisa armados hasta los dientes. Él llevaba su Winchester en la mano izquierda, agarrado por el gatillo. En el cinturón, bajo el ombligo, cargaba el revólver de cachas nacaradas y seis tiros con el que había asesinado a más mexicanos que ningún otro indio de su tiempo. Sus siete guerreros, curtidos, recios como árboles, cerraron filas detrás de él cuando el prefecto se puso de pie para saludarlo. Los siete soldados mexicanos hicieron lo mismo, los rifles apretados en las manos, la formación cuajada. Lawton y sus hombres tendrían que haber notado la genial ironía de que todos los presentes estaban armados con fusiles estadounidenses: la política, entonces como ahora, corre para todos lados, pero el dinero ha fluido siempre en una sola dirección.

Aguirre tendió la mano y Gerónimo la aceptó, pero en lugar de descansarla después a la altura de los muslos como sería natural, la puso en la cacha de su pistola. Aguirre tomó la suya, que tenía pendiendo del lado derecho, y se la puso al centro, sin soltarla. El mundo entero se detuvo hasta que Gatewood, que iba desarmado, se acercó al grupo. Gerónimo lo miró y sacó la pistola lo suficiente como para alcanzar el gatillo si había que abrir fuego. Gatewood se interpuso, dándole la espalda al apache y mirando a Aguirre a los ojos. El prefecto hizo de tripas corazón y soltó su pistola. Se tomó las manos por la espalda. Gerónimo descansó la suyas en la cadera. El prefecto le preguntó al apache si se iba con los estadounidenses por su voluntad. El indio respondió que en México lo fusilarían y que en Estados Unidos solo lo iban a hacer prisionero. El prefecto confirmó con un gesto de la cabeza y, sin decir nada más, caminó hacia Lawton. Gatewood afianzó la mano derecha de Gerónimo para asegurarse de que no le disparara por la espalda: lo habría podido hacer, a pesar de que los siete soldados mexicanos lo habrían centrado en un instante, o tal vez precisamente por eso: para tener una muerte limpia.

Aguirre le dijo a Lawton, por medio del cirujano, que ni hablar, que muchas gracias por cumplir su palabra. El capitán le agradeció sinceramente su contención. Nomás le voy a pedir un favor, agregó el mexicano. Yo no quiero quedar como responsable de otra fuga de Gerónimo, que ya lleva como veinte años escapándoseles a ustedes, así que le voy a suplicar que se lleve a uno de mis tenientes, que tiene buen inglés, para que regrese a México con el testimonio de que tienen al pinche indio metido en el calabozo de Florida donde usted me dio su palabra de que lo van a fundir. El capitán respondió que le parecía una petición razonable. El prefecto gritó: Estrada.

You know, dijo Parker en su oficina del Fuerte Sam Houston, *we all had to write very extensive reports about that day, and I discovered recently that the whole file is here.* El general Nelson Miles había tenido que argumentar jugosamente sus razones para no asesinar a Gerónimo como había ordenado el presidente Cleveland, y el episodio se había conservado por escrito desde muchos puntos de vista y en todos los documentos oficiales y personales que se pudieron recolectar. *There is one that haunts me*, dijo el general. En una carta a su esposa conservada en el archivo, el teniente Gatewood contó que cuando el prefecto Aguirre se movió el revólver al centro de la barriga, los ojos de Gerónimo se pusieron tan rojos que se convirtieron en una sola masa negra, como una bola de billar.

A partir de esa revelación, el Damiancito comenzó a hacer expediciones a mula por la montaña en las que cargaba con su acordeón. Se acercaba a las rancherías de indios, se sentaba a una distancia prudente y se ponía a cantar las canciones de Los Nuevos Mexicanos en versiones que, me imagino, han de haber sido desoladoras. Generalmente lo dejaban hacer, a veces durante varios días, para cerciorarse de que detrás de él no viniera un grupo de nacionales que quisiera madrugarles. En cuanto bajaba el sol, prendía un fuego, se cocinaba algo y se dormía a la intemperie. Hacía esas expediciones desarmado –loco sí estaba–. Si los indios se lo hubieran querido madrugar, podían. Tarde o temprano alguna vieja se le acercaba, lo invitaba a cenar con su gente. Aceptaba. Llegar a eso le tomaba, muchas veces, varias noches al descubierto. Pero era difícil no simpatizar con él. Cuando lo invitaban se quitaba el sombrero y caminaba hasta el fuego con esa sonrisota que ponía para todo y que a todos desarmaba. Lo invitaban a cantar y lo miraban con cara de piedra mientras ejecutaba sus sones, luego ellos le enseñaban los suyos. Al final siempre se regresaba a dormir cerca de su mula y se iba temprano de vuelta a Tesorababi, aunque a veces se quedaba uno o dos días. Sabía que la siguiente ocasión en que se encontrara a uno de esos indios por la sierra, se quitarían el sombrero para saludarlo aunque cuando bajaban a vender al pueblo actuaran como si no lo hubieran conocido.

GENERAL NELSON A. MILES, ESCLAVO *AVANT LA LETTRE* DE LAS REDES SOCIALES EN EL COMANDO GENERAL DEL EJÉRCITO DE LOS ESTADOS UNIDOS PARA LOS TERRITORIOS DEL SUROESTE

El general Nelson A. Miles se quitó el sombrero y la guerrera. Ya hacía un sol del carajo aunque todavía no daban las ocho de la mañana. Se desabrochó el botón de la camisa: estaba rojo como un camarón y sudando. ¿Ya está?, le preguntó al ingeniero, a quien le estaba costando más de lo normal montar el heliógrafo porque no estaba acostumbrado a hacerlo bajo la vigilancia de su superior. Cinco minutos, general, respondió. También sudaba a chorros, pero porque no se había atrevido a quitarse la chaqueta en la presencia de Miles, que había asumido la posición de comandante general del ejército regular estadounidense en Arizona y Nuevo México tan recientemente que nadie sabía, aún, cómo tratarlo. El ingeniero había trabajado hasta hacía poco con el general Crook, que era, sobre todo, un militar anticuado y de una sencillez hasta irritante: salía de campaña en mula, solo mandaba telegramas en situaciones excepcionales porque la mayoría de sus instrucciones llegaban en mano y escritas de puño y letra. Miles era, en cambio, la urgencia, el glamour y la confianza en las nuevas tecnologías. El sistema de heliógrafos que había mandado traer de Inglaterra era efectivo pero demandante. Había que subir al monte todos los días cargando el trebejo, instalarlo a las carreras porque a las ocho en punto todos los oficiales a su servicio alineaban los suyos para pasar revista a distancia.

Miles era un hombre guapo, carismático y vanidoso; todo estamina e imprudencia. Héroe de guerra por todos lados, su ambición tenía una dirección permanente: la Casa Blanca. Sabía que sus ojos claros, la disposición viril de sus cejas, su bigotazo con las puntas enhiestas, su altura y masa corporal casi siempre superiores a las de los que lo rodeaban, le permitían salirse con la suya en cualquier circunstancia.

¿Ya está?, volvió a preguntar, mirando el reloj con su proverbial impaciencia. A pesar de que solo abría la boca para demandar cosas, tenía un tono de voz que hacía sentir a la gente que obedecerlo la haría mejor: parte de un equipo en el que todos siempre saldrían ganando. Va a estar a tiempo, dijo el ingeniero, mientras calculaba con el teodolito el sitio en el que debería estar la siguiente plancha de azogue, en una montaña a veinte kilómetros de distancia. Ya estoy alineando, agregó, mientras calculaba los grados a los que debía inclinar el espejo. El general se rascó la barbilla, perfectamente afeitada a esa hora. No tenemos todo el día, ingeniero. Todavía no dan las ocho, respondió el otro nerviosamente. El general se sacudió la camisola por la botonadura, como para que le entrara aire por el cuello. En cuanto entre la señal, dijo, me identifica y les ordena a los de allá que nos conecten con el capitán Lawton, donde esté en México. Miró alrededor suyo y se sentó en una piedra, pero notó que unas hormigas siniestras mitad negras y mitad rojas se le empezaban a trepar por las botas. Se puso de pie, se las sacudió. Se abanicaba con el gorro cuando el ingeniero le dijo que ya estaba entrando señal. ¿Ya me identificó? Ya están buscando a Lawton.

Establecer contacto con el campamento de la Sierra Madre le tomó al ingeniero otros tres o cuatro minutos, que al general le parecieron una eternidad. Cuando finalmente llegó una respuesta, se puso frente al heliógrafo para descifrar él mismo las respuestas. No era un problema de confianza, sino de prisa. Pídeles que confirmen que todavía tienen a Gerónimo y todos los demás prisioneros. Hágase a un ladito, le dijo el ingeniero, y empezó a enviar los códigos morse activando la palanca. Abría y cerraba con ella las persianas que contenían y dejaban fluir el haz de luz solar. Las respuestas desde México tardaban un tanto en llegar. Dice que los tienen a todos, que están a veinte o veinticinco millas de la frontera, en camino a Apache Pass. Confírmeles que no los voy a ver ahí como me pidieron ayer, que no quiero reunirme con Gerónimo. Ambos vieron la respuesta, que ya esperaban porque la habían estado recibiendo todos los días desde que Gatewood había conseguido sacar a los chiricahuas de debajo de quién sabe qué piedras. Gerónimo se va a dar a la fuga si no habla directamente con usted, decía el mensaje; el acuerdo que hicimos con él es temporal hasta que usted lo confirme. El general respondió: Dele un tiro si ya lo tiene ahí. Le di mi palabra. Miles dictó: ¿Y cuándo hemos respetado nuestra palabra en los tratos con los indios? La respuesta de Lawton tardó un poco más de lo normal. Tenía el aire caliente de la insurrección: Yo tenía instrucciones del presidente Cleveland de matarlo y usted mandó a Gatewood. Miles no respondió. El morse de luz volvió a brillar: Y sin Gatewood no lo hubiéramos agarrado. El general lo pensó, se puso la gorra. Dígale que se vayan a Skeleton Canyon, ordenó. La respuesta de la Sierra Madre llegó como si hubiera estado a la vuelta. ¿Le digo a Gerónimo que nos vamos a encontrar ahí con usted? Dile que se lo diga, pero que lo más probable es que yo no llegue, que voy a mandar varias unidades de caballería para apoyarlos.

Lawton ya no respondió. Voy de vuelta a la oficina, le dijo el general al ingeniero, mande señal a Fort Bowie, al destacamento de San Bernardo, al incompetente que administra la reservación de San Carlos; que todos manden a tanta gente como puedan a Skeleton Canyon. Se puso la guerrera. Ya se había dado la media vuelta cuando el ingeniero le dijo: Es Lawton de nuevo. El general resopló. Que le suplica que vaya a hablar con Gerónimo, que los chiricahuas tienen algo. Miles pensó en Toro Sentado: también tenía algo, mejor que lo que pudieran tener los pinches apaches, e igual lo había traicionado. Pensó: Toro Sentado no era el jefe de una banda, era el jefe de una nación gigantesca que había peleado de igual a igual con los Estados Unidos y había perdido una guerra digna y feroz. Dígale que es por eso que no quiero ir, dijo, que ya no puedo ver a un indio más a los ojos sin sentirme una mierda. ¿Quiere que le diga exactamente eso, general? Exactamente.

Poco después de las ocho y media el general se apersonó en la oficina del telegrafista, que no se animó a decirle que una rebaba de yema de los huevos estrellados que se acababa de comer seguramente de pie había quedado embarrada en las ilustres puntas de sus bigotes. El general tenía que estar preocupado si no había hecho su parada habitual en el aguamanil antes de sentarse a despachar sus comunicaciones matutinas con Washington. General, dijo, mientras hacía un saludo militar tal vez demasiado marcial para el encargado de las comunicaciones del cuartel. El superior, normalmente tan formal, se limitó esa mañana a darle una palmada en la espalda. Llevaba la guerrera abierta y traía atorado el pulgar de la mano izquierda entre el cinto y el ribete de los pantalones. Movía las cejas y los bigotes como si estuviera sosteniendo una conversación complicada con un fantasma. Más que sentarse, se desplomó en la silla de al lado del telegrafista, sin sacarse el pulgar del cinturón. Resopló y comenzó a dictar:

atención dos puntos secretario william c. endicott coma departamento de guerra punto de dos puntos g punto nelson miles coma comandante regular del departamento de Arizona punto señor secretario dos puntos recibí confirmación del campo punto gerónimo y todos sus acompañantes están bajo custodia del ejército en méxico punto se espera que crucen la frontera hoy mismo punto final

El general dio un suspiro cuando el telegrafista terminó el envío, como si hubiera estado conteniendo el aire en los pulmones todo el tiempo. Ambos veían fijamente los rodillos, que se mantenían quietos como dos ataúdes. En Washington no estaban pendientes de su reporte, lo cual siempre eran buenas noticias. Miles se relajó en su silla, se sacó el dedo pulgar del cinto y se lo pasó por el bigote. Sintió el trozó de yema, lo tomó entre el pulgar y el índice y lo miró con desagrado momentáneo. El silencio de la máquina lo ponía tan de buenas que le increpó chanceramente al telegrafista: ¿Cómo no me avisó?, para eso están los amigos. Sí, señor, le respondió su subordinado, lo cual lo satisfizo. ¿Cómo se llama?, preguntó. Warner. Para la otra avíseme, Walter. Sí, señor. Miles se volvió a atusar el bigote, sonrió. Bueno, dijo golpeándose ruidosamente los muslos. El telégrafo despertó en ese momento. Hizo una mueca. No tan bueno, dijo mientras los rodillos de la máquina iban escupiendo a una velocidad desesperante un nuevo mensaje. ¿Es posible que no sea la oficina del secretario?, preguntó. El telegrafista tomó la cinta entre los dedos con la delicadeza con que otro hubiera acariciado el cabello de su mujer. Es de ahí, general. ¿Seguro? Leyó:

atención dos puntos g punto miles a punto miles coma departamento de Arizona punto del secretario endicott coma departamento de guerra punto

Allá vamos, dijo Miles. El telegrafista le dedicó una mirada entre conmiserativa y solidaria, no porque entendiera del todo lo que estaba pasando por la cabeza de su superior, sino porque podía reconocer a un alma atribulada. Como mediador de las comunicaciones de la oficialía del cuartel, era una especie de sacerdote: se enteraba de todo y todo se lo comía. Siga, le dijo Miles.

general dos puntos sírvase señalar el sitio exacto de ingreso de los prisioneros a territorio estadounidense coma para dar alerta al alguacil de Tucson punto

A Miles le quedó claro, por el tiempo que tardó en regresar la respuesta, que el secretario estaba, como él, al lado de su telegrafista. No tenía tiempo para pensar una estrategia. Dictó:

punto de entrada desconocido coma señor secretario punto vienen por la sierra punto a cubierto de posible corte de vía del ejército mexicano punto las comunicaciones son por heliógrafo coma que puede ser interceptado fácilmente punto no desplegamos información sensible en ellas punto

La respuesta tardó poco en llegar:

ordene alto total apenas crucen la frontera punto reporte de inmediato el sitio del cruce para que este departamento dé aviso a las autoridades de tucson punto

El general movió el bigote de un lado a otro de la cara y se frotó las manos. Entornó los ojos un momento antes de volverse a concentrar en la mano del telegrafista, preparada para comenzar a oprimir el manipulador. Dictó:

con todo respeto coma señor secretario coma los prisioneros son de alta peligrosidad y difíciles de manejar punto recomiendo encarecidamente que permanezcan bajo la custodia del ejército hasta que alcancen su destino final punto

La respuesta fue inmediata:

no entiendo dos puntos no los tienen encadenados interrogación

El general resopló.

no son un ejército coma sino una tribu punto la mayoría son mujeres coma niños y ancianos punto

Los rodillos se activaron casi sin pausa:

pero gerónimo viene encadenado interrogación

Miles se talló las cejas con la mano izquierda. Estaba consciente de que el regreso de los chiricahuas a territorio estadounidense se parecía más a un paseo reconciliatorio entre las dos partes de un matrimonio pésimamente avenido que a una marcha militar. Los guerreros y los soldados podían ser muy enemigos, pero también estaban unidos por un odio mucho más profundo a los mexicanos. Respondió:

por supuesto coma igual que todos sus bravos punto

Hubo una larga paz en los rodillos que hizo pensar al general Miles que tal vez en Washington tuvieran información de otra fuente que contradijera la suya. Esperó la respuesta pasándose el dedo índice por el cuello de la camisola, que no se había abotonado después de su sesión de comunicaciones vía heliógrafo. Los rodillos empezaron a girar.

le estoy transmitiendo órdenes directas del presidente cleveland punto

Miles cerró los ojos, respiró hondo. El rodillo siguió:

pero su recomendación me parece digna de ser atendida dado que viene del campo coma desconocido para mí punto el presidente sigue en nueva york punto espere confirmación o nuevas instrucciones por la tarde punto

Yo creo que ya pasó, ¿no?, le preguntó a su telegrafista. Las decisiones son suyas, general, respondió él; yo no sé nada de nada. Pero ya lleva un tiempo recibiendo mensajes del secretario Endicott. Yo creo que ya pasó, general; si insiste le pido a alguien que le avise.

El general Miles estuvo el resto de la mañana resolviendo trámites: firmó despachos, revisó los planes de la ampliación de las barracas del fuerte de Warm Springs y recibió al comité de cirujanos militares preocupados por el problema de desabasto en los regimientos de todo el territorio de Nuevo México y Arizona.

Los médicos habían iniciado un reporte independiente sobre las razones por las que era imposible contener un brote de malaria que azotaba a los regimientos asentados en las cercanías del río San Carlos, y al recolectar información sobre el asunto habían descubierto que ninguno de ellos tenía ni las condiciones, ni los materiales, ni los medicamentos necesarios para hacer bien su trabajo. Mientras uno de los cirujanos leía el informe, el general empezó a redactar mentalmente la carta que le escribiría por la noche a su mujer, que se había llevado a los niños a la casa de Westminster, en Massachusetts –como todos los años durante la canícula imposible de Arizona.

Querida Molly, pensaba en lo que uno de los doctores enlistaba con detalle los destacamentos en los que los enfermos no tenían acceso a pastillas de quinina, me das mucha alegría contándome lo bien que los niños y tú encontraron a madre. Parecería que las cosas van a ser más fáciles que el año pasado. Por favor dale mi cariño y recuérdale que yo también voy a ir a verla apenas termine de despachar el problema de Gerónimo, tengo que ir un par de días a ver un asunto en Boston y estoy pensando en quedarme en su casa esta vez, para poder pasar unas horas del día con ella incluso si le cuesta reconocerme: la compañía siempre es buena. Me da gusto que haya reconocido a los niños: algo queda ahí adentro. Dudó un momento: no era la frase más diplomática aunque fuera la más precisa. Pensó: Algo queda en ella del mundo que cultivó toda su vida y que floreció como un jardín de impaciencias en la base de un roble. Afirmó con la cabeza a algo que le decía enfáticamente un doctor que hasta ese momento no había abierto la boca, mientras pensaba que había hecho bien dedicándose a las armas y no a las letras. Registró que el médico le decía que no podía estar de acuerdo con esa aberración e hizo que el movimiento afirmativo que estaba haciendo se transformara en un gesto de solidaridad, seguido de una negación enfática. Menos mal que a los niños ya no les parece pesado el viaje, siguió redactando mentalmente. A estas alturas los pobrecitos ya deben estar acostumbrados y han de pensar que cruzar el país de lado a lado todos los años es parte de la experiencia americana. Otro doctor tomó la palabra. Miles coligió que estaba hablando de problemas asociados a los *buffalo soldiers*, incrementó el gesto de conmiseración y empatía de su cara alzando las cejas lo más que podía. Es un país muy grande, siguió redactando, demasiado grande; y los que están de aquel lado simplemente no tienen ni la más remota idea de lo que hay de este. Hoy por la tarde recibí a unos doctores que tienen que hacer cirugía con navajas y serruchos y que en lugar de reclamar sierras y bisturís piden baldes y trapeadores para poder lavar los quirófanos. No hay modo de que entiendan eso allá, simplemente no lo hay.

Nelson notó que el círculo de doctores lo miraba atenta, tal vez pacientemente. Necesito un documento, les dijo. Lo tiene enfrente, le respondió el cirujano negro, que por ser el que padecía más carencias para ejercer su trabajo había terminando teniendo un rol de liderazgo en la discusión que obviamente incomodaba a más de uno de los otros médicos. El general levantó el documento que descansaba enfrente de él. Pasó las hojas como un abanico. Esto es un reporte, dijo, nadie lo va a leer en Washington —no sé si quede gente que sepa leer en el Departamento de Guerra. Los doctores se rieron cortés, tal vez condescendientemente. Necesito peticiones breves, concisas, que pueda telegrafiar al Departamento para que ellos presupuesten con el Tesoro y el Congreso. Podemos producir esa lista aquí mismo, dijo otro de los doctores. Ahorita, insistió; usted la telegrafía mañana, o cuando sea su próximo acuerdo con el secretario. El general sonrió, señaló al médico con el índice. Me gusta la gente ejecutiva. Otro de los cirujanos, que tal vez fuera también el que se sentía más venerable —aunque solo era viejo y blanco—, se bajó los lentes a la punta de la nariz para exhibir su descrédito. ¿Esto es serio, le preguntó al general, o nos está tratando como si fuéramos votantes? Miles respondió con un gesto que afirmaba melodramáticamente que por favor confiaran en él. Bien, dijo el doctor alzándose de hombros, y les preguntó a sus colegas que por dónde empezaban. Miles agregó, para darles más confianza, que estaba por hacer un viaje al este, que les podía prometer que a su regreso iba a pasar por Washington, que le daría seguimiento personal al asunto. En cuanto los doctores se pusieron a hablar entre ellos se permitió abstraerse en un pequeño sopor: por ahora no requerían de su atención.

Tal vez, siguió planeando la carta que más tarde se sentaría a escribir, esta vez deberíamos regresar por el norte al final de mi licencia. Ahorrarnos el paso por Washington y Cumberland, venir por arriba, por los grandes llanos, para que los niños conozcan ese otro pedazo del país en el que me batí para que puedan vivir donde viven como viven. Si vieran las manadas de búfalos pastando bajo las Colinas Negras de Dakota, si vieran el florecimiento de Rapid City o Deadwood, a lo mejor podrían entender por qué estamos en este peladero, matándonos con otra gente que, como nosotros, preferiría solo estar tranquila.

Miró a los cirujanos que hacían su lista sin poderse poner de acuerdo del todo. Estoy atribulado, Molly, pensó, queriendo que su carta se abriera a una profundidad en la que su mujer era insuperable sirviéndole como guía de su propio interior. Lo de Gerónimo me trae frito.

Unos golpes discretos en la puerta interrumpieron el tren de pensamiento del general. Su secretario particular se asomó sin esperar autorización. Miles alzó las cejas en su dirección. Del Departamento de Guerra, dijo el asistente sin animarse a cruzar el umbral de la puerta. El general afirmó con la cabeza y el secretario entró a entregarle un sobre. Cierre la puerta, le dijo Miles. El joven hizo un gesto de preocupación. Lo espero aquí afuera, dijo. Miles notó que el envío no venía sellado: lo habían transcrito con mucha prisa. Adentro había una tarjeta escrita en la letra menuda y falta de lo que se necesita para dar órdenes del telegrafista. Decía:

atención g miles coma departamento de arizona punto del secretario endicott coma departamento de guerra punto reciba a
los prisioneros apache en persona apenas crucen la frontera

344

para que queden bajo custodia del ejército regular punto el presidente Cleveland no está dispuesto a pactar nada punto la rendición debe ser incondicional para posterior entrega a autoridad civil de Tucson punto órdenes del presidente punto final

El general guardó de nuevo la tarjeta en el sobre, calculando si tenía la menor posibilidad de fingir que había recibido el telegrama al día siguiente, cuando los apaches ya estarían en Fort Bowie, listos para ser embarcados a Florida, y fuera demasiado tarde para implementar las órdenes. Murmuró vagamente un ahora vuelvo en dirección a los cirujanos y salió de la oficina, donde confirmó que su asistente lo esperaba en firme.

Miles infló los cachetes, sacó el aire lentamente, se apretó la sien entre el cordial y el pulgar. Qué posibilidad hay, articuló, de que le digan al secretario que no estoy. Alzó la mirada a su subalterno, que sacudía negativamente la cabeza. El general alzó las cejas inquisitiva, tal vez irónicamente. El señor secretario sabe que está en su oficina y pidió confirmación inmediata de que va a seguir sus órdenes. Ya, respondió Miles. Se atusó el bigote. ¿Y cuándo tengo que salir para llegar mañana a Skeleton Canyon? Inmediatamente, dijo el asistente, y murmuró un lo siento, sé que lo de los cirujanos es importante para usted. El general miró al techo, dijo como si estuviera dictando: Una escolta de veinte hombres, buenos animales, con ajuar. Se rascó las nalgas y continuó: Que alguien se encargue de girar las órdenes y preparar mi caballo, usted regrese a confirmarle a Endicott que voy a recibir a Gerónimo como miembro con mando del ejército regular. No diga nunca las palabras «prisionero de guerra». Mande las coordenadas claras del punto de encuentro. Luego se va al cerro con el ingeniero y avisa por heliógrafo que llego mañana a Skeleton Canyon, que ya me estén esperando ahí, acampados y en orden, los regimientos de Bowie, Knoxville, Douglas, San Bernardino y San Carlos, con trajes de parada e insignias completas. El secretario afirmó con un gesto: él también había leído a sus clásicos militares y entendía que Miles quería una llegada a la Julio César para impactar a Gerónimo. Pensó: Le debe tener admiración. El general sí tenía sueños imperiales y todo el mundo lo sabía, pero en esta ocasión reclamó una entrada de desfile por pura costumbre: estaba pensando en otra cosa. Molly, querida Molly, siguió rumiando mientras volvía a su oficina a disculparse con los cirujanos y a pedirles que dejaran su pliego de peticiones con su secretario. Hoy mi trabajo, Molly querida, me está demandando que les entregue un valiente a los perros: el alguacil de Tucson es un ladrón, un retardado y un fanático que cree que lo de Jesús y Dios y eso es verdad; un pusilánime que no ha pisado un campo de batalla, que no ha visto a un enemigo vuelto su hermano por los agujeros que le dejaron las balas. Gerónimo es el mejor soldado al que he enfrentado en una vida completa en los campos de batalla de este país. No hay ninguna proporción entre la realidad de Arizona y las órdenes del presidente.

Cuando salió de la oficina, en su mente ya había arrugado y tirado a la basura la carta imaginaria.

Un día se halló, en una de esas andadas, a un grupo de apaches del monte. Decía que eran nomás unas pocas familias que, aunque habían proliferado en los presidios del otro lado de la sierra, habían decidido volver a vivir como sus mayores y el dios un poco distraído que los había creado. Decía que no eran, como decían en Tesorababi, distintos de los demás. Se los encontró, aguantó vara tocando su guitarra cerca de su campamento un par de noches y al final lo invitaron a sentarse a cenar con ellos. Ni le pidieron nada ni se sintió nunca amenazado. Tan no eran distintos de los demás indios que el güey no se dio cuenta hasta que platicó con uno de ellos, que hablaba bien español, que eran apaches.

El gusto que le ha de haber dado. Decía que, en todo caso, eran más juguetones, que se mearon de risa cuando les contó muy solemne la historia de su nodriza apache, que para él era cosa tan seria y tan definidora, y a ellos les parecía más bien una cochinada. Él se cuidó de no decirles, eso sí, que la mujer que lo había amamantado era una esclava, un poco porque ya sabes cómo era, incapaz de herir los sentimientos de nadie, y otro poco, sospecho, para que no la agarraran con él, porque también es cierto que cuando las cosas salen un poquito chuecas con ellos, terminan torciéndose en serio: no hay manera de pararlos una vez que algo les encabrona.

Yo le pregunté mucho sobre ese primer encuentro, me intrigaba que no se les hubiera ocurrido que si una apache lo había amamantado allá abajo, en el centro del país, era porque había sido una cautiva. Me decía que no, que en lo que sí eran distintos de los demás era en que eran tan arrogantes que terminaban siendo cándidos, que en todo caso habrían pensado que el cautivo fue él –lloraban de risa cuando explicó que había crecido en una casa grande con puras mujeres.

Y puede que tuviera razón: negocian tan poquito, están tan convencidos de que son los hijos de su dios y de que todos los demás somos basurita, de que su manera de vivir es la única buena, que han de haber jurado que allá abajo también había bandas de apaches. Así son. Si usted habla con un ópata o con un yaqui todos le van a discutir que si el gobierno esto, que si los otros indios esto otro, que en la ciudad tal. Los apaches no: no salen de su tierra y cuando lo hacen van en chinga y nomás quebrando cosas. No se fijan en lo que rompen, lo que no está aquí o lo que viene de fuera les parece como borroso, por eso pueden irse a vivir unos años a las goteras de un presidio si anda mala la caza, se bautizan, aprenden español y veinte años después vuelven al monte como si hubiera sido nomás un domingo. Para los yaquis no hay regreso una vez que salen de la ranchería, los apaches nomás no se van aunque no estén.

El Damiancito decía que lo habían aceptado, y algo de eso debe haber sido si aprendió unos barruntos de su lengua. Pasaban solo unas semanas del año en el campamento del río Bavispe y él no podía estar todo el tiempo con ellos. Mal que bien tenía que dar sus clases de solfeo, que creo que era lo que enseñaba en la hacienda. Pero algo convivieron con los años. Los llegó a conocer, se sabía sus canciones: me pregunto si ellos se aprendieron las de él.

Decía que no es que sean obstinados como dicen todos, sino que tienen un mundo redondito y sin rotos, que nos parecen unos locos porque son los únicos que son iguales a nosotros. El güero alzó la cara. ¿Cómo así?, preguntó. Ella le dedicó una sonrisa más bien maternal. ¿No le digo?, le respondió. Lo miró a los ojos. Nos están echando, le dijo. Usté cree como ellos que esto es nuestro, pero nomás vamos pasando. Somos una banda, como las demás, pero nadie se da cuenta. Son o ellos o nosotros y el que gane va a ganar. Mire nomás cómo me lo dejaron y eso que les hablaba en su lengua.

Hizo una pausa y miró al güero, que estaba de rodillas en el fondo del foso. Le pareció que el muchacho era la larva de una india gigante, moliendo maíz en el nixtamal. Pensó que tenían que descansar. Ya nomás saque esa última andanada de tierra y nos ponemos a taparlo, le dijo. Con eso tiene. Miró al cadáver. Yo no sé, porque no pude tener hijos, pero a lo mejor es normal que quien te dio leche te dé plomo.

Insomnio

Había un único paso que conectaba Nuevo México y Sonora a través de la sierra y se llamaba el Paso de Guadalupe. Cuando después de la venta de La Mesilla las montañas Chiricahua quedaron del lado estadounidense y el norte de Sonora fue rebautizado como Arizona, el Paso de Guadalupe fue nombrado *Skeleton Canyon*. La gentileza de una palabra que comienza con una g suave y se desliza como un río por el juego entre la u y la a, contra el hierro de la s y la k juntas, que abren de un porrazo el racimo de consonantes –l, t y n–, dispuestas para someter a las vocales e y o, borradas cuando la palabra se pronuncia correctamente: *skltn* –Maia la escribiría así–. El cambio de Paso de Guadalupe a *Skeleton Canyon* borra el pasado árabe del nombre del lugar: es un retorno a la dureza pura del latín, una lengua militar, jurídica, la red de un imperio. Esto por no detenerse en lo obvio. Guadalupe era en la España mozárabe la Virgen que se apareció en un río con fondo de piedras y en México fue el nombre hispano con que se bautizó a Tonantzin: nuestra madre, el vientre que nos nutre y nos devora. El esqueleto es lo que queda cuando la vida terminó de molernos, lo que queda cuando Ysun ya no nos puede escuchar. Y luego el paso y el cañón, pero no hay ni que abundar en eso, o no mucho, Primero los europeos jodiendo a los indios, luego los europeos jodiéndose entre ellos para ponerles nombre a las cosas de un continente con una palabra prestada. Y eso es todo, América, como quiera que te llames.

DEPOSICIÓN DEL TENIENTE ESTRADA EN ARIZPE, SONORA

A partir de que el prefecto Aguirre me dio la orden de trasladarme a donde fuera que me llevara el cuarto de caballería del ejército regular de los Estados Unidos para dar testimonio de la detención del indio Gerónimo y los guerreros que lo acompañaban, me puse a las órdenes del capitán Elpenor Ware Lawton, muy borrachín, pero también muy amable, que me agradeció mi disposición y me dijo que, como miembro del ejército mexicano, yo estaba ahí como su invitado, que mis órdenes eran las que me había impartido el prefecto y que tenía que seguir solo esas.

Una vez que me sumé a la unidad, entendí que su gesto no había sido ni diplomático ni deferente. La cadena de mando estaba clara en el batallón, pero lo hallé falto de disciplina, sobre todo considerando que era una unidad de yanquis: al parecer la campaña de la Sierra Madre había sido dura, así que iban por el mundo más como un grupo de vaqueros que como un cuerpo militar. No se me malinterprete: los hombres de Lawton estaban entre los mejores que he visto por su resistencia y constancia, pero tardaron en recuperar la gallardía, o eso me pareció, tal vez solo porque para entonces estaban todos vestidos en harapos y estaban tan flacos que, más que un grupo de soldados, parecían un cordón de sábanas agitadas por el viento.

Tampoco entendí de entrada, para el momento del encuentro entre el prefecto y el capitán, que los americanos apenas habían podido volver a comunicarse con sus mandos de nuevo, así que estaban recibiendo las primeras raciones llegadas a mula del otro lado de la frontera, y que hasta entonces habían estado viviendo de lo que les daban en los pueblos de la montaña, en los que desconfiaban de ellos. De ahí que estuvieran tan perjudicados. Y andábamos rápido. No es que al capitán Lawton le corriera prisa, o que le apurara algo más que hacer una parada para destapar una botella del sotol de centeno que beben ellos y que llaman, creyéndose muy elegantes, con un nombre francés: *bourbon*. Es que los indios los traían a paso de friega.

Todo el mundo lo sabe en el ejército mexicano porque se lo ha escuchado decir a la gente de la sierra, pero yo nunca lo había visto, ni creo conocer a nadie que lo supiera por experiencia directa: los apaches se mueven a pie por los terrenos sinuosos, con todo y viejos y niños, a una velocidad alarmantemente superior a la de nuestras caballerías. Más si lo que llevan atrás son soldados mexicanos, por los que sienten un odio y un terror solo comparable al que los soldados mexicanos sienten por ellos. La posición de los americanos en ese juego es rara: son los invitados a un pleito a puños entre dos primos que se conocen desde la infancia.

Yo le dije a un teniente Parker que me asignaron de inmediato como compañero de viaje que no había necesidad de irnos como locos y por la montaña como íbamos, que el prefecto Aguirre es hombre de palabra y que mi presencia en la campaña garantizaba que nadie iba a perseguir a Gerónimo ni tratar de atajarles el camino. El teniente me dijo que él y sus superiores lo sabían y que ya habían mandado un mensajero con una nota de gratitud para el gobernador de Sonora, pero que los apaches no confiaban en nosotros por tantos años de traiciones mutuas, que era por designio de ellos y no del capitán que íbamos por el monte y a una velocidad que ponía en peligro a los caballos y a ratos hasta a las mulas. No son traiciones, le dije, es una guerra abierta que tiene más años que la República; ha sido tan larga que ha habido periodos en que en México la han peleado los civiles solitos, usando las técnicas que tienen a la mano. Emborracharlos y asesinarlos no es una estrategia militar, me respondió. Yo estaba ahí en misión de político, aunque fuera chiquita, por lo que me porté lo mejor que pude de acuerdo con mi entrenamiento y lo que aprendí de leyes del colegio militar. Le dije, cuidadosamente, que las cosas eran mucho más complicadas que eso. Le expliqué, tan diplomáticamente como pude, que a veces los gringos están llenos de opiniones, sobre todo sobre los indios, los negros y los mexicanos, tal vez porque se sienten un poquito culpables de pasársela jodiéndolos para poder vivir en un país de fantasía, como si trataran de echarnos la culpa de lo que nos hacen –porque también son muy religiosos–. El teniente Parker, como pasa siempre con los gringos a nivel del campo, me dijo que a lo mejor tenía razón, pero que él nomás obedecía órdenes. Muy diplomático también, la verdad.

El batallón, entonces, avanzaba tanto como podía detrás de los apaches. Como ya dije, el mando recaía en manos del capitán Lawton, aunque por su frecuente estado de incapacidad, digamos, de origen etílico, a menudo era transmitido a un cirujano cuyo rango nunca me quedó claro pero que tenía el respeto de la tropa y eso hacía que las cosas salieran en un orden que de pronto parecía milagroso. Debajo del capitán y el doctorcito había dos tenientes. El ya mencionado Jaime Parker, a quien todos conocían como «el Gordo» aunque estaba flaquito, y uno rarísimo al que casi no conocí, llamado Carlos Gatewood, que aunque se vestía como catrín de ciudad era el que andaba por la parte más recia del monte junto al indio Gerónimo, con quien se profesaba aprecio mutuo. Don Carlos Gatewood no tenía mando más que sobre dos buscadores apaches que, según colegí pronto, fueron los que en realidad convencieron a Gerónimo de que se rindiera, o al menos los que propiciaron la conversación que lo condujo a decidir irse con los yanquis. Aquí es importante insistir en el asegún de que estas cosas que declaro las fui aprendiendo de oídas en el primer día de marcha, en el que nunca ni siquiera vi a Gatewood ni a los indios –así de adelantados iban.

Fue hasta que hicimos campamento, ya a media jornada de la frontera –temprano en parte porque a los caballos no les gustaban los pedregales por los que nos iban llevando los indios y en parte porque al capitán ya le urgía su aguardiente–, que vine a entrar en contacto con los apaches, porque nuestros campamentos quedaron contiguos y el rancho se repartía entre todos. De los conocidos por mí, que no llevo tantos años involucrado en el conflicto como muchos de mis superiores, estaban Gerónimo y Chapo, su hijo, también Nanche, el hijo menor del legendario jefe Coche –dicen que le decían así porque en México lo habían bautizado como José– y nieto del mismísimo Mangas Coloradas, no es chaparro y recio como es Gerónimo sino un gigante, espigado y musculoso como su abuelo. Estaba también Lozen, la guerrera mimbre que desde niña peleó con su hermano Victorio; con ella andaba la Niki, también feroz. Estaban Loco y el jefe Nana, bien conocidos en México, el primero por querido –iba y venía de los pueblos mestizos al monte por ser medio mexicano y medio apache– y el segundo por ojete: fue el vengador de Victorio y lo cobró caro. Había otros que no reconocí, pero nomás con esos bastaría para humillar Delicias. Había un montón de niños y dos o tres abuelas. Veintisiete en total.

No es que me los hayan presentado. Es que cuando los alcanzamos en el sitio que habían elegido para hacer el campamento, le pedí al teniente Parker que me llevara a verlos. Gerónimo no estaba, pero yo ya lo había visto. Lleva años apareciendo diario en la prensa y la verdad es que se entiende: sin contar al presidente Díaz, es el hombre más garroso y fiero de quien he tenido noticia; tiene su misma dureza, que a lo mejor venga de que los dos son indios que se devoraron a los blancos que trataron de someterlos, la diferencia es que si don Porfirio hubiera sido de Nuevo México en lugar de Oaxaca, en vez de llegar a ser presidente habría llegado a muertito. Y hay otras cosas, por supuesto, y todas las digo con todo respeto para el comandante supremo de las fuerzas armadas a las que pertenezco y la República que me da de comer. Lo que mi general Díaz tiene de serena desconfianza, Gerónimo lo tiene de zozo-

355

bra. Es como una mina: la tocas y estalla. Nanche impone mucho también, pero por las razones opuestas: tiene la misma gracia que los soldados viejos dicen que tenía su abuelo, está siempre como en paz consigo mismo. Y es guapo el canijo, como dicen que era su abuelo Mangas Coloradas, que hasta novia mexicana tenía. Impone, pero no da miedo. No lo vi esa tarde, sino más adelante y cuando ya no estaba para sonrisas: le había entregado su cetro a un general yanqui y aun así se daba sus vueltas entre su gente con serenidad, preocupado por que estuvieran en paz y tuvieran lo que necesitaban, por lo chiquito. Se sentaba con los abuelos, chanceaba con sus hombres. Pero no fue ninguno de ellos dos quien más me impresionó, sino la india Lozen, a quien sí vi de cerca ese día. Estaba entre el montón y así se veía como otra cualquiera del grupo, preparando comida en lo que los guerreros jugaban con los niños. A ella sí me atreví a acercármele, calladita como estaba, cuando el teniente Parker me la señaló. No quería hablar con ella, nomás verla de cerca porque, en lo suyo y enterrada en el rebozo, no se me hizo que fuera quien me decían que era. Yo creo que estaba todavía a cinco o siete metros de ella cuando sintió que se acercaba un mexicano y se viró a mirarme. Nomás eso. No hizo, como hacían los demás guerreros cuando me veían cerca, el gesto de llevarse la mano a la cacha de la pistola, que ella traía también clavada debajo del ombligo pero en una banda de algodón en lugar de en la cartuchera. Tampoco lo necesitaba: tenía los ojos tan llenos de muertos que nomás caminé patrás, sin comentarle nada.

Me habría encantado, la verdad, verla en acción de guerra. No cayendo a galope sobre los nuestros, sino un poco antes, cuando el dios de los apaches le murmuraba que aguas y ella jalaba el freno de su caballo así nomás, en medio de la nada, y se bajaba murmurando algo. Dicen que los demás guerreros nomás se detenían y le hacían un círculo amplio para protegerla, que empezaba a cantar suavecito y se ponía a girar y girar y extendía los brazos como si se la fuera llevando el aire hasta que de repente despertaba con los ojos virolos y sacudía la cabeza como un gato. Entonces anunciaba por dónde venía el enemigo, con cuántos elementos contaba entre hombres y caballos, qué tipo de armas portaba.

Don Carlos Gatewood, que acampaba con ellos, se me acercó cuando vio que andaba por ahí. Es alto, pero no tanto como Nanche, y tiene el grosor de un carrizo. Camina apoyándose en un bastón. Se presentó conmigo en forma, pero también me dijo, con su sonrisa triste de niño con tosferina, que si quería le podía decir también «Nariz Larga», como le decían los apaches. Viéndolo pensé que a lo mejor confiaban tanto en él porque en un llegue a puños con un apachito de seis años también perdería. Él nos llevó a un círculo de abuelas en el que había varios guerreros sentados con sus hijos, entre ellos Chapo, el único famoso. Les habló en español por una cortesía conmigo, presentándome muy formalmente como el amigo mexicano: Chapo sonrió mostrando los dientes como un puma. Dijo que venía con ellos para llevar a México las noticias de que los ojos blancos habían respetado sus vidas y ellos habían respetado el acuerdo de irse a Florida. Nomás las abuelas acusaron, y hasta cierto punto, recibo del mensaje. Yo me quité la gorra en señal de respeto –salvo Chapo, ni me voltearon a ver–. Gatewood dijo que, aunque yo era militar, mientras estuviera conviviendo con ellos siempre iba a dejar mis armas en el campamento yanqui –lo cual era cierto–, que él esperaba que mi oferta de amistad y respeto fuera recíproca. Chapo se rascó la barriga debajo de la camisola, para mostrarme que él sí llevaba revólver, luego nomás vio para otro lado.

Ya en el descampado le pregunté a don Carlos Gatewood si era cierto que era amigo de Gerónimo. Se lo pregunté en inglés, como para que me hiciera más confianza. Me dijo en español que tenían el honor de conocerse un poco más de lo normal, pero que Gerónimo no tenía amigos en el ejército gringo –así dijo, gringo, por lo que me cayó rebién–. El último chiricahua que cometió el error de amistarse con nosotros, me dijo, fue Mangas Coloradas, y ya ve cómo lo tratamos. Yo le respondí que sabía que no era fácil, pero que me hubiera gustado estrechar su mano, llevarle un saludo de respeto. Don Carlos meneó la cabeza. Ya lo conoció en el encuentro del río Aros, me dijo, yo creo que eso es lo más cerca que puede estar de él si va a andar vestido de uniforme de soldado mexicano. Se tocó el sombrero y se fue sin despedirse del todo, de ese modo un poco ausente en que lo vi hacer las cosas mientras anduvo con nosotros. Se viró ya que estaba a unos metros. Ahorita están muy nerviosos, dijo, a lo mejor ya del otro lado de la línea puede conocerlo.

Lo que más me impresionó de ese primer encuentro con los apaches ya sometidos –ellos todavía no lo sabían, pero ya eran prisioneros de guerra– fue su normalidad. Era como andar caminando por un campamento de pápagos, o más todavía, como pasearse por un pueblo de la sierra, en el que hay unas indias echando tortillas y sus maridos tonteando con los niños. No la saña y las mandíbulas apretadas, las cosas que dicen los periódicos y se murmuran en los cuarteles y las cantinas, sino gente de familia: unos indios vestidos a su manera –aunque no todos: Loco, por ejemplo, iba de vaquero–, ocupados en lo suyo a pesar de que las circunstancias no eran ideales. Se lo comenté a Parker cuando volví a nuestro campamento y me dijo que a él lo que más le había sorprendido desde que los conoció finalmente era lo limpios que eran. Los yanquis ya llevan cuarenta años de guerra con ellos y de verdad que siguen sin entender nada –me costó no reírme–: los únicos que no se bañan cada que pueden en estas tierras son ellos. Aproveché la coyuntura para ensañarme. Le pregunté: ¿Ustedes siempre van tan cochinos y mal vestidos cuando andan de campaña? Hay una inocencia americana que siempre termina ganándome: se miró la camiseta toda lamparoneada, los pantalones con rotos y se sonrojó. Estos han sido meses malos, me dijo: nosotros también estamos desesperados por cruzar la frontera, aunque sea solo para poder cambiarnos los uniformes. Así son los gringuitos: tienen sus opiniones y ni se les ocurre que a lo mejor no sean mejores en absolutamente todo. Pero también son gente franca: están tan seguros de sí que desconocen el resentimiento, que es el motor yo creo que como del noventa por ciento de todo lo que hacen los mexicanos. Pero ya estoy llenando esta deposición de opiniones, como si fuera gringo, sorry.

A la mañana siguiente enfilamos hacia el norte, más tarde de lo que uno, como mexicano, pensaría que comenzaría su avance la caballería estadounidense: no sé si salir más cerca del mediodía que del amanecer es una tradición yanqui o un mal hábito del capitán Lawton. Yo me había dormido temprano a pesar de que Parker me invitó a la tienda del capitán a beber unos tragos de su sotol de burbon, como le dicen. Me tomé medio vaso por buena educación y me fui a dormir. No es que sea un santo, pero me da sueño temprano: el prefecto manda tocar a filas a las cinco de la mañana sea invierno o verano, y los castigos son implacables si a uno se le pegan las sábanas. Mi mujer, en los poquitos días que la veo cuando ando de licencia en la ciudad, dice que vivo en un tiempo agrícola.

Me hice el primer café todavía de noche y me subí al monte con mi pocillo, a sentarme en una piedra para ver, en cuanto verdeaba lo alto, la salida de los apaches. Me senté lejos y, cuando Venus ya estaba quebrando el cielo, vi unos tumulitos de carne empacando sus cosas. Se movieron rápido y en silencio absoluto, como si fueran un chorro de aire –los caballos de don Carlos y sus guías el único ruido distinto de los pájaros y los bichos de la madrugada en el desierto–. No pude distinguir bien al grupo: estaba lejos, por seguridad, pero reconocí a los buscadores de a pie –o coyotes, como se les dice aquí– abriendo el terreno. Salieron antes que los demás. Luego siguió Nanche, solo con su familia: una mujer, dos niños. Estaba fácil reconocerlo, espigado y altísimo como es, y detrás de él la gente, con un círculo de guerreros cerrando la retaguardia. Viéndolos arrancar la carrera es muy fácil entender por qué es imposible agarrarlos en el camino. Empiezan a marchar en grupo y al poco es como si estallaran: cada uno agarra su vera. No se mueven en línea recta, sino en diagonales, tal vez formando una media luna que se abre radiándolos a todos y se vuelve a estrechar en el punto en que quedaron de encontrarse al atardecer. Don Carlos Gatewood salió al final, con pachorra, como paseando, él sí en línea recta.

De cualquier modo me emocionó ver a Nanche en movimiento, pensar que entre los guerreros de la retaguardia tenía que estar Gerónimo. La fama impresiona y Gerónimo es Gerónimo, pero ver la figura larga del jefe perdiéndose en los rayones rosados del cielo me cimbró. Pensé que por sus venas corría la sangre de Mangas Coloradas y la de Coche, una sangre que mandó quién sabe por cuántos siglos en estas tierras, la sangre que pegaba un grito de guerra que todavía despierta quebrado de miedo a medio México. Me pregunto si eso sentirán en Europa cuando ven a un rey, o más todavía, si es lo que sintieron los españoles cuando, después de una campaña tan larga y complicada como fue la conquista de México, vieron finalmente al emperador Moctezuma: un rey, pero también algo más viejo que no se puede explicar.

Como ya dije, nosotros salimos mucho más tarde y al paso que demandaba el dolor de cabeza del capitán Lawton. Viéndolo sufrir su cruda terminé de entender por qué el cuarto de caballería, con toda la dignidad que sí tiene, había terminado pasando tanto tiempo en busca de los chiricahuas justo en los lugares de la sierra en que no estaban.

Nosotros avanzamos, también desparramados, pero no por razones de estrategia como los apaches, sino porque íbamos conversando. Ya eran pasadas las tres de la tarde cuando llegamos a Agua Prieta. Repartieron el rancho antes de cruzar a Douglas y enfilamos hasta los terrenos de un señor Kimbel, amigo del capitán Lawton, ya en Arizona. Algo le hace a uno la querencia: nomás cruzando la frontera, mis compañeros de expedición, que hasta entonces habían ido en formación de despapaye, se alinearon y enderezaron, como si sus mamás los fueran a ver pasar desde los cerros. La pelotera de rubitos se me volvió lo que Parker siempre había dicho que eran y yo no veía por ningún lado: *the finest group of young men that you will ever see*. Dejaron de verse como una banda de barbudos agujerados por el hambre y se empezaron a ver como se veían a sí mismos:

héroes de regreso, aun si no había vítores que anunciaran su paso ni fuera nuestra fila un desfile porque estábamos nomás en medio del peladero. Se suponía que en el rancho de Kimbell nos iban a esperar los chiricahuas, ya libres de la presión del ejército mexicano. Fue ahí donde me enteré del plan que mis amigos del cuarto de caballería habían guardado celosamente de mí aunque nos habíamos pasado todo el día diciéndonos vida y milagros: la rendición oficial de Gerónimo iba a hacerse después de que tuviera una conversación con el general de la zona, un tal Nelson Miles, en el Paso de Guadalupe, donde nos iba a estar esperando a todos, apaches y yanquis, el resto de la oficialía de la región.

Muy amigos, muy amigos, me dije, pero siguen sin confiar en nosotros. ¿Qué parte iba yo a mandar a México informando de la rendición formal? ¿Con quién? Yo no llevaba heliógrafo para ir manteniendo al tanto al prefecto Aguirre ni se me hubiera ocurrido pedir prestado el de ellos: iba en misión diplomática, no de espía, aunque supongo que si uno tiene de verdad ambiciones de irse quedando con todo lo que pisan los cascos de su caballo, ser espía y ser representante es siempre lo mismo.

En el rancho nos estaba esperando Gatewood con un tren de mulas que habían mandado desde el destacamento de Fort Bowie, cargado con uniformes limpios y planchados. El particular del general Miles lo había mandado para que sus hombres se presentaran en la rendición vestidos con la solemnidad que ameritaba el caso. Mientras veía a mis compañeros de viaje abriendo los sacos de ropa como si fueran niños en su santo entendí eso que los mexicanos siempre entendemos demasiado tarde en todo lo que tiene que ver con los gringos: los que nos creemos todo somos nosotros. Nos habían chamaqueado. Nuestros mandos habían querido una operación de exterminio y eso ni se podía ni se iba a poder. Íbamos a perseguir a los chiricahuas hasta que se murieran de viejos. Los yanquis les pusieron un vodevil. Durante la rendición formal, los apaches iban a sentir que les daban el lugar que se merecían como miembros de una nación y los gringos iban a convencer a su gente mediante las notas que aparecieran en la prensa de que el linchamiento de los pobres apaches era una operación militar en toda forma, que habían peleado una guerra y la habían ganado. Y nosotros, que sí la ganamos, nomás picándonos la nariz.

No descansamos más que lo necesario para darles agua y forraje a los caballos a pesar de que la resequedad y palidez de la oficialía lo hubiera demandado. El capitán, después de ponerse unos pantalones, una camisa y unas medias nuevas, se sentó en una piedra a coserle sus galones a su casaca recién desdoblada. Los había guardado con una devoción conmovedora en un pliegue de su saco de campaña. Solamente se tomó un trago del aguardiente de maíz para hacer, si no sano, cuando menos nivelado, la última parte del viaje.

Llegamos a la entrada del Paso de Guadalupe todavía con luz. El grupo al mando de Gatewood nos estaba esperando. Estaban todavía más nerviosos que el día anterior. Fue esa la primera vez que vi a los veintisiete chiricahuas juntos y de cerca. Eran como un escuadrón de avispas, una manta que se dobla y extiende a una orden. En ese momento estaban apretados como una esponja seca. Nanche con su altura que le daba un aire de serenidad y Gerónimo, chaparro, cuadrado y furibundo, esperándonos al frente del grupo. Los demás eran todos atención. Nos auscultaban a nosotros y nuestros ruidos de recién llegados, pero también al entorno completo: la parte exterior de la esponja que ocupaban estaba cercada por los guerreros –Lozen y la Nikki incluidas–, que daban la espalda al resto del grupo, como si estuvieran protegiendo el corazón de algo. Tal vez lo estaban.

Parker y yo íbamos en primera fila, adelantados con respecto al cuerpo del pelotón, que cerraban el capitán y el cirujano –nuestra línea ya estricta–. Fue hasta que estuvimos ya muy cerca de los apaches que noté que lo que a la distancia parecía un nido de cuerpos era una formación estratégica. Los valientes de afuera mirando con esa intensidad con que solo miran los indios del norte cuando están a la defensiva y que sería mejor no ver nunca porque casi siempre significa que a uno está por llevárselo el payaso. Los viejos dentro del círculo estaban igual de quietos e inmóviles, los niños pateando nerviosamente el suelo, listos para emprender la carrera, tal vez divertidos. Los contenía un segundo aro formado por las mujeres a quienes había visto cocinando y lavando la tarde anterior. Todas llevaban un rifle en las manos, todos sus índices en los gatillos. Alrededor de ellas los guerreros.

Yo no tenía deberes, ni la ansiedad de que las cosas salieran bien que atacó a mis compañeros de viaje desde que cruzamos la frontera, así que pude poner atención a los gestos de los apaches mientras desmontábamos y esperábamos a que Lawton nos diera alcance. Mientras los guerreros escrutaban el paisaje, sacaban la punta de la lengua y se tocaban el labio superior, como si estuvieran percibiendo hasta los cambios de temperatura en el aire; no se limpiaban el sudor que les escurría de los paliacates que todos llevaban en la cabeza en señal de que todavía estaban en pie de guerra porque la rendición no llegaría hasta que hablaran con el comandante de la zona; como las mujeres, todos tenían el índice en el gatillo del Winchester –la otra mano apoyada en la cacha de la pistola que cargaban al frente y no de costado, como nosotros.

Don Carlos se acercó a Parker apenas desmontó, seguido impacientemente por Nanche y Gerónimo. Ahí los tuve otra vez a nada de distancia. Nanche es un misterio, pero Gerónimo, tal vez de tanto bregar entre nosotros, es más fácil de leer. Es mucho más viejo de lo que pensamos. Está –o estaba en esos días– requemado por el sol, flaco a pesar de ser de huesos amplios; lastimado de todo el pobre. Ya no tiene dientes y las dificultades de la última campaña le dejaron una marca en la testa: se le nota la calavera. Tiene la quijada más cuadrada que he visto y la nariz tan larga que parece que le roza el labio superior. Lleva el pelo más corto que los demás. Ya está bien viejo, pero se sigue moviendo con la agilidad y destreza de una víbora de cascabel. Apenas lo centra uno, devuelve una mirada que no hay manera de aguantarle. Hay algo ahí del odio del que tanto habla la prensa del norte del país, pero el ingrediente base es el cálculo: cala, como si cuando lo ve a uno le estuviera mirando lo que piensa dentro de la calavera.

Les urgía conversar porque el primero que habló fue Nanche, hombre de pocas palabras, como dicen que era su padre Coche –habló en apache, en dirección a Gatewood, que traducía en lo que nos alcanzaba el resto del pelotón. Está diciendo que ahí adentro hay medio ejército de Estados Unidos, que se van a regresar a México, tradujo el teniente con una tranquilidad que no tenía que ver con lo dramático del caso. Diles que vienen con nosotros, que tienen nuestra palabra de que se va respetar su vida, dijo Parker. Ya se los dije, respondió Carlos Gatewood. Diles que esperen, añadió el otro teniente, ahí viene Lawton. Lo hicieron, nerviosamente, mientras el regimiento completo se detenía sin desmontar. Don Carlos estaba saludando a los soldados cuando el capitán y el cirujano aparecieron tras una colina. Los dos indios se adelantaron, con prisa. Claramente vi que Gerónimo le increpaba algo a Gatewood y que Nanche lo callaba con un gesto de autoridad. Entonces don Carlos se dio la media vuelta y regresó hacia mí, moviéndose a una velocidad que no correspondía a la de un hombre con bastón. Me tomó por el brazo, me dijo: Vamos, y me apuró hacia donde se iban a encontrar el capitán y los jefes, usándome como muleta para avanzar más rápido. Le van a hablar directo, en español, me dijo, usted traduce y yo doy testimonio.

Llegamos todos casi al mismo tiempo. El capitán había desmontado a la carrera y se estaba quitando los guantes recién estrenados sin soltar las riendas del caballo. Gatewood le dijo a Gerónimo: Habla castilla, nosotros traducimos. Él bajó las manos y señaló a Nanche con la barbilla, sin dejar de medir mis movimientos. El jefe encaró a Lawton sin los preámbulos tradicionales de los intercambios con apaches: Mandamos buscadores al Paso de Guadalupe, dijo, y hay más ejércitos de los que hemos visto acampando. Yo traduje, diciendo «soldados» donde él había dicho «ejércitos», y Gatewood hizo un gesto que señalaba que por fin entendía algo que nunca le había quedado claro.

Confirmó que mi traducción era la correcta. El capitán le respondió al jefe que era porque venía el general Miles, que era el jefe de jefes de toda la Apachería y los territorios de los navajos, los pueblo, los pápagos y los comanches de Nuevo México. Dijo que Miles era amigo del Gran Padre que está en Washington, que a donde iba Miles había muchos soldados –yo traduje «ejércitos»–, pero que tenían su palabra de que no les iban a hacer nada si no intentaban escapar. Nanche le preguntó: ¿Cuánto vale tu palabra frente a la suya? A lo que Lawton respondió con un dardo que por primera vez me hizo pensar que a lo mejor sí era brillante y no había terminado siendo él solo el triunfador de la Guerra Apache por pura chiripa. ¿Cuánto vale la palabra de Gerónimo frente a ti?, dijo. El jefe afirmó con la cabeza. Hay que moverse, le dijo Lawton a Nanche, que el general puede llegar en cualquier momento. Traduje. Gerónimo le murmuró algo al oído al jefe y él repitió la petición. Queremos ir entre ustedes, le dijo, por si hay francotiradores. Traduje. Concedido, dijo el capitán. Yo dije que sí. Gerónimo le tocó el hombro al jefe. A paso veloz, dijo este. Concedido. Más, dijo Nanche. El capitán mostró cierta impaciencia cuando le dije que había otra petición. Nosotros elegimos el campamento, en un alto, ya sabemos cuál. Sí. Acampamos solos, pero nos dejas rehenes. No. Entonces de aquí nos regresamos a México, agarrarás a los niños, pero a los guerreros no, ya lo sabes. Gatewood se puso tenso en cuanto el diálogo se volvió raspos. Escuchaba con atención y confirmaba con un gesto de la cabeza que yo había traducido correctamente. Los tenemos rodeados, dijo Lowton, los mataríamos antes de que se dispersaran. Miré a don Carlos y me indicó que procediera, traduciendo tal cual. Lo hice. Tú no nos matarías, le respondió Nanche, eres de bien. El capitán contrapropuso: Dos rehenes y ya. Tus oficiales. Traduje, aunque me imagino que el yanqui había entendido. Lawton lo pensó un momento. Los tenientes, le dijo. Yo traduje, Gatewood confirmó. Nanche miró a Gerónimo, que aceptó también. Los tenientes, dijo en voz alta. No hubo necesidad de traducir. Luego Nanche dijo, mirándome de un modo que no puedo describir más que como «con asco»: A este tú te lo quedas. Me quedé callado. Gatewood atajó el comentario, también en español, de un modo que tal vez me haya ofendido más todavía: Este no es su teniente, es nomás un mexicano. Los gringos son buenas personas hasta que dejan de serlo. ¿Estamos de acuerdo?, preguntó Lawton. Yo ya me había ofendido, así que no traduje. Más bien me toqué la gorra y empecé a caminar hacia mi caballo. Escuché que Gatewood terminaba el trabajo con su español mordisqueado y, por cierto, muy inferior al inglés de este mexicano.

Cuando los apaches se reintegraron al nido de su gente el corneta llamó a formación. Hizo un toque desconocido para mí mientras los apaches discutían entre ellos el acuerdo al que los jefes habían llegado. Los guerreros no estaban del todo contentos. Se formaron de dos en fondo, Lawton se quedó a la retaguardia: llevaba prisioneros, así que no le correspondía el lugar de brillo al frente de su unidad, sino el del oficial responsable. Los dos tenientes ocuparon ese puesto. Esperamos un poco a que se resolviera el enigma de los chiricahuas, que al final se metieron como serpientes entre los caballos, ocupando el centro del pelotón. Yo quedé nomás detrasito de Parker y Gatewood, así que veía a los indios solo de ladito: iban agitados y de muy mal humor.

Los entendí cabalmente apenas cruzamos la boca del cañón que separa las montañas Chiricahua y la cadena del Piloncillo. En el valle que se abre después entre las montañas, el Paso de Guadalupe propiamente, nos esperaban completos todos los destacamentos del ejército regular estadounidense en la región, acampados en disposición geométrica con sus tiendas, caballos y carros, cada unidad bajo sus banderines. Aquello parecía la celebración de una Victoria del ejército romano.

Pasamos realmente muy rápido entre las acampadas. A los apaches: no es fácil seguirles el paso ni a caballo cuando corren. Iban los pobres, con toda razón, muertos de miedo. Quién sabe qué se habrían imaginado que los esperaba de este lado de la frontera, pero no era eso que estábamos viendo. No dejaba de impresionar la limpieza de las tiendas, dispuestas en tensión perfecta, el brío de los cueros y los aceros, la elegancia de los uniformes en azul, gris y amarillo, el tamaño de los caballos tan cepillados que espejeaban el sol.

Creo que el miedo con que los chiricahuas cruzaron la parte ocupada por los gringos del Paso de Guadalupe era correspondido: los yanquis les tenían que tener mucho respeto si habían preparado ese despliegue. Hasta entonces entendí por qué los apaches, en obligación de elegir, se decantaban siempre por los estadounidenses, aunque entre nosotros y ellos hubiera lazos tan largos y densos que somos casi lo mismo.

Para nosotros siempre fueron nomás unos bandidos a los que había que suprimir porque les habíamos dado una religión, una tierra y una patria y la habían rechazado. Nunca quisimos entender que tienen su propio lugar en la historia y que su historia también es la nuestra. Para los gringos, los veintisiete chiricahuas eran un ejército enemigo. Nuestra oferta era una muerte digna para los guerreros y la asimilación de los niños a ese entramado de dolores y dulzuras que es México, la de ellos una vida de humillación, pero en la que los iban a reconocer como algo distinto.

Gerónimo sabía perfectamente adónde iba y nos arrastró a todos por el paso como relámpago. Los hombres acampados a ambas laderas de las montañas salían de sus tiendas, dejaban sus deberes, para ver pasar por el fondo del Cañón de Guadalupe a la fuerza mítica que había mantenido en estado de vigilancia y miedo a un territorio inmenso por quién sabe cuántos años. Muchos le aplaudían a Lawton, que seguramente hubiera preferido ir a paso de desfile y no controlando el trote sincopado del caballo que ya se quiere soltar en carrera pero tampoco puede. Se tocaba el sombrero todo agujereado que había conservado como señal de que volvía de una campaña difícil.

Una vez que alcanzamos la mesa que Gerónimo andaba buscando, los apaches se desprendieron del contingente y se treparon en formación abierta, dispersos como cabras pero no desordenados –cada abuela un niño y cada espalda protegida por el cerco vago pero sólido de los guerreros que iban con un ojo al monte y otro al valle. Parker y Gatewood se desprendieron de la unidad tras ellos, subiendo la colina, muy trabajosamente, a caballo.

Lawton ordenó que se dispusiera el campamento al pie del cerro, de modo que los indios se sintieran protegidos por él: al final, como siempre pasaba con los chiricahuas, terminó poniéndose de su lado. Se me acercó y me dijo que podía dormir en su tienda si quería, dado que Parker, con quien yo compartía, iba a dormir arriba. Lo dijo con una sonrisa que no supe interpretar si era producto de una sensación de superioridad o incomodidad, pero que venía de otro lado. Me quedó clara su ambigüedad cuando miró al piso y dijo: Lo malo es que no va a haber whisky hasta que Miles se regrese a Albuquerque. No se quería quedar solo. Le agradecí la oferta y le dije sinceramente que prefería respetar su soledad y su mando, que me buscaría un lugar con los traductores o los arrieros, que también eran mexicanos, que era una noche muy importante para él. Nomás con decírselo se me curó el resentimiento, así que me dejé llevar por la solemnidad del momento y le pude decir también algo que se merecía: Ahora sí ya podemos decir que agarró a Gerónimo, capitán, no es poca cosa; ya que se vaya el general, brindamos en su honor. Él se quitó el sombrero todo madreado y creo que por un segundo sintió que a lo mejor los mexicanos no somos la mierda que siempre le habían dicho que somos. Lo agarraron ustedes, me dijo, yo nomás lo traje.

El general Nelson Miles llegó hasta el día siguiente, rodeado por un huracán de protocolo que parecía más de presidente de la República que del comandante general de la pedrera hermosa pero miserable que son Arizona y Nuevo México. Entró como partiendo las aguas, galonado a tope y con sombrero texano como para demostrar que ya era un hombre de la frontera, al frente de una escolta de dragones. Sus emisarios lo anunciaron con suficiente tiempo, de modo que yo pude subir a una buena loma cuando tocaron a formación de desfile y me senté así nomás, a ver, hasta que fuera requerido como representante del ejército mexicano —en caso de que lo fuera y no me esté yo imponiendo aquí funciones que a lo mejor no me fueron concedidas pero yo acepté de buena fe y llevé con dignidad. A mí me gusta el brillo de las armas y el tronido de los tambores. Me gustan las insignias cuando vuelan, así que no puedo decir que no haya encontrado disfrute en robarme esa ceremonia, tan íntima, que de pronto parecía que estaban montando solo para mí.

El general Miles cruzó la parte más occidental del Paso de Guadalupe, que era la ocupada por sus batallones de caballería, dispuestos en formación cuadrangular para que les pasara lista. Al mero fondo, la formación de Lawton le daba un punto de orientación a su avance y una proa al despliegue. Progresó hasta ella haciendo saludos militares y mirando a sus hombres a ambos lados del pasillo, con un gesto que era mitad de militar y mitad de político. Lawton lo esperaba de pie, al final del corredor, al frente de su unidad. Sus tenientes habían bajado del cerro en que habían pasado la noche con los indios y estaban de pie justo detrás de él. Los apaches mismos miraban como yo, pero nerviosamente, desde la parte llana de la mesa en que habían acampado: también les tocó balcón.

Miles detuvo su caballo haciendo una pequeña cabriola, se apeó con una agilidad inesperada para un hombre ya mayor y le hizo un saludo marcial al capitán, que tiene que haber estado lleno de orgullo en ese momento. Aunque el despliegue servía para complacer al general, al final la atención estaba toda en el oficial victorioso y su tropa. Viéndolos así, ya bien vestidos y organizados en parada, se entendía una de esas cosas que casi nunca se pueden entender de la guerra cuando está pasando: los hombres de Lawton eran un grupo de muchachos que habían pasado penurias indecibles para prestarle un servicio a un país que ni siquiera se enteraba de que se lo habían estado prestando. Una de las guerras más largas en la historia del pedazo del mundo que ocupamos gringos y mexicanos estaba terminando y su acto definitivo sucedía a escondidas, en la panza de un cañón que nadie conoce y conmigo como único testigo.

Las comitivas se juntaron y vi que Miles tenía muchas palabras para Lawton, que lo escuchaba gesteando con la cabeza, con el sombrero hecho trizas bajo el brazo. Luego el general se adelantó para saludar a Gatewood y Parker, aunque me extrañó que solo le dio la mano al segundo. Para entonces yo ya había colegido que el capitán le había dicho, como corresponde, que los del mérito habían sido realmente los tenientes, y me pareció que Lawton hizo muy bien informándoselo inmediatamente después de recibir su propia felicitación. El general todavía avanzó un poco más para dirigirle unas palabras al batallón y pasearse por la primera fila saludando a los chicos, que deben haber estado muy emocionados.

Pasados los saludos, el general se quitó los guantes y la chaqueta con esa campechanía deliciosa que solo tienen los gringos y le señaló al capitán la entrada de su propia tienda, para que se metieran a hablar ahí. Detrás de ellos se metieron el personal administrativo de Miles, el cirujano y Parker.

Gatewood se separó ahí del grupo, de manera discreta, triste y reveladora. Era el único verdadero autor de la victoria y caminó con su bastón hasta la mesa en la que estaban los apaches y le dio la vuelta como para que nadie viera por dónde se iba. Nadie se dio cuenta de que se estaba yendo porque las compañías presentes ya rompían filas. Iba solo, completamente solo —sus inseparables buscadores ya disueltos entre los chiricahuas en la cumbre—. Al poco salieron de la tienda Parker y dos oficiales desconocidos. Mi compañero y uno de ellos subieron a la mesa por los indios, otro se vino caminando hacia mí, por lo que me puse de pie.

Quien se me acercó era el jefe personal del general, para extenderme una carta cerrada —que entregué en su momento a las autoridades correspondientes del ejército mexicano— en la que Miles asumía la responsabilidad de la detención de Gerónimo y prometía que no volvería a ser liberado, ni él, ni el jefe Nanche, ni ninguno de los guerreros que lo acompañaban, hasta el día de sus muertes. O eso fue lo que me dijo el oficial. Las autoridades que hayan leído la carta, que yo entregué sellada como me la dieron, podrán confirmarlo de ser necesario. El jefe de personal también me dijo que si me quería quedar a modo de dar testimonio personal de las conversaciones entre el general y los indios y su rendición definitiva, podía hacerlo, que era su invitado. Le dije que sí porque lo sentía mi deber, pero también porque la historia de la última parada de los chiricahuas ya se me había metido dentro y quería presenciar cómo terminaba.

Llegué, siguiendo al oficial, al lugar en que los líderes de ambas bandas –yanquis y apaches– se iban a encontrar: la sombra del único álamo en el valle del Paso de Guadalupe. Ya estaban ahí Lawton y Parker, con las caras tan largas que el uniforme les deslucía aunque fuera el de gala. ¿Y ahora?, le pregunté al que era mi compañero. Se alzó de hombros. Nos regañaron, dijo. Nos regañaron fuerte, por haber negociado un trato y no haberlos detenido incondicionalmente. ¿Por eso se fue don Carlos?, pregunté. Tenía baja médica desde que andábamos por el sur de la sierra, me dijo, pero se fue porque Miles no lo quiere ver ni en pintura; fue raro que lo llamara de vuelta a filas, pero todavía más raro que lo hubiera mandado traer si ni siquiera lo iba a saludar; piensa que es un traidor. No estaríamos aquí sin él, le dije. Hizo puchero. Al final el responsable de la detención es Lawton, me dijo, y Miles se lo reconoce, pero también lo culpa de que por haber negociado un trato con los indios no va a haber ni medallas ni ascensos para nadie, incluyéndolo a él. Se quedó pensando un momento. Al parecer el ministro de Guerra le va a cagar encima. Todavía le pueden meter un balazo en la cabeza a Gerónimo cuando baje, le dije; es lo que haríamos en México. Parker sacudió la cabeza. Lawton se lo propuso cuando estábamos en la tienda y Miles dijo que no. Miró hacia todos lados y al confirmar que nadie nos veía sacó una pachita de la bolsa de atrás del pantalón y le dio un trago. Me ofreció y sentí que le tenía que hacer los honores aunque estuviera de servicio. Nos gritó horrible, dijo, pero al final no es un uniforme vacío; cuando por fin dejó hablar al capitán, Lawton le hizo el ofrecimiento de matar a los guerreros. Te juro que lo vi mirar para adentro un segundo antes de decir que no. El capitán todavía insistió una vez más, estaba como perrito regañado, le dijo hasta que la prensa se lo iba a devorar si no mataban a Gerónimo, que él se ofrecía a ejecutarlo aunque tampoco le gustara el plan. El general se metió las manos en las bolsas y sacudió la cabeza, dijo que prefería retirarse en silencio y poderles ver la cara a su hijos, pero que a nosotros sí que no nos la quería volver a ver nunca. El general salió de su tienda al poco, con su séquito de asistentes. Ya iba con la camisa arremangada y bufando: estaba de un mal humor visible, dejando claro en cada gesto que tenía cosas más importantes que hacer que terminar de resolver la epopeya chata y chaparra, pero centenaria, que le había tocado completar. Cuando me lo presentaron me extendió una mano que ya estaba en otro lugar, seguro ni entendió qué papel estaba jugando yo en los sucesos del día. Le habrá parecido raro ver a un hombre de claro entre tantos gabanes azules.

Al poco los guerreros apaches empezaron a apersonarse, como si cayeran de un árbol. Es un misterio que ya no vamos a resolver nunca: sabrá Dios cómo le hacían para aparecer de la nada aunque uno estuviera esperándolos en el llano. Primero cayeron los buscadores, que, según me dijo Martín más tarde, abrieron el camino porque querían ver de cerca al general al que le habían entregado a su gente, para estar seguros de que no los iba a traicionar. Luego salieron tres o cuatro guerreros jóvenes, Chapo entre ellos, y también bajó Lozen. Al final apareció Gerónimo, que se veía más nervioso que enojado. No llevaba ni fusil ni pistola: estando donde estaba, encañonado en Guadalupe, ya no le servían de nada. Saludó de mano al general, que fue muy deferente con él. Como la reunión era definitiva y de altos vuelos y expectativas, no pasó por el español esta vez. Había cuatro traductores, inglés-chiricahua y chiricahua-inglés; dos para cada jefe, de modo que uno traducía y el otro daba testimonio.

Gerónimo estaba dúctil, tal vez incluso complaciente. Muchos dijeron que era el don del general Miles, que sí es muy carismático, pero yo creo que lo que estaba pasando era que al apache le estaba pesando la historia: cientos de años de guerra que se iban al río. No le quedaba más que hacerse el tonto. Comenzó diciendo que tanto Nariz Larga como los otros muchachos que mandaban entre los Abrigos Azules de Miles habían dicho que era un hombre bueno y que él, que lo había visto todo, podía decir lo mismo, que esperaba que las apariencias no lo engañaran. Cuando el general iba a responder, Gerónimo alzó la mano. Se sintió su autoridad a pesar de que lo hizo con algo que, en otra cara, menos chimuela y cabrona, hubiera sido un gesto amable. Completó diciendo que él iba a llevar la conversación, que Nanche no iba a bajar porque recordaba lo que le habían hecho a su abuelo Mangas Coloradas en una circunstancia similar, que sería él mismo quien llevara y trajera las palabras habladas en cada deliberación y que luego él mismo bajaría para informar la opinión de Nanche y los guerreros que se habían quedado con él.

El general respondió con mucha gentileza, empezando por señalar que para él era un honor inmenso hablar con el más grande de los guerreros que había enfrentado. Pienso que lo dijo con sinceridad. Los políticos de verdad tienen la facultad de creerse sus propias palabras mientras las van enunciando. Dijo que tanto él como Gran Padre en Washington estaban muy avergonzados por las traiciones del pasado, que el Gran Padre lo había elegido a él para gobernar la Apachería porque en la gran ciudad sabían que los trataría con dignidad y respeto. También fue honesto: le dijo a Gerónimo con firme suavidad y absoluta transparencia que no iba a haber rondas de conversaciones, que él le iba a informar de las condiciones de su rendición y que el indio subiría a anunciárselas a Nanche; que o aceptaba esas condiciones o aceptaba la muerte, que en menos de una hora él se iba a regresar a Albuquerque y ellos iban a agarrar para Fort Bowie, para tomar el tren que los llevara a Florida.

Gerónimo respondió que estaba claro que el general Miles era un hombre bueno y que el Gran Padre debería serlo también si lo había mandado a hablar con ellos. Le pidió que tomara asiento con él en el suelo, mientras él mismo se sentaba. Cruzó las piernas y, desde ese nuevo sitio, le ordenó a Lawton que sacara el tabaco, para que pudieran fumar como amigos. El capitán miró a su superior, que dijo simplemente que no fumaba. No vine a negociar, insistió, voy a pasar la noche en mi cuartel. Luego hizo una única concesión: no se sentó en el suelo, pero se agachó para quedar en cuclillas frente a Gerónimo. El chiricahua no repeló: sabía que ya no le quedaban salidas.

Miles le dijo que iba a respetar el acuerdo ofrecido por el capitán Lawton en México y que iban a quedar bajo la custodia del ejército regular, que era la única institución que no iba a condenarlos a muerte. Podemos, dijo, devolverlos a México, donde los van a fusilar, y me volteó a ver –lo cual quiere decir que el muy zorro me había registrado perfectamente, que solo me había ignorado porque soy mestizo y no blanco puro como él–, o se los podemos entregar al alguacil de Tucson, que los va a colgar. Se agachó todavía más, con inesperado atletismo para un hombre de su edad, y trazó con la punta del dedo un arco en la tierra roja. Luego tomó dos piedras negras y puso una junto al arco y otra a treinta o cuarenta centímetros de ella, en una nada que decía muy claramente lo que pensaba de todos nosotros los que vivimos en el desierto. Señaló la que estaba pegada al arco y dijo: Estas son las familias de Gerónimo y los demás chiricahuas, que ya están en Florida. Luego señaló la otra piedra, tan sola, y dijo: Este es Gerónimo. Tomó la laja solitaria y la puso junto a las otras, anotando: Yo voy a juntar a todos los chiricahuas.

Gerónimo trató de hablar y el general lo silenció con su gesto de autoridad amable –se la estaba pagando–. Se puso un puño de tierra en la palma de la mano y dijo, señalándolo con la otra: Estos son todos los agravios que hay entre apaches y estadounidenses. Se limpió la mano con la otra sacudiendo el polvo y dijo: Si aceptan estar dos años en un fuerte con su familia en Florida, el Gran Padre olvida todos sus agravios y los devuelve a Arizona.

A mí el secretario de Miles me había dicho otra cosa, que nunca iban a regresar, pero entendí que el acto era solemne y no hice aspavientos. No era con cualquiera con quien estaba negociando el general y me quedaba claro que la situación era fragilísima. Busqué al secretario solo con la mirada, sin mover ni siquiera un milímetro la cara, y noté que veía obstinadamente al suelo. Como siempre, los gringos estaban engañando a alguien agraciadamente, lo que yo no podía saber es si a nosotros o a los apaches. Gerónimo lo pensó un momento. Miraba las piedras con los ojos chicos. Nunca pensé que diría esto del más famoso de los asesinos de la frontera: me dio lástima. Se estaba convenciendo a sí mismo de que podía confiar en ese hombre. Tomó un puño de tierra y dijo que el general le parecía bueno y sincero. Sopló la tierra y preguntó: ¿Dos años? Dos años, dijo Miles, desarremangándose la camisa para dejar claro que la conversación estaba terminando. El indio calculó durante el tiempo que el yanqui tardó en hurgar en sus bolsillos en busca de los gemelos para trabarse los puños de las mangas. Yo me voy a Florida con mi familia, dijo. El general pidió la chaqueta. Supe, por la urgencia de ese gesto y porque no quiso ver a los ojos al asistente que la cargaba, que se moría de vergüenza. A quien estaba engañando era a Gerónimo. Me palpé la carta en el bolsillo interior de la casaca mientras él se ponía la suya. Varios guerreros se van a ir conmigo, dijo Gerónimo, tal vez ya consciente de que el general ni siquiera lo estaba viendo. Chapo, Lozen, Nana, los que están aquí abajo, dijo. El general se peinó el bigote. Y voy a subir al monte a tratar de convencer a Nanche y a los demás de que me sigan, pero no lo garantizo. El general se jaló las mangas del saco para ajustarlas a los puños de la camisa. Si no se van con usted, le respondió, van a vivir muy poco. Lo miró a los ojos –tenía mérito hacerlo, nadie más se atrevía– y le dijo: Es usted un hombre inteligente. Luego, inesperadamente, le dio un abrazo. Tomó su mano derecha entre las suyas y pidió su caballo. Ha sido un honor, le dijo, y vi clarito que estaba aliviado, que lo único que él quería era no tener que matarlo. Se abotonó la chaqueta y se tocó el sombrero para despedirse de Lawton. Es usted un héroe, le dijo al capitán, aunque nadie vaya a reconocérselo por ahora.

Gerónimo y su gente se volvieron al cerro mientras todos los batallones que habían presenciado la rendición de lejos empezaban a empacar sus campamentos. Harían consejo, pasarían toda la noche preguntándole a su dios, que se llama Unsín, sus opiniones, si quería darlas, pero estaba clarísimo que él ya estaba decidido, que no había que mandar una guardia que lo acompañara. Le pidió a Lawton una ración de tabaco para el consejo y le dijo que se veían a la mañana siguiente al rayar el sol para irse con él a Fort Bowie a tomar el caballo de hierro e irse hasta donde dijo el general que estaban sus familias. No le garantizo que se vayan todos, le dijo otra vez, y era tristísimo verlo ser tan cuidadoso, demostrando tanto apego por la vida en un momento en el que, diez años antes, se habría sacado el revólver de la barriga y habría escapado a gritos e indemne como siempre. Tengo órdenes de matarlos si no vienen con nosotros, respondió el capitán.

Aunque yo ya tenía en la bolsa del saco el documento por el que había ido, le pregunté al teniente Parker si podía acompañarlos para verlos subirse al tren. Si voy a decir la verdad, y de eso se trata una deposición aunque, como esta, sea de rutina, he de señalar que quería irme con ellos para terminar de cumplir mi trabajo, para asegurarme de que estuvieran bien empacados antes de volverme a Arizpe a decir que misión cumplida, pero era también que sentía que algo muy grande había terminado demasiado rápido.

15 de agosto, madrugada

Juh murió joven en la Sierra Madre. De haber vivido más, habría pasado a la historia como el último gran jefe chiricahua en rebeldía.

Gerónimo lo abandonó en las cercanías de Nacozari tras la derrota de Victorio, un par de años antes de su rendición incondicional frente al general Miles. La decisión de regresarse a los Estados Unidos con el jefe Naiche debe haber sido dura para él y tuvo que ver, sobre todo, con el hecho de que su familia había sido desplazada a Florida. Además de ser primo y cuñado de Juh, Gerónimo había sido su chamán de guerra, su estratega y su voz: Juh era tartamudo, de modo que en los consejos de guerra y las negociaciones con mexicanos u ojos blancos solía murmurar sus opiniones al oído de su lugarteniente para que él las repitiera.

Tal vez el hecho de que Juh no sea recordado se deba a que su nombre no alcanzó a grabarse en el archivo del miedo de sus contemporáneos. Al perder a Gerónimo, dejó de hacer incursiones que la gente recordara. O las siguió haciendo, pero faltas de espectacularidad y puntería. Fue novicio en la caballería de Mangas, pertenecía al consejo de intransigentes que apoyó a Cochís en todas sus acciones de guerra y se unió pronto a la campaña de Victorio, con quien se odiaba respetuosamente

377

desde la juventud. Como Cochís, era un guerrero implacable y un jefe impenetrable. También era, debió ser, un padre ejemplar. Su hijo, Asa Daklugie, fue más cercano a Gerónimo que sus herederos naturales, y cuando murió, adoptó a Lenna y Eva Gerónimo, las hijas del chamán de guerra que aún estaban chicas; fue, además, la memoria misma del universo chiricahua. Es gracias a sus conversaciones con la antropóloga Eve Ball y a su devota traducción de la autobiografía de Gerónimo que sabemos todo lo que sabemos sobre la vida íntima de los chiricahuas en el último tirón de su historia.

Fue Juh y no Naiche quien heredó, de facto, el mando de todos los chiricahuas tras la muerte de Victorio. A diferencia de todos los demás jefes, siempre fue libre y siempre estuvo en pie de guerra. Si Naiche hubiera convocado a una acción de batalla, lo habrían seguido lo que quedaba de sus gileños, si lo hubiera hecho Juh, todos los apaches que quedaban se habrían sumado.

No tuvo tiempo de probar su mando. Poco después de la rendición en 1886, se cayó con su caballo a un barranco durante una tormenta en una fecha que no se conoce. Sus restos, como los de Cochís, descansan solos. A diferencia de él, no tuvo funeral, no hay un municipio en Sonora que recuerde su nombre, su memoria no ha sido reivindicada por México: ni la de él ni la de ninguno de los gigantes de su generación: Mangas, Cochís, Gerónimo, Victorio, Nana, Cuchillo Negro o Loco eran todos mexicanos. Si los gringos fueron crueles con los apaches, los mexicanos nos quedamos sin madre por hacerles lo que les hicimos y seguimos sin tenerla: no los recordamos y su ausencia en nuestra memoria nos reduce: son el hermano que se largó. Se fue Juh, América, y eso es todo.

Con Juh muerto y Naiche, Chihuahua, Loco, Nana y Gerónimo prisioneros, los últimos chiricahuas libres se convirtieron en polvo de la sierra. El último guerrero de esa estirpe, el Apache Juan, murió asesinado cerca de Bacanora en 1924. Lo mataron unos rurales que sabían que era indio de razón pero que querían cobrar una recompensa prometida para quien encontrara al culpable de la muerte de unas ovejas que en realidad, y eso todo el mundo lo sabía, habían sido devoradas por lobos.

Al Apache Juan, el último chiricahua libre, lo asesinaron arteramente: por la espalda y a distancia, en la entrada de la cueva en la que vivía en paz con su familia. Su madre, su mujer y sus dos hijas escucharon los tiros y salieron a ver qué estaba pasando. También las quebraron.

Cuando los rurales entraron a la cueva a buscar evidencia que incriminara al Apache Juan como un ladrón y asesino de ovejas, no encontraron más que jarritos de miel, una reserva de maíz, una muñeca de trapo y palo con la que jugarían sus hijas –el último objeto chiricahua que se fabricó en el mundo–. Además había un niño de uno o dos años.

Ese niño, el hijo del Apache Juan, volvió a Bacanora con los vencedores de la última grotesca batalla que alguien dio contra un guerrero chiricahua. Ya era tan tarde en el siglo XX que nadie ni siquiera recordaba que hacía solo cuarenta años los cautivos apaches se vendían como esclavos en los mercados de Chihuahua y Sonora. Fue adoptado por un médico y su mujer, que le dieron una buena vida. Aprendió español y fue a la escuela. A los diecisiete lo mandaron a la Ciudad de México a estudiar en la Escuela Normal y se convirtió en maestro de secundaria. Terminó su carrera en Hermosillo, como una figura querida y respetada. El presidente Adolfo Ruiz Cortines lo condecoró como uno de los mejores maestros del país en 1957.

No sé si el presidente sabía que el hombre de cobre y pecho de barril al que le estaba imponiendo una medalla era el último de los chiricahuas. No sé ni siquiera si el propio maestro lo sabía. Para entonces la Apachería ya era solo un vacío en el desierto. Nadie recordaba, nadie recuerda, que estuvo ahí. Eso es todo, otra vez, América.

Libro III
Aria

Camila estaba sentada pelando un corazón de agave en el metate cuando vio frente a sí unas botas esquineras. Hacía meses –tal vez, en realidad no tenía una idea clara de cuánto llevaba viviendo en la ranchería– que no había visto más calzado que mocasines. Las vio a contraluz porque el cielo ya estaba derramado y el sol se iba a meter detrás de los Mogollones en cualquier momento. Ya el silencio de las mujeres con las que preparaba frenéticamente la reserva de comida con la que sobrevivirían a las malas rachas de enero y febrero le debía haber dicho que estaba pasando algo gordo. Luego de las botas vio los pantalones de algodón recio, lívidos de polvo. Recordó que en Chihuahua le decían a esa tela «mezclilla» y le dio ternura el diminutivo: le gustaba la lengua que ya casi no hablaba con nadie. Vio el cinturón con el collar de balas que conducía hasta el revólver, la hebilla con el águila mexicana, la bragueta de botones que ocultaba la verguita tímida de un criollo, la camisa a cuadros, la chaqueta de cuero crudo con flecos, el sombrero percudido que parecía sostener a todo el mal clima del mundo en el vuelo de sus alas. El hombre tenía una pajita en la boca, estaba serio, no se había afeitado en semanas. Pudo ver en la forma en que entrecerraba los ojos que no estaba de ninguna manera seguro de que la apache que tenía enfrente fuera la viuda de Ezguerra a la que andaba buscando.

Camila limpió la hoja del cuchillo en los muslos de su falda y lo reposó en el regazo, sin soltar el mango. Quiero que sepa, le dijo, que si intenta lo que sea, estas perras del mal lo despellejan vivo antes de que su dedito gordo alcance el martillo de la pistola.

El militar se tomó las dos manos por detrás de la nuca, para dejar claro que no iba a hacer nada y que, si Camila quería, le podía tajar la panza con el cuchillo cuyo mango tenía en la mano derecha. Vio con detenimiento a las demás mujeres, tensas como tigras, que lo miraban detrás de ella. Dejó que la pajita cayera al suelo. Yo no voy a hacer nada contra su voluntad, señora, dijo, pero antes tengo que saber cuál es su voluntad; su familia me mandó por usted. La mujer achinó los ojos: Primero dígame quién es. Se tocó el sombrero: Teniente coronel José María Zuloaga, para servirle. Ahora dígame cuál familia mía lo mandó, si ya me la mataron a toda. Esa fue la familia política, le respondió el teniente coronel; sus tíos de Casas Grandes me dijeron que estaba cautiva y me pidieron que viniera por usted.

Camila se miró el regazo, pasó un dedo por la parte roma del cuchillo. ¿Y cómo llegó hasta acá sin que lo mataran?, preguntó. El teniente movió de un lado a otro el mostacho ya muy crecido. Sepa Dios, le respondió. Ella se volvió a mirarlo de nuevo, largamente. Siéntese aquí con nosotras, le respondió, sea nuestro amigo. Si me siento, dijo el militar, tengo que acomodarme la pistola y si le acerco la mano estas señoras me acochinan. Hace bien cuidándose, dijo Camila. ¿Si la ayudo a volver a Chihuahua, volvería? La mujer se tocó el vientre. Aquí en mi panza ya está chacualeando el hijo del hombre más hombre del mundo y quiero que sea como él. Si es hijo de él va a ser como él, pero puede crecer civilizado, le respondió el teniente coronel. Por eso quiero que sea apache, para que sea civilizado. ¿Y si es niña? Que crezca con la libertad que yo no tuve. Zuloaga separó los dedos que tenía prensados tras la nuca, se talló la barba crecida en los cachetes, se rascó el morro. ¿Es al que llaman Mangas Coloradas? Ese, el mero jefe; si me jura que viene en son de paz y que se va a largar por donde vino y no le va a decir a nadie dónde estamos, se lo presento; a lo mejor si lo ven hablando con él llega vivo a la noche. La noche es en diez minutos. Por eso. Él me mandó traer, dijo, si me hubiera querido quebrar lo habría hecho en el monte. ¿Vino solo? Cuando parlamenté con sus guerreros me dijeron que podía traerme un hombre y hablar con usted, que no teníamos que estar desarmados si veníamos en son de paz. ¿Y dónde está ese otro hombre? Se quedó junto al río, no quiso venir. A lo mejor tuvo razón, dijo la señora. Señaló con la cabeza a las mujeres alrededor suyo y dijo: ¿Y usted cree que estas hijas de la chingada me van a creer si les cuento toda esa historia? Zuloaga se alzó de hombros. ¿No dice que ya es apache? Ella apretó la boca. Soy mexicana, soy la señora del patrón, nomás están buscando una razón para darme cuello y luego ir con un cuento. El teniente infló los carrillos y sacó el aire, se masajeó el lóbulo de una oreja. Tamos igual, le dijo. Podía sentir en el restregar de faldas y rebozos de las demás mujeres que eso podía acabar muy mal si alguien se equivocaba.

Todavía sentada en el suelo, Camila le dijo: Me voy a levantar y vamos a caminar despacito y de lejecitos mientras todavía haya luz, estas son las viejas de guerreros que traen bronca con Sonora y no tienen por qué saber que usted es de Chihuahua. ¿Cómo sabe que soy de Chihuahua? Porque dice apashe y no apachi. El militar se rió, la mujer no. Si fuera yo de Sonora no estaría aquí hablando con usted, dijo. Me imagino, le respondió Camila, y siguió con las instrucciones: Me voy a levantar suavito, ¿me oye? La oigo. Usted va a caminar delante de mí y yo no voy a guardar el cuchillo mientras platiquemos, para que las señoras vean que no confío en usted. ¿Y no confía? Se le nota que es bueno, pero una nunca sabe; nos vamos a quedar a la vista de todas mientras me dice lo que me tiene que decir y se va a ir a la chingada despuesito, es un milagro que haya llegado hasta acá. También quiero hablar de eso. Ella entornó los ojos. Luego le respondió: Si una de estas creció en Chihuahua, entiende lo que estamos diciendo. ¿De plano así? Y mejor regrese las manos a su nuquita, como las tenía antes, para que me pueda levantar. Él obedeció y ella se alzó y se sacudió la falda, les dijo algo a las mujeres, ninguna regresó a lo que estaba haciendo antes de que llegara el militar. Ella dijo: Si Mangas lo manda llamar, nomás no le vaya a preguntar por las vacas del rancho, que también eran mías, aquí las consideraron una dote y nomás comentar de su existencia me pondría en un lugar muy jodido. ¿Se las comieron tan rápido? Le dije que no hablara de ellas. Perdón. Avanzaron un poco, no en dirección al monte sino a un centro de la ranchería en el que sus voces no se escucharan dentro de los jacales, pero en el que fuera claro que no se estaban yendo a ningún lado. Ella se iba alisando la falda, como si la hubieran cachado recién despertada y en fondos. Se tocó el pelo, que llevaba peinado en un par de trenzas con una masa significativa. Dijo: Las filetearon nomás en llegando, secaron la carne, la sellaron en la montaña en sus canastas, pero yo no sé dónde, todavía no me aceptaban cuando pasó. Me va a tener que contar de eso también. ¿Llegó solo? Me mataron a mis nacionales de Sonora y hasta a un pendejo que se creía apache y nomás por eso alzó la mano cuando preguntaron aunque clarito no era sonorense. Ella lo miró a los ojos. Ese sí le dolió, dijo. Cabrón, pero no nomás ese, aunque ese el que más. ¿Quién más? Unos yaquis. A esos olvídelos, se metieron en la boca del lobo, se la merecían, ¿dónde se los mataron? En el cañón que conduce al valle, aquí cerquitas, a menos de una jornada. El arroyo del Oso —dijo ella—, si se aventuraron hasta allá estaban locos. A lo mejor los conoció, dijo él, los liberé de la prisión de Janos para venir a rescatarla. ¿Los gemelos? Esos. Con razón: llevaban como veinte años presos. Tanto así no, dijo él. A lo mejor más, dijo ella, créame que no hubieran llegado hasta acá si hubieran sabido lo que estaban haciendo. Parecía que sí. Ya han de haber tenido como sesenta años, dijo ella. Él lo pensó. A lo mejor sí. Y todo el mundo sabía que estaban presos por locos y no por asesinos, aunque decían que habían matado a un ranchero. Eso me contaron. ¿Y el otro que le dolió era de Janos también? No tengo idea de dónde fuera, ni siquiera sé cómo se llamaba; le decían el Márquez. Ella miró al suelo. Bailaba como los ángeles, dijo, pero el menso creía que era de Tesorababi, decía que cuando conoció a los apaches de ahí había vuelto a nacer. No sé, apenas lo conocí, pero era bueno de verdad. Pobrecito. Ella miró alrededor, las mujeres habían vuelto a sus corazones de maguey, nadie les estaba poniendo atención. Yo creo que ahora sí podemos sentarnos, le dijo, y se acomodó en el suelo con una soltura que le hizo pensar a Zuloaga que a lo mejor de verdad le gustaba más ser apache que mexicana. ¿Y qué pasó con sus hombres que eran de Chihuahua? Él sacó media sonrisa. Uno era mujer, dijo. Elvis, le respondió ella de inmediato, y siguió: Ya me está usted cayendo bien. Se rió: Le calentaban muchísimo los pinches yaquis; ella lo ha de haber convencido de que los sacara. Bajita la mano, pero así fue. ¿Y cómo dice que se llama? Teniente Zuloaga. ¿Es su nombre de guerra o qué? Haga de cuenta. Hizo bien trayéndosela, vale como por cinco varones. Nunca he visto a nadie disparar como ella, y tuvo pocas oportunidades. ¿Por qué no se la trajo, para que nos saludáramos? Se quedó a enterrar al Márquez, con otro muchacho de Janos, le dicen el Gringo. Ella se alzó de hombros. ¿Y luego va a venir a verme? Se va a regresar por el cañón por el que llegamos después de enterrar a los muertos con el Gringo, le dieron salvoconducto hasta los llanos y le dijeron que ahí va a estar bien si se va directo a Janos, que no la quieren armada por aquí. Ella afirmó: Van a llegar bien. Después de un silencio largo le preguntó al teniente: ¿Y dice que un vaquero lo está esperando en el río? No es un vaquero, es un niño rarámuri, mi chalán. ¿Rarámuri? Tarahumara. Con esos tienen menos bronca por aquí, pero no lo vaya a internar en las Chiricahua: Cuchillo Negro los odia, ¿dónde lo dejó? En el río. ¿Está chiquillo? Yo creo que tiene trece o catorce. Si usted no la libra igual lo adoptan, así que no se preocupe por él. Se sabe rascar, respondió el teniente: Elvis le enseñó a usar el fierro. Ella miró al cielo. ¿Dice que unos trece? El militar se alzó de hombros otra vez. Yo creo que sí lo adoptan, siguió ella. Eso quiere decir que usted piensa que no la libro, dijo Zuloaga después de un momento de silencio. Nomás estoy menos apegada a la vida: en eso ya soy medio apache. Luego preguntó: ¿Y Mangas sabe que

387

a lo que vino era a hablar conmigo? Eso le dije a un novicio que me mandó, que quería hablar con usted. Me dijo que estaba loco, pero que el jefe había dicho que Chihuahua sí. Hace mucho que todos estamos locos por aquí, ustedes y nosotros. ¿Usted ya está del otro lado? Casi todo el tiempo. ¿No había vuelto a hablar con un mexicano? No, nadie viene, nosotros vamos cuando necesitamos comercio y a mí siempre me dejan aquí. ¿Me van a matar? Yo creo que sí, pero igual a Mangas le cayó bien la hombrada, y si me pregunta le voy a decir que usted es amigo y que lo mandaron mis tíos y le voy a confirmar que es de Chihuahua y si habla con él le insiste mucho en eso, sabe que hay Chihuahua y que hay Sonora y La Nueva México y que de todos esos de los que hay que vengarse es de Sonora, no le cuadra que para nosotros todo es el mismo país. Ta bueno. ¿Le tradujo el Márquez cuando habló con ellos? No, el novicio hablaba español, raro pero español. Camila abrió una sonrisa grande. Goyahkla, dijo, yo le enseñé. ¿Y su marido habla español? O no habla o se hace, pero creo que no habla. El niño me dijo que nomás viniera a la ranchería, que la buscara y que usted me iba a llevar con el jefe. Así le hacemos, pues, dijo ella alzándose de hombros: Mangas es buena persona cuando no está en guerra y habrá tenido sus razones para mandarlo traer. Se levantó y dijo: Lo que hacemos es que yo los voy a presentar en mi apache de pendeja y usted va a decir que sí a todo, luego los voy a dejar solos y él llamará a alguien que hable castilla, hay varios que crecieron en los presidios y trabajaron de vaqueros en los ranchos de abajo antes de volverse a hacer apaches, ¿cómo dice que se llama? José María Zuloaga. ¿Y usted es hombre de bien, José María Zuloaga?

Hellen Howard McMillan clavó la mirada en los escalones del tranvía de mulas, pandeados, disparejos e inhumanamente delgados incluso para un pie modesto como el suyo. Su marido, el abogado Amyntor Blair McMillan, había saltado fuera del vagón para echarle una mano con el descenso en la parada del Fuerte Sam Houston de San Antonio, Texas. No estaba fácil, montada como iba en los botines altos de agujetas y cargando al bebé rebosado de crinolinas. Tuvo un pequeño desbalance, por lo que extendió la mano para tomarse del barandal. McMillan la agarró por la cintura con un brazo y prendió al bebé con el otro. Desembarazada del crío, ella alzó la cara, en la que su marido vio completo el tránsito de la risa a la desazón. Acababa de descubrir que toda la ciudad de San Antonio había tenido la misma idea sobre cómo pasar el domingo, tan largo una vez que terminaban los servicios en los templos: ir a ver a los apaches prisioneros.

Era el año de 1886, todavía no había películas, de modo que Ellie no tenía un modelo para mostrarse femenina en su decepción. Y era texana: flaca, fuerte, correosa. No hizo puchero, no se metió la uña del dedo índice en la boca alzando las cejas, no apretó los puños haciendo mohín. Entrecerró los ojos y dijo: Puercos, que era más o menos lo que pensaba siempre de casi todos los vecinos de San Antonio, sobre todo considerando que frente a la puerta de desfile del fuerte los McMillan eran la única familia de consideración. Los que se arremolinaban frente a las rejas eran sobre todo los jornaleros de temporada: migrantes blancos, negros, chinos y mexicanos que no sabía si habían llegado recientemente o era que en los últimos tiempos se atrevían a ocupar espacios visibles, envalentonados por la prédica revolucionaria de los metodistas y cuáqueros que habían llegado de Nueva York y Pensilvania tras el triunfo del Norte en la Guerra Civil.

McMillan era más llevadero. Aunque venía de una familia arraigada en Alabama que lo había anclado en los valores sureños, entendía que los tiempos habían cambiado y que las ideas políticas del adversario son, casi siempre, solo eso: ideas. Incluso se le veía, de vez en cuando, sosteniendo alguna conversación llena de buena voluntad con algún negro empleado en una bodega o los servicios municipales de limpieza, o con los jefes comanches que viajaban a la ciudad a reclamar algún pacto que la autoridad ni había cumplido ni planeaba cumplir. Con los mexicanos era otra cosa: lo del Álamo no se perdonaba. Tenía, eso vi, buenas relaciones con las viejas familias españolas de la ciudad. Ya pasado de whisky, se le oía decir que la comida de los chinos no era mala.

No vamos a ver nada, le dijo Ellie a su marido, mostrando su frustración mientras apuntaba hacia la multitud con las manos abiertas, palmas al cielo, aunque aún estuviera parada en los endebles escalones del tranvía y hubiera detrás de ella una fila considerable de pasajeros todavía dentro del carro, esperando a que terminara su descenso. Él ignoró el reclamo y la alzó sin descuidar al bebé que llevaba en el otro brazo. La depositó en el suelo, no con la gentileza aérea que sus descendientes aprenderían también de las películas, sino de manera eficaz y atrabancada. Tampoco la dejó tomarse de él para recuperar el equilibrio porque ya estaba ocupado en ponerle la cofia en la cabeza al bebé —los indomables rizos rojos chorreándosele por todos lados, casi deslumbrantes bajo el sol de suplicio del desierto—. Hizo toda esta operación sin que le importara que los demás siguieran esperando. Era llevadero, pero tenía claro que había quien mandaba y quien obedecía.

Le recogió los últimos rizos al niño y le dijo a su esposa que se acercaran a la puerta del fuerte. Ella seguía exactamente en el lugar en que la había depositado, acomodándose su propia cofia. Ve tú, le dijo ella. Te espero aquí. Él se volteó a mirarla y hasta entonces pareció notar que estaban estorbando. La jaló por el brazo y ella lo siguió unos pasos a tropezones antes de soltarse y decirle que mejor se iba a buscar una sombra, que le pasara al bebé, que no se iba a meter entre toda esa gente nada más para ver a unos salvajes. No seas burra, le dijo McMillan, tomándola de nuevo por el codo, es una oportunidad única: van camino a Florida, donde me dijeron que los van a fundir en una cárcel, ahora sí para siempre.

Caminaron hacia la puerta del fuerte, él a trancadas sin considerar que su paso podía ser cuando menos incómodo para el cuello de miniatura que sostenía la sólida testa irlandesa del bebé y ella apurada, negociando la grava del camino con los botines de tacón y alzándose las enaguas para que no se les pegaran los hiuzapoles. Ya de cerca, el mazacote de personas que se apretujaban frente a las rejas del cuadrángulo del Fuerte Sam Houston dejaba de parecer compacto para verse como era realmente: impenetrable. Hombres y mujeres de todas las estaturas, extracciones y colores sudaban lomo a lomo –las manos apretándose los sombreros para no perderlos en la rebatinga–. A la altura de los cinturones y las rodillas, cantidades de niños infinitamente maleducados se escurrían como una materia líquida entre las piernas de los adultos con la intención de alcanzar primero los barrotes de la reja que separaba a la gente libre de los prisioneros. Ni siquiera McMillan, con su altura notable, podía ver que los apaches estaban expuestos en fila a una distancia razonable de la puerta. Sí notó, porque era un hombre sensible, que las personas aglomeradas estaban siendo respetuosas, considerando las circunstancias. Apenas salía un rumor de las líneas traseras desde las que no se veía nada y los del frente estaban en un silencio perfecto, incluidos los niños. Cuando la flaqueza moral o un sentido ridículo de la superioridad abatía a alguien y se permitía un exabrupto, la gente lo callaba, no porque romper la disciplina pudiera arruinar algo –exhibir a los chiricahuas era parte del proceso de humillación que implicaba su derrota–, sino porque tal vez la mayoría de los presentes veía en los indios lo que ellos no habían tenido ni tendrían: resistencia, tesón, unos huevos de aquí a la luna.

Antes de zambullirse en la bola, McMillan le pasó el bebé a Ellie –casi se lo lanzó– y la dejó con un espérame aquí sin darle tiempo para preguntar nada. Se hundió en la pelotera confiando en la solvencia de su estatura y amparado por la doble autoridad de su sombrero de catrín y su situación de abogado de los pedregales.

Arrimó gente, se hizo flaco como un gato, fue progresando de canto: apoyaba una mano en la espalda sudada de la gente a la que desplazaba usando su peso en general superior y mascullando disculpas, como si realmente tuviera algo que hacer hasta adelante. Finalmente alcanzó la reja y pudo ver a los chiricahuas. Estaban dispuestos de frente y en línea a unos treinta pies de la puerta, charlando entre ellos sin entender en absoluto que ya eran memorabilia de los años bravos del Oeste norteamericano.

McMillan no encontró nada peculiar en ellos: eran solo tres indios, tres señores morenos y de baja estatura, vestidos a la manera de la región. Cada tanto veían con curiosidad hacia la multitud con caras en las que se leía más descrédito que recelo o miedo. Se dijo: Los prisioneros somos nosotros.

McMillan conocía el nombre del oficial que mandaba entre la tropa encargada de vigilar a los reos, y el emisario del capitán Lawton le había dicho, la tarde anterior, que sería él quien estaría con los guerreros en la puerta del cuadrángulo, así que gritó: Teniente Parker. Un hombre cadavérico, de bigotes pobladísimos y uniforme tres tallas más grande que su cuerpo, se volvió a mirarlo. Soy McMillan, gritó de nuevo el abogado; el capitán Lawton le dijo que iba a venir. El teniente, que parecía temer más a los texanos que a los guerreros, se tocó el sombrero y se acercó a la verja. No le tendió la mano: Amyrton Blair estaba tan apretado que no hubiera podido extender la suya. Le dijo: El capitán me informó que iba a venir con una mujer y un niño. Están allá atrás, respondió. El teniente afirmó con un movimiento de cabeza. Dijo: Regrese por ellos y váyanse a la puerta de caballerizas, ahorita doy órdenes para que les abran. El abogado se alzó la fedora para ocultar la modesta decepción que le producía el pragmatismo del teniente: ya se había figurado una escena en la que un grupo de soldados abría a empujones la reja y le hacían cadena para que su mujer y el niño cruzaran las aguas turbulentas del gentío como los hijos de Israel habían cruzado el Mar Rojo.

Tal vez el hecho de que uno de los actores principales del drama había respondido a una petición del público hizo que alguien de los que se arremolinaban cerca de la reja se animara a tratar de llamar la atención de los apaches. Gritó: Gerónimo. Como ninguno de los indios mostró la menor reacción, repitió el llamado más fuerte. Otros se animaron y gritaron también el nombre del chamán. El más viejo de los indios se volteó a mirar hacia su público, escudriñando a la multitud. A McMillan le volvió a parecer que el hombre no actuaba como una bestia condenada en su jaula, sino como un príncipe exiliado. Todavía no entiende, pensó, que es un prisionero. Ya volviéndose hacia su familia, el abogado notó que una vez que Gerónimo empezó a otear a su público, nadie se había vuelto a atrever a gritar su nombre. No pudo ver, porque ya iba de espaldas, que el indio identificó a la persona que había gritado primero y le había puesto los ojos encima largamente, antes de hacer una pequeña inclinación de cabeza y volver a lo suyo.

Gatewood comenzó el ascenso hacia su tienda, clavada en un alto del Cañón de Guadalupe, donde los chiricahuas habían asentado su campamento. No había esperado fanfarrias, pero sí una muestra mínima de gratitud. Entendía que su manera de proceder había sido idiosincrática, que la talla del ejército enemigo había resultado. minúscula y que la operación había prescindido de la aparatosa publicidad que dan los muertos, pero el capital de su triunfo era, en su opinión, interminable: caído Gerónimo, los Estados Unidos eran finalmente un solo país y absolutamente todos los pasos entre el Atlántico y el Pacífico estaban abiertos y eran seguros.

Las cosas no habían salido exactamente como el presidente Cleveland hubiera querido que salieran para ampliar su bancada en el Congreso, pero de pie ante el cuaderno escrito con partes mutiladas de la historia, el teniente pensaba que le había prestado un servicio más que digno a su país y su gobierno: acababa de cerrar el último cerrojo de la última puerta del sueño de Andrew Jackson.

Apretó el mango del bastón: las articulaciones le dolían y le ardían los músculos de la espalda. El ascenso no estaba siendo amable y se iba a poner mucho peor. Respiró hondo. El sueño del presidente Jackson, pensó, era tan siniestro que su denostación fue el único punto en que Lincoln y Grant estuvieron de acuerdo en todas sus vidas, pero la mayoría de los votantes del país pensaba que el pedacito del continente americano que llamaban Estados Unidos debía pertenecerles solo a ellos y había sido su papel cumplir con esa demanda. No era poca cosa. Y el general encargado de agradecer la victoria ni siquiera le había tendido la mano.

Se quitó el sombrero blanco de alas anchas en el momento en que sintió que el declive de la mesa se empinaba severamente. Había bajado a la carrera sin pensar que subir de vuelta, sin caballo, iba a ser un viacrucis. Miró hacia arriba, se abanicó con el sombrero, se lo clavó de nuevo en la cabeza y volvió a pensar en Andrew Jackson. Durante su última convalecencia en Virginia, larga y tediosa, había pasado los días leyendo. Era bien sabido que las novelas eran un entretenimiento de señoras, de modo que se aburrió arrastrándose por tomos de historia de los Estados Unidos hasta que descubrió que a partir de cierto momento empezaban a trenzarse con su propia vida.

El presidente Jackson nunca se habría atrevido a soñar que el país en expansión que lo había elegido llegaría un día hasta California; mucho menos que su política de remoción de todas las naciones indias a los territorios al oeste del Mississippi se convertiría en una estrategia de exterminio. Su capítulo final —jugado entre Arizona y el norte de México— era también el capítulo final de la vida militar de Gatewood. El teniente no albergaba la menor duda sobre la superioridad general de los hábitos de los descendientes de europeos, pero no estaba ciego: los indios vivían más, eran jinetes más diestros y soldados más resistentes; eran padres, hijos, abuelos espléndidos; no recordaba haber visto nunca a un apache acobardándose en la hora del combate; su capacidad para sacrificarse por el bien de la mayoría era cuando menos admirable. Y le quedaba claro que Jackson había propuesto y firmado el Acta de Remoción porque hubiera preferido que los indios simplemente no existieran, los odiaba, los despreciaba, le daban asco —igual que los mexicanos, los chinos y los negros—. Aun así, imaginar que su carrera formaba parte de una ola en la marea de la historia del país le concedía vigor, tal vez hondura, a su propia vida. Miró hacia atrás y vio las tiendas, las banderas, los hombres con las fatigas limpias todavía en formación estricta. ¿Y ahora contra quién vamos a pelear?, pensó.

Se volvió hacia el monte. El ascenso le pareció casi vertical: no podía ver nada más que piedras y matas, casi se le metían en la nariz. No había modo de que supiera que, derrotados los chiricahuas y cerrado el país en su propia unidad continental, la única opción que le quedaba al ejército más grande, más rico y mejor entrenado del mundo era convertirse en una maquinaria de ocupación de tierras extranjeras. Tal vez si hubiera sabido que lo que seguía era un imperio disfrazado de república, se habría terminado de cambiar de lado, como hizo parcialmente en ocasiones anteriores. Se viró para mirar las formaciones una última vez. No podía saberlo, pero de todos los que habían sido compañeros suyos en su última campaña, él era el único cuyo destino ya se había cumplido —el futuro no le guardó nada más—. El resto de los oficiales con que participó en la expedición de la Sierra Madre serían destacados en Cuba y las Filipinas: un esfuerzo nunca del todo explicado y un tanto patético por quedarse con las últimas, tristes sobras del imperio español. No lo podía saber, pero muchos de los reclutas más jóvenes del cuarto y quinto de caballería volverían a la Sierra Madre persiguiendo a Pancho Villa durante la Expedición Punitiva, serían oficiales en la Primera Guerra Mundial; morirían de disentería y frío en los lodazales de Francia.

Pensar en el sueño del presidente Jackson no lo estaba ayudando con el ascenso, así que mejor volvió a la imagen de su esposa, la forma en que enredaba los pies con los suyos en su cama de Virginia —que él había ocupado tan pocas noches y que ahora contaba como su único destino: su lugar de llegada y el sitio en el que esperaría la muerte.

Miles llegó a Albuquerque y supo que su destino ya se había jugado por la prisa de su jefe de personal: lo estaba esperando en la puerta del fuerte y se acercó a recibirlo antes de que desmontara. El comandante ni siquiera tuvo que indagar qué estaba pasando. Preguntó: ¿El Departamento de Guerra? Como veinte telegramas, general. ¿La Casa Blanca? Solo dos, pero uno del

Departamento de Guerra dice una mala palabra. ¿Cuál? *Fuck*. Miles tronó por la boca. A ver, dijo. Están sobre su escritorio. Desmontó sin esperar a que llegara el caporal y avanzó a zancadas hasta su oficina.

del secretario endicott al general miles dos puntos recibimos en la secretaría de guerra noticias inquietantes sobre la detención de gerónimo punto la oficina del alguacil de tucson reporta que no ha recibido ninguna noticia de los oficiales bajo su mando sobre cuándo arribarán con el detenido punto no les confirmaremos la noticia de que el indio está en custodia del ejército hasta que usted nos envíe coma pronto coma la fecha en que planea entregar a los prisioneros a las autoridades civiles punto

del secretario endicott al general miles dos puntos general miles signo de interrogación como sabe coma el presidente cleveland considera indispensable que se detenga y juzgue en un tribunal civil a gerónimo y sus secuaces punto la casa blanca ya sabe que el indio está detenido y ha escuchado informes de que no ha habido contactos entre los oficiales bajo su mando y la oficina del alguacil de Tucson punto alguna noticia signo de interrogación

del secretario endicott al general miles dos puntos signo de interrogación

del secretario endicott al general miles dos puntos por qué no me responden en los cuarteles bajo su mando en la zona de la apachería signo de interrogación dónde están todos signo de interrogación por favor responda rápida y sumariamente sobre el destino de los prisioneros punto el presidente está nervioso punto

del secretario endicott al general miles dos puntos me informa su jefe de personal que usted y todas las tropas involucradas en las operaciones de la guerra apache están ahora mismo en skeleton canyon coma presenciando las conversaciones entre usted y gerónimo coma previas a su rendición punto no quiero informarle al presidente hasta tener palabra de usted sobre el asunto punto es delicado coma podría terminar coma para usted coma en un juicio por insubordinación punto tenía usted órdenes expresas y claras y ninguna reclamaba una rendición de gerónimo coma mucho menos comillas conversaciones comillas con él punto

del vicepresidente thomas a hendricks al general miles dos puntos estimado general miles dos puntos el presidente quiere comunicarse con usted por esta vía punto sírvase reportar que está accesible tan pronto reciba este mensaje punto

de molly hoyt sherman nelson al general miles dos puntos acaba de venir un mensajero de la oficina de telégrafos con un telegrama muy urgente de la casa blanca preguntando si sabía dónde estabas punto le respondí al vicepresidente que en arizona o nuevo méxico punto me respondió al poco que si sabía algo más específico y le dije que no punto como te imaginarás coma temo lo peor punto mándame un telegrama apenas regreses al fuerte punto te lo suplico punto estoy sola con los niños y mi madre loca coma no puedo soportar situaciones como esta punto

del secretario endicott al general miles dos puntos confirmo por varias vías que usted estuvo o está en comillas conversaciones comillas con el indio gerónimo coma negociando una capitulación que no tenía autoridad para negociar punto cuento ya con elementos para iniciarle proceso por insubordinación punto el presidente está furioso y yo avergonzado punto

del presidente de los estados unidos grover cleveland al general miles dos puntos le informo que esta es la primera ocasión coma tras dos años de ser presidente de los estados unidos coma en que me veo forzado a visitar yo mismo la oficina del telegrafista punto urge que se comunique con nosotros antes de que cometa un error del que se puede arrepentir punto

del secretario endicott al general miles dos puntos *where the fuck are you* signo de interrogación

del secretario endicott la general miles dos puntos a estas alturas lo mejor que le hubiera podido pasar es que el indio gerónimo no se haya rendido y que lo haya matado a usted en su fuga punto

Gatewood se quitó la chaqueta de lino color hueso una vez que alcanzó la cima de la mesa. Se sentó en una piedra. A sus espaldas había quedado el Paso de Guadalupe. Frente a él, la alzada de la montaña: la sierra Chiricahua y más allá Nuevo México, Texas, el oriente del país en el que ya nadie más tendría que rendirse nunca porque ahora ya todo era como el batidillo que estaba dejando atrás, una sola nación bajo la mirada de un Dios único, todo apretado por la mano blanca de hierro con la que había soñado el presidente Jackson.

Los apaches no habían hecho campamento la noche anterior. Habían dormido a cielo descubierto por si había que correr. Si el general Miles resultaba tan confiable como esperaban y se establecía una conversación, pondrían los jacales. Después de enfocar la mirada en la montaña, la devolvió a la superficie de la mesa. La gente estaba sentada en el suelo, esperando, tensa todavía, las noticias de abajo. Desde su asiento, los hombres recostados hablando en pequeños círculos le parecían piedras en el paisaje. El único grupo diferenciable en el terreno eran las mujeres, que estaban avivando el fuego para cocinar algo. Se pasó la mano por la cara. El brillo mate de su pelo, sus vestidos de cuero crudo, los mantos brillantes adornados por mariposas tan abstractas que no lo parecían. Todo se iba a ir a la mierda, pensó. ¿En nombre de qué? Un país idéntico a sí mismo en todas sus regiones; una nación en la que nada cambiara, el molino de lo que solo puede aspirar a ser bueno si no diverge. El puto infierno, se dijo: lo que no cambia.

Zuloaga le dijo a Camila: Me preguntó ayer si soy hombre de bien. Estaban caminando rumbo al río, que era el nudo de la fuerza de Mangas: su gente era de montaña y pedrera, sabían lidiar con la seca, el pinar y los llanos, pero la razón por la que los gileños eran la sangre de sangres de todos los apaches era el dominio del río y su valle. Y estaban en el mundo para defenderlo: cuando lo perdieron, después de la invasión del ejército estadounidense, se dispersaron, se extraviaron, se convirtieron en chiricahuas como todos los demás apaches que dejaron de tener los números para pelear solos. Corredor se había quedado en la cuenca a esperarlo y estaban yendo por él.

No me imaginaba que hubiera nada como estas tierras en la Nueva México, le dijo Zuloaga a Camila, parece Sinaloa con tanto verdor, como si hubiera costa cerca. Ella se acomodó las trenzas, dijo: Es por esta gloria de país que se pueden morir de viejos sin tener que aprender los modos de los criollos; nunca pasan hambres y siempre tienen caballos.

En su conversación de la noche anterior, Mangas le había ofrecido a Zuloaga hospedaje por tanto tiempo como quisiera en un jacal que le armaron a la carrera. Le había concedido libertad de movimiento mientras estuviera en su campamento y le había pedido que dejara sus armas como una cortesía, porque nadie andaba con la pistola al cinto entre los jacales y a los guerreros los ponía nerviosos que él lo hiciera. Mangas le explicó, a través del traductor, que él no mandaba, que nomás proponía y cada jefe de familia tomaba su decisión, que él ya había recomendado que lo respetaran dado que era un chihuahua, pero que si Zuloaga la cagaba, pues no era su responsabilidad. También le había dicho que si Camila se quería regresar con él a Janos, podía hacerlo, que era su esposa, no su esclava, que si ella así lo quería, la mandaría de vuelta, pero cuando ya hubiera parido al chamaco que traía en la barriga.

El bien y el mal son problemas de curas, le dijo Zuloaga a

Camila, no sé si soy un hombre de bien, aguanto vara. No soy el mejor cazador de indios del norte de la República, como dicen en el centro, soy el más obstinado porque pienso que si tienen derechos, se tienen que doblar y cumplir sus obligaciones, como le hacemos todos. Eso es pura letra, dijo ella, no se haga. El teniente coronel metió los dedos de ambas manos debajo del cinturón. Luego discutimos eso, dijo, y siguió: Su marido me dijo que en la obstinación y la necera me parezco a sus gileños, que le intrigaba que siguiéramos y siguiéramos aunque Pisago, por su miedo, nos había traído por un camino larguísimo y mucho más difícil que cualquier otro, que o teníamos muchos huevos o estábamos muy locos si, siendo mexicanos, no importa si chihuahua o sonora, habíamos bordeado el territorio de Cuchillo Negro, que por eso me había mandado traer, que tenía curiosidad y quería conocerme. Ella lo miró de soslayo: No les diga gileños, dijo, dígales bedonkojes, que es como se llaman; les va a caer mejor y a usted le va a hacer bien decirle a la gente por su nombre. No se imagina cómo me jode con eso el niño que vamos a recoger.

¿Y por qué se fueron por donde el Cuchillo?, le preguntó Camila después de avanzar un poco. Por seguir a Pisago, que sabía dónde había agua. Se acomodó los pantalones y el cinto, ya se había desacostumbrado a andar sin pistola. Creo que todos sabían lo que estaba pasando menos yo. Ella afirmó con la cabeza: También en eso estamos tablas, seguro todos sabían aquí que usted venía menos yo; Mangas le ha de haber dicho a Cuchillo que lo dejara pasar; no quiere pelotera con Chihuahua, quiere mandar el mensaje de que yo estoy aquí por mi voluntad. Zuloaga se detuvo. Se quitó el sombrero y se pasó la mano por el pelo. Dijo: Es lo que me dijo anoche, como si me hubiera estado esperando, que el chamaco que usted anda cargando va a ser apache pero algo tiene de chihuahua, que quiere firmar una paz con el gobernador, que yo lleve el mensaje. ¿Y es usted hombre decente, teniente coronel José María Zuloaga? Voy a llevar su palabra a la capital, respondió el militar. Ella sonrió. ¿Y cómo vio? ¿A quién? A Mangas. El teniente coronel pertenecía al género de los que pueden tener una conversación pero se vuelven parcos y secos cuando se sienten escrutados. Se cerró. Bien, dijo; es un señor jefe; la verdad es que entiendo clarito por qué usted prefiere quedarse aquí. ¿Por qué?, inquirió ella. El militar cerró los ojos, mostrando su impaciencia frente al escrutinio. No sé, dijo, no iba a encontrar a nadie así en Janos, tendría que haberse ido muy lejos para encontrar un varón con ese empaque. Ella soltó una carcajada. Tendría, dijo, que morirme e irme al cielo. Y se siguió: Ahí donde lo ve, tan desgarbado y seguro de sí para hacer la guerra y hablar de política, en la intimidad es pudoroso, tímido, con esa gloria de cuerpo que tiene podría ser un tigre, y haga de cuenta que fuera un niño descubriendo su cosita. Ahora fue Zuloaga el que se rió, pero nerviosamente. Camila sonrió: Podría ser un Casanova. ¿Quién es Casanova?, preguntó el teniente, y ella le respondió que daba lo mismo.

La tarde anterior Camila lo había conducido, todavía extraviada entre las precauciones y un protocolo que se tuvo que imaginar, hasta el jacal que compartía con su marido. Mangas estaba afuera, acuclillado en el suelo arreglando una silla de montar con Goyahkla. A Zuloaga le impresionó que, en esa posición, tenía más o menos la misma altura que el niño. El teniente saludó al chamaco, que actuó de una manera orgullosa, como si no lo conociera. Mangas, que todavía era lo suficientemente joven para no haber sido atenazado por las cuerdas de la solemnidad, o que estaba tan seguro de su mando y posición que no tenía que hacer despliegues litúrgicos sobre su poder, le pegó al niño con la palma abierta en la cabeza, le dijo algo. Camila explicó que lo estaba regañando, que le estaba diciendo que no fuera grosero con sus invitados. El niño respondió algo y el jefe se rió estruendosamente. Camila murmuró: Le contestó que usted es invitado de él y no de Mangas, que él fue quien le fue a dar la bienvenida al arroyo del Oso. A balazos, pensó Zuloaga, pero no dijo nada: entendía que estaba ahí por una gracia de la fortuna y que lo estaban tratando bien porque querían.

401

Mangas le extendió la mano todavía acuclillado. Cuando Zuloaga se agachó un poco para tomarla, se dio cuenta de que la situación era rara, pero terminó de entender cuando el jefe se alzó completamente desde su posición en el suelo. Que todo el mundo le hubiera dicho al teniente que era un hombre grande como una pared, no lo había terminado de preparar para verlo desdoblarse: simplemente ocupaba todo el espacio que podía abarcar su mirada. El militar dio un paso atrás, apurado en parte por la necesidad de abarcarlo bien, y en parte por la sensación de que si no lo hacía, no quedaba suficiente espacio entre los dos para que se terminara de estirar. No se intimide, le dijo Camila al oído, es como los gigantes de Rodamante, pero es buen hombre y es franco. Quién es Rodamante, preguntó el teniente dando un paso más para atrás. Da lo mismo, le respondió ella, aquí los dejo, y se fue. Mangas estaba relajado, como si lo que se estaba encontrando ahí no fueran dos mundos enconados. Sonrió. El jefe llevaba camisa y pantalones de manta, sin ningún género de adorno. Tenía un morral de fibra de maguey terciado. Llevaba el pelo negro mate, seguramente muy largo, recogido sobre la cabeza en un chongo. Su cara, enorme, se jugaba en filos, como si la hubieran esculpido a navaja. Tenía algo de árbol: la corteza bruñida, las articulaciones nudosas –un cuerpo completamente ajeno a la grasa–. Le señaló al mexicano un tronco caído, en el que podían sentarse a platicar.

A Zuloaga no le interesaba conocer la intimidad de Camila. Había llegado hasta ella para rescatarla, no para enterarse de si Mangas Coloradas era tímido en su jacal, así que se puso el sombrero y empezó a caminar de nuevo rumbo al río. Ya ha de estar nervioso mi chalán, le dijo a la mujer. Camila lo siguió en silencio por un rato, luego le dijo ¿Ve? La cosa está mal de entrada, no entendemos nada; usted le dice a su aprendiz «chalán», como si fuera un sirviente, aquí les dicen «novicios» a los chamacos que los acompañan a la guerra. Son palabras, dijo el militar. Pero las nuestras son mejores, respondió ella. ¿Las nuestras? Pa qué le digo que no si sí. Luego le preguntó qué quería decir con eso de que era un señor jefe. Zuloaga tardó en articularlo. Es como un rey, dijo, pero un rey de buen humor. Camila afirmó mirando al suelo. Si Mangas se encabrona, manda tres mensajeros al monte y en unos días ya amasó una caballería de trescientos guerreros. El ejército mexicano, con perdón de usted, se tardaría seis meses en juntar una fuerza así, o ni podría. La última vez que yo vi a tanta gente armada como la que este junta nomás para un consejo fue en Guadalajara; tendrían que mandar al ejército del centro para someterlo y él ni sabe que el centro existe. Se quedó callada un momento, viendo al piso, y agregó: Es como un rey, como usted dice, pero a secas; no se tiene que andar con pendejadas.

La tarde anterior, nada más sentarse, el teniente coronel se sacó su bolsa de tabaco de la chaqueta y se la tendió al jefe, que extrajo una pipa de madera, cuidadosamente labrada, del morral que llevaba cruzado sobre la camisa. Mangas rellenó el hueco y devolvió la bolsa, para que el militar pudiera forjarse su cigarro. Fumaron en silencio, y mientras lo hacían, otros dos guerreros, mucho mayores que el jefe, llegaron a sentarse con ellos. Zuloaga les tendió el tabaco, con el que rellenaron sus propias pipas. Les pasó los cerillos. Uno de ellos empezó a decir algo, mirando no hacia Zuloaga, sino hacia el frente, como si estuviera confesándole algo a un fantasma. El jefe le puso una mano en el hombro y llamó a Goyahkla.

Fue el niño quien tradujo, le dijo Zuloaga a Camila al día siguiente, mientras caminaban rumbo al recodo del río, donde les esperaba Corredor. Y el niño se parece más a los otros capitanes indios con los que he hablado que a Mangas: se ve que se sabe divertir, pero es como los viejos, ve sin verlo a uno, ¿entiende lo que estoy diciendo?; trae una tormenta dentro. Camila sonrió. Es listísimo, dijo: aprendió castilla luego luego. Dígale a las cosas por su nombre, le dijo Zuloaga; nosotros le decimos español.

La mujer recibió la pulla con desenfado. Le gusta la bala al cabrón, siguió: Va de novicio a todas las expediciones y ya está desesperado por que lo dejen quitarse la camisa y entrarle a los madrazos. Es el ahijado de Mangas y el nieto de uno de los jefes más cabrones que hubo, todo el mundo espera que algún día mande, pero todavía está chirris. Y siguió, entusiasmada: Cuando los guerreros deciden salir y los muchachos más grandes se ponen a pavonearse enfrente de ellos para que los escojan de ayudantes y se los lleven al combate, Goyahkla, bien calladito, ya está ensillándoles los caballos y preparando el bastimento para que sea a él al que se lleven; al paso que va, lo van a hacer guerrero a los catorce, como a Cuchillo Negro. ¿A poco conoce a Cuchillo Negro? Es de casa.

Camila se detuvo. Pero el Goyahkla es el favorito de Mangas y el mío; es un puma, dijo, ahorita mismo seguro que nos viene siguiendo, y está tan cerca que escucha lo que estamos hablando. Se rió. Así que aguas con lo que dice. El teniente detuvo el paso y recorrió el terreno cercano con la mirada. Se agachó, agarró una piedra de buen tamaño del suelo y la arrojó a una mata. La planta devolvió un sonido hueco después de que se rompieron sus briznas, distinto al que habría hecho si hubiera caído en la tierra. Ya salga, dijo Zuloaga, ya lo caché.

Goyahkla alzó la cara de entre las matas. Llevaba unas ramas pegadas a la espalda y se había cubierto de lodo la parte visible de la piel. No le dio risa que Camila –que era algo entre su madrastra y su hermana mayor– lo hubiera denunciado y el militar lo hubiera descubierto: los miró con la cara agravada con la que había repetido lo que los viejos habían dicho la tarde anterior, llenos de quejas sobre el comportamiento de Sonora y la guerra desleal que no dejaba de hacerles. Ya deje de espiar y mejor véngase a platicar con nosotros, le dijo Camila; le vamos a presentar a otro novicio como usted. Goyahkla se dio la media vuelta y empezó a caminar hacia el campamento. Ella le gritó con la autoridad que debe haber usado mientras navegaba las aulas de Tepic cuando era maestra: ¡Gerónimo! Y él se volvió. ¿Gerónimo?, le preguntó Zuloaga. El santo patrono de los traductores: le digo, y le digo que cuando le toque escoger un nombre de guerrero tome ese. Ella le volvió a gritar: Gerónimo, véngase con nosotros, es una orden.

Miles se mesó la barba después de haber revisado la pila de telegramas tal cual habían llegado. Su secretario, de pie a unos metros de su escritorio, lo miraba con ansias, estrujando su gorro entre las manos. Miles lo miró a los ojos y dejó salir un bufido. Se levantó de su silla y caminó al secreter que abrió con calma. Sacó una botella de whisky sin marca y un solo vaso, aunque había varios en la gaveta. Se sirvió una dosis respetable y se la metió sin dosificar. Luego se sirvió una cantidad más razonable y caminó con calma hacia su escritorio. Abrió un cajón y sacó su pipa, unos cerillos y un bote de tabaco picado de Carolina del Sur que perfumó la habitación completa apenas lo destapó. Fue hasta que estaba llenando el hornillo de la pipa con un fuste ridículo para un objeto tan escaso e inerme que volvió a dirigirse a su subalterno. Dijo, mascullando las palabras sin siquiera mirarlo a los ojos: Le escribió al secretario Endicott y no tuvo ni siquiera la hombría de incluir su propio telegrama en la pila, ¿correcto? No lo incluí porque la comunicación era directa para mí, general, pero si quiere se lo traigo. No hace falta, le respondió su superior, hágame el favor de irse derecho a los calabozos, sin hablar con nadie, y arrestarse a usted mismo. Si la policía militar le pregunta algo, les dice que hablen conmigo, que usted está incomunicado. ¿Se puede saber por qué?, preguntó el asistente. Le dijo al ministro de Guerra dónde estaba. Es mi superior, general. Entonces Miles alzó la cara y hasta entonces el joven entendió el volumen de su furia. Yo también soy su superior, dijo, y aquí cerramos filas. Lárguese y arréstese; si abre la boca entre este punto y su celda, aunque sea para pedir un vaso de agua, le hago una corte marcial y lo fusilo. Tenía los ojos tan chicos cuando lo dijo, la quijada tan apretada, que al secretario le quedó clarísimo que no era una hipérbole. Hizo un vigoroso saludo militar, se puso el gorro, chocó los tacones de las botas y salió de la oficina.

El general se levantó detrás de él y abrió la puerta para gritarle que antes de arrestarse le dijera al heliógrafo que se reportara en su oficina, que tampoco hablara con nadie en el camino. Luego regresó a su escritorio, se pasó la mano por la cara, jaló humo de la pipa y matizó el raspón del tabaco en la garganta con otro trago de whisky. Se quedó de pie en el centro de su oficina. Comenzó a redactar otra carta imaginaria viéndose la punta de las botas. Querida Molly: ¿Cómo habría podido hacer algo así? ¿Entregarles a esos valientes al alguacil de Tucson? ¿A ese tarado que nunca se fajó en el campo de batalla y que va al templo limpiecito después de ahorcar negros y mexicanos por diversión? Ni siquiera se atrevió a reclamarme a mí antes de irle a llorar a Washington. Tal vez yo sea el miembro activo del ejército que ha visto morir a más salvajes, el que ha ordenado más cargas, más fuego por todos lados, pero eran actos de guerra contra enemigos que nos habrían hecho lo mismo si hubieran podido. Tampoco es que esté de acuerdo con Gatewood, no creo que haya que tratar a los apaches como si fueran una compañía de ópera que enriquece a la nación con su cultura, pero ¿qué más podía hacer? ¿Tú me vas a seguir queriendo cuando sepas que se acabó la carrera?, ¿que nunca nos vamos a mudar a Washington? ¿Los niños? Esto va a salir en los periódicos.

Afuera los caporales desaparejaban los caballos para llevarlos a comer y cepillar después del viaje, que había sido extenuante para ellos. La unidad que lo había acompañado a Skeleton Canyon ya se había dispersado. Le dio otro trago a su whisky y palpó el escritorio en busca de la caja de cerillos. Volvió a encender la pipa, esta vez con suficiente calma y método para que la brasa se quedara encendida. Siguió ensayando la redacción de la carta: A lo mejor el estómago se me ha vuelto delgado por comer tanta comida mexicana como se come aquí, o ya cumplí con mi cuota de muertos, pero la verdad es que desde que me monté en el caballo para ir a encontrarme con Gerónimo ya sabía que no lo iba a sacrificar, que el borrachín de Lawton tenía razón: por más órdenes presidenciales que tengamos, nos queda honor. Mandarlos a Tucson me iba a despertar de noche. Le dio otro trago a su whisky. Nos vamos a quedar en Massachussets, querida, los niños van a tener que ir a la universidad si quieren hacer carrera en el servicio público, porque en West Point los van a humillar si llevan mi nombre. Caminó hacia la ventana. Se tomó las sienes entre el pulgar y el índice de la mano derecha y recargó la frente en el vidrio fresco. ¿Vas a seguir siendo la mujer más gallarda de las recepciones si tu marido resultó ser el payaso de la fiesta? ¿El futuro mediocre que nos espera va a enturbiar tus perlas? Jaló humo sin abrir los ojos. La puerta de su despacho crujió cuando todavía estaba postrado sobre el dintel interior de la ventana. ¿Me mandó llamar?, preguntó el heliógrafo. El general se dio la media vuelta. Tenía la cara tan derrotada que parecía una berenjena. La cagamos, dijo. El ingeniero alzó las cejas. ¿General?, preguntó. Miles se pasó la mano por la barba, jaló aire y le preguntó si había sido él quien había recopilado la información sobre su paradero. Nadie más que mi secretario sabía que sí iba a ir a Skeleton Canyon, dijo, nadie lo sabía ni en este fuerte ni en ningún otro precisamente para que no pasara lo que pasó. El heliógrafo cerró los ojos. También fue mi culpa, dijo, sin alzar la cara: yo les pedí a todos los regimientos traje de parada para cuando usted llegara al cañón; no sabía que era un secreto. Le pregunté a su secretario y me lo confirmó. El general se talló la cabeza. Regrese a su máquina, dijo, y avíseles a todos los comandantes de la zona que las comunicaciones con el Departamento de Guerra van a salir solo de mi oficina de ahora en adelante –pensó que ese adelante iba a ser cortísimo, que lo removerían en el momento en que se reportara en la capital–. Dígales que a quien mande un mensaje a Washington sin mi consentimiento le voy a hacer una corte marcial por insubordinación. El heliógrafo se llevó la mano extendida a la frente y confirmó con un sí, señor que el general encontró francamente cómico. Registre la hora en que cada comandancia confirme que recibió mi mensaje, siguió el general, y cuando tenga la lista me la lleva personalmente, sin hablar con nadie, al despacho del telegrafista. Tal vez tarde, dijo el ingeniero. Lo mío también, respondió el general, si tengo suerte. El hombre cerró la puerta tras de sí y Miles jaló otro golpe de humo, se terminó el vaso de whisky. Cerró los ojos, sacudió el mostacho y se levantó a servirse otro. Imagínate, Molly, siguió redactando, consciente de que tampoco iba a escribir esa carta nunca: Mis hijos abogados, ingenieros como este pobre. Más te hubiera valido darme niñas. Se arremangó la camisa y salió rumbo a la oficina del telégrafo.

McMillan encontró a Ellie reconciliada con la idea de tomar su turno para fundirse con la gente hasta poder ver a los prisioneros. Poseía una prenda de candor. Podía ser rasposa y majadera, pero también tenía esa virtud estadounidense, al mismo tiempo encantadora e insoportable: era entusiasta. Su marido tomó al niño en brazos tal como ella esperaba, pero en lugar de animarla a acercarse a la reja, le dijo: Vamos a las caballerizas. Ella lo miró con descrédito. Pero quiero verlos, repeló. Tengo que ir a las caballerizas, dijo él. Todavía agregó, para que su alegría fuera mayor cuando descubriera que ella iba a ser la única mujer de todo San Antonio en ver a los salvajes de cerca y sin rejas de por medio: Te dije que era una cuestión de trabajo. Ella no se movió de su lugar. No creo que sea justo, Amyntor Blair, que tú los hayas visto y yo no. Es mucha gente, respondió él, es hasta peligroso. No más que los animales del rancho de mi padre, respondió ella, y la emprendió hacia el tumulto. El abogado la dejó ir, pensando que la pelotera de gente era tan densa que desistiría rápido. Se fue a sentar con el bebé bajo un fresno blanco: ella lo había tenido cargado todo el tiempo, así que el pobre estaba bañado en sudor.

Una vez en la sombra, McMillan se sentó al niño en las piernas, para que se refrescara sin llenarse de tierra. Tenía la cofia adherida al cráneo. Pensó que una greña como esa no se merecía la prisión de los holanes y el algodón y se la quitó. Como notó que seguía incómodo, le sacó también la crinolina del faldón y luego el faldón mismo: ya habían ido al templo y no habían quedado de visitar a los abuelos, podía dejarlo en paños. Se quitó la fedora y lo abanicó para refrescarlo, luego lo dejó gatear en la tierra aunque se ensuciara. Con los años, cuando ya era un juez respetado, temido y querido por todo el estado de Texas, el hombre que fue ese bebé diría que les debía la parte razonable de su carácter de hierro a esos gestos liberales de su padre. Gestos comanches, los llamaba. La sombra, la brisa del sombrero, liberaron pronto los rulos refulgentes del bebé. Ellie regresó con cara desencajada. ¿Pudiste verlos?, le preguntó su marido, que no había puesto atención a los esfuerzos de su esposa. Imposible, respondió ella con un suspiro que podría haber sido acusatorio de la grosería de la gente que ella pensaba que se debería haber movido para dejarla pasar, o del notable nivel de cochambre que se había acumulado en el cuerpo de lechón del niño. Son solo unos indios, dijo McMillan; ¿me acompañas a la puerta de caballerizas? Ella miró al niño y se quitó su propia cofia. Qué bueno, dijo, que lo encueraste. Él se puso de pie y ella le dijo que mejor esperaría ahí la vuelta del tranvía para regresarse a casa a bañar al bebé. Esta vez fue él quien hizo un puchero. Es domingo, dijo, y quiero que conozcas a Lawton, es un héroe de guerra. Ella torció la boca. De qué lo conoces, le preguntó. No lo conozco, a eso venimos, a conocerlo; es una reliquia viviente, el último oficial que ganó la última guerra india. Ella concedió afirmando con la cabeza. Vamos, dijo y recogió al bebé del suelo.

al secretario william c. endicott del general nelson miles dos puntos señor secretario dos puntos me preocupa mucho encontrarme en mi escritorio con una pila de telegramas suyos coma no siempre amistosos punto estoy volviendo de una expedición urgente a la frontera con méxico coma en la que confirmé que el indio gerónimo y todos los rebeldes bajo su mando fueron detenidos por el capitán elpenor ware lawton y están en territorio estadounidense punto cumplí con este deber por puro celo profesional dos puntos lawton está bajo mi mando coma pero como usted sabe coma recibió órdenes de usted o alguno de sus emisarios coma sin mi mediación punto yo solo fui informado punto me parece natural que coma si una misión rompe la cadena de mando de entrada coma termine en un desastre de comunicación como el que estamos sufriendo punto como se imaginará coma yo lo que puedo hacer es verificar que el capitán haga su trabajo y no mucho más coma dado que las órdenes que sigue ni vinieron de mí ni pasaron por mi oficina punto mi papel es un poco incómodo dos puntos no puedo preguntarle a un subordinado cuáles son mis órdenes punto apelo a su comprensión en este caso punto me preocupa más coma en todo caso coma una situación más grave de la que solo tengo intuiciones y sobre la que le pido confirmación y discreción dos puntos sospecho coma por el tono de sus comunicaciones coma que sigo siendo víctima de la maledicencia de los pasillos de washington y coma peor aún coma que esa maledicencia ha alcanzado a uno de mis subalternos cercanos coma que al parecer le mintió enviando al departamento de guerra información imprecisa debido a un exceso de presión de parte de algún funcionario de rango bajo en la capital coma igual que al parecer lo hicieron las dudosas autoridades civiles de tucson punto señor secretario coma yo no estoy para hacer recomendaciones sino para seguir órdenes coma lo cual hago cabalmente cuando son claras y son entregadas a mí y no a mis subalternos coma pero permítame recordarle que la información difundida por los políticos y periodistas de arizona y nuevo méxico está viciada de origen punto como usted sabe bien coma la gente de estos territorios sospecha profundamente del ejército coma igual que de todas las instituciones del gobierno federal punto no odian a la oficina de recaudación fiscal signo de interrogación no expanden todo el tiempo rumores sobre las supuestas conspiraciones del departamento de educación para erradicar el cristianismo de los territorios recientemente ocupados signo de interrogación sobre la imaginaria simpatía del departamento de comercio con los mexicanos signo de interrogación la única explicación que encuentro posible para este galimatías de comunicaciones en que nos encontramos coma además del problema estructural ya señalado de que las órdenes de mi capitán no las doy yo mismo ni las conozco al pie de la letra porque le llegaron directamente de washington coma es que algún oficial de bajo rango que sea afín al sentimiento antifederal de estas tierras en el departamento de guerra coma haya encontrado la manera de hacer eco en su oficina de los rumores malignos que yo batallo aquí todos los días coma de los que ya le he hablado antes coma y de los que coma estoy seguro coma también escuchaba usted sobre mis antecesores en este puesto punto pero aquí estoy coma listo para responder a las dudas del señor presidente coma y confirmándole que los prisioneros apaches ya están bajo custodia federal y en los estados unidos de américa punto.

Gatewood dio un silbido y las mujeres que preparaban tamales de flor de yuca voltearon a verlo. Pidió, en apache, que alguna lo ayudara a ponerse de pie. Como siempre, se rieron todo lo que pudieron de él antes de que Ocesola, una de las hijas del jefe Chihuahua, se levantara a darle auxilio. Ella caminó hasta donde estaba y le tendió las dos manos para que pudiera separar las nalgas de su asiento de piedra.

Gatewood llevaba tanto tiempo tan mal que todos los chiricahuas sabían cómo alzarlo: primero había que tirar de él por los dos brazos y, una vez separado de su asiento, había que afirmarse en tierra porque había que recibirlo con el pecho como venía, en escuadra. Luego él alzaba los brazos y se tomaba de los hombros de quien lo auxiliaba mientras estiraba poco a poco las piernas, arqueaba hacia adentro el sacro y giraba hacia arriba el esternón. Cuando la posición del teniente podía empezar a identificarse como erecta, el ayudante tenía que abrazarse con fuerza a la base de la espalda, a la altura de las lumbares, y esperar el momento en que la lenta elevación de su columna tronara algo entre sus huesos, ligamentos y lo que quedaba de sus músculos de la base de la espalda, que no era mucho. El crujido le producía un dolor tan intenso que casi siempre le provocaba algo que los demás veían como un breve desmayo y él vivía como un periodo alucinatorio de duración variable. La rutina resultaba particularmente cómica cuando quien le ayudaba a alzarse era una mujer: aunque las apaches eran fuertes, eran muy bajas de estatura y cuadradas de hombros y pecho y él era flaco y largo.

411

El teniente miró las manos de Ocesola listas para auxiliarlo y extendió las suyas. Apretó la mandíbula esperando al primer jalón. Antes de tirarlo hacia sí, ella le dijo en español: Yusn te dio el poder de pasártela de la chingada siempre, y tiró. Él sintió que una lanza le cruzaba de lado a lado la espalda, seccionándole la columna vertebral. Vio destellos dentro de sus ojos cerrados. Se sintió cayendo como un bulto sobre los hombros de la mujer, que se abrazaba a su cadera con toda su fuerza, todavía carcajeándose. No tenía ninguna sensación en las piernas. Alcanzó a pensar lo que sigue es lo que duele, antes de impulsarse apoyando las manos en sus hombros mientras ella apretaba para distenderle lo que estaba hecho bolas en su espalda. El cerebro se le apagó como una vela y no despertó hasta que Ocesola hizo lo que ellas consideraban la parte más divertida de todo el proceso: cepillarle los agujeros de la nariz con un mechón de la greña para que jalara aire y se reavivara.

Antes de que volviera el dolor de siempre Gatewood tenía unos segundos, unas veces más largos que otras, durante los que su cuerpo era el de antaño, libre del tormento en la espalda y las articulaciones. En ese instante de claridad y placer, se sintió como preñado por el olor del pelo de la mujer que lo ayudaba, que conocía tan bien porque era el de todos los apaches. Un olor a rescoldo y gamuza, a sudor y la tierra seca que se queda pegada en las piedras, a carne salada y polen.

Dejó los ojos cerrados porque si no le dolían las piernas, no estaba seguro de tenerlas, pero sobre todo para convertir las cavernas de su memoria olfativa en el museo de un olor que iba a desaparecer del mundo tan pronto terminaran las negociaciones allá abajo y los chiricahuas fueran empacados en un tren rumbo a las duchas militares, la dieta militar y los trajes de asueto, lejos de los caballos y la hoguera.

Todo el mundo sabe, pensó, que de lo único de lo que un hombre no se repone cuando lo deja una mujer es de la ausencia de su olor. Volvió a apretar los hombros de Ocesola. Cuando volviera a Arizona después de su baja por enfermedad, ya olería a estofado y gallinero, como el resto del país. Volvió a respirar hondo y se soltó. ¿Dónde anda Naiche?, le preguntó en apache a la mujer, el dolor regresando lentamente a ocupar su reino. Ella le señaló a un grupo de guerreros tendidos en el suelo a cierta distancia. Ahí, le respondió ella en español, a menos que se haya ido a mear de risa mientras te morías de amor en mis brazos.

Corredor y Goyahkla no se hablaron. Pasó algo entre ellos. El rarámuri le agradeció a Camila la invitación a la ranchería y dijo que mejor se quedaba con los caballos. Lo dijo de manera escueta, terminante, viendo a Zuloaga a la cara con tanta seriedad, que él no se atrevió a contradecirlo. Goyahkla ni siquiera le habló a Corredor, transido de envidia y coraje como se puso cuando descubrió que el novicio al que le dijeron que iba a conocer era de su edad y ya llevaba dos pistolas en el cinto y un rifle bueno en el caballo. El teniente coronel, que era mayor y conocía la tierra y el carácter de la gente que al final descansaba en ella, entendía que había cosas que lo rebasaban. No insistió en que Corredor regresara con él a los jacales.

del general nelson miles al secretario endicott dos puntos no señor secretario coma no estoy evadiendo sus preguntas coma tal vez mi mensaje anterior fue un poco largo y la respuesta a su pregunta se perdió entre los signos de mi desconcierto punto los apaches están bajo la custodia efectiva del ejército federal y en territorio estadounidense coma ahora mismo en algún punto entre douglas y fort bowie en apache pass punto como usted sabe coma viajar con ellos no es fácil coma porque van con sus mujeres coma sus hijos coma los ancianos punto

del general nelson miles al vicepresidente thomas hendricks dos puntos señor vicepresidente dos puntos es para mí un honor informarle directamente a usted y al señor presidente grover cleveland que los rebeldes están bajo custodia federal y en territorio estadounidense punto fui en persona a confirmar

413

que cruzaron la frontera tras una serie de intercambios conflictivos con el ejército y las autoridades civiles mexicanas punto nuestros muchachos hicieron un gran trabajo dos puntos regresaron completos y en buena forma con todos los prisioneros que se les había ordenado capturar punto a pesar de las muchas provocaciones que sufrieron a manos de sus contrapartes mexicanas coma siempre menos profesionales y más dadas al engaño y la mentira coma los nuestros evitaron el conflicto internacional mientras cumplían con su deber punto enhorabuena coma nuestras honorables instituciones federales funcionan todavía como un reloj punto

del general nelson miles al secretario endicott dos puntos no sé de qué teniente gatewood me está hablando punto ni de qué supuestos tratados de rendición de los apaches me habla punto yo no puedo hacer tratos con los indios punto esa facultad le pertenece solamente al presidente o al congreso punto yo solo soy un general punto no hago tratados de paz punto

del general nelson miles al vicepresidente thomas hendricks dos puntos señor vicepresidente coma me da un enorme gusto saber que el señor presidente cleveland está detrás de usted mientras nos comunicamos punto envíele mis respetuosos saludos punto aquí en el suroeste nos batimos a diario por mantener la integridad y seguridad de los estados unidos coma además de la dignidad del gobierno federal tan criticado en estas partes coma y no siempre sentimos que se nos escucha en washington punto no se imagina la alegría que les va a dar a mis muchachos saber que contamos con un comandante en jefe que se preocupa personalmente por ellos punto sobre la pregunta del señor presidente dos puntos la respuesta es no coma nosotros no hacemos tratados con los indios punto esa facultad es solo atributo de la parte civil del gobierno federal coma igual que yo no puedo mandar fusilar a un enemigo que se entrega pacíficamente a la autoridad militar con el objeto de rendirse ante la civil punto sería un delito y un acto de lesa

414

humanidad punto la impartición de justicia es un asunto solo civil y solo local punto sobre todo a sabiendas de cuán celoso es el señor presidente cleveland en relación con el respeto a la ley punto nuestros muchachos fueron al sur de la frontera punto arriesgaron la integridad y la vida punto cumplieron su misión con estricto apego a la ley punto lo demás es trabajo de otras autoridades punto

del general nelson miles al vicepresidente thomas hendricks dos puntos no señor vicepresidente coma no sé dónde están ahora punto me regresé a la comandancia de nuevo méxico apenas confirmé que los apaches estaban bajo nuestra custodia y en territorio estadounidense punto me informaron coma mientras felicitaba a los muchachos coma que usted reclamaba mi presencia en el telégrafo coma así que dejé a mis hombres coma tranquilo porque sé que el capitán elpenor waren lawton recibe sus órdenes directamente del señor secretario de guerra sin mediación mía punto

del general nelson miles al presidente grover cleveland dos puntos señor presidente coma gerónimo y los suyos están en el territorio de arizona punto nuestra responsabilidad era detenerlo y la cumplimos cabalmente punto es la responsabilidad de las autoridades civiles del estado juzgarlos punto hasta el momento en que dejé a mis muchachos coma el alguacil de tucson no se había comunicado con ellos punto el capitán elpenor waren lawton iba a seguir avanzando hacia el norte coma en dirección a fort bowie coma porque los apaches estaban inquietos tan cerca de la frontera con méxico punto pero quien le puede informar precisamente es el ministro de guerra punto en todo el episodio relacionado con la detención de gerónimo coma fue él quien le dio órdenes directamente al capitán lawton coma saltándose por completo mi autoridad punto yo solo puedo confirmar coma orgullosamente coma que mis muchachos cumplieron a cabalidad con las órdenes del ministro endicott sin causar bajas dos puntos

vi con mis propios ojos a gerónimo detenido punto enhorabuena punto

del general nelson miles al secretario endicott dos puntos no
le van a responder de los fuertes coma señor secretario punto
regresando de la misión para confirmar que nuestros muchachos habían cumplido heroicamente con su deber instalé los
protocolos de emergencia que dictan los manuales y estatutos
en caso de que las comunicaciones entre el alto mando y los
comandantes en el campo sean intervenidas por el enemigo
coma como fue el caso punto todos los mensajes entre los oficiales a mi cargo en acción en este momento van a pasar por
mi oficina hasta nueva orden punto espero que esté de acuerdo conmigo en que es el protocolo correcto a seguir coma
dado que alguien nos traicionó coma tal vez en mi oficina
punto ya mandé comenzar las investigaciones punto y planeo
seguirle corte marcial a quien resulte responsable por desinfor-
marlo punto.

del general nelson miles al secretario endicott dos puntos cómo
cree que yo pensaría que el departamento de guerra es el enemigo coma señor secretario signo de interrogación mucho menos las autoridades civiles de arizona coma a quienes defender
es mi deber jurado punto el problema son los periódicos locales
coma que no siempre actúan en nombre del interés del pueblo
por ser negocios privados punto fueron ellos los que infiltraron
mi oficina punto por supuesto coma la hipérbole obviamente
no funcionó punto fue por algo que elegí las armas sobre las letras coma disculpe punto sobre lo que usted llama sus preguntas específicas coma creo haberlas respondido ya correctamente
punto los apaches chiricahuas están bajo nuestra custodia punto yo no tengo autoridad para hacer tratos con los rebeldes
punto si se entregaron al capitán lawton mis muchachos no
podían dispararles bajo riesgo de sufrir una corte marcial punto
como sabe coma tenemos un presidente celosísimo de la ley
punto no podemos romperla como tal vez se hizo en las gue-

rras indias de antaño punto y tenemos a la prensa encima de un modo en que yo no recuerdo que la tuviéramos en las decenas de batallas en que participé coma siempre al servicio de la patria y siempre obteniendo al final la victoria coma peleando contra los indios de los grandes llanos en el norte punto mis chicos son soldados coma señor secretario coma no asesinos punto cualquier sugerencia que contradiga ese principio es altamente nociva para la institución del ejército federal coma y me ofende profundamente punto esperemos que las autoridades civiles de arizona hagan su trabajo coma nosotros hicimos el nuestro coma por cierto en condiciones muy difíciles y que no tengo empacho en calificar de heroicas punto la guerra apache era una herida abierta en nuestra república desde que incorporamos los territorios del suroeste y el capitán lawton la ha cerrado punto me entristece mucho coma como veterano de las guerras indias y como comandante del ejército federal coma que se dude de sus servicios punto y no coma no sé quién sea ese teniente gatewood que quién sabe quién le dijo que andaba con el cuarto de caballería en la sierra madre punto

al vicepresidente hendricks dos puntos están en el camino punto solo los puedo contactar por heliógrafo coma que es un poco tardado en regiones montañosas como en la que están punto cada mensaje tiene que pasar por muchas más estaciones que en la costa este punto salgo a establecer comunicación con el capitán lawton en este momento punto tan pronto tenga noticias para usted coma le respondo por esta vía punto le suplico que le diga al señor presidente coma si es que ya no está ahí junto a usted coma que no se desespere coma es un proceso torpe y trabajoso en estas sierras coma pero lo tengo bajo control punto

Miles descansó la frente en la mesa de trabajo del telegrafista y emitió un largo suspiro. Alzó la cabeza y dijo con los ojos todavía cerrados: cuando menos ya recuperamos la mano. Sonrió.

El técnico estaba agotado y tenso. Se le habían acumulado los mensajes de los fuertes locales por estar concentrado en los intercambios con Washington. Le preguntó al general si los atendían y le respondió que pronto, que se estaban tomando un respiro. ¿Puedo sugerirle con todo respeto, preguntó el técnico, que le escriba una nota a su esposa diciéndole que regresó bien de su misión? No es que me meta en sus asuntos, siguió, pero se nota que está muy angustiada. Claro, dijo el general, ahorita. Y echó la cabeza para atrás. Luego se levantó, removió su silla y la recargó diagonalmente en la pared. Juntó las manos sobre la barriga, se chupó los labios con la lengua y apretó los carrillos. Alarmado por lo que parecían clarísimamente los síntomas del adviento de una siesta del comandante, el telegrafista le preguntó si no quería que mandara traer al heliografista. El general sacudió la cabeza parando la trompa, cerró los ojos, balbuceó: Tenemos que darle tiempo a Lawton. Se quedó dormido.

La siesta del general duró un tiempo que el operador del telégrafo encontró francamente preocupante. El heliografista no la interrumpió hasta que hubo terminado con todas las confirmaciones de todos los fuertes aceptando que todos los mensajes que salieran de sus propias oficinas tenían que centrarse en el alto mando regional. Le entregó la lista al general después de despertarlo, sacudiéndole suavemente el hombro. Miles la leyó dando pequeño bufidos y sacándose los lentes cada tanto para tallarse los ojos, tal vez para demostrar que habría podido descansar un poco más.

Cuando terminó, miró al heliografista a los ojos y le preguntó si estaban todos. Todos, respondió el ingeniero. Bien, dijo, y se golpeó con las palmas de las manos en los muslos, con lo que su silla volvió a la vertical. Conocía como nadie la mecánica secreta de la siesta de oficina. El aire frío de la tribulación le cruzó la cara por un momento. Miró hacia la ventana y preguntó cuánto tiempo de luz quedaba. Como hora y media. Dónde andaba Lawton la última vez que se comunicó con él. Todavía estaba en Apache Pass. Regrese a su máquina y dígale que se ponga en camino hacia el este inmediatamente. El heliógrafo sacó de la bolsa de atrás de su fatiga de ingeniero militar un cuaderno de notas y un lápiz. Que se vaya a Texas por Ánimas para que nadie lo pueda interceptar, que guarde el heliógrafo y no lo saque hasta que esté en El Paso. Debe tomar el tren con toda su compañía y todos los apaches en Lordsburg. ¿Está tomando nota? Sí, señor. Dígale a Lawton que no pude acampar en Lordsburg porque ahí hay un destacamento, que se instale en la colina del rancho Shakespeare y que ponga centinelas a esperar el tren, que lo aborden de noche, para que pasen inadvertidos. Que no reciba ningún telegrama, que esconda las manos si lo descubren y le tienden uno. Que una vez que llegue a El Paso detenga el tren para mandar un mensaje al alguacil de la ciudad avisándole que está en territorio texano con los prisioneros apaches e inmediatamente después me envíe un telegrama que diga lo siguiente: General Miles, recibí apenas su mensaje debido a que con los apaches se marcha a campo traviesa y tomamos el tren a la carrera bajando del rancho Shakespeare, nadie me avisó de sus comunicaciones. Estamos en El Paso, fuera de la jurisdicción de las autoridades de Arizona y Nuevo México, que nunca nos contactaron. Estamos abordando el tren rumbo a San Antonio. Espero noticias suyas en la siguiente estación o las sucesivas.

El general alzó la cara y miró al heliografista a los ojos. ¿Tomó nota? Sí. ¿Exacta? Sí. Cuando haya enviado el mensaje y Lawton le haya contestado, regresa y me entrega el papelito en que tomó el dictado. Sí, señor. Asegúrese de que Lawton mismo esté presente cuando reciban nuestro mensaje y que se lo repitan de viva voz mientras usted lo transmite, que ni él ni ninguno de los heliógrafos de las otras estaciones lo transcriba. Que quede claro que si cualquiera lo hace será arrestado y dado de baja.

No fue mala decisión levantar el campo en la cabaña de las Peñascosas por la mañana. La salida fue una fiesta de estrés y caos, pero fiesta al fin. Todos apurados, recogiendo, empacando, limpiando. La urgencia por dejar todo en su lugar y llegar a tiempo al aeropuerto no permitió que corriera el reloj del quiebre que venía.

A las siete y media ya estábamos todos en la camioneta, nuestras cosas en la cajuela rebosada, saliendo rumbo a Tucson para que el mayor llegara a documentarse en su vuelo a más tardar a las diez y media. Si la noche de ayer había sido toda excitación y la salida fue una bola de nervios, el viaje a Tucson fue largo y duro. El plan era, y fue, ir primero al aeropuerto y luego agarrar para el norte, hacia la reservación de San Carlos. Gerónimo vivió buena parte de su vida adulta ahí. Después de esa última parada por el itinerario existencial del chamán, viraríamos hacia el noroeste y cortaríamos el norte de Nuevo México en diagonal hacia Colorado, Kansas y lo que siga, para volver a tiradas largas a Nueva York y seguir con nuestras vidas de siempre.

Al principio los niños le insistieron a su hermano para que siguiera con nosotros siquiera hasta San Carlos. Él fue generoso y paciente, como es siempre con ellos, pero también inflexible: tenía una junta de producción con los compañeros con los que estaba haciendo un documental en el que era el cinematógrafo: pude ver por el espejo en las pupilas de los chiquitos la admiración que les levantaba que su hermano hiciera algo que ameritaba un sustantivo tan largo. Yo insistí en que nos acompañara, le dije que podíamos ir a Denver y ahí le compraba otro boleto para que volara cuando llegáramos en un par de días, que pospusiera su reunión. Conmigo fue tajante: Demasiado tarde, papá, me dijo, y yo pensé en Nana diciendo que nunca era tarde mientras quedara un chiricahua en pie, pero que ya no queda ni uno.

Miles durmió una segunda siesta cortísima. De apenas unos minutos. Cuando el heliografista lo volvió a despertar con la noticia de que el capitán Lawton estaba en camino a Shakespeare vía Ánimas, dictó un nuevo mensaje por telégrafo, que le envió primero al presidente, luego al vicepresidente y al final al secretario de guerra aunque sabía que los tres estaban en el mismo cuarto:

el capitán lawton está en el monte punto envié mensajes a todas las jurisdicciones que me corresponden e incluso a los puestos fronterizos del territorio bajo mi mando punto si se detienen por forraje o descanso en cualquier puesto militar coma responderá de inmediato punto lo más probable coma sin embargo coma es que haga la noche en descampado dado que van con los apaches punto en ese caso recibiremos noticias hasta mañana que alcancen una estación del tren punto

Se levantó pesadamente de su silla y preguntó: Qué hora es en Washington. Las nueve, dijo el telegrafista. Bien, dijo, y se dirigió a la puerta, haciéndole una señal al heliografista para que lo acompañara. Ya en el pasillo le pidió sus notas. El ingeniero le tendió un par de páginas que arrancó de su libreta. Las leyó. Qué fea letra, dijo mientras las hacía bola. Se las metió en la boca, las masticó un poco y se las tragó. Salieron de las oficinas del cuartel y cruzaron tres pasillos y dos patios antes de llegar a las celdas de la policía militar. Entraron.

El general preguntó por el estado de su secretario. Está incomunicado, dijo el sargento de guardia. El general confirmó con un movimiento de cabeza. ¿Lo puedo ver?, preguntó. Los tres caminaron a la crujía con puertas de hierro y pestaña corrediza que generalmente era utilizada, en esa zona, para castigar a indios y mexicanos, nunca a blancos, mucho menos a oficiales.

El sargento abrió la puerta. El secretario estaba recostado en un camastro de metal, sin colchón. Se puso en firmes y saludó solo con la mano, sin decir ni una palabra. El general le preguntó al sargento: ¿Ha abierto la boca? No después de informarme que tenía que incomunicarlo, señor. ¿Nada? El policía militar lo pensó un momento. Pidió agua, dijo. El general se rascó la nariz, sacudió dramáticamente la cabeza. Amordácelo, dijo, y encadénelo a una letrina porque necesito esta celda.

421

Luego señaló al heliografista. A este me lo mete aquí, ordenó. Si dice cualquier palabra o si escribe algo en la pared o lo que sea, me avisa y también lo castigamos. Sí, señor. Ninguno de los dos prisioneros protestó. El general pasó a su habitación por una cobija y una bacinica. Luego pasó por la armería para pedir dos juegos de esposas y una cadena. Regresó a la oficina del telegrafista y lo sujetó a su silla sin que este opusiera ninguna resistencia. Le puso la bacinica bajo el asiento, por si necesitaba mear, y le dejó suficiente tiro en la cadena de las manos para que se pudiera bajar los pantalones. Le echó la cobija a los hombros. Vamos a quedarnos aquí, calladitos, dijo poniéndole la mano en el hombro con algo que se parecía a la ternura, en lo que Lawton llega a Texas, si le dan ganas de cagar, se las aguanta. Sí, señor, dijo el técnico, y agregó: ¿No quiere que le escribamos antes a su esposa? Miles se sacó el pañuelo del parche de la casaca y lo amordazó, meneando la cabeza con tristeza tal vez genuina. Le palmeó el hombro de nuevo, miró su reloj: El capitán no puede llegar a El Paso antes de las cuatro de la mañana, dijo, descanse, y se fue rumbo a sus habitaciones. En el camino ya iba diciéndose otra carta para su mujer. Querida Molly, pensó, a lo mejor la libramos.

Ellie y Amyntor Blair McMillan hicieron una caminata larga y acalorada. La barda del cuadrángulo, que siguieron completa, les pareció más extensa de lo que era bajo el sol del final del verano, aun si la marcha era en general grata porque se hacía al borde del canal y a la sombra de una fila de fresnos. Mientras avanzaban McMillan se había sentado al niño en los hombros para que fuera más fresco, le había puesto en la cabeza su propio sombrero, lo cual lo había partido de risa por un momento y entretenido el resto del tiempo.

En la puerta de caballerizas descubrieron que tampoco iban a estar solos: había una docena de periodistas con sus libretas, sus fotógrafos, sus sombreritos casi sin alas, esperando a que alguien atendiera sus reclamos. Un soldado viejo y de rango bajo custodiaba desde adentro la puerta cerrada. Tenía la mirada puesta en un horizonte superior a las caras aburridas de los reporteros.

McMillan se acercó a la verja y le dijo al militar, con toda la discreción que pudo, que era el abogado del capitán Lawton, que el teniente Parker le había dicho que mandaría por él. El soldado se tocó el sombrero y sacó un aro de llaves del bolso de su fatiga. Se le notaba en la manera en que se hurgó buscándolas, en la forma en que sacudió el llavero y seleccionó la llave correcta para aplicarla al candado, el motivo por el que nunca había pasado de cabo. Amyntor Blair, con el niño todavía en los hombros y cubierto por el sombrero, se volteó hacia su mujer para indicarle con un gesto que se acercara. Uno de los periodistas le preguntó a Ellie qué hacían ahí y ella respondió, con orgullo candoroso, que su marido era el abogado del héroe que había sometido a Gerónimo. De inmediato hicieron un remolino en torno a ellos, para preguntarle a McMillan cosas que él mismo no entendía del todo porque en realidad lo que estaba haciendo era matar un domingo antes de enterarse de las aristas del caso de su cliente: ¿era cierto que al capitán le iban a hacer una corte marcial a su regreso a la Costa Este? ¿Sabía algo de la posible renuncia del general Miles? ¿Qué opinaba su cliente de que no lo hubieran condecorado? ¿Pensaba devolver a Gerónimo a las autoridades de Tucson o conservarlo bajo custodia federal? El abogado entendió por qué el emisario del capitán había sido tan insistente en que lo fuera a ver en domingo y con su familia. Les dijo que, como podían ver, estaba ahí haciendo una visita de cortesía con su mujer y su hijo, que por favor respetaran el día de Dios y los dejaran pasar. Hizo un arco con uno de sus brazos para proteger el paso de su esposa por la puerta entreabierta y luego se coló él mismo.

El cabo condenó de nuevo la reja como si los periodistas no existieran. McMillan ya no volteó a verlos más a pesar de que seguían lanzando preguntas mientras se internaba en la cuadra detrás de su mujer y con el niño a hombros, tal vez ya dormido bajo su fedora. El soldado los alcanzó al poco y preguntó si

Lawton había dicho dónde se encontrarían, para llevarlos hacia allá. No me dijo nada específico, respondió él, me dijo que viniera hoy si quería que me presentara a Gerónimo. Ellie, que iba adelantada unos pasos, se detuvo y viró hacia su marido. No me dijiste que nos lo iban a presentar, dijo. Era una sorpresa, respondió él con una sonrisa en la cara. Ella negó con la cabeza: No es lo mismo que verlos a través de una reja, menos con el niño aquí; es un bandido, un asesino. McMillan le dirigió una mirada al soldado, que miraba hacia el interior de las caballerizas como si no estuviera sucediendo nada. Le respondió a su esposa: Están prisioneros, desarmados, bajo la custodia del ejército, no puede pasar nada. ¿Y si pasa?, ¿a cuántos niños mató Gerónimo en Arizona?, ¿en Sonora?, ¿no lees los periódicos? McMillan no leía los periódicos. Se volvió una vez más hacia el soldado, esta vez llamando su atención, primero con un carraspeo y luego apelando directamente a él por su rango. ¿Qué tan peligrosos son los prisioneros?, le preguntó ya que lo atendía. No hacen nada, dijo, pero no sé; yo soy de aquí, me tocó pelear con los comanches; no me quedaría solo en un cuarto con uno ni si estuviera muerto. Ellie alzó las cejas. ¿Muerto él o usted? Él. McMillan se rascó la nariz y dijo: Si Gerónimo está en el pueblo y está desarmado, no voy a dejar que se vaya sin conocerlo.

Estaba claro que daba sus últimas razones y que, pasara lo que pasara, iba a proceder. Si quieres quédate, dijo, pero el bebé y yo vamos a ir: se lo va a contar a sus hijos y sus hijos a los suyos.

Tenía razón: a mí el bisnieto de ese bebé me contó esta historia que estoy contando.

Ellie cedió: Está bien, dijo, pero solo si el capitán te garantiza que no va a pasar nada. McMillan le preguntó al cabo. Vamos a la oficina de Lawton, ¿correcto? El cabo se alzó de hombros. El capitán, dijo, se despierta tarde, y creo que lo van a interrogar otra vez los señores que vinieron de Washington. Se alzó la gorra y se pasó la mano por el pelo ralo y sudado antes de completar: Yo pensé que venía usted a ayudarlo con eso. El abogado sabía que el capitán tenía problemas, pero no tan graves. Ese es asunto de él y yo, dijo, ¿podemos verlo? El cabo sacudió la cabeza. Lo que puedo hacer, le dijo, es llevarlos con el Gordo Parker, que es el flaco que anda todo el día con los apaches; él y otro, un mexicano que nadie entiende qué hace aquí, pero son los únicos que hablan con Lawton; ellos le pueden informar. El abogado miró a su esposa, que señaló con un movimiento de cabeza que estaba de acuerdo. Vamos, le dijo al cabo, que se volvió a poner la gorra y antes de seguir adelante confirmó la profundidad de su alma burocrática: Hay un problemita, dijo. Ahorita tienen a Gerónimo en exhibición, pero en lo que llegamos a las barracas terminan su turno y ya van a poder hablar con Parker. McMillan miró a Ellie una vez más. Vamos, dijo ella. ¿El niño está bien?, preguntó el abogado antes de seguir al cabo. A horcajadas sobre sus hombros y quieto como iba, no podía sentir si estaba cómodo. Está bien dormido, respondió su mujer. ¿Todavía trae mi fedora? No se nos va a insolar, dijo ella, y miró al guardia. Vamos, insistió.

Miles abrió la puerta de la oficina del telégrafo apenas pasadas las tres de la mañana. El técnico, que estaba despierto, se viró para dedicarle una mirada que reclamaba acción urgente apenas lo sintió cruzar el umbral. ¿Llegó algo?, preguntó mientras lo desamordazaba. De la Casa Blanca, respondió con la boca como una lija por el contacto de la lengua con el trapo. Mierda, dijo el general, que no había tenido la gentileza de llevarle siquiera un vaso de agua. Qué dicen, preguntó. Estaba en pijama y bata. No lo pude leer, respondió el operador, estaba atado de manos. El comandante lo soltó, revisó al paso la bacinica y notó con alivio que no la había utilizado. El telegrafista se estaba estirando para rebuscar entre los rollos de papel el mensaje de Washington. Lo encontró rápido. Es del presidente, dijo, y lo leyó: «alguna noticia coma general signo de interrogación». ¿Hace cuánto llegó?, preguntó Miles. Unos quince minutos.

425

¿Qué hora es en Washington? Dieron las cinco. El general se apretó la nuca. Vamos a contestarle, dijo, y así sabemos si de verdad está pendiente o solo está amagando. Se sacó los lentes del parche de la bata, como si los necesitara. Dictó:

hemos estado atentos al telégrafo coma señor presidente coma desde nuestra última comunicación punto no sé qué ruta habrá seguido el capitán lawton coma pero tenga la certeza de que apenas llegue a un punto en el que lo alcancen mis mensajes coma se comunicará con nosotros punto yo tenía la esperanza de que descansarían en un cuartel coma pero deben haber dormido en descampado coma como se hace siempre cuando se viaja en compañía de salvajes punto tal vez hayan seguido la ruta de ellos y vayan por la montaña punto en cuyo caso tardarán un poco más en reportarse punto quiere que salga a buscarlos yo mismo signo de interrogación

El general se rascó la barriga con satisfacción, volvió a guardarse los lentes en el bolsillo del pecho de la bata y se sentó, pensando en extender sus horas de sueño un poco más. El telégrafo vibró de nuevo cuando apenas se estaba arrellanando. Dijo: Uf. Cuando el mensaje terminó de imprimirse en la tira de papel, el operador se lo leyó:

quédese donde está punto tan pronto lawton llegue a un destino en el que pueda leer su telegrama coma dele la orden de detenerse y pídame instrucciones punto

El general estiró la boca. Está encabronado, dijo. Cerró los ojos y se durmió.

Gatewood sintió como una modesta gratificación que Naiche le tendiera un brazo para que lo ayudara a levantarse del suelo. Era un gesto viril típicamente apache: reclamar una ayuda que realmente no se necesitaba, tal vez solo para hacer contacto. El teniente no tenía ningún vigor, pero aun así los chiricahuas solían reclamar su ayuda, como un gesto de confianza que él encontraba honroso. Jefe, le dijo Gatewood en español, ya que estaba de pie. El indio le puso la mano en el hombro y le dijo en apache: De todos menos tuyo, Nariz Larga. Sonrió y agregó: Nariz Larga, lobo solitario. Él le devolvió la sonrisa y dijo el epíteto con el que se referían a él los periódicos mexicanos: Naiche, jefe de jefes y terror de la sierra. Y siguió: Aquí es donde nos separamos y no sé si nos volvamos a ver, así que le propongo que me acompañe a mi caballo. El jefe le echó el brazo al hombro. Era tan largo que podía pasarlo por detrás del cuello del teniente –un hombre alto él mismo– en gesto de amistad y aun así alcanzar cómodamente su codo opuesto para servirle de apoyo.

Pronto dejaron atrás al resto de los chiricahuas, que una vez pasada la comedia cotidiana de los esfuerzos de Gatewood por levantarse volvieron a lo suyo. El teniente interrumpió el silencio para decirle: Esto es como la muerte, jefe, no creo que nos volvamos a ver; va a tener que despedirme también de mi hermano Gerónimo. El indio le respondió que los amigos de verdad siempre se volvían a encontrar. De este lado o el otro, agregó. El teniente entornó los ojos. De este lado no, dijo, me van a dar de baja o me van a mandar a un escritorio en la costa. Entonces del otro lado, dijo Naiche. No me va a costar trabajo encontrarte con esa nariz que te dio Yusn. Tampoco nos vamos a ver ahí, le dijo el gringo, yo me voy a ir al cielo por haberles salvado el culo a Gerónimo y a ti y tú te vas a ir al infierno por haber matado a tantos mexicanos. El chiricahua sacudió la cabeza: El gran padre de Washington, dijo, ayuda a que uno se vaya al cielo si mata a suficientes mexicanos; voy a entregar buenas cuentas. Tienes como tres esposas, le dijo Gatewood ya en apache, eso es pecado. Todas contentas y con sus hijos, le respondió el jefe; a ti nomás te alcanza para una, la tienes lejísimos y no le has dado chamacos; si no nos encontramos es porque vas a ser tú el que se vaya al infierno. Ya se estaban acercando al final de la mesa y Gatewood seguía sin ver los caballos. El indio le dijo que al final del alto había un declive

427

precipitado, que habían dejado a los potros pasándolo porque era más rápido bajar a pie si tenían que huir. El teniente movió el bigote. Nada que temer, anotó Naiche, te puedo cargar, siempre y cuando te suenes la nariz antes.

atención dos puntos señor presidente s punto grover cleveland coma en la casa blanca coma de dos puntos g punto nelson miles punto tal como sospechaba coma señor presidente coma acamparon en el monte coma en las afueras de Shakespeare coma nuevo méxico punto abordaron el tren sin pasar por el destacamento de la zona coma tal cual se suele hacer en campaña punto no recibieron nuestra comunicación hasta que el convoy se detuvo en el paso coma texas punto están en alto ahí coma a espera de sus instrucciones punto

Camila dijo: Es como si usted no viniera de Chihuahua, sino de mi infancia y todavía fuera niño. Como si usted viniera saliendo de un pozo y yo ya estuviera arriba. Para mí usted no viene de Buenaventura, viene de algo que ya siento que me queda lejos. Es como si el polvo se le hubiera pegado a sus botas en la luna. Todo se dio la vuelta luego que me agarraron. Estuvo cabroncísimo: yo no sabía que podía aguantar tanto dolor. Si hubiera pensado en el rancho, en los tablones con viandas de Janos, no habría durado.

Estaban sentados al lado del río. Camila se rascó la cabeza, remontó las aguas con la mirada y la alzó hacia más allá de los frutales silvestres del valle, hacia la montaña que lo guarecía con sus bosques colgantes. Pinos y piedras, pinos de piedra. El teniente coronel Zuloaga entendió que lo que tenía que hacer era escuchar, que la mujer se estaba despidiendo de una manera de vivir, pero sobre todo de una lengua que ya no iba a volver a usar, así que estaba callado, nomás arrojando piedritas a la corriente, que se escarpaba tanto en ese punto que se las llevaba. Su trabajo era hacer la venia, darle una bendición, agradecer su participación en una sociedad y una historia, casi casi decirle en nombre del presidente Valentín Gómez Farías que tenía permiso de dejar la República. Se alzó un poco el sombrero para exhibir vulnerabilidad. No era difícil. Hombre de sierra y bala, entendía a la perfección que el jefe Mangas Coloradas se hubiera vuelto loco por esa mujer.

Camila jaló a Goyahkla hacia sí, como para protegerse. El niño entendió el gesto a la perfección y se arrellanó bajo su brazo como si fuera más chico de lo que realmente era. El teniente coronel podía ver que Goyahkla también estaba un poco enamorado de ella, aunque la tuviera que llamar *shumma,* mi madre, porque era hijastro de Mangas. Vio cómo el chico se extendía en el suelo y acomodaba la cabeza en su regazo. Lo vio mirarlo de reojo. Entendía lo que estaba pasando y, más que disfrutar los mimos de la mujer, estaba gozando de que su grado de posesión sobre ella era superior al de Zuloaga. Ella le hundió los dedos en la greña, densa, negra, limpísima.

Estuvo cabrón de veras, siguió Camila. En la ranchería todos sabían que Mangas estaba regresando con una cautiva y que la abuela había ido a arreglarla. Eso lo entiendo ahora, entonces no entendía una chingada. Nomás veía lo que pasaba. Estaba nerviosa, pero no tenía miedo. No había por qué, disfrazada de apache y arropada por los guerreros como iba, pensaba que ya me habían aceptado. Tan pendeja.

Todos nos estaban esperando, mitad curiosos y mitad ultrajados, aunque eso lo entendí luego: las dos esposas de Mangas eran gente de prosapia, hijas de otros jefes, y él mismo es nieto de jefe y ahijado del jefe que fue antes que él. Miró al niño, le hundió los nudillos huesudos y callosos en la greña y le talló el coco. Ese jefe era el abuelito de este niño y el papá de su tío Cuchillo Negro, dijo, son la pura nobleza apache.

Yo estaba donde estaba y eso era lo que tenía. Cuando Mangas detuvo su caballo la gente estaba afuera de los jacales, nomás viéndome, las madres conteniendo a los niños. Las que andaban pizcando ya habían vuelto, pero estaban ahí, paradas, todavía sin bajar las canastas, los hombres con los palos y las pelotas con los que habían estado jugando. No se movieron hasta que un viejo salió de su choza y avanzó hacia nosotros con una sonrisota en la cara, le dijo algo a Mangas. Ahora sé que el viejo es curandero, pero en ese momento me pareció nomás un viejito, todavía vigoroso pero ya muy cascado. Bonachón, eso sí, usted lo conoció anoche. Hasta entonces mi marido y los guerreros desmontaron y empezaron a repartir abrazos. Cuando al poco nos alcanzaron las vacas y las mulas cargadas de botín, se pusieron a cantar y se armó un despapaye. Yo no me bajé del caballo. En llegando la abuela me había tocado una pierna y yo había entendido que mi lugar era quedarme quieta.

La verdad es que ya viéndolos ahí, luciendo esas sonrisotas que ya ha visto usted y que abren como soles cuando andan de buenas, me calmé. Nadie me hacía ni caso. No es que hubiera estado esperando nada, pero lo que vi no eran salvajes. Eran un montón de gente curtida de tanto batallar los elementos, como ustedes. ¿Nosotros? Los chihuahuenses. ¿Usted ya no es chihuahuense, Camila? Yo ya no sé qué soy, pero el caso es que estaban recontentos porque sus muchachos habían vuelto y traían sustento. A los bedonkojes no les falta nada, mi teniente coronel, pero cada cosa que se empacan les cuesta. Nada les cae del cielo. Así es su mundo y están agradecidos.

Cuando terminaron los abrazos la gente empezó a avanzar hacia el baldío que siempre dejan al centro del campamento, donde usted ya vio que hacen el fuego. No era este campamento, estábamos en un lugar un poco más alto porque todavía no apretaba el frío. Se veía que llevaban tiempo ahí: el pasto ya estaba tan apisonado que era más bien un terregal. Mangas era el mero centro de atención, todos palmeándole la espalda, diciéndole cosas, queriendo que los tocara. Los niños de todos arremolinados en torno suyo, haciendo un desmadre que ni le cuento.

Lo llevaron hasta su jacal y ahí se metió, caminando patrás como para agradecerle a la gente que lo quisiera tanto, haga de cuenta que fuera un cantante de zarzuelas. Los otros guerreros se fueron dispersando. La gente no regresó a los campos, pero se hicieron grupitos, otros se metieron a sus jacales, se fueron las vacas, los caballos. Entonces yo me bajé del mío y me senté en el suelo. No me animaba a meterme del todo al campamento.

Hasta pensé, invisible como me quedé, que podía agarrar el caballo e irme. Galopar hacia el oeste, encontrarme una mina, pedir ayuda. Pero qué ayuda iba a pedir. Veía mis manos ya prietas y rajadas de apache, mi falda de apache, la trenza de apache que me había hecho la abuela antes de regresar del río. Me di un chance: si oscurecía sin que nadie me dijera nada, me iba. El que regresó por mí fue aquí Goyahkla. Quesque que haces aquí jueras, dice el jefe, me dijo en su castilla nuevecito el muy pendejo. El niño, en su regazo, extendió una sonrisa, dijo: Pendejas las mexicanas quesque se dejan robar. Camila le apretó los cachetes. Qué tal estuvo, Gerónimo, dijo refiriéndose a él. Goyahkla bajó las comisuras de los labios, dejó salir un silbido entre los dientes. Tuvo recio, dijo. Yo hasta contenta me puse de que por fin me mandara llamar.

El tramo que me separaba de sus jacales no ha de haber tenido más de doscientos pasos, mi teniente coronel, estaba nomás ahí y empecé a avanzarlo calladita, pero a estos cabrones no se les va un ruido: en la mañana, se lo juro, los despiertan las alas de las abejas. El viejerío fue saliendo conforme caminaba. Nomás me veían, con un odio largo y pulido, un odio de siglos, mi señor, un odio tan cabrón que no se explica que usted y yo estemos aquí sentados, vivos.

Por supuesto reculé, pensé en salir corriendo de nuevo, volverme a arrancar los vestidos, deshacer lo cabalgado en pelotas, volver a Janos. Aquí el chamaco sintió que me estaba quebrando y me agarró de la mano, me jaló para adelante mientras las viejas hijas de la chingada iban dando pasitos hacia nosotros. Me hicieron la fila. No se atrevían todavía a insultarme directamente porque no sabían cómo iba a reaccionar el jefe, pero me murmuraban unas cosas que se sentían como algo entre amenaza y maldición. Que salga mi indio, me decía yo para mis adentros, que salga mi indio. Si fue tan hombre para ir por mí, que lo sea para venir a defenderme de estas. Ya en llegando al jacal de Mangas me tenían rodeada. A lo mejor tendría que haberme metido de un brinco, pero nomás no pude, me paralicé, me agarré del niño y le pregunté si me iba a pasar algo, pero el ca-

431

brón no entendió castilla porque estaba igual de asustado que yo. Goyahkla, en su regazo, entornó los ojos. Entonces salieron las dos esposas de Mangas y empezaron a gritarme. Me echaban tierra en la cara, me escupían. Las demás cerraron el círculo. El chamaco trató de jalarme fuera, pero lo sacaron a puras patadas. Cuando me empezaron a tundir, noté que Mangas me veía desde la puerta de su jacal, que casi había alcanzado. Me cachetearon, me desgreñaron, me pellizcaron, me apretaban las chiches como para rompérmelas. Me tenían tan apretada mientras me puteaban la barriga y la cara que ni siquiera me podía agachar para protegerme. En algún momento una me metió el pie y me caí de espaldas. No se imagina la saña con que me pateaban en las costillas, en la cara, en los riñones. Aunque me hice bolita, me pisaban. En un momento me jalaron y me abrieron como a una vaca. Ya no me pude defender y me quedé así, de panza al sol, esperando la muerte. Tanto pinche trabajo, me decía mientras sentía sus teguas dándome de talón una y otra y otra vez en las quijadas, pateándome el cuello para ver si se me tronaba una vértebra, las cabronas tomaban turnos. Creo que alcancé a ver, aunque a lo mejor fue nomás que luego me contaron y me figuré el recuerdo, cómo las dos esposas de Mangas agarraban un tronco. No una rama, mi teniente coronel, un tronco, cabrón, gigante, de esos en los que nos sentamos a hablar, y me lo dejaban caer en la cabeza. Si me pasó algo más, ya no me enteré.

Mangas echó a sus dos mujeres ese mismo día, o al siguiente, o sabrá Dios, porque yo estuve apagada quién sabe cuánto tiempo. Ambas eran parientes de jefes, una mimbreña y la otra no sé de qué banda. Las repudió por bestias, aunque entre apaches se aprecia que una mujer no tenga piedad a la hora de los mamporros. Como que andaba buscando pretexto. Lo que él dice es que le habían entrado ganas cuando me encueró en el monte y le gustó que aguantara: insiste en eso siempre, cuando reciencito acabamos de coger, en que un hombre como él necesita una mujer como yo.

Y la verdad es que no creo que alguna de las otras dos hijas de la chingada hubiera aguantado lo que yo pasé, no habrían seguido con el entusiasmo que le puse a seguir: eran noblecitas, apachitas de postín. El caso es que las echó y vinieron sus hermanos por ellas. Dicen que lo retaron, que les ganó a los dos juntos muerto de risa, al primero rapidito y a lanza para que no estorbara, al segundo a puños para que su gente y los de allá afuera vieran quién mandaba. Ya lo vio usted, no está fácil ganarle: con esos brazos que tiene, con que le ponga a uno la mano en la frente ya no le llega la punta del puñal. Dicen que él mismo devolvió a las hermanas cada una con caballos y parte del botín que se sacó del asalto al rancho, que a los cadáveres de los hermanos de sus esposas les dieron tratamiento de grandes guerreros, que él fue a dar explicaciones y que no hubo venganzas porque fueron buenas.

Yo no sé. Hace poquito pasó por aquí un guerrero muy cabrón al que le dicen Nana que es como mi marido: un chamaco y ya es una leyenda. O es el contrario de mi marido, porque es chaparrito y medio sonso, pero también gana todo. Y mimbreño. Le dimos su lugar y su cariño, se quedó unos días y tan amigos como siempre.

Pero le estaba contando lotro, dijo Camila después de un silencio largo. Me llevaron a la choza de la abuela. Quién sabe cuánto tiempo estuve ahí adentro, nomás me cantaban, me daban un tecito que sabía a rayos, a veces veía un campo muy limpio y a veces el mismo infierno. Le rascó la cabeza al niño. Este y su hermana me cuidaron. Goyahkla se talló los ojos de gato que Yusn le había dado, empujados para arriba por unos cachetes muy rojos que se los subían casi hasta la frente. Tenía unos dientes gigantes, tal vez temibles. Aqueste y aquesta y atodos, completó el niño, hubo mucho problema, las *biaa* se pasaron y los maridos les pegaron porque casi la matan, las mandaron a ayudar. Se metían a la casa de la abuela y ayudaban a cantarle a mi *shumma*. Fueron hartas lunas y la mayoría pensamos que se pelaba, pero ahí estaba la abuela, cuida y cuida.

Camila confirmó con orgullo –del español de su hijastro, de su propia resistencia–. Un día me pude sentar, le dijo al teniente coronel, y me vi las piernas, eran la pura canilla. Nunca estuve más flaca ni más jodida, y mi vida tampoco fue fácil en Chihuahua. El militar se rió. No exagere, allá era maestra, tenía un rancho. Ella se alzó de hombros. Ándele, fórjeme un cigarrito, todavía hay cosas que no puedo hacer con los dedos como me los dejaron.

Zuloaga se tomó su tiempo, se lo hizo bien, cargado y redondo, se lo tendió y le encendió un cerillo para que lo prendiera. Ella jaló el humo hasta adentro. Qué bonita costumbre, dijo, encenderles los cigarros a las señoras. Aquí nomás puedo fumar a escondidas, dentro del jacal. Al Mangas le encanta, dice que le calienta que fume como hombre. Zuloaga se sonrojó un poco. Ella lo notó y embistió de nuevo: No tiene usted idea de lo que se siente que un señor de ese tamaño se la coja a una toda la noche, mi teniente coronel, el pinche paraíso. Goyahkla se rió, se le escapó del regazo, se revolcó por el suelo. Luego se puso en cuclillas y se terminó de levantar, pero no del todo, adoptó una posición de jorobado. Así la cargamos a Camila mi hermana y yo, dijo, cuando ya estaba bien, representándose a sí mismo como una muleta.

Camila siguió. Así mero fue: entre este y su hermana me alzaron para sacarme por fin del jacal. Yo lo único que quería era ver el sol, que me dieran de comer algo sólido porque ya me iba, era un pajarito, un alma por penar. Y así fuimos hasta afuera. No todo se me había cerrado, así que íbamos bien lento. Apenas salí se armó otro desmadre. Goyahkla, que se había vuelto a acuclillar junto a ella, se carcajeó. Sentí el sol en la cara, cerré los ojos y empezó de nuevo la gritadera. Ya valí, me dije, y me traté de volver, pero los niños me siguieron jalando y me sentaron en el suelo. Miré para la choza y vi que la abuela estaba confiada, atenta, y detrás de ella el pinche Mangas, que no había metido la mano por mí en la primera madriza ni se veía que la fuera a meter en la que venía.

Toda la pinche tribu llegó a hacerme ruido. Yo no entendía nada, les pedía en mi apache de niña que me dieran comida e hicieran lo que quisieran, pero tenía tan poquita fuerza que no oían nada, han de haber pensado que estaba rezando. ¿Entonces?, preguntó el militar, que por fin había abandonado su postura de confesor y estaba genuinamente interesado en la historia que la mujer le tenía que contar, que le necesitaba contar antes de terminar de volverse apache para siempre.

De repente se abrió el remolino y apareció una de las señoras que me habían pegado, todavía muy enojada. Traía un platón de barro, muy bonito, segurito robado, en el que había dos pedazos de carne. Uno bien asadito, dorado, jugoso, como de la que nos comíamos en los tablones de Janos los domingos. El otro era el hígado crudo de algún animal, estaba en un pocillo, chacualeando en sangre. Un cervato, me imagino, porque para entonces ya habían fileteado, secado y escondido la carne de las vacas. Goyahkla confirmó. Un cervato, dijo, que habíamos agarrado y teníamos amarrado para cuando pudiera levantarse. Usted es soldado, agregó Camila, sabe lo que es el olor de la carne asada después de mucho no comer, y yo no había comido nada en quién sabe cuántos días. Pero yo lo que necesitaba era no morirme, así que me abalancé sobre el hígado crudo con las dos manos y me lo comí de tres mordidas. No se imagina el placer con que lamí la sangre que quedó en el platón, mi teniente coronel, se me apagó el mundo, vi puras estrellas, pensé: Ahora sí mátenme, hijas de la chingada.

Cuando ya me estaba lamiendo los jugos del hígado de los antebrazos noté que había empezado de nuevo el ruido, que todos le caían encima aquí al chamaco y su hermana, pero con abrazos, que la abuela se había sentado junto a mí y todos se acuclillaban para decirle cosas de cariño. Empezaron con sus cantos que tanto me habían atormentado durante mi recuperación. De atrás de toda la bola, llegó Mangas. Se acuclilló frente a mí, me dio unas palmadas según él tiernas en los cachetes, me sacudió el pelo. Le dio un empujonazo a Goyahkla y todos se cagaron de risa. El jefe mismo me ayudó a levantarme, me puso su mano de gigante en la cintura y me llevó como en andas a donde se arremolinaba la gente. Las viejas sacaron sus bolsitas de gamuza y nos echaron polen. Ya íbamos partiendo las aguas del jelengue cuando me viré para atrás y le pregunté a Mangas en mi apache de babosa si también podía comerme la carne asada.

El cabo los llevó hasta el patio de barracas y esperó con ellos a que Gerónimo y los chiricahuas que lo habían acompañado al turno de exhibición volvieran del cuadrángulo. El abogado reculó de sus certezas sobre la seguridad del entorno cuando notó que todos los guerreros, y no solo los que había visto expuestos, andaban libres por la zona que les habían asignado en el fuerte. No estaban encadenados, como pensó que estarían, sino haciendo vida normal en el claustro de cabañas militares. Mejor esperamos aquí afuera, dijo, cuando notó que entre los indios que estaban dispersos por el patio estaba el jefe Naiche, sentado en la tierra –era demasiado largo para la sombra más bien tímida de los alerones del edificio–. Se quedaron prudentemente fuera del patio, ella sentada en una piedra y los hombres de pie.

McMillan supo que el tigre volvía de su turno de exhibición porque vio al jefe alzarse, estirar unos brazos asombrosamente largos, ponerse de pie y sacudirse el polvo de las nalgas. A diferencia de los indios que había visto expuestos, el jefe todavía iba vestido a la manera de los apaches, con los mocasines a la rodilla, faldón y chaqueta de cuero. Se volvió a señalarle a su mujer que el que se acababa de alzar era nada menos que Naiche y notó que ella se había levantado ya y estaba estirándose las faldas y arreglándose el pelo como si le fueran a presentar a un embajador. Fue ella la que le señaló en dirección al sur para que notara que ya venían las figuras de los prisioneros expuestos en el cuadrángulo, seguidos a cierta distancia por el teniente Parker y un hombre de corte también militar pero uniforme claro que debía ser el mexicano del que les había hablado el cabo.

A McMillan le impactó, otra vez, la seguridad con que se movían los prisioneros. Uno de ellos caminaba distraído, con las manos en los bolsillos, como si estuviera dirigiéndose a tomar una cerveza con los amigos. El chamán de guerra estaba contando alguna historia con el entusiasmo controlado del que sabe que tiene a su público en el puño. El otro jugaba con su sombrero entre las manos, escuchándolo con atención. Cuando notó que Parker alzaba la mirada, el abogado movió una mano a manera de saludo, al que el teniente reaccionó tomando por el codo al mexicano para desviarlo en dirección a ellos. Los militares se acercaron tranquilamente. Cuando estuvieron frente al abogado, Parker tendió la mano casi distraídamente. Ahora sí podemos saludarnos, dijo; soy Parker, teniente. McMillan, el consejero que le recomendaron a su capitán, respondió el otro, y señaló hacia arriba, este es mi hijo. Parker produjo media sonrisa. El capitán no puede hablar con nadie desde que mandaron parar los trenes desde Washington, dijo, como para prevenir a su interlocutor. Entonces usted me va a tener que contar todo, respondió McMillan, pero mañana, si puede en el despacho, mejor; hoy es domingo. Parker entornó los ojos. No se imagina, dijo, cómo joden los abogados del Departamento de Guerra: lo peor del mundo militar y civil al mismo tiempo. McMillan sonrió, le puso una mano en la espalda del niño para asegurarse de que siguiera en equilibrio. Pero aquí es Texas, dijo, hacemos las cosas de otro modo. Parker volvió del mundo de los líos legales con una sacudida de cabeza. Perdón, dijo, este es el teniente Estrada, nos acompaña para darle seguridad al gobierno de México de que Gerónimo no va a volver a la sierra. McMillan le tendió la mano. Hasta entonces el abogado recordó que estaba con su esposa. Se viró para presentarla, suponiendo que estaría detrás de él, como correspondía a un encuentro formal con un cliente. No estaba.

atención dos puntos señor presidente s punto grover cleveland coma en la casa blanca coma de dos puntos g punto nelson miles punto por supuesto que el capitán lawton sigue bajo mi mando coma señor presidente coma y que no tengo ninguna razón para suponer que se haya insubordinado punto tiene usted razón en señalar que los prisioneros ya no están bajo la jurisdicción de las autoridades de arizona punto el asunto es un poco más complicado desde la perspectiva legal dos puntos el capitán lawton dio aviso coma conforme a procedimiento coma a las autoridades civiles de el paso coma texas coma tan pronto llegó con los prisioneros punto dado que el sistema judicial local está al tanto coma para sacarlos de texas y devolverlos a arizona habría que iniciar un proceso de extradición punto siento mucho este lío punto nunca pensé que llegarían tan lejos tan pronto punto ya me comuniqué con el jefe territorial de tucson para poner a sus órdenes a nuestros abogados en caso de que quieran recuperar a los indios coma dado que los apaches ahora están bajo la jurisdicción del gobernador de texas punto lo siento de verdad punto

Naiche y Gatewood llegaron caminando al declive occidental de la mesa. El jefe no sabía aún que esa tarde sería la última en que iba a ver caer el sol detrás de la sierra Chiricahua. No se dejaron avasallar por la majestad del paisaje: estaban acostumbrados, creían que iba a ser siempre así, tenían cosas que hacer. El teniente sintió la bayoneta del miedo en las lumbares solo de ver el declive y notar que el suelo era arenoso: se iba a desmayar de dolor si tenía que bajar por ahí. El jefe le dijo que no se preocupara, que tenía un plan para esa contingencia y, sin preguntarle ni avisarle, lo tomó por ambas axilas y lo alzó en vilo por encima de sí, para montárselo en los hombros. El teniente pataleó un poco, pero sabía que esa postura, la que adoptaba cuando iba a caballo, era la única que le aminoraba el castigo en la espalda baja y, por extensión, los muslos y las rodillas.

El dueño de un cuerpo enfermo tiene siempre atajos para esquivar al ángel negro de la humillación, un aplomo para imponerse a la incomodidad necesaria, urgente de los otros. Y le pareció que el jefe estaba disfrutando de la peculiaridad de su despedida, y que decía la verdad cuando señalaba que, al mandar bajar los caballos a la parte trasera de la meseta, había considerado que a lo mejor iba a tener que cargar al teniente para alcanzarlos.

Naiche fue un hombre amable y serio, como decían que fue Mangas Coloradas. Tal vez fue menos firme, pero tampoco tuvo nunca los recursos con que sí contó su abuelo materno para llevar una vida entregada a la resistencia. También tenía un lado impenetrable, como a todo el mundo le constaba que lo había tenido su padre Cochís. Era intransigente u orgulloso, según se mire. No negociaba directamente con los oficiales estadounidenses o mexicanos. Dejaba que Gerónimo estableciera las pláticas y luego consentía o no, sin dar explicaciones. La gente lo seguía a él y no al chamán de guerra. Tenía, eso sí, un lado de bufón que no le venía de la dureza perfecta del padre. Tal vez lo utilizara solo para sobrevivir a situaciones emocionalmente complicadas, como la que enfrentaba ahora.

Gatewood pensó que cuando volviera al campamento después de que se despidiera, seguro Naiche les contaría a todos que lo había bajado en hombros; se mofarían, pero él se mostraría modestamente orgulloso de haber llevado a un ojos blancos así: era el único que tenía el tamaño y la fuerza para hacerlo. El teniente alzó la cara, sintió el golpe del sol, puso, por fin, atención al dramatismo de las montañas que se desplegaban frente a él. Sonrió sin tristeza.

Los finales, no importa cuán cantados estén, nunca portan la calidad de lo terminal, cuando menos no para quien los va remontando. La última hora de intimidad con el otro siempre parece otra en la línea: un episodio repetible y sin consecuencias. Nunca nadie piensa que esa fue la última vez que se bebió esa saliva ni que lo que sigue es extrañar hasta la muerte el olor de la piel que se arremolina tras el lóbulo de una oreja. No registramos la última ocasión en que nuestros hijos nos dieron la mano para cruzar una calle. Cuando cambiamos de ciudad, de país, siempre pensamos que vamos a volver, que los demás se van a quedar fijos, como encantados, y que a la próxima los vamos a abrazar y van a seguir oliendo a la misma loción, tabaco y café quemado. Pero los amigos cambian, progresan y se compran lociones caras, dejan de fumar, dejan el café, huelen a té verde cuando volvemos. O se vuelven locos, los meten a hospitales psiquiátricos y tienen muertes horribles de las que nos enteramos por correo electrónico. Hay una última conversación lúci-

da viendo un partido cualquiera de futbol con el abuelo y un último plato preparado por la mano maestra de la abuela, una
última llamada telefónica con el profesor que nos hizo lo que
somos y que una madrugada se resbala en la bañera y se muere.

Gatewood sabía que si la vida lo ponía en situación de hacer de nuevo el viaje al suroeste, ese paisaje que había marcado
su mente como una piedra que deja un agujero en la nieve ya
no iba a ser el mismo. Idos los chiricahuas, llegarían los ranchos, el ganado, los pueblos con sus iglesias, sus hoteles, sus leyes y sus cementerios. Iba a llegar el sonido de las carretas y el
estrujarse de ropas de los puritanos silenciosos yendo al templo
los domingos, iban a llegar las campanas y los gallos, los mau-
llidos de los gatos, el infierno de las locomotoras.

Naiche volteó a mirarlo de canto y hacia arriba con el gesto
burlón con que lo había estado estudiando desde que se encontraron. Su greña negra brillante, corta para los estándares de un
guerrero —se la cortaba una de sus esposas utilizando una canas-
ta como medida—, trazó con su cuerpo una espiral perfecta
mientras giraba la cabeza para centrar la mirada en el gringo.
¿Estás listo?, le preguntó, y golpeó el suelo con ambos pies
como para reproducir la agitación que vendría con el descenso.
El teniente sonrió, entre ansioso y divertido. Frente a él estaba
el declive, y en los fondos de la hondonada, los caballos, entre
los que reconocía el suyo y el del Gordo Parker, ensillados con
ajuar militar. Más allá seguía el final de Skeleton Canyon, la
única fisura en la masa atormentada de la sierra y el camino a
Nuevo México. ¿Listo?, le preguntó Naiche. Vamos, respondió, y tuvo un instante de inseguridad, una urgencia por mirar
hacia atrás, por tirar un ancla para la memoria. Viró y lo que
vio no fueron las montañas y el cielo descomunal de Arizona,
sino a los pinches chiricahuas, partidos de risa, viéndolo prota-
gonizar la escena cómica del día, de la semana, o tal vez del
año. Todos sabían desde antes que Naiche lo iba a cargar, seguro hasta habían apostado. Pensó: *Motherfuckers*, y le clavó un
talón en las costillas al jefe —el único rey, hijo y nieto de rey,
que iba a conocer en su vida—. Dijo en español: Arre, cabrón.

El apache encajó el dolor a sabiendas de que era merecido y valía la pena. Le respondió en la misma lengua: Nomás no uses la nariz de fuste.

La visión tiene que haber sido una delicia desde el punto de vista de los apaches. Eran un monstruo imposible, un centauro de cobre y plata, un animal mítico con pantalones de gamuza y saco de lino blanco, un mástil con fedora. Naiche volvió a mirar de canto a su jinete. Lo hizo con una sonrisa de elote, pero se puso serio de inmediato. ¿Duele menos, Nariz Larga?, le preguntó. No duele nada. Sentía que sucedía algo mucho más grande que su vida y que el jefe podía entenderlo y él no. Entonces vamos, dijo Naiche.

Finalmente emprendieron el descenso. Al principio el declive fue fácil de derrotar porque era pedregoso y tenía briznas de vegetación: había puntos de apoyo. El teniente veía al mundo desde una altura superior a la del caballo, el jefe vigilaba sosegado los mejores sitios para poner los mocasines; la sombra de ambos la aguja de un reloj de sol, una columna por la que ya no iban a bajar dioses.

Gatewood sentía el trote en las ingles y el vértigo en un lugar difuso del estómago; Naiche sentía los muslos del militar en los hombros y la presión de sus botas en las costillas. La medida del miedo de su amigo. Alcanzaron una cresta de piedra que anunciaba el arranque de la parte más aguda del descenso y el ingreso al arenal. Aquí vamos, Nariz Larga, dijo el jefe, y no esperó confirmación: la pértiga humana en carrera.

El teniente se prensó de la cabeza del jefe. Los caballos estaban en paz: para entonces ya deberían haber reconocido sus olores. Si los hubieran podido ver, tal vez habrían encontrado la imagen insoportable: un hombre montado en un hombre. El último sacramento para un pedazo del mundo que ese día dejaba de ser nuevo. Gatewood volteó la cabeza y vio que los chiricahuas habían corrido al borde de la bajada para verlos descender. Ya no se reían. ¿Quién podría? Sale Yusn y entra el Gran Padre de Washington, la historia se anilla en el último rompimiento del orden americano, la humillación de los que no la merecen para que, como decía Homero, alguien pueda escribirla más tarde. La historia como es: triste. Eso es todo, América.

atención dos puntos capitán elpenor ware lawton coma donde quiera que esté coma de dos puntos g punto nelson miles punto estimado capitán lawton dos puntos el presidente cleveland me ordena directamente que usted, su tropa completa y los prisioneros tomen un tren al fuerte sam houston de san antonio coma texas coma y que esperen ahí a sus emisarios coma que conducirán una serie de entrevistas para dilucidar qué hacer con los guerreros y fincar o deslindar responsabilidades en caso de que se haya cometido un error de proceso punto le suplico que les responda siempre con la verdad punto he sido relevado de toda responsabilidad en la región coma de modo que la misión queda a su cargo hasta nuevo aviso de mis superiores punto le deseo la mejor de las suertes punto no se deje intimidar coma aquí el único héroe es usted punto

La parte final del viaje a Tucson fue árida como el paisaje de órganos y piedras que íbamos recorriendo. Los chiquitos se hundieron en un silencio entre melancólico y hostil. La niña arrellanada junto a su hermano mayor y el niño distante, mirando por la ventana con el ceño adusto y una mano tapándose la boca, como hace su madre cuando está protegiéndose del dolor, cuando niega que algo le duele porque hay que seguir adelante y punto.

El grande no dijo mucho más después de dictaminar que era demasiado tarde. No le quise preguntar para qué. ¿Para seguir de viaje?, ¿para nuestra vida en común? Mi mujer trató de engancharlo en una conversación sobre el documental en el que iba a ser cinematógrafo, pero contestó con frases cortas y monosílabos hasta que ella se rindió y se puso a buscar emisoras mexicanas en la radio.

Ellie era texana, ya se había desprendido del grupo de hombres y miraba de más cerca y con mucha curiosidad a los chiricahuas que se internaban en el patio de barracas, donde los esperaba de pie el jefe Naiche con una sonrisa y un buen humor inexplicables dada su condición de rey prisionero. No eran lo que ella había esperado. No llevaban plumas, no parecían fieros, ni locos, ni asesinos. Eran unos señores que se movían sobre la tierra como si fuera de ellos.

Ellie, Ellie, la llamó su marido un par de veces. Ella se volvió hacia el grupo. Regresó y le preguntó a Parker a bocajarro: ¿Por qué están tan contentos? El teniente se alzó de hombros como para indicar que en la guerra las cosas siempre son relativas. Están vivos, dijo Parker; van rumbo a Florida, donde van a estar encerrados en un fuerte, pero con sus familias; podrían estar mucho peor. ¿Y el alguacil de Tucson?, preguntó Ellie. ¿Ese qué?, le preguntó el teniente. Sigue prometiendo en el periódico todos los días que los va a colgar. Parker se atusó el bigote. No los detuvimos, se rindieron. ¿Y? El militar sacudió la cabeza, tratando de explicar algo para lo que no le alcanzaba el vocabulario. Ahorcarlos sería cometer un asesinato. El abogado entornó los ojos –un gesto de duda que el mexicano Estrada correspondió con una sonrisa–. ¿Puedo acercarme?, cortó Ellie, que no les había quitado la vista de encima a los chiricahuas. Por supuesto, le dijo el teniente. ¿Será seguro?, preguntó McMillan, y Parker y Estrada se rieron.

McMillan vio nerviosamente cómo su mujer avanzaba lenta pero decididamente hacia los prisioneros. ¿A cuánta gente ha matado Gerónimo?, insistió el abogado con una voz una pizca más aguda de lo normal. Notó por la forma en que Parker puso los brazos en jarra para mostrar incredulidad frente a la pregunta que, efectivamente, alguna vez había sido un gordo. La señora puede ir a hablar con ellos todo lo que quiera, dijo, podría ir a hablar con ellos aun si estuvieran armados; son guerreros, no asesinos, no son como usted, pero tampoco son muy diferentes a mí o aquí al teniente Estrada. McMillan volvió a entornar los ojos. Nada más que les va a tener que hablar en español, concluyó Parker.

Llegar al aeropuerto, sacar las cosas de la cajuela, caminar todos hasta el mostrador de la aerolínea, darle dinero para el viaje, para que se diera algunos lujos en los días siguientes. Y luego los abrazos. Largos, mayormente silenciosos. No te pierdas, le dije, y me respondió que no podía estar menos perdido. Creo que no estaba siendo cruel conmigo, sino dándose seguridad. Me dejó tocarle la cara. Y luego lo más duro: el abrazo con sus hermanos. El llanto de la Maia, la seriedad severa de Dylan, que debe pensar que tiene que darle algún tipo de ejemplo a la chiquita. Zuloaga solo volvió al campamento por sus cosas. Goyahkla se había ido a jugar con otros niños en cuanto llegaron a los jacales, así que estaban solos. Le dijo a Camila: Voy a ir a la capital del estado, y voy a convencer al gobernador de que firme la paz con Mangas. Ella afirmó. Va a hacer bien, le dijo, y ahora váyase para que la noche lo agarre en el ojo de agua; lleva salvoconducto, así que vaya tranquilo. Él se acercó para sacarle siquiera un abrazo. Ella dio un paso para atrás y le dijo: Cómo es inocente, teniente coronel José María Zuloaga, si usted me trata de tocar un pelo, le vuelan la cabeza en pedazos antes de que siquiera haya sentido a qué huelo. Él concedió. ¿De veras de veritas se quiere quedar? Ella sonrió con ternura. Preferiría un balazo que regresar a Janos, le dijo. Ta bueno, respondió el militar, y le tendió un saquito que había sacado de las alforjas de su caballo. Le dijo a Camila que era suyo. ¿Y eso?, le preguntó ella. Sus botines y su ropa, le dijo, los que dejó tirados fuera de Janos el día que se la robó su marido. Ella se asomó al interior del paquete, olió su ropa, cerró los ojos y se lo tendió de vuelta. Ya váyase, le dijo, deles esto a mis tíos cuando pase por Casas Grandes y cuénteles que me vio bien y contenta, que voy a tener un hijo y que va a ser un guerrero chingón. ¿Y si es niña? Una guerrera chingona; aquí se puede, allá no. ¿A poco?, preguntó el militar. Apenas me alivie del bebé, amigo José María Zuloaga, me van a dar mi puñal y mi Winchester, ¿o a poco se creyó lo de que me volví apache nomás porque Mangas está guapo?

El teniente Gatewood vio, mientras descendía a lomo de chiricahua por el arenal, una continuación de la quimera que había oteado cuando la mujer lo auxilió a levantarse de la piedra. Ya que habían llegado a los caballos, Naiche lo ayudó a treparse en el suyo. El teniente le dijo lo que había visto.

No me alcanza el apache para contarte, le dijo, así que te la voy a decir en español. Vi el desierto, vi a un chingo de indios regresando a Arizona, olas y olas de indios viniendo de México y de más allá de México, de las selvas que hay allá abajo, de los países del fondo. Indios grandes, fuertes, cruzando el desierto para reclamar lo que tú estás perdiendo. Vi niños perdidos, caravanas de valientes de nueve, trece años, siguiendo a las águilas. Los vi hablando en sus lenguas, unos en español y otros en otras. Y hablaban en Brooklyn y en Raleigh y en Filadelfia y en Atlanta, las ciudades de la parte vieja del país que a lo mejor vas a conocer después de que te lleven a Florida. Vi a sus hijos en las escuelas y en los parques y en los hospitales. Y era así, indios, y hablaban casi todos inglés y eran unos hermosos gringos de tu color y llegaban a oficiales del ejército y se volvían doctores y senadores. Vi que esta tierra sería también de ellos. Tuya. Que vas a volver en ellos.

Naiche estaba de pie junto a él. Tenía una mano en las riendas de su caballo y con la otra le acariciaba la crin recortada a la manera militar. Le respondió en apache, lengua real: Tendrías que contárselo a Gerónimo, que es curandero de guerra, él podría decirte qué dice tu sueño. O a Lozen, pero también se bajó a conocer a Miles. Tendrías que contarles y escuchar lo que te digan. Lozen tiene los oídos de Victorio, oye por todos los miembreños que quedan. No te vayas, sube a caballo, te ayudo a desmontar y los esperamos.

El teniente se talló la cara y se ajustó el sombrero negando con la cabeza. No, dijo. Por qué, preguntó Naiche. Porque ya se acabó, dijo. Entonces aquí nos separamos, respondió el jefe, y le tendió su mano de gigante. Cuando Gatewood la apretó, él la encerró con la otra. Adónde vas, preguntó, aunque tampoco es que importe. A Nuevo México, dijo. Voy a entregar mi baja allá, porque si me voy a Apache Pass me van a jalar nuestros muertos. El jefe afirmó con la cabeza, tal vez entendiendo que ya todo se había acabado para todos ellos. Te vas por Ánimas, le dijo el guerrero en español. Por ahí mismo, respondió Gatewood; es lo que somos, ánimas nomás.

Los niños estuvieron de un humor de perros durante todo el viaje a San Carlos, que fue más largo de lo que pensábamos. Dylan con los puños apretados todo el tiempo, buscando pretextos para pelearse con su hermana.

El teniente Estrada entendió antes que su colega gringo que el abogado no estaba preguntándoles obviedades sobre el comportamiento de los chiricahuas sino haciendo un esfuerzo por controlar a su mujer. Le puso una mano en el antebrazo a McMillan y le dijo que él acompañaba a la señora, que por favor no se preocupara. El abogado le agradeció con un gesto y le preguntó a Parker una vez que lo vio alejarse detrás de su mujer: ¿Dónde lleva el revólver? El Gordo respondió despreocupadamente que lo había dejado en su habitación porque estaba en misión diplomática. Pero no se angustie, insistió, en son de paz son la gente más liviana del mundo.

Ellie pudo ver a los chiricahuas de cerca antes de que ellos notaran su presencia y perdieran naturalidad. Estaban partidos de risa y ella no intuyó que de lo que se carcajeaban era de la estupidez de la gente que se peleaba por verlos desde el otro lado de la reja. Le pareció que tenían algo de juguetes, con sus formas tan rectangulares y sus espaldas tan rectas, que eran como los autómatas que mostraban papelitos con la fortuna de quien les depositara un *penny* en una ranura, como si también estuvieran hechos de madera y hubieran sido activados por el centavo de un dios distinto al suyo.

Entonces Chapo, el hijo de Gerónimo, notó que se acercaba —ella los reconocía a todos porque había seguido sus noticias en la presa durante años—. La señaló con la mano y los otros tres viraron la cabeza hacia ella. Se pusieron serios. Los más jóvenes bajaron inmediatamente la mirada al polvo, Gerónimo y Naiche la atendieron con algo que podía ser seriedad o arrogancia. Cuando estaba a cinco o seis pies de distancia, Ellie se detuvo y bajó los ojos, los enfocó en las manos de Gerónimo y vio en ellas los raspones de la gloria y el callo del revólver. Eran unas manos repletas, secas como ramas muertas, que hicieron que una flor de espasmos se le abriera en la parte baja del vientre y le subiera hasta el esternón. Sintió que las palmas le sudaban. El mexicano se paró unos centímetros detrás de Ellie en cuanto la alcanzó para decirle algo que a ella no se le daba la gana de escuchar. Se acercó más a los apaches, dejándolo detrás. No se detuvo de nuevo hasta que pudo oler el almizcle de los sudores de guerra de los chiricahuas, un olor como de soldado de poema griego. Dio un último paso y alzó los ojos, vio que los de Gerónimo no estaban enfocados en los suyos, sino en sus tetas, dos presencias apenas intuibles bajo el sofoco de las capas de algodón, criolina y seda. Las aureolas se le encogieron y arrugaron en tantos pliegues que los pezones se le endurecieron. Sintió el corpiño raspándoselos. Se quitó el sombrero y dijo en su español con acento de vaca que era un honor conocerlo. El apache mostró una sonrisa esforzada. Inclinó la cabeza y dijo: El honor es mío. Luego le dio una palmada a su hijo en la espalda. Estaba por presentarlo cuando ella lo interrumpió y dijo: Chapo, mucho gusto. Y usted es Perico, dijo, haciendo una inclinación de cabeza hacia el tercero. Y luego, haciendo una pequeña reverencia: Jefe Naiche. El guerrero soltó una carcajada y le dijo algo en apache al chamán de guerra. Dice que no es para tanto, tradujo Gerónimo, que achinó los ojos, como si estuviera viendo a alguien más a través de ella. Se sacó la mano derecha de la correa del cinturón sin dejar de escudriñar la cara de la mujer y se la tendió. Ella la tomó entre las dos suyas con cargas idénticas de ansiedad y reverencia, habría podido lamerla.

El marido, que había visto la escena a la distancia, se acercó de manera apresurada. Más que notarla, McMillan había sido tocado por la inquietud de su mujer. No un puño en el estómago, sino el agujero que dejaría cuando lo sacaran. Habría querido hacer una raya de pipí enfrente de ella. El teniente Estrada, que seguía un palmo detrás de Ellie, se adelantó para presentarlo. Naiche era más alto que él, pero Gerónimo era tan más bajo que cuando McMillan hizo una esforzada inclinación de cabeza para saludarlo, sintió que el niño, del que ya no se había vuelto a acordar, se le sacudía en los hombros. Se alzó de nuevo y llevó las manos a sus rodillas. Gerónimo aprovechó el movimiento para encajar de vuelta su mano derecha debajo de su cinturón. No la quería sacar otra vez. Volvió la vista hacia Ellie.

McMillan entendió entonces que no era deseo con lo que el indio miraba a su mujer, que la calibraba con la memoria, como si estuviera buscando en ella algo perdido hacía mucho. De pronto les dijo algo en apache a sus compañeros y se volvió hacia Ellie para decirle en español que le recordaba a una mujer que había estado casada con Mangas Coloradas. Camila, le dijo, de Chihuahua. Murió con nosotros, completó. McMillan escuchaba la traducción que le iba haciendo Estrada cuando el chamán de guerra le clavó los ojos. Sintió que la verga y los huevos se le replegaban, como un pulpo, en el estómago. Cuídela, dijo el chiricahua de manera perentoria, es mujer de verdad.

El niño, ya despierto, era una pequeña tormenta en las alturas de su padre. McMillan se lo bajó de los hombros a los brazos a manera de cambio de tema. Le removió el sombrero y lo presentó. Dijo: Este es nuestro hijo. Su greña anaranjada, solar, rajó el día. Gerónimo extendió una sonrisa larga que los militares no le habían visto en todo el tiempo que habían pasado juntos. Es rojo, dijo el indio, y Estrada se apresuró a traducirle al abogado, que pertenecía al tipo de anglohablante que está orgulloso de no conocer ni una sola palabra en ninguna lengua extranjera.

Amyntor Blair McMillan se preguntó durante mucho tiempo después del encuentro con Gerónimo si Ellie sería la mujer con la que pensaba que se había casado. Simplemente no pudo reconocerla cuando, una vez desplazada la atención del guerrero hacia el bebé, se lo arrebató, clara, bochornosa, humillantemente desesperada por recuperar el centro de la mirada del chamán. El abogado no era lector, no había regresado a un libro desde que se graduó de la universidad y apenas revisaba el periódico. No podía entender que no era la sustancia corporal de Gerónimo, sino la caricia de la gloria, lo que había transformado a Ellie en una pura palpitación. Nada calienta como el dueño de un nombre que permanece, pero para saberlo hay que ser devoto de la letra negra.

La mujer tomó al bebé y se concentró en acicalarlo nerviosamente: le organizó los rulos, le estiró la camiseta y los pañales, se metió un dedo en la boca y le limpió la cara y las manos con saliva. El bebé se resistía al principio, pero pronto se estableció entre él y la señora McMillan la esfera cerrada de la complicidad. Los guerreros y los militares presentes los contemplaban, víctimas de la nostalgia por una felicidad a la que ya todos habían perdido el derecho. McMillan estaba en otro costal, no tenía ni siquiera la inteligencia emocional para entender que no entendía nada.

Cuando el bebé estuvo más presentable, Ellie le sacó la lengua y él respondió con el mismo gesto, lo que hizo que Gerónimo abriera otra vez una sonrisa como el día. Ella volvió la mirada hacia el viejo, que se acercó a solo unas pulgadas de la madre y el niño. Ellie sintió cómo se revolvía detrás de ella su marido y escuchó claramente que Parker se llevaba una mano al cinto y la pistola. Vio el aceite hervir en los ojos ya tan cercanos del chamán de guerra y vio que pensaba un poco y se relajaba. Le tocó la barbilla al niño. ¿Quieres cargarlo?, le preguntó Ellie en español. El indio no respondió, pero le pasó la mano lentamente por la cabeza. Alzó los ojos más allá de los hombros de la mujer y los puso en McMillan. Eran ojos de paz. ¿Tú eras rojo de chico?, le preguntó. Como un tomate, respondió el abogado, y todos pudieron respirar de nuevo. Cárgalo, insistió Ellie, no va a llorar aunque seas el cabrón de Gerónimo. Chapo, Perico, Naiche, Estrada y el propio chamán soltaron una carcajada. Gerónimo alzó la mirada otra vez hacia el abogado. ¿Puedo?, le preguntó. McMillan, por fin cierto de que era el único actor de verdad sin importancia en todo el drama, se viró, suplicante, hacia el mexicano. Dice que si puede cargarlo, tradujo, y agregó: Hasta donde sabemos ha tenido cinco hijos y es buen padre. El abogado todavía extendió su mirada hacia Parker, pero ya era tarde: su mujer le estaba pasando su hijo al más temido de todos los bandoleros en los territorios infinitos de la América del Norte.

449

Sentado en el escritorio de la habitación del motel que encontramos, ya agotados, en Dátil, Nuevo México, insomne, reviso mis cuadernos. La respiración de los niños acompasada con la de Valeria como un anuncio de que tal vez mañana seremos otra vez quienes somos y no el lío de emociones y descomposturas que fuimos hoy durante todo el día. Noto que no he escrito ni una palabra sobre el largo periodo que los gileños de Gerónimo pasaron en la reservación de San Carlos. Después de haberla visto hoy pienso que tal vez tuve la intuición correcta ignorando ese periodo y ese lugar en el que los chiricahuas fueron tan infelices, en el que los numeraron como ganado, en el que los dividieron y picaron entre sí una y otra vez, en que los hicieron dependientes del alcohol y las raciones de harina con gorgojo y salchichas secas. San Carlos es la cicatriz, la piel rota que quedó en el lugar en el que estaba la Apachería. Lo que hay en San Carlos es el asiento del hermano grande, de nuestros hermanos grandes.

Gatewood toleraba el dolor cuando iba montando, así que el descenso, ya a caballo, del resto de la mesa fue un poco mejor, aunque no relajante: el terreno era irregular y la precipitación del suelo rumbosa. Las piedras estaban sueltas, por lo que su animal, aunque avanzaba lento, sacudía las ancas como un barco. Iba con los ojos cerrados y la rienda apretada contra el estómago, los dientes macerándose los de arriba con los de abajo por puro miedo a la punzada. Su doctor en Virginia –un hombre preocupado por la salud y no por la resistencia, como los infectos cirujanos militares que le recetaban whisky y cerrar los ojos cuando doliera– le había explicado alguna vez que sus males se concentraban solo en las lumbares y las articulaciones; que el problema de la espalda superior y las piernas, y el hecho de que tuviera los molares despedazados, se debía a que, ante el dolor, apretaba los dientes. De ahí venían, también, sus migrañas salvajes y la tortícolis crónica.

Alcanzó el fondo del barranco con alivio. Cerró los ojos y reclinó el cuerpo hacia el frente. Poder estirar la espalda era un beneficio de ir a caballo. Cuando lo sintió, agradeció, por fin, estar solo, aunque lo estuviera porque un mundo había sido aniquilado en una ceremonia de quince minutos. Se quitó el sombrero, lo ató por el listón a la correa de la silla y se estiró completamente sobre el animal. Aflojó la mandíbula –la boca entreabierta como un pescado moribundo– y cerró los ojos. Recostó la cabeza en el cuello del caballo estirando el cuerpo de lado –el pomo de la silla en la curva del cuello–, dejó caer los brazos como si fueran los de un muerto, los ojos medio cerrados. El animal aflojó el paso en cuanto lo sintió relajarse. El caballo debe haber extrañado a los potros de Martín y su primo, los sempiternos buscadores de Gatewood. Los dos scouts habían bajado con Gerónimo para presenciar las negociaciones con Miles, seguramente a la espera de una retribución –que nunca les llegaría– por haber servido tan bien al ejército de los Estados Unidos. El teniente supo más tarde que Martín, siempre más listo, entendió el tamaño de la claudicación y dejó el Paso de Guadalupe antes de que los demás chiricahuas partieran rumbo a El Paso. Agarró su potro y se regresó a México sin que nadie se preocupara por detenerlo. Se volvió caporal de un rancho, volvió a la iglesia los domingos. Con el tiempo migró a Coahuila porque entendió que entre Sonora y Chihuahua no iba a haber nunca paz para los apaches que quedaban y todavía alguna gente lo reconocía. Trabajó en un rancho llamado Australia. Sus hijos pelearon la Revolución, se dispersaron, los hijos de esos hijos nunca supieron que pertenecían a una estirpe de príncipes que alguna vez habían gobernado, Winchester en mano, los pedregales de Arizona.

Gerónimo extendió los brazos y tomó al bebé, que le tocó la cara, entre divertido e intrigado. Gatewood abrió los ojos sin alzar la cabeza: ya estaba en los llanos de Nuevo México, cerca de Ánimas; la masa geológica de la sierra Chiricahua había quedado atrás. Antes de retirarse a cumplir con sus deberes del día, el general Miles liberó al telegrafista. Le ordenó que fuera a las crujías de la policía militar para que soltaran también al operador del heliógrafo. Que dejen a mi secretario donde está hasta nuevo aviso, dijo. Salió al primer patio con las manos en los bolsillos de la bata. Lawton, encerrado en su barraca del Fuerte Sam Houston en San Antonio, pensó que la iba a librar porque había hecho lo correcto y el presidente Cleveland era un hombre justo. La libró, al extremo de que el pueblo de Oklahoma en que morirían los guerreros que se rindieron frente a él en la Sierra Madre terminaría llevando su nombre. Lo que no sospechó, lo que no podía ver, era que iba a seguir peleando en las últimas estibaciones del imperio español, que iba a participar en la invasión de Cuba y que lo iban a destacar en las Filipinas, una guerra de juguete en la que resultó el único oficial del ejército estadounidense muerto en combate. El filipino que le disparó la bala que le reventó la cabeza se llamaba Gerónimo, de pura casualidad o pura ironía, da lo mismo. Cuando Zuloaga regresó al paraje en que lo esperaba Corredor, lo encontró ya montado, esperándolo. ¿Se va a Buenaventura conmigo o se regresa a Casas Grandes?, le preguntó. Siguió: En mi comandancia siempre hay necesidad de un pistolero bueno. Vámonos, le dijo el rarámuri. El chamán de guerra alzó en el aire al niño pelirrojo Phoenix McMillan y ambos sonrieron, una gota de saliva salió de la boca del niño y se fue a estrellar, lenta, viscosa, gloriosamente en la frente del viejo.

Mientras estuvimos en la reservación de San Carlos, los niños estuvieron en su territorio privado, un mundo que nos ignora y es todo cuchicheos. Conocen México, así que la pobreza ni los ofende ni les da miedo, no les parece signo más que de sí misma. Ni es indigna ni humilla porque siempre es impuesta. Estuvieron hablando entre ellos sin parar ni poner atención mientras visitábamos el centro comunitario, mientras tomamos un refresco en una tiendita, mientras yo trataba de entablar conversaciones con la gente que me ignoraba. En algún momento sus juegos se cruzaron con los de unos niños que jugaban en la plaza central del pueblo –grafiti y olvido– y se revolvieron con ellos. Se sacaron fotos con el celular de Dylan. Cuando les pregunté, ya de vuelta en el coche, qué se sentía tener amigos apaches, la niña preguntó: ¿Eran apaches? El grande dijo con el tono doctoral con el que se refiere a su hermana: Apaches, pero no chiricahuas.

El teniente se apoyó con ambos brazos en el lomo de su caballo. Estaba bañado de sudor y baba como solo lo están los que han dormido seriamente. Echó la mano atrás y alcanzó la cantimplora. Se bebió un trago largo de agua. McMillan, Parker y Estrada aguantaron la respiración hasta que Naiche, que no había hecho más que presenciar con poco interés el pequeño drama que se había desenvuelto frente a él, estalló en otra risa, más bien burlona. Gerónimo le dijo algo en apache y estrechó al niño, que se acomodó en su regazo. Se viró hacia sus amigos como para presumir de que no había perdido la buena mano con los bebés. Luego se volvió a plantar frente a la madre y le agradeció que se lo prestara con un gesto leve de cabeza que terminó de relajar a los hombres, y ella sintió como un mordisco gentil en la parte baja de las nalgas.

San Carlos no es el vacío, tampoco es la miseria, como dice todo el mundo. Es un lugar con ventajas y desventajas, tal vez lo que deja la guerra cuando se descubre que no era necesaria. El registro de un esfuerzo inútil: tantísimo dolor para que al final sigamos jugando a la pelota. Lo que hay en San Carlos, en todo caso, es lo que hay en las comunidades chamulas de Chiapas y en las aymaras de Bolivia: lo que le hicimos a América, la tierra que nos llena la boca cuando la reclamamos. No somos sus hijos, somos una fuerza de ocupación. Tendríamos que vivir de rodillas. Tendríamos que devolverla. Eso es todo, América, eso es todo. Tendríamos que saber, siquiera, cuál es tu nombre.

El general Miles alzó la vista al cielo. Ya había amanecido, faltaba poco tiempo para el toque de corneta. Se palpó los bolsillos de la bata, se alisó el pelo y se sintió el parche a la altura del pecho. Ahí tenía la pipa y los lentes. Se los puso para revisar que todavía quedara algo de tabaco sin quemar y se la metió en la boca. Pensó, mientras se buscaba un cerillo en los demás bolsillos: Pinche Gerónimo, querida Molly. ¿Sabes?, siguió redactando mentalmente, hay una leyenda sobre él. Dicen que cuando era joven su dios le dijo que tenía el poder de ser inmortal en combate. Yo creo que es verdad: nunca tanta gente ha andado detrás de un bravo para matarlo y terminó resultando que entre Lawton, Gatewood y yo acabamos salvándolo, ni siquiera entiendo por qué.

Ya en la noche, ya tranquilos y de buenas en el ojo de agua del arroyo del Oso después de haber pasado a rendirles respeto a sus muertos en la cañada en que se los habían matado y en la que el Gringo y Elvira los habían dejado mejor enterrados de lo que hubieran esperado en vida, ya tomándose un café después de haber cenado, Corredor se animó a proponerle a Zuloaga que se volvieran en ese momento y le dieran un tiro a Goyahkla. ¿Y eso?, preguntó el jefe, intrigado pero sin tomarlo ni remotamente en serio. ¿No le vio los ojos? No. Se le pusieron negros de coraje cuando vio mis pistolas. Completó: Piénselo, si lo eliminamos ahorita, nos ahorramos un montón de muertos. Zuloaga sonrió. Ta usté loco, dijo.

Al subirnos de vuelta a la camioneta para agarrar camino, Dylan me pidió muy formalmente que por favor me detuviera cuando cruzáramos la frontera con Colorado. Estaba, por fin, de buenas, o cuando menos en paz. La aquiescencia de Maia era notable en la risa musical con que acompañó la petición: tenían un plan.

Gatewood pensó que se podía detener en la cantina de Ánimas para que le dieran agua y pastura al caballo; él se comería un plato de frijoles enchilados con carne, una cerveza, dos whiskys, para llegar de buenas a Lordsburg. Me debería ir a caballo hasta Virginia, se dijo, mientras desataba su sombrero. No le dolía nada. Se lo ajustó sobre la cabeza diciéndose que hay cosas que solo se pueden decir en mexicano: Que se vayan todos a la chingada. Arreó al animal.

Yo fui complaciente con los niños y detuve la camioneta justo en la frontera que separa Nuevo México de Colorado, me orillé en el acotamiento de la carretera desierta por la que avanzábamos ya de vuelta al noroeste y les pregunté: ¿Y ahora? Abre los seguros, me dijo Dylan. Se bajaron del coche corriendo y dándose empellones, haciéndose bolas la una sobre el otro como los dos cachorros que, en horas privilegiadas, siguen siendo. Vi que fijaban los pies bien firmes en la tierra y contaban hasta tres, viéndose entre sí en complicidad perfecta. Pusieron las manos en bocina y gritaron al mismo tiempo con ese pulmón de los niños que nos quiebra la médula en la noche: Todavía hay apaches, Nana.

Entonces Gerónimo se alejó unos pasos, estrechando todavía más al bebé pelirrojo. Le susurró algo al oído, seguramente en su lengua. Los niños gritaron: Todavía hay apaches, Cochís. Le pudo decir al bebé que tenía poderes, que los apaches tenían poderes y que si se venía con él lo iba a ayudar a encontrar los suyos. Tal vez le susurró que su hijo Chapo andaba con él, pero que pronto iba a ver a Lenna, la otra hija que le quedaba viva, que ella todavía era niña, que ya estaba presa en Florida, así que se había rendido porque no quería que pasara por eso sin su padre. Todavía hay apaches, Gerónimo, gritaron mis hijos. Le pudo haber dicho que los ojos blancos metían niños a la cárcel –lo siguen haciendo y no les da vergüenza–, que si se iba con él podía ser apache aunque tuviera el pelo rojo. Le pudo decir que cuando era joven había tenido otros hijos, pero que los mexicanos se los habían matado junto con su primera mujer en una masacre hijadeputa de la que todos los que tenemos el pasaporte verde del águila deberíamos seguir avergonzados, que uno de ellos era un bebé de meses cuando lo remataron, estando ya abandonado en el suelo, de un balazo que hizo que le estallara el cuerpo. O le dijo que su vida empezaba justo cuando se iban los chiricahuas, que era una pena, que había nacido tarde, que seguiría la tierra, pero se había terminado el mundo.

ÍNDICE